中国语言文学文库·学人文库　吴承学　彭玉平　主编

古代戏曲研究丛稿

罗斯宁　著

中山大学出版社
·广州·

版权所有　翻印必究

图书在版编目（CIP）数据

古代戏曲研究丛稿/罗斯宁著. —广州：中山大学出版社，2020.9
（中国语言文学文库·学人文库/吴承学，彭玉平主编）
ISBN 978-7-306-06895-8

Ⅰ.①古… Ⅱ.①罗… Ⅲ.①古代戏曲—文学研究—中国—文集 Ⅳ.①I207.37-53

中国版本图书馆 CIP 数据核字（2020）第 113895 号

出 版 人：	王天琪
策划编辑：	嵇春霞
责任编辑：	陈　霞
封面设计：	曾　斌
版式设计：	曾　斌
责任校对：	罗梓鸿
责任技编：	何雅涛
出版发行：	中山大学出版社
电　　话：	编辑部 020-84110283，84111996，84111997，84113349
	发行部 020-84111998，84111981，84111160
地　　址：	广州市新港西路 135 号
邮　　编：	510275　　传　真：020-84036565
网　　址：	http://www.zsup.com.cn　E-mail：zdcbs@mail.sysu.edu.cn
印 刷 者：	广州市友盛彩印有限公司
规　　格：	787mm×1092mm　1/16　23 印张　382 千字
版次印次：	2020 年 9 月第 1 版　2020 年 9 月第 1 次印刷
定　　价：	78.00 元

如发现本书因印装质量影响阅读，请与出版社发行部联系调换。

中国语言文学文库

主　编　吴承学　彭玉平

编　委（按姓氏笔画排序）

　　　　王　坤　王霄冰　庄初升

　　　　何诗海　陈伟武　陈斯鹏

　　　　林　岗　黄仕忠　谢有顺

总　　序

吴承学　彭玉平

　　中山大学建校将近百年了。1924 年，孙中山先生在万方多难之际，手创国立广东大学。先生逝世后，学校于 1926 年定名为国立中山大学。虽然中山大学并不是国内建校历史最长的大学，且僻于岭南一地，但是，她的建立与中国现代政治、文化、教育关系之密切，却罕有其匹。缘于此，也成就了独具一格的中山大学人文学科。

　　人文学科传承着人类的精神与文化，其重要性已超越学术本身。在中国大学的人文学科中，中国语言文学学科的设置更具普遍性。一所没有中文系的综合性大学是不完整的，也几乎是不可想象的。在文、理、医、工诸多学科中，中文学科特色显著，它集中表现了中国本土语言文化、文学艺术之精神。著名学者饶宗颐先生曾认为，语言、文学是所有学术研究的重要基础，"一切之学必以文学植基，否则难以致弘深而通要眇"。文学当然强调思维的逻辑性，但更强调感受力、想象力、创造力和语言表达能力。有了文学基础，才可能做好其他学问，并达到"致弘深而通要眇"之境界。而中文学科更是中国人治学的基础，它既是中国文化根基的重要组成部分，也是中国文明与世界文明的一个关键交集点。

　　中文系与中山大学同时诞生，是中山大学历史最悠久的学科之一。近百年中，中文系随中山大学走过艰辛困顿、辗转迁徙之途。始驻广州文明路，不久即迁广州石牌地区；抗日战争中历经三迁，初迁云南澄江，再迁粤北坪石，又迁粤东梅州等地；1952 年全国高校院系调整，始定址于珠江之畔的康乐园。古人说："艰难困苦，玉汝于成。"对于中山大学中文系来说，亦是如此。百年来，中文系多番流播迁徙。其间，历经学科的离合、人物的散聚，中文系之发展跌宕起伏、曲折逶迤，终如珠江之水，浩浩荡荡，奔流入海。

康乐园与康乐村相邻。南朝大诗人谢灵运,世称"康乐公",曾流寓广州,并终于此。有人认为,康乐园、康乐村或与谢灵运(康乐)有关。这也许只是一个美丽的传说。不过,康乐园的确洋溢着浓郁的人文气息与诗情画意。但对于人文学科而言,光有诗情是远远不够的,更重要的是必须具有严谨的学术研究精神与深厚的学术积淀。一个好的学科当然应该有优秀的学术传统。那么,中山大学中文系的学术传统是什么?一两句话显然难以概括。若勉强要一言以蔽之,则非中山大学校训莫属。1924 年,孙中山先生在国立广东大学成立典礼上亲笔题写"博学、审问、慎思、明辨、笃行"十字校训。该校训至今不但巍然矗立在中山大学校园,而且深深镌刻于中山大学师生的心中。"博学、审问、慎思、明辨、笃行"是孙中山先生对中山大学师生的期许,也是中文系百年来孜孜以求、代代传承的学术传统。

一个传承百年的中文学科,必有其深厚的学术积淀,有学殖深厚、个性突出的著名教授令人仰望,有数不清的名人逸事口耳相传。百年来,中山大学中文学科名师荟萃,他们的优秀品格和学术造诣熏陶了无数学者与学子。先后在此任教的杰出学者,早年有傅斯年、鲁迅、郭沫若、郁达夫、顾颉刚、钟敬文、赵元任、罗常培、黄际遇、俞平伯、陆侃如、冯沅君、王力、岑麒祥等,晚近有容庚、商承祚、詹安泰、方孝岳、董每戡、王季思、冼玉清、黄海章、楼栖、高华年、叶启芳、潘允中、黄家教、卢叔度、邱世友、陈则光、吴宏聪、陆一帆、李新魁等。此外,还有一批仍然健在的著名学者。每当我们提到中山大学中文学科,首先想到的就是这些著名学者的精神风采及其学术成就。他们既给我们带来光荣,也是一座座令人仰止的高山。

学者的精神风采与生命价值,主要是通过其著述来体现的。正如司马迁在《史记·孔子世家》中谈到孔子时所说的:"余读孔氏书,想见其为人。"真正的学者都有名山事业的追求。曹丕《典论·论文》说:"盖文章,经国之大业,不朽之盛事。年寿有时而尽,荣乐止乎其身,二者必至之常期,未若文章之无穷。是以古之作者,寄身于翰墨,见意于篇籍,不假良史之辞,不托飞驰之势,而声名自传于后。"真正的学者所追求的是不朽之事业,而非一时之功名利禄。一个优秀学者的学术生命远远超越其自然生命,而一个优秀学科学术传统的积聚传承更具有"声名自传于后"的强大生命力。

为了传承和弘扬本学科的优秀学术传统，从 2017 年开始，中文系便组织编纂中山大学"中国语言文学文库"。本文库共分三个系列，即"中国语言文学文库·典藏文库""中国语言文学文库·学人文库"和"中国语言文学文库·荣休文库"。其中，"典藏文库"主要重版或者重新选编整理出版有较高学术水平并已产生较大影响的著作，"学人文库"主要出版有较高学术水平的原创性著作，"荣休文库"则出版近年退休教师的自选集。在这三个系列中，"学人文库""荣休文库"的撰述，均遵现行的学术规范与出版规范；而"典藏文库"以尊重历史和作者为原则，对已故作者的著作，除了改正错误之外，尽量保持原貌。

一年四季满目苍翠的康乐园，芳草迷离，群木竞秀。其中，尤以百年樟树最为引人注目。放眼望去，巨大树干褐黑纵裂，长满绿茸茸的附生植物。树冠蔽日，浓荫满地。冬去春来，墨绿色的叶子飘落了，又代之以郁葱青翠的新叶。铁黑树干衬托着嫩绿枝叶，古老沧桑与蓬勃生机兼容一体。在我们的心目中，这似乎也是中山大学这所百年老校和中文这个百年学科的象征。

我们希望以这套文库致敬前辈。

我们希望以这套文库激励当下。

我们希望以这套文库寄望未来。

2018 年 10 月 18 日

吴承学：中山大学中文系学术委员会主任、教授，长江学者特聘教授
彭玉平：中山大学中文系系主任、教授，长江学者特聘教授

目 录

序 ··· 1

第一辑　金元杂剧研究

金元杂剧概述 ··· 3
元杂剧的酣畅美和元代少数民族史诗 ································· 25
元杂剧的"蒜酪味"和"蛤蜊味" ····································· 36
元院本与元杂剧 ·· 41
在闺阁文学和青楼文学的交叉坐标上
　　——元杂剧妇女形象新论 ··· 54
两个韩翃形象的比较
　　——看市井文化对元杂剧书生形象的影响 ····················· 65
元杂剧的鬼魂戏和元代的祭祀习俗 ··································· 79
元杂剧的爱情剧和元代的节日择偶习俗 ······························ 90
元杂剧艺术对《三国演义》的影响 ··································· 102
关汉卿和他的《窦娥冤》 ··· 111
《元杂剧和元代民俗文化》绪论 ····································· 115
对《全元戏曲》的补正及反思 ·· 120

第二辑　明清戏曲研究

谈徐渭剧作的语言风格 ·· 127
女状元黄崇嘏其人其事 ·· 135
汤显祖和《牡丹亭》 ··· 137

吴炳和他的剧作……………………………………………… 140
　　附录：吴炳大事年表…………………………………… 163
明代无名氏杂剧刍议………………………………………… 174
《长生殿》主题讨论纪要…………………………………… 187
清代广东曲家梁廷枏的戏曲理论…………………………… 189

第三辑　戏曲史家研究

上下而求索
　　——王季思教授治学散记……………………………… 199
庆祝王季思先生从教七十周年暨古典文学、古典戏曲学术研讨会
　　纪要……………………………………………………… 206
王季思先生传略……………………………………………… 209
董每戡先生的学术精神和古代戏曲研究…………………… 214

附论　宋金元文学研究

论宋词的感伤美……………………………………………… 223
宋代隐逸词研究……………………………………………… 232
论南宋小品文………………………………………………… 260
李清照与宋代女性词………………………………………… 268
金元诸宫调研究……………………………………………… 277
金代文学宗匠元好问………………………………………… 291
段克己、段成己诗对宋诗的继承和发展…………………… 296
元代艺妓与元散曲…………………………………………… 310
元散曲对元杂剧的桥梁作用………………………………… 321
以剧曲为曲与以词为曲
　　——马致远与张可久散曲之比较……………………… 330
民族大融合中的萨都剌……………………………………… 338

后　记………………………………………………………… 349

序

  优秀的学术著作都是相似的，有见解，有新意，有可读性；而拙劣的所谓论著也是相似的，或东拼西凑，或人云亦云，或空话连篇，令人不忍卒读。呈现在读者诸君面前的这一本《古代戏曲研究丛稿》（以下简称《丛稿》），我以为属于前者。这是罗斯宁教授以严谨的治学态度从几十年的写作中挑选出来的一本学术论文结集，虽不能说毕生心血罄于此，但从文章筛选角度说，掇英拾华，精粹汇聚，应是没有问题的。

  罗斯宁攻读研究生时，师从著名戏曲学者王季思教授。当时，季思师为了培养学术的后续梯队，将罗斯宁同级的研究生交给几位中年教师分别参与"指导"，只有罗斯宁分到季思师自己名下，得到导师亲炙，这是很幸运的事。研究生毕业后，罗斯宁留中山大学中文系任教，因此，她成了我的同事。几十年来，罗斯宁教授一方面参与季思师主编的科研项目，诸如《全元戏曲》（十二卷）的编选校勘工作，一方面自己在古代戏曲研究领域勤奋耕耘。又由于几十年从事宋金元文学的教学，凿璞磨砺，沉潜把玩，学有所得，学有所成。因此，《丛稿》主要选辑有关古代戏曲的论文，也旁及宋金元文学。《丛稿》内容丰富，材料详赡，学术创获甚夥，足可供后来者镜鉴。

  自1913年王国维《宋元戏曲史》问世后，一百多年来，关于元杂剧研究的成果，车载斗量，不可擢数。罗斯宁教授别具手眼，《丛稿》中有一篇文章是从"味道"的角度研究元杂剧的。元杂剧有"味道"吗？有。罗斯宁教授论证说，不但元杂剧有，文学都有。钟嵘就说："五言据文辞之要，是众作之有滋味者也。"（《诗品·序》）刘勰喻诗文之华美曰"味之则甘腴"（《文心雕龙·总术》）。欧阳修读宋初诗，"初如食橄榄，真味久愈在"（《水谷夜行寄子美圣俞》）。所以，文学是有"味道"的，元杂剧也不例外。

  那么，元杂剧究竟有什么"味道"呢？罗斯宁教授回答："蒜酪味"与"蛤蜊味"。她引用大量例子，说蒜辛辣而酪甜醇，"体现元杂剧泼辣而醇美的艺术风格"。至于"蛤蜊味",蛤蜊是一种浅海贝壳类小海产。南宋吴自牧《梦粱录》载:"更有酒店兼卖……煎豆腐、蛤蜊肉之属,乃小辈去处。"元杂剧就像蛤蜊肉,是那班"高才博识"而"门第卑微、职位不振"的元杂剧作家与市井小辈之嗜好,不是达官贵人餐桌上的美味佳肴。因此,指出元杂剧的"蛤蜊味",是要点明元杂剧并非属于高雅的士大夫文艺,而是市井小辈的艺术。罗斯宁教授论证说:"元诗等雅文学常写鸡豚鱼虾,但未见写蛤蜊。"至于"蛤蜊味",指的是元杂剧"天然轻灵的风格"。《丛稿》用"蛤蜊味"将元杂剧与元诗区别开来,指出其平民艺术的本色。

"味道"是很要紧的,没有"味道",就无法吊人胃口,或令人味同嚼蜡。如对在明代被朱元璋和一大班人奉为"南戏之祖"的《琵琶记》,评论家何元朗一针见血指出,《琵琶记》"所欠者,风味耳"。当下"风味"食品流行,如果缺乏风味,那可不是小事情哦!

学术的要津在创新。罗斯宁教授谈到《丛稿》写作的宗旨说:"人详我略,人略我详。"这是很靠谱的。只有这样,才能补学术之缺罅,填学术之空白。《丛稿》对明代无名氏杂剧的研究,就是"人略我详"的典型研究路子。自 1941 年王季烈编《孤本元明杂剧》之后,由于这九十四种无名氏杂剧作者无可稽考,题材鱼龙混杂,艺术高低不等,历来少人问津。罗斯宁教授细心甄别,分类梳理,终于有所斩获,从九十四种杂剧中发现七十八种"体现了草根百姓的审美趣味"。该文于 2015 年在《文化遗产》发表后,填补了明代杂剧研究的一些空白。她对南宋小品文的研究也是如此。晚明小品文是学术研究的热门领域,罗斯宁教授却不去凑这个热闹,而是避热就冷,避详就略,专心致志地钻研南宋小品文,拾遗补阙,做出自己的成绩。对金末元初诗人段克己、段成己两兄弟诗的研究也是这样,当代学者极少留意段氏兄弟的诗,诸家文学史也极少提及,《丛稿》从段氏兄弟对宋诗的继承和发展切入,论述了段氏兄弟在金元诗歌史上应有的地位。

说实在话,学术研究无非就是避热就冷,钻钻冷门。不钻冷门,难破窠臼,难有创新,难填空白。大家一窝蜂上一个题目,恐怕不是学术。

古人说:"登高自卑,行远自迩。"罗斯宁教授治学惟勤,几十年一步一个脚印,我们从《丛稿》也可见其认认真真、一丝不苟的写作态度。正因为有这种精神,她发现由季思师主编、她自己也参与的大型科研项目

"全元戏曲"，竟然漏选了元杂剧家武汉臣的名剧《包待制智赚生金阁》。由于《全元戏曲》审稿时，季思师已过耄耋之年，精力不济，十七位参与者人多事杂，终至酿成遗憾。参与者之一的罗斯宁教授非常自责："愧对天下同仁。"从这件事也可见其治学之谨严。

罗斯宁教授几十年兀兀矻矻，积薪之功，有所发覆与创新。《丛稿》中不少篇目，如关于元杂剧的酣畅美，元杂剧妇女形象新论，关于吴炳、萨都剌生平事迹的增补订讹与评述，都自出机杼，开径自行，颇多新意，读者诸君自可领略辨味。

溽暑之中，汗渍污笔。《丛稿》付梓之际，烦忝数言，不揣浅陋，为之嘤鸣，纰缪在所难免，请方家读者正之。是为序。

吴国钦
2019 年夏

第一辑
金元杂剧研究

金元杂剧概述

一、金杂剧概述

在以往的戏剧史中,金代戏剧多被称为"金院本",如王国维《宋元戏曲史》第六章"金院本名目"和张庚、郭汉城主编《中国戏曲通史》上册第二章第二节"宋杂剧与金院本"等。但近年来廖奔、刘彦君对此说法提出了质疑:"院本从杂剧中独立出来是元朝的事,在元代以前,文献中只见到'杂剧'的名称。"[①] 景李虎著《宋金杂剧概论》也将宋、金的短篇戏剧统称为"宋金杂剧"[②]。

本文赞同后一种意见,将金代以滑稽讽玩、歌舞表演为主的短剧称为"金杂剧",而称元代同类剧为"元院本",以与文人创作的、演唱北曲的长篇戏剧——杂剧相区别。

1. 金杂剧的发展线索

金朝是由女真统治者建立的国家,从金太祖完颜旻建国(1115年),到金哀宗时为蒙古所灭(1234年),历时一百多年,曾同两宋长期对立。女真族为北方游牧民族,文学尚处于用歌舞、说唱表达的阶段,对戏剧并不熟悉。而辽朝在与北宋的文化交流中已接受了杂剧,《辽史·乐志》中已记载了宫廷宴乐的杂剧演出:"酒三行,琵琶独弹。饼、茶、致语。食入,杂剧进。"[③] 金在灭辽后得辽宫廷教坊乐工,也开始在宫廷宴会上表演杂剧,宋人徐梦莘《三朝北盟会编》卷二〇载宋使许亢宗于宣和七年

---

① 廖奔、刘彦君著:《中国戏曲发展史》(第一卷),山西教育出版社2000年版,第285页。
② 景李虎:《宋金杂剧概论》,广东高等教育出版社1996年版。
③ 〔元〕脱脱等:《辽史》卷五十四《乐志》,见《二十五史(全本)》,上海古籍出版社、上海书店1986年版,第79页。(下引该书均同此版本,除书名及页码外,其他不再另注)

(1125)往金朝,在宴席见演出杂剧,"云乃旧契丹教坊旧部",说明金杂剧艺人部分来源于辽朝教坊。金杂剧演员的另一来源是金朝以武力劫掠宋朝的艺人。靖康元年(1126),金兵攻陷宋都汴京,将汴京的财富典籍、工匠艺人掳掠北去,《三朝北盟会编》卷七七载:"金人……求索御前祗候……杂剧、说话、弄影戏、小说、嘌唱、弄傀儡、打筋斗、弹筝、琵琶、吹笙等艺人一百五十余家,令开封府押赴军前。"被掳的杂剧艺人到了燕京(今北京)与原来辽朝的杂剧艺人汇合,形成燕京的杂剧演出队伍。这是金杂剧吸收、学习宋、辽杂剧的初期阶段,杂剧演出的形式甚至服饰都近似宋杂剧,《三朝北盟会编》卷二〇载许亢宗看到金朝的杂剧演出"服色鲜明,颇类中朝"。

金杂剧发展的第二阶段是金世宗完颜雍大定年间至金章宗完颜璟泰和年间(1161—1208)。1153年,金朝把都城从上京迁到燕京,改为中都,这是一件影响深远的重大事件,女真文化和汉文化进一步融合。这时期,金朝国力强盛、经济繁荣,文学艺术也有了长足的发展,金杂剧也进入兴盛的阶段。京城中都是杂剧的中心,宫廷宴会演杂剧几成惯例。《金史》卷六四载有"章宗宴宫中,优人玳瑁头者戏于前"① 演杂剧事。除中都之外,今属河南、山西地区的杂剧演出都很活跃。据现存的戏曲文物看,金代山西的杂剧是很兴盛的,如山西省侯马市郊牛村金代董明墓有杂剧演出的舞台和戏俑,墓内题记有"大金国大安二年(1210)";山西稷山县马村也有与董明墓戏俑相类的金墓砖雕;同县吴城村也有一墓为金章宗承安四年(1199)所建,内有一净角戏俑②。至于河南,在宋代是首都东京所在地,本来就有丰厚的杂剧创作和演出的基础,到了金代,河南的杂剧继续在发展。1974年,人们在河南沁阳县(现为沁阳市)宋寨村发现金章宗承安四年(1199)和泰和二年(1202)的金墓中有戏曲舞蹈俑、散乐俑等③;宋孝宗乾道五年(1169年,即金世宗大定九年),宋人楼钥出使金国,在南京(宋故都东京)的官方宴会上看到杂剧演出:"亦有杂剧,逐次皆有束帛、银碗为犒。"④ 可知在金代,河南的杂剧演出十分兴盛,

---

① 〔元〕脱脱等:《金史》卷六十四《后妃列传(下)》,见《二十五史(全本)》,第159页。
② 参见黄竹三《戏曲文物研究散论》,文化艺术出版社1998年版,第39~40页。
③ 黄竹三:《戏曲文物研究散论》,文化艺术出版社1998年版,第40页。
④ 〔宋〕楼钥:《攻媿集》卷一一一《北行日录》,见《四部丛刊·集部》,上海涵芬楼借印江南图书馆藏鸣野山房钞本。

尤以中期为最。

金杂剧发展的第三阶段是卫绍王完颜永济大安年间（1209）至金亡的金哀宗端平元年（1234），为金杂剧的后期阶段。金代后期，蒙古崛起，不断进犯金朝，金宣宗被迫于贞祐二年（1214）迁都南京（汴京），杂剧中心移至汴京。金末，金哀宗在国势飘摇之中"减御膳，罢冗员，放宫女"①，自然无心欣赏杂剧等演出。而被蒙古军包围的城市居民，"食尽，无以自生，米升直银二两，贫民往往食人脬"②，生存尚不保，何谈娱乐。杂剧在后期的战乱中走向衰落。另一方面，在这个时期，"见其真情而反能荡人血气"的"俗谣俚曲"③——散曲已经出现，以文人创作为主体的北杂剧已开始萌芽，逐渐取代了金杂剧在剧坛上的地位。

综上所述，金杂剧分为初期、中期和后期三个阶段，经历了学习、发展、衰落的历程，为元杂剧的兴盛打下了基础。

2. 现存的金杂剧剧目和剧本

由于金杂剧多为民间艺人创作，现存有关金杂剧的剧目和剧本的资料都很缺乏。以往的戏剧史多以元人陶宗仪的《南村辍耕录》（以下简称《辍耕录》）卷二十五所载的《院本名目》为金杂剧的剧目。王国维《宋元戏曲史·金院本名目》说："院本名目六百九十种，见于陶九成《辍耕录》（卷二十五）者，不言其为何代之作。……以余考之，其为金人所作，殆无可疑者也。"④ 张庚、郭汉城的《中国戏曲通史》上册也称《辍耕录》所载《院本名目》"是'金院本'的现存唯一目录"⑤。

但是，陶宗仪是元人，他在《辍耕录》中提供这些剧目时仅说"偶得院本名目，用载于此"⑥，并没有说明这些剧目的时代，难以证明这些剧目就是金杂剧的剧目。

---

① 〔元〕脱脱等：《金史》卷十七《哀宗本纪》，见《二十五史（全本）》，第49页。
② 〔金〕刘祁撰，崔文印点校：《归潜志》卷十一《录大梁事》，见《元明史料笔记丛刊》，中华书局1983年版，第126页。（下引该书均同此版本，除书名及页码外，其他不再另注）
③ 〔金〕刘祁撰，崔文印点校：《归潜志》卷十三，见《元明史料笔记丛刊》，第146页。
④ 王国维：《宋元戏曲史》第六章"金院本名目"，东方出版社1996年版，第57页。
⑤ 张庚、郭汉城主编：《中国戏曲通史》（上册），中国戏剧出版社1980年版，第64页。
⑥ 〔元〕陶宗仪：《南村辍耕录》卷二十五《院本名目》，见《元明史料笔记丛刊》，中华书局1959年版，第306页。（下引该书均同此版本，除书名及页码外，其他不再另注）

在这些剧目中，有部分是宋杂剧。南宋人周密的《武林旧事》卷十《官本杂剧段数》载有宋杂剧剧目，其中与陶宗仪提供的院本名目有十一种相同或近似，如《烧花新水》《熙州骆驼》《病郑逍遥乐》《列女降黄龙》《黄丸儿》《讲百花爨》《四国来朝》等，显然是宋代流传下来的杂剧剧目。

这些剧目也有部分是元院本。在元代，从宋、金流传下来民间艺人创作的杂剧被称为院本，与文人创作的长篇北杂剧相区别。《辍耕录》卷二十五道："金有院本、杂剧、诸宫调。院本、杂剧，其实一也。国朝院本、杂剧，始厘而二之。"另一元人夏庭芝的《青楼集》也道："金则院本、杂剧合而为一。至我朝乃分院本、杂剧而为二。"之所以称为"院本"，是因为这是戏班艺人（行院）创作的剧本，朱权《太和正音谱》道："院本者，行院之本也。"院本简单粗糙，不足与杂剧抗衡，但仍在舞台上演出，常常与杂剧合作登台。有时院本与杂剧分段演出，如杜仁杰散曲《庄家不识构阑》道："前截儿院本《调风月》，背后么末①敷演《刘耍和》。"②"么末"即杂剧。有时是将院本穿插在杂剧中演出，往往按元杂剧的题材适当插入相应内容的院本，使二者融为一体。如将有关道人的院本《清闲真道本》插入杂剧《圯桥进履》第一折道人乔仙指点张良的情节中，将讽刺败将的院本《针儿线》插入杂剧《飞刀对箭》第二折张士贵与薛仁贵争功的情节中，将有关江湖医生的院本《双斗医》插入杂剧《降桑椹》第二折蔡顺延医治母病的情节中，等等。此类剧本共有六种。而这些院本剧名，都可在陶宗仪的《院本名目》中找到，显见是元院本。至于陶氏的院本名目中的"押剌花赤"为蒙古语，是元代官名，更应是元院本了。

在这些剧目中，当然也有金杂剧剧目。《红娘子》《蔡消闲》都反映了金代文学的某些状况，显然是金代作品。红娘是金代董解元《西厢记诸宫调》出现后才明晰起来的人物形象，蔡松年（号"萧闲老人"）则是金代著名的文学家。另外，在元散曲、元杂剧中常有艺人演出"古本"

---

① 么末：又称"么麽""幺末"，元杂剧的别称。《录鬼簿》卷上："高文秀：……除汉卿一个，将前贤疏驳，比诸公，么末极多。"又见龙潜庵《宋元语言词典》，上海辞书出版社1985年版，第87页。

② 见隋树森编《全元散曲》（上册），中华书局1964年版，第31页。（下引该书均同此版本，除书名及页码外，其他不再另注）

杂剧的叙述，如高安道散曲《〔般涉调〕哨遍·嗓淡行院》道："末泥引戏的衒劳嗽，做不得古本《酸孤旦》。"① 而《酸孤旦》就是陶氏《院本名目》中剧名。既云"古本"，就应是前代剧本，是宋或金的作品。元无名氏杂剧《百花亭》第三折王焕扮小贩卖"查梨条"时说："须记的京城古本，老郎传流；这果是家园制造，道地收来。"接着叫唱了一支卖干果的唱段，而陶氏的《院本名目》中的"打略拴搐"就有《果子名》的剧目，这段叫唱很可能就是源自由金杂剧改造而成的元院本。

由此可见，陶宗仪的《院本名目》是元人演出院本的剧目，其中包括了南宋、金、元三代的作品，以宋、金为主，可能经过元人的改造。

除了陶宗仪的《院本名目》之外，金杂剧剧目还见于元南戏《宦门子弟错立身》（以下简称《错立身》）。该剧第十二出云：

（末白）你会做甚院本？（生唱）〔圣药王〕更做《四不知》；《双斗医》；更做《风流浪子两相宜》；《黄鲁直打到底》；《马明王村里会佳期》；更做《搬运太湖石》。……做院本生点个《水母砌》，拴一个《少年游》。②

此剧的故事背景为金代，剧中所叙剧名可视为金杂剧剧目。

陶宗仪《院本名目》共六百九十种，《错立身》载院本名目共八种，两者相加共六百九十八种。除去明显有证据为宋杂剧的十一种、元院本的七种，余六百八十种很可能是金杂剧剧目。

金杂剧现存的剧本寥寥可数。《金史·章宗元妃李氏传》载：

自钦怀皇后没世，中宫虚位久，章宗意属李氏。而国朝故事，皆徒单、唐括、蒲察……诸部部长之家，世为姻婚，娶后尚主，而李氏微甚。至是，章宗果欲立之，大臣固执不从，台谏以为言。帝不得已，进封为元妃，而势位熏赫，与皇后侔矣。一日，章宗宴宫中，优人玳瑁头者戏于前。或问："上国有何符瑞？"优曰："汝不闻凤皇见乎？"其人曰："知之，而未闻其详。"优曰："其飞有四，所应亦异。

---

① 隋树森编：《全元散曲》（下册），第1110页。
② 王季思主编：《全元戏曲》（第九卷），人民文学出版社1999年版，第198页。

若向上飞则风雨顺时，向下飞则五谷丰登，向外飞则四国来朝，向里飞则加官进禄。"上笑而罢。①

杂剧演员玳瑁头与其搭档的一段对话，可谓一本简短的金杂剧剧本，姑称为《李妃》。

元杂剧《百花亭》第三折王焕扮小贩叫卖"查梨条"的叫唱也是一本金杂剧：

须记的京城古本，老郎传流；这果是家园制造，道地收来。也有福州府甜津津香喷喷红馥馥带浆儿新剥的圆眼荔枝，也有平江路酸溜溜凉荫荫美甘甘连叶儿整下的黄橙绿橘，也有松阳县软柔柔白璞璞蜜煎煎带粉儿压扁的凝霜柿饼，也有婺州府脆松松鲜润润明晃晃拌糖儿捏就的龙缠枣头，也有蜜和成糖制就细切的新建姜丝，也有日晒皴风吹干去壳的高邮菱米，也有黑的黑红的红魏郡收来的指顶大瓜子，也有酸不酸甜不甜宣城贩到的得法软梨条。俺也说不尽果品多般，略铺陈眼前数种。香闺绣阁风流的美女佳人，大厦高堂俏俫的郎君子弟，非夸大口，敢卖虚名，试尝管别，吃着再买。

"京城古本，老郎传流"二句，说明这段叫唱是自京城老艺人的"古本"流传下来，很可能就是陶氏《院本名目》中的《果子名》，为金杂剧剧本。其中有可能有元人的改造，亦可视为元院本。

3. 金杂剧的体制和艺术特征

由于金杂剧材料的缺乏，我们需要借助陶宗仪的《院本名目》和现存于元杂剧中的元院本进行分析，以探讨金杂剧的体制和艺术特征。

金杂剧的结构，大致上分为艳段和正杂剧两段式。陶氏《院本名目》分为十一类，其中"诸杂院爨""冲撞引首""拴搐艳段""打略拴搐"四类属于艳段段数，是在演出开头的短篇杂剧，类似话本的"入话"，吸引观众。"和曲院本""上皇院本""题目院本""霸王院本""诸杂大小

---

① 〔元〕脱脱等：《金史》卷六十四《后妃列传》，见《二十五史（全本）》，第159页。

院本""院幺"六类属于正杂剧段数①,篇幅较长,故事性也较强,是杂剧演出的主体部分。现存的金杂剧《李妃》简单短小,明显属艳段段数;《果子名》属"打略拴搐"类,也是艳段段数。现存的元院本《鸡鸭论》《黄丸儿》《双斗医》属"诸杂大小院本",是正杂剧段数;《清闲真道本》《针儿线》属"打略拴搐"类,是艳段段数。

从这些剧作,我们可知金杂剧的风格大略是以滑稽玩讽为主。《李妃》杂剧用"里飞"与"李妃"的谐音,讽刺李妃恃宠左右朝政,同唐、宋宫廷杂剧的优人的讽刺技巧近似;《清闲真道本》中道人乔仙自我奚落:"为甚贫道好做贼,皆因也有祖师传。施主若来请打醮,清心洁净更诚坚。未曾看经要吃肉,吃的饱了肚儿圆。"(《圯桥进履》第二折)《双斗医》写太医与医士胡突虫互相斗嘴,用自我奚落的方式讽刺江湖庸医:"人家请我去看病,着他准备棺材往外抬。"(《降桑椹》第二折)当然也有些写得较严肃的剧作,关汉卿杂剧《五侯宴》第四折插入的《鸡鸭论》院本,可能就是陶氏《院本名目》中"诸杂大小院本"中的《鸡鸭儿》,写李嗣源讲述母鸡孵鸭蛋,而鸭子长大后离母鸡而去的故事,劝诫世人"劝君莫养他人子,长大成人意不留"。但在亦庄亦谐之中,仍以讽刺谐趣的风格为金杂剧的主要特色。

金杂剧的脚色体制,据陶宗仪《辍耕录》卷二十五载:"院本则五人,一曰副净,古谓之参军;一曰副末,古谓之苍鹘,鹘能击禽鸟,末可打副净,故云。一曰引戏,一曰末泥,一曰装孤,又谓之五花爨弄。"谓元院本有副净、副末、引戏、末泥、装孤五个脚色,与宋杂剧的脚色体制大致相同。作为承上启下的金杂剧体制也当类此。金杂剧演出时不一定五人均上场,如《果子名》为一人叫唱;《李妃》为二人插科打诨;而杜仁杰《庄家不识构阑》写院本演出"一个女孩儿转了几遭,不多时引出一伙",就应是五个脚色都上场了。

金杂剧的表演形式,从现存的剧本剧目看,有念诵,有说白,有歌舞,有做工,有武打,而以念说做打为主。"和曲院本"是以歌舞为主的杂剧;"打略拴搐"是以数落、念诵为主的杂剧,如《果子名》历数干果的名称;"冲撞引首"是以武打为主的杂剧,如《打三十》《打谢乐》

---

① 见廖奔、刘彦君著《中国戏曲发展史》(第一卷),山西教育出版社2000年版,第291~297页。

《打调劫》等。此外,《错立身》第十二出写金人延寿马吹嘘自己做院本的才能:"趋跄嘴脸天生会,偏宜抹土搽灰。打一声哨子响半日,一会道牙牙小来来胡为。"可知滑稽做工是金杂剧、元院本的表演特色。

金杂剧上承宋杂剧的余绪,下开元院本和元杂剧的先河。其人物的自我奚落方式成为元杂剧反面人物、滑稽人物自我嘲弄的通例;其"副净""副末"的脚色被元杂剧直接借用为脚色名;至于金杂剧的题材,也多为元杂剧所借鉴,陶氏《院本名目》有不少剧名就与元杂剧同名或近似,如《墙头马》《张生煮海》等。金杂剧是中国戏剧史的艺术链中一个不可缺少的环节。

二、元杂剧概述

1. 元杂剧的发展线索

(1) 元杂剧的形成

元杂剧是唱念做打俱全,以唱为主、篇幅较长的戏剧形式,它的结构以一本四折为通例,以一人主唱为演唱方式,脚色主要有旦、末、净、杂四大行当。它是如何形成的?在何时形成?诸家戏剧史、文学史多认为元杂剧是吸收了诗词和小说的特点,将金杂剧和诸宫调结合起来的产物。但是,值得注意的是,为何在金代已具备以上诸种因素,却没有形成这样成熟的戏剧形式,而到了元代才完成这种综合?我们认为,是元散曲在其中起了桥梁的作用。散曲在金末已经兴起,刘祁《归潜志》卷十三引其友王飞伯语:"唐以前诗在诗,至宋则多在长短句,今之诗在俗间俚曲也,如所谓〔源土令〕之类。"这些"俗间俚曲"即为散曲。散曲在元初已很兴盛,大量的文人雅士如元好问、刘因,高官如刘秉忠、卢挚,少数民族作家如伯颜、不忽木等都参与了散曲的创作(见《全元散曲》),散曲成为各阶层、各族人民喜爱的新诗体。而元杂剧在元初也已兴盛,元初杜仁杰的散曲《庄家不识构阑》已记载了元杂剧的演出。元杂剧的作家多为"门第卑微,职位不振"(《录鬼簿·序》)之人,与散曲作家的地位不能相比。但元散曲与元杂剧又有着天然的、密切的联系:两者都用套曲的形式进行演唱,两者都有相同题材的作品,有兼擅杂剧和散曲的作家和演员。如关汉卿散曲《〔中吕〕普天乐·崔张十六事》叙述《西厢记》中张生和莺莺的故事；关汉卿、马致远、白朴、乔吉都是杂剧和散曲的双栖名家，歌妓朱帘秀、顺时秀、天然秀、赛帘秀都是擅演杂剧和散曲的佼佼者。评曲家也往往将散曲和杂剧一起评论，统称之为"论曲"，如《燕南芝庵论曲》《高安周挺斋论曲》等。这说明，元杂剧的兴起是与散曲的兴起是同步的，兴起的时间就是在金末元初。元散曲在诗文等雅文学和金杂剧、诸宫调等俗文学之间架起了一座桥梁，完成了诸种因素的综合，使元杂剧既接受唐宋传奇、唐诗宋词等雅文学的养料，又接受诸宫调、少数民族史诗的叙事技巧以及金杂剧的表演技巧等，形成一种以唱为主、雅俗兼备的新型戏剧，从而使杂剧摆脱在民间小打小闹的局面，以成熟的戏剧形式进入元代主流文学的大雅之堂。

（2）元杂剧的发展线索

元杂剧的分期，有分为三期的，如王国维的《宋元戏曲史》；有分为两期的，如游国恩等主编《中国文学史》。今依后者，以大德年间（1297—1307年左右）为界，分为前后两期。

前期是元杂剧鼎盛的时期，活动中心在京城大都，另有真定（在今河北）、东平（在今山东）、平阳（在今山西）三个杂剧活跃地区。

大都是元代经济和文化的中心，元人熊梦祥《析津志辑佚·城池街市》记载在钟楼附近有段子市、皮帽市、沙剌市等，为都城的商业繁华地段，有众多的歌楼酒馆，常有歌舞戏剧演出（《析津志辑佚·古迹》）。繁荣的经济为元杂剧的兴盛提供了丰厚的经济基础，市民有钱去看戏，市场需求的旺盛，足以养活戏班和戏剧作家。大都作为文化中心，也给戏剧家和演员切磋技艺、提高创作水平提供了一种浓厚的文化氛围和密切交流的机会。关汉卿与杨显之、梁进之、费君祥等杂剧作家为好友；马致远与李时中、花李郎、红字李二均为"元贞书会"中人，合作撰写杂剧《黄粱梦》（均见《录鬼簿》）；关汉卿和杂剧演员朱帘秀酬唱散曲等（见《全元散曲》），都说明大都剧坛的活跃状况。长期在大都从事杂剧创作的作家有关汉卿、马致远、王实甫、杨显之、纪君祥等杂剧名家，尤以关汉卿、马致远、王实甫声名为著。

真定在元初受汉将史天泽的保护，经济较为繁荣，杂剧的创作和演出也很兴盛。史天泽原为金末河北永清县拥有武装力量的地主，后来投降蒙古，参与对金、南宋的征战，因战功被任命为"真定、河间、大名、东平、济南五路万户"① 等职，驻守真定。史天泽实行护民养民政策，又热爱文学艺术，他自己就是一名散曲家，与白朴等杂剧作家交往，其子史樟（史九散仙）则是一名杂剧作家。真定地区的杂剧作家主要有白朴、李文蔚、史九散仙、尚仲贤、戴善夫等人，而以白朴的成就为高。

东平在金末元初由东平守将严实所控制，后严实降蒙古，授"东平路行军万户"。其子严忠济袭父职守东平，实行文化保护政策，曾修东平庙学②。因此，金亡后，从汴京等地逃出的文人、艺人大都进入东平境内。至元初，东平已成为乐工的集训地和输出地。《元史·礼乐二》载："太宗十年十一月……令各处管民官，如有亡金知礼乐旧人，可并其家属徙赴东平，令元揩领之，于本路税课所给其食。""（中统）二年秋九月，敕太常少卿王镛领东平乐工，常加督视肄习，以备朝廷之用。"③ 东平地区主要的杂剧作家有高文秀、李好古、张寿卿等，其中，高文秀被誉为"小汉卿"，是东平籍作家中的佼佼者。

平阳地区在元初戏剧演出已很兴盛，在至元、至正年间杂剧活动更为活跃。从现存的戏曲文物来看，如临汾魏村三王庙至元二十年（1283）戏台、临汾王曲村东岳庙元初戏台④，均可见元前期平阳地区杂剧演出的盛况。平阳地区前期杂剧作家主要有石君宝、李行道、孔文卿，以石君宝的剧作为佳。

元杂剧后期的活动中心在杭州。杭州在南宋时是首都，是杂剧活动的中心。在元代后期，杭州恢复了繁荣，优裕的生活条件和浓厚的文化气息吸引了大量北方的戏剧家游历杭州或到杭州定居，如关汉卿、白朴晚年都曾游历杭州，写下咏颂杭州的词曲⑤；郑光祖、乔吉则是由山西移居杭州的杂剧作家（见《录鬼簿》）。他们与杭州籍的作家共同合作，促成了杭州杂剧的繁荣。在杭州长期生活、进行杂剧创作的作家有郑光祖、乔吉、

---

① 〔明〕宋濂：《元史》卷一五五《史天泽传》，中华书局1976年版，第3658页。（下引该书均同此版本，除书名及页码外，其他不再另注）
② 〔明〕宋濂：《元史》卷一四八《严实传》《严忠济传》，第3506页、第3508页。
③ 〔明〕宋濂：《元史》卷六八《礼乐二》，第1691～1692页。
④ 见黄竹三《戏曲文物研究散论》，文化艺术出版社1998年版，第92～93页。
⑤ 〔元〕关汉卿散曲〔南吕〕一枝花·杭州景〕，见隋树森编《全元散曲》（上册），第171页；〔元〕白朴词《永遇乐·至元……游杭州西湖》，见唐圭璋编《全金元词》（下册），中华书局1979年版，第643页。

秦简夫、朱凯、钟嗣成、曾瑞、周仲彬、杨讷、金仁杰、范子安、王晔等人，以郑光祖和乔吉的成就为高。但是，后期杭州杂剧作家虽然众多，从总体上看，剧作质量却不如前期作家。元杂剧在其发展的后期走向衰落。

（3）元杂剧现存的剧目和剧本

元杂剧现存的剧目，钟嗣成《录鬼簿》共有四百七十一本杂剧（各种版本汇总计算）[1]，贾仲明《录鬼簿续编》著录一百五十八种，今人庄一拂的《古典戏曲存目汇考》则收元杂剧目五百四十三种，傅惜华《元代杂剧全目》收罗最丰，为七百三十七种。

元杂剧现存的剧本见于元刊本《元刊杂剧三十种》、明钞本《脉望馆钞校本古今杂剧》和明刊本《元曲选》等多种刊本。比较常见的是明人臧晋叔辑《元曲选》本，今人隋树森将《元曲选》未收的大部分现存元杂剧编为《元曲选外编》，两书共收元杂剧一百六十二种。近年王季思主编的《全元戏曲》收入以上二书的杂剧，并增加了元明之际未能确定创作年代的杂剧作品以及元杂剧的残折、残曲，共收元杂剧二百二十四种、残折残曲三十四种，为现存较完备的元杂剧作品集。

2. 元杂剧的总体风格和审美情趣

元朝是由蒙古族用武力征服建立起来的大帝国，实行民族歧视的政策，多年取消科举。元代的社会生活发生了剧烈的变化，文学艺术的审美情趣随之产生巨变，元杂剧的总体风格和审美情趣也呈现出与前代文学既有联系又有不同的特色。

元杂剧的总体风格特征主要为自然、本色、酣畅，而这三个特点都与元代各族的审美趣味有密切的关系。

王国维在《宋元戏曲史·元剧之文章》中说："元曲之佳处何在？一言以蔽之曰：自然而已矣。"又说："其文章之妙，亦一言以蔽之曰：有意境而已矣。"确实，"自然"是元杂剧总体风格的特色之一，它体现在作家将自己的思想感情、现实社会的状况通过剧作自然流露出来，而剧作语言又如同古诗词之佳者，自然优美，塑造出动人的意境。如关汉卿的剧作被评为"珠玑语唾自然流"（《录鬼簿》中贾仲明《〔凌波仙〕吊词》），就代表了元杂剧的总体语言风格。元杂剧作家崇尚自然的原因，在于元朝

---

[1] 见浦汉明校《新校录鬼簿正续编》，巴蜀书社1996年版，第8页。

多年取消科举，文人失去进身之道，加入杂剧创作队伍，他们作剧没有功利的目的，只为"自娱娱人"①，心中所想，脱口而出，故能自然。元杂剧的自然美体现了元杂剧对中国传统文学"意境美"的继承，呈现出元杂剧与前代文学相联系的一面。

元杂剧的本色是最受明人称道的风格特色。"本色"本是宋人用于批评诗词的术语，而明人将"本色"引入剧论。王骥德认为，"曲之始止本色一家，观元剧及《琵琶》《拜月》二记可见"（《曲律·家数》）。臧晋叔在《元曲选·序》中也说："而填词者必须人习其方言，事肖其本色，境无旁溢，语无外假，此则关目紧凑之难。"

元杂剧本色美的第一个特点是以真为美。元杂剧作家多为隐居山林或市井之人，对古代隐者庄子的"真者，精诚之至也"（《庄子·渔父》）的美学思想十分推崇，在剧中真率地抒发他们对现实生活的真切感受，塑造出真实可信的人物，即"事肖其本色"。第二个特点是以质朴为美，元杂剧大量运用元代的方言俗语，即"人习其方言"，但又不是粗鄙无文，而是有艺术加工，作家的审美情趣与庄子的"大巧若拙"（《庄子·胠箧》）的美学思想相近。杨显之杂剧《潇湘雨》第三折中张翠鸾的唱段〔水仙子〕，几乎纯为口语，但经过重叠、排比等艺术加工后，绘声绘色地刻画出含冤负屈、悲苦无告的女主人公形象，即为"大巧若拙"审美观的体现。元杂剧本色美的第三个特点，是抒情直率明快，极少隐晦之处，即"语无外假"，与传统雅文学的抒情含蓄大相径庭。在关汉卿一类本色派作家的作品里，甚至是大声疾呼，恣意横肆。

元杂剧本色美的产生，主要是元代平民的审美观在其中起了重要作用。元杂剧的作家大多落魄潦倒，"偶倡优而不辞"（臧晋叔《元曲选·序》），与市井小民为伍，平民的审美观影响了他们的创作。另外，传统隐逸文学的审美情趣也对元杂剧的作家产生影响。因而，真切质朴、坦率明快成为他们剧作的普遍特色。

如果说，元杂剧的"自然"和"本色"较多体现元杂剧对传统文学风格的继承，那么，"酣畅"则体现了元杂剧对传统审美观的反叛和创新。传统中国文学是以含蓄、简练为美的，直至宋代，文坛仍以言简意深为美，以言长句复为病，苏轼就讥讽秦观词《水龙吟》为"十三个字，

---

① 王国维：《宋元戏曲史》，东方出版社1996年版，第101页。

只说得一个人骑马楼前过"（曾慥《高斋诗话》转引）。而元杂剧却恰恰犯了传统审美观之忌，一本四折，曲词数十支，洋洋数万言，叙事抒情既明白又酣畅。吴伟业称这种特色为"显而畅"，其《北词广正谱·序》说："今之传奇，即古者歌舞之变也，然其感动人心，较昔之歌舞更显而畅矣。盖士之不遇者，郁积其无聊不平之概（慨）于胸中，无所发抒，因借古人之歌呼笑骂，以陶写我之抑郁牢骚，而我之性情爱借古人之性情而盘旋于纸上，婉转于当场。……而元人传奇，又其最善者也。"即谓元杂剧抒情十分酣畅，具有打动人心的感情力度。如《窦娥冤》中窦娥临刑前骂天地、骂贪官的唱词，痛快淋漓，可称为"情畅"。其次，元杂剧叙事深入细致，形容曲尽，此为"事畅"。《西厢记》中《闹柬》折写红娘为张生、莺莺传书递简，将本来很简单的情节写得波澜迭出，莺莺内心欣喜而表面假作发怒，张生时而为爱情失意而哭泣，时而为约会将至而狂喜，将二人恋爱的心理形容尽至，将故事叙述得饱满酣畅。元杂剧的酣畅还体现在"字畅"上，语言绘声绘色，大量运用叠字叠句、象声词，语言精力弥满而通俗流畅。如元杂剧《货郎旦》第三折三姑说唱李春郎一家逃难遇雨的情景，就体现了"字畅"的特色。

元杂剧的审美观由传统的简练美变为酣畅美，主要受到元代少数民族史诗审美情趣的影响。中国的汉族少有长篇的叙事诗，而少数民族却多有长篇史诗，如蒙古族的《江格尔》长达十万行；藏族的《格萨尔王传》的蒙古文本多达十三章，塑造了三千多个艺术形象；柯尔克孜族的《玛纳斯》也长达二十多万行。它们的风格均为质朴雄健、酣畅明快，被称为"三大英雄史诗"。[①] 随着蒙古族掌握中原的政权，大量的西北少数民族如回回、畏吾儿族[②]的成员随蒙古军征战而定居中原，社会的总体审美观也产生了重大转变：少数民族文学的酣畅明快代替了汉族文学的简练含蓄。少数民族史诗以酣畅为美的审美趣味，解放了元杂剧和小说的创作，我国第一部文人创作的长篇戏剧是元杂剧《西厢记》，我国章回体小说的开山之作《三国演义》产生于元末明初，而《三国演义》的作者罗贯中

---

① 见马学良、梁庭望、张公瑾编《中国少数民族文学史》（上、下册），中央民族学院出版社 1992 年版，上册第 141 页、第 206 页，下册第 93 页。

② 元代的"回回""回回族"即今回族，畏吾儿族即今维吾尔族，为尊重历史和引文原貌，全书的"回回""畏吾儿"不改作今名，也不再作注。特此说明。

同时又是杂剧作家。这说明，元杂剧的酣畅美对我国通俗文学的发展具有重要意义：如果没有这审美观的重大突破，仍是以言简意深为美，就不可能有长篇的叙事作品，就不可能有元杂剧以及明清戏曲小说的繁荣。

3. 元杂剧的题材

对元杂剧的分类，元代《青楼集》有"驾头杂剧""闺怨杂剧""花旦杂剧""绿林杂剧"等名称；元杂剧《蓝采和》则提到"脱剥杂剧"。明初朱权的《太和正音谱》则把杂剧分为十二科：神仙道化、隐居乐道、披袍秉笏（即君臣杂剧）、忠臣烈士、孝义廉洁、叱奸骂谗、逐臣孤子、钹刀赶棒（即脱膊杂剧）、风花雪月、悲欢离合、烟花粉黛（即花旦杂剧）、神头鬼面（即神佛杂剧）。这些分类，有些标准不一，有些科目重叠，不够合理。今按元杂剧的题材，可分为爱情婚姻剧、公案剧、历史剧、神仙道化剧和家庭伦理剧五类。

在元代各类题材的戏剧中，爱情婚姻剧是成就较高的一类。它具有进步的爱情观，洋溢着强烈的反封建精神，塑造了一系列不朽的典型人物形象，许多的优秀剧作至今还有舞台生命。其中，王实甫的《西厢记》、关汉卿的《拜月亭》、白朴的《墙头马上》、郑光祖的《倩女离魂》被称为四大爱情剧。这类剧的主题往往反对父母包办、门当户对的封建婚姻，而主张凭真挚的爱情自愿结合。《西厢记》在全剧结束时由张生高唱："愿普天下有情的都成了眷属。"《拜月亭》的王瑞兰对月焚香祷告："愿天下心厮爱的夫妇永无分离，教俺两口儿早得团圆。"（第三折）这些都是对自由爱情的热烈歌颂。

公案剧是描写官吏判案的戏剧。元杂剧的公案剧现存将近二十种，其中九种是包公戏，两种是张鼎戏。元代吏治腐败，贪官污吏横行，元杂剧作家热切盼望改变这种状况，于是把历史上著名的清官包公作为理想官员的化身，创造了孔目张鼎作为清吏的形象①，这是包公戏和张鼎戏产生的社会基础。元杂剧公案戏写清官断案多突出其"智"，而不是执法如山。许多剧名标明"智"，如关汉卿的《包待制智斩鲁斋郎》（以下简称《鲁斋郎》）、武汉臣的《包待制智赚生金阁》（以下简称《生金阁》）、郑廷

---

① 《元史·世祖本纪》："阿里海牙属吏张鼎，今亦参知政事。"但没有证据确定此人就是元杂剧中张鼎的原型。

玉的《包龙图智勘后庭花》等。这是因为元朝法律袒护权贵，清官不能按正常的法律程序给享有特权的凶手以应有的惩罚，只能运用智谋，绕过不公平的法律，为民申冤。优秀的公案剧有关汉卿的《窦娥冤》《鲁斋郎》、无名氏的《陈州粜米》、李潜夫的《灰阑记》、孟汉卿的《魔合罗》等。

元杂剧的历史剧多以历史上的重大政治军事斗争、著名历史人物为题材，在基本的历史事实的基础上大量吸收民间传说，以元代的时代精神改造史料，多有"以古讽今"的特色。现存元杂剧的历史剧有四十余种，马致远的《汉宫秋》、白朴的《梧桐雨》等描写帝妃故事的剧作抒发作者的国家兴亡之感，表现了宋、金遗民思念故国的悲慨情绪。纪君祥的《赵氏孤儿》等描写忠奸斗争的剧作、朱凯的《昊天塔》等描写杨家将卫国英雄的剧作，抨击祸国奸臣，歌颂忠臣义士，也蕴含着保卫汉族政权、反对元朝蒙古贵族统治的民族情绪。关汉卿《单刀会》等三国戏以蜀汉为正统，歌颂关羽、张飞等蜀汉英雄，含蓄地表达了汉族人民反抗元蒙统治者的心声。康进之的《李逵负荆》等水浒戏则通过歌颂李逵等水浒英雄肯定了农民起义，是元代风起云涌的农民起义在元杂剧创作上的反映。而关汉卿的《关张双赴西蜀梦》（以下简称《双赴梦》）、杨梓的《承明殿霍光鬼谏》、孔文卿的《东窗事犯》等剧都有鬼魂托梦和祭奠亡灵的情节，反映了元人祭祀的习俗，是应祭祀需要而上演的历史剧。

元代的神仙道化剧包括神话剧和宗教剧两种。神话剧是以幻想的形式反映社会问题的剧作，重点在于反映现实和理想。现存的元杂剧神话剧约有七种，李好古的《张生煮海》和尚仲贤的《柳毅传书》是其中的优秀作品。前剧写张羽与龙女相爱，但受到龙王阻挠，张羽在仙女帮助下煮沸海水，迫使龙王答允婚事。后剧写龙女三娘受丈夫虐待，托书生柳毅传书父母，摆脱不幸的婚姻，后来龙女改嫁给了她所爱慕的柳毅。两剧写的虽是人神相恋，实际上是世俗生活的反映，其追求自由爱情婚姻的思想，与《西厢记》的主题是一致的。宗教剧也有神仙出现，但重点却在劝诫人们皈依宗教，引导人们脱离尘世。元杂剧宗教剧写全真教的约有十三种，写佛教的约有五种，反映了全真教在元代的广泛传播。这类剧作往往写全真教的祖师马丹阳、吕洞宾等用种种法术劝诫世人出家信教，剧中往往有钟离权、吕洞宾、张果老、何仙姑、韩湘子、铁拐李、曹国舅、蓝采和共八个得道仙人出现，而以文人出身的吕洞宾为多，如马致远的《吕洞宾三醉岳阳楼》、岳伯川的《吕洞宾度铁拐李岳》、谷子敬的《吕洞宾三度城南柳》等，反映了全真教在下层文人中的影响。

元杂剧的家庭伦理剧表现了元代的伦理道德观，说教色彩较浓厚，消极意义较大，但部分剧作反映了一些至今还有积极意义的道德观，因而仍有佳作。刘唐卿的《降桑椹》、无名氏的《焚儿救母》都写"二十四孝"中的故事，无名氏的《举案齐眉》、宫大用的《范张鸡黍》宣扬了封建伦理中的"夫妇有别""朋友有信"[①]的道德观念。这些剧中的人物多满口经典，俨然道学先生，基本上是作者道德说教的传声筒。秦简夫的《东堂老》是成就较高的家庭伦理剧。剧作写儒商李实（东堂老）教育友人之子扬州奴浪子回头的故事，塑造了一个勤劳致富、恪守信义、节俭好学的儒商形象，批判了富家子弟好逸恶劳、挥霍浪费的恶习。这种思想道德观念在今天仍有教育意义。

4. 元杂剧的主要作家作品

（1）关汉卿

关汉卿是元代剧坛的领袖，大都人，太医院户，号已斋叟[②]。与马致远、白朴、郑光祖合称"元曲四大家"（见周德清《中原音韵》）。关汉卿早期生活在大都，后曾南下杭州、扬州等地。他是玉京书会的掌门人物，与剧作家杨显之、演员朱帘秀等关系密切。他博学多才，性格倔强而幽默，自称"是个蒸不烂、煮不熟、捶不匾、炒不爆、响珰珰一粒铜豌豆"（《〔南吕〕一枝花·不伏老》），以玩世不恭的生活态度表示对现实的反抗。现存剧目六十八种，剧本十八种。代表作为《窦娥冤》《救风尘》《单刀会》。

《窦娥冤》是著名的公案剧，也是被王国维称为"即列之于世界大悲剧中，亦无愧色"（《宋元戏曲史》）的悲剧佳作。剧作虽取材于古代长期流传的"东海孝妇"的故事，但主要反映元代的社会现实。剧中的窦娥

---

① 〔元〕许谦：《白云集·八华讲义》，见王云五主编《丛书集成初编》"文学类"第2080册，中华书局1985年据金华丛书本排印。（下引该书均同此版本，除书名及页码，其他不再另注）

② 一说为"太医院尹"，号已斋叟，见〔明〕贾仲明本《录鬼簿》；一说为祁州人，见〔清·乾隆〕《祁州志》；一说为解州人，见〔清〕邵远平《元史类编》卷三十六《文翰传》。

是个催人泪下的悲剧形象。她三岁丧母，七岁被卖作童养媳，十八岁就成了寡妇，二十岁被流氓张驴儿诬告"药死公公"，被官府屈打成招，判处死刑。她又是个恪守封建道德的孝妇节妇，在丈夫死后，"我将这婆侍养，我将这服孝守，我言词须应口"（第一折）。官府的严刑拷打没有使她屈服，而"孝"的思想却使她屈招了杀人的罪名："婆婆也，我若是不死呵，如何救得你？"（第二折）在冤案昭雪后，窦娥鬼魂还嘱咐父亲收恤蔡婆。但是，这样一个孝顺、守节、善良的女子，却无辜被杀，这就深刻地揭示了元代恶势力猖獗、吏治腐败的黑暗现实。作者是不满这种现实的，他通过塑造窦娥富有斗争精神的形象表达了反抗的呼声。窦娥在临刑前愤怒咒骂不合理的世道："地也，你不分好歹何为地？天也，你错勘贤愚枉做天！""这都是官吏每无心正法，使百姓有口难言。"（第三折）并发出"血飞白练""六月飞雪""亢旱三年"的三桩誓愿，以反常的现象证明自己"委实冤枉"。窦娥死后，她的鬼魂还念念不忘报仇，终于在任肃政廉访使的父亲窦天章的帮助下，昭雪了冤案。窦娥不屈不挠的斗争精神，使她成为一个富有悲剧色彩的伟大女性形象。而窦娥思想中的封建伦理道德观念，实际是作家的儒家思想的反映，虽然体现了一定的思想局限，但在当时的社会条件下，应当给予一定的理解和宽容。

《窦娥冤》体现了关汉卿剧作的总体艺术特色。剧作结构一人一事，主干突出，详略得当。全剧以窦娥的悲剧故事为主干，窦娥从做童养媳至守寡的经历只用几句台词交代带过，而对窦娥在临刑前的悲愤心情则泼墨如云地大肆抒写，充分体现了反压迫的主题。剧作的戏剧冲突是窦娥等正面人物和张驴儿、桃杌太守等反面人物的冲突，在尖锐的冲突中塑造主要人物窦娥的形象。剧作的语言既质朴自然而又泼辣酣畅，体现关汉卿作为本色派语言大师的风格，名曲有第三折的〔滚绣球〕等。

（2）王实甫

王实甫，名德信，字实甫，大都人。大约与关汉卿同时期。早年是与歌妓关系密切的书会才人，"翠红乡，雄赳赳施智谋。作词章，风韵美。士林中等辈伏低。新杂剧，旧传奇。《西厢记》，天下夺魁"（《录鬼簿》中贾仲明《〔凌波仙〕吊词》）。晚年为幽居园林的隐士，"有微资堪赡赒，有亭园堪纵游。保天和自养修，放形骸任自由"（王实甫散曲《〔商调〕集贤宾·退隐》）。他的杂剧在当时已有很高的声誉。现存剧目十四种、剧本三种，《西厢记》为其代表作。

《西厢记》主要取材于唐元稹的传奇小说《莺莺传》和金董解元的《西厢记诸宫调》，写书生张珙和相国小姐崔莺莺的爱情故事。剧作的思想成就在于旗帜鲜明地提出："愿普天下有情的都成了眷属。"传统的封建婚姻以金钱权势为基础，以父母作主为婚姻的缔结方式，而此剧却强调婚姻的基础是"有情的"，而不是"有钱的""有权的"；缔结婚姻的方式则是自由结合。剧作描述崔莺莺不满父母作主订婚的郑恒，也宁死不嫁以强权相逼的孙飞虎，而与两情相悦的张生私下结合，表明了作者以"情"为基础的进步婚姻观，具有鲜明的反封建色彩。

剧作塑造的主要人物形象，深受市民文学的影响。张生是一个带有市民色彩的书生形象，剧作之始，张生与传统文学中的书生一样，上京赴考，立志创一番事业，一曲〔油葫芦〕以黄河的壮丽景色烘托出他的雄心壮志。但当他在普救寺遇见崔莺莺之后，马上放弃赴考，租房住下，对莺莺展开热烈的追求，这是将爱情置于功名之上的市民爱情观的反映。柳永《定风波》词早有"悔当初，不把雕鞍锁""和我，免使年少光阴虚过"之语。另外，剧中的张生虽是一个忠于爱情的"志诚种"，作者却没有将他写成一个谦谦君子，而是写成一个为爱情而失态的"风魔汉"，一个冒冒失失的"傻角"。他在佛殿乍见年轻美貌的莺莺，惊呼："我死也！"其失魂落魄之态，令人捧腹。后来遇见红娘，又十分唐突地自我介绍姓名、年龄、籍贯以及"并不曾娶妻"，红娘从此给了他一个"傻角"的称呼。作者在才子张生身上加上这样的笑料，是要将他塑造成一个带有浓厚人情味的喜剧形象，而这正是市民喜闻乐见的戏剧人物。剧中的莺莺形象既有受传统闺阁文学影响的一面，她含蓄、矜持，对张生的追求迟疑不决，也有受市民文学影响的一面：她在佛殿与张生相逢时敢于"回顾觑末下"——临去秋波一转；月夜烧香时与张生隔墙酬诗，早已不是传统闺阁小姐的风范，而是市井小儿女的做派。至于《长亭送别》时她唱的〔幺篇〕一曲："年少呵轻远别，情薄呵易弃掷。全不想腿儿相挨，脸儿相偎，手儿相携。……但得一个并头莲，煞强如状元及第。"不但表现了她珍重爱情、轻视功名的思想，而且还是青楼文学注重感官享受、"既言情又言性"的反映，是世俗市民的爱情观。红娘则是此剧一个光彩照人的下层人物形象，她机灵风趣、见义勇为，张生和莺莺身上都有缺点，而红娘近乎完美无缺。作者对下层人物的热烈歌颂，也是市民文学关注小人物、肯定小人物的特色的反映。《西厢记》接受元代市民文学的进步思想和审美情趣,从而使这个流传已久的爱情故事闪耀着灿烂的时代色彩。

《西厢记》在艺术上也有重大的突破。它用五本二十一折的连本戏形式,打破了元杂剧一本四折的惯例,将这反封建的爱情故事写得十分饱满酣畅;并用"那辗"(金圣叹在《贯华堂第六才子书西厢记》中评语)①之法充分展开情节,刻画人物心理,塑造出张生、莺莺、红娘等鲜明生动的人物形象;它的演唱形式打破"一人主唱"的惯例,剧中各个主要人物都有演唱,便于塑造人物形象;它的戏剧冲突由正反面人物的冲突和正面人物的误会性冲突组成,互相交错,也突破元杂剧一般由单线组成戏剧冲突的通例,使剧情更为引人入胜。它的戏剧语言,被称为"如花间美人"(朱权《太和正音谱》),富于诗情画意,文雅优美,善于化用前人诗词名句,并恰当吸收民间口语,用雅俗不同的语言描绘不同人物的性格,具有很强的艺术表现力。名曲如第二本第一折《〔仙吕〕混江龙》、第四本第三折《〔正宫〕端正好》等。

《西厢记》是元杂剧对后世剧坛最有影响的作品。它所宣扬的反对封建婚姻、争取爱情自由的思想,成为后代爱情作品的精神源泉。它与明代传奇《牡丹亭》、清代小说《红楼梦》被称为中国文学史中三大爱情作品,具有里程碑式的历史地位。

(3) 白朴

白朴,字仁甫,号兰谷,隩州(今山西河曲)人。出身于一个有文化修养的官僚家庭。父亲白华曾在金朝任职,金亡后隐居真定,教儿读书,不容出仕(《金史·白华传》)。白朴七岁时逢蒙古灭金的战乱,母亲被掳,他随父亲好友元好问生活,师事元好问。受父亲和元好问忠于金朝的思想影响,他终身没有出仕,致力于杂剧、词曲的创作(见《石印斋所刻词·天籁集》中王博文《序》)。白朴为"元曲四大家"之一,现存剧目十六种,剧作三种:《墙头马上》《梧桐雨》《东墙记》(有争议)。

《墙头马上》为优秀的爱情婚姻剧,以白居易的乐府诗《井底引银瓶》为素材,写李千金和裴少俊的爱情故事。剧中的洛阳总管小姐李千金,大胆果敢地追求自由爱情与婚姻,她在花园墙头与马上的贵族公子裴少俊相遇之后,一见钟情,约会后花园;奶妈撞破她的约会,威胁要送官

---

① 〔清〕金圣叹批评,傅晓航校点:《贯华堂第六才子书西厢记》卷六,甘肃人民出版社1985年版,第180页。

府治罪，她以死抗争，并连夜与少俊私奔。在裴家后花园住了七年，生了一双儿女之后，她被少俊之父裴行俭发现，责骂她是淫妇"女嫁三夫"，她以理力争："我则是裴少俊一个。""这姻缘也是天赐的。"（第三折）在剧的剧尾，她在复婚后高唱："愿普天下姻眷皆完聚。"歌颂了自由婚姻的胜利。剧作的主题与《西厢记》是相同的。但这个剧也有其独特之处，李千金的形象实际上是一个市民女子的形象，在她身上，虽有传统闺阁文学的影响，但更多是元代青楼文学的印记。她表达感情十分坦率，甚至毫不掩饰地言"性"。她在邂逅裴少俊之后，坦率地向丫鬟梅香表白："呀！一个好秀才也！……休道是转星眸上下窥，恨不的倚香腮左右偎；便锦被翻红浪，罗裙作地席。"（第一折）李千金从倾慕裴少俊迅速想到"罗裙作地席"，在传统文人看来，这小姐也太急色，太没有小姐身份了。清人梁廷枏便抨击道："此时四目相觑，闺女子公然作此种语，更属无状。"①

显然，这是违反了闺阁文学"只言情不言性"之忌，而是青楼文学"既言情又言性"的特点的反映，元散曲中的赠妓之作就多有此类作品。白朴曾与歌妓交往，如有词《木兰花慢·歌者樊娃索赋》（见《天籁集》）赠建康歌妓樊娃，十分熟悉歌妓大胆泼辣、敢爱敢恨的性格，在塑造李千金的形象时，不自觉地以熟悉的歌妓作为创作的蓝本，从而使笔下的小姐形象打上青楼文学的印记。

《墙头马上》又是一部喜剧，与《井底引银瓶》的女主人公最后被男子抛弃的悲剧结局不同，此剧是以有情人终成眷属的喜剧结束的。剧情的许多关目也充满喜剧性，如：第三折看守裴家后花园的院公夸口守住院门，保护李千金不被发现，结果因醉酒而误事，并在裴行俭的追问下全盘招认；第四折李千金嘲讽裴少俊和裴行俭，语言也充满喜剧性。

（4）马致远

马致远，号东篱，大都人，也为"元曲四大家"之一。据其现存的散曲《〔双调〕拨不断》《〔大石调〕青杏子·悟迷》《〔双调〕夜行船》等的自述，其生平可分为三个阶段：追求功名、济世报国的青年时期，宦途多艰、牢骚满腹的中年时期，归隐山林、求仙慕道的晚年时期。马致远

---

① 〔清〕梁廷枏《曲话》，见中国戏曲研究院编《中国古典戏曲论著集成》（第八集），中国戏剧出版社1960年版，第258页。（下引该书均同此版本，除书名及页码外，其他不再另注）

从积极入世到消极出世的思想变化对其剧作有重要的影响。他早年的作品《汉宫秋》表现了强烈的爱国主义感情；而中年作品《荐福碑》写文士到处碰壁，正是他仕途多艰的写照；晚年的神仙道化剧如《陈抟高卧》等，则是他晚年消极出世思想的反映。现存剧目十五种、剧本七种，《汉宫秋》是其代表作。

《汉宫秋》写昭君出塞的历史故事。《汉书》卷九《元帝纪》和《后汉书》卷八十九《南匈奴列传》都记载了这一事件，写昭君自动请行，并在匈奴结婚生子。她的出塞，在当时是一件民族和睦的好事。后来晋人葛洪的《西京杂记》载汉元帝悔失昭君而怒杀画工毛延寿，东汉人蔡邕的《琴操》记昭君到匈奴后因不肯从胡俗嫁单于前妻之子而自杀，唐代《王昭君变文》写昭君出塞后思乡而病亡，则已有悲剧的意味。在元代，被蒙古贵族压迫的汉人，往往将自己的遭遇和昭君联系在一起，如宋宫人郑惠真被俘北去，写下"琵琶拨尽昭君泣，芦叶吹残蔡琰啼"[①] 的诗句，文天祥战败被俘，也有"俯首北去明妃泪，啼血南飞望帝魂"[②] 之句。在这种时代气氛下，马致远从反抗民族压迫的时代精神出发，吸收历史笔记、民间说唱文学的成果，对正史的记载进行了改造。

首先是对主题的改造。马致远将正史中的汉强匈奴弱改为汉弱匈奴强，将昭君自动请行改为匈奴以武力强索昭君，将昭君出塞后结婚生子改为投江自杀，从而将原故事表现民族和睦的主题改为反抗民族压迫的主题。

其次是对历史人物进行了改造。作者将具民族和睦象征的王昭君改写成带有悲剧色彩的爱国女英雄，她在匈奴以武力逼胁、满朝文武都不敢迎战之时，挺身而出，说："妾情愿和番，得息刀兵。"（第二折）到了汉番交界的黑江，她以酒浇奠辞别家国，毅然投江而死，以壮烈的为国捐躯维护了汉家的尊严。作者还将历史上好色而昏庸的汉元帝改写成一个有双重性格的人物形象：既昏庸无能，又忠于对昭君的爱情。作者对这个人物既有批判又有同情，表现了对汉族亡国之君一定程度上的宽恕。而对卖国奸臣，作者则给予以无情抨击，将史料中的毛延寿由画工身份改为中大夫，

---

① 〔宋〕郑惠真：《送水云归吴》，见〔清〕厉鹗辑撰《宋诗纪事》卷八十四，上海古籍出版社1983年版，第2031页。

② 〔宋〕文天祥：《和中斋韵》，见《文天祥全集》，北京市中国书店1985年版，第356页。

由一般小人改为卖国投敌的奸臣，意在批判宋末变节投降元军的汉奸。

此剧的语言既典雅工丽而又酣畅明快。名曲为第三折〔梅花酒〕，运用排比句、对句以及顶真续麻等修辞手法，将汉元帝痛失昭君的心情写得荡气回肠、淋漓尽致。

（5）郑光祖

郑光祖，字德辉，平阳襄陵（今山西临汾）人。曾在杭州任职吏员，病逝于杭州。郑光祖是"元曲四大家"之一，是元杂剧后期的重要作家。钟嗣成《录鬼簿》称他："名闻天下，声彻闺阁，伶伦辈称'先生'者，皆知为德辉也。"可见其在当时剧坛的名声。今存剧目十七种、剧本八种。《倩女离魂》是其代表作。

《倩女离魂》取材于唐人陈玄祐的传奇小说《离魂记》，写张倩女和王文举的爱情故事。剧作描绘张倩女的性格是别具特色的。一方面，她大胆反抗封建礼教，热烈追求自由幸福，在母亲以"不招白衣女婿"为由逼她的未婚夫王文举上京赴考时，她怨恨地说："不争你左使着一片黑心肠，你不拘箝我可倒不想，你把我越间阻越思量。"（楔子）母亲的阻挠只能管住她的身躯，却管不住她的思想，最后，她灵魂出窍，追随王生而去。另一方面，她又有沉重的精神负担，她的躯体留在家中，因相思和忧心而患病，她担心王生"得了官别就新婚，剥落呵羞归故里"（第三折）。这两种性格统一在倩女身上，表现了封建社会的妇女在婚姻问题上的理想追求和沉重的精神负担，具有深刻的典型意义。

剧作在艺术上也很有特色，它用"离魂"的浪漫描写表现爱情理想；剧作曲词优美婉转，多化用唐诗宋词构成优美的意境，将这个爱情故事写得浪漫优美。其艺术手法对后世《牡丹亭》（汤显祖作）、《画中人》（吴炳作）等都有深远的影响。

元杂剧是中国戏剧史上第一个黄金时代。它的唱念做打俱全，以曲为主的表演形式，奠定了中国戏曲的基本艺术形式；它的优秀作品中反抗压迫、争取自由的进步思想，成为后世剧作的思想源泉；它以饱满酣畅之笔塑造众多鲜明生动的戏剧人物形象，也为后世剧坛提供了有益的借鉴。元杂剧以其思想和艺术的杰出成就，在中国戏剧史上占有重要的地位。

［原载傅璇琮、蒋寅总主编，张晶分卷主编《中国古代文学通论·辽金元卷》（第五册），辽宁人民出版社2005年版］

元杂剧的酣畅美和元代少数民族史诗

一

元杂剧获得与唐诗、宋词并称的美誉，魅力何在？王国维在《宋元戏曲考》中归之为："自然而已矣。""有意境而已矣。"愚意以为，"自然"确乎为元杂剧的特色之一，"而已"则未免绝对了些。元杂剧的魅力是多方面的，酣畅、阳刚亦为元杂剧之特色，非仅为"自然而已矣"。"自然"较多体现了元杂剧对传统文学中"意境美"的继承，而酣畅则体现元杂剧对传统审美观的反叛与创新。换句话说，元杂剧异于唐诗、宋词之美何在？在酣畅矣。

元杂剧酣畅美的第一个审美特征是抒情上"显而畅"，"舒其郁积不平之气"，具有打动人心的感情力度，此为"情畅"也。吴伟业《北词广正谱·序》云："今之传奇，即古者歌舞之变也，然其感动人心，较昔之歌舞更显而畅矣。盖士之不遇者，郁积其无聊不平之概（慨）于胸中，无所发抒，因借古人之歌呼笑骂，以陶写我之抑郁牢骚，而我之性情，爰借古人之性情，而盘旋于纸上，宛转于当场。……而元人传奇，又其最善者也。""显而畅"是指既通俗而又酣畅地抒发剧中人的感情，而这种"歌呼笑骂"，如江河倾泻般的感情宣泄，却是剧作家的"不平之慨"的反映。君不见，《窦娥冤》窦娥临刑前骂天地、斥贪官的唱词："天地也，做得个怕硬欺软，却原来也这般顺水推船。地也，你不分好歹何为地？天也，你错勘贤愚枉做天！"何等痛快淋漓，吐尽受压迫者胸中的怨气。又不见，《汉宫秋》中汉元帝斥群臣的唱词："似箭穿着雁口，没个人敢咳嗽。""少不的满朝中都做了毛延寿。我呵，空掌着文武三千队，中原四百州，只待要割鸿沟。陡恁的千军易得，一将难求。"何等回肠荡气，岂只是汉元帝一人之愤慨，更是作家"借古人之歌呼笑骂"，骂尽天下汉奸，道尽民族屈辱的悲愤。这种文字所产生的美感是一种积储能量的大释放，被压抑感情的大宣泄，从而获得生命的大快酣，从快感转而产生美的魅力。

元杂剧酣畅美的第二个审美特征是"尽而无遗"地"演畅物情"，具有描绘事物的深度和广度，此为"事畅"也。姚华《曲学一勺》云："惟曲尽而无遗，乃人情之真谛。若论世而尚友，与求之鸿博，不知曲之深切而著明也。""曲之历世也，亘四五百年……无非演畅物情，表彰人事。"姚华说戏曲表现人情物态都要"尽而无遗""演畅"，形容曲尽，饱满酣畅，这实际上是元杂剧始有之特点。《西厢记》中《闹柬》一折写红娘为张生、莺莺传书送简，将本来很简单的情节写得波澜迭出，莺莺内心狂喜而表面假作发怒，张生时而埋怨哭泣时而欣喜若狂，"字字皆击开情窍，刮出情肠"（何璧《西厢记·序》），"尽而无遗"地抒写崔、张在挣脱封建枷锁、追求自由爱情过程中的矛盾心理、"人情之真谛"和"演畅物情"，从而具有美的魅力。无名氏《赚蒯通》第四折蒯通历数韩信十大功三大愚，反证韩信是功臣屈杀，其洋洋洒洒的雄辩，也令人击节称赏。孟轲说："充实之谓美，充实而有光辉之谓大。"（《孟子正义·尽心章句下》）元杂剧那些光彩照人的人物形象、生动饱满的故事情节、精妙细腻的做工、刻画心理细致入微的唱词，就具有这种"充实而有光辉"之美。

元杂剧酣畅美的第三个审美特征是"字畅语俊"，"攀绘神理，殚极才情"，语言绘声绘色、生动逼真，"有如许洒洒洋洋无数文字"[①]，此为"字畅"也。周德清云："关、郑、白、马，一新制作，韵共守自然之音，字能通天下之语，字畅语俊，韵促音调。"（王世贞《曲藻》转引）陈与郊为王骥德《古杂剧》作序云："夫元之曲以摹绘神理，殚极才情，足抉宇壤之秘。"如何才是"字畅语俊""摹绘神理"呢？孟称舜在《古今名剧合选·序》中的一段论述可作注解："迨夫曲之为妙，极古今好丑、贵贱、离合、死生，因事以造形，随物而赋象……笑则有声，啼则有泪，喜则有神，叹则有气，非作者身处于百物云为之际，而心通乎七情生动之窍，曲则恶能工哉！"即用生动酣畅的语言，"有声""有气"地表现人情物态，使观众得到身历其境的真切感受。且看元剧《货郎旦》第四折三姑说唱李春郎一家逃难遇雨的情景：

---

① 〔清〕金圣叹批评，傅晓航校点：《贯华堂第六才子书西厢记》卷二，甘肃人民出版社，第11页。

〔六转〕我只见黑黯黯天涯云布,更那堪湿淋淋倾盆骤雨,早是那窄狭狭沟沟堑堑路崎岖,知奔向何方所?犹喜的潇潇洒洒断断续续,出出律律忽忽噜噜阴云开处,我只见霍霍闪闪电光星炷。怎禁那萧萧瑟瑟风,点点滴滴雨,送的来高高下下四四凸凸一搭模糊,早做了扑扑簌簌湿湿渌渌疏林人物。倒与他妆就了一幅昏昏惨惨潇湘水墨图。

大量运用通俗的叠字、象声词,有声有色地尽情描绘风雨交加的情景,舞台上虽没有真雨,但观众觉风雨逼人。梅尧臣谓诗要"状难写之景,如在目前"(欧阳修《六一诗话》转引),元曲亦得之矣,唯其达到的途径不同,诗用含蓄语出之,元杂剧用酣畅语出之。这是中国文学史上一种崭新的语言,王国维《宋元戏曲史·元剧之文章》云:"古代文学之形容事物也,率用古语,其用俗语者绝无。又所用之字数亦不甚多。独元曲以许用衬字故,故辄不许多俗语,或以自然之声音形容之。此自古文学上所未有也。""元剧实于新文体中自由使用新语言,在我国文学中,于《楚辞》《内典》① 外,得此而三。……其写景抒情述事之美,所负于此者,实不少也。"王国维高度评价元剧语言的创新性,这是对的,但他认为元剧语言"新"在"用许多俗语""自然而已矣",则未能道出个中秘奥。陶渊明诗、李清照词何曾不自然、不用俗语?元杂剧语言之新,在于酣畅,大量运用叠字叠句、排比句、象声词等写景抒情,语言精力弥满而通俗自然。此种语言,方能与《楚辞》《内典》鼎足三立。

二

元杂剧的酣畅美是对传统文学审美观的一个反动。传统中国文学是以含蓄、简练为美的,"简古""简明""含蓄"是对诗文常用的赞语。古代以竹简刻字,费时费工,受此传播工具的限制,诗文自然以言简为妥。此外,自《礼记·经解》提出"温柔敦厚,诗教也"以来,诗文都提倡一种温文谦恭、含蓄儒雅的风格,以简练含蓄为贵。钟嵘《诗品》对陶渊明诗的赞语是:"文体省净,殆无长语。"而苏轼则讥讽秦观词《水龙

---

① 见《辞源》(册一):"佛教徒称佛经为内典。"商务印书馆1979年版,第287页。

吟》中"小楼连苑横空,下窥绣毂雕鞍骤",为"十三个字,只说得一个人骑马楼前过"(曾慥《高斋诗话》引)。可以说,直至宋代,文坛仍以言简意深为尚,而以言长句复为病。此外,传统文学重视"中和之美",孔子提出"乐而不淫,哀而不伤",故诗词都重视吞吐有致,余韵悠长,不将话说尽。而元曲却恰恰犯了传统审美观之忌,一本四折,曲词数十支,洋洋数万言,叙事抒情"显而畅","尽而无遗",完全违反"言简""含蓄""中和"等传统规矩,但仍然使人观之不厌,读之不倦,何也?这是一种全新的审美观在起作用。人们发现,言长不一定等于冗长,语俗不一定等于浅陋,那些如江河倾泻般酣畅抒情的曲词,那些绘声绘色如在目前的景色描绘,令人痛快舒畅,别有一种特别的魅力,不同于传统文学的如嚼橄榄,须仔细咀嚼方知甘味,而是如饮甘醴烈酒,畅快淋漓。

酣畅美是俗文学争取读者观众、战胜雅士偏见的重要手段。俗文学面向的是文化水平不高的平民大众,语言浅显,抒情直率。但如一直停留在浅显直率的水平上,就难以适应观众日益提高的欣赏要求,更为雅士们所鄙视;而酣畅的叙事和抒情,则成了补救浅率的重要手段。元杂剧之酣畅,非简单等同于繁复浅显,而是精心描绘人物的感情世界,充分展示情节以表现人物,浅显中见深刻,繁复中见充沛,从而深化了主题,给观众以充实美的享受。《李卓吾先生读〈西厢记〉类语》云:"读《水浒传》,不知其假;读《西厢记》,不厌其烦。文人从此悟入,思过半矣。""尝读短文字,却厌其多;一读《西厢》曲,反反复复,重重叠叠,又嫌其少,何也?"这是因为《西厢记》并非简单地将原来《莺莺传》的故事拉长,而是在更高层次上丰富和充实了故事原本,既"如长河之流,率然之蛇"(方诸生《西厢记》评语),酣畅饱满,又"如花间美人"(朱权《太和正音谱》评语)顾盼多姿,故令雅士俗人一齐俯首。李渔《闲情偶寄·贵显浅》又云:"元人非不深心,而所填之词,皆觉过于浅近,以其深而出之以浅,非借浅而文其不深也。"俗文学有了这种浅中见深、繁中见精的酣畅之美,就能避免粗鄙肤浅,富有艺术魅力。关汉卿的剧作语言质朴而又"曲尽人情"(王国维《宋元戏曲考》评语)、"奔放滉漾"(吴梅《词余讲义》评语),被尊为"元人第一";明代著名小说《水浒传》《西游记》等,通俗酣畅,既为市民庄家所喜闻乐见,又为文人雅士们所激赏,都说明了酣畅美对俗文学的重大作用。

酣畅美更是通俗戏剧走向成熟、提高品位的必要条件。中国戏剧发源得很早，不少人认为在先秦已有了戏剧的萌芽，可是为什么直至元代才成熟呢？为什么要经历这样长的孕育过程呢？原因是多方面的。但不可忽视的重要原因之一，就是元以前的戏剧，只有通俗而缺乏酣畅，很难成为成熟的作品。仅以宋杂剧为例，当时戏剧演出已相当兴盛，但多为"大抵全以故事，务在滑稽唱念，应对通遍"（吴自牧《梦粱录》卷二十），为相声式表演或"脱剥杂剧"的武打表演，简单粗糙，连剧本都没有流传下来。而元杂剧则不同，刻画人物浓墨重彩，故事情节丰满曲折，尤其洋洋洒洒的大段唱词将人物的内心感情抒发得十分饱满酣畅。故宋官本杂剧《裴少俊伊州》亡而元杂剧《墙头马上》享盛名，金院本《张生煮海》不存而元杂剧《张生煮海》流传至今，题材相同，命运各殊。更显著的例子是《西厢记》，反封建婚姻主题的作品自《诗经》以来便比比皆是，可是直到《西厢记》之前，没有一部爱情作品能将青年男女挣脱封建枷锁的爱情故事写得如此酣畅透彻，因而此剧成为中国文学史上爱情作品的第一个里程碑。可以说，戏曲是否具有酣畅之美，是其高下、文野之分的标准之一。

三

元杂剧为何会转变传统的审美趣味，由简练含蓄转为酣畅明快呢？

其实，早在唐宋之际，这种审美趣味的转变已露端倪，只是由于传统文学势力的强大，这种新的审美趣味多局限于宗教文学和民间文学的范畴，在文坛上不占主要地位。唐代佛寺道观为争取信徒而开设的"俗讲""变文""说经"①等说唱文学，就有许多长篇的叙事故事，如著名的《维摩诘经变文》《目连救母变文》就以通俗畅晓为其特色。被发现于敦煌莫高窟藏经洞的《维摩诘经讲经文》卷末题载："广政（后蜀孟昶年号）十年八月九日，在西川静真禅院写此第二十卷文书。"可见篇幅之长；同为敦煌宝藏的《大目乾连冥间救母变文》《目连缘起》和《目连救母》等，是后世"目连戏"的故事来源，宋代佛教节日多演此类戏剧，孟元老《东京梦华录》卷之八"中元节"云："构肆乐人，自过七夕，便

---

① 《辞源》："说经：㊀讲解儒家的经书。……㊁宋元说话人流派之一，以讲说佛经传说故事为主。"此处取㊁之"说经"。见《辞源》（第四册），商务印书馆1983年版，第2895页。

般《目连救母》杂剧，直至十五日止。"一个剧能连演数日，可见篇幅之宏伟，故事之曲折动人。不少学者认为，中国唐宋时期的佛教剧本，是印度梵剧随着佛教东渐向中国渗透的结果，如新疆新发现的佛教剧本——回鹘文《弥勒会见记》成书于公元767年，其序章中提到了马鸣等五位古代印度梵文文学的鼻祖和剧作家的名字以及古代焉耆翻译大师法来、福授、圣月等①；尤为重要的是，印度梵剧的渗透使中国的叙事文学改变审美趣味，主要是由简练含蓄转为丰满酣畅。胡适《白话文学史》云："印度人的幻想文学之输入确有绝大的解放力。试看中古时代的神仙文学如《列仙传》《神仙传》，何等简单，何等拘谨！从《列仙传》到《西游记》《封神传》，这里面才是印度的幻想文学的大影响呵。"郑振铎先生也认为，戏文"产生得最早，是受了印度戏曲的影响而产生的"（《中国俗文学史》）。外来的审美趣味开始影响中国文学的进程，但由于唐代文坛的主要体裁为诗文，也由于传统势力的强大，社会总体的审美趣味并未发生根本性的变化。

至宋代，由于城市经济的繁荣，市民队伍的壮大，对俗文学的需求日益增长；而活字印刷术的出现，使书籍可以大量印刷出版，也使文学作品可以更为酣畅地叙事抒情。雅文学一统天下的格局已被打破，以俗词和话本为标志的俗文学占据了文坛的一席之地。俗词的代表人物是柳永，他的《望海潮》写杭州的繁荣景象，被陈振孙称为"承平气象，形容尽致"（《直斋书录解题》）。李之仪《姑溪词跋》也誉之为："铺叙展衍，备足无余。"这些评论都透露了这样一个信息，即柳永词不是像晏殊、欧阳修词那样以含蓄精练见长，而是以"形容尽致""备足无余"取胜，虽然篇幅既长又一览无遗，违反了传统文学的审美趣味，受到晏殊等"雅士"的侧目，但却因写景抒情的酣畅明快而深受市民大众的欢迎。另一支俗文学的生力军是话本，"瓦舍"说书人用长篇叙说故事，塑造人物浓墨重彩，反复渲染。宋话本《风月相思》写冯琛与云琼的恋爱故事，用了二十多首诗、词叙述他们花前月下互题情诗的绵绵情意；《大唐三藏取经诗

---

① 多鲁坤·阚白尔：《〈弥勒会见记〉成书年代新考及剧本形式新探》，见曲六乙、李肖冰编《西域戏剧与戏剧的发生》，新疆人民出版社1992年版，第17、18页。

话》①写唐三藏西天取经途中经历的重重苦难,更具有了长篇小说的气势。

至金代,则有诸宫调这支俗文学的劲旅。诸宫调在北宋已经产生,王灼《碧鸡漫志》云:"熙、丰、元祐间……泽州孔三传者,首创诸宫调古传。"但从现存宋诸宫调《张协状元诸宫调》《刘知远诸宫调》等情况来看,内容和形式都较为简单粗糙,远不是成熟的作品。而金代董解元《西厢记诸宫调》共有一百九十三套曲,长达五万余字,抒情叙事形容尽致,被胡元瑞《庄岳委谈》称为"精工巧丽,备极才情","当是古今传奇鼻祖,金人一代文献尽此"。金朝与两宋同期而异域,为何诸宫调盛于金而非两宋?掌权的女真族的文学趣味是重要的影响因素。女真族擅长说唱文学,其古代长篇说唱故事《尼山萨满》刻画一位英雄女萨满(女真族信奉的萨满教的女巫)尼山,她用过人的巫术上天入地,锄强扶弱。作品长达两万余言,描写细腻传神。《西厢记诸宫调》叙事写人酣畅精工,女真族说唱文学的影响不容忽视。但是,由于与金对峙的南宋仍为汉族政权,金国的汉族人民仍保留着北宋的文化传统,文坛的主要体裁仍以诗文为主,而诗多江西诗风,元好问编的《中州集》、房祺的《河汾诸老诗集》等,都"正坐染江西习气,能摆脱者无几人"②。社会总体的审美观亦未发生根本性的变化。

在宋、金俗文学"山雨欲来风满楼"的情势下,元代出现了改变社会总体审美观的决定性因素——蒙古族掌握了中原的政权。大量的西北少数民族如回回、畏吾尔族的成员随蒙古军征战而最后定居中原,元蒙统治者实行民族歧视政策,汉族儒生被抛到了社会的底层,这时,汉族文学根深蒂固的传统审美观被击破,而以蒙古族为首的少数民族的固有文化和审美趣味则占据了文坛的主要地位,社会总体审美观产生了突变:酣畅明快代替了简练含蓄。中国的汉族少有长篇叙事诗,而少数民族却多有长篇史诗,如蒙古族的《江格尔》长达十万行;藏族的《格萨尔王传》的蒙古文本多达十三章,塑造了三千多个艺术形象;柯尔克孜族的《玛纳斯》也长达二十多万行,被称为"三大英雄史诗"。这些史诗都是说唱文学,

---

① 《风月相思》和《大唐三藏取经诗话》一般归入"宋元话本";胡士莹:《话本小说概论》(中华书局1980年版)经考证定为宋话本,此取后者。

② 〔清〕顾奎光选辑,陶玉禾眉批:《金诗选》卷四,乾隆十六年刻本,第26页。

由众多民间艺人世代口耳相传,其篇幅不受印刷工具和个体作家才力的限制,一般都篇幅较长;而在风格上,蕴含着古代北方游牧民族的性格特征,富有雄伟的魄力和奔放的气势。《岭·格萨尔王 霍岭战争》中册写格萨尔王的大臣珠·尕德·却江外乃亥唱道:

轰呀!轰呀!对着敌人轰!/轰得辽阔天宇似火红。
轰呀!轰呀!对着敌人轰!/轰得广大虚空声隆隆。
轰呀!轰呀!轰轰轰!/对准霍尔军营轰!/保卫格萨尔大好江山,/给我岭尕尔争威留名。/轰它个地角天涯都在摇动,/"勾""贵""浩"之声震荡苍空。
轰呀!轰呀!轰轰轰!/对准霍尔军营轰!/让万恶的敌人粉身碎骨,/罪魁祸首白帐王无处逃生;/愿我东方花花岭国,/苍松一样万古长青!①

其唱段用反复、夸张的手法和刚健有力的语言,表现战胜敌人的英雄气概,富有酣畅之美。元代蒙古族信奉藏族佛教,尊番僧八思巴为帝师,随着藏族佛教的东渐,藏族英雄史诗《格萨尔王》也传入蒙古族地区,演变改造为蒙古族史诗《格斯尔传》。

蒙古族的英雄史诗《江格尔》在13世纪前已产生,它用饱满而明快的笔调写古代英雄江格尔和洪古尔的征战事迹。《江嘎尔》(即《江格尔》)第十一章"西拉·胡鲁库败北记"写英雄洪古尔与敌人胡鲁库的战斗场面:

洪古尔高呼宝木巴的战斗口号,/挥舞着钢枪冲入敌人的中军。/洪古尔跨着铁青马左撞右冲,/好象灰狼冲进羊群,/杀得敌人胆战心惊。……
英雄的洪古尔心中暗想:/在我未进七层地下之前,/在我未去红海受难之前,/我要砍断西拉·胡鲁库的大蠹,/我要鞭打西拉·胡鲁库的头颅,/我要揪住他的七十层衣甲拎过马背,/那时江嘎尔的宫殿

---

① 王歌行、左可国、刘宏亮整理:《岭·格萨尔王·霍岭战争》(中册),中国民间文艺出版社1986年版,第7页。

不知将会怎样，/那时西拉·胡鲁库又不知是什么下场？①

  大量采用铺陈、夸张、反复等表现手法，富有酣畅之美。另外，蒙古族等少数民族喜爱并擅长歌舞，往往在节日喜庆、重大集会时举行盛大歌舞演出，不少史诗说唱伴以歌舞表演，已初具戏剧的成分，如哈萨克族史诗《英雄托斯提克》就在节日说唱，需演唱一昼夜②。元蒙统治者在掌握政权之后，庙堂歌舞就更为豪华排场，《元史》卷七十一《乐队》记载了皇宫元旦庆典时"乐音王队"的盛况："次四队，男子一人，戴孔雀明王象面具，披金甲，执叉，从者二人，戴毗沙神像面具，红袍，执斧。""次十队，妇女八人，花髻，服销金桃红衣，摇日月金鞭稍子鼓舞唱同前。"这些乐舞多用演员戴面具扮演鬼神，已初见歌舞戏的形式；而演员阵容多达数百人，反复"舞唱同前"，足见场面之豪华、表演之酣畅。元代回回族诗人萨都剌的《上京杂咏》诗也记载了蒙古贵族喜爱歌舞的状况："一派箫韶起半空，水晶行殿玉屏风。诸王舞蹈千官贺，高捧蒲萄寿两宫。""凉殿参差翡翠光，朱衣华帽宴亲王。红帘高卷香风起，十六天魔舞袖长。"何为"十六天魔舞"？元末明初叶子奇《草木子》云："其俗有十六魔天舞，盖以朱缨盛饰美女十六人，为佛、菩萨相而舞。"另一元诗人袁桷《上京杂咏》诗亦云："沙场调俊鹘，草窟射丰貂。闹舞花频簇，狂歌酒恣浇。"这"闹舞""狂歌"亦体现出蒙古族奔放粗犷的民族性格，崇尚阳刚、酣畅的审美倾向。

  元代蒙古族及其他北方少数民族的审美趣味影响了整个元代文学，戏曲、散曲、话本等富有酣畅美的俗文学上升为文坛的主要形式，而诗文等富有含蓄美的雅文学则退居次要地位。但是，元代文学的创作主力仍然是汉族作家，历史悠久的汉族文学与刚从奴隶社会脱胎的蒙古族等少数民族文学相比，毕竟有精粗之分；如果没有广大汉族作家的参与，元代文学只能停留在粗糙幼稚的阶段。元代的汉族作家在遭受自身价值和传统审美价值的巨大失落之后，经过艰难的探索，终于在外来文化的冲击和本民族的

---

  ① 色道尔吉、梁一孺、赵永铣编译评注：《蒙古族历代文学作品选》，内蒙古人民出版社1980年版，第109页。

  ② 见马学良、梁庭望、张公瑾编《中国少数民族文学史》（上册），中央民族学院出版社1992年版，第145页。

原来文化结构之间,找到了一个恰当的契合点,这就是既为汉族人民所欢迎又为蒙古族等少数民族人民所喜爱的戏剧形式——元杂剧。这种中国戏剧史上崭新的戏剧形式,既保留了唐诗宋词意境优美、文辞绮丽的特长,又富有北方少数民族长诗奔放酣畅的优点;既保留了汉代以来汉族的角抵戏、歌舞戏、参军戏和宋杂剧的创作经验,又吸收了少数民族歌舞戏的成就,融合为一种唱念做打俱全,集说白、歌舞、武打于一体的戏剧形式,改变了宋金杂剧功能较为单一、内容较为简单的状况。元杂剧的风格特色为自然、酣畅、阳刚,三者都具有西北少数民族崇尚勇武与质朴、激情饱满的特征,而自然美又包含着汉族自庄子以来就崇尚的"返璞归真"的天然美、自《诗经》以来的诗词所包含的意境美,元杂剧那些时而精力弥满时而优美动人的唱词,时而泼辣刚强时而情思缠绵的人物形象,是汉族文学和少数民族文学的结晶。且看《汉宫秋》第三折的名曲〔梅花酒〕:

呀!俺向这迥野悲凉,草已添黄,兔早迎霜。犬褪得毛苍,人搠起缨枪,马负着行装,车运着糇粮,打猎起围场。他、他、他伤心辞汉主,我、我、我携手上河梁。他部从入穷荒,我銮舆返咸阳。返咸阳,过宫墙;过宫墙,绕回廊;绕回廊,近椒房;近椒房,月昏黄;月昏黄,夜生凉;夜生凉,泣寒螀;泣寒螀,绿纱窗;绿纱窗,不思量。

此曲以深秋郊野景色之凄清烘托汉元帝送别昭君出塞之哀愁,情景交融,被王国维作为"写景之工者""有意境"的例证(《宋元戏曲史·元剧之文章》),激赏者多类此。而我认为,其更具创新意识的是运用修辞中"顶真续麻"的手法,用反复回旋的句子,生动地描绘出汉元帝一步一回头的舞台形象,缠绵而酣畅地抒写出他内心的忧伤,将意境美与酣畅美融合为一体。

此外,如《西厢记·长亭送别》一折中《〔正宫〕端正好》"碧云天,黄花地"一曲化用范仲淹《苏幕遮》词句塑造优美动人的意境,而〔叨叨令〕"见安排着车儿、马儿不由人熬熬煎煎的气"一曲运用叠词、排比句,酣畅地抒发崔莺莺的离愁别绪,以往论者多注意其语言"选择和融化古代诗词里优美的词句和提炼民间生动活泼的口语,镕铸成自然而华美的曲词"（游国恩等《中国文学史》），而忽视了少数民族文学的审美趣味的影响。仅注意意境美，而忽略了酣畅美，是有所欠缺的。

可以说，没有少数民族酣畅美的审美观的渗入，没有汉族知识分子审美观的改变，就没有元杂剧的丰厚收获；反过来说，如果元代汉族作家没有找到少数民族文学与汉族文学恰当的契合点，不能将两种审美观完美结合，兼收两种文学的成就，那么，也不能使元杂剧如此丰富生动，创造出中国戏剧史上的黄金时期。

四

元杂剧的酣畅美对我国通俗文学的发展具有重要的意义。如果没有这一审美观的重大突破，仍是以言简意深为美，就不可能有长篇的叙事作品，就不可能有元杂剧以及明清戏曲小说的繁荣。我国第一部文人创作的戏剧长篇是元杂剧《西厢记》；我国章回体小说的开山之作《三国演义》产生于元末明初，它的作者罗贯中同时又是杂剧作家。二者从此开启了中国长篇戏剧和长篇小说的新纪元，这一现象发人深省。

此外，元杂剧"情畅""事畅""语畅"的特色，为后世长篇叙事文学作品提供了塑造丰满人物、敷演动人故事的有效手段，从此中国的戏曲和小说创作才摆脱了简单幼稚，进入成熟和鼎盛的阶段，创造出崔莺莺、曹操、诸葛亮、武松、贾宝玉、林黛玉等一系列既丰满复杂又光彩照人的人物形象；中国剧坛才出现了堪与世界一流悲喜剧媲美的《窦娥冤》《西厢记》，小说界才出现了成为中华民族骄傲的《红楼梦》等四大名著。

历史的经验说明，每一次外来文学的进入，都会对传统文学带来冲击，但要开拓文坛的新局面，还需在传统文学和外来文学之间找到一个恰当的契合点、一种恰当的表现形式，唐宋人、金人未能找到，而元人找到了，这就是酣畅美和意境美兼备的元杂剧。

（原题目为《论元曲的酣畅美》，载《戏剧艺术》1996年第4期；后收入《元杂剧和元代民俗文化》，广东高等教育出版社2007年版，题目及内容有改动）

元杂剧的"蒜酪味"和"蛤蜊味"

中国古典诗学向来以"味"来评价文学作品风格，将饮食文化的味觉比拟诗词的余韵悠长，因而产生了诗评的"滋味说"。南朝梁代人钟嵘《诗品·序》说："五言居文词之要，是众作之有滋味者也。"① 认为五言诗是各类诗体中最"有滋味"者；刘勰《文心雕龙·总术》则以甘甜之味比喻诗文的华美："味之则甘腴。"② 唐人司空图提出好诗要有"其咸酸之外"的"味外之旨"③；宋人欧阳修却以先苦后甜的"橄榄味"喻诗的似拙实厚："近诗尤古硬，咀嚼苦难嘬，初如食橄榄，真味久愈在。"④

元明人则用"蒜酪味"和"蛤蜊味"来比喻元杂剧的风格。元人钟嗣成《录鬼簿·序》说："今因暇日，缅怀古人，门第卑微，职位不振，高才博艺，俱有可录……若夫高尚之士，性理之学，余有得罪于圣门者。吾党且哕蛤蜊，别与知味者道。"⑤ 明人何良俊《曲论》则说："高则诚才藻富丽，如《琵琶记》'长空万里'，是一篇好赋，岂词曲能尽之！然既谓之曲，须要有蒜酪，而此曲全无，正如王公大人之席，驼峰、熊掌、肥腯盈前，而无蔬、笋、蚬、蛤，所欠者，风味耳。"⑥

钟、何两人分别用"蒜酪味"和"蛤蜊味"形容元杂剧，但"蒜酪味"和"蛤蜊味"是怎样的"风味"？两者是否等同？

首先看"蒜酪味"。"蒜酪"指大蒜和乳酪，大蒜的味道是辛辣的，

---

① 〔清〕何文焕辑：《历代诗话》（上册），中华书局1981年版，第3页。
② 〔南朝梁〕刘勰：《文心雕龙》，见北京大学哲学系美学教研室《中国美学史资料选编》（上册），中华书局1980年版，第208页。
③ 〔唐〕司空图：《与李生论诗书》，见北京大学哲学系美学教研室编《中国美学史资料选编》（上册），中华书局1980年版，第316页。
④ 〔宋〕欧阳修：《水谷夜行寄子美圣俞》，见杜维沫、陈新选注《欧阳修选集》，上海古籍出版社1986年版，第85页。
⑤ 〔元〕钟嗣成：《录鬼簿》（外四种），上海古籍出版社1978年版，第2页。
⑥ 〔明〕何良俊：《曲论》，见中国戏曲研究院编《中国古典戏曲论著集成》（第四集），第11页。

乳酪的味道是香甜浓醇的。李文蔚《蒋神灵应》杂剧第一折说："擂槌上抹些稀蒜，就马上辣作一堆。"萨都剌《上京即事》诗道："野草生香乳酪甜。"① 这味觉上的辛辣和甜醇，用以比拟元杂剧，就体现为一种泼辣而醇美的艺术风格。元杂剧中有许多性格泼辣的女性，关汉卿《救风尘》第一折赵盼儿唱〔油葫芦〕："姻缘簿全凭我共你？谁不待拣个称意的？他每都拣来拣去百千回。待嫁一个老实的，又怕尽世儿难成对；待嫁一个聪俊的，又怕半路里轻抛弃。遮莫向狗溺处藏，遮莫向牛屎里堆，忽地便吃了一个合扑地，那时节睁着眼怨他谁？"在泼辣的声口中道出妓女生涯的辛酸，体现了元杂剧辣而醇的"蒜酪味"。

其二，大蒜和乳酪是中国北方人民尤其是少数民族常用的食品。在元代这个少数民族掌握中原政权的时代，"蒜酪味"尤为时人所熟悉。元人王祯《农书》卷三十《谷谱四·蒜》载："北方食饼肉不可无此，家有其多者，收一二顷，以供岁计，今在在种之。"② 元人熊梦祥《析津志辑佚·风俗》载："都中经纪生活匠人等，每至晌午以蒸饼、烧饼、馉饼、软糁子饼之类为点心，早晚多便水饭（稀饭）。……菜则生葱、韭蒜、酱、干盐之属。"③ 北宋人王易《燕北录》载契丹妇女生儿子"服酥调杏油"，生女儿则"服黑豆汤调盐"④。宋人洪皓《松漠纪闻》载女真人用乳酪制茶喝："宴罢，富者瀹建茗留上客数人啜之，或以粗者煎乳酪。"⑤ 元人杨允孚《滦京杂咏》写蒙古族的风俗道："营盘风软净无沙，乳饼羊酥当啜茶。"⑥ 而元代南方人却不喜"蒜酪"，元杂剧《酷寒亭》中江西人张保就对"大蒜臭韭""秃秃茶食"表示厌恶："小人江西人氏……遭驱被掳，来到回回马合麻沙宣差衙里。……他家吃的是大蒜臭韭、水答饼、秃秃茶食，我那里吃得？我江南吃的都是海鲜。""秃秃茶食"又叫"秃秃麻食"，是一种以"蒜酪"作调料的羊肉面，是元代回回人喜爱的

---

① 〔清〕顾嗣立：《元诗选》初集，中华书局1987年版，第1252页。
② 〔元〕王祯：《农书》卷30，清刻本。
③ 〔元〕熊梦祥著，北京图书馆善本组辑：《析津志辑佚》，北京古籍出版社1983年版，第207～208页。
④ 〔宋〕王易：《燕北录》，见〔明〕陶宗仪编《说郛三种》（第五册），上海古籍出版社1986年版，第2584页。（下引该书均同此版本，除书名及页码外，其他不再另注）
⑤ 〔宋〕洪皓：《松漠纪闻》，见〔明〕陶宗仪编《说郛三种》（第五册），第2555页。
⑥ 〔清〕顾嗣立编：《元诗选》（初集三），中华书局1987年版，第1959页。

食品，元人忽思慧《饮膳正要》说："秃秃麻食系手撇面，补中益气。白面六斤，作秃秃麻食，羊肉一脚子，炒焦肉乞马，右件用好肉汤下炒葱调和匀，下蒜酪、香菜末。"① 可见，"蒜酪味"是一种北方风味小吃的味道，它让人想起的是飘散着乳酪香味的蒙古包以及北方嚼着大蒜吃烙饼的"卖浆者流"，从而涌起浓厚的山野气息和北国风情。用之比拟元杂剧，就生动体现了其富有元代北方地域特色、少数民族特色的文学风格。它雄健、质朴而带有"野性"，与传统文学迥异，故而别有风味。元杂剧中吃蒜酪的多是些粗豪的将军或粗野的小人物。《蒋神灵应》第一折慕容垂道："谁比我将军快吃食，白米闷饭吃二十碗，硬面烧饼嚼九十，经带阔面轮五碗，卷煎烂蒜夹肉吃。"《裴度还带》第二折粗野和尚则说："阿弥陀佛，南无烂蒜吃羊头。"人物粗豪的语言和性格，对剧作形成雄豪拙野的风格起了重要作用。后人也往往用"蒜酪味"来形容北方元曲的风格特色。清人焦循《剧说》道："嘉、隆间，松江何元朗（何良俊）蓄家僮习唱，一时优伶俱避舍，然所唱俱北词，尚得蒜酪遗风。"②

次看"蛤蜊味"。蛤蜊是汉族人民尤其是东南沿海平民百姓喜食的一种海产品，《本草纲目》卷四十六《介》二"蛤蜊"说："蛤蜊生东南海中，白壳紫唇，大二三寸者，闽、浙人以其肉充海错。"宋人孟元老《东京梦华录》卷二《饮食果子》、卷三《马行街铺席》介绍汴京的饭店菜色就有"炒蛤蜊""假蛤蜊""蛤蜊"③ 等名目。蛤蜊个小而味道清纯，以之喻元杂剧，就是指其天然轻灵的风格。如元人王举之散曲《〔双调〕折桂令·赠胡存善》说："问蛤蜊风致何如？秀出乾坤，功在诗书，云叶轻盈，灵华纤腻，人物清癯。采燕赵天然丽语，拾姚卢肘后明珠。"④ 可知元人心目中的"蛤蜊味"就是天然轻灵，不造作，不板滞。乔吉《两世姻缘》第二折玉箫唱道："趁着那游丝儿恰飞过竹坞桃溪，随着这蝴蝶儿

---

① 〔元〕忽思慧：《饮膳正要》卷一，见张元济等辑《四部丛刊续编·子部》，民国二十三年（1934）上海商务印书馆景印本，第38页。

② 〔清〕焦循：《剧说》，见中国戏曲研究院编《中国古典戏曲论著集成》（第八集），第89页。

③ 〔宋〕孟元老：《东京梦华录》卷二《饮食果子》、卷三《马行街铺席》，见《东京梦华录》与《都城纪胜》《西湖老人繁胜录》《梦粱录》《武林旧事》五种合订本，中国商业出版社1982年版，第17、22页。（下引该书均同此版本，除书名及页码外，其他不再另注）

④ 隋树森编：《全元散曲》（下册），第1321页。

又来到月榭风亭。觉来时倚着这翠云十二屏,恍惚似坠露飞萤。多咱是寸肠千万结,只落得长叹两三声。"刻画玉箫相思的心理真切、自然,而笔调又轻灵优美,应属"蛤蜊风致"一类。值得注意的是,这种轻灵天然的笔调多为南方汉族的元杂剧作家所拥有,后期的元杂剧作家尤著此风。

"蛤蜊味"比之元杂剧,还体现为浓厚的平民文学风格。蛤蜊是平民大众化的食品,宋人吴自牧《梦粱录》卷十六《酒肆》载:"更有酒店兼卖血脏、豆腐羹、熬螺蛳、煎豆腐、蛤蜊肉之属,乃小辈去处。"① 用"蛤蜊味"形容文学风格,就与传统雅文学风格有别。元诗等雅文学常写鸡豚鱼虾,但未见写蛤蜊,因为鸡豚鱼虾在传统诗文中往往成为雅士隐居生活的载体;而蛤蜊只入元散曲等俗文学,因为蛤蜊往往代指小民的山野趣味。

蛤蜊的"野味"还包含有思想上的离经叛道,它非关乎封建礼教的理性之学,也非关乎高头讲章的学问,而是反映了平民百姓的喜怒哀乐,富有平民文学通俗自然、贴近人情的特点。因此,钟嗣成《录鬼簿·序》所说的"啖蛤蜊"的"吾党"均为"门第卑微,职位不振,高才博艺"之人。他们的剧作不同于"高尚之士,性理之学","有得罪于圣门者",从内容上就异于传统雅文学,如《西厢记》等爱情剧违反封建传统婚姻观,《李逵负荆》等水浒戏歌颂聚众造反的起义军,等等,都为离经叛道之作。从这个意义上看,"蛤蜊味"又属于元杂剧的整体风格。

最后看评曲家对此二"味"的态度。"蛤蜊味"的提出者钟嗣成是元末人。从《录鬼簿》可知,他虽为大梁(今开封市)人,但后期生活在杭州,他的戏曲界朋友也多为江浙人。因此,"蛤蜊味"是他站在南方汉族人的角度对整个元杂剧做出的评价,包含着他对整个元杂剧的理解,但他又是以南方汉族的元杂剧作品为重心的,故以南方人熟悉的"蛤蜊味"为喻。而"蒜酪味"却是明人何良俊对前代戏曲总体特色的评价,他更重视元杂剧的北方文学特色和少数民族文学特色。从元杂剧中的使用频率看,"蒜酪"高于"蛤蜊",元杂剧中较少"蛤蜊"的描写,可能是其作家多为北方作家之故。因此,"蒜酪味"当更能体现出元杂剧的总体风格。但钟嗣成作为元人研究元杂剧的杰出成就为后人所推崇,他的评价具

---

① 〔宋〕吴自牧:《梦粱录》卷十六《酒肆》,见《东京梦华录》与《梦粱录》《都城纪胜》《西湖老人繁胜录》《武林旧事》五种合订本,第131页。

有权威性，后来的论者往往将"蛤蜊味"和"蒜酪味"相提并论。如何良俊评元曲说，"既谓之曲，须要有蒜酪"，又说宴席如无"蔬笋蚬蛤"，即"欠风味"，就是将两者并提的。

综上所述，用"蒜酪味"和"蛤蜊味"形容元杂剧，是既有区别又有联系的。但两者又互相交融，从整体上反映出元杂剧与雅文学迥异的泼辣粗豪、质朴拙野、通俗自然等风格。

（原题为《元曲的"蒜酪味"和"蛤蜊味"》，原载《中国文化报》1999年7月1日；被《新华文摘》1999年第4期摘要转引。后改为现题目）

元院本与元杂剧

　　宋杂剧和金院本作为中国戏曲萌芽时期的戏剧样式，对元杂剧的形成和发展产生了积极的影响，院本在元代还在继续演出。对于这些中国戏曲的演变过程，王国维等戏曲史家已有精确的论述。但是，元院本的具体情况如何、它与元杂剧的关系怎样、则少有论者的研究。本文认为，在元代，院本和杂剧是两种既互相独立又互相联系的戏剧形式，前者为戏班艺人所创作，后者主要为文人作家所创作，两者往往同台演出，前者对后者起辅助作用。同时，两者的审美趣味各有不同而又互相交融，民间艺人和文人戏剧家切磋合作，共同促进了元代戏剧的繁荣兴盛。

一、元院本和元杂剧"分而为二"

　　元人陶宗仪《辍耕录》卷二十五道："金有院本、杂剧、诸宫调。院本、杂剧，其实一也。国朝院本、杂剧，始厘而二之。"另一元人夏庭芝的《青楼集志》也道："金则院本、杂剧合而为一。至我朝乃分院本、杂剧而为二。"
　　在宋、金二代，戏剧是文人们不屑创作的文体，院本和杂剧都是民间艺人创作的一些滑稽小戏，宋人耐得翁《都城纪胜·瓦舍众伎》载："杂剧中，末泥为长，每四人或五人为一场，先做寻常熟事一段，名曰艳段；次做正杂剧，通名为两段。末泥色主张，引戏色分付，副净色发乔，副末色打诨，又或添一人装孤。其吹曲破断送者，谓之把色。大抵全以故事世务为滑稽……"《辍耕录》卷二十五则载："院本则五人，一曰副净，古谓之参军；一曰副末，古谓之苍鹘，鹘能击禽鸟，末可打副净，故云。一曰引戏，一曰末泥，一曰孤装，又谓之五花爨弄。""又有焰段，亦院本之意，但差简耳。取其如火焰易明而易灭也。其间副净有散说，有道念，有筋斗，有科泛。"王国维认为陶氏所指之院本为金院本（《宋元戏曲史·金院本名目》）。将宋杂剧和金院本两相比较，在脚色方面，相同名称的有末泥、副净、副末、引戏、装孤（孤装），结构上都有艳段（焰段），风格都以滑稽调笑为主，故陶宗仪等说二者"其实一也"；仅因宋金南北地域的不同而称为杂剧与院本。

在元代，院本与杂剧却是从内容到形式都有很大不同的两种戏剧。元杂剧为人们所熟知，元院本又如何？

现存的元院本，据前人的研究，有《清闲真道本》［见李文蔚杂剧《张子房圯桥进履》（以下简称《圯桥进履》）第一折］、《针儿线》［见无名氏杂剧《摩利支飞刀对箭》（以下简称《飞刀对箭》）第二折］、《鸡鸭论》（见关汉卿杂剧《五侯宴》第四折）、《双斗医》（见刘唐卿杂剧《降桑椹》第二折），另外，与元朝仅有一步之遥的明初朱有燉的杂剧《吕洞宾花月神仙会》第二折插演的院本《长寿仙献香添寿》，也被视为元院本。①

余以为，元院本实际上还不止此数。

元无名氏杂剧《百花亭》第三折王焕扮小贩叫卖"查梨条"时说：

> 须记的京城古本，老郎传流；这果是家园制造，道地收来。也有福州府甜津津香喷喷红馥馥带浆儿新剥的圆眼荔枝，也有平江路酸溜溜凉荫荫美甘甘连叶儿整下的黄橙绿橘，也有松阳县软柔柔白璞璞蜜煎煎带粉儿压扁的凝霜柿饼，也有婺州府脆松松鲜润润明晃晃拌糖儿捏就的龙缠枣头，也有蜜和成糖制就细切的新建姜丝，也有日晒皱风吹干去壳的高邮菱米，也有黑的黑红的红魏郡收来的指顶大瓜子，也有酸不酸甜不甜宣城贩到的得法软梨条。俺也说不尽果品多般，略铺陈眼前数种。香闺绣阁风流的美女佳人，大厦高堂俏倬的郎君子弟，非夸大口，敢卖虚名，试尝管别，吃着再买。

"京城古本，老郎传流"一句，说明这段"卖果品"的叫唱是自京城老艺人的"古本"流传下来，而《辍耕录》卷二十五《院本名目》

---

① 《清闲真道本》和《针儿线》见胡忌《金元戏剧的新资料——"针儿线"和"清闲真道本"》，载《光明日报·文学遗产》1956 年第 102 期；《鸡鸭论》和《双斗医》见季国平《论元杂剧艺术的渊源与发展》，载《河北师院学报》（社会科学版）1993 年第 1 期；《长寿仙献香添寿》见王国维《宋元戏曲史》第十三章"元院本"。

中的《打略拴搐》中就有《果子名》的剧名,《诸杂院爨》中还有《讲百果爨》的剧名,这段叫唱很可能就是这一类金院本经过改造而成的元院本。有些学者认为"京城古本"是指前辈说书艺人的话本,因"老郎"是说书艺人对老前辈、老师傅的尊称①。而余以为,元杂剧和元散曲中的"古本"指前代剧本,多指金院本,元人高安道散曲《〔般涉调〕哨遍·嗓淡行院》道:"末泥引戏的嗔劳嗽,做不得古本《酸孤旦》。"②《酸孤旦》正是《辍耕录》中《院本名目·诸杂大小院本》中的剧名。元杂剧《蓝采和》第一折蓝采和唱:"俺将这古本相传,路歧体面。习行院,打诨通禅,穷薄艺知深浅。……做一段有憎爱劝贤孝新院本……"因此,我们将这段戏称为元院本是可以成立的。

元院本沿续金例仍为滑稽小戏,以说白和动作表演为主。《圯桥进履》第二折乔仙道:

等的天色将次晚,躲在人家灶火边。若是无人撞入去,偷了东西一道烟。盗了这家十匹布,拿了那家五斤绵。为甚贫道好做贼,皆因也有祖师传。施主若来请打醮,清心洁净更诚坚。未曾看经要吃肉,吃的饱了肚儿圆。平生要吃好狗肉,吃了狗肉念真言。不想撞着巡军过,说我破斋犯戒坏醮筵。众人将我拿个住,背绑绳缚都向前。见我不走着棍打,嘴头上打了七八拳。拿在厅前见官府,连忙跪膝在阶前。大人着我说词因,道我败坏风俗罪名惩。背上打到二百棍,眉毛上打了七八千。大人心里犹不足,再着这厮顶城砖。被我宁心打一坐,无语悲悲大笑喧。我这般喜喜孜孜无欢悦,呷呷大笑无语言。众人齐声皆都赞,两边闲人一发言,道我是个清闲真道本,说我是个无忧无虑的散神仙。

《清闲真道本》为《辍耕录》中《院本名目·先生家门》中的剧名,也是个由金流传至元的"古本",其中可能有元人的改造在内。其内容为道人犯戒受罚,由一个角色演出,语言动作都滑稽可笑。

另一元院本亦为滑稽语言动作表演,见《飞刀对箭》第二折:

---

① 见王学奇主编《元曲选校注》(第四册),河北教育出版社1994年版,第3626页。
② 隋树森编:《全元散曲》(下册),第1110页。

（净扮张士贵领卒子上，云）自小从来为军健，四大神州都走遍。当日个将军和我奈相持，不曾打话就征战。我使的是方天画杆戟，那厮使的是双刃剑。两个不曾交过马，把我左臂厢砍了一大片。着我慌忙下的马，荷包里取出针和线。我使双线缝个住，上的马去又征战。那厮使的是大杆刀，我使的是雀画弓带过雕翎箭。两个不曾交过马，把我右臂厢砍了一大片。被我慌忙下的马，荷包里取出针和线。着我双线缝个住，上的马去又征战。那厮使的是簸箕大小开山斧，我可轮的是双刃剑。我两个不曾交过马，把我连人带马劈两半。着我慌忙跳下马，我荷包里又取出针和线。着我双线缝个住，上的马去又征战。那里战到数十合，把我浑身上下都缝遍。那个将军不喝采，那个把我不谈羡。说我厮杀全不济，嗨！道我使的一把儿好针线。

《辍耕录》中《院本名目·卒子家门》有《针儿线》剧名，这段戏用夸张的手法讽刺那些常败将军，很可能就是此剧，或由此剧改编而成。剧中把使枪弄棒和穿针引线的动作混合表演，极为荒诞可笑。

杨景贤《西游记》第二本第六出《村姑演说》中胖姑儿唱："见一个粉搽白面皮，红绖着油鬏髻，笑一声打一棒椎，跳一跳高似田地。"接着老张祖说："这是做院本的。""笑一声打一棒椎"正是陶宗仪所说的"末打副净"的逗笑动作。元南戏《错立身》第十二出也有关于元院本表演的描写：

（末白）不嫁做杂剧的，只嫁个做院本的。（生唱）〔调笑令〕我这囊体，不查梨，格样，全学贾校尉。趋抢嘴脸天生会，偏宜抹土搽灰。打一声哨子响半日，一会道牙牙小来来胡为。

高安道散曲《〔般涉调〕哨遍·嗓淡行院》则写看客对院本演员表演的不满："没一个生斜格打到二百个斤斗。"

吹口哨、打斤（筋）斗都是滑稽动作表演，打筋斗更是金院本副净色的拿手好戏。

元院本除了滑稽的动作表演之外，还有诙谐的歌唱表演。与元杂剧"一人主唱"的体制不同，元院本各个脚色都可以唱。如朱有燉杂剧《吕洞宾花月神仙会》① 第二折有一段院本的描写：

> 扮净同捷讥、付末、末泥上，相见科，做院本《长寿仙献香添寿》。……（捷）我有一管玉笙，有一架银筝，就有一个小曲儿添寿，名是《醉太平》：有一排玉笙，有一架银筝，将来献寿凤鸾鸣，感天仙降庭。……（末泥）我也有一管龙笛，一张锦瑟，就有一个曲儿添寿：品龙笛凤声，弹锦瑟泉鸣。供筵前添寿老人星，庆千春百龄。……（付末）我也有一面琵琶，一管紫箫，就有个曲儿添寿：拨琵琶韵美，吹箫管音齐。琵琶箫管庆樽席，向筵前奏只。……（净趋抢云）小子也有一条弦儿的一个眼儿的丝竹，就有一个曲儿添寿：弹棉花的木弓，吹柴草的火筒，这两般丝竹不相同，是俺付净色的受用。

剧中净、捷讥、付末、末泥都有说有唱，尤以净的演唱为滑稽。

元院本的结构简单，不分折或出，从上文的《清闲真道本》《针儿线》《长寿仙献香添寿》等院本可知。

元院本的脚色也大致如同金院本，上剧中的净、付末、末泥即同金院本的脚色副净、副末、末泥，仅"捷讥"有异。高安道散曲《〔般涉调〕哨遍·嗓淡行院》也道："末泥引戏的嗔劳嗽。""末泥""引戏"都与金院本脚色同名，均可见元院本脚色对金院本的沿袭。当然，也有差异较大的，如《清闲真道本》和《针儿线》都只有一个演员表演。

元院本的人物扮相多为丑扮，元初杜仁杰散曲《〔般涉调〕耍孩儿·庄家不识构阑》道："前截儿院本《调风月》……中间一个央人货，裹着枚皂头巾顶门上插一管笔，满脸石灰更着些黑道儿抹。知他待是如何过。浑身上下，则穿领花布直裰。"上文《错立身》写院本演员"抹土搽灰"也是如此。

元院本的剧本同金院本一样，为戏班艺人创作的"行院之本"。明初朱权的《太和正音谱》道："院本者，行院之本也。"王国维《宋元戏曲史·金院本名目》说："《张千替杀妻》杂剧云：'你是良人良人宅眷，不

---

① 杨家骆主编：《全明杂剧》（第四册），影印脉望馆藏古名家杂剧本，台湾鼎文书局1979年版。

是小末小末行院。'则行院者，大抵金元人谓倡伎所居，其所演唱之本，即谓之院本云耳。"元代戏班艺人多自称"行院"，大概是从居所"行院"发展而来。《蓝采和》杂剧第三折旦云："都是一般行院，你多拿了几文钱出来，我务要平分。"外人称戏班演员也叫"行院"，同上剧第一折钟离对蓝采和说："你是什么好驰名的行院？"元无名氏散曲《〔般涉调〕耍孩儿·拘刷行院》写客人在酒楼叫戏班演出："道有教坊散乐，拘刷烟月班头。"① 是将"教坊散乐""烟月班头"称作"行院"的。演员创作的剧本仍称"院本"，《蓝采和》第一折蓝采和唱："做一段有憎爱劝贤孝新院本，觅几文济饥寒得温暖养家钱。"南戏《错立身》第十四出写戏班演院本，班主王恩深向河南府同知呈上院本剧本：

（外白）六儿，我如今在此闷倦，你与我去叫大行院来，做些院本解闷。（净叫介）（生旦上）（末上见外介）（外说关子）（末禀院本）

元院本少有完整的剧本流传至今，但有剧名的记载。《错立身》第十二出云：

（末白）你会做甚院本？（生唱）〔圣药王〕更做《四不知》；《双斗医》；更做《风流浪子两相宜》；《黄鲁直打到底》；《马明王村里会佳期》；更做《搬运太湖石》。……做院本生点个《水母砌》，拴一个《少年游》。

从中可见院本剧目的丰富多彩。

而元杂剧却与宋杂剧、金院本有本质的不同。在元代，大量的文人因失去科举考试的晋升之道，转向戏剧创作，也许是身份的关系，他们的目光并非放在戏班的"行院之本"上，而是放在被称为"杂戏"② 的元杂剧上，从而使元杂剧发生了脱胎换骨的变化，从宋、金的滑稽小戏变为内容丰富、艺术成熟的大戏，从内容到形式都产生了质的飞跃和发展，成为

---

① 隋树森编：《全元散曲》（下册），第1822页。
② 〔明〕朱权：《太和正音谱》："杂剧者，杂戏也。"见中国戏曲研究院编《中国古典戏曲论著集成》（第三集），第53页。

元代剧坛的主体戏剧形式。胡祗遹《赠宋氏·序》道：

> 近代教坊，院本之外，再变而为杂剧。既谓之杂，上则朝廷君臣，政治之得失，下则闾里市井，父子、兄弟、夫妇、朋友之厚薄，以至医药、卜筮、释道、商贾之人情物理殊方，异域风俗语言之不同，无一物不得其情，不穷其态。①

夏庭芝《青楼集志》也说：

> 院本大率不过谑浪调笑，杂剧则不然，君臣如：《伊尹扶汤》《比干剖腹》，母子如：《伯瑜泣杖》《剪发待宾》……皆可以厚人伦、美风化。②

《蓝采和》第一折正末（蓝采和）也唱：

> 甚杂剧请恩官望着心爱的选。（钟云）你这句话敢忒自专么？（正末唱）俺路歧每怎敢自专？这的是才人书会划新编。（钟云）既是才人编的，你说我听。（正末唱）我做一段《于祐之金水题红怨》《张忠泽玉女琵琶怨》。（钟云）你做几段脱剥杂剧。（正末云）我试数几段脱剥杂剧。（唱）做一段《老令公刀对刀》《小尉迟鞭对鞭》，或是《三王定政临虎殿》。（钟云）不要，别做一段。（正末唱）都不如《诗酒丽春园》。

蓝采和介绍的杂剧剧目，有历史剧，有言情剧，还有武打剧等，内容丰富多彩，正是胡祗遹言杂剧"无一物不得其情，不穷其态"的注脚。而且，蓝采和声明，这些杂剧不是"路歧"——流浪戏班艺人写的，而是书会才人——主要是文人作家创作的。只有这种杂剧才有被观众挑选的资格，如果是"路歧"们编的，钟离们大概要嗤之以鼻了。

由此可知，在元代，院本虽然仍在演出，但因其短小粗糙，又为戏班

---

① 李修生主编：《全元文》（第五册），江苏古籍出版社1997年版，第260页。
② 中国戏曲研究院编：《中国古典戏曲论著集成》（第二集），第7页。

艺人所作，不为世所重，故少有剧本传世，现存的院本均为插在元杂剧中之剧本；而元杂剧内容丰富而富于文采，以文人为创作主体，进入了元代的主流文学，剧本得以结集出版，有《元刊杂剧三十种》《元曲选》等流传至今。

二、元院本对元杂剧的辅助作用

作为一种古老的戏剧形式，元院本是可以独立演出的，高安道散曲《〔般涉调〕哨遍·嗓淡行院》道："待去歌楼作乐，散闷消愁。倦游柳陌恋烟花，且向棚阑玩俳优。赏一会妙舞清歌，瞅一会皓齿明眸，躲一会闲茶浪酒。"接着看客便欣赏了由"末泥引戏"演出的院本"古本《酸孤旦》"。

但元院本因为简单粗糙，不能吸引更多的观众，往往和元杂剧同台演出，以院本的小戏穿插在杂剧的大戏中，起调节气氛、使元杂剧主唱演员得以休息等辅助作用，也使自己得到生存和发展。

元代演员或票友多兼擅院本与杂剧，王实甫《丽春堂》杂剧第一折官员李圭说："也会做院本，也会唱杂剧。"元无名氏杂剧《庆赏端阳》第一折李道宗说："我幼习弓马兵书，颇会做的院本，攻的杂剧。"《蓝采和》杂剧第四折蓝采和唱："你待着我做杂剧，扮兴亡贪是非。……旧么麽院本我须知，论同场本事我般般会。""么麽"即元杂剧，"同场本事"正透露出杂剧和院本同台演出的信息。

也有些戏班将演员分工，此演杂剧，彼演院本。往往是女演员演杂剧，以姿色秀丽和歌喉婉转吸引观众；而男演员演院本，以滑稽表演调节气氛。《青楼集》载："赵偏惜，樊孛阑奚之妻也，旦末双全。……樊院本，亦罕与比。""朱锦绣，侯要俏之妻也，杂剧旦末双全，而歌声坠梁尘，虽姿不逾中人，高艺实超流辈。侯又善院本。时称负绝艺者，前辈有赵偏惜、樊孛阑奚，后则侯朱也。"均为妻演杂剧夫演院本的最佳搭档。

元院本和元杂剧的同台演出，有时是分段进行的，如杜仁杰散曲《庄家不识构阑》道："前截儿院本《调风月》，背后么末敷演《刘耍和》。""么末"即杂剧，即此剧团先演院本《调风月》，再演杂剧《刘耍和》。有时是将院本穿插在杂剧中演出，往往按元杂剧的题材类别适当插入相应题材的院本，使二者融为一体。如上文已述，将《讲百果爨》插入《百花亭》中王焕卖"查梨条"的情节,将有关道人的《清闲真道本》插入《圯桥进履》中道人乔仙指点张良的情节,将讽刺败将的《针儿线》插入《飞刀对箭》中张士贵与薛仁贵争功的情节,都使戏剧场面更加生动有趣。至于《吕洞宾花月神仙会》插入《长寿仙献香添寿》的演出,则烘托了喜庆的气氛。另外,《西厢记》第三本第四折写红娘探望张生病情,也插入有关医生的院本的演出:"洁引太医上,《双斗医》科范了。"(《双斗医》为《辍耕录》《错立身》载院本名)也加强了该剧的喜剧效果。

元院本亦可在元杂剧的折与折之间演出,除调节气氛外,还造成间隙,使"一人主唱"的元杂剧主唱演员得以休息。有些学者质疑过杂剧"一人主唱"的体例,认为演员的体力不可能支持连续唱完全剧:"一个演员连唱四折,若中间没有间歇,他(她)能吃得消吗?更重要的是,如何解决角色身份的问题呢?"① 从而提出,在元杂剧的折与折之间,当有一些小节目穿插演出,使主唱演员得以休息,或改换服装,变换角色。本文赞成这种观点,并认为这些小节目中,就有院本。臧晋叔在改定《玉茗堂四种传奇》的《还魂记》第二十五折的眉批中说:"北剧四折,只旦末供唱,故临川于生旦等皆接踵登场。不知北剧每折间以爨弄、队舞、吹打,故旦末当有余力。""爨弄"即陶宗仪说的"五花爨弄",即院本。

值得注意的是,元院本除与元杂剧同台演出之外,还与南戏、傀儡戏等其他元代戏剧合作演出。南戏《错立身》第十二出写延寿马为追求女演员王金榜而要求加入戏班,王父(末)说:"只嫁个做院本的。"接着延寿马吹嘘自己表演院本的技能;该剧第十四出还有延寿马之父"叫大行院来,做些院本解闷"的情节,均为南戏中串演院本。元杂剧《西游记》第二本第六出《村姑演说》描述"社火"盛况,是先演院本,后演傀儡戏;南戏《耿文远》〔喜还京〕曲也道:"看舞傀儡,傀儡呈院本,身份诙谐越样美。"② 则是将院本和傀儡戏合二为一了。

---

① 黄天骥:《元剧的"杂"及其审美特征》,载《文学遗产》1998 年第 3 期。
② 王季思主编:《全元戏曲》第十二卷,人民文学出版社 1999 年版,第 459 页。

三、元院本和元杂剧不同的审美趣味及其互补的关系

元院本和元杂剧有着不同的审美趣味。前者反映的是民间艺人和下层百姓的审美趣味，后者主要反映的是文人剧作家的审美趣味。

其一，元院本产生于社会最底层的"倡优"，受传统封建道德的束缚较少，其剧作也有自己的思想道德价值判断，但不担负什么"传道"的责任，以娱乐观众为主。元无名氏杂剧《王矮虎大闹东平府》第三折说："做几段笑乐院本。""笑乐"是其追求的演出效果，也是其审美趣味的重点。而元杂剧的作家主要由下层文人组成，他们虽穷困潦倒，但在文化上仍然深受传统雅文学的影响，"文以载道"的思想根深蒂固，"厚人伦，美风化"（夏庭芝《青楼集志》）是其审美趣味的重点，在亦庄亦谐的剧作中承载着他们匡济世人、实现自我价值的审美理想。

其二，元院本以滑稽为美，因而在舞台造型上经常"抹土搽灰"，在动作表演上"打棒椎""打哨子""打斤斗"，唱曲也多滑稽小调，以插科打诨为主要表演形式。而元杂剧则崇尚酣畅美，偏重抒情性。剧作虽然唱念做打俱全，但无论是剧作家还是演员，都十分重视"曲"，以大段的唱词酣畅地抒发剧中人的感情，塑造人物形象。

其三，元院本喜欢"小"，剧作短小随意，没有固定结构，便于"路歧"在歌楼、广场、田头等各种场合随时演出。而元杂剧崇尚"大"，剧作长而端整，以一本四折为惯例，有开端、发展、高潮、结束，类似文章的起承转合，比较规范，便于在勾栏瓦舍等正规舞台演出。

总之，元院本体现了民间文学娱乐性强、简朴、不规范的特点，而元杂剧则体现了文人文学思想性、抒情性、规范性均较强的特点，呈现出不同的审美心态和文化特征。

但是，元院本和元杂剧不是"井水不犯河水"截然分开，由于两者同台演出，民间艺人和文人作家得以互相学习，审美趣味互相交融，形成院本和杂剧互相补充的关系。

在共同进行戏剧实践的过程中，一些水平较高的民间艺人也参与了元杂剧的创作。有时以参加"书会"为依托，与文人共同撰写杂剧，《录鬼簿》卷上载："《开坛阐教黄粱梦》，第一折马致远，第二折李时中，第三

折花李郎学士,第四折红字李二。"① 四人均为大都元贞书会才人②,而马致远和李时中为小官,红字李二和花李郎均为民间艺人③。有时民间艺人也独立创作杂剧,《录鬼簿》卷上载,赵文殷(教坊色长)有杂剧《渡孟津武王伐纣》《错立身》《张果老度脱哑观音》,张国宾(教坊勾管)有《汉高祖衣锦还乡》《薛仁贵衣锦还乡》《相国寺公孙汗衫记》,红字李二有《病杨雄》《板踏儿黑旋风》《折担儿武松打虎》;花李郎有《懒憜判官钉一钉》《莽张飞大闹相府院》④。《太和正音谱》中《倡夫不入群英四人,共十一本》也有类似的记载。从现存的《公孙汗衫记》等剧可知,这些民间艺人之作也具有较强的思想性、抒情性和规范性,是文人审美情趣对民间艺人渗透的结果。

文人杂剧作家则向民间艺人创作的院本吸收营养,从剧作题材到表演形式都加以借鉴。王国维《宋元戏曲史·元杂剧之渊源》列举了二十种元杂剧剧名近似院本的名目,这些院本名目多取自《辍耕录》,王氏认为:"其为金院本,而非元之院本。"余以为这些院本在元代仍在演出,亦可视为元院本。因为陶氏在此书中说:"教坊色长魏、武、刘三人,鼎新编辑,魏长于念诵,武长于筋斗,刘长于科泛,至今乐人皆宗之。偶得院本名目,用载于此。""至今"二字,说明这些院本剧作在元代仍在演出,其中可能有元代艺人的改造在内。元院本对元杂剧题材的影响,是显而易见的。

此外,元院本各个脚色都可演唱的体制,对元杂剧也有一定的影响。一些反面人物或喜剧人物的表演,偶尔也会随机演唱,打破"一人主唱"的惯例。如关汉卿《望江亭》杂剧第三折结尾:

  (李梢唱)〔马鞍儿〕想着想着跌脚儿叫。(张千唱)想着想着我难熬。(衙内唱)酪子里愁肠酪子里焦。(众合唱)又不敢着傍人知道。则把他这好香烧,好香烧。咒的他热肉儿跳。(衙内云)这厮

---

① 〔元〕钟嗣成等著:《录鬼簿》(外四种)卷上,上海古籍出版社1978年版,第78页。(下引该书同此版本,除书名及页码外,其他不再另注)
② 〔元〕钟嗣成等著:《录鬼簿》(外四种)卷上23页:"元贞书会李时中、马致远、花李郎、红字公,四高贤合捻《黄粱梦》。"
③ 〔元〕钟嗣成等著:《录鬼簿》(外四种)卷上,第12、23、29、78页。
④ 〔元〕钟嗣成等著:《录鬼簿》(外四种)卷上,第76页。

每扮戏那！

我们可能会奇怪：关汉卿身为"杂剧班头"，为何违反"一人主唱"的规矩，来了这么不伦不类的一段？但如果用院本的体制来衡量，就一点也不奇怪了：这不过是副净、副末、装孤在"发乔""打诨"，分唱合唱而已。关汉卿将院本的表演艺术融汇到杂剧中，加强了对衙内及其走狗的嘲讽力量。

《西厢记》第一本第四折《张君瑞闹道场》也突破了"一人主唱"的惯例，张生、莺莺和红娘都有演唱：

（末唱）〔乔牌儿〕大师年纪老，法座上也凝眺；举名的班首真呆僗，觑着法聪头做金磬敲。

〔甜水令〕老的小的，村的俏的，没颠没倒，胜似闹元宵。稔色人儿，可意冤家，怕人知道，看时节泪眼偷瞧。

…………

（旦与红云）那生忙了一夜。〔锦上花〕外像儿风流，青春年少；内性儿聪明，冠世才学。扭捏着身子儿百般做作，来往向人前卖弄俊俏。

（红云）我猜那生。〔幺篇〕黄昏这一回，白日那一觉，窗儿外那会镮铎。到晚来向书帏里比及睡着，千万声长吁捱不到晓。

塑造了三人性格各异的喜剧形象和众僧为莺莺美貌而倾倒的滑稽场面，从中也不难看到院本多人演唱、滑稽表演的痕迹。

赵景深先生《元曲札记·元杂剧一人独唱的例外》① 指出了十二种破例的剧作，并认为"唱破例之曲的每为丑角，至少不是正角"。以丑角的滑稽演唱为主正是元院本的特色，从而可证这些"破例"实为元杂剧受元院本多人演唱的影响之故。当然，南戏也有多人演唱的体例，元杂剧可能也受到南戏的影响，但与前者并不矛盾。

元院本滑稽的插科打诨对元杂剧的影响更为显著，《针儿线》等剧中人物的自嘲，与元杂剧中昏官自嘲"官人清似水，外郎白如面；水面打

---

① 赵景深：《读曲小记》，中华书局1959年版。

一和，糊涂成一片"可说是一脉相传。

　　更重要的是，元院本自然、谐趣的审美趣味深深地影响了元杂剧，元杂剧与元院本相比，固然显得"雅"；但与元代诗、文等雅文学相比，又是相当"俗"的，其中，元院本等民间戏剧的审美趣味的渗入，是重要的原因。

　　综上所述，元院本继承金院本的成就，继续在元代演出，对元杂剧起辅助和补充的作用。元院本和元杂剧相辅相成，反映了元代民间艺人和文人作家之间密切合作的关系，正是这种交融，使元代戏剧既有文人的文采风流，又有民间艺术的生动自然。元院本和元杂剧，正如绿叶红花相互映衬，装点出元代剧坛万紫千红的春天。

　　（原载《中山人文学术论丛》第四辑，台湾中山大学中国文学系2000年版，台湾高雄复文图书出版社同年印行；又载《戏剧艺术》2001年第1期）

在闺阁文学和青楼文学的交叉坐标上
——元杂剧妇女形象新论

元杂剧中的妇女形象大胆泼辣，性格鲜明，却又不失传统妇女的善良忠贞，成为中国戏剧史画廊上光彩照人的女性形象。其成功的秘奥何在？笔者认为，这是传统儒家文化和元代市井文化结合的产物，尤其是传统闺阁文学和元代青楼文学结合的产物。一方面，在中国古代文学作品中，描写妇女的作品多是抒发闺中妇女情感的，抒情委婉含蓄，语言文雅绮丽，体现在诗词等雅文学体裁上，被称为"闺情诗""闺情词"等。另一方面，在良家妇女不能抛头露面的封建社会里，歌妓的文学艺术活动成为古代女性文学艺术史的一个组成部分，如唐代的薛涛以诗名，宋代的严蕊以词名，元代的朱帘秀以曲名等。此外，还有众多男性作家给歌妓的酬唱之作，或他们以歌妓生活为题材的作品，多体现在散曲、戏曲、小说等俗文学体裁上，形成所谓"青楼文学"。青楼文学作品一般抒情直率，语词艳丽而通俗。闺阁文学和青楼文学既有区别，又在不同时代、不同文学体裁中有不同程度的融合。在元代，城市经济的繁荣使青楼文学有了长足的发展，这种融合尤为明显。如果说，传统闺阁文学是一条纵线，元代青楼文学是一条横线，则元杂剧的部分妇女形象就是这两条线交叉坐标上的产物。

一、传统闺阁文学和元代闺阁文学的特点

为了论述元杂剧的妇女形象，我们有必要先探讨传统闺阁文学这条纵线的一些特点。

元杂剧的作家虽然屈沉下僚，但却是"淹通闳博之士"（臧晋叔《元曲选·序二》），饱读的是以儒家经典为主的书籍，接受的是传统儒家文化的教育。而传统雅文学中的闺阁小姐，是儒家文化的产物。《礼记·经

解》引孔子语:"其为人也,温柔敦厚,《诗》教也。"① 唐代宋若华著《女论语·立身章》说:"凡为女子,先学立身,立身之法,惟务清贞。清则身洁,贞则身荣。行莫回头,语莫掀唇,坐莫动膝,立莫摇裙,喜莫大笑,怒莫高声。""立身端正,方可为人。"② 因此,传统雅文学中的闺阁小姐,多是温柔敦厚、贞静端庄的形象,如唐传奇《莺莺传》中怨而不怒的崔莺莺,宋词中"泪眼问花花不语"(欧阳修《蝶恋花》词)的哀怨无助的弃妇等。元代闺阁文学受元代崇尚理学的哲学思想的影响,是传统闺阁文学的延续。元代理学家吴澄、许谦等都是朱熹学派的嫡传弟子,而元诗人王恽尊崇宋元理学,刘因既是诗人也是理学家。元代闺阁文学主要表现在诗歌领域,诗人们着力塑造温柔而多情的妇女形象,抒情委婉含蓄,语词文雅。著名的女诗人有管道升、郑端允、孙蕙兰、曹妙清等。

如孙蕙兰的诗《绿窗诗十八首(其十八)》:

庭院深深早闭门,停针无语对黄昏。碧纱窗外初生月,照见梅花欲断魂。③

写闺中女子"伤春"时孤独寂寞的心情,刻画出伊人冉弱静好的形象,抒情婉曲,语言柔弱文雅。

除了女诗人之外,一批男诗人的代言体诗篇也描写了女性的生活,如朱德润的闺情诗《次韵王继学参政题美人图·对镜写真》(以下简称《对镜写真》):

千金画史托铅华,难写春心半缕霞。两面秋波随彩笔,一查冰影对钿花。情怜晓月秦川雁,思逐朝阳汉树鸦。不信云间望夫石,解传颜色到君家。④

---

① 转引自北京大学哲学系美学教研室编《中国美术史资料选编》,中华书局1985年版,第87页。
② 转引自陈东原《中国妇女生活史》,上海文艺出版社1990年影印版,第115页。
③ 〔元〕孙蕙兰:《绿窗遗稿》,见〔清〕顾嗣立编《元诗选》初集三,中华书局1987年版,第2521页。(下引该书均同此版本,除书名及页码外,其他不再另注)
④ 〔元〕朱德润:《存复斋集》,见《元诗选》初集二,第1618页。

此诗前半段写女子对镜自画倩影，自怜幽独，篇末方点出思夫之情。描写女性情思也委婉深挚。

除了抒情委婉含蓄之外，元代闺阁文学要求"雅正"，描写恋情多写精神生活，不涉床笫之欢，可谓"言情不言性"。这与元代理学家对人们的道德要求是一脉相承的。

如郭珏的《长相思》：

> 长相思，相思者谁？自从送上马，夜夜愁空帏。晓窥玉镜双蛾眉，怨君却是怜君时。湖水浸秋藕花白，伤心落日鸳鸯飞。为君种取女萝草，寒藤长过青松枝。为君护取珊瑚枕，啼痕灭尽生网丝。人生有情甘白首，何乃不得长相随。潇潇风雨，喔喔鸣鸡。相思者谁？梦寐见之。①

此诗写女子思人，层层深入，写尽九曲柔肠，将女子对爱情的忠贞不渝写得十分动人。但是仅止于写相思，并没有写感官享乐。像上文的《对镜写真》诗亦是如此。"言情不言性"可说是元代闺情诗的普遍特点。

元诗中的女性形象，温柔驯良，忠于爱情，又高雅不俗，是儒家文化所要求的淑女形象。

元杂剧作家饱读诗书，既受传统闺阁文学的影响，又受到元代闺阁文学的影响，他们的妇女观自然会被深深打上儒家文化的烙印。

二、元代青楼文学的特点

元杂剧是以元代歌妓为主要演员的，为了论述元杂剧的妇女形象，我们也有必要考察一下元代青楼文学这条横线。

元代都市存在着一支庞大的妓女队伍，据《马可波罗游记》记载，大都有妓女两万余人。其中的歌妓多参与杂剧、散曲的演出活动，据夏庭芝的《青楼集》、陶宗仪的《辍耕录》、隋树森的《全元散曲》等书的记载，有姓名的歌妓有一百五十九人，部分歌妓如朱帘秀、梁园秀、张怡云等还参与了散曲的创作。元散曲中还存在着大量男作家的赠妓之作，据粗

---

① 〔元〕郭珏：《静思集》，见《元诗选》初集三，第2134页。

略的统计,《全元散曲》标明赠妓的小令就有一百二十多首,套数三十六套。可以说,元代的青楼文学主要体现在散曲领域。

元代青楼文学的第一个特征,是塑造了众多美丽多情而又泼辣刚强的歌妓形象。如汤式的散曲《〔商调〕望远行·四景题情·夏》:

> 藕花风拂拂爽透书斋。静攲攲门半开。不觉的伤心人动人情感人怀。梅香。我多管少欠他相思债。我则索咬定着牙儿耐。他若是来时节。那一会罪责。玉纤手忙将这俏冤家面皮儿揾。嗏。实实的要个明白。乔才。你莫不也受了王魁戒。①

从曲提到"王魁"看,引用的是"王魁负桂英"的典故,女主人公当是个妓女。曲中的女子对心上人一往情深,但又泼辣不饶人,正是那些情深款款而又野性未驯的都市妓女形象。

元代青楼文学的第二个特点是描写恋情既言情又言性,不避对"性"的描写,违反了儒家文化对女性"贞洁"的观念。

如张可久的《〔双调〕折桂令·歌姬施氏》:

> 照冰壶秋水芙蕖,姓出西家,名满东吴,鸾镜妆残,霓裳曲破,翠管诗余。娇滴滴眉云眼雨,香馥馥腕玉胸酥。同醉仙都,偷寄银笺,暗解罗襦。②

既抒发作者对歌妓容貌才艺的倾慕之情,也坦率描绘床笫之欢,透露出青楼生活的气息。

元代青楼文学的第三个特点,是抒情直率,语言浅白,具有鲜明的俗文学特色。如歌妓真氏的《〔仙吕〕解三酲》:

> 奴本是明珠擎掌,怎生的流落平康?对人前乔做作娇模样,背地里泪千行。三春南国怜飘荡,一事东风没主张,添悲怆。那里有珍珠

---

① 隋树森编:《全元散曲》(下册),第1600页。
② 隋树森编:《全元散曲》(上册),第866页。

十斛，来赎云娘。①

用浅白的口语，诉说歌妓生涯的悲酸，表达从良的渴望。抒情真率，毫无隐晦之处。

元代青楼文学的特点之四，是具有青楼调笑的谐趣之风。宾客到歌楼妓馆为的是寻欢买笑，酒席之间的酬唱很少端庄严肃，而是或幽默诙谐，或调笑嘲讽，以宾主开怀为目的。

如汤式的《［中吕］谒金门·闻嘲》：

你鸣珂巷艳娃，我梁园内社家，两下里名相亚。你知音律我撑达，不在双渐苏卿下。你歌舞吹弹，我琴棋书画。你会放顽我煞撒会耍。你怎般俊煞，我那般俏煞，也索向奶奶行陪些话。②

作者用市井俗语如"撑达""俊煞""俏煞"等来形容郎才女貌，显得十分滑稽，是文人与歌妓的戏谑调笑之作。元代青楼文学表达的是下层市民追求感官享受的审美情趣，追求不受传统道德约束的自由的渴望，实际上是元代市井文化的一个组成部分。

元杂剧作家与元杂剧主要演员——歌妓关系密切，如关汉卿给朱帘秀的《［南吕］一枝花·赠朱帘秀》（轻裁虾万须），乔吉赠李楚仪的《［双调］折桂令·贾侯席上赠李楚仪》，都为赠妓散曲；杨显之则被名演员顺时秀称为"伯父"（《录鬼簿》卷上）。元代青楼文学对元杂剧作家的影响是显而易见的。

三、在闺阁文学和青楼文学交叉坐标上的元杂剧妇女形象

一方面，由于元散曲和元杂剧有同样的套曲，有众多同时在散曲、杂剧领域进行艺术创作的作家与演员，更因为杂剧的主要演员为歌妓，以元散曲部分作品为代表的青楼文学对元杂剧有明显的影响；另一方面，深受

---

① 隋树森编：《全元散曲》（下册），第1144页。
② 隋树森编：《全元散曲》（下册），第1594页。

儒家文化教育的元杂剧作家，又保留着他们对传统闺阁文学的喜好。于是，在他们笔下，一种既有闺阁文学情怀，又有青楼文学风姿的女性形象出现了。这是闺阁文学和青楼文学交叉坐标上的产物，是完全不同于前代文学作品的崭新的妇女形象。

1. 塑造聪明美丽而泼辣大胆的歌妓形象

元杂剧中的歌妓同元散曲中的歌妓一样，美丽多情而又泼辣不驯。且看关汉卿杂剧《金线池》第二折中杜蕊娘的唱词：

〔梁州第七〕这厮懒散了虽离我眼底，忔憎着又在心头。出门来信步闲行走。遥瞻远岫，近俯清流。行行厮趁，步步相逐。知他在那搭儿里续上绸缪？知他是怎生来结做冤仇？俏哥哥不争你先和他暮雨朝云，劣奶奶则有分吃他那闲茶浪酒，好姐姐几时脱离了舞榭歌楼。不是我出乖弄丑，从良弃贱，我命里有终须有，命里无枉生受。只管扑地掀天无了休，着甚么来由！

曲中写杜蕊娘怀疑心上人韩辅臣移情别恋，既爱又恨，其泼辣的声口与汤式散曲中的歌妓如出一辙。杜蕊娘形象的出现，说明元代歌妓地位的提高，也表现了她们的理想追求。歌妓可以要求情人以同样的忠贞回报她们的"再不接客"。杜蕊娘对韩辅臣的变心大发脾气，直到韩辅臣道歉求情才重归于好，这不仅表现出她的泼辣性格，还显示出歌妓对感情专一、平等的追求。

在现存的十八种妓女题材的剧作中，旦本戏有十二种，说明歌妓多是这类戏的主角。在与书生相恋的过程中，歌妓往往显得积极主动，《曲江池》中的李亚仙主动邀请书生郑元和同席饮酒："妹夫，那里有个野味儿，请他来同席，怕做什么？"（第一折）无名氏《百花亭》中的歌妓贺怜怜在春游中遇见书生王焕，也主动吟诗传情，这都和闺阁文学中矜持含蓄的淑女形象完全不同，是青楼文学在元杂剧妇女形象创作上的反映。

然而，我们也应看到，元杂剧的作者多是男性下层文人，他们塑造的歌妓形象既有真实反映歌妓心声的一面，也有表达文人理想追求、道德评价的另一面。传统闺阁文学中女性对爱情忠贞不渝、不为金钱权势所左右的品格被他们赋予歌妓身上。元杂剧中的歌妓虽然身操贱业，却能"从一而终",贾仲明《对玉梳》中顾玉香唱道:"尽教他后浪催前浪,(带云)楚臣放心。(唱)休想我新人换旧人。"她们也往往爱有才华的穷书生,而蔑视腰缠万贯的富商。贾仲明《玉壶春》中的歌妓李素兰便忠于穷书生李斌,拒绝山西富商甚舍的追求。这种描写并不完全是现实生活中歌妓状况的反映,而是深受儒家文化影响的书生们加在歌妓身上的理想色彩。当然,写歌妓忠于书生,也是身处社会底层文人的一种补偿心理的反映,《玉壶春》中的李斌便对甚舍说:"你虽有万贯财,争如俺七步才。""我便是桑枢瓮牖,他也情愿布袄荆钗。"穷书生虽然钱场失意,但却情场得意,得到了心理平衡。

2. 塑造"既言情又言性"的闺阁小姐形象

一方面,与传统闺阁小姐含蓄矜持的形象不同,元杂剧的小姐形象大多泼辣大胆,感情外露,如《墙头马上》的李千金、《萧淑兰》中的萧淑兰等。而且,与传统闺阁文学"只言情不言性"相异,元杂剧写闺中小姐与心上人一见钟情,很快就转而写"性",这在《墙头马上》第一折李千金的唱词中有明显的表现:

(正旦见末科,云)呀,一个好秀才也!(唱)
〔金盏儿〕……和花掩映美容仪。他把乌靴挑宝镫,玉带束腰围,真乃是"能骑高价马,会着及时衣"。
…………
〔后庭花〕休道是转星眸上下窥,恨不的倚香腮左右偎。便锦被翻红浪,罗裙作地席。
(梅香云)小姐休看他,倘有人看见。(正旦唱)既待要暗偷期,咱先有意,爱别人可舍了自己。

李千金从倾慕裴少俊的"美容仪"迅速想到"罗裙作地席",在传统文人看来,这小姐也太急色,太没有小姐身份了。清人梁廷枏便抨击道:"此时四目相觑,闺女子公然作此种语,更属无状。"[①] 显然,这是违反了

---

① 〔清〕梁廷枏:《曲话》,见中国戏曲研究院编《中国古典戏曲论著集成》(第八集),258页。

闺阁文学"不言性"之忌，反映了青楼文学"既言情又言性"的特点。元杂剧作家十分熟悉歌妓敢爱敢恨、泼辣大胆的思想性格，在塑造闺阁小姐的形象时，往往自觉或不自觉地以一些出众的歌妓形象作为创作的蓝本，从而使他们笔下的小姐形象或多或少地打上青楼文学的印记。

梁廷枏在批评李千金的形象的"无状"后谈到整个元曲都有类似的情况："大抵如此等类，确为元曲通病，不能止摘一人一曲而索其瑕也。"① 确实，李千金式的女子在元杂剧中并非少见，贾仲明杂剧《萧淑兰》中的萧淑兰也主动追求家中的教书先生张世英，唱词中也有"若得咱香腮容并贴，玉体肯相沾，怕什么当家尊嫂恶，恩养劣兄严"之句，也属"无状"之类。

另一方面，元杂剧中仍然存在着有较多传统闺阁文学特色的小姐形象，如《西厢记》中的崔莺莺、《东墙记》中的董秀英等，她们与书生的恋爱经历了诗词唱和、拜月弹琴等精神倾慕的过程，剧中许多描绘相思愁怨的曲词和传统闺阁文学的闺情诗词很相似。

如《西厢记》第一本楔子写崔莺莺在佛殿散心时唱：

〔幺篇〕可正是人值残春蒲郡东，门掩重关萧寺中；花落水流红，闲愁万种，无语怨东风。

这种"伤春"的闲愁，与李清照《一剪梅》词的"花自飘零水自流，一种相思，两处闲愁"，以及孙蕙兰《绿窗诗十八首（其十八）》诗的"庭院深深早闭门，停针无语对黄昏"何其相似，意境也相仿佛。这说明，传统闺阁文学在元代杂剧作家心中是有厚重积淀的，他们一提笔写女性的伤春悲秋，便想起那些优美的闺情诗词，笔下便流淌出唐诗宋词元诗的风韵。

但是，这类闺阁小姐的形象也不完全是传统闺阁文学中小姐的翻版，崔莺莺在经过反复的内心争斗之后，终于抛弃了以父母之命、媒妁之言订下的婚姻，而与张生私自结合。这种反叛性，非传统闺阁文学的淑女形象所有。而且，作家在描写她恋爱过程中的心理活动，也不乏性心理的描

---

① 〔清〕梁廷枏：《曲话》，见中国戏曲研究院编《中国古典戏曲论著集成》（第八集），258页。

写，如《西厢记》第二本第一折莺莺的唱词：

〔油胡芦〕翠被生寒压绣茵，休将兰麝熏；便将兰麝熏尽，则索自温存。昨宵个锦囊佳制明勾引，今日个玉堂人物难亲近。这些时坐又不安，睡又不稳，我欲待登临又不快，闲行又闷。每日价情思睡昏昏。

将其渴望与张生"温存""亲近"的性心理写得非常细腻、逼真，这是讲究"雅正"的闺阁文学所忌讳的。

更为大胆的是莺莺在该剧第四本第三折《长亭送别》的唱词：

〔幺篇〕年少呵轻远别，情薄呵易弃掷。全不想腿儿相挨，脸儿相偎，手儿相携。你与俺崔相国做女婿，妻荣夫贵，但得一个并头莲，煞强如状元及第。

论者多注意其"但得一个并头莲，煞强如状元及第"是表现莺莺"珍重爱情，轻薄功名，是莺莺思想性格的一大发展"[①]。但还应注意的是，崔莺莺所珍重的爱情，已不仅是传统闺阁文学的注重精神生活，而是也注重感官享受，是青楼文学"既言情又言性"的反映，是世俗市民的爱情观。

因此，崔莺莺也不是传统意义上的闺阁小姐，她是既有传统闺阁文学色彩，又有元代青楼文学痕迹的一个崭新的小姐形象。与李千金的形象相比，李的青楼文学色彩浓于闺阁文学色彩，崔的闺阁文学色彩则浓于青楼文学色彩。

元杂剧的小姐形象有着这样的浓淡之分，是与作家的思想性格、身份经历有关的。与歌妓较为熟悉并欣赏青楼文学的作家，他们笔下的小姐形象的青楼色彩就浓一些；较多欣赏闺阁文学的作家，他们笔下的小姐形象的闺阁色彩也就相对多一些。但总的来说，元杂剧中的小姐形象以叛逆型为主，这就不仅仅是从青楼文学，而且要从整个元代社会的反抗思潮上去寻找原因了。

---

① 王季思主编：《中国十大古典喜剧集》，上海文艺出版社1982年版，第133页"眉批"。

3. "勾栏喜剧"中的妇女形象

关汉卿笔下有一类喜剧,被称为"勾栏喜剧",剧中的女主人公往往以牺牲色相去战胜敌手,多有青楼调笑的描写。如《救风尘》第三折写赵盼儿与周舍的一段周旋:

(云)我好意将车辆、鞍马、奁房来寻你,你划地将我打骂。小闲,拦回车儿,咱家去来!(周舍云)早知姐姐来嫁我,我怎肯打舅舅?(正旦云)你真个不知道?你既不知,你休出店门,只守着我坐下。(周舍云)休说一两日,就是一两年,您儿也坐的将去。

其打情骂俏的口吻,很像汤式散曲中与歌妓的戏谑之作。赵盼儿是妓女,她具有青楼调笑之风,可以理解;但元杂剧中某些良家妇女也有类似的作风,就令人奇怪了。如《望江亭》第三折这样描写官太太谭记儿:

(李稍云)姐姐,你敢是张二嫂么?(正旦云)我便是张二嫂。你怎么不认的我了?你是谁?(李稍云)则我便是李阿鳖。(正旦云)你是李阿鳖?(正旦做打科,云)儿子,这些时吃得好了,我想你来!(李稍云)二嫂,你见我亲么?(正旦云)儿子,我见你可不知亲哩!……

像这样与陌生人自来熟,打情骂俏的作风,深闺中的妇女是不懂得也做不出来的;只有那些阅人无数、久处风尘的妓女才做得出来。从这个意义上说,这样的描写是不符合谭记儿作为一个良家妇女、官太太的身份的。这是熟悉朱帘秀等歌妓的关汉卿为这些"名角"度身定做的一段戏,可以充分发挥歌妓青楼调笑的特长,以增添喜剧气氛。

下文还写谭记儿以牺牲色相为代价,骗取杨衙内的金牌势剑:

(正旦唱)〔鬼三台〕不是我夸贞烈,世不曾和个人儿热;我丑则丑,刁决古憋,不由我见官人便心邪,我也立不的志节。官人你救黎民,为人须为彻;拿滥官,杀人须见血。我呵,只为你这眼去眉来,(正旦与衙内做意儿科,唱)使不着我那冰清玉洁。

这种假意与仇人谈情说爱以制约仇人的手段,与《救风尘》中赵盼儿"风月救风尘"的手段如出一辙。赵盼儿身为妓女,熟习此法,不足为奇,谭记儿能熟练使用此法,则使人觉得有些失真。但是,作为通俗文学,观众关注的是生动活泼的人物,而不是其是否真实。关汉卿将歌妓的才能赋予他笔下的人物,并塑造得活灵活现。人们只注意谭记儿的机智、泼辣,而忘却其不够真实了。

但是,赵盼儿也好,谭记儿也好,她们都具有传统妇女善良、忠诚、正直的美德,赵盼儿帮助受难姐妹宋引章,使她脱离花花公子周舍的魔掌,这正是她善良正直品格的表现;谭记儿不畏杨衙内的权势,对丈夫"从一而终",并用智慧保护自己的婚姻家庭,也是忠于爱情的表现。可以说,这两个人物脸上涂的是青楼文学的色彩,内心充溢的却是闺阁文学的情怀,这正是作家的儒家文化和演员的市井文化交融在一起的结果。

青楼文学对元杂剧的影响有积极的一面,这就是塑造了挣脱封建礼教束缚、刚强泼辣的新女性形象。这些形象既有传统妇女的美德,又突破了传统妇女的一些思想局限,成为元杂剧中一批光彩照人的女性形象。

青楼文学对元杂剧的影响也有消极的一面,某些妇女形象的风度做派与其身份不一致,如李千金、谭记儿等,造成了某种程度上的失真。另外,过分强调对"性"的描写,也使一些妇女形象语词尘下,给人以庸俗的感觉,削弱了这些女性形象的光彩。

此外,元代青楼文学对元杂剧的影响并不是铺天盖地的,而是有限度的,元杂剧有一批妇女形象如窦娥、张翠鸾等便并无青楼文学的色彩。这说明,儒家文化仍然在元杂剧的创作中起着主要作用。元杂剧作家对女性的观念,徘徊在传统与现实之间,寻求着一种统一,这就是既有传统妇女的美德,又能在险恶的现实中生存的刚强女性,这就是元杂剧所塑造的妇女形象。

[原载《中山大学学报》(社会科学版)2002年第1期;后被《高等学校文科学报文摘》(CUPA)2002年第3期摘要转引,并被光明日报社《文摘报》2002年2月24日摘要转引]

两个韩翃形象的比较

——看市井文化对元杂剧书生形象的影响

一、《柳氏传》与《金钱记》中的两个韩翃形象之比较

乔吉的杂剧《金钱记》取材于唐人许尧佐的小说《柳氏传》。清人黄文旸《曲海总目提要》上册云:"《金钱记》,元乔梦符撰,缘唐人许尧佐《章台柳传》,柳归韩翃,翃大历才子,故剧以翃名。翃字君平,此曰飞卿,唐温飞卿亦才子,合以寓意也。王辅之女,小字柳眉,亦借韩姜章台柳之意。又添入贺知章,又因有李生,故借李白点染。"①

许尧佐《柳氏传》②云:

> 天宝中,昌黎韩翃,有诗名。性颇落托,羁滞贫甚。有李生者,与翃友善,家累千金,负气爱才。其幸姬曰柳氏,艳绝一时,喜谈谑,善讴咏。李生居之别第,与翃为宴歌之地。而馆翃于其侧。翃素知名,其所候问,皆当时之彦。柳氏自门窥之,谓其侍者曰:"韩夫子岂长贫贱者乎!"遂属意焉。李生素重翃,无所吝惜。后知其意,乃具膳请翃饮。酒酣,李生曰:"柳夫人容色非常,韩秀才文章特异。欲以柳荐枕于韩君,可乎?"翃惊栗,避席曰:"蒙君之恩,解衣辍食久之,岂宜夺所爱乎?"李坚请之。柳氏知其意诚,乃再拜,引衣接席。李坐翃于客位,引满极欢。李生又以资三十万,佐翃之费。翃仰柳氏之色,柳氏慕翃之才,两情皆获,喜可知也。明年,礼

---

① 〔清〕黄文旸:《曲海总目提要》(上册卷三),天津古籍书店 1992 年影印版,第 103 页。
② 见〔明〕李昉《太平广记》卷四百八十五《杂传记类》;又见张友鹤选注《唐宋传奇选》,人民文学出版社 1982 年版,第 16~18 页。

部侍郎杨度擢上第,屏居间岁。柳氏谓翃曰:"荣名及亲,昔人所尚。岂宜以濯浣之贱,稽采兰之美乎?且用器资物,足以待君之来也。"翃于是省家于清池。岁余,乏食,鬻妆具以自给。天宝末,盗覆二京,士女奔骇。柳氏以艳独异,且惧不免,乃剪发毁形,寄迹于法灵寺。是时侯希逸自平卢节度淄青,素藉翃名,请为书记。洎宣皇帝以神武返正,翃乃遣使间行求柳氏,以练囊盛麸金,题之曰:"章台柳,章台柳,昔日青青今在否?纵使长条似旧垂,亦应攀折他人手。"柳氏捧金呜咽,左右凄悯,答之曰:"杨柳枝,芳菲节,所恨年年赠离别。一叶随风忽报秋,纵使君来岂堪折!"无何,有蕃将沙吒利者,初立功,窃知柳氏之色,劫以归第,宠之专房。及希逸除左仆射,入觐,翃得从行。至京师,已失柳氏所止,叹想不已。偶于龙首冈见苍头以駃牛驾辎軿,从两女奴。翃偶随之。自车中问曰:"得非韩员外乎?某乃柳氏也。"使女奴窃言失身沙吒利,阻同车者,请诘旦幸相待于道政里门。及期而往,以轻素结玉合,实以香膏,自车中授之,曰:"当遂永诀,愿置诚念。"乃回车,以手挥之,轻袖摇摇,香车辚辚,目断意迷,失于惊尘。翃大不胜情。会淄青诸将合乐酒楼,使人请翃。翃强应之,然意色皆丧,音韵凄咽。有虞候许俊者,以材力自负,抚剑言曰:"必有故。愿一效用。"翃不得已,具以告之。俊曰:"请足下数字,当立致之。"乃衣缦胡,佩双鞬,从一骑,径造沙吒利之第。候其出行里余,乃被衽执辔,犯关排闼,急趋而呼曰:"将军中恶,使召夫人!"仆侍辟易,无敢仰视。遂升堂,出翃札示柳氏,挟之跨鞍马,逸尘断鞅,倏忽乃至。引裾而前曰:"幸不辱命。"四座惊叹。柳氏与翃执手涕泣,相与罢酒。是时沙吒利恩宠殊等,翃、俊惧祸,乃诣希逸。希逸大惊曰:"吾平生所为事,俊乃能尔乎?"遂献状曰:"检校尚书、金部员外郎兼御史韩翃,久列参佐,累彰勋效,顷从乡赋。有妾柳氏,阻绝凶寇,依止名尼。今文明抚运,遐迩率化。将军沙吒利凶恣挠法,凭恃微功,驱有志之妾,干无为之政。臣部将兼御史中丞许俊,族本幽、蓟,雄心勇决,却夺柳氏,归于韩翃。义切中抱,虽昭感激之诚;事不先闻,固乏训齐之令。"寻有诏:柳氏宜还韩翃,沙吒利赐钱二百万。柳氏归韩,翃后累迁至中书舍人。然即柳氏,志防闲而不克者;许俊,慕感激而不达者也。向使柳氏以色选,则当熊、辞辇之诚可继;许俊以才举,则曹柯、渑池之功可建。夫事由迹彰，功待事立。惜郁埋不偶，义勇徒激，皆不入于正。斯岂变之正乎？盖所遇然也。

从小说的描述可知，小说着意歌颂的不是男主角韩翃，而是女主角柳氏和义士许俊。小说结尾云："向使柳氏以色选，则当熊、辞辇之诚可继；许俊以才举，则曹柯、渑池之功可建。"作者认为，柳氏如果被选入宫，就会像汉元帝的女官冯婕妤为皇帝挡住熊使之免遭伤害、像汉成帝的女官班婕妤不肯与皇帝同车那样，成为名留青史的贤德女子；认为许俊如果被重用，会像春秋时的曹沫、蔺相如那样为国家立功。确实，小说中的柳氏主动追求韩翃，"自门窥之"，"遂属意焉"；遇战乱又"剪发毁形，寄迹法灵寺"，保存名节，是个多情而贤德的女子。而许俊，与韩翃偶然相识而拔刀相助，竟敢冒犯皇帝宠爱的蕃将，夺回柳氏，确是"雄心勇决""义切中抱"的豪侠之士。在这两个人物的对比之下，韩翃就显得黯然失色了，他处处是一个被动的接受者：其一，柳氏是李生主动介绍给他，"以资三十万"赠送给他的；其二，在战乱中失去柳氏之后，他仅是"叹想不已"，而没有积极寻回柳氏，在道逢柳氏之后，也是柳氏主动约他再见面，并赠以玉合香膏作留念；其三，从权豪手中夺回柳氏，是靠义士许俊之力；其四，夺柳氏的善后工作，是靠上司侯希逸上书皇帝，得到皇帝恩准，方能免祸。在韩、柳的悲欢离合的过程中，韩翃完全是一个被动懦弱、任人支配的角色。

另外，小说中的韩翃，是一个遵守封建礼教、将功名置于爱情之上的传统文人。当李生要将柳氏送给韩翃时，他"惊栗"推辞，认为"岂宜夺所爱乎"，是个不夺他人之所好的谦谦君子；中举之后，又听从柳氏"荣名及亲"的劝告，抛下柳氏去省亲，以光宗耀祖，是个孝子；他为了追求功名，抛下柳氏数年，令她经济来源断绝，"鬻妆具以自给"。失去丈夫保护的柳氏终为强豪所劫，与韩翃将爱情置于功名之下有很大关系。韩得知柳为蕃将所劫，仅与柳氏惨然而别，并没有做"第三者"或是夺回柳氏，虽对柳氏有情，却是"发乎情，止乎礼"，没有越出封建礼教的雷池半步。

其三，韩翃对柳氏的态度，也体现了传统文人的妇女观。在封建社会里，男尊女卑，妇女是没有独立人格和地位的，《大戴礼记》说："女者，如也；子者，孳也；女子者，言如男子之教而长其义理者也；故谓之妇人。"①《白虎通·嫁娶》亦云："（女子）阴卑不得自专，就阳而成之。"②男子可以三妻四妾，而女子只能从一而终，因女子要"就阳而成之"。在《柳氏传》中，柳氏是个"幸姬"，地位低下，只不过像货物一样被人送过来、抢过去。韩翃对李生送来的这件礼物——柳氏是喜爱的，但并不十分重视和珍惜。在个人功名和安危与柳氏的感情产生矛盾时，他毫不犹豫就选择了前二者而抛弃了后者。因此，他在得知柳氏被蕃将所劫时，仅止于悲凄，而没有试图夺回，他不想为了爱情而得罪权贵。女性在他心目中，是远远比不上男性的功名利禄、性命安危的。

对比《柳氏传》，乔吉的《金钱记》从主题到故事情节都有了很大的改变，尤其男主角韩翃的形象发生了本质性的改变，成为一个崭新的书生形象。

第一，剧作将身份低微的妓女柳氏改变为府尹之女柳眉；定情物也由民间的玉合香膏变为皇帝御赐的金钱；帮助韩翃成就婚姻的也不是武将许俊，而是唐代著名的文人贺知章和李白。作者做这些重大改变，是为使韩翃的追求对象更有价值和品位，为韩翃能不顾生死追求柳眉提供一个能为当时观众理解的合理依据。

第二，剧中的韩翃不是一个被动接受爱情、步步遵守礼法的谦谦君子，而是一个主动出击、热烈大胆追求爱情的"狂生"，将功名利禄、封建礼教、门第观念、个人安危统统置之脑后的痴情人。他出身贫寒，"无爷娘、无兄弟、无亲眷"，"生涯是断简残篇"（第二折）。但在九龙池遇见官家小姐柳眉之后，不顾身份低微，立刻开展了热烈的追求："小娘子去了也。方才说道：'心间万般哀苦事，尽在回头一望中。'又与我这五十文金钱为信物。我也不顾生死，不问那里赶将去。"（第一折）③ 为了追求心上人，他将生死置之度外。贺知章劝他："你若要赶他，必然是宰相人家女子，不是耍处。"他却说："遮莫是王侯世家，直赶到香闺绣闼。"（第一折）王府的仆役张千斥责他，他又反唇相讥："你道是侯门深似海，

---

① 转引自陈东原《中国妇女生活史》，上海文艺出版社1990年影印版，第2页。
② 转引自陈东原《中国妇女生活史》，上海文艺出版社1990年影印版，第2页。
③ 王学奇主编：《元曲选校注》（第一册上卷），河北教育出版社1994年版，第215页。（下文引元杂剧均见此书）

我正是色胆大如天。"（第二折）为了追求爱情，将门第观念视之蔑如。王府尹以"擅入园中，非奸即盗"的罪名将他吊打，他举出司马迁等"几个做贼的古人"为自己辩解（第二折）；后来，柳眉送他的金钱信物被王府尹发现，再次被吊打，他也没有一句悔过求饶之语（第三折）。剧中的韩翃不畏权势、不畏舆论、不畏拷打，一往无前地追求爱情，是一个勇敢反抗封建礼教的书生形象。

第三，与《柳氏传》那个为了功名而置心上人于危难之中的韩翃不同，剧中的韩翃是将爱情置于功名之上的。韩翃也追求功名，剧的开头，写他参加科举考试，"博得个名扬天下，才能勾宴琼林饮御酒插宫花。"（第一折韩翃唱词）但是，当爱情来临时，他就将功名置之脑后了："我若见小姐一面呵，便不做那状元郎我可也不曾眉皱！"（第三折）本该在客舍静心等候放榜的他，却入了王府作教书先生以接近柳眉；在放榜高中之时，他却被当作奸情败露之人而吊在王府中。韩翃这种所为，被封建卫道士王府尹视作"乱作胡为""无廉耻"（第三折），被正统文人贺知章视作"贪恋酒色""不肯求进"（第一折），但在作者乔吉看来，韩翃却是一个值得称道的书生形象，因而在剧的结尾，给他一个高中状元、奉旨成婚的美满结局，这是对韩翃主张自由婚姻、将爱情置于功名之上的思想的肯定。

第四，剧中的韩翃是一个鲁莽冒失、可笑而又可爱的喜剧形象。如果说，《西厢记》中的张生是个"傻角"，此剧中的韩翃也是个"傻角"，不过比张生多了几分鲁莽与狂气。他在赏花时遇上了柳眉，追随柳眉的车子直到王府，明知"侯门深似海"而贸然撞入，结果被吊打了一顿，此为一傻。韩翃当时已考科举，连贺知章也说他不日便会"除授官职"，他却为了接近柳眉而低声下气地做王府的教书先生，此为二傻。终日把玩柳眉赠他的定情信物——金钱，结果被王府尹发现，再次被吊打，此为三傻。然而，三傻均为对柳眉痴情所至，故又傻得可爱。韩翃之傻，虽然鲁莽幼稚，却充满生气勃勃的青春气息，具有纯情痴迷的浓郁人情味，故其傻能为观众所谅解，令观众发出善意的笑声。剧中的韩翃不再是小说中那个懦弱怕事、悲悲切切的书生形象，而是一个天不怕地不怕、热情鲁莽的喜剧形象。

二、从韩翃故事的流变看市井文化对书生形象的改造

《柳氏传》中被动懦弱的韩翃,变为《金钱记》中主动勇敢的韩翃,这其中的转变过程是如何发生的?其中有什么重要因素发生了作用?笔者认为,这是宋元以来的市井文化对作家的创作产生作用的结果。

历史上的韩翃,是以诗人的身份出现的,以能诗而著称。《新唐书》卷二百三《卢纶传》附《韩翃传》云:"纶与吉中孚、韩翃、钱起、司空曙、苗发、崔峒、耿湋、夏侯审、李端皆能诗齐名,号'大历十才子'。""翃字君平,南阳人,侯希逸表佐淄青幕府,府罢,十年不出。李勉在宣武,复辟之。俄以驾部郎中知制诰。时有两韩翃,其一为刺史,宰相请孰与,德宗曰:'与诗人韩翃。'终中书舍人。"①

韩翃以《寒食》诗而闻名:"春城无处不飞花,寒食东风御柳斜。日暮汉宫传蜡烛,轻烟散入五侯家。"但是更为后人关注的是他那首收入《全唐诗·附词》的词《章台柳·寄柳氏》:"章台柳,章台柳,往日依依今在否?纵使长条似旧垂,也应攀折他人手。"

由这首词,出现了一系列有关韩翃爱情故事的小说、戏曲作品,许尧佐的传奇小说《柳氏传》是始作俑者。

唐人孟棨的《本事诗》② 中也记载了韩翃与柳氏的恋爱故事,人物形象和故事情节与《柳氏传》基本相同,但也略有差别。首先,柳氏的身份由李生的幸姬变为"妓柳氏",地位更为低下。其次,韩翃对柳氏的态度更守封建礼法,在李生以"秀才当今名士,柳氏当今名色,以名色配名士,不亦可乎?"劝韩娶柳氏时,韩"殊不意,恳辞不敢当",后"追让之",比《柳氏传》中的韩翃更道貌岸然;在战乱中失去柳氏后,也没有什么具体行动夺回柳氏,甚至在许俊拔刀相助时,也不主动写信给柳氏,而是在满座人"皆激赞"的情况下,才"不得已"地写了封信给许俊带给柳氏。总之,《本事诗》中的韩翃更守礼法,更懦弱无能。

---

① 〔宋〕欧阳修、〔宋〕宋祁撰:《新唐书》第 18 册,中华书局 1975 年版,第 5785~5786 页。

② 〔清〕永瑢、〔清〕纪昀等纂修:《景印文渊阁四库全书》第 1478 册,台湾商务印书馆股份有限公司 1986 年版,第 234 页。

《古今图书集成·博物汇编·草木典·柳部》载有《青琐诗话》，亦记韩翃、柳氏故事，与《本事诗》近似，但较简短：

> 韩翃少负才名，邻居有李姓者，每将妓柳氏至其居，必邀韩同饮。既久愈狎。柳每以隙壁窥韩所往来。语李曰："韩秀才甚贫，然所与游皆名人，是必不久贫贱。"李深领之。一日，具馔邀韩，酒酣，谓韩曰："秀才当今名士，柳氏当今名色；以名色配名士，不亦可乎？"遂命柳从坐接韩。未几成名，从辟淄青，置之都下。连三岁不果迓。寄诗曰："章台柳，章台柳，往日依依今在否？纵使长条似旧垂，也应攀折他人手。"柳答曰："杨柳枝，芳菲节，可恨年年赠离别。一叶随风忽报秋，纵使归来不堪折。"后果为蕃将沙吒利所劫，翃会入中书，道逢之，谓永诀矣。是日，临淄大校置酒，疑翃不乐，具告之。有虞候将许俊以义烈自许，即诈取得之。时沙吒利宠殊等，翃惧祸，诉于侯希逸，以事闻诸朝，诏柳氏归韩。①

此载不著撰人名。宋人刘斧有《青琐诗话》，惜仅在陶宗仪的《说郛》（宛委山堂本）八十一中有节选内容，未见全书，而节选中无韩翃故事，未知是否就是《古今图书集成》中之《青琐诗话》。

如果此载为刘斧所作，那么在唐代和宋代，韩翃、柳氏的故事广为流传，可能是真有其事。故事中的韩翃均以多情而守礼的君子形象出现，符合当时社会对文人理想品格的要求。

在宋代，有话本《章台柳》（见《醉翁谈录》），因话本已佚，内容不详；但从题目可知，仍是《柳氏传》的沿续系统。

金院本亦有同题材的剧作《杨柳枝》，取柳氏答韩翃诗首句"杨柳枝"作剧名，见陶宗仪《辍耕录》卷二十五《院本名目》。剧本已佚，但从剧名可知，仍是《柳氏传》的继承者。

宋元间南戏有《韩翃章台柳》一剧，《九宫正始》征引，或题《韩翃》，或题《章台柳》，或题《芙蓉仙》。剧本今不存，仅存佚曲六支，收

---

① 〔清〕陈梦雷编，〔清〕蒋廷锡校订：《古今图书集成》第56册，中华书局、巴蜀书社影印雍正四年本1986年版，第67357页。（下引该书均同此版本，除书名及页码外，其他不再另注）

在《九宫正始》等曲谱中，钱南扬《宋元戏文辑佚》已录：

〔中吕过曲〕〔古轮台〕可人意，嫩白深红尽开折，装点名园尽皆异。争媚逞娇，好似杨妃出浴温泉，侍儿扶起。艳体奇妆，雕栏玉槛，堪怜堪惜。仿疑是金谷楼中，避风台畔，结倚芳姿，细腰佳丽，捧心恁标致。堪爱处，尽日问他俏无语。

〔羽调近词〕〔金凤钗〕和风扇，柳荡烟，似我愁眉常敛。梨花带雨盈盈，他也学人泪脸。愁嫌，翩翩粉蝶穿绣帘，呢喃燕子语画檐，便离人愁转添。守香闺绣针懒拈，寻芳倦将花草沾。闷冗愁兼，尽伊人拘检。〔合〕你那里争知，因他瘦得恹恹？

〔前腔〕熏风起，暑气加，水阁齐铺湘簟。阶前喷火蒸榴，真个红颜似染。炎炎，日长困人离绪兼，愁肠怕人闲语唁，镇日无言口似钳。看鲛绡与伊泪淹，山遥水远鱼雁潜。皱损眉尖，漫教人思念。〔合前〕

〔前腔〕金风动，送晚凉，又见庭梧叶飐。飘飘桂子芬芳，时送清香冉冉。寒蟾，秋光皎洁开宝奁，银河耿耿横素蟾，照离人愁思恹。促织儿叫得恁忺，叮当响铁马画檐。斗合心嫌，有谁人怜念。〔合前〕

〔前腔〕朔风动，黯冻云，冷逼寒灯无焰。孤眠怕整鲛绡，任他销金帐掩。寒严，鹅毛乱舞飞絮拌，羊羔纵美不喜添，痛可人如刃签。把冤家自题自唁，他共谁情正粘。信息难传，忍将人抛闪。〔合前〕

〔双调引子〕〔捣练子〕情默默，恨悠悠，终朝长自泪双流。欲见情夫难得遘，捱一日似三秋。①

从曲意可知，第一首为韩翃游赏初遇柳氏之曲；第二至六曲为柳氏思念韩翃之辞。

元杂剧亦有以韩翃柳氏故事为题材的作品，《录鬼簿续编》载钟嗣成有《寄情韩翃章台柳》（简称《章台柳》）一剧，剧本已佚，仅存剧目。从剧名看，剧中女主角仍是妓女柳氏，此剧仍是《柳氏传》故事的延续。

---

① 钱南扬辑录：《宋元戏文辑佚》，上海古典文学出版社1956年版，第257～258页。（下引该书均同此版本，除书名及页码外，其他不再另注）

韩翃故事的另一系统是女主角为柳眉儿的戏剧，《录鬼簿》（曹本）卷上载石君宝有杂剧《柳眉儿金钱记》，贾本《录鬼簿》载石君宝有杂剧《李太白匹配金钱记》，剧本均已佚，仅存剧名。从剧名看，主要人物柳眉儿、李白都与乔吉的《金钱记》同，当与乔吉之作为同一韩翃故事系统。石君宝的戏剧活动时间早于乔吉，乔吉很可能受到石君宝之作的启发，创作了《金钱记》。

现在的问题是：两种韩翃故事系统是如何转变的？《柳氏传》中的妓女柳氏如何变成小姐柳眉儿？韩翃如何从懦弱书生变成勇敢狂生？定情信物如何从玉合香膏变为钱币？辅助韩翃婚姻成功的人物如何从武将许俊变为文人贺知章、李白？

先看故事中女主角的转变。宋元南戏《韩翃章台柳》的残曲《〔中吕过曲〕古轮台》云："争媚逞娇，好似杨妃出浴温泉，侍儿扶起。艳体奇妆，雕栏玉槛，堪怜堪惜。"另一支曲《〔羽调近词〕金凤钗》也云："和风扇，柳荡烟，似我愁眉常敛。梨花带雨盈盈，他也学人泪脸。"已将柳氏比作杨贵妃，其曲词"出浴温泉""柳荡烟""梨花带雨"令人想起白居易歌咏李杨故事的长诗《长恨歌》："春寒赐浴华清池，温泉水滑洗凝脂。侍儿扶起娇无力，始是新承恩泽时。""归来池苑皆依旧，太液芙蓉未央柳。芙蓉如面柳如眉，对此如何不泪垂？""玉容寂寞泪阑干，梨花一枝春带雨。"白诗以"柳如眉"形容美女杨贵妃，很可能使石君宝、乔吉受到启发，这样，从南戏《韩翃章台柳》到元杂剧《金钱记》就形成了这样一条演变路径：柳氏—杨贵妃—柳如眉—柳眉儿。另外，女主角身份由卑贱变成高贵也符合元杂剧作家对女性较为尊重的态度。王实甫杂剧《西厢记》中的张生为了追求相国小姐莺莺而放弃上京赶考，关汉卿《玉镜台》中的温峤为了得到妻子刘倩英的爱而处处陪小心，都表明了元杂剧作家的价值取向。因此，石君宝、乔吉等人在改造韩翃故事的时候，将任人抢夺的柳氏，改塑为尊贵的府尹小姐柳眉儿，就是顺理成章之事了。

再看韩翃形象的转变。现存的有关韩翃的金元戏曲，除《金钱记》外，剧本已不存，难以窥见韩翃形象的转变过程。但从《金钱记》塑造韩翃新形象的几个主要情节——追车、接受金钱、当教书先生等，可以找到前人影响的痕迹。《金钱记》的重要情节是柳眉儿赠开元通宝钱币给韩翃作定情物，而这一情节在宋元南戏《朱文太平钱》中已有之。此剧剧目载徐渭《南词叙录·宋元旧篇》，剧本已佚，仅存三支曲，其中《杵歌》一曲女主角唱："逢君后，更无物，表奴心坚，中间有一百个太平钱，一齐都赠贤。"① 此剧因剧本不存，未知详细剧情，但福建莆仙戏有同名剧《朱文太平钱》其剧情可资参考：朱文到东京投亲未遇，寄居王行首店中，王的养女一粒金爱慕朱文，夜托终身，赠以太平钱作定情物。后钱为王婆拾得，诈云此为女儿鬼魂所赠，朱惧而离店，后一粒金赶上朱文，结成夫妇②。乔吉很可能受南戏《朱文太平钱》的影响，将定情物由《柳氏传》的玉合香膏改为开元通宝金钱，从而塑造出痴情书生韩翃的形象。其次，唐人张泌的《浣溪沙》词云："晚逐香车入凤城，东风斜揭绣帘轻，漫回娇眼笑盈盈。消息未通何计是？便须佯醉且随行，依稀闻道太狂生。"③ 词中描写书生佯醉追逐美人香车的情节，与《金钱记》中韩翃乘醉追赶柳眉儿香车相似，也与《柳氏传》中柳氏乘车与韩翃道中相逢的情节相联系。这样，在韩柳相遇这个情节上，从《柳氏传》到《金钱记》就形成了这样一条演变路线：韩翃与乘车的柳氏相逢—书生追逐美人香车—韩翃追赶柳眉儿香车。这个情节的改动，突出了韩翃在追求爱情时的主动性。联系当时元杂剧言情剧中的书生形象，如《西厢记》中的张生，在追求莺莺时也是相当主动的；这种剧坛创作风气，必然也影响了乔吉，使他很可能选择张泌词中狂生追车的情节，来塑造韩翃狂放的形象。至于剧中写韩翃放弃等待科举考试放榜，屈身入王府做教书先生，以接近心上人柳眉儿，类似的情节已在关汉卿的杂剧《玉镜台》中出现过，温峤为接近表妹刘倩英，就充当教书先生，指点倩英弹琴写字。乔吉很可能也受到前辈剧作家的影响，创作了韩翃乔装教书先生的情节，塑造将爱情置于功名之上的新韩翃形象。

　　辅助韩翃婚姻成功的人物，随着女主人公身份的改变，以及韩翃性格变得坚强，已不需要武将来从强豪手中夺回韩翃的心上人，而变为与韩翃的名诗人身份相称的名士。石君宝的《李太白匹配金钱记》的题目已表明李白是辅助韩翃成功的重要人物，乔吉的《金钱记》则除李白外，还有名诗人贺知章，都与韩翃身份相称，使这个爱情故事更具"名士风流"

---

① 钱南扬辑录：《宋元戏文辑佚》，第52页。
② 钱南扬辑录：《宋元戏文辑佚》，第52页。
③ 张璋、黄畬编：《全唐五代词》，上海古籍出版社1986年版，第600页。

的意味。

从《柳氏传》到《金钱记》的故事流变过程可知，元杂剧后期作家乔吉吸收了唐词、金院本、宋元南戏、元杂剧同类题材作品的养料，吸收了市井文化中重视爱情胜于功名、追求婚姻自由平等的思想，塑造出一个勇敢、痴情、狂放的新韩翃形象。

三、《金钱记》作者乔吉的市民意识

《金钱记》中韩翃的形象能转变为一个具有市民思想意识的新形象，还与它的作者乔吉有密切关系。

乔吉是一个市民化的下层文人，具有浓厚的市民意识。钟嗣成《录鬼簿》卷下云："乔吉甫：吉甫字梦符，太原人。号笙鹤翁，又号惺惺道人。美容仪，能词章。以威严自饬，人敬畏之。居杭州太乙宫前。有题西湖《梧叶儿》百篇，名公为之序。江湖间四十年，欲刊所作，竟无成事者。至正五年二月，病卒于家。"① 陶宗仪《辍耕录》卷八也载："乔孟符吉博学多能，以乐府称。"② 乔吉的散曲《〔折桂令〕自叙》也描述了他的生活状况："厌行李程途，虚花世态，潦草生涯。"③ 可见，乔吉是个由山西太原迁往浙江杭州的文人，博学多才，终生未仕，生活潦倒。他"在江湖间四十年"，长期生活在社会下层，深受市井文化的熏染。他多次在散曲中表现出对官场功名的厌恶情绪："官无事乌鼠当衙"（《〔折桂令〕荆溪即事》）④、"功名两字酒中蛇"（《〔双调〕卖花声·悟世》）⑤。但实际上，在他的内心深处，仍有对入仕的渴望，只不过现实的黑暗使他无法实现理想，只好以对隐居生活的歌颂来掩盖他在仕途上的失意。他的《〔折桂令〕自述》道："不应举江湖状元，不思凡风月神仙。"⑥ 虽然"不应举"，仍念念不忘"状元"。他流浪江湖，不是像晋、唐时的隐士那样隐居山间，而是沉醉于市井青楼，在醇酒美人中寻找自己的精神寄托。

---

① 见中国戏曲研究院编《中国古典戏曲论著集成》（第二集），第 126 页。
② 〔元〕陶宗仪：《南村辍耕录》卷八，见《元明史料笔记丛刊》，第 103 页。
③ 隋树森编：《全元散曲》（上册），第 611 页。
④ 隋树森编：《全元散曲》（上册），第 607 页。
⑤ 隋树森编：《全元散曲》（上册），第 632 页。
⑥ 隋树森编：《全元散曲》（上册），第 597 页。

在其散曲中有大量的赠妓之作,他与歌妓李楚仪的关系尤为密切,《全元散曲》载有乔吉赠李楚仪的散曲七首。他对戏剧演员和演出也十分熟悉,其散曲《〔越调〕斗鹌鹑·歌姬》云:"教坊驰名,梨园上班,院本诙谐,宫妆样范。""不枉了唤声妆旦。"① 其生活可用《〔正宫〕绿幺遍·自述》来概括:"不占龙头选,不入名贤传。时时酒圣,处处诗禅,烟霞状元,江湖醉仙。笑谈便是编修院。留连,批风抹月四十年。"② 表现出身隐而心不隐的心态,与宋代的柳永颇为近似。柳永词《鹤冲天》自称"才子词人,自是白衣卿相"③;《西江月》词自称"风流才子占词场,真是白衣卿相"④,与乔吉的"烟霞状元""江湖状元"如出一辙。乔吉的"批风抹月"的生活方式,也和柳永的"忍把浮名,换了浅斟低唱"相似,都是仕途失意后一种补偿心理的反映。因此,乔吉和柳永一样,是市民化的文人,他们的创作具有较浓的市民文学的特色。当然,他们也受到传统儒家文化的影响,但较之于传统文人而言,他们的市民气息要浓烈些。

  乔吉的杂剧题材以言情为主,体现了市民文学重视日常生活,重视人情味的审美趣味。乔吉现存的三部杂剧——《扬州梦》《金钱记》《两世姻缘》都是描写才子佳人悲欢离合的言情剧,是市民喜闻乐见的题材。有些论者认为:"这种才子佳人的恋爱剧翻来复去,千篇一律。上者远不如《西厢》,下者流于庸俗。"⑤ 乔吉的剧作成就诚然不能与王实甫的《西厢记》相比,但"流于庸俗"的评价却是贬之过低。与柳永词的语言相比,乔吉的剧作语言还是文雅清丽的,为何论者能容忍柳词的"语词尘下",称之为"市民文学作家",而对乔吉的剧作却责之甚苛呢?其实,乔吉的思想意识与柳永甚为近似,就是喜欢写贴近人情、为市民喜闻乐见的作品,这里既有主观的因素,也有客观的原因。柳永和乔吉都是市民化的文人,本身就是市民的一分子,当然具有市民的思想意识和审美趣味;他们长期流浪江湖,卖文为生,其作品必须适应广大市民的欣赏趣味,才能解决自己的生计问题,作品题材就未免有媚俗的倾向。

  乔吉的杂剧作品雅俗共赏,而以通俗为主。李开先评他的剧作时说:

---

① 隋树森编:《全元散曲》(上册),第643页。
② 隋树森编:《全元散曲》(上册),第547页。
③ 〔宋〕柳永著,薛瑞生注:《乐章集校注》,中华书局1994年版,第239页。
④ 〔宋〕柳永著,薛瑞生注:《乐章集校注》,中华书局1994年版,第261页。
⑤ 刘大杰:《中国文学发展史》(下册),中华书局1963年版,第877页。

"蕴藉包含，风流调笑，种种出奇而不失之怪；多多益善而不失之烦；句句用俗而不失其为文"①。即言其剧作风格既含蓄又活泼诙谐；情节曲折而不怪诞；内容丰富而不冗繁；语言通俗而有文采。因而其剧既能为市民所理解欣赏，也能为文人所击节称赏。王骥德《曲律·杂论》则云："乔（吉）、张（可久）、盖长吉（李贺）、义山（李商隐）之流。然乔多凡语，似又不如小山（张可久）更胜也。"②"多凡语"即是多俗语，因而乔吉的杂剧语言以通俗为主，更易于为市民大众所接受。乔吉还特别重视戏曲的结构，尝云："作乐府亦有法，曰'凤头，猪肚，豹尾'六字是也，大概起要美丽，中要浩荡，结要响亮，尤贵在首尾贯串，意思清新。"③而当时许多文人评曲家如燕南芝庵、周德清等都仅注意戏曲的音律和词采，评杂剧如同唐宋文人评诗词，体现出雅文学的传统。乔吉注意杂剧和散曲的结构，是吸收宋元话本等俗文学注意故事结构巧妙、情节曲折的经验，用于戏曲创作，可说独具慧眼。

乔吉既然是这样一位具有市民思想情趣的作家，又长期生活在南方杭州等地，他能吸收宋元话本、南戏的创作经验，创造出具有市民思想意识的崭新韩翃形象，也就不足为奇了。此外，他还有以剧中人自况的倾向，乔吉现存的三个剧作的男主角分别是韩翃（《金钱记》）、杜牧（《扬州梦》）、韦皋（《两世姻缘》），这三个人都是唐人，均以文才出众和风流多情而著称。乔吉很欣赏这三个古人，往往用以自比。他的散曲《〔双调〕折桂令·会州判文从周自维扬来道楚仪李氏意》云："文章杜牧风流……老我江湖，少年谈笑，薄幸名留。"④即以杜牧自况。乔吉杂剧中韩翃等风流才子的形象，实际上是现实中的乔吉和乔吉的理想的反映。

乔吉在《金钱记》中塑造的韩翃形象，是和《西厢记》中的张生一脉相承的，他们都有着共同的特征：既有传统文人的才学志向，又有元代市民追求婚姻平等自由的思想意识，是元代新型书生的代表。

从《柳氏传》和《金钱记》两个韩翃形象的差异，可以看到宋元话

---

① 转引自〔清〕姚燮《今乐考证》，见中国戏曲研究院编《中国古典戏曲论著集成》（第十集），第124页。
② 〔明〕王骥德：《曲律》第四卷，见中国戏曲研究院编《中国古典戏曲论著集成》（第四集），第156页。
③ 〔元〕陶宗仪：《南村辍耕录》卷八，见《元明史料笔记丛刊》，第103页。
④ 隋树森编：《全元散曲》（上册），第601页。

本、南戏等俗文学对元杂剧创作的影响，更可看到元代市井文化对元杂剧创作的影响：市井文化既改造了作家本身，也改造了他们笔下的人物——成为市民化的书生形象。

［原载《中山大学学报》（社会科学版）2002年第6期；后被《高等学校文科学报文摘》（CUPA）2002年第3期摘要转引］

元杂剧的鬼魂戏和元代的祭祀习俗

元杂剧有一类题材的剧作，以鬼魂为主要人物，多出现鬼魂托梦、要求实现生前愿望、要求祭奠亡灵的情节，我们称之为"鬼魂戏"。鬼魂戏的出现，和元代的黑暗社会政治有关，也与元人的祭祀习俗有关。

这类鬼魂戏计有：关汉卿的《窦娥冤》《西蜀梦》、武汉臣的《生金阁》、孔文卿的《东窗事犯》、朱凯的《昊天塔》、郑廷玉的《后庭花》、杨梓的《霍光鬼谏》、无名氏的《刘弘嫁婢》《盆儿鬼》《神奴儿》《碧桃花》等。

从祭奠的角度来分类，这类鬼魂戏可分为祭奠神明剧、祭奠亡人剧、祭奠冤魂剧三种。

一、祭奠神明剧

这类鬼魂戏多描写古代著名的历史英雄，剧尾都有祭奠英灵的情节。这些英雄后来都转化为神，被官方和民间立庙祭祀，这些剧作多为在神诞日或其他节日上演的祭神娱神之戏，如关羽戏、岳飞戏等。

比较典型的祭奠神明剧是关汉卿的《双赴梦》和孔文卿的《东窗事犯》。

《双赴梦》第三折写张飞、关羽被杀后，鬼魂赴成都向刘备托梦，要求报仇雪恨，祭奠亡灵："〔三煞〕君王索怀痛忧，报了仇也快活。除了刘封槛车里囚着三个，并无喜况敲金镫。有甚心情和凯歌。若是将贼臣报，君王将咱祭奠，也不用道场镲钹。""〔二煞〕……咱可灵位上端然坐，也不用僧人持咒，道士宣科。""〔收尾〕也不用香共灯，酒共果。但得那腔子里的热血往空泼，超度了哥哥发奠我。"这个剧的第三折和第四折都由正末扮演的张飞鬼魂主唱，托梦诉冤，要求祭奠亡灵，很可能是在关公、张飞的庙宇祭祀关、张时上演的剧作。剧中反映了元人祭奠的习俗：道士做道场或僧人念经超度亡灵，有香灯、酒果等祭祀之物。

关羽自宋代以来已被尊奉为神，宋真宗大中祥符年间敕修关圣庙，经过历朝加封，在南宋淳熙年间，关羽已被封为"壮缪显烈忠惠义勇武安英济王"[1]，被官方和民间广为祭祀。元人也举行盛大的祭祀活动，时有歌舞戏剧演出。《元史》卷七十七《祭祀六》载："世祖至元七年……岁正月十五日，宣政院同中书省奏，请先期中书奉旨移文枢密院，八卫拨伞鼓手一百二十人，殿后军甲马五百人，抬舁监坛汉关羽神轿及杂用五百人。……大都路掌供各色金门大社一百二十队，教坊司云和署掌大乐鼓、板杖鼓、筚篥、龙笛、琵琶、筝、纂七色，凡四百人。兴和署掌妓女杂扮队戏一百五十人，祥和署掌杂把戏男女一百五十人，仪凤司掌汉人、回回、河西三色细乐，每色各三队，凡三百二十四人。凡执役者，皆官给铠甲袍服器仗，俱以鲜丽整齐为尚，珠玉金绣，装束奇巧，首尾排列三十余里。都城士女，间阎聚观。……至十六日罢，谓之游皇城。"这是元代正月"游皇城"的习俗，其中有祭关羽的重要内容，由朝廷出资，场面盛大奢华，还有"队戏""把戏"的演出。元文宗天历年加号关羽"显灵"[2]，可见元代官方对关羽的重视。元代百姓也祭祀关羽，多有吊关羽的诗篇。周午《题显烈庙》云："三国鼎峙烈九洲，群飞择木各为谋。帝君天挺万人敌，不事他人只事刘。分虽君臣情骨肉，此岂汉贼所能禄。……嵯峨一塚千余年，长使英雄泪如水。"迺贤《赋汉关帝印》诗也道："志在复汉鼎，古今孰与俦？先主势孤危，恃帝作坚垒。……令人千载下，拂拭空嗟吁。"[3] 官方祭祀关羽，是将其作为助军取胜的战神看待，《古今图书集成》"关圣帝君部·纪事"载，元太祖时有个将军名梁琼，"梦有髯将军，披甲执刀，若世之画关帝者，告曰：'梁元帅可无惧，吾护助尔。'言讫乘马而去。琼寤而异之。已而，左右搜索，于空桑中得文书一卷，发而视之，乃关帝象也。持以献琼，琼置于帐中，事之甚虔。由

---

① 〔清〕陈梦雷编，〔清〕蒋廷锡校订：《古今图书集成》第 49 册《博物汇编·神异典》第 37 卷"关圣帝君部"，第 60218 页。
② 〔清〕陈梦雷编，〔清〕蒋廷锡校订：《古今图书集成》第 49 册《博物汇编·神异典》第 37 卷"关圣帝君部"，第 60218 页。
③ 二诗均见〔清〕陈梦雷编，〔清〕蒋廷锡校订：《古今图书集成》第 49 册《博物汇编·神异典》第 37 卷"关圣帝君部"，第 60224 页。

是屡战屡胜,若有神焉","丁亥年,琼奏凯还乡,建庙岁祀之"①。而民间祭祀关羽,多寄托对汉族政权的思念,从以上诸人诗中"汉鼎""汉贼",可知作者借关羽以呼唤汉族英雄的寄意。当然,民间祭关羽还有祈福之意,《古今图书集成》"关圣帝君部·纪事"《关帝圣迹图志》就有南宋人向友正梦中得关羽所传药方治愈顽疾的记载②。每年阴历五月二十日(一说十三日)是"关圣帝君诞",至今民间还有庆祝活动,元杂剧中祭祀关羽的鬼魂戏很可能就在神诞日演出。

《东窗事犯》杂剧写岳飞父子被秦桧冤杀,鬼魂向宋高宗托梦,控诉秦桧卖国求荣,要求祭奠冤魂。该剧第三折岳飞的鬼魂唱:

〔紫花儿序〕三魂儿潇潇洒洒,七魄儿怨怨哀哀,一灵儿荡荡悠悠。俺不是降灾邪祟,俺是出力公侯。你问缘由,我对圣主明言剐骨仇。俺说的并无虚谬,谢上圣将这屈死冤魂,放入这凤阁龙楼。

〔络丝娘〕臣舍性命出气力请粗粮将边庭镇守,秦桧没功劳请俸干吃了堂食御酒。他待将咱宋室江山一笔勾,好金帛和大金家结勾。

〔绵答絮〕臣趁着悲风渐渐,怨气哀哀,天公不管,地府难收。相伴着野草闲花满地愁。不能够敕赐官封万户侯。想世事悠悠,叹英雄逐水流。

〔收尾〕忠臣难出贼臣彀,陛下宣的文武公卿讲究。用刀斧将秦桧市曹中诛,唤俺这屈死冤魂奠盏酒。

剧作还有秦桧的鬼魂在阴间被地藏王审讯,最后岳飞、岳云、张宪三人上升仙界的情节,岳飞已由人间忠臣变为神明。从剧中对"宋室江山"的眷恋,对"大金家"的仇视,对及对汉奸秦桧的憎恶,我们可以看到,此剧是有反民族压迫的强烈情绪的。从剧中多鬼魂和祭奠的描写,又可以推测此剧可能是在岳飞庙祭奠岳飞时所演之剧。

对岳飞的祭祀在南宋已经开始。周密《武林旧事》卷五载:"岳武穆

---

① 〔清〕陈梦雷编,〔清〕蒋廷锡校订:《古今图书集成》第49册《博物汇编·神异典》第38卷"关圣帝君部",第60227页。
② 〔清〕陈梦雷编,〔清〕蒋廷锡校订:《古今图书集成》第49册《博物汇编·神异典》第38卷"关圣帝君部",第60227页。

王飞所葬，其子云亦祔焉。"① 吴自牧《梦粱录》卷十五《古今忠烈孝义贤士墓》："忠武岳鄂王墓，在栖霞岭下。"②《浙江通志》也载，南宋宋孝宗建岳飞庙："忠烈庙，庙祀宋少保鄂王岳武穆，在杭州府栖霞岭墓侧。初，宋孝宗即故智果院为庙祀，王赐额褒忠。"③

元人续修岳飞的墓与庙，祭祀也绵延不绝。陶宗仪《辍耕录》卷三载：

岳武穆王飞墓，在杭栖霞岭下，王之子云祔焉。自国初以来，坟渐倾圮，江州岳氏讳士迪者，于王为六世孙，与宜兴州岳氏通谱，合力以起废，庙与寺复完美。……而郑君明德元祐为作疏语曰："西湖北山褒忠演福禅寺，窃见故宋赠太师武穆岳鄂王，忠孝绝人，功名盖世，方略如霍骠姚，不逢汉武，徒结志于亡家。意气如祖豫州，乃遇晋元，空誓言于击楫。赐墓田栖霞岭下，建祀祠秋水观西。落日鼓钟，长为声冤于草木；空山香火，犹将荐爽于渊泉。岂期破荡子孙，尽坏久长规制。典祊田，堕佛宇，春秋无所烝尝。塞墓道，毁神栖，风雨遂颓庙貌。休留夜啼拱木，踯躅春开断垣。泪落路人，事关世教。盖忠臣烈士，每诏条有致祭之文，岂狂子野僧，挽国典出募缘之疏。望明有司告之台省，冀圣天子锡之珪璋。褒忠义在天之灵，激死生为臣之劝。周武封比干墓，事著遗经；唐宗建白起祠，恩覃异代。"疏成，郡人王华父一力兴建，于是寺与庙又复完美。且杭州路申明浙省，转咨中书，以求褒赠。适赵公子期在礼部，倡议奏闻，降命敕封并如宋，止加"保义"二字。自我元统一函夏以来，名人士多有诗吊之，不下数十百篇。其最脍炙人口者，如叶靖逸先生绍翁云："万古知心只老天，英雄堪恨亦堪怜。如公少缓须臾死，此虏安能八十年。漠漠凝尘空偃月，堂堂遗像在凌烟。早知埋骨西湖路，悔不鸱夷理钓船。"赵魏公孟頫云："岳王坟上草离离，秋日荒凉石兽

---

① 〔宋〕周密：《武林旧事》（与《东京华梦华录》等4种合订本），中国商业出版社1982年版，第106页。
② 〔宋〕周密：《武林旧事》（与《东京华梦华录》等4种合订本），中国商业出版社1982年版，第128页。
③ 〔清〕陈梦雷编，〔清〕蒋廷锡校订：《古今图书集成》第49册《博物汇编·神异典》第50卷，第60369页。

危。南渡君臣轻社稷，中原父老望旌旗。英雄已死嗟何及，天下中分遂不支。莫向西湖歌此曲，水光山色不胜悲。"①

陶宗仪自己也有吊岳飞诗，中有"黯黯冤魂游狌狅，纷纷雨泪泣貔貅""圣世即今崇祀典，伫看宠渥到松楸"之句。②

从陶宗仪的记载来看，元初，统治者是不重视对岳飞的祭祀的，因此岳飞的墓和庙才会倾废。但民间对岳飞的祭祀并没有停止，因此才有多次重修之举。后来，元朝皇帝也接受了岳飞，加封"保义"二字，郑明德的疏道出了官方祭祀岳飞的目的："褒忠义在天之灵，激死生为臣之劝。"即借助岳飞的"忠义"来激励臣子效忠元朝。而元代诗人悼念岳飞之诗却另有深意："如公少缓须臾死，此虏安能八十年""英雄已死嗟何及，天下中分遂不支"，以凭吊岳飞，寄托对汉族政权灭亡的哀思。这与《东窗事犯》的民族情绪是一致的。无论目的如何，元人祭祀岳飞都是一个事实，这是元杂剧岳飞戏中多鬼魂托梦、祭奠亡灵情节的社会原因。

二、祭奠亡人剧

祭奠亡人剧是描写祭奠死去亲人的元杂剧，多有鬼魂向活着的亲人托梦，诉说生前未遂的愿望，亲人为之实现，最后拜祭亡人的情节，很可能是元人在亲人死后举行祭奠仪式时上演之剧。

朱凯《昊天塔》第一折写杨令公和杨七郎鬼魂向杨六郎托梦，诉说被奸臣所害，战死虎口交牙峪，骨殖被吊在幽州昊天塔，被番卒每日轮射，要求报仇雪恨，盗骨归葬。六郎说："父亲，您孩儿那里知道这般冤苦！到来日追斋累七，超度父亲和兄弟也。"第二折写孟良盗杨令公的骨殖匣云："准备着迎魂一首幡，安灵的几朵花。众儿郎都把那麻衣搭，紧拴将亡父驮丧马。哥也，你牢背着亲爷的灰骨匣，孝名儿传天下。"第四折写杨六郎和杨五郎在五台山兴国寺将追赶前来的番将韩延寿杀死，"将韩延寿枭下首级，剜出心肝，在父亲骨殖前，先祭献了。就在这五台山寺里，做七昼夜好事，超度俺父亲和兄弟，早升天界也。"莱国公寇准也

---

① 〔元〕陶宗仪：《南村辍耕录》卷三，见《元明史料笔记丛刊》，第40～41页。
② 〔元〕陶宗仪：《南村辍耕录》卷三，见《元明史料笔记丛刊》，第42页。

说:"奉圣人的命,并八大王令旨,直至瓦桥关,迎取已故护国大将军杨继业并杨延嗣骨殖,归葬祖茔。"

剧中反映了元人抗击异族侵略,歌颂忠臣、斥责奸邪的政治思想,同时,也反映了元人祭奠亡人的习俗。元代北方的葬俗受少数民族葬俗的影响,多为火葬,亲人的骨灰要放在匣子里,称"骨殖匣"。骨殖匣不能流落在外,要放在寺庙中或归葬祖茔。死者出殡后,每隔七日做一次佛事,先后七次,称作"累七"。元人在亲人去世后,常举行盛大的祭祀仪式,常有歌舞戏剧的演出。《元典章》卷三十《礼部三·丧礼》谈到元代的江南葬俗:"近年以来,江南尤甚。父母之丧,小殓未毕,茹荤饮酒,略无顾忌。至于送殡,管弦歌舞导引,循柩焚葬之际,张筵排宴,不醉不已。"死者出殡之后,"累七"的祭祀活动也很隆重:"及追斋累七,大祥小祥,祭祀之日,遇其迎灵,必须置备酒食,邀请店铺亲朋人等,务以奢靡相尚,遂用百色华丽采段之物,纷然陈列,装锦绣梳洗影楼,金银珍翠坛面,杂以僧道,间以鼓乐,服丧之人随之于后,迎游街市以为荣街。"①《昊天塔》中孟良盗杨令公骨殖匣归葬祖茔,杨五郎、杨六郎为杨令公、杨七郎做七昼夜道场,超度亡灵,都是这种葬礼的反映。

元人在埋葬亲人后,还有在初一、十五洒酒饭祭奠亡人之俗。熊梦祥《析津志辑佚》中《风俗》写大都葬俗云:"初一、月半,洒酒饭于黄昏之后。"元杂剧中也描写了此俗。《窦娥冤》第三折窦娥临刑前向蔡婆说:"婆婆,此后遇着冬时年节,月一十五,有瀽不了的浆水饭,瀽半碗儿让我吃,烧不了的纸钱,与窦娥烧一陌儿,则是看你死的孩儿面上。"元杂剧《刘弘嫁婢》写使君之女裴兰孙卖身葬父,到员外刘弘家为婢,刘弘为她父亲"高原选地,破木造棺,建起坟茔",并将兰孙许配李春郎为妻。兰孙在出嫁前请求刘弘代为祭祀父亲:"则怕到冬年节下,月一十五,瀽不了的浆水,与俺父亲瀽半碗儿,烧不了的纸钱,与俺父亲烧一陌儿。"(第二折)两剧写为亡人"瀽浆水饭"的祭俗与《析津志辑佚》的"洒酒饭"是一致的,初一、十五日的时间也一致,是给死者的鬼魂以吃食,慰藉亡灵。

与《昊天塔》祭奠为国捐躯的亲人不同,《碧桃花》是以人鬼相恋的

---

① 《大德典章遗文》,见黄时鉴辑点《元代法律资料辑存》,浙江古籍出版社1988年版,第50~51页。

形式祭奠那些因爱情婚姻不幸而死的亲人。《碧桃花》写潮阳县丞张珪之子张道南，聘知县徐瑞之女碧桃为妻。徐瑞请亲家观赏牡丹，张道南在后花园与碧桃相见，徐瑞夫妇闯来，辱骂碧桃是"辱门败户的小贱人"（楔子），碧桃羞愧而死。张道南在碧桃死后，思念不已，取碧桃花一枝插瓶中，并弹琴悼念碧桃。碧桃一魂不散，假作邻女与道南相会。她唱道："为什么我一上青山便化身？端的愁杀人。常只是安排肠断又黄昏，害了个恹恹渐渐的鬼病儿，积趱下重重叠叠恨，做了个虚飘飘的恶梦儿，捱不出凄凄凉凉运。一会家急急煎煎腹内焦，一会家寻寻思思心内忍。闪的我悲悲切切孤儿寡女无投奔，因此上凄凄惨惨无语暗消魂。"（第一折）她变成鬼魂后还在追求爱情，与道南人鬼相恋，最后借妹玉兰之尸还魂，与道南终成眷属。

这部剧作，反映了元代青年男女在封建礼教压迫下婚姻不能自主的痛苦，通过人鬼相恋，表达了对自由爱情婚姻的渴望；同时，也反映了元代文人祭奠亡人的一种形式。张道南以对碧桃花弹琴的方式，来悼念他的未婚妻碧桃，是文人一种文雅的祭祀。陶宗仪《辍耕录》卷十三"绿窗遗稿"条载，新喻人傅汝砺妻孙淑（字蕙兰）贤惠而有诗才，有诗集《绿窗遗稿》，中有"春风昨夜碧桃开，正想瑶池月满台。欲折一枝寄王母，青鸾飞去几时来"诗句。她去世后，傅汝砺写《追和蕙兰》诗悼念之："小窗开尽碧桃枝，忆得青鸾化去时。昨夜秋风炉幽怨，梦中吹断素琴丝。"也以碧桃花、琴声来祭奠亡妻。傅汝砺的故事与《碧桃花》的故事是否巧合不得而知，但在祭奠方式的相同上，可知《碧桃花》的祭礼有一定的依据。

三、祭奠冤魂剧

这类剧多写百姓为奸人所害，冤魂不散，到处游荡，造成许多社会不稳定的因素，或大旱多年，或鬼魂出现扰民。清官为稳定社会，重审案件，昭雪冤情，超度冤魂。剧作多有包公审案时，门神户尉不放冤鬼进门，包公令人烧纸钱祭奠冤魂的情节。这类剧反映了元代吏治腐败、冤狱众多，人民要求平反冤狱的社会状况，也反映了元人祭奠冤魂以求太平的习俗。

《窦娥冤》写窦娥被桃杌太守冤杀，临刑前发出"血飞白练""六月飞雪""大旱三年"的誓愿，均一一实现。她的鬼魂"每日哭啼啼守住望乡台，急煎煎把仇人等待"（第四折），念念不忘报仇雪恨。最后，她向做了肃政廉访使来楚州查案的父亲窦天章托梦诉冤，昭雪了冤案。窦天章结案的判词云："莫道我念亡女与他灭罪消愆，也只可怜见楚州郡大旱三年。昔于公曾表白东海孝妇，果然是感召得灵雨如泉。"（第四折）说明作者认为，社会上遇到旱灾等自然灾害，是因为有冤魂在作怪，只有昭雪冤案，才能消除自然灾害，为百姓求得太平。

武汉臣的《生金阁》也有类似的描写。此剧述书生郭成和妻李幼奴携宝物生金阁赴京城求官，被权贵庞衙内夺去宝物，杀死郭成，霸占了李幼奴。郭成冤魂不散，成为无头鬼到处闯荡，骚扰百姓。包公派衙役娄青去城隍庙烧牒文，召冤鬼到开封府问案。郭成鬼魂欲进衙门，被门神所阻，包公说："老夫心下自裁划，你将银钱金纸快安排。邪魔外道当拦住，只把屈死冤魂放入来。"（第四折）娄青烧了纸钱，郭成的鬼魂便随一阵冷风进了门。郭成鬼魂向包公诉冤后说："因此一点冤魂终不散，日夜飘摇枉死城。只等报得冤来消得恨，才好脱离阴司再托生。即今上元节令初更候，正遇庞姓无徒出看灯，被我绕着街头追索命，吵的游人大小尽担惊。……只愿老爷怀中高揣轩辕镜，照察我这悲悲痛痛、酸酸楚楚、说无休诉不尽的含冤负屈情。"（第四折）也说明元人认为冤鬼会索命，骚扰世人，只有昭雪冤情、祭奠冤魂，才会得到安宁。

此剧祭奠冤魂的仪式是烧"银钱金纸"，让门神放鬼魂入门，在元杂剧《盆儿鬼》《神奴儿》中都有类似的情节。《盆儿鬼》写小贩杨国用被赵盆罐夫妇谋财害命，将其骨灰和泥做成一只盆儿，送给张憋古，鬼魂随盆到了张家，要求张憋古为他申冤。张憋古埋怨门神将鬼放进来，撕碎门神图："呸，俺将你画的这恶支杀样势，莫不是盹睡了门神那户尉？两下里桃符定甚大腿！（做扯掉钟馗科）手挦了这应梦的钟馗。"（第三折）可知元代的门神为手拿桃符驱鬼的钟馗。第四折写包公判案，门神不让杨国用的鬼魂进入，包公说："大家小户有个门神户尉，那屈死的冤魂，被他挡住，所以进来不得。张千，你去取将金钱银纸来者。（诗云）老夫心下自裁划，你将银钱金纸快安排。邪魔外道当拦住，只把屈死冤魂放过来。"（第四折）从以上之剧可知，烧牒文、烧纸钱是元杂剧祭奠冤魂仪式的通例，包公的"诗云"已成为祭奠时的套语，各剧均可套用。

这些剧作还显示了门神的功能是将恶鬼挡在门外，将善鬼放进门来。

门神钟馗见宋人高承《事物纪原》卷八:"钟馗:开元中,明皇病痁,居小殿,梦一小鬼……颇喧扰,上叱之,曰:'臣虚耗也。'上怒,欲呼武士,见一大鬼,顶破帽,衣蓝袍,束角带,径捉小鬼,以指刳其目劈而啖之。上问为谁,对曰:'臣终南山进士钟馗也。因应举不捷,触殿阶而死。奉旨赐绿袍而葬,誓除天下虚耗妖孽。言讫,觉而疾愈。乃召吴道子图之。……是以今人画其像于门也。"① 可知钟馗也是个鬼,不过是能捉恶鬼的善鬼。元杂剧中烧纸钱祭奠门神的祭仪,就是用钱打点善鬼钟馗,让其将冤鬼放入门来。

门神除钟馗外,还有黄帝时期的神荼和郁垒:"东海度朔山有大桃树,蟠屈三千里,其卑枝向东北曰鬼门,万鬼出入也。有二神,一曰神荼,一曰郁垒,主阅领众鬼之出入者,执以饲虎。于是黄帝法而象之,立桃板于门户上,画神荼郁垒以御凶鬼。此门桃板之制也。盖其起自黄帝,故今世尽画神像于板上,犹于其下书左神荼右郁垒,以除日置之门户也。"② 另外,唐代的秦叔宝和尉迟敬德也被尊为门神,传说唐太宗患病,闻门外有鬼呼号,秦叔宝请与尉迟敬德戎装立门外守候,夜果无事。太宗乃令画工画二人图像,悬挂宫门左右,后世遂以为门神以镇邪。③

四、元杂剧鬼魂戏的祭祀功能和文化内涵

元杂剧的鬼魂戏反映了元人的祭祀习俗。从这个民俗的角度,我们可以知道元杂剧的功能是多方面的,除娱乐功能、教化功能和宣泄功能之外,还有祭祀功能。

元杂剧鬼魂戏的祭祀功能含有深厚的文化内涵。首先,祭奠神明剧体现了元人的偶像崇拜。崇拜,是人类有史以来就存在的一种文化现象,是人们受现实社会生活困扰而寻求支持的一种精神需要。"蒙昧时代的人们崇拜他们生活中遇到而不能解释的事物、现象;进入文明初级阶段的人们则将先人崇拜的事物、现象人格化为神而加以崇拜。"④ 关羽的神化过程

---

① 〔宋〕高承:《事物纪原》卷八,见王云五主编《丛书集成初编》第1209册,中华书局1991年据惜阴轩丛书本排印,第300~301页。
② 〔清〕如林辑:《三教源流圣帝佛帅搜神记》上卷,紫贵堂藏版咸丰乙卯年镌,第59页。
③ 〔清〕如林辑:《三教源流圣帝佛帅搜神记》下卷,紫贵堂藏版咸丰乙卯年镌,第65页。
④ 乔继堂:《中国人的偶像崇拜》,台北百观出版社1993年版,第12页。

便是一个明显的例证,关羽在汉代被封为"壮缪侯",还是个人间英雄;到宋代则已成为神,被称为"关圣帝",设庙祭祀。《荆门志》载:"淳熙十四年告敕曰:'生立大节,与天地以并存;没为神明,亘古而不朽。荆门军当阳县显烈神壮缪义勇武安王,名著史册,功存生民,一方所依,千载如在。'"① 元杂剧将历史英雄关羽、岳飞"人格化为神",定时祭祀,即将关羽、岳飞作为崇拜的偶像。将历史人物演变为神,这是我国民众造神的惯用手段;而关羽、岳飞都是为国家民族英勇战斗、为国捐躯的英雄,元人对关羽、岳飞的崇拜又带上了浓烈的民族情绪、反抗民族压迫的时代气息。而在元代,关羽已作为道教之神被祭奠,又体现出道教文化的影响。

其二,祭奠亡人剧体现了元人的佛教轮回转生观念和忠孝节义的儒家礼教思想。佛经称人有六道流转:下地狱、成饿鬼、变畜生、投生为人、升天、变恶神。如果七天内没寻得生缘,就要再延续七天,直到七七四十九天结束,必生一处。死者家属在这四十九天里为亡灵举行祭奠,请和尚诵经,称"七七"或"累七"。《瑜伽师地论》卷一云:"若未得生缘极七日住,有得生缘即不决定。若极七日未得生缘死而复生,极七日住。如是展转未得生缘,乃至七七日住。自此已后决得生缘。"② 元杂剧《昊天塔》中为杨令公、杨七郎做"累七",便体现出这种佛教轮回观念。而儒家礼教规定服丧期间,死者家属按亲疏尊卑居丧,以表忠孝,从服饰打扮、服丧礼仪到服丧时间长短都有一系列的规定。唐代孔颖达疏《礼记正义》卷第六十三"丧服四制第四十九"云:"父母之丧,衰冠、绳缨、菅屦,三日而食粥,三月而沐,期十三月而练冠,三年而祥。"又说:"比终兹三节者,仁者可以观其爱焉,知者可以观其理焉,强者可以观其志焉。礼以治之,义以正之,孝子、弟弟、贞妇,皆可得而察焉。"③ 即以丧礼表现儒家忠孝节义的思想。《刘弘嫁婢》剧写女儿为死去的父亲在初一、十五澆水饭、烧纸钱,即为儒家"忠孝"思想在祭俗中的反映。

---

① 〔清〕陈梦雷编,〔清〕蒋廷锡校订:《古今图书集成》第 49 册《博物汇编·神异典》第 37 卷"关圣帝君部",第 60218 页。
② 〔古印度〕弥勒口述,〔唐〕玄奘译:《瑜伽师地论》卷第一,见《大藏经》第三十卷《瑜伽部上》,台北佛陀教育基金会 1990 年版,第 282 页。
③ 〔唐〕孔颖达疏:《礼记正义》,见《藏世传书》第三册,海南国际新闻出版中心 1996 年版,第 1039、1040 页。

其三，祭奠冤魂剧体现了元人的鬼魂崇拜。元人具有人虽死去但魂灵不灭的迷信思想，相信如果人死后的鬼魂得不到安抚，便会成为野鬼游魂，骚扰生人，因而要举行招魂、送魂、祭奠等礼拜活动。元代吏治腐败，冤狱众多，老百姓认为冤死的鬼魂会成为怨鬼厉鬼，生事复仇；因而要平反冤狱，并举行祭奠冤魂的活动，才能使阳世的人得到太平。元杂剧中多写清官平反冤狱，并举行祭奠冤魂的仪式，就体现了平民百姓的鬼魂崇拜。当然，鬼魂崇拜是在科学不发达的封建社会中常有的现象，是一种迷信思想；而元代的鬼魂崇拜也有独特的色彩，就是带有平反冤狱的内容，有追求政治清明的强烈愿望。

综上所述，元杂剧的鬼魂戏既反映了元代社会政治的黑暗，表达了平民要求政治清明的愿望；也反映了元人的祭祀习俗，体现了元人的偶像崇拜、鬼魂崇拜，反映了儒、道、佛的思想在元代祭礼上的影响，含有深厚的文化内涵，不可以"封建迷信"一言以蔽之。

［原载《中山大学学报》（社会科学版）2003年第3期，后被《新华文摘》2003年第9期载其篇目］

元杂剧的爱情剧和元代的节日择偶习俗

一、元杂剧以节日为背景的爱情剧

元杂剧的爱情剧与元代节日关系密切，故事发生的背景多在元宵、上巳、清明、七夕、中秋等节日，多写男女青年自由恋爱的故事。下面择其要者以述之。

1. 元宵节

又称上元节，原为佛教节日。汉明帝时，佛法初东渐，僧人摩腾竺法兰与道士比赛法力而胜之，明帝敕于上元（正月十五）点灯以表佛法大明（见《法本内传》）。后世效之，但宗教色彩渐淡，而成为庆新春的重要节日。汉族传统有看灯、闹社火的习俗，《东京梦华录》卷六介绍了宋代元宵节"望之蜿蜒如双龙飞走"的龙灯盛况，还有"奇术异能、歌舞百戏"[1]的演出。元承宋俗，《析津志辑佚·岁纪》记载了元代大都元宵节的景况："又于草屋外悬挂琉璃蒲萄灯、奇巧纸灯、谐谑灯与烟火爆仗之属。自朝起鼓方静，如是者至十五、十六日方止。宫中有世皇所穿珍珠垂结灯，殿上有七宝漏灯。……每元会圣节及元宵三夕，于树身悬挂诸色花灯于上，高低照耀，远望若火龙下降。树旁诸市人数，发卖诸般米甜食、饼馕、枣面糕之属，酒肉茶汤无不精备，游人至此忘返。此景莫盛于武宗、仁宗之朝。"[2] 不但百姓观灯游赏，皇室也张灯结彩，可见蒙古人也接受了元宵节。

---

　　[1]〔宋〕孟元老：《东京梦华录》卷六"元宵"，见《东京梦华录》与《梦粱录》《都城纪胜》《西湖老人繁胜录》《武林旧事》五种合订本，第37、38页。

　　[2]〔元〕熊梦祥著，北京图书馆善本组辑：《析津志辑佚》，北京古籍出版社1983年版，第213页。

曾瑞的杂剧《留鞋记》描写了卖胭脂的女子王月英和秀才郭华的爱情故事，他们的约会就在热闹的元宵节。《留鞋记》第二折王月英唱道："灯轮呵红满街，沸春风管弦一派，趁游人拥出蓬莱，莫不是六鳌海上扶山下，莫不是双凤云中驾辇来，直恁的人马相挨。"梅香又云："姐姐，你看这般月色，映着一片灯光，宝马香车，往来不绝，果然是好景致也。"与宋词的"宝马雕车香满路。凤箫声动，玉壶光转，一夜鱼龙舞"（辛弃疾《青玉案》词）同一境界。

2. 上巳节

汉时以阴历三月上旬巳日为"上巳"，"官民皆絜（洁）于东流水上，曰洗濯祓除"（《后汉书·礼仪志》）。魏晋以后为三月三日，到水边嬉游，以消除不祥，谓之"修禊"（王羲之《兰亭集·序》）。元代上巳节在三月上旬，因按天干地支计，日期不定，有时在三月三日，有时在三月八日，也有到水边游乐之俗。张可久散曲《〔越调〕寨儿令·三月三日书所见》云："牡丹亭畔秋千，蕊珠宫里神仙。三月三日曲水边，一步一朵小金莲。穿，芳径坠花钿。"① 元人杨允孚《滦京杂咏》诗亦云："脱圈窈窕意如何，罗绮香风漾绿波。信是唐宫行乐处，水边三月丽人多。"自注云："上巳日，滦京士女竞作绣圈，临水弃之，即修禊之义也。"②

白朴的《墙头马上》、石君宝的《曲江池》、乔吉的《金钱记》都反映了此节的风俗。《墙头马上》第一折贵公子裴少俊说："今日乃三月初八日，上巳节令，洛阳王孙士女，倾城玩赏。"《曲江池》第一折歌女李亚仙说："今日在曲江池上……时遇三月三日，果然是好景致也呵。"又唱道："你看那王孙蹴鞠，仕女秋千，画屧踏残红杏雨，绛裙拂散绿杨烟。"可知元代上巳节有时在三月三日，有时在三月八日，不但玩水踏青，还打秋千、蹴鞠。蹴鞠是古代一种踢皮球的体育运动，汉人刘向《别录》云："蹴鞠者，传言黄帝所作，或曰起战国时。"③ 元人汪云程《蹴鞠图谱》对此有详细介绍，蹴鞠分为"球门式"和"场户"两大类，

---

① 隋树森编：《全元散曲》（上册），第786页。
② 〔清〕顾嗣立：《元诗选》初集三，中华书局1987年版，第1965页。
③ 〔清〕陶浚宣辑，见〔汉〕刘向《别录》，稷山馆辑补书。

前者类似今天的足球，后者类似今天的踢毽子，唯踢的是皮球，男女均可①。元散曲多有描述女子蹴鞠的作品，如萨都剌的《〔南吕〕一枝花·妓女蹴鞠》、邓玉宾的《〔仙吕〕村里迓古·仕女圆社气球双关》等。在明媚的春光中，少女们打秋千的飘飘衣袂、蹴鞠的翩翩倩影，使这个节目充满了诗情画意。元杂剧有不少剧目描写青年男女在这个春意盎然的节日里自由恋爱，如描写李千金与裴少俊约会、私奔的《墙头马上》，李亚仙与郑元和一见钟情的《曲江池》，韩翃开展对柳眉儿的热烈追求的《金钱记》等，都是在此节日中开始了他们动人的爱情故事。

3. 寒食节与清明节

宋以前两节分别庆祝，寒食节在清明"节前两日"（吴自牧《梦粱录》卷二），相传起于晋文公悼念被火焚死的介子推，定于此日禁火寒食，晋文公"第二天素服徒步，登山致哀"，因介子推遗诗有"臣在九泉心无愧，勤政清明复清明"之句，"把这一天定为清明节"②。清明节在"冬至后一百五日"（《东京梦华录》卷七），有祭祖、踏青、打秋千、蹴鞠等活动。宋词人张先词《木兰花·乙卯吴兴寒食》云："龙头舴艋吴儿竞，笋柱秋千游女并。"便写出宋代寒食节妇女打秋千的风俗。元代将两节合并，也举行祭祀、郊游等活动，唯寒食节已不"寒食"。《析津志辑佚·岁纪》云："三月京师寒食早，苑墙柳色摇宫草，太室荐新皇祖考。培街道，元勋衔命歌天保。紫燕游丝穿翠葆，桃花和䬾清明到，追远松楸和泪扫。莺花晓，人心莫逐东风老。"《析津志辑佚·风俗》又云："清明寒食，宫庭于是节最为富丽。起立彩索秋千架，自有戏蹴秋千之服，金绣衣襦，香囊结带，双双对蹴。绮筵杂进，珍馔甲于常筵。中贵之家，其乐不减于宫闱。达官贵人，豪华第宅，悉以此为除祓散怀之乐事。"蒙古贵族也一如汉族过此节。

元杂剧的爱情剧对此节多有描述。关汉卿《诈妮子》第二折丫鬟燕燕唱："年例寒食，邻姬每斗来邀会。去年时没人将我拘管收拾，打秋千，闲斗草，直到个昏天黑地。"无名氏《百花亭》第一折书生王焕说："时遇清明节令……只见香车宝马，仕女王孙，蹴鞠秋千，管弦鼓乐，好

---

① 〔元〕汪云程：《蹴鞠图谱》，见〔元〕陶宗仪编《说郛三种》（第八册），第4651～4653页。
② 一苇编：《中国民俗传说》，中国广播电视出版社1996年版，第101页。

不富贵也呵。"贾仲明《萧淑兰》第一折萧公让云："今日清明,举家俱往祖茔祭祀。"《诈妮子》写小千户在寒食节春游时邂逅贵家小姐莺莺,移情别恋,抛弃丫鬟燕燕;《百花亭》写书生王焕清明游百花亭,遇妓女贺怜怜,两相爱慕;《萧淑兰》写少女萧淑兰趁清明家人出外祭祖的机会,主动向家中的教书先生张世英表达爱慕之情,都是发生在节日期间。

4. 七夕节

在古代神话中,七月七日晚上,牛郎织女在天河鹊桥上相会。因有织女灵巧,成为妇女斗巧的"女孩儿节";又因有牛郎织女的爱情故事,成为汉族的"情人节"。此节宋代有"种生"(浸谷物发芽)、"乞巧"(对月穿针)、"得巧"(贮蜘蛛结网)等风俗①。元俗与此近似,《析津志辑佚·岁纪》云:"七夕皇朝祠巧夕,化生庭院罗金璧。彩线金针心咫尺,堪怜惜。星前月下遥相忆,钿盒蛛丝觇顺逆,觚棱萤度凉生腋,天巧不如人巧怪。年光掷,长生殿里空尘迹。""长生殿"指唐明皇与杨贵妃七夕定情的故事,显示出"情人节"的特色。同上书又云:"市中小经纪者,仍以芦苇夹棚,卖摩诃罗巧神泥塑,人物大小不等,买者纷然;官庭宰辅、士庶之家咸作大棚,张挂七夕牵牛织女图,盛陈瓜、果、酒、饼、蔬菜、肉脯,邀请亲眷、小姐、女流,作巧节会,称女孩儿节。"

描述七夕风俗的元杂剧有白朴的《梧桐雨》②。第一折写杨贵妃在七夕节乞巧,并与唐明皇对着牛郎织女星海誓山盟,杨贵妃云:"今日是七月七夕,牛女相会,人间乞巧令节。已曾分付宫娥,排设乞巧筵在长生殿,妾身乞巧一番。"唐明皇则唱道:"龙麝焚金鼎,花萼插银瓶。小小金盆种五生,供养着鹊桥会丹青帧,把一个米来大蜘蛛儿抱定。搀夺尽六宫宠幸,更待怎生般智巧心灵。"此折结末唐明皇又唱:"在天呵做鸳鸯常比并,在地呵做连理枝生。月澄澄银汉无声,说尽千秋万古情。咱各办着志诚,你道谁为显证,有今夜度天河相见女牛星。"曲中

---

① 〔宋〕孟元老:《东京梦华录》卷八《七夕》,第54页;〔宋〕周密:《武林旧事》卷三《乞巧》,第48页,见《东京梦华录》与《都城纪胜》《西湖老人繁胜录》《梦粱录》《武林旧事》五种合订本。

② 此剧虽不属爱情剧,但唐玄宗和杨贵妃的爱情故事是该剧的重要内容,七夕定情为主要情节。

描述的种生、乞巧、得巧以及挂牛女像供奉的习俗与《析津志辑佚》所载何其相似。此折结尾李、杨二人对着牛女星誓盟，也是元人所熟悉的七夕风情。

5. 中秋节

中秋节是汉族的重要节日，有合家团聚、设宴赏月之俗，元代汉族沿续之。元无名氏散曲《〔中吕〕迎仙客·十二月》中《八月》云："风露清，月华明，明月万家欢笑声。洗金觥，拂玉筝，月也多情，唤起南楼兴。"① 而元代蒙古皇室每年四月赴上京避暑，秋末方回，在上京过中秋节，也登楼设宴赏月，如元顺帝"每于中秋于此阁（上京穆清阁）燕赏乐，如环珮隐隐然在九霄之上"（《析津志辑佚·岁纪》）。

元杂剧的爱情剧也往往以中秋节为背景。吴昌龄的杂剧《张天师断风花雪月》写书生陈世英与月中桂花仙子在中秋节的恋爱故事；李好古的《张生煮海》写龙女琼莲约张生中秋节在海边相会；无名氏的《云窗梦》写歌妓郑月莲中秋对月伤怀，梦中与书生张均卿团聚，都涉及中秋节。

二、元代节日的择偶风俗

汉族传统的封建婚姻和元代的正统婚姻都采用"父母之命、媒妁之言"的方式缔结，元代的法律还规定结婚须有婚书、媒人、聘礼，并规定不同等级的人的聘礼数目及婚书写法，自由择偶被视为非法②。但是，元杂剧的爱情剧却少写父母包办的正统婚姻，而多以节日为背景敷演自由恋爱的故事，何也？这恐怕不能仅从政治、思想、法律等方面去寻找原因，还要从民俗方面去寻找原因。

元杂剧的爱情剧多以节日为背景敷演爱情故事，显示了节日的择偶的习俗。《金钱记》第一折王府尹说："今奉圣人的命，明日三月初三，但是在京城里外官员、市户军民、百姓人家，或妻或妾或女，都要赴九龙池赏杨家一捻红。"书生韩飞卿听说后，急忙赶往美女如云的九龙池，找到

---

① 隋树森编：《全元散曲》（下册），第 1684 页。
② 见《大元圣政国朝典章》（《元典章》）（上册）卷十八"户部卷之四·婚姻"，中国广播电视出版社 1998 年版，第 657～660 页。

了意中人柳眉儿。他如《玉壶春》的歌妓李素兰与书生李唐斌在清明节踏青时相识相恋，《百花亭》的贺怜怜与王焕在清明游陈家园百花亭一见钟情，等等，都是在欢乐的节日中自由择偶的。

汉族古代的一些节日，本来就具有自由择偶的功能。《周礼·地官·婚氏》说："中春之月，令会男女，于是时也，奔者不禁。"唐代书生崔护在清明节与桃花树下的少女恋爱，留下了"人面桃花相映红"的诗句①，成为千古美谈。自汉代独尊儒学，至宋代程朱理学盛行，自由择偶变为"淫奔"之举。但节日文化有一定的沿续性，人们对于在节日中恋爱的青年人似乎格外宽容，即使在理学禁锢森严的宋代，情侣们也可在元宵节"月上柳梢头，人约黄昏后"（欧阳修《生查子》词）。至于中国古代少数民族就更多节日择偶的风俗了，辽代契丹族、金代女真族都有在正月十六日"纵偷"之俗，南宋洪皓《松漠纪闻》云："金国治盗甚严……唯正月十六日则纵偷一日以为戏，妻女宝货车马为人所窃，皆不加刑。""亦有先与室女私约，至期而窃去者，女愿留则听之。自契丹以来皆然，今燕亦如此。"② 另一南宋人文惟简的《虏廷事实》也有类似的记载："虏中每至正月十六夜谓之'放偷'，俗以为常，官亦不能禁。其日夜，人家若不畏谨，则衣裳、器用、鞍马、车乘之属为人窃去，隔三两日间主人知其所在，则以酒食钱物赎之，方得原物。至有室女随其家出游，或家在僻静处，为男子劫持去，候月余日方告其父母，以财礼聘之。"③ 这种在节日中窃室女而不责的风俗，是契丹族、女真族节日的择偶功能的反映。

元代的节日延续了这种择偶功能，元散曲对此多有记载。如张可久散曲《〔中吕〕齐天乐过红衫儿·元夜书所见》云：

红妆邂逅花前，眼挫秋波转。相怜，天，愿长夜如年。看鳌山尽意儿留连。俄延，翠袖相扶，朱帘尽卷。妙舞清歌，弹袖垂肩。香尘暗绮罗，小径闲庭院，回步金莲。　半掩芙蓉面，慢捻桃花扇。月

---

① 〔唐〕孟棨：《本事诗》，见丁福保辑《历代诗话续编》（上册），中华书局1983年版，第10页。
② 〔宋〕洪皓：《松漠纪闻》，见〔元〕陶宗仪编《说郛三种》（第五册），第2556页。
③ 〔宋〕文惟简：《虏廷事实》，见〔明〕陶宗仪编《说郛三种》（第五册），第2563页。

团圆，共婵娟，无计相留恋。遇神仙，短因缘，回首蓬莱路远。①

写作者在元宵节与一美人邂逅，彼此一见钟情，是节日择偶的风俗的反映。

　　又如王举之散曲《〔双调〕折桂令·七夕》：

　　鹊桥横低蘸银河，鸾帐飞香，凤辇凌波。两意绸缪，一宵恩爱，万古蹉跎。剖犬牙瓜分玉果，吐蛛丝巧在银合。良夜无多，今夜欢娱，明夜如何？②

写情人在七夕节幽会，其中对鹊桥、乞巧的描写，与白朴的《梧桐雨》写杨贵妃在七夕节与唐明皇对着牛郎织女星誓盟相似。

　　再如无名氏《〔商调〕梧叶儿·十二月·正月》：

　　年时节，元夜时，云鬓插小桃枝。今年早，不见你，泪珠儿，滴满了春衫袖儿。③

写情人在元宵节约会，与曾瑞的杂剧《留鞋记》描写王月英和郭华在热闹的元宵节约会近似。

　　在元词中也有节日自由择偶风俗的反映。如张翥词《多丽》（清明上巳同日会饮西湖寿乐园）：

　　凤凰箫，新声远度兰桡。漾东风、湖光十里，参差绿港红桥。暖云蘸、郁金衫色，晴烟抹、翡翠裙腰。卷画名园，闹红芳榭，蒲葵亭畔彩绳摇。满鸳甃、落英堪藉，犹作媂人娇。渍罗袂、莫揉痕退，生怕香销。　忆当年、尊前扇底，多情冶叶倡条。浴兰女、隔花偷盼，修禊客、临水相招。旧约寻欢，新声换谱，三生梦里可怜宵。从

---

① 隋树森编：《全元散曲》（上册），第829页。
② 隋树森编：《全元散曲》（下册），第1322页。
③ 隋树森编：《全元散曲》（下册），第1724页。

留得、楝花寒在，啼鴂已无聊。江南恨、越王台下，几度回潮。①

词中描绘了上巳节杭州西湖游人如织的热闹情景，回忆作者与歌女在往年上巳节"偷盼"和"相招"的恋爱往事，不胜感慨。其男女青年眉目传情的描写，与白朴的《墙头马上》、石君宝的《曲江池》、乔吉的《金钱记》的描写近似。

又如张玉娘词《汉宫春》（元夕用京仲远韵）：

> 玉兔光回，看琼流河汉，冷浸楼台。正是歌传花市，云静天街。兰煤沉水，漱金莲、影晕香埃。绝胜□，三千绰约，共将月下归来。
>
> 多管是春风有意，把一年好景，先与安排。何人轻驰宝马，烂醉金罍。衣裳雅澹，拥神仙、花外徘徊。独怪我、绣罗帘锁，年年憔悴裙钗。②

张玉娘曾与表兄沈佺恋爱，因家长反对，好梦难成。后沈佺因病去世③。此词写她在元宵节遇上了一个"轻驰宝马""衣裳雅澹"的男子，可惜他已拥如仙美眷，自己只好独自憔悴了。在悲哀之中透露出对爱情婚姻的渴求。

在元代笔记小说中也有节日自由择偶的故事。宋末元初人周密《癸辛杂识续集》云：

> 南丹州男女之未婚嫁者，于每岁七月聚于州主之厅，铺大毯于地，女衣青花大袖，用青绢盖头，手执小青盖；男子拥髻，皂衣皂帽，各分朋而立；既而左右队长各以男女一人推仆于毯，男女相抱持，以口相呵，谓之听气；合者即为正偶，或不合，则别择一人配之。盖必如是而后成婚，否则论以奸罪也。④

---

① 唐圭璋编：《全金元词》（下册），中华书局1979年版，第998页。
② 唐圭璋编：《全金元词》（下册），中华书局1979年版，第873页。
③ 张玉娘生平见《四库全书总目·别集类存目二·兰雪集》。
④ 〔宋〕周密：《癸辛杂识续集》，《南丹州婚嫁》，见〔清〕永瑢、〔清〕纪昀纂修《景印文渊阁四库全书》，台湾商务印书馆股份有限公司1986年版，第1040册，第92页。

此笔记小说记载了宋元时南丹州（在今广西壮族自治区西北部）的壮族于每年七月青年男女通过"听气"自由择偶的特殊风俗，而且还有州长主持的仪式，说明元代的少数民族节日择偶风俗不但盛行，并被官方所允许或提倡。

明初人李昌祺的笔记小说《秋千会记》则记载了元代蒙古族青年节日择偶的故事：

> 元大德二年戊戌，字罗以故相齐国公子拜宣徽院使，奄都剌为金判，东平王荣甫为经历，三家联住海子桥西。……每年春，宣徽诸妹、诸女，邀院判、经历宅眷，于园中设秋千之戏，盛陈饮宴，欢笑竟日。各家亦隔一日设馔。自二月末至清明后方罢，谓之秋千会。适枢密同金帖木尔不花子拜住过园外，闻笑声，于马上欠身望之，正见秋千竞蹴，欢哄方浓，潜于柳阴中窥之，睹诸女皆绝色，遂久不去，为闻者所觉，走报宣徽，索之，亡矣。拜住归，具白于母。母解意，乃遣媒于宣徽家求亲。宣徽曰："得非窥墙儿乎？吾正择婿，可遣来一观，若果佳，则当许也。"媒归报，同金饬拜住以往。宣徽见其美少年，心稍喜，但未知其才学，试之曰："尔喜观秋千，以此为题，《菩萨蛮》为调，赋南词一阕，能乎？"拜住挥笔，以国字写之曰：……宣徽喜曰："得婿矣！"遂面许第三夫人女速哥失里为姻，且招夫人，并呼女出，与拜住相见。……①

此文描写清明节前后宣徽家诸女打秋千，是《析津志辑佚·风俗》所载元代贵族寒食节、清明节妇女打秋千的风俗的反映；而蒙古族青年拜住在此节日邂逅少女速哥失里，遣媒求亲，成就一桩美好姻缘，也是元人节日求偶习俗的体现。文中描写拜住于园外马上觅得佳偶，与元杂剧《墙头马上》的裴少俊于墙头马上抱得美人归相似，可见元杂剧的节日求偶故事是元人风俗的真实写照。

直至今天，江苏娄东地区二月十二日的花神会、江苏宜兴地区三月初一的双蝶节等，都是汉族青年自由择偶的民间节日。至于少数民族的许多

---

① 〔明〕李昌祺《剪灯余话》，见〔明〕瞿佑等著《剪灯新话》（外二种）卷四，中华书局1962年版，第266页。

节日,则一直保留着择偶功能,如侗族、瑶族、苗族、黎族都有在"三月三"男女盛装聚会歌舞、自由择偶的风俗,还有苗族正月十八的芦笙节、彝族二月初八的插花节、湘西苗族在清明节时的挑葱会等,都是青年男女择偶恋爱的节日①。

这说明,元杂剧的爱情戏反映的既是元人节日择偶的风俗,也是中华民族民情风俗的一个组部分,具有深厚的文化底蕴。

三、元杂剧的爱情剧描绘节日择偶的文化内涵

元代各族人民喜在节日择偶,首先是青年人平常分散劳动生活,往往在节日中才有相聚的机会,而汉族青年还要受封建礼教的约束,只有在节日中才能得到一定程度的自由,因而节日择偶的成功率较高。但更重要的是,青年男女盛装赴会,在欢乐轻松的节日气氛中,自由地寻觅自己的意中人,比"父母之命、媒妁之言"的死板择偶方式更浪漫温馨,也更富于爱情婚姻的文化和美学的意味。马林诺夫斯基《两性社会学》说:

> 但文化对于性的冲动并不只是消极的影响。每个地方社会都是求爱和爱情等引诱物同着禁令和隔绝等制度并行存在的。许多宴会的节令以及跳舞和个人炫示的时候……通常的限制,多到这等时候就被解放,少男少女可以自由会见。实际,这等节候是大自然界促人求爱的;所用的手段是刺激物,美术的钻求,兴高采烈的神情。②

道出了人类择偶求爱是生理和心理的混合过程,其中节日文化起了重要作用。节日多有郊游、游戏、宴会等,美丽的、生机勃勃的大自然促使人们求爱;节日的盛装使人们兴高采烈;游戏和宴会成为少男少女自由会见的机会,这一切都使人感到美好、浪漫而愉悦。因此,节日择偶的故事为宋

---

① 以上现代各族人民节日择偶资料均见雪犁主编《中华民俗源流集成》("节日岁时"卷),甘肃人民出版社 1994 年版。

② 〔俄〕马林诺夫斯基著:《两性社会学》第四编第三章,李安宅译,中国民间文艺出版社 1986 年版,第 184 页。

元以来的戏曲小说所津津乐道，而明人还视描写封建伦理道德（包括封建婚姻）的剧作为"措大书袋子语，陈腐臭烂，令人呕秽"①。元杂剧的爱情剧大多描绘的是浪漫的"节日择偶"婚姻。《留鞋记》的王月英私约郭华在元宵节于佛门净地相国寺相会，《墙头马上》的李千金在上巳节跟随裴少俊私奔，虽然都完全违反了传统的封建婚姻和元代正统婚姻的规矩，但无论作者还是观众都对此大为赞赏。以往论者多认为这些剧作反映元代反封建的民主思想的高涨，这固然正确，但元代"节日择偶"的文化因素、美学因素却为人们所忽视。实际上，反封建的进步思想和节日择偶的浪漫气息相结合，才使许多元杂剧爱情剧散发出动人的艺术魅力。

其次，元代少数民族的自由择偶习俗对打破汉族青年的封建思想禁锢也起了一定的作用。明初人岷峨山人的《译语》载元代蒙古人的风俗云："女好踏歌，每月夜，群聚，握手顿足，操胡音为乐；房中少年，间有驰马挟去野合者。"②女真族还有"拜门"的风俗，男女自由结合，生了孩子，两人才带着茶食美酒等礼物到女家行礼，叫作"拜门"。元代女真族作家李直夫杂剧《虎头牌》第二折金住马唱："〔大拜门〕……我也曾吹弹那管弦，快活了万千，可便是大拜门撒敦家的筵宴。"便写了女真族此种风俗。在金、元两代民族大融合的过程中，少数民族与汉族通婚并不罕见，《松漠纪闻》便记载了西北地区的女真族与汉族的通婚："其（女真人）居秦川时，女未嫁者先与汉人通，有生数子，年近三十始能配其种类。媒妁来议者，父母则曰：'吾女尝与某人某人昵。'以多为胜，风俗皆然。……今亦有目微深而髯不虬者，盖与汉儿通而生也。"③蒙古族、女真族这种自由婚配的风俗自然会影响汉族，因而，节日——这个青年男女可以自由聚会的特殊日子，被汉族青年作为自由恋爱的大好机会，并反映在元杂剧的创作中，也就不奇怪了。

综上所述，元杂剧的爱情剧在题材选择上，不选元代法律规定的父母包办的正统婚姻的故事，而选择离经叛道的自由择偶的故事，与元代节日

---

① 〔明〕徐复祚：《曲论》评《五伦全备记》《龙泉记》，见中国戏曲研究院编《中国古典戏曲论著集成》（第四集），第236页。

② 〔明〕岷峨山人撰：《译语》，见王云五主编《丛书集成初编》"史地类"第3177册，第62页。

③ 〔宋〕洪皓撰：《松漠纪闻》，见〔明〕陶宗仪编《说郛三种》（第五册），第2551页。

自由择偶的习俗有密切的关系,与元代的节日文化有密切的关系,具有深厚的文化内涵。从民俗这个角度,我们看到一个更为鲜活、更为丰富的元杂剧的世界。

［原载《东南大学学报》(哲学社会科学版) 2006 年第 1 期;后被收入陈勤建主编《文艺民俗学论文集》,上海文化出版社 2009 年版］

元杂剧艺术对《三国演义》的影响

《三国演义》的题材来源主要有三个方面：①史料，以陈寿的《三国志》、裴松之的《三国志注》为主；②民间传说故事，以《三国志平话》为主；③金元戏曲，以元杂剧中的三国戏为主。而在艺术上主要借鉴话本小说和元杂剧。学术界对《三国志》和《三国志平话》的研究较多，而对元杂剧三国戏的研究相对来说较少，而且又偏向于剧目、思想内容方面，对艺术方面的探索较为薄弱。本文拟从艺术方面做进一步的探讨，请教于方家。

小说与戏剧虽是两种不同的体裁，但在内容和艺术上可以互相借鉴，这是文学史上由来已久的事实。元杂剧多取材于唐人传奇和民间故事，在艺术上也往往受后者的影响。如《西厢记》取材于唐元稹小说《莺莺传》，吸收其抒情委婉、文辞绮丽的长处，形成剧作如同"花间美人"的艺术风格；《倩女离魂》取材于唐陈玄祐小说《离魂记》，也继承了原小说的浪漫主义艺术手法；明代小说《水浒传》取材来源之一是元代水浒戏，小说盛行后，又出现大量从小说改编的水浒戏。今天的三国故事电视连续剧多由小说《三国演义》改编而成，对小说艺术成就的继承，则各有长短。小说与戏剧这对姐妹艺术互相提携，"金针互度"，各具光彩。因此，《三国演义》这部小说继承、借鉴元杂剧的艺术手法，是完全可能的。

另外，《三国演义》的创作年代与元杂剧繁盛的时代相距甚近，其作者罗贯中就是一位杂剧、小说兼而有之的双栖作家。学术界对《三国演义》成书的时代意见有三：①元末明初；②明初；③明中叶。我同意第一种意见。因为据明贾仲明《录鬼簿续编》载："罗贯中，太原人，号湖海散人，与人寡合。乐府隐语，极为清新，与余为忘年交，遭时多故，各天一方。至正甲辰复会。别来又六十余年，竟不知其所终。"并载罗贯中作有杂剧《赵太祖龙虎风云会》《忠正孝子连环谏》《三平章死哭蜚虎子》三种。"至正甲辰"是元惠宗至正二十四年（1364），离元亡只有四年;"遭时多故"正是元末明初的政治大动乱,可知罗贯中为元末明初人。他所创作的杂剧,从题目上看,都以政治斗争题材为主,与《三国演义》的题材近似。另外,正史、平话提供的关于三国故事的材料较简单,缺乏长篇小说所需要的细节,而元杂剧在塑造人物形象、铺叙情节方面都比正史、平话细致得多,也使罗贯中在创作《三国演义》时必须借鉴元杂剧的艺术。

元杂剧艺术对《三国演义》的影响主要有哪几方面呢?

首先,元杂剧以酣畅为美的审美观对《三国演义》这部文学巨著的形成有重要影响。三国史料、三国故事的流传由来已久,为什么以此为题材的长篇小说出现在元末明初,而不是在隋、唐、宋代?为什么《三国演义》这部我国章回小说的开山之作叙述战争场面是如此笔酣墨满,描写人物是如此鲜明饱满,远远超过了简略粗糙的《三国志平话》?以往论者多认为,《三国志平话》是民间创作,而《三国演义》是文人的深加工,自然有文野之分;但为何元以前的文人群星璀璨,各领风骚,却没有人惠顾这个题材,写成长篇巨著?我以为,不同时代的文人的不同审美观在其中发挥了重要作用。在元代之前,中国汉族传统的审美观是以简练、含蓄为美的,"简古""简明""含蓄"是对诗文常用的赞语。欧阳修和尹洙同时为钱惟演所建的双桂楼作记,修千余言,洙止五百字,修"服其简古"①。在这种审美观的制约下,元以前的汉族文学少有长篇的叙事作品。唐宋文人即使以三国题材写小说,也只能是言简意深的短篇,绝非气势恢宏的长篇。而我国少数民族却多有长篇史诗式的作品,如蒙古族的《江格尔》、藏族的《格萨尔王》都是英雄史诗。《江格尔》是由数万诗行组成的鸿篇巨制,用饱满的激情、明快的笔调写古代英雄江格尔的征战事迹,大量采用铺陈、夸张、反复等手法,反映出古代蒙古族以酣畅为美的审美观。蒙古族进入中原,建立起元朝大帝国之后,他们固有的文化和审美趣味,对汉族固有的文化和审美趣味产生冲击,最后融合成一种新的文化、新的审美观,元杂剧就集中地体现了这种融合。元杂剧既保留了中国古典诗词长于抒情、富于诗情画意的长处,又吸收了少数民族和市井细民所喜闻乐见的叙事抒情通俗明快、饱满酣畅的特色,其审美倾向以自

---

① 〔宋〕邵伯温撰,李剑雄、刘德权点校:《邵氏闻见录》卷八,中华书局1983年版,第81页。

然、酣畅、阳刚为主，突破了长期以来以简练含蓄为贵的传统审美观念，抒情则畅快淋漓，富有气势；叙事则曲折多变，尽而无遗；写景则绘声绘色，形容曲尽。尤其是《西厢记》这部五本二十一折的长剧，是中国汉族文学史上第一部篇幅最长、叙事抒情最为酣畅的文学巨著，它由改编唐人小说和金人诸宫调而成，获得了"天下夺魁"的巨大成功，对时人和后人影响深远，远在剧坛之外。罗贯中在做《三国演义》的艺术构思之时，既没有走唐传奇"言简意深"之路，也不屑走《三国志平话》"零散粗略"之路，而是借鉴元杂剧改造文言小说、民间故事为长篇叙事作品的经验，以酣畅美代替简练美，以丰富的细节充实人物性格，以情节的充分展开描绘出威武雄壮的战争画卷。审美观的重大转变，使罗贯中超越了前代的小说家，成为中国章回小说的创始人。

且看一个例子。小说第二十一回写曹操与刘备煮酒论英雄，史无记载（《三国志》中仅有曹操与诸将论英雄），而《三国志平话》仅载："曹相请玄德筵会，名曰'论英会'。吓得皇叔坠其筋骨。会散。"情节和人物性格都十分简单。元杂剧《莽张飞大闹石榴园》①却用了整整一折（第三折）写曹操请刘备到石榴园凝翠楼赴宴，论天下英雄，备以闻雷掩饰震惊："（曹操云）且休说古往今来的将军，则说俺两个谁是英雄好汉？（刘末云）丞相，曹、刘好汉。（曹操云）玄德公差了也。你好汉则说你好汉，我好汉则说我好汉，怎么'曹刘好汉'？你待说我好汉来恐怕某灭了你，你待说你好汉来恐怕我怪你，我想来，汉家十八路诸侯都不敢与我作对，惟有你敢与某作对。（做怒拍卓科）（刘末做掩耳科）（曹操云）玄德公你怎的？（刘末云）小官平生有些惧雷。（曹操云）你看他说谎，晴天白日，万里无云，那得雷来？（夏侯敦云）是有雷响，我也害怕。"情节饱满，描写细致，将曹操的咄咄逼人和刘备的善于韬晦写得鲜明突出。《三国演义》继承了这种善于展开情节、笔墨饱蘸的写法，进一步将刘备的"韬晦"加以浓笔渲染，在"论英会"之前，就写刘备在后园种菜，以示自己并无政治野心；宴会"斗智"时，又将元杂剧中原来曹操与杨修论天下英雄的内容移至刘备身上，写刘备故作糊涂，历数除曹、刘之外的各路诸侯为英雄，直到曹操点明刘备方是他的对手，却又"巧借闻雷

---

① 此剧为脉望馆本所载，以往论者多定为"元末明初"之剧，而王季思主编《全元戏曲》收入此剧，从之而定为元剧，下举例的元杂剧略同。

来掩饰"他心中的震惊。毫无疑问,小说比元杂剧写得更为精彩,刘备、曹操的形象更为丰满,"韬晦之计"成为小说著名的策略经典。另一例子是小说第七十一回写黄忠与夏侯渊的定军山之战,《三国志》仅有"一战斩渊"、《三国志平话》仅有"赶上再战,斩夏侯渊于马下"等简单叙述,而元杂剧《阳平关五马破曹》却用许多细节描绘战斗的过程:"(黄忠唱)他手持着宣花斧、轻轮金蘸刀,那里雄威气势夸年少;你道我霜髯雪鬓年纪老,咱两个目前交战分个强弱。我这里连肩带臂大刀芟,他那里遮截架解忙哀告。""连肩带臂大刀芟"的细致动作描写,将黄忠老当益壮的英雄气概写得具体可感。小说吸收这一细节,写得更为酣畅:"黄忠一马当先,驰下山来,犹如天崩地塌之势。夏侯渊措手不及,被黄忠赶到麾盖之下,大喝一声,犹如雷吼。渊未及相迎,黄忠宝刀已落,连头带肩,砍为两段。"小说并将元杂剧中黄忠不服老的情节加以浓笔渲染,既写黄忠在葭萌关时敌将张郃讥笑其老,黄忠怒曰:"竖子欺吾年老!吾手中宝刀却不老!"又写他在定军山请战时,军师孔明怕他年老不敌夏侯渊,他奋然答曰:"军师言吾老,吾今并不用副将,只将本部兵三千人去,立斩夏侯渊首级,纳于麾下。"将黄忠的形象塑造得更为鲜明突出,"似黄忠不服老"成为后世对老英雄的赞词。由此可见,罗贯中对元杂剧三国戏着重取其"神"而不仅是取其"形",他也会吸收元杂剧的某段情节,某个细节,但不局限于此,而主要是吸收元杂剧"酣畅"之"神",发挥自己的创作才能,泼墨如云地展示情节、刻画人物,从而使小说青出于蓝而胜于蓝。

《三国演义》受元杂剧艺术影响之二,是借鉴元杂剧的"题目正名"和"连本戏"的体制,形成章回体的小说结构。《三国志平话》分为"卷上""卷中""卷下",并不是章回体,它的题目为字数不一的单句;而元杂剧每剧都有"题目正名",均为七言或八言整齐的对偶句,这与《三国演义》的回目十分相似,甚至小说的有些回目就是原封不动地照搬元杂剧的题目正名的。试举数例比较之(见下表):

《三国志平话》题目	元杂剧三国戏题目正名	小说《三国演义》回目
桃园结义	英雄汉涿郡两相逢 刘关张桃园三结义 （脉望馆本52册）	宴桃园豪杰三结义 斩黄巾英雄首立功 （第一回）
董卓弄权 三战吕布	辕门外单气张飞 虎牢关三战吕布 （《元曲选外编》册二）	发矫诏诸镇应曹公 破关兵三英战吕布 （第五回）
王允献董卓貂蝉 吕布刺董卓	银台门诈传授禅文 锦云堂暗定连环计 （《元曲选》册四）	王司徒巧使连环计 董太师大闹凤仪亭 （第八回）
曹公赠云长袍 云长千里独行	灞陵桥曹操赐袍 关云长千里独行 （《元曲选外编》册三）	美髯公千里走单骑 汉寿侯五关斩六将 （第二十七回）
孔明下山	关云长提闸放水 诸葛亮博望烧屯 （《元曲选外编》册三）	荆州城公子三求计 博望坡军师初用兵 （第三十九回）
赤壁鏖兵	七星坛诸葛祭风 （《录鬼簿》载王仲文剧名）	七星坛诸葛祭风 三江口周瑜纵火 （第四十九回）

从上表中可见，《三国演义》的回目不但借鉴了元杂剧题目正名的内容，而且还模仿其对偶句的形式，而对《三国志平话》的题目就仅止于借鉴内容。原因很简单，《三国志平话》的题目粗略而缺乏文采，元杂剧三国戏的题目正名鲜明醒目，便于招徕观众；在同样要争取观众的说书艺术中，作家同样需要鲜明醒目、既通俗而又有文采的好题目。罗贯中借鉴元杂剧的题目正名作回目，从此奠定了中国章回小说的回目体制：必定是对仗工整的对句，既点出本回中的主要人物和主要事件，又抑扬顿挫，朗朗上口，便于说书和记忆。

《三国演义》的章回体和元杂剧的体制也有一定的关系。《三国演义》之前的中国小说，无论是魏晋志怪小说，还是唐传奇、宋元话本，都从未有过"章回"这个体制。罗贯中这个艺术构思是从天上掉下来的吗？非也。熟习元杂剧的罗贯中完全知道，元杂剧有一种"连本戏"的体制，就是当剧作的内容突破了"一本四折"的通常容量时，可以用几本戏连续演出的办法来解决，如《西厢记》是五本二十一折；《西游记》是六本二十四出；假如要表演整个三国故事，将《桃园三结义》《连环计》《博望烧屯》《千里独行》等三国戏按时间顺序连缀起来，作连本戏来演出，也就是气势磅礴的大作了。罗贯中借鉴元杂剧连本戏的形式，每一回的容量相当于一本戏，如第一回《宴桃园豪杰三结义》就近乎元杂剧《刘关张桃园三结义》，第五回《破关兵三英战吕布》就略似元杂剧《虎牢关三战吕布》，而众多的章回连缀起来，就形成了这部我国章回小说的开山之作《三国演义》。

《三国演义》受元杂剧艺术影响之三，是塑造类型化的人物形象。类型化人物形象的特点是，共性对个性占有突出的优势，以比较纯净的形态呈现，而排除形象中杂乱的因素，明确、集中地表现该类型人物典型的性格特征。而《三国演义》就塑造了许多光彩照人、流芳千古的类型化人物，如后世视张飞为勇莽的代名词，诸葛亮为智慧的化身，关羽则因"义"而被推到神道的宝座上。的确，在《三国演义》之前的小说人物画廊里，从未出现过这样富有光采的类型化人物形象；但是，在《三国演义》之前的元杂剧，却不乏这样的类型化艺术典型。由于元杂剧以旦、末、净、杂划分演员行当，某一行当适于演某一类型的人物，剧中人多有类型化的倾向。且不说元杂剧三国戏中刘备的仁、关羽的义、张飞的莽、孔明的智、曹操的奸已如《三国演义》般类型化，其他元杂剧中人物，如包公的清正廉明、料事如神，红娘的聪明伶俐、热心助人，都以比较纯净而鲜明的形态呈现，成为不朽的类型化艺术典型，如包公成为公正、智慧的清官化身，红娘为成人之美、牵线搭桥者的代称，等等。《三国演义》塑造人物的手法与此十分相似，而类型化的倾向比元杂剧更为突出。它突出人物形象的某一主要特征，而排除原始材料中不利于显现这个特征的其他因素，如小说为了突出刘备"仁厚贤德"这个特征，就去除了《三国志》中关于刘备"喜狗马、音乐、美衣服"的豪奢心性的描写；为了突出曹操奸雄的性格特征，去除了《三国志》中关于曹操生活节俭的描写，将其临终遗令："葬毕，皆除服。""敛以时服，无藏金玉珍宝。"改为遗令妻妾"多居铜雀台中，每日设祭，必令女伎奏乐上食"。小说中人物的语言动作也多程式化，写武将对阵，往往先互相对骂，然后大怒而战；写道士一如元杂剧"大笑三声，大哭三声"，写妇女则统统为政治斗争而牺牲个人，貂蝉以美人计除董卓，糜夫人投井赴死以换取阿斗之生，都是如此。这种类型化的手法使小说的主要人物性格非常鲜明，达到家喻户晓的地步，但也带来了人物性格缺少层次、缺少变化、缺乏个性的毛病，从而使某些人物性格显得单薄或虚假。如第五十四回写孙权妹妹孙夫人在孙刘联姻的政治斗争中，完全是服从政治需要嫁给刘备，东吴方面企图以刘备做人质换取荆州，不惜刀兵相见，在这种既关乎东吴和兄长利益又关乎孙夫人自己终身大事的矛盾中，看不到她应有的感情波澜和心理冲突，在这一点上，小说还不如元杂剧《隔江斗智》的孙安小姐，她在周瑜、孙权定计要她"等刘备拜罢堂，着小姐暗里刺杀刘备"时，已从自身利益出发大为不满："我本待诵雎鸠淑女诗，怎着我仗龙泉行剑客事，你只怕耽误了周元帅在三江口，哎，怎不想断送我孙夫人一世儿。"及见了刘备，一见钟情："我看玄德生得目能顾耳，两手过膝，真有帝王仪表，以为丈夫，也不辱没了我孙安小姐。"在这种感情的支配下，她保护刘备冲出周瑜的重兵包围，从而使这场斗争以刘备一方胜利告终。元杂剧中孙夫人的感情合情合理，富有个性色彩，比小说中的孙夫人更为真实可信。由此可见，元杂剧的人物以类型化为主，但又在类型化中见个性化；而《三国演义》人物形象的类型化倾向更为鲜明突出，个性化则较为淡薄。

其四，《三国演义》继承了元杂剧的某些艺术技巧，往往能发扬光大，有不少生花妙笔。许多论者盛赞小说"三顾茅庐"中用烘托法写孔明出场的高超，实际上，这种手法在元杂剧中早已有之，但小说将其运用得更为炉火纯青。元杂剧《单刀会》写关羽出场是在第三折，第一、二折都是铺垫和烘托，写乔公和司马徽极言关羽的英武过人，劝鲁肃放弃索还荆州的幻想。元杂剧《莽张飞大闹石榴园》的主角张飞也是第二折才出场，第一折则由简雍大赞张飞"气昂昂健勇神威"一番，也是烘托陪衬之法。《三国演义》将这种艺术技巧大为发展，不但有如元杂剧般的正面陪衬；徐庶赞誉孔明："以某比之，譬犹驽马并麒麟，寒鸦配鸾凤耳。"司马徽荐孔明："每常自比管仲、乐毅，其才不可量也。"还有元杂剧所不具有的旁衬：刘、关、张二次访孔明不遇，只见到了荷锄而歌的农夫，满腹经纶而无意功名的孔明之友崔州平、石广元、孟公威，抱膝长歌的孔明之弟诸葛均，骑驴吟诗的孔明岳父黄承彦等，这些邻居、朋友、亲人虽不言孔明如何了得，但他们的雅量高致，已营造一种氛围，从旁衬托出孔明潇洒飘逸的隐士风度。此外，小说还以景物烘托人，写孔明居处的景致是："山不高而秀雅，水不深而澄清"，"只见门上大书一联云：'淡泊以明志，宁静以致远。'"以环境的清雅衬托出人的清雅。凡此种种，都比元杂剧的衬托手法有了长足的进步，一次次"引弓不发"的访人不遇，一次次巧妙的正衬、旁衬、人衬、景衬，将读者的好奇心提到了最高度，当诸葛亮正式出场亮相时，他的形象就深深地印在读者的脑海里了。其次，《三国演义》还借鉴了元杂剧的人物造型技巧，以富有鲜明特征的人物造型，突出类型化的人物性格特点，《三国志》和《三国志平话》虽然都有程度不同的人物外貌描写，但是远没有元杂剧三国戏舞台造型那样具体、真切，尤其是元杂剧后期的内府本，剧后多附有"穿关"，规定了剧中人的服饰打扮，更给罗贯中塑造小说人物的造型提供了具体可感的借鉴。如小说《三国演义》"三顾茅庐"写孔明出场时"面如冠玉，头戴纶巾，身披鹤氅，飘飘然有神仙之概"。而《三国志·诸葛亮传》仅写他"身长八尺，容貌甚伟"。《三国志平话》也只写他"年始三旬，髯如乌鸦，指甲三寸，美若良夫""面如傅粉，唇似涂朱"，都没有提供关于孔明"羽扇鹤袍"道士形象的描绘，其造型均未显示出"智慧""飘逸"的特征。《三国演义》小说的孔明造型来自元杂剧的舞台形象，元杂剧《阳平关五马破曹》剧后的"穿关"对孔明的服饰规定是："卷云冠，红云鹤道袍""羽扇"。这个"羽扇鹤袍"的舞台造型，为罗贯中塑造足智多谋、风度飘逸的孔明形象提供了直观的借鉴。从此，"羽扇鹤袍""羽扇纶巾"非孔明莫属，苏轼《念奴娇》词写周瑜的"羽扇纶巾，谈笑间、樯橹灰飞烟灭"，反被人质疑了。小说《三国演义》的吕布形象也类此，第五回写吕布是："头戴三叉束发紫金冠，体挂西川红锦百花袍，身披兽面吞头连环铠，腰系勒甲玲珑狮蛮带""束发金冠簪雉尾"，《三国志平话》并没有"三叉冠""百花袍""雉鸡尾"的描写，元杂剧却多有此造型，《三战吕布》第三折张飞唱："吕布那三叉紫金冠上翎插着那雉鸡，他那百花袍铠是唐猊。"《关云长刀劈四寇》剧后的"穿关"也写吕布的服饰为"三叉冠、雉鸡翎"。显然，小说借鉴了元杂剧中的吕布造型，塑造了骁勇而风流潇洒的"人中吕布"形象。

诚然，本文探讨了《三国演义》受元杂剧艺术的影响，并无意抹杀话本艺术等其他方面对这部小说的借鉴作用。《三国演义》的语言半文半白，非同于元杂剧三国戏的语言质朴通俗，显见是文人小说和话本小说语言的综合；小说行文骈散结合，在散文的叙述中，不时插入韵文，或点明题旨，或对人物和事件加以评论，这正是宋元话本的特点；小说的回末往往称："不知……若何，且听下回分解。"更显出说书人的口气。百川汇海，吸纳众长，才成就了这部不朽的名著。《三国演义》成功地将话本、戏剧等同题材作品改编为长篇小说，其"取神"而不仅是"取形"、博取众体之长等经验，值得今天"三国剧"的改编者们借鉴。

［原载《中山大学学报》（社会科学版）1996 年第 2 期］

关汉卿和他的《窦娥冤》

关汉卿是我国最早的也是古代最伟大的戏剧家，生活在金、元两代，一生写了六十多部剧本，在元代已享有盛名。元人钟嗣成的《录鬼簿》将他列在元代戏剧家之首，明人朱权的《太和正音谱》说他"初为杂剧之始"。明人韩邦奇将关比作文章中的司马迁，近代曲家王国维则将他比作诗歌中的白居易，说他的剧作"当为元人第一"（《宋元戏曲考·元剧之文章》）。关汉卿在国外也享有崇高的声誉，世界和平理事会在1958年将他列为世界文化名人之一，纪念他创作七百周年。

关汉卿的剧作现存十八种。从内容上看，可分为三类。第一类是正面表现当时的社会矛盾和民族矛盾，歌颂人民的反抗斗争，揭露社会黑暗和统治者残暴的剧作。如《窦娥冤》《鲁斋郎》《蝴蝶梦》《望江亭》等。元朝统治十分黑暗，官吏贪赃枉法，权贵豪门横行霸道，高利贷者盘剥穷人。关汉卿在剧作中无情地揭露了这批反动势力，控诉了他们对人民的残酷压迫。如任意夺人妻女的权贵鲁斋郎、打死人不偿命的恶霸葛彪、草菅人命的桃杌太守、打妻子"五十杀威棒"的花花公子周舍，等等。通过刻画这些形形色色的反面人物，鲜明地反映了当时社会严重的阶级压迫的现实。更为重要的是，关汉卿在这些剧作中塑造了一批勇于反抗黑暗势力的下层人民形象，这不但在元代杂剧中是突出的，在整个中国古典戏曲史中也是突出的。他所描画的受压迫者，少有忍气吞声、逆来顺受的形象，而多是敢说敢做、大胆泼辣、机智灵活的人物，他们都有勇敢的斗争精神，或是有巧妙的斗争艺术。如《窦娥冤》中的窦娥，含冤负屈，即将受死刑，她在刑场上大声斥责贪官污吏："这都是官吏每无心正法，使百姓有口难言！"她还发出"血飞白练""六月飞雪""亢旱三年"的三桩誓愿，让老天爷来证明自己的冤屈，表现了至死不屈的反抗精神。又如《望江亭》中的谭记儿，假扮渔妇，偷取杨衙内的金牌利剑，从而挽救了丈夫，也保全了自己，战胜了有皇帝撑腰的杨衙内。他们的斗争，反映了元代被压迫人民的反抗呼声。这一类剧作是关汉卿剧作中的精华。

关汉卿剧作的第二类是历史剧,借助历史题材曲折地反映当时的社会现实,如《单刀会》《双赴梦》《哭存孝》等。《哭存孝》描写李存信、康君立两个奸官,懂得番话,假传节度使李克用的话,把将军李存孝诬害至死,一定程度上反映了元朝时那些替蒙古人做翻译的走狗的丑恶形象。《单刀会》写关羽单刀匹马赴东吴旨在索还荆州的宴会,写关羽为保卫汉家基业的英雄气概,十分出色。作者隐隐以蜀汉继承汉室为正统,来表示抵抗外来侵略的民族立场,即反对蒙古反动贵族对汉族的侵略和奴役,表现了反对民族压迫的斗争精神。

第三类剧作多以男女风情为主题。有很出色的爱情作品,如《拜月亭》,写尚书之女王瑞兰在逃难途中与书生蒋世隆相识,结为夫妇,后被门第观念甚重的王父拆散,终以蒋中状元而与瑞兰团圆结束,歌颂了青年们对纯洁坚贞爱情的追求。但有些剧作对封建官吏玩弄妇女采取了欣赏的态度,如《玉镜台》,写一个老头子以诡计骗娶了一个少女,少女不服,老头子就借助官府的威势来将她压服。这些描写,反映了当时以妇女为玩物的剥削阶级的低级趣味,是剧中的糟粕。

关汉卿的多数剧作不仅思想内容深刻,艺术技巧也是相当高超的。他的代表作《窦娥冤》充分体现了他的剧作特色。他的剧作结构严谨而多彩,多是写一人一事,主旨清楚,主题鲜明;剧情发展迅速,详略得当而又曲折多变,引人入胜。如《窦娥冤》,写窦娥七岁被卖给蔡婆当童养媳到二十岁守寡这十三年的事,仅用蔡婆的几句说白与窦娥的几句唱词就交代过去了,因为这些内容与主题关系不大,所以惜墨如金,几笔带过。写到窦娥被诬告而上了法堂时,却用了五支曲子详细描绘窦娥的心理变化过程。起初,她对官府寄以希望,相信官府能明辨是非;后来被严刑拷打,她的幻想破灭了,遂愤慨地大骂官吏贪赃枉法。因为这是与主题关系密切的部分,所以着力描写。在高潮部分的第三折,作者更是用了极其酣畅的笔墨写窦娥的强烈反抗精神,用了长长的十支曲子抒发她在刑场上的悲伤、痛恨、愤慨的复杂心情,充分表达了该剧主题:在黑暗的政治下冤狱遍地,而受冤的人民必定要申冤雪恨。这种"有话则长,无话则短"围绕中心剪裁材料的戏剧结构,在今天看来也是值得称道的。

关剧还善于在尖锐的矛盾冲突中塑造人物,善于将这种矛盾冲突迅速展现出来,让观众替剧中人焦急、担心,具有扣人心弦的强烈戏剧性;人物的个性、内心世界也在矛盾冲突中鲜明地表现出来,使剧中人物个个活灵活现，呼之欲出。如《窦娥冤》在对人物关系做了些简单交代之后，马上就将尖锐的矛盾冲突展现出来：蔡婆讨高利贷险些被杀，两个流氓救了她，但要以婆媳许亲为酬。窦娥这个孤苦无依的女子，如何抵抗这两个强悍的无赖呢？观众不禁替窦娥捏一把汗。接着新的矛盾又出现了。张驴儿想毒死蔡婆，达到占有窦娥的目的，不料却毒死了自己的父亲，他反咬一口，诬告窦娥毒死公公。窦娥面前摆着两条路："官了"和"私了"。"私了"就是屈从张驴儿，"官了"就是到官府打官司。窦娥坚决地走了后一条路，表现了她坚贞不屈的品格。同时，也引起观众的担忧：官府会为她作主吗？后来，官府接受了张驴儿的贿赂，将窦娥处死，矛盾本来解决了，戏该结束了，但作者却又掀起一波，将新的矛盾展示出来，就是窦娥发出三桩誓愿来证明自己的冤枉，官府则认为这些都是不可能实现之事，结果如何呢？观众拭目以待。这样，就引出了报仇申冤的第四折。剧作以一波未平，一波又起的多组矛盾冲突，塑造了一个敢于和邪恶势力斗争的妇女形象，产生了扣人心弦的戏剧效果。

　　关剧的语言也是相当出色的。臧晋叔的《元曲选·序》称赞他的曲词是"妙在不工而工"。王国维则在《宋元戏曲史》中称誉他"一空依傍，自铸伟词，而其言曲尽人情，字字本色，故当为元人第一"。明人贾仲明的《〔凌波仙〕吊词》则说他"珠玑语唾自然流"。关剧的语言风格，简言之即质朴、自然，没有雕琢痕迹，但又是高度凝练、有很强表现力的艺术语言。这种语言，如"清水出芙蓉，天然去雕饰"（李白诗），具有一种清新自然、纯朴的美。如《窦娥冤》第二折写窦娥劝婆婆不必为张驴儿父亲伤心的唱词："这不是你那从小儿年纪指脚的夫妻。我其实不关亲无半点恓惶泪。休得要心如醉，意似痴，便这等嗟嗟怨怨，哭哭啼啼。"通俗流畅，明白如话，但又声调和谐，用词精炼妥帖，真是"不工而工"。

　　又如《窦娥冤》剧第三折写窦娥在刑场上的唱词，骂天骂地骂贪官，也是用口语式的语言，自然质朴，却又整齐精粹，并用了拟人、排比、对偶等修辞手法，淋漓尽致地抒发了窦娥极度痛苦愤恨的心情，真是千古绝唱。

　　关汉卿的戏曲语言还具有便于舞台演出的特点。元杂剧观众多是市民，因此，语言比较通俗、铺张、奔放，强调声音效果，不像诗词那样典雅含蓄。关汉卿深谙舞台艺术，他的戏曲语言，堪称元杂剧的代表。在

《窦娥冤》剧第三折里,他为了使曲词更加通俗易晓,更便于舞台演出,采用了以下几种方法:①为了加强情态的表达,词头词尾的助词特别多,而且多为当时的方言俗语,如"枉将他气杀也么哥","也么哥"是无意义的衬词,安排这衬词是为了拖腔,使前面的曲词更易被人听清楚。又如"那其间才把你个屈死的冤魂这窦娥显","那其间"是"那时"的意思,"你个""这"都是助词,如果改成白话文,这些助词都可以删去,可是在唱词里就不能删,因为它们起了突出"屈死的冤魂窦娥"的作用,使观众听得更清楚。②运用叠字、双声、嵌字等手法,组成三字四字的形容词,加强声音的效果。如"婆婆也,再也不要啼啼哭哭,烦烦恼恼,怨气冲天。这都是我做窦娥的没时没运,不明不暗,负屈含冤",译成白话文,应是"婆婆你不要啼哭烦恼,这都是我运气不好,所以受冤屈"。但唱词如果这样写,在声音效果上就大为逊色。③运用元代特殊用语。如"官吏每"的"每"字,即白话文的"们"字。"兀的不是我媳妇儿","兀的"即"这"的意思。"快行动些"是"动作快些"的意思。关剧大量运用这些为当时群众所熟悉的方言俗语,使剧作更易于为群众所接受和欣赏。

(原载浙江师院编《语文教研》1984 年第 2 期)

《元杂剧和元代民俗文化》绪论

元杂剧是中国戏剧史上的一个重要阶段。以往对元杂剧的研究，可分为三个阶段。从王国维《宋元戏曲史》问世（1913）至1949年新中国成立为第一阶段，学者们采用的研究方法主要是《宋元戏曲史》的历史考据方法，多致力于元杂剧的文献搜集和整理工作。如王季思的《西厢五剧注》（1944）、孙楷第的《述也是园旧藏古今杂剧》（1940）、王季烈的《孤本元明杂剧提要》（1941）、张相《诗词曲语辞汇释》（1945）等。

第二阶段是新中国成立后（1949）至改革开放（1977）前，受当时社会政治思潮的影响，学者们除继续用考据的方法搜集、整理元杂剧外，还运用了社会历史批评的方法研究元杂剧的发展史及作家作品。1958年，由郑振铎主持的《古本戏曲丛刊》第四集编成付印，其中搜集了现存的大部分元杂剧剧本，为研究者提供了极大的便利。赵景深的《元人杂剧辑佚》（1953）和《元人杂剧钩沉》（1956）进一步充实了元杂剧的文献搜集。孙楷第《元曲家考略》（1953）和谭正璧《元曲六大家考略》（1955）、徐调孚《现存元人杂剧书录》（1957）和傅惜华《元人杂剧全目》（1957）则是对元杂剧作家、剧目的研究；中国戏曲研究院编《中国古典戏曲论著集成》（1959）为研究者提供了"杂剧学"的文献史料；周贻白《中国戏剧史讲座》（1958）、顾肇仓《元代杂剧》（1962）、台湾孟瑶《中国戏剧史》（1965）则以社会历史批评的方法研究金元杂剧史。在这时期，对关汉卿和王实甫的研究成为热点，有吴晓玲编校《关汉卿戏曲集》（1958）、张友鸾和顾肇仓选注《关汉卿杂剧选》（1963）、吴晓玲校注《西厢记》（1954）、王季思校注《西厢记》（1957）等。

第三阶段是改革开放（1978）至现在。随着政治、经济领域的思想解放，元杂剧的研究也出现了多元化的倾向。学者们对元杂剧的研究不限于文学、文本的研究，其表演、音乐、舞台、剧场等因素也成为研究对象。近年来，研究的角度还拓展到文化、宗教、民俗等方面。张庚与郭汉城主编的《中国戏曲通史》(1980)、徐扶明的《元代杂剧艺术》(1981)等主要从舞台表演和音乐的角度研究元杂剧;李修生的《元杂剧史》(1996)则从地域文化的角度研究元杂剧作家的群体;廖奔、刘彦君的《中国戏曲发展史》(2000)重视戏曲文物的研究,对元杂剧的表演、剧场做出了新的诠释;日本田仲一成的《中国演剧史》(1998)则从祭祀角度研究元杂剧,开辟了一个新的视角。传统的考据研究方法仍在沿续使用,并产生了可观的成果,如叶德均的《戏曲小说丛考》(1979)、谭正璧的《话本与古剧》(1985)、王季思主编的《全元戏曲》(1999)、徐征与张月中等主编的《全元曲》(1998)、吴国钦校注的《关汉卿全集》(1988)、庄一拂的《古典戏曲存目汇考》(1982)、邵曾祺的《元明北杂剧总目考略》(1985)、王文才的《元曲纪事》(1985)、方龄贵的《元明戏曲中的蒙古语》(1991)等。

本书选择"元杂剧和元代民俗文化"这个题目,是因为中国戏曲深深扎根在中国传统文化之中,而中国的传统文化有两大层次,一层是士大夫阶层的雅文化,另一层是城市市民和乡村农民的民俗文化;雅文化主要以文本传播为主,而民俗文化主要以口头传播为主。对元杂剧的研究,第一、第二阶段的论者较多注意元杂剧与传统雅文化的关系,多注意其文本的文学特色,往往用研究雅文学的"前人治经的方法"和"前人治史的方法"来研究戏曲①,如王国维的《宋元戏曲史》多论述元杂剧对唐诗、宋词的继承;或较多注意元杂剧和元代社会政治的关系,较多分析元杂剧的剧本,如游国恩、王起等著《中国文学史》第三册有关元杂剧的部分;而较为忽视元杂剧与元代独特的民俗文化的关系,尤其是对元杂剧的口传文学特色,以及与元代少数民族民间文学、民俗、市井文化的关系等,较少涉及。近年来,有一些学者注意到中国古典文学、戏曲与民俗文化的关系,如民俗学的著名学者钟敬文就认为,"古典文学的研究应该借鉴或吸收民俗学的理论和方法"②。他还认为,对少数民族的史诗的某些研究方法可以用于中国戏曲的研究,"这些个约定俗成的'程式'恰恰说明戏曲

---

① 见王季思《我怎样研究〈西厢记〉》,见《玉轮轩曲论三编》,中国戏剧出版社1988年版,第111页。

② 钟敬文:《民俗学与古典文学——答〈文史知识〉编辑部同志访问的谈话记录》,见《钟敬文文集:民俗学卷》,安徽教育出版社1999年版,第188页。

源自民间"①。第三阶段的论者虽然已有人对元杂剧和民俗的关系展开了研究,但由于戏曲研究、民俗研究、少数民族文学研究分别属于不同学科或不同方向,这种研究还是比较薄弱的,尤其是少有学者对三者的关系进行综合论述,钟先生的理论未能得到很好的实践。近年来,中国文学批评界也出现另一种倾向,就是在"大文化批评"的热潮中,"将文学的文本拘来面前为神话学、社会学、政治学、历史学、伦理学以及各种主义作注解","纯粹意义上的文学研究已经几乎不复存在","不讲审美,只讲文化,不讲艺术,只讲主义,已成流行时尚"②。笔者认为,原封不动地沿袭旧的研究方法是不现实的,只会窒息学术研究的生机;忘记了文学研究的本体,将文学研究变为文化研究,也是不可取的,只会使文学研究迷失了方向。因此,本书主要从元杂剧的审美、深层文化心理、艺术特色等方面研究元杂剧与元代民俗文化的关系,而不仅仅是从元杂剧中捡拾有关元代民俗文化的有关资料加以展示,立足点仍在于元杂剧的文学研究。本书的基本思路和方法是:吸收民俗学、少数民族文学研究的理论和方法,进行古代戏曲的研究,力求做到融会贯通;同时,注意不脱离文学研究的本体,适当继承传统的研究方法;在大量占有原始材料的基础上,恰当运用分析法、比较法、归纳法、统计法等方法,力求阐述清晰透彻。

  研究这个论题,首先要对"元杂剧"和"民俗文化"做界定。以往有的文学史对元代文学期限的划分,是从1279年忽必烈灭南宋、统一中国北方始,至1368年元顺帝逃离大都、元朝被朱元璋领导的起义军推翻止,共89年③;近年来的文学史,则从1234年窝阔台灭金、统一中国北方始,至元朝灭亡止,约134年④。本书吸收学术界的新意见,将1234—1368年作为元代文学的期限,所研究的"元杂剧",即为此期限内的杂剧。另外,尊重元明人对元杂剧的界定,以《元刊杂剧三十种》、元人钟嗣成的《录鬼簿》、明人朱权的《太和正音谱》、明人臧晋叔的《元曲选》收录的元杂剧为主要依据,吸收今人的研究成果,以王季思主编的

---

① 钟敬文:《序》,见朝戈金《口传史诗诗学:冉皮勒〈江格尔〉程式句法研究》,广西人民出版社2000年版,第11页。
② 曹文轩:《质疑"大文化批评"》,载《新华文摘》2004年第2期,第81页。
③ 游国恩、王起等主编:《中国文学史》(第三册),人民文学出版社1964年版,第169页。
④ 袁行霈主编,莫砺锋、黄天骥本卷主编:《中国文学史》(第三卷),高等教育出版社1999年版,第225页。

《全元戏曲》为主要研究材料。

关于"民俗文化",钟敬文在《民俗文化学发凡》中说:"中华民族的传统文化可以分为三条干流,第一条是上层文化,从阶级上说,它主要是封建地主阶级所创造和享用的文化。第二条是中层文化的干流,它主要是市民文化。第三条干流是下层文化,即由广大农民及其他劳动人民所创造和传承的文化。中、下层文化就是民俗文化。""民俗文化的范围,大体上包括存在于民间的物质文化、社会组织、意识形态和口头语言等各种社会习惯、风尚事物。"① 他在此文中还认为,民俗文化具有五个特点:集体性、类型性、传承性和扩布性、相对稳定性与变革性、轨范性与服务性。民俗文化学是民俗学与文化学交叉而产生的一门学科,法国民俗学者狄夫认为,"民俗学是文明国家内民间文化传承的科学";日本民俗学家柳田国男则说:"民俗学是通过民间传承,寻检生活变迁的踪迹,以明确民族文化的学问。"② 这些民俗学家的论述,说明民俗文化就是中下层人民的文化,具有浓厚的民间色彩。它不仅表现于民情风俗,还表现在审美、思想观念等"意识形态";不仅表现于民间文学,还表现在民间语言;不仅表现于多数民族,还表现在少数民族。

根据以上的原则,本书分为六章,从六个方面论述元杂剧和元代民俗文化的关系。第一章从传播的角度,论述元杂剧在元代和明代的传播,为下文的论述张本。元杂剧既通过作家创作的文本传播,又通过演员的二度创作口头传播;元杂剧的作家大部分为下层文人和民间艺人,因此,元杂剧既有传统雅文学的特征,又有民间文学口传文学的特征。第二章从审美的角度,论述元杂剧独特的审美趣味和元代多民族的民俗文化有重要关系:从少数民族的英雄史诗谈元杂剧独特的酣畅美;从元代平民的审美观谈元杂剧的本色美;从元代的南北饮食文化谈元杂剧的"蒜酪味"和"蛤蜊味"。第三章从民俗的角度,论述元杂剧的题材和元代民俗文化的关系:从元代的节日文化谈元杂剧各种题材的产生和大团圆结局的原因;从元杂剧的鬼魂戏谈元人的祭祀习俗及其文化心理;从元人的家庭观念谈

---

① 钟敬文:《民俗文化学发凡》,见《钟敬文文集:民俗学卷》,安徽教育出版社1999年版,第17、13页。
② 以上二引文均转引自钟敬文《民俗学与民间文学——1979年7月在北京师大暑期民间文学讲习班上的讲话》,见《钟敬文文集:民俗学卷》,安徽教育出版社1999年版,第152页。

元杂剧的家庭伦理剧；等等。第四章从文体的角度，论述元杂剧的艺术与元代其他通俗文学、民间文艺的关系：元杂剧从元代散曲、小说、院本、唱货郎儿、莲花落、道情、少数民族史诗等通俗文艺吸收了丰富的营养，形成多姿多彩的戏剧艺术，并从互动关系的角度，谈元杂剧艺术对元代小说的影响。第五章从市井文化的角度，论述元杂剧的主要人物类型和元代市井文化的关系：元杂剧的书生、小姐、歌妓、商人、清官等形象多为传统儒家文化和元代市井文化交叉坐标上的产物，使元杂剧创造出异于前代文学的鲜活的人物形象。第六章从语言的角度，论述元杂剧的语言受市民思想、民俗的影响，形成了一套市民的语言体系；元杂剧的语言技巧吸取了元代的市井语言技巧；并论述元杂剧和元代少数民族语言、南北方言的关系；等等。

  本书对前人的研究成果采取"人详我略，人略我详"的方法，故对元杂剧中大量的关于元代饮食、服饰、游戏等文化遗存予以略谈；对元杂剧与宋元话本的关系、与民间传说的关系也作略谈处理。

  ［原载《元杂剧和元代民俗文化》，广东高等教育出版社 2007 年版（第 1 版）、2011 年修订版（第 2 版）］

对《全元戏曲》的补正及反思

一

《全元戏曲》为先师王季思主编、中山大学中文系戏曲研究室集体撰写，1986年开始，1991年完成，1999年全部出版，共12卷。出版后，受到好评，曾获教育部颁发的"第二届全国高等院校优秀人文社会科学成果奖一等奖"。我也参与其事，负责元杂剧的部分校勘工作。近日，我因撰写《元杂剧和元代民俗文化》一书，较为全面地接触了元杂剧的各种版本，发现《全元戏曲》还存在一些问题。现在就我目前发现的问题，在此对其做一些补正。

1. 存在漏收之剧

漏收《包待制智勘生金阁》（简称《生金阁》）。《元曲选》此剧署名"武汉臣"，而《录鬼簿》武汉臣名下无此剧。《录鬼簿续编》"诸公传奇失载名氏并附于此"有《包待制智勘生金阁》（简称《生金阁》）剧名，但《全元戏曲》未收此剧，应补在该书"无名氏作品"部分。

漏收《雁门关存孝打虎》（简称《存孝打虎》）。《录鬼簿续编》无名氏类剧目有《雁门关存孝打虎》（简称《存孝打虎》）；《脉望馆钞校本古今杂剧》也有此剧，书页边称《雁门关存孝打虎》，正文剧名称《存孝打虎》，署名"元无名氏"，除不分折外，剧本与《元曲选外编》本基本相同；《孤本元明杂剧》也有《雁门关存孝打虎》（简称《雁门关》），署名"元阙名"，除个别字外，剧本与《元曲选外编》本完全相同；《元曲选外编》中《雁门关存孝打虎》（简称《存孝打虎》）将此剧定为陈以仁作，而《录鬼簿》陈以仁名下无此剧。但《全元戏曲》未收此剧，应按大多数意见补在该书"无名氏作品"部分。

漏收《龙济山野猿听经》（简称《猿听经》）。《脉望馆钞校本古今杂剧》收此剧，名为《龙济山野猿听经》（简称《猿听经》），不署著者名，除个别字外，剧本与《元曲选外编》本完全相同；《元曲选外编》收此剧，名为《龙济山野猿听经》（简称《猿听经》），剧本题目下不署著者名，但目录将此剧定为元代无名氏所作。但《全元戏曲》未收此剧，按"全"的原则，应补在该书"无名氏作品"部分。

2. 目录存在校对的错误

李文蔚《张子房圯桥进履》（见《录鬼簿》《元曲选》），《全元戏曲》的总目误作《张子房圮桥进履》，"圯"为"桥"之意，"圮"为"坍塌"之意，"圮"应改为"圯"。而分卷目录和正文题目均为《张子房圯桥进履》，无误。

无名氏《冯玉兰夜月泣江舟》（见《元曲选》），《全元戏曲》的总目误作《冯玉兰夜月泣红舟》，"红"应改为"江"。该剧的分卷目录和正文题目均无误。

《全元戏曲》的总目中黄元吉《黄廷道走千里流星马》剧目下有"（残曲）"二字，为误，应删去此二字。因为现存此剧为全剧，非残曲。该剧的分卷目录无"（残曲）"二字，正文也为全剧，无误。但该剧的分卷目录和正文的剧名均为《黄廷道夜走流星马》，与总目剧目有所不同，应在总目《黄廷道走千里流星马》下补别名《黄廷道夜走流星马》。

杨景贤《卢时长老天台梦》一剧，现存仅为残曲，而《全元戏曲》的总目该剧目下无"（残曲）"二字，为误，应补此二字，以免读者误认为是全剧。该剧的分卷目录有"（残曲）"二字，正文也为残曲，无误。

3. 对改变作家作品的归属，未做集中的说明，使读者搜检不易

元杂剧的研究者，过去多参考《元曲选》《元曲选外编》《元刊杂剧三十种》，作家作品的归属，也多以此为依据。《全元戏曲》的编者吸收学术界的新意见，结合自己的研究心得，对一些作家作品的归属提出了更改的意见，大多见于各剧前的"剧目说明"。但是，《全元戏曲》全书长达十二卷，读者要在全书的"剧目说明"或总目中找到新的作品归属是比较困难的，找不到某剧时，就会误认为该书没有收入。因此，有必要对改变作家作品的归属做集中的说明。现概述如下：

《西游记》,《元曲选外编》署名为杨景贤,《全元戏曲》据《杨东来先生批评西游记》改署名为吴昌龄。

《翠红乡儿女团圆》,《元曲选》署名为杨文奎,《全元戏曲》据《录鬼簿续编》改署名为高茂卿。

《杨氏女杀狗劝夫》,《元曲选》未署名,《全元戏曲》据曹楝亭本(简称"曹本")《录鬼簿》署名为萧德祥。

《李素兰风月玉壶春》,《元曲选》署名武汉臣,《全元戏曲》据《录鬼簿续编》改署名为贾仲明。

《庞居士误放来生债》,《元曲选》未署名,《全元戏曲》据《录鬼簿续编》署名为刘君锡。

《须贾大夫谇范叔》,《元曲选》未署名,《全元戏曲》据《录鬼簿》《也是园书目》等署名为高文秀。

《昊天塔孟良盗骨》,《元曲选》未署名,《全元戏曲》据曹本《录鬼簿》署名为朱凯。

《看钱奴买冤家债主》,《元曲选》未署名,《全元戏曲》署名为郑廷玉,但剧前的"剧目说明"未说明作品归属的理由。罗按,曹本《录鬼簿》郑廷玉名下有《看钱奴冤家债主》剧名,应为郑廷玉作此剧的根据。

《尉迟恭单鞭夺槊》,《元曲选》署名为尚仲贤,《全元戏曲》据也是园所藏《尉迟恭单鞭夺槊》杂剧抄本署名"关汉卿撰",将此剧归关汉卿名下。

《李云英风送梧桐叶》,《元曲选》未署名,《全元戏曲》据《录鬼簿续编》署名为李唐宾。

《汉高皇濯足气英布》,《元曲选》未署名,《全元戏曲》据曹本《录鬼簿》署名为尚仲贤。

《月明和尚度柳翠》,《元曲选》未署名,《全元戏曲》据贾仲明本《录鬼簿》署名为李寿卿。

《都孔目风雨还牢末》,《元曲选》署名为李致远,《录鬼簿》没有关于李致远及该剧名的记载,《全元戏曲》据《太和正音谱》将此剧归入无名氏杂剧卷。

《桃花女破法嫁周公》,《元曲选》未署名,《全元戏曲》据曹本《录鬼簿》署名为王日华。

《程咬金斧劈老君堂》,《元曲选外编》署名郑德辉,《全元戏曲》认为定此剧为郑作根据不足，改为无名氏作，将此剧归入无名氏杂剧卷。

《刘玄德醉走黄鹤楼》，脉望馆本、《元曲选外编》均定为元无名氏作，《全元戏曲》据曹本《录鬼簿》署名为朱凯。

《包待制智勘生金阁》，《元曲选》署名武汉臣，《全元戏曲》编者据《录鬼簿续编》改为无名氏作，可惜无名氏杂剧卷漏收。

《雁门关存孝打虎》，《元曲选外编》署名陈以仁，《全元戏曲》编者据《录鬼簿续编》改为无名氏作，可惜无名氏杂剧卷漏收。

如果《全元戏曲》有修订的机会，以上漏收之剧应补全，校对之错误应改正，作家作品的归属可增加一篇"剧目总目说明"，或在全书后设"剧目检索"，便于读者检索有关剧目。

二

从以上对《全元戏曲》校勘工作的检讨，我认为，有几个问题值得我们进行反思，为今后大型的古籍整理工作提供借鉴。

其一，《生金阁》等剧的漏收，在于我们前期将《录鬼簿》《录鬼簿续编》作为全书总目的主要依据，而忽视了后期的补充和修订。《录鬼簿》搜罗的剧目是不够完备的，如《元曲选》收《生金阁》，署名武汉臣，而《录鬼簿》武汉臣名下无此剧。又如《元曲选外编》收《存孝打虎》，署名陈以仁，而《录鬼簿》陈以仁名下无此剧。剧目本身的不完备造成了漏收。

其二，各个校勘者之间的沟通、协调不够。《生金阁》《存孝打虎》二剧在《录鬼簿续编》的无名氏类剧目中有著录，但负责无名氏卷的同志按《元曲选》《元曲选外编》的署名将之归入武汉臣、陈以仁名下；而负责武汉臣、陈以仁剧作的同志，又根据自己的研究心得将其归入无名氏杂剧卷。二者又没有很好地沟通，因而造成了漏收。

其三，后期工作中全面、精细的检查、校对有所不足。诚然，我们对《全元戏曲》的"全"下过许多功夫，对脉望馆本和《孤本元明杂剧》等元明之际的剧作做过许多讨论，确定作品的时代归属；并派出人员到全国各地的图书馆去做辑佚的工作，力求搜罗完备。但因《全元戏曲》历时较长，其中人员变化较大，王季思老师已于1996年去世，原来全面负责杂剧卷的同志已调离，部分后期工作缺乏精细的检查、校对，也缺乏专人将《全元戏曲》的总目与现存的元杂剧的各种版本的目录、关于元杂剧目录研究的著作进行全面比勘，看是否搜罗完备，因而出现漏收、校对错漏之误。

其四，缺乏分卷责任制。记得当时为了赶时间，每一卷都是多位同志同时撰写，再交王季思老师审阅。王老师年事已高，每一卷都要逐字逐句审阅，极为辛苦疲劳。如果当时采取分卷责任制，主编者不用如此辛劳，分卷责任到人，也会促进责任人将工作做得更精细严谨。

学术为天下之公器。《全元戏曲》出版后，已发行全国。如果我们不将它的不足之处指出，将愧对天下同仁。另外，我们戏曲研究室又在进行《全明杂剧》的古籍整理项目，如果能吸取《全元戏曲》校勘工作的经验教训，或许能做得更好。

以上所言，只是我个人的点滴之见，非全面研究《全元戏曲》的得失。不当之处，敬请《全元戏曲》的同撰者原谅。

（原载《文化遗产》2008年第1期）

第二辑

明清戏曲研究

谈徐渭剧作的语言风格

一

杂剧这一艺术形式发展到了明代，已是强弩之末，代之而起的是传奇的兴盛。但这时仍有一位杂剧作家，以其独树一帜的风格蜚声剧坛，这就是徐渭。徐渭的剧作不多，主要是《四声猿》所包括的四个杂剧。《歌代啸》是否徐作，至今尚有争论。但是他却获得了同代和后世评曲家的一致赞赏，这秘密在于他作品中精彩的戏曲语言。明代著名的评曲家王骥德说："吾师徐天池先生所为《四声猿》，而高华爽俊，秾丽奇伟，无所不有，称词人极则，追躅元人。"① 剧作家徐复祚也说："余尝读《四声猿》杂剧，其渔阳三挝，有为之作也，意气豪侠，如其为人，诚然杰作，然尚在元人藩篱间。余三声，《柳翠》犹称彼善，其余二声，及其书绘俱可无作。"② 于肯定之外又有贬语。清人陈栋却将徐渭和汤显祖相提并论，认为他是明代最杰出的戏剧家之一："明人曲自当以临川、山阴为上乘……青藤音律间亦未谐，其词如怒龙挟雨，腾跃霄汉间，千古来不可无一，不能有二。"③ 值得注意的是，这些评价都是撇开了剧作的思想内容和情节、结构，单就曲词而言的，因此就不免带有某种偏见，如徐复祚认为《雌木兰》和《女状元》二剧"俱可无作"，就显得十分片面。但无论交口称赞也好，有褒有贬也好，这些评曲家都道出了徐渭戏曲语言的艺术特征，并一致认为《四声猿》是有独特过人之处的杰作。

---

① 〔明〕王骥德：《曲律》卷四"杂论"，见中国戏曲研究院编《中国古典戏曲论著集成》（第四集），第167页。
② 〔明〕徐复祚：《三家村老曲谈》，见任中敏编《新曲苑》（第二册），中华书局1970年版，第9页、第10页。
③ 〔清〕陈栋：《北泾草堂曲论》，见任中敏编《新曲苑》（第六册），中华书局1970年版，第1页。

徐渭剧作的语言风格，首先是激越豪爽，洋溢着强烈的反抗精神。他往往用纵横奔放的曲词，一泻千里地倾吐剧中人物的满腔热情，使曲词具有激动人心的艺术力量。如《雌木兰》描写花木兰改换男装、练武准备出征的情景：

〔鹊踏枝〕打磨出苗叶鲜，栽排上绵木杆，抵多少月午梨花，丈八蛇钻，等待得脚儿松，大步重那撚，直翻身戳倒黑山尖。
〔寄生草〕指决儿薄，鞘靶儿圆，一拳头搨住黄蛇撺，一胶翎拔尽了乌雕扇，一胳膊挺做白猿健，长歌壮士入关来，那时方显天山箭。
〔幺〕……两条皮生捆出麒麟汗，万山中活捉个猢狲伴，一缭头平踹了狐狸堑，到门庭才显出女多娇，坐鞍鞯谁不道英雄汉！

这里描写木兰的语言是相当精彩的，她一枪就能"戳倒黑山尖"，一拳就能"搨住黄蛇撺"，这气魄是多么雄健！"长歌壮士入关来"，"坐鞍鞯谁不道英雄汉"，这性格又是多么豪放、自信！作者运用了一连串生动贴切的比喻、一系列强烈夸张的描写、一连串富有气势的排比句，出色地塑造了木兰叱咤风云的英雄形象。"高华爽俊，秾丽奇伟"的确不是过誉之词，王骥德还说他是"曲子中缚不住者，则苏长公其流哉"[①]。更把他比作词中的苏轼，认为他是戏曲中的"豪放派"。

前人对徐渭的评价，固然道出了他的戏曲语言风格的特色，但还是相当笼统和不够全面的。徐渭的豪放不同于苏轼的旷达飘逸，而接近于辛弃疾的激愤悲壮；但又不像辛弃疾的爱掉书袋，而是兼有关汉卿的明快自然和马致远的激昂慷慨。尤其是通俗自然，是徐渭戏曲语言的一个非常显著的特色，这却是以前的评曲家们很少谈及的。试看《狂鼓史》中祢衡击鼓骂曹的两支曲子：

〔混江龙〕……俺这骂，一句句锋芒飞剑戟；俺这鼓，一声声霹雳卷风沙。曹操，这皮是你身儿上躯壳，这槌是你肘儿下肋巴，这钉

---

① 〔明〕王骥德：《曲律》，见中国戏曲研究院编《中国古典戏曲论著集成》（第四集），第168页。

孔儿是你心窝里毛窍,这板仗儿是你嘴儿上撩牙,两头蒙总打得你泼皮穿,一时间也酹不尽你亏心大。

〔寄生草〕你狠求贤为自家,让三州直甚么?大缸中去几粒芝麻罢。馋猫哭一会慈悲诈,饥鹰饶半截肝肠挂,凶屠放片刻猪羊假。你如今还要哄谁人?就还魂改不过油精滑!

痛快淋漓,有如江河倾泻;悲愤激越,犹如剑戟交加。又用"馋猫""饥鹰""凶屠"等常见的事物,比喻曹操的虚伪、狡诈、残忍,通俗酣畅地抒发了祢衡对曹操的憎恨。

徐渭这种既豪爽又通俗的戏曲语言风格,奠定了他在明代戏剧史上的地位。他的剧作结构比较简单,一般没有很曲折的情节(但构思仍是巧妙的),如《狂鼓史》,只有一折,通剧是祢衡骂曹。《雌木兰》和《玉禅师》都只有两折,只有《女状元》是四折,情节也较为复杂。但他善于用通俗生动的语言,纵横奔放地表达饱满的感情,用以打动观众的心,从而形成他独特的语言风格,成为我国戏曲史上的优秀作家。

二

徐渭能在戏剧创作中形成这种独特的语言风格,绝不是偶然的。法国著名的文艺理论家布封说,"风格却就是本人";我国也有一句成语——"文如其人"。作品的风格是和作者的个性密切相关的,而这个性又受着作家的社会环境和生活经历所制约。

徐渭生活在明中叶成化至隆庆时期。这时,社会经济得到了较大的发展,同时,封建统治阶级向人民剥削来的财富越来越多,生活越来越腐化,从而激化了他们和广大人民的阶级矛盾,统治阶级内部也矛盾重重。皇帝有的荒淫无度,有的迷信道教,不理朝政,宦官和宰相乘机把持大权,钩心斗角。他们贪赃枉法,并以极端残酷的手段排除异己,使许多比较正直的官吏遭受迫害,甚至被杀。在这样黑暗的政治统治下,不仅广大劳动人民无以为生,中小地主阶级、知识分子也往往前途塞滞,得不到施展才能的机会。在这样的社会环境中,徐渭的生活经历坎坷不平,也就不奇怪了。

徐渭向来被人称为"怪杰"。杰,是指他有过人的才华。假如你翻开古代美术史的画册,你会看到他那墨汁淋漓、风驰雨骤般的大写意花卉;

假如你爱好书法，你也会惊叹他那龙飞凤舞、笔力遒劲的行草；假如你是诗人，你也会为他那雄伟刚健的诗句而击节称赏。这位才华横溢的作家是画、书、诗、曲无所不能的，而且在各方面都达到了相当高的成就。但是，以他这样杰出的才华，却在科举考试中屡次败北，只考取了诸生（秀才），直到三十八岁的年纪，才因为写了篇《献白鹿表》的文章，得到总督胡宗宪的赏识，在他幕中当了一名书记。这职务虽然低微，但徐渭总算有了施展才能的机会。他"知兵好奇计"，在平倭寇的战争中，成为胡宗宪的智囊，运筹帷幄，决胜千里。但是，好景不长，胡宗宪因为统治阶级的互相倾轧，被谗下狱，终被处死。徐渭"居常痛少保功而谗死，冤愤不已，而力不能报"，于是佯装发狂，取刀自杀，以表示他对朝政黑暗的不满和绝望。(《明史》说他自杀的原因是"惧祸佯狂"，这是值得怀疑的，"惧祸"正是要保命，何须自杀？）建立功业理想的破灭，更加深了徐渭对封建制度和封建道德的怀疑，他终于脱离了一般封建文人的轨道，变得狂放不羁，成为一般人所认为的"怪人"。徐渭确实怪得可以。当总督胡宗宪正在权大威重，众将官都"莫敢仰视"的时候，他却喝得烂醉，让这位总督大人"夜深开门以待"。他自杀未遂后，寄情于山水，游历了齐、鲁、燕、赵等地，直至边塞的广漠峻岭，"与射雕者竞逐于虏骑烟尘出没处"。游历回来后，"橮户不肯见一人，绝粒者十年许，挟一犬与居"①，直到在七十三岁上死去。他这形形色色的"怪"，归纳起来，就是对黑暗的现实强烈不满，但又找不到出路，只好采取了狂放的行径，以抒发胸中的愤懑。这正是阮籍、刘伶等人走过的道路。事实上，徐渭对阮籍等人也是非常敬仰的，他有一首诗《青白眼》写道："阮生醉不醒，瓷瓦却惺惺。解将岩下电（"岩下电"，指王戎的眼睛），换看世间人。"②他认为儒家的礼教是"碎磔吾肉"的刀子，宣称自己"不受儒缚"③，可见，他对儒家的说教是非常反感的，处处要以叛逆者的姿态来与它对抗。

徐渭坎坷的生活经历和狂放不羁的性格，深深地影响了他的戏剧创作。袁宏道在《瓶花斋集》中评论他道："其胸中又有勃然不可磨灭之气，英雄

---

① 以上徐渭的生平材料均见《徐文长逸稿》中张汝霖的《刻徐文长逸书·序》和《徐文长自著畸谱》，长安出版社1975年版。

② 〔明〕徐文长：《徐文长逸稿》，长安出版社1975年版，第49页。

③ 中国科学院文学研究所编：《中国文学史》，人民文学出版社1962年版，第889页。

失路,托足无门之悲。故其为诗如嗔如笑,如水鸣峡,如种出土,如寡妇之夜哭,羁人之寒起。"① 这里说的是徐渭的诗风受到他的生活经历和精神气质的影响,也同样适用于他的戏曲语言风格。他写祢衡切齿骂曹,是借祢衡之口来抒发自己胸中的"不可磨灭之气"的,剧中那些沉痛、激越的曲子,不就隐藏着他对当时那个黑暗社会的血泪控诉、切齿痛恨吗?而《雌木兰》中那些豪爽刚健的歌词,不也寄托着他济世报国的理想吗?"借他人酒杯,浇自己块垒",作者离经叛道的精神和狂放不羁的性格处处流露于笔端,因而形成他"高华爽俊""怒龙挟雨"的独特风格。

三

作家的生活经历和精神气质固然是构成创作风格的重要内容,但却不能把三者的关系绝对化。作家如果只靠生活经历和个人气质进行创作,而不运用艺术技巧将素材进行分析、集中和提炼,就不能创造出艺术品,更谈不上有独特的创作风格。风格的形成是作家创作上成熟的标志,它意味着作家具有丰富和深厚的艺术修养和纯熟的艺术技巧。徐渭的戏曲语言风格的形成,除了他独特的生活经历和精神气质之外,还应当归功于他多方面的文学修养和善于吸收民歌的养料。

王骥德回忆徐渭说:"先生好谈词曲,每右本色。于《西厢》《琵琶》皆有口授心解。"② 可见徐渭对前人戏曲是深有研究的。他特别推崇元剧的"本色",即用人民群众喜闻乐见的通俗语言来反映人民生活,进行戏剧创作。因此,他的戏曲语言极少用典,也很少文绉绉地雕琢词句,而是效法元人,用通俗、明快的语言塑造人物形象,表达剧作的主题思想。

试看《玉禅师》中一支曲子:

〔收江南〕……俺如今改腔换妆,俺如今变娼做娘。弟所为替虎伥阱羊,兄所为把马缰捆獐。这滋味蔗浆拌糖,那滋味蒜秧捣姜。避

---

① 〔明〕袁宏道:《瓶花斋集》卷七《徐文长传》,见《续修四库全书》第1367册,上海古籍出版社1995年影印版,第548页。(下引该书均同此版本,除书名及页码外,其他不再另注)
② 〔明〕王骥德:《曲律》,见中国戏曲研究院编《中国古典戏曲论著集成》(第四集),第168页。

> 炎途趁太阳早凉，设计较如海洋斗量。再簸舂白粱米糠，莫笑他郭郎袖长。精哈哈帝皇霸强，好胡涂平良马臧。英杰们受降纳疆……这一切万桩百忙，都只替无常背装。

这是剧终时，月明和尚"度脱"妓女柳翠出家后两人合唱的曲子。它宣扬了万事皆空的虚无思想，内容是不可取的。但字里行间仍然跳动着作者愤世嫉俗的脉搏，文辞也十分生动自然，所用的比喻既通俗易懂，又不落俗套，洋洋洒洒，一气呵成，大有元人风味。难怪袁宏道要批点道："语语叫绝！"

除了继承元剧"本色"的优秀传统之外，徐渭对诗词的造诣也是很深的。李白"欲上青天揽明月"的磅礴气势、李贺"羲和敲日玻璃声"的出神入化的想象力、苏轼"大江东去，浪淘尽千古风流人物"的豪壮情怀，都给他的创作风格以深刻的影响。袁宏道说他"其诗尽翻窠臼，自出手眼，有长吉之奇而畅其语；夺工部之骨而脱其肤；挟子瞻之辩而逸其气；无论七子，即何李当在下风"①，是很有见地的。他的诗歌既吸收了前人的长处，又自成独特的风格，如《龛山凯歌》："短剑随枪暮合围，寒风吹血着人飞。朝来道上看归骑，一片红冰冷铁衣。"② 描写战士们在寒风呼啸、滴水成冰的严寒天气中作战，鲜血凝结成"红冰"贴在身上，何其慷慨悲壮，又何其贴切自然。他的文章也如苏轼那样"如行云流水"，自然，流畅。多方面的艺术修养，为他的戏剧创作准备了良好的条件。我们可以在花木兰慷慨激昂的唱词中找到"一片红冰冷铁衣"的痕迹，也可以在祢衡击鼓骂曹的唱段中联想到"军中杀气横千丈，并作秋风一道归"③ 的气势。他将诗、词、文熔于一炉，从而形成他独特的戏曲语言风格。

但是，徐渭的戏曲语言能够通俗流畅，更重要的原因是他善于吸收民歌的养料。他是极力主张戏剧语言通俗化的，他在《南词叙录》中说："夫曲本取于感发人心，歌之使奴、童、妇、女皆喻，乃为得体；经史之谈，以之为诗且不可，况此等耶？……吾意：与其文而晦，曷若俗而鄙之

---

① 〔明〕袁宏道：《瓶花斋集》卷十《冯侍郎座主》，见《续修四库全书》第1367册，第567页。
② 〔明〕徐渭：《徐文长集》卷十一《龛山凯歌》，见《续修四库全书》第1355册，第51页。
③ 〔明〕徐渭：《徐文长集》卷十一《凯歌赠参将戚公》，见《续修四库全书》第1355册，第52页。

易晓也？"① 他认为戏曲是"感发人心"的通俗艺术形式，必须"俗而易晓"，而不应"文而晦"，使老百姓看不懂。他是这样主张的，也是这样实践的。他将民歌融会到自己的戏曲语言中，因而语言生动自然，带有清新明快的泥土气息。他的《雌木兰》剧中不少地方是和北朝民歌《木兰辞》相似的。如："离家来没一箭远，听黄河流水溅，马头低遥指落芦花雁。"这和民歌中"不闻爷娘唤女声，但闻黄河流水鸣溅溅"是多么近似。又如《狂鼓史》中女乐劝酒的一段曲子：

> 丞相做事太心欺，呀，一个跷蹊！呀，一个跷蹊！引惹得旁人跷打蹊，打跷蹊，说是非。呀，一个跷蹊！呀，一个跷蹊！雪隐鹭鸶飞始见，呀，一个跷蹊！呀，一个跷蹊！柳藏鹦鹉跷打蹊，打跷蹊，语方知。呀，一个跷蹊！呀，一个跷蹊！

反复运用了衬词"一个跷蹊""跷打蹊"，这和山西民歌《走绛州》中的"吱格吱格察拉拉崩"，康定情歌中的"跑马溜溜的山上"中的"溜溜"，在用法上是十分一致的。我们不能断定明代民歌就一定有"跷打蹊""打跷蹊"等衬词，但是运用衬词反复吟咏，却是民歌常用的手法。因此，徐渭这支曲子吸收了民歌的表现手法，是毋庸置疑的。

徐渭在戏曲创作中大胆吸收民间语言和民歌的表现手法，使他的戏曲语言别具一种清新刚健的生活气息。明代戏剧家有的追求文辞的绮丽典雅，有的恪守音律，斤斤计较一字一词的得失，像徐渭这样从理论到实践上都自觉向民歌学习，向通俗化发展的作家，可算是凤毛麟角。徐渭能在群星灿烂的明代剧坛上独树起豪爽通俗的语言风格，再次说明了文艺家只有不脱离人民群众的土壤，向民间艺术宝库探宝，才能摘取文艺皇冠上的明珠。

四

徐渭的戏曲语言是自成风格的，但也不是完美无缺的。对比关汉卿、马致远等元剧的优秀作家来说，他的戏曲语言还不够通俗畅晓、生动自

---

① 〔明〕徐渭：《南词叙录》，见中国戏曲研究院编《中国古典戏曲论著集成》（第三集），第243页。

然。他有些曲子，为了追求新奇效果，押险韵，用怪僻字，或是将完整的词拆开来或颠倒使用，破坏了语言的自然美，也使观众难以听懂唱词，这是关汉卿、马致远等人绝不采取的。

如《女状元》第二出的一段曲子：

〔北江儿水〕西邻穷败，恰遇着西邻穷败。老孀荆一股钗，那更兵荒连岁，少米无柴。况久相依不是才。幸篱枣熟霜斋，我栽的即你栽，尽取长竿阔袋。

用"才"字押韵，显得怪僻；"况久相依不是才"，句子半通不通，意思也不清楚。"荆一股钗"把"荆钗"硬拆开，也很生硬别扭。可以想见，大多数观众听这种曲词，是会莫名其妙的。

徐渭的戏曲语言存在这种缺陷，原因在于他思想的局限性和当时文坛风气的影响。他虽有比较强烈的反封建思想，但仍然是不彻底的。他受王阳明的主观唯心主义哲学的影响，对现存的封建制度还抱有幻想，终究还是个地主阶级的知识分子。因此，尽管他主张戏曲语言通俗化，却仍然不能摆脱封建士大夫玩弄文辞的习惯，因而也就不能完全接受民歌自然清新的语言风格。而且，由于他愤世嫉俗的怪僻性格，他的戏曲语言也就一定程度上带有怪僻的色彩。更何况当时文坛上有一股以怪僻为新奇的风气，如李梦阳等前后七子的复古运动，由于刻意仿古，文辞艰深而佶屈聱牙；在他晚年，文坛上出现由钟惺等人组成的"竟陵派"，他们极力追求新奇，故意用僻字，押险韵，别出心裁地安排句子的结构，结果却造成刁钻古怪的效果。在这些形形色色的流派、文风的熏陶下，徐渭多少受到一些影响，造成其部分曲词涩滞不畅。

但是，这些曲词在徐渭的剧作中毕竟是少数，对比他大量的豪爽通俗的语言，只能说是白璧微瑕，无损于他的戏曲语言的光彩。徐渭作为一个具有独特语言风格的戏剧家，无疑是应该在明代戏剧史上占有较高位置的。

[原载《中山大学研究生学刊》（文科版）1980年第2期]

女状元黄崇嘏其人其事[①]

看过越剧《孟丽君》或黄梅戏《女驸马》的人，一定对女扮男装考取状元的两位奇女子敬佩不已。敬佩之余，又会觉得这不过是戏剧家的演义，未必真有其事。其实，历史上通过女扮男装考取状元的倒是真有其人，这就是五代西蜀的黄崇嘏。

黄崇嘏出生于五代西蜀临邛（今四川成都附近）的一个官宦之家，父亲原是一位使君（州郡长官）。天府之国的秀丽山水和书香门第的浸染熏陶，使她出落得聪明俊秀，多才多艺。描龙绣凤，工巧非常；琴棋书画，样样精通。但在她十六岁的那年，不幸的命运却降临到这位才女的头上，父母相继亡故，又没有兄弟姐妹，官家小姐的黄崇嘏一下子沦落为孤女。她住在碧江边的茅草屋里，和旧日的奶妈靠做针线艰难度日。

在封建社会里，妇女是很难独自谋生的，只能"在家从父，出嫁从夫，老来从子"。贫寒无依的女子，多数只能给大户人家做妾，或削发为尼，或沦为娼妓。如唐代薛涛，亦多才多艺，本为良家女，父亲在蜀地做官死去，她贫穷无靠，沦为蜀妓；又如唐京西咸宜观女道士鱼玄机，也善于诗赋，与文人诗酒风流，其行止也无异于娼妓。而黄崇嘏在生计艰难的困境之中，不是自暴自弃，沦落风尘，而是洁身自爱。她潜心钻研诗赋，坚信有改变命运的一天。机会终于到来了，朝廷开科取士。黄崇嘏心想："我自问才学不让须眉书生，如若改妆赴考，定取得功名，不强似甘心穷饿？"于是，她洗却女儿妆，换上父亲的衣裳，并将乳母打扮成男仆模样，主仆二人，赴邛州考试去了。结果大获全胜，居然考取头名状元，一时名声大振。

西蜀宰相周庠，当时正任黄崇嘏家乡所在的邛州知府。黄崇嘏带上自己的诗作去谒见周庠，周庠大加称赏，推荐她担任成都府司户参军（掌

---

① 黄崇嘏事参见《历代画史汇传》卷六十八，见中文大辞典编纂委员会编纂《中文大辞典》第38册，中国文化研究所1982年版，第453页。

管户口账簿的官员）。黄崇嘏在任上办事干练，聪明机敏，处理了好几件疑难案子，据明人徐渭戏剧《四声猿·女状元》所载，是"刻印冒官""毒杀亲夫""被冤为贼"三宗案。这些案子大都扑朔迷离，疑云重重，黄崇嘏明察秋毫，一一公正判案，令官府上下人等十分敬畏佩服。

周庠十分欣赏黄崇嘏的才干，想将她招为乘龙快婿，这下可难倒了黄崇嘏，她愈百般推辞，周庠愈以为她是谦让，执意求婚。黄崇嘏无奈，只好写诗表明自己的女儿身份：

> 一辞拾翠碧江涯，贫守蓬茅但赋诗。
> 自服蓝衫居郡掾，永抛鸾镜画蛾眉。
> 立身卓矣青松操，挺志坚然白璧姿。
> 幕府若容为坦腹，愿天速变作男儿。

周庠阅诗大惊，召来黄崇嘏询问，方知道事情的来龙去脉。之后，黄辞官归乡，重新过隐居生活。

黄崇嘏女扮男装中状元的奇事、自重自强的奋斗精神，受到后人的称赏。宋朝谢枋得在他的小品著作《碧湖杂记》中记叙了黄崇嘏的故事，把她与花木兰相提并论。明朝著名的文学家、画家徐渭，编写戏剧《四声猿·女状元》，敷演黄崇嘏的故事，唯结局不是辞官归隐，而是"辞凰得凤"，嫁给了周庠的公子，一位前榜男状元。男女状元佳偶天成，洞房花烛，表明了人们对这位杰出才女有个好归宿的美好愿望。

黄崇嘏的故事在今天仍有现实意义。黄崇嘏在那重男轻女的封建社会，尚且能改换男装，干出一番事业；那么，在男女平等的今天，妇女们更应该自立自强，在政治、经济、文化等各个领域发挥自己的才干，力争行行出女状元。

（原载《女子挚友》1994年第2期）

汤显祖和《牡丹亭》

在明代百花斗艳的剧坛上，有一部戏曲如同一支红牡丹独冠群芳，这就是汤显祖的传奇《牡丹亭》。《牡丹亭》是我国戏曲史上杰出的浪漫主义作品，它深刻揭露了封建礼教对青年的摧残，热情歌颂了青年们对自由幸福的执着追求和对个性解放的热烈向往，无论在思想上还是艺术上都达到了明代戏曲的顶峰。

汤显祖能写出这样的杰作，原因是多方面的。他出身于江西临川一个书香之家，从小受到良好的文化教育，青年时代就以诗擅名，二十五岁便印行了第一部诗集《红泉逸草》，以后，又陆续写了《雍藻》（已佚）、《问棘邮草》等诗集。大量的诗歌创作为他以后的戏曲创作打下了厚实的文学基础。汤显祖还在少年时代便接受了进步的思想教育。他十三岁时跟随左派王学大师罗汝芳游学，接受了罗汝芳的老师王艮的理论——"百姓日用即道"，种下了他日后同情人民疾苦、反抗程朱理学的思想种子。他能在《牡丹亭》中为被摧残的青年人发出不平的呼声，与他初年接受的这种平民思想有关。成年以后，他又与被统治阶级视为洪水猛兽的进步思想家李贽交往，进一步发展了他反抗封建礼教的叛逆思想。汤显祖还与反对程朱理学的佛学大师达观交友，吸收他的思想精华，形成了自己的"情至"说。他在给达观的信中说："情有者理必无，理有者情必无，真是一刀两断语。"（《寄达观》）将人的真挚感情作为向封建礼教的"理"进行针锋相对斗争的武器。"以情抗理"成为他在《牡丹亭》中塑造杜丽娘形象时的主要指导思想。汤显祖还有先进的文学观，他在戏曲创作上，反对以沈璟为首的吴江派重形式轻内容的倾向，认为："凡文（指戏曲）以意、趣、神、色、为主，四者到时，或有丽词俊音可用，尔时能一一顾九宫四声否？"（《答吕姜山》）在这种进步文学观的指导下，他的《牡丹亭》不为曲律所束缚，着意刻画人物的精神世界，令人耳目一新。汤显祖在政治上不满明朝的腐朽，万历十九年（1591），他给明神宗上《论辅臣科臣疏》，直斥当时的朝政是"以群私人嚣然坏之"，引起了当权者的忌恨，将他贬为广东徐闻县典史。这场风波使汤显祖进一步看清了朝廷的黑暗。万历二十六年（1598），汤显祖不堪横行不法的税监的压迫，辞官归家，从此绝意仕进，潜心于文学创作。他将对封建制度的满腔愤懑寄托于诗词戏曲，归家当年秋天，便完成了《牡丹亭》，时年四十九岁。

《牡丹亭》是汤显祖的思想和艺术都趋于成熟时的作品，体现了他出色的戏剧技巧。首先，在戏剧矛盾的处理上，就别具匠心。明代的爱情戏，多写才子佳人一见倾心，被一二小人从中拨乱，经历艰难曲折，终于成为眷属。汤显祖生活在封建礼教特别森严的明朝，深知使千万青年人失去爱情幸福的不仅仅是个别坏人，更重要的是封建道德的精神枷锁。因此，他打破了平庸的爱情剧的俗套，没有将主要力气放在杜丽娘与封建家长面对面的冲突上，而是放在塑造杜丽娘生活的典型环境上，将那种无形的精神压力作为矛盾冲突的对立面来描写。他写杜丽娘深居闺中十六年，连后花园都不让去，更不用说迈出家门一步。她就在这个牢狱一般的环境中忧郁地死去。她不是死于爱情被人破坏，而是死于对爱情的徒然渴望。这就更深刻地揭露了封建礼教扼杀自由幸福的吃人本质，比那些平庸的爱情剧具有高得多的思想意义，在艺术上也别开生面，不落俗套。

《牡丹亭》的感人力量，在于它具有强烈追求自由幸福、反对封建婚姻的浪漫主义理想，而这个理想主要是通过女主角杜丽娘表现出来的。杜丽娘是中国戏曲史上继崔莺莺、红娘之后最有光彩的女性形象之一。在她身上，集中地体现了明代青年尤其是妇女的苦闷、渴求和理想，具有深刻的典型性。她生长在"西蜀名儒"的太守之家，虽然"颜色如花"，却"命如一叶"，被关在闺中，打发着空虚无聊的岁月。封建思想浓厚的父亲杜宝请来老学究陈最良教她读书，妄图把她造成一个"知书识礼"、符合封建道德规范的女子。但杜丽娘却不愿意按父亲规定的轨道走，而是自我表白道，"可知我常一生儿爱好是天然"，即要自由自在地按自己的意愿生活。当她读到古代诗歌《关雎》时，陈最良按封建道德解释为"后妃贤达"，她却凭天然的本性感觉到这是一首恋歌，从而引起了对自己处境的不满："关了的雎鸠，尚然有洲渚之兴，可以人而不如鸟乎？"叛逆思想由此而萌生。当她听了丫鬟春香说有后花园时，违背父母的严命，私自游园。在那里，满园的春色唤醒了她的青春活力，她再也不能忍受这种一潭死水般的生活，于是做了一个美丽的梦，在梦中找到了理想的爱情。她不顾一切地重温这个梦想，发出了"这般花花草草由人恋，生生死死随人愿，便酸酸楚楚无人怨"的呼声，认为如果能够自由地爱，就算以生命为代价也在所不惜。她死后变成鬼魂，仍然不放弃她的梦想，向阴间的胡判官争得了自由寻找爱人的权利，终于找到了梦中的柳梦梅，并且为他而复生。汤显祖在《牡丹亭》题词中说："如丽娘者，乃可谓之有情人耳。情不知所起，一往而深。生者可以死，死可以生。生而不可与死，死而不可复生者，皆非情之至也。"这段话恰好概括了杜丽娘的思想性格——情至，即热烈执着地追求真挚爱情，达到舍生忘死的极致地步。而杜丽娘的热情，又是明代青年要求个性解放、要求婚姻自由的集中体现。《牡丹亭》上演后，得到青年们尤其是妇女们的深切共鸣。女演员商小伶以杜丽娘自比身世，演到《寻梦》一出，伤心过度而死；另一婚姻不幸的女子冯小青，也给此剧题诗道："冷雨幽窗不可听，挑灯闲看《牡丹亭》。人间亦有痴于我，岂独伤心是小青。"因此，尽管作者对杜丽娘魂游复生的描写看来离奇荒诞，却没有观众加以非议，而是流下同情感慨之泪。原因在于，作者创造的这个浪漫形象，是根植在明代现实生活的土壤上的，它真实地表达了青年们要求摆脱封建束缚的强烈愿望。剧中的离奇情节不但不会使杜丽娘的形象失真，反而使她更富有奇情异彩。

与"以情抗理"的主题思想相配合，剧作在艺术处理上侧重于"以情动人"，寓对社会的深刻批判于细腻的感情描绘之中，而没有空洞说教的痕迹。在明代剧坛上，说教的风气还是相当盛行的，如《五伦全备记》，剧中的主要人物几乎都是封建道德的传声筒，连名字都是什么伍伦全、伍伦备。汤显祖从歌颂杜丽娘追求自由幸福的主题思想出发，以秾丽优雅的语言着力烘托舞台气氛，细致描绘女主人公的感情心理变化，塑造出优美动人的境界，尤其《惊梦》《寻梦》等场，更是脍炙人口，具有动人心魄的艺术魅力。后来，孟称舜、吴炳等剧作家倾慕于这种魅力，刻意模仿汤显祖善于描绘人情、文采斐然的风格，形成戏曲史上的"临川派"，足见汤氏剧作的影响是深远的。

（原载中山大学中文系编《刊授指导》1986年第3期，署名"齐凌"，为罗斯宁的笔名）

吴炳和他的剧作

一、前言

吴炳是晚明剧坛上一位颇有影响力的优秀作家。他的剧作在明末清初的剧坛上享有盛名,至今还有舞台生命力。如《绿牡丹》和《西园记》,是越剧和昆剧的上演剧目,昆剧《西园记》还被拍成电影。但是,对于这位卓有成就的戏剧家,我们一直了解甚少,除了《明史》、温睿临的《南疆逸史》、王夫之的《永历实录》等史书有些关于他晚年政治活动的简单记载外,对于他前半生的文学活动,我们几乎一无所知。对于他的剧作,清代评曲家李渔等曾有零星的评述,近人吴梅的《霜厓曲跋》和日本汉学家青木正儿的《中国近世戏曲史》有较为详细的评价,20世纪三四十年代,郑振铎、刘大杰等人也曾在文学史中对其做了简介,但新中国成立以来,却少有深入研究的文章。

造成新中国成立后忽视吴炳研究的原因,主要是在古典文学研究中长期流行着一股虚无主义的极左思潮,对古典作家和作品,片面强调思想性,忽视艺术性。于是,除了作品思想性和艺术性都很高的一些作家得到重视外,思想性不够强但艺术上还有独特之处的一大批作家,就很少人问津;即或论及,也多是强调缺点,忽视优点,不能给予恰如其分的评价。对待吴炳也是如此。新中国成立以来的文学史,对汤显祖的成就给予了充分的肯定,但对紧接着汤显祖之后的晚明作家,却大多数评价较低。这样就割裂了汤显祖和同代、后代作家的联系,把天才的出现看成是孤立的现象。事实上,任何天才都不是"前不见古人,后不见来者"的。天才的出现是综合前人成就的结果,而他的成就又必然对后世发生影响。"没有发生长远影响的创造力就不是天才"[①],对晚明剧坛的过分贬斥,实际上

---

① [德]爱克曼辑录:《歌德谈话录》,朱光潜译,人民文学出版社1978年版,第165页。

就是否定了汤显祖的巨大影响。当然，后代的作家由于自身条件的限制，不一定能全盘继承天才的成就，但在学习天才的基础上有新的发展，却是常见的现象。晚明的剧作家，几乎都受到汤显祖的思想倾向和创作方法的影响，吴炳尤为明显；而在学习汤氏的同时，他们又对传奇的表现手法做了不同程度的探索，促进了传奇的成熟，吴炳又是其中的佼佼者。因此，进一步研究吴炳和他的剧作，有助于我们正确理解晚明剧坛这个戏曲史上被人忽视的段落，也有助于我们向这位优秀的剧作家学习剧作技巧。

关于吴炳的评价问题，以往是存在着较大分歧的。激赏吴炳的是清代和民国年间的一些评曲家。清人李渔说："《粲花五种》……才锋笔藻，可继《还魂》；其稍逊一等者，则在气与力之间也。《还魂》气长，《粲花》稍促。《还魂》力足，《粲花》略亏。虽然，汤若士之'四梦'，求其气长力足者，惟《还魂》一种；其余三剧，则与《粲花》比肩。使粲花主人及今犹在，奋其全力，另制一种新词，则词坛赤帜，岂仅为若士一人所攫哉？"① 吴梅说："至其词彩艳冶，音律谐美，又为元明诸家所未逮……词至粲花，辄叹观止矣。"② 他把吴炳看作可与汤显祖比肩的第一流作家。而新中国成立后的各家文学史对吴炳却评价较低。北京大学中文系编的《中国文学史》说："明传奇发展到了阮大铖、吴炳等人的手中，已把堆砌辞藻和讲求格律这两者变本加厉地结合到一处，走上了形式主义的死路。"③ 游国恩等编的《中国文学史》也说："明末部分戏曲家有意识地改变了前期作家人物故事陈陈相因的形式主义倾向，但同时又出现了片面追求情节离奇巧合的形式主义倾向。它从沈璟的《红蕖记》开始，到阮大铖的《春灯谜》而达到顶点。……吴炳的戏曲在追求情节的巧合方面和阮大铖相似。"④ 遂把吴炳列为与阮大铖一类的形式主义作家。

对于同一作家，评论界产生这样的分歧意见的原因，主要在于用什么样的观点来评论。李渔、吴梅等人主要从词曲、排场上着眼，只看到吴作

---

① 〔清〕李渔：《闲情偶寄》，见中国戏曲研究院编《中国古典戏曲论著集成》（第七集），第62～63页。
② 吴梅：《绿牡丹·跋》，见刘世珩选辑《暖红室汇刻传奇》，江苏广陵古籍刻印社1982年版。
③ 北京大学中文系文学专门化1955级集体编著《中国文学史》，人民文学出版社1959年版，第370页。
④ 游国恩等编：《中国文学史》，人民文学出版社1963年版，第930页。

曲词优美、结构严谨的一面，而未考虑剧作思想内容的一面，因而有溢美之词。而新中国成立后的诸家文学史多从今天的戏剧要求来评论吴作，这样，虽然也道出了吴作的某些缺点，却未免以偏概全，抹杀了他的许多优点。我们既不能拿过时的历史标尺来迁就古人，忽视他们的不足之处，也不能以今天的文艺标准来强求古人，把他们看得一无是处。而应该像列宁说的那样："判断历史的功绩，不是根据历史活动家没有提供现代所要求的东西，而是根据他们比他们的前辈提供了新的东西。"① 这样，我们就必须把吴炳放在晚明剧坛这个特定的历史环境中，考察他向前辈继承了什么，提供了什么新东西，和同辈人有什么相似之处，又有什么独特之处，等等，来评价他在中国戏剧史上的地位。

二、吴炳的生平和创作

吴炳，初名寿元，字可先，号石渠，江苏宜兴县人。生于明万历二十三年（1595）四月初七日，卒于清顺治五年（1648）正月十八日，享年五十四岁②。以往诸家文学史定吴炳卒年为1646年或1647年，都是不准确的，这里依据的是吴炳家属在《宜荆吴氏宗谱》记载的生卒年，比较可靠。

吴炳出身于宜兴县吴姓大族一个富有文化修养的家庭。曾祖父吴仕，官至四川布政司参政，曾在宜兴县南的石亭埠建一风景优美的别墅，即后来吴炳所称的粲花别墅。祖父吴骍，以太学生起家，官至鸿胪寺序班。父亲吴晋明，任南京太常寺典簿，"秉性严毅，端方自持"，对儿子要求颇严，在吴炳十二岁时，特地置酒设宴，要他"立志读书，以慰父志"。母亲施氏，是太常正卿施策的女儿，也有相当的文化修养。在这样的书香之家中，吴炳从小受到良好的文化教育，很早就开始戏剧创作，据清人焦循的《剧说》载，吴炳"十二三时，便能填词。《一种情》传奇乃其幼年作也"③。

---

① ［苏］列宁：《评经济浪漫主义》，《列宁全集》第2卷，人民出版社1959年版，第150页。
② 《宜荆吴氏宗谱》第二十册卷之八。此族谱为笔者首次从北京图书馆（今中国国家图书馆）查出，对吴炳的生平研究起了重要作用。下文生平材料如没有注明的，均见于此书。
③ ［清］焦循：《剧说》，见中国戏曲研究院编《中国古典戏曲论著集成》（第八集），第182页。

吴炳从小醉心于戏曲，更主要是受江南一带繁荣的戏剧创作和演出的影响。宜兴的戏剧演出十分兴盛，清人刘弦斋《宜兴刘铿桑梓见闻录》卷三《目连戏》载："目连戏曲……惟吾邑与溧阳盛行，演必全本，分作五日。"宜兴附近的昆山、余姚、苏州、杭州都盛行昆剧，也是当时戏剧创作的人才荟萃之地。当时著名的两个戏剧流派是临川派（又称"玉茗堂派"）和吴江派（又称"格律派"），前者注重意趣和文采，以汤显祖为赤帜；后者注重本色和合律，以沈璟为盟主。汤显祖的名著《牡丹亭》，以灿烂的思想光芒和动人的艺术魅力倾倒了晚明一代的剧作家。而沈璟对昆曲曲律的整理，又有利于剧本的舞台演出。吴炳对这两派的成就都有所师承，但他首先是热诚私淑于汤显祖。他在剧作《疗妒羹》中写道："一任你拍断红牙，拍断红牙，吹酸碧管，可赚得泪丝沾袖？总不如那《牡丹亭》一声河满，便潸然四壁如秋。"（《疗妒羹》第九出《题曲》）可见他对《牡丹亭》的推崇。他初期的剧作《画中人》在运用浪漫主义手法、刻画人物心理以及语言风格等方面都极力追步汤显祖。另外，他也拜吴江派的重要作家叶宪祖为师，并与范文若、袁于令等著名剧作家交游。《明进士题名碑录》载吴炳和范文若、叶宪祖同中万历四十七年（1619）进士，黄宗羲《南雷文定·外舅叶公改葬墓志铭》则载："吴石渠、袁令昭（于令），词家名手，石渠院本，求公诋诃，然后敢出。令昭则槲园（叶宪祖）弟子也。"在与吴江派人物交往中，吴炳也吸取了他们重视音律、曲词通俗的长处，同时在创作的道路上迅速成长。

吴炳二十一岁中举，二十五岁登进士第，次年就任湖广蒲圻县令。当时皇帝昏庸不堪，宦官魏忠贤把持大权，迫害、屠杀不满朝政的东林党人。官吏贪污舞弊成风。吴炳在这样黑暗的官场中，始终保持正直清廉的品格。天启四年（1624），他调任江西清吏司刑部主事，"与东林诸君子交好"，在处理案件时，常"持议多梗"，"调济以宽，奸党多不便"，与把持刑部的阉党进行了一定的斗争。崇祯元年（1628），他向崇祯帝上《亲贤远佞意疏》，提出了澄清吏治的政治要求。任福州知府之后，福建巡抚熊文灿以权势逼他陷洋商下狱，没收洋商的钱补偿自己兵败舟焚的费用，吴炳却断然拒绝："杀人媚人，吾不忍也。"另一贵戚陈况也托库吏贿赂他千金，要他包庇自己科场舞弊的劣迹，吴炳"却暮夜之金而竟其事","即革库吏,明日告病解组去"①,宁愿丢掉乌纱帽,也不肯徇私舞弊。他发表在崇祯三年(1630)的剧作《情邮记》,揭露了官场舞弊、淫靡、倾轧等丑态,歌颂了正直清廉的官吏,提出了"亲贤远佞"的主张,这正是他十年仕宦生活的反映。

在退职归田之后,他流连于家乡的青山绿水之间,并经常在粲花别墅上演他的剧作②。这时和他过往密切的是他的姐夫万濯,一个曾任户部员外郎的退职官吏。他给万濯的《意园集》作序说:"穷孝廉自是清白吏子孙耳。今试取广厦大宇,崇台深池,千金之玩服,万里之珍馐,以易园中三亩菜畦,万子意不在是,即吴子意且不在是也。"表明了他决不与贪官污吏同流合污的坚定态度。

吴炳在四十二岁时被重新起用,初任两浙盐运司运判,后又任江西吉安知府、江西提学副使。这期间,他锐意于教育,"行部所至,讲说经义,命诸生各进其说,而折衷之。敦实学,励行谊,诸生竞劝"。李自成的农民军推翻明王朝,清兵入关之后,吴炳积极参加了抗清斗争。他先后在南明的福王、唐王、桂王的政权中担任过多种重要职务,官至东阁大学士,辗转战斗于江西、湖南、广东、广西数省③。1647年12月,桂王出奔湖南靖州,吴炳护送太子到湖南城步,因久病不堪战,被清军俘获,送衡州(今衡阳)湘山寺。在被俘的一个多月中,他"手书内典数十卷,后复书绝命诗数十首",以诗明志,拒绝清军的劝降,中有"荒山谁与收枯骨,明月长留照短缨"的慷慨悲凉之句。最后绝食而死,表现了坚贞的民族气节。

关于吴炳的晚节,过去是有不同意见的。《明史·吴炳传》:"大兵至,王仓猝奔靖州,令炳扈王太子走城步,吏部主事侯伟时从之。既至,城已为大兵所据,遂被执,送衡州。炳不食,自尽于湘山寺。"认为吴炳是兵败被俘,绝食而死的。而王夫之的《永历实录》卷四却说:"武冈陷,炳遂与承允(胤)降,随孔有德至衡州。有德恒召与饮食,炳既衰老,又南人不习北味,执酥茶、烧豚、炙牛不敢辞,强饱餐之,

---

① 万树:《石渠公传》,《宜荆吴氏宗谱》第二十六册卷十之八,又见《重刊宜兴县旧志》卷八,第67页。

② 《宜荆吴氏宗谱》第二十六册卷十之八,清人陈维崧《题石渠公别业联》注:"公所作乐府五种,每于别业中演之。"

③ 《宜荆吴氏宗谱》第三十六册卷十之八,又见温睿临《南疆逸史》卷二十三。

遂病痢死。"认为吴炳是变节降清，病痢而死的。较多的文学史都取《明史》定吴炳为明朝殉难忠臣的说法，而不取王夫之的说法，但王氏与吴炳同时，其记载又应如何解释呢？吴梅在《霜厓曲跋·绿牡丹》中说："王船山仕永历朝，与五虎交好，所著《永历实录》，谓炳与刘承胤降……是并将石渠死节事，而亦矫诬之。明人党同伐异之风，贤如船山，且不能免。"道出了问题的症结。南明的永历政权，继承了崇祯政权的朝政混乱、党争纷繁的弊病，大臣们各拉山头，互相攻击，矛盾尖锐。袁彭年、丁时魁、蒙正发、金堡、刘湘客五人依附权臣李元胤，"揽权植党，人目为五虎"（《明史·吴起恒传》）。他们这一派多为湖广人，故被称为"楚党"。而朱天麟、吴贞毓等人"自恃旧臣"，看不起楚党，因多为江浙人，被称为"吴党"（《明史·朱天麟传》）。吴、楚两党在大敌当前纷争不休，削弱了抗清的力量，本来都不足取。但王夫之因"与五虎交好"，看问题就未免带上宗派偏见，在《永历实录》中明显褒楚党贬吴党，对永历朝的历史记载往往与《明史》相抵牾。如《明史·吴贞毓传》载，吴贞毓被孙可望部将所杀，"诸人就刑，神色不变，各赋诗大骂而死"。而《永历实录》卷二十却载："梧州乱，上奔浔南，贞毓走，死于乱军中。"又《明史·朱天麟传》载："明年四月抵广南，王已先驻安龙。天麟病剧，不能入觐，卒于西坂村。"而《永历实录》卷三却载："梧州陷，上奔浔南，天麟将入滇归孙可望，道阻不通，走匿土司中，不知所终。"王夫之虽为著名抗清志士，但因为对吴党存在偏见，对吴贞毓的族叔吴炳也自然侧目，因而在书中对吴炳的死节加以主观臆测，导致"实录"不实。

另外还有大量的史料，足以证明王夫之说吴炳降清是不确的。

《宜荆吴氏宗谱》第三十六册卷十之八《八世·炳》："大兵至，王奔靖州，令公扈王太子走城步。既至，城已为大兵所据，公以积病被获，送衡州。仆归，索家书，付诗一首，有'君亲未报生犹死，徒死今番更辱生'之句，云只此已了。不食十余日，卒于衡阳县七郎庙。"又《重刊宜兴县旧志》卷八载："（炳）闻大清兵将至，从王仓猝奔靖州，被获。胁之降，不屈，拘于衡阳县湘山寺，不食七日卒。绝命时以诗授仆寄其家，有'荒山谁与收枯骨，明月长留照短缨'之句。"这条材料和《宜荆吴氏宗谱》的记载基本相同，仅在绝食的时间和地点上有些出入，但对于吴炳以诗明志，拒降清朝，绝食而死这样的大节，则是记载一致的。还值得注意的是，两书都指出，吴炳死时有家仆在旁，吴的遗诗是由家仆带回家乡的。由此可以推测，县志和宗谱的记载根据可能是家仆归宜兴后的叙述。这样，它们的记载就比王夫之的记载更为可靠，因为在明末清初的大战乱中，虽是同代人，得到的消息也不一定可靠，而家仆的亲身目睹，却应是较为确凿的。

另外，清代史书《崇祯忠节录》卷十九也载："大学士礼部尚书吴炳……丁亥在武冈自缢死。"这条材料，在时间、地点和自尽的方式上都和上面的材料不同，但在以死拒降清朝的大节上，却是没有矛盾的。

综上所述，我们可以确定，吴炳以明朝殉难忠臣而终，是确凿无疑的。

吴炳的剧作有《粲花五种》，即《画中人》《疗妒羹》《绿牡丹》《西园记》和《情邮记》。现存吴剧的最早版本是明崇祯间金陵两衡堂刻本《粲花斋新乐府》，但其中只有前四种，缺《情邮记》。此剧另有无名氏刻本。其次有1915年刘世珩据明刻本重刻的五本，收在《校刻暖红室汇刻传奇》中。还有吴梅在1928年编辑的《粲花斋别墅五种曲》，收在《奢摩他室曲丛》第二集。1957年古本戏曲丛刊编辑委员会也根据明刻本影印了这五个剧，收在《古本戏曲丛刊》第三集。吴炳的五个剧作，全部是他青少年时期的作品。从版本的情况来看，崇祯间金陵的两衡堂已经出版了吴炳的四个剧作，而没有被收入的《情邮记》的序言结尾说明它是崇祯庚午（1630）出版的。依此推断，在两衡堂本出版时，此剧还未问世，它是吴炳最后的剧作，两衡堂本应出版于崇祯元年或二年。又据，明代著名曲家吕天成的《曲品》，成书于万历三十八年庚戌（1610）[1]，并没有收录吴炳的作品，可见在此年之前，吴作还未出现。因此，吴炳剧作创作的时间可定为1611—1630年间，即他十六岁至三十六岁期间。

吴炳剧作《绿牡丹》的写作动机，曾引起较大的争议。清人陆世仪（号眉氏史，又号桴亭）曾在《复社纪略》中说："当天如（张溥）之选国表也，湖州孙孟朴淳实司邮置，往来传送，寒暑无间。……两粤（越）贵族子弟与素封家儿，因淳拜居周（周钟）、张（张溥）门下者无数。诸

---

[1] 参见〔明〕吕天成《曲品·序》，见中国戏曲研究院编《中国古典戏曲论著集成》（第六集），第208页，《序》末云："万历庚戌嘉平望日，……余姚吕天成。"

人一执贽后,名流自负,趾高气扬,目无前达。乌程(吴兴)温育仁,相国(温体仁)介弟也,心鄙之,著《绿牡丹》传奇诮之。"① 认为署名为"粲花主人编"的《绿牡丹》是阉党分子温育仁攻击复社之作。张秋水的《冬青馆集》则认为此剧是温育仁"倩人为之",并一一指出剧中人物影射何人(清人叶廷琯《鸥波渔话》卷四转引)。青木正儿、徐慕云、吴梅、况周颐、刘世珩等人基本上沿袭了这个说法②,但认为此剧是吴炳受温氏委托而作。这其实是一个历史误会。《绿牡丹》不是温育仁而是吴炳的作品,这在李渔的《闲情偶寄》、高奕的《新传奇品》、梁廷枬的《曲话》中都已有说明。史载张溥领导的复社成立于崇祯元年(1628),而《绿牡丹》却是1619年以前的剧作。《宜荆吴氏宗谱》第三十六册卷十之八记载了吴炳二十二岁时因被诬考试作弊而参加复试的事件:"乙卯举于乡,吴为宜邑巨族,同举者四人。众疑且忌,为礼科所纠,因停会试。明年春,与会元沈同和等同复试皇极门,先生下笔不休,事得白。"这场科场纠纷,和剧中顾粲等人经过二次考试,最后才辨出真伪的情况十分相似。而且剧中《帘试》出的评语写道:"嗟乎!今日考秀才者,有认真秉公如此女子者乎?甘心受其拘束耳!"从对考官满腹牢骚的声口里,可以推断《绿牡丹》应是吴炳中进士(1619)以前的剧作。因此,《绿牡丹》成书于复社成立之前,吴炳受温氏委托攻击复社之说也就不成立了。此外,《宜荆吴氏宗谱》和方志记载吴炳"与东林诸君子交好","时魏忠贤用事,屡起大狱,因公持议多梗,改工部都水司","乙丑考选,为奸党所抑",可见吴炳的政治立场接近东林,而多次受阉党排斥。复社成立虽在东林之后,但两者的政治主张是基本一致的。温体仁为相时魏阉虽已倒台,但死党犹在,温氏时时阴谋为他们翻案。吴炳不可能用自己呕心沥血写成的作品,去帮助政敌,攻击朋友。此说既然不是事实,为什么长期以来,又几乎成了定论呢?在中国文学史上,有些论者信奉"影射说",将作品的内容和历史事件生硬地扯在一起,以达到某种目的。《绿牡丹》也遭到生硬附会,很可能是因为剧中写了文会和考试,写了假名士,而复

---

① 眉氏史《复社纪略》,见李季辑录《中国内乱外祸历史丛书》(第十册),神州国光社1936年版,第208页。
② 见[日]青木正儿《中国近世戏曲史》,徐慕云《中国戏剧史》,《暖红室汇刻传奇》况周颐序、刘世珩跋、吴梅跋。

社是以文社为组织形式的,在发展扩大时,又确有人品卑下、滥称名流者混入。在《绿牡丹》已经广泛流行的情况下,阉党分子就加以牵强附会,用来攻击复社文人,作为打倒政敌的手段。于是后人以讹传讹,歪曲了吴炳的创作意图。现在,该是纠正这个历史误会的时候了。

三、剧作的思想倾向

作家、作品的思想倾向是受作家生活经历和所处时代的制约的,吴炳的剧作,是他动荡的生活和晚明思想解放运动的产物。从吴炳的生平可以看出,他是个既不满当时政治现实而又忠于明朝的爱国官吏,是个比较开明正直的地主阶级知识分子。这个政治立场,在很大程度上左右着他的戏剧创作,使他的剧作更多地倾向于当时社会的进步思想。晚明的社会,存在着争民主与反民主的政治斗争,以及关心现实、救亡图强与逃避现实、贪图享乐的思想冲突。一方面,随着经济基础的变化,新兴市民阶层的发展,资本主义因素的萌芽,在意识形态方面,反封建的民主思想得以蓬勃发展。这是万历年间李贽等进步思想家掀起的思想解放运动的延续。在思想界,黄宗羲、王夫之、顾炎武等人主张天理与人欲的统一,反对程朱理学对人性的扼杀,并进而批判封建专制主义,鼓吹改革政治,挽救民族危亡。在戏剧界,孟称舜等人继承了汤显祖追求个性解放、自由幸福的反封建精神,以风采各异的戏剧作品歌颂真挚爱情,形成一股民主潮流,给明末剧坛带来了清新的气息。另一方面,晚明的统治阶级走到了腐朽没落的阶段,他们一边变本加厉地实行专制统治,压制人民的民主要求,一边穷奢极欲,追求声色享乐。饮宴演戏成为从王公贵族到官僚地主不可缺少的生活内容,他们往往养有家庭戏班,以满足声色之好。戏剧在他们手中,只是豪华生活的点缀。因此,为他们服务的剧作内容,便脱离斗争尖锐的晚明社会现实,往往成为狎妓纳妾的腐化生活的反映,给晚明剧坛带来了腐臭的气息。这类作家以阮大铖为代表。而吴炳的剧作则刻意学习汤显祖的进步思想,在歌颂个性解放、自由幸福的总倾向上,与汤氏基本一致;在揭露社会黑暗、追求社会清明上,也与黄宗羲等进步思想家合拍,它们是明末民主思想激流中的一朵浪花。过去有些论者过分贬低吴炳的剧作,认为是和阮大铖的剧作一类的平庸之作,是不正确的。吴与阮虽同为官吏,却一为爱国志士,一为卖国奸贼,人品薰莸迥异;剧作虽同写婚姻爱情，寓意却泾渭分明。《宜荆吴氏宗谱》的《石渠公传》说："先生词章妙天下，所著乐府五种盛行于世，特以发抒愤懑、不得志，而托于骚人逸士之文。"而阮大铖却在《春灯谜·序》中说："兹编也，山樵所以娱亲而戏为之也。"在《双金榜·序》中又说："盲攻瞆诋大约茧茧焉，如皇甫氏之父子兄弟尔。"吴炳用戏剧来抒发他对黑暗社会的不满，而阮大铖却将戏剧作为享乐生活的点缀，甚至借以洗刷自己迫害东林党人的罪恶，根本不可同日而语。

吴炳对汤显祖民主思想的师承，在晚明作家中是最明显的。汤显祖在《牡丹亭·题词》中说："情不知所起，一往而深。生者可以死，死可以生。生而不可与死，死而不可复生者，皆非情之至也。"又说："情有者理必无，理有者情必无，真是一刀两断语。"① 虽然他关于"情"可以超越生死的论述还带有唯心主义的色彩，但由于他把"情"放在和封建道德的"理"的对立的位置，在作品中又体现为青年们争取自由幸福的无畏精神，代表了新兴阶级要求个性解放、恋爱自由的呼声，猛烈冲击着封建道德观念。由于汤显祖的巨大影响，晚明的剧作家几乎都尊奉"情"。在孟称舜、袁于令、范文若直至阮大铖的作品中都可以找到对"情"的赞美。但这只是表面的现象，实际上他们对"情"的理解是各不相同的。孟称舜等进步剧作家将"情"理解为人的真挚感情，他们继承了汤显祖"情至"说中"以情抗理"的反封建精华，发展为冲破传统道德观念的自由恋爱；而阮大铖却将"情"歪曲为风流子弟的淫佚生活，是对汤氏"情至"说的背叛。吴炳在继承汤显祖的"以情抗理"的民主思想方面和孟称舜近似，但却比孟更为直接和明显。他在《情邮记》中写道："传中载刘生遇王慧娘、贾紫箫事，偶在邮舍而名曰'情邮'，有说乎？曰：有。夫邮以传情也。人若无情，有块处一室，老死不相往来已耳。莫险于海，而海可航，则海可邮也。莫峻于山，而山可梯，则山可邮也。乃至黄犬走旅邸之音，青鸟衔云中之信，雁足通忱，鱼肠剖缄，情极其至。"《画中人》第五出《示幻》也通过华阳真人之口说："天下人只有一个'情'字，情若果真，离者可以复合，死者可以再生。"这些主张，和汤显祖何其相似。在这样的思想基础上，他结构爱情故事，热情讴歌"情极"，寄托他对自由幸福的向往，抒发他对扼杀人情的封建理学的愤懑。

---

① 徐朔方：《汤显祖集》《寄达观》，中华书局1962年版，第1268页。

吴炳精心刻画了一批热烈追求个性解放、自由幸福的青年形象，不但写了他们渴望自由幸福的美好心灵，而且写了他们对封建势力勇敢机智的抗争。《画中人》的书生庾启被封建父亲严格管束，除了闭门读经书之外不准有任何思想和要求。他像笼中鸟，渴望着自由飞翔，但又冲不破囚笼，只好在幻想中寻求幸福。他凭想象画出了刺史之女郑琼枝的肖像，经华阳真人授法，对画连呼十四天，终于以"情至"感动了琼枝，使她毅然抛下父母家庭，离魂与他结合。后来庾父夺去画像，琼枝葬于三生寺。庾启痴情不灭，在华阳真人的帮助下重得画像，冒着违反"破棺者斩"的大明律的危险，到寺破棺，使琼枝复生。这个近乎荒诞的故事，却反映了十分真实的社会生活，就是在封建礼教、封建家长的严格束缚下，青年们渴望着自由幸福，并为之而艰苦斗争，终以青年们的自由恋爱战胜了封建家长的礼法教义。庾生和琼枝的形象，正是吴炳的"情至"说中"离者可以复合，死者可以再生"的艺术表现，说明真挚的感情可以冲破一切艰难险阻，甚至可以征服死亡，体现了剧作勇敢的反封建精神。

无独有偶，《西园记》中也有个出生入死追求真挚爱情的赵玉英。她拒与恶少、锦衣之子王白丁成亲，宁愿殒生："可怜红粉，岂委白丁？誓不俗生，情甘怨死。"（《西园记》第九出《忆讹》）变成鬼魂之后，她摆脱了人世的桎梏，自由地与意中人张继华结合。而且，就是变成鬼，在阴间与王白丁的鬼魂相遇，她还是断然拒绝。王白丁搬出封建教条逼胁她："你受过我家聘礼，生是我家人，死也是我家鬼了。"她怒斥一声："王白丁，好不识羞！"转身飘然而去找张继华，并向王白丁宣称："有帐无帐，总也不干你事！"（《西园记》第三十出《冥拒》）将封建礼法弃若敝屣。这个大胆泼辣反对封建压迫的少女，也是"情至"的美好形象。

《绿牡丹》的车静芳和谢英追求理想生活又有自己的特点。他们虽处在逆境中，却用聪明智慧打开通往自由幸福之路。车静芳父母双亡，哥哥车尚公又浮浪愚蠢；谢英则一贫如洗，寄人篱下。如果遵从"父母之命，媒妁之言"的封建教条，他们是很可能所配非人，终生不幸的。但他们不是消极等待命运的安排，而是积极运用聪明才智去争取幸福。车静芳代兄作诗，谢英替东家代笔，双双参加文会考试，彼此为对方的才华所倾倒，他们产生了爱情，也产生了因代笔写诗带来的误会。车静芳隔帘考核柳生，弄清了这个假名士骗婚的真相；谢英则用打油诗捉弄借诗赴考的柳生，保卫自己的爱侣。最后，他们终于在退职翰林沈重的帮助下，突破了柳五柳、车尚公这两个纨绔子弟的阻挠，结为佳偶。这两个人物机灵大胆，体现了晚明封建社会中男女青年在争取幸福生活过程中的聪明才智。

与车静芳的自强不同，《疗妒羹》中的乔小青是个凄婉动人的形象。她美貌能诗，因家贫而被卖给财主褚大郎为妾。大妇苗氏对她朝打暮骂，毁衣焚书，监视幽禁，直至施放毒药，给她的肉体以残酷的折磨；甚至对她照影自语、悲伤流泪也加以蛮横的禁止，对她的个性加以无情的摧残，最终使她郁郁而死。吴炳通过大妇对小青的迫害，控诉了不合理婚姻对个性和幸福的扼杀。另外，作者细腻地描写了小青的内心活动，揭示了她对理想生活的追求。春天，她被囚禁在孤山，一泓清水照出了她的容颜。面对美好的春光、青春的倒影，她百感交集，又无处可以倾诉，只好诉之于自己的波中影："小青娘，小青娘，谁着你丰姿占尽人间美，可知道妒厄惟供老鬈欺？""问天，天可肯改便从宜，除艳冶，偿佳配？"（《疗妒羹》第十四出《絮影》）在身陷囹圄中对理想爱情的徒然渴望，使她在挑灯夜读《牡丹亭》时，立刻产生了强烈的共鸣："天那，若都许死后自寻佳偶，岂惜留薄命活作羁囚！"（《疗妒羹》第九出《题曲》）她盼望自己也能像杜丽娘那样出生入死，打开通往自由幸福之路，于是自祭肖像，梳妆端坐以待死。小青对爱情至死不渝的渴求，与杜丽娘有相似之处，同样是"情至"说的艺术反映。但小青复生后做了员外郎杨不器的妾，而且是屈从于他人的安排，缺乏杜丽娘大胆热烈的性格，又比杜丽娘逊色。如果说，杜丽娘是阳光照耀的火红朝霞，小青就是月亮旁一朵洁白的淡云，光彩不及，但仍不失为美丽动人的艺术形象。

吴炳不但是自由幸福的讴歌者，而且是社会黑暗的讽刺者。他后期的剧作，将爱情放在一定的社会背景下来描写，描画晚明社会形形色色的丑态，抒发他对黑暗现实的不满。在这一点上，他继承了汤显祖《邯郸记》《南柯记》针砭时弊的进步思想，但没有汤作那种失望、虚无的消极倾向。与同代的作家相比，阮大铖、范文若、袁于令等人的剧作偏于单纯写才子佳人的爱情故事，即使其中有些社会生活的描写，也往往成为游离于主线之外的点缀。而吴炳后期的剧作却以爱情为经，社会生活为纬，两者紧密结合，成为一个不可分割的整体。

《情邮记》写刘乾初和王慧娘、贾紫箫的悲欢离合，是和明末官场的生活紧密相连的。在曲折的爱情故事后面，作者用犀利的笔触，描画了一幅明末官场的群丑图。这是以他的生活体验作依据的。他在二十六岁当县令到三十六岁辞职归田的十年中，基本上是在魏忠贤专权的朝局下做官，因而，在剧中对贪官污吏的揭露比较真切。剧中的权奸阿乃颜原是小小一裨将，因投皇帝信佛教之所好，摩顶受戒，摇身一变，成了势压千官的枢密使，有"顺吾者生，逆吾者死"的赫赫威势。他受戒为僧，却广搜美女，闹得扬州城鸡犬不宁；无刀枪之劳，却冒领边功，反将功臣萧一阳罢职。这个肮脏不堪的权臣形象，反映了明末高级官吏的腐败状况。另一个官吏何金吾则是势利鬼、变色龙的典型。在阿乃颜炙手可热时，他竭尽拍马之能事，出谋划策，为虎作伥。而枢密府一败，他不但对阿乃颜避而不见，而且反咬一口，狠狠参了阿乃颜一本，并顺手捎带告上王仁。唆使阿乃颜提拔王仁的是他，告王仁献女求荣的也是他。吴炳通过这个阴险的人物，形象地反映了明末朝廷中钩心斗角、互相倾轧的黑暗状况。至于扬州通判王仁，则是个比较复杂的人物。他原先也想当个清官，但在权贵的压迫下，处处做出违心之事，最终还是免不了陷入卑污的泥潭。阿乃颜派差官胡诱到扬州选妾，左右不中意。王仁迫于枢密府的淫威，将婢女贾紫箫冒充女儿，献给阿乃颜做妾。在阿乃颜给他升官的指令下达之后，他心知会得到献女求荣的丑名，可是又不敢抗拒，仍然走马上任。阿乃颜被新科状元刘乾初参倒后，他因何金吾告状而受到刘乾初的审判，王妻又将女儿王慧娘冒作黄河驿吏的侄女，嫁给刘做妾，保全了身家性命。虽然作者多次写了王仁的良心谴责，并把过错都推到王夫人身上，但他仍有不可推卸的责任。第一次献假女，他升了官；第二次献真女，他由犯官变为刘乾初的岳父，都是实际得益者。王仁是个在权贵的压迫下变了形的人物，很可能是当时相当多的一批中层官吏的典型。他们刚从平民变为朝廷命官时，可能还是比较清正的，但在权贵的压迫之下，为了保全自己而逐步丢掉"名节"，最后不得不同流合污。吴炳用现实主义的笔触描写王仁这个人物，一定程度上反映了明末官场中清白难保、名节丧尽的真实情况。上梁不正下梁歪，高、中级官吏蝇营狗苟，下级官吏也如法炮制。剧中的黄河驿吏赵德说："每一起差使过，一张勘合牌票到，多记他几名夫，假开了几匹马，虚报上一、二次中火住餐，越来得多越好销算。老夫又虚心请教前辈，他说传与你的秘方：打发廪给，只好七成八成；护送吹旗，不过四里五里。酒壶只引得喉咙痒，饭碗还没有肚脐深。"（《情邮记》第十出《卑冗》）他虚报克扣，照样狡计百出。从枢密府的高级官员到驿站的卑微小吏，作者都一一加以嘲讽、鞭挞，对明末官场的批判是相当广泛的。

但在这群丑之中,吴炳却精心塑造了一个理想官吏的形象,这就是青州知府萧一阳。他任地方官时,受到百姓的拥戴;镇守边疆时,勇敢抵抗外敌侵略。他爱护士卒,拿出薪俸犒赏三军;又侠义为友,冒着得罪阿乃颜的风险,千金赎回紫箫,成全了刘乾初的好事。吴炳在这个正直清廉、干练大度的人物身上,寄托了他对政治清明的一种向往,恰好和他对腐败官场的痛恨形成鲜明的对照。剧中刘乾初在"廷对"中向皇帝提出"亲贤远奸"的主张,终于使清官萧一阳起复,奸臣阿乃颜罢官,表现了吴炳澄清吏治的政治理想。联系吴炳在崇祯元年(1628)向明毅宗上《亲贤远佞意疏》,这种思想倾向就更为明显了。追求政治清明的思想,给全剧带来明朗、乐观的气氛,对比汤显祖后期的剧作从揭露黑暗陷入消沉,更有积极意义,而和思想界的黄宗羲等人改革政治的主张遥相呼应。

《绿牡丹》写青年们的遇合,都是和文会密切相关的。在这爱情和考试交织的画面上,作者描画了晚明社会里形形色色的知识分子的风貌,一定程度上透露了明末科场腐败的内幕。剧中共写了三场考试,第一次写沈重主持赋绿牡丹诗的文会,柳五柳、车尚公都是不学无术的纨绔子弟,但因为出身豪门,又请人代笔,骗得了考官赏识,考在头等。而谢英、顾粲,或则因为贫寒,连入会考试的资格都没有,或则老老实实想靠才学取胜,只能考得末名。第二次考试写车静芳对求婚者柳五柳举行"帘试",柳生故技重演,请人代笔,幸而代笔者谢英写打油诗作弄他,柳生的骗婚才没有得逞。第三次是沈重主持的《辨真论》的考试,柳五柳、车尚公照样请人替枪,这次柳生请的是个潦倒的老秀才范思诃,范夸口说:"村中童生,年年来求我的。便方才县考曾央替……包三卷一时同递。"(《绿牡丹》第二十四出《叼倩》)作者这样一而再,再而三地写考试作弊,不是无意义的重复,而是透露着他对明末科举考试腐败、混乱的愤懑,联系他在青年时代的科场蒙冤,这种思想倾向也是明显存在的。

吴炳在爱情、婚姻问题上的进步观点和他对晚明社会比较清醒的认识,使他在剧中塑造了一批反封建的人物形象,一定程度上真实反映了晚明的社会生活。这是他思想上开明、进步的一面,但他毕竟是剥削阶级的士大夫,又没有像汤显祖那样直接与当代进步的思想家(如李贽、紫禅大师等)来往,他的思想观点就不可避免地带有一定的阶级偏见和时代局限性。吴炳思想上保守的一面,使他的一些剧作虎头蛇尾,人物形象比较平庸。

首先，是赞成娶妾，美化一夫多妻制。吴炳在《疗妒羹》《情邮记》里，都写了一夫二妇的结合。《疗妒羹》题目本身，就表明了作者的宗旨。他认为改变妾的地位，关键在于"疗妒"，将小青之死完全归罪于妒妇苗氏，而将小青的幸福归功于主动为丈夫选妾、娶妾的贤妇杨夫人。《情邮记》写刘乾初娶得紫箫之后，又对王慧娘想入非非，而紫箫不但不嫉妒，还主动给王慧娘让位，最后二女同归刘生。

恩格斯在《家庭、私有制和国家的起源》一书中说："多妻制是富人和显贵人物的特权，多妻主要是以购买女奴隶的方法取得的，人民大众都是过着一夫一妻制的生活。"① 娶妾是剥削者将贫穷妇女变为商品和奴隶的特权，体现着婚姻问题上的阶级压迫。吴炳美化娶妾，是错误的。改变妾的痛苦生活，归根到底是妇女解放的问题。吴炳生活在娶妾成风的晚明社会，他自己又属于有娶妾特权的地主阶级，因此，他认为娶妾合理是不奇怪的，这是他的阶级偏见、时代局限所使然。因为肯定了娶妾，他纵然有改变妾的痛苦生活的良好愿望，也只能寄托于"疗妒"的无力说教，而不是从根本上消灭一夫多妻制，这就使《疗妒羹》剧带有改良主义的味道。该剧的前半部写小青受大妇残酷迫害而死，本来可以作为悲剧，控诉一夫多妻制的罪恶。但吴炳又让她死而复生，并让杨夫人设巧计将她嫁给杨不器为妾，这不但损害了小青原先的形象，由一个孜孜追求理想的热情少女变为委曲求全、听人摆布的侍妾；而且宣扬了"不妒"的封建道德，把它作为医治社会弊病的良方，反映出作者的平庸思想。《情邮记》剧的刘乾初先以穷书生的微贱身份，冒险追求豪门美妾贾紫箫，显示出争取幸福的勇敢精神，但后来凭借新科状元的威势，娶王慧娘为妾，转而变为风流文人的平庸形象，也是虎头蛇尾。赞成娶妾的思想，当时许多剧作家甚至汤显祖、孟称舜这样进步的剧作家都存在，问题是吴炳把它作为贯串全剧的一个思想，这就使他的某些剧作比起汤显祖对封建礼教进行锋芒毕露批判的剧作，比起孟称舜与传统道德观念勇敢决裂的剧作，显得平庸、保守。但吴炳同情妾的痛苦，主张给妾以较为平等的地位，比阮大铖和李渔的一些剧作中妻妾争风吃醋的描写格调要高。

其次，是对科举制度进行修修补补的改良。《绿牡丹》虽然对考场弊

---

① 中共中央马克思恩格斯列宁斯大林著作编译局编译：《马克思恩格斯选集》第四卷，人民出版社1972年版，第56页。

病有所针砭，但开出的药方是错误的。作者认为，只要严格执行考场纪律，就可以考出真才。剧中第三次考试严禁作弊，真才子、假名士就真相大白了。而同代人黄宗羲已认为当时的取士制度是无法找到真正能治理国家的人才的，主张对科举制度实行根本改革①。吴炳对科举制度的认识落后于当时的先进思想，对科举的批判是有限的。

另外，吴炳的剧作由于都是青少年时期的作品，受到他初期生活环境的限制，因而多写文人、官吏的爱情生活和科场、官场生活，题材比较狭窄，未能反映明末清初政治大动乱的时代面貌，不及后来的李玉、孔尚任、洪升等作家的剧作能广泛反映社会生活。

吴炳剧作的思想成就和缺陷表明，他是汤显祖的一名学生，但未能超越他的老师。歌德说："莎士比亚给我们的是银盘装着金橘，我们通过学习，拿到了他的银盘，但我们只能拿土豆来装进盘里。"② 这对于说明吴炳对汤显祖的思想继承关系，同样是合适的。

四、剧作的艺术特色

如果说，吴炳在剧作思想上，仅是汤显祖的学生，那么在剧作技巧方面，他却是汤氏一名颇为出色的继承者。他在刻意继承汤显祖剧作技巧的基础上兼取别家之长，进而自出新意，致力于人物的形象生动、关目的浪漫新奇、结构的严谨精巧、语言的绮丽流畅等，形成了一种优雅、精巧、轻松的独特风格。

如同其剧作思想受明末社会思潮影响一样，吴炳的剧作技巧也是受明末剧坛风气影响的。明末的剧坛，一方面是孟称舜等进步作家，继承承汤显祖的艺术创新精神，在思想上追求民主自由的同时，对传奇的形式也作了大胆的革新，从剧本、音律、表演艺术等方面进行改革；另一方面，以阮大铖为代表的一些剧作家，从穷奢极欲、贪图享乐的人生观出发，在戏剧艺术上追求浮华靡丽，精工雕镂，走向了脱离现实、脱离内容的形式主义道路。这两种倾向对吴炳都有影响，而以前者的影响为主。

吴炳在探索传奇剧作技巧的道路上，是先从学习汤显祖的《牡丹亭》

---

① 〔明〕黄宗羲：《明夷待访录·取士》，北京古籍出版社1955年版，第14～19页。
② 〔德〕爱克曼辑录：《歌德谈话录》，朱光潜译，人民文学出版社1978年版，第93页。

开始的。他前期的剧作，多处模仿《牡丹亭》的关目，《画中人》的《呼画》《画生》二出、《疗妒羹》的《礼画》《假魂》二出，都很像《牡丹亭》中的《玩真》《魂游》《回生》。但他并非生硬模仿，而是注意在借鉴中自出新意。他继承汤显祖的浪漫主义手法，曲折反映现实生活中人们的希望和理想。《西园记》的《冥拒》写赵玉英变成鬼魂后，在阴间仍然坚拒王白丁的逼婚，是浪漫新颖的关目，将玉英的反抗性格塑造得鲜明突出。《绿牡丹》的《帘试》故意把封建社会里男尊女卑的关系颠倒过来，让少女对秀才进行垂帘考试，以表现妇女的才智，也是浪漫的奇想，使全剧为之生色。吴梅激赏《冥拒》和《帘试》，认为"同为破天荒之作"，道出了吴作的新意。在人物塑造上，他继承了汤显祖善于创造氛围和描写人物内心感情波澜的艺术手法，使人物具有"以情动人"的艺术魅力。《疗妒羹》的《题曲》《絮影》二出，细致描写小青在凄风苦雨中夜读《牡丹亭》的幻觉和幽怨、在春光波影中的脉脉情思，都是脍炙人口的场子。他还继承汤显祖绮丽典雅、长于抒情的语言风格，使笔下的人物形象鲜明优美，像诗一样具有动人的意境。如《疗妒羹》中《题曲》出"长拍"一曲，运用"长拍"这种舒徐的曲调，将抒情、写景和刻画人物的心理活动巧妙地结合在一起，写得情致优美、缠绵悱恻，大有《牡丹亭》中《寻梦》曲子的风味。清代评曲家梁廷枏说："此等曲情，置之《还魂记》中，几无复可辨。"① 道出了吴炳与汤显祖相似的语言风格。当然，在才情上，吴炳还逊于汤氏，但曲词的自然流畅却有胜于汤显祖之处。有些论者说吴炳一味堆砌辞藻，是言过其实的。总之，吴炳继承了汤显祖剧作技巧的精华，郑振铎先生说他"得临川的真实的衣钵而非徒为貌似"②，是有道理的。由于他浓厚的临川特色，大多数论者把他划为临川派作家。

　　汤显祖的剧作技巧是杰出的，但也不是完美无缺的。从戏剧的角度来看，他的剧作存在结构比较松散、人物交流不够紧凑、语言过于典雅、不够合乎昆曲曲律等缺点。而吴江派的沈璟、叶宪祖等人才情虽不及汤氏，曲词却合乎格律，偏于本色，剧本比较易于舞台演出。另外，阮大铖自养戏班，自编自演，在排场和表演技巧上亦有所长。吴炳作为一个有演出经

---

　　① 〔清〕梁廷枏《曲话》卷三，见中国戏曲研究院编《中国古典戏曲论著集成》（第八集），第268页。

　　② 郑振铎：《插图本中国文学史》第四册，作家出版社1957年版，第1001页。

验的戏剧家，深知仅仅追步汤显祖而不克服他的缺点，就会有落入"案头文学"的危险。因此，他除了吸取汤氏的创作经验之外，又兼取吴江派和其他剧作家之长，被称为"以临川之笔协吴江之律"①。

在曲词上，吴炳吸收了吴江派注重音律之长，曲词音律谐和，多描写具体事物或动作，并配以简明扼要的舞台指示，给演员提供了发挥才能之地，"案头场上，交相称美"②，比汤显祖偏于文学性的语言有长足的进步。在关目方面，他吸收了沈璟、阮大铖的剧作技巧，运用误会巧合，组成迂回曲折的剧情，但比沈、阮运用得自然合理。误会和巧合都是偶然的，只有在偶然性中透出必然性时，才不使人有生硬造作之感。《绿牡丹》的误会巧合，基本上是人物性格自然发展的结果，具有一定的必然性，因而比较令人信服。柳五柳既无才学，又想充名士，娶才女，就必然要请人代笔；而冒名顶替又必然引起误会，文不如其人又必然引起聪明机灵的车静芳的怀疑，从而产生"帘试"前后一系列的喜剧冲突。《西园记》运用误会手法最多，但不够《绿牡丹》自然合理。张继华因一帘之隔，将王玉真、赵玉英二女混为一人，又因真、英两音相近而将二人错认，就带有较多的偶然性，露出了人为的痕迹。但封建社会里的青年男女少有接触的机会，造成误会也有一定的必然性。并且剧作在后来真真假假、颠倒错乱的情节中，表现出张、王、赵三人对真挚爱情的追求，将他们的爱情故事处理得生动别致，这是它至今还为观众所喜爱的原因。总之，吴炳运用误会巧合，虽还有不足之处，但基本上是成功的。它比阮大铖《春灯谜》错认至十次之多的堆砌造作，范文若《梦花酣》三四个人鬼同时恋爱的过分诡异，都显得疏朗自然。过去一些论者因吴炳、阮大铖都运用误会巧合的手法，就将他们同视为"形式主义的作家"，是缺乏分析的。吴炳的剧作技巧基本上是为突出主题思想、人物性格服务的；而阮大铖的剧作脱离人物性格刻意追求技巧，"形式主义"的帽子还是戴在阮大铖头上合适些。

"欲穷千里目，更上一层楼"。吴炳在博取众家之长的基础上，根据戏剧舞台的需要不断探索，终于形成了他独有的优雅、精巧、轻松的艺术风格。

---

① 吴梅：《中国戏曲概论》卷中，上海大东书局1926年版。
② 吴梅：《暖红室汇刻传奇·绿牡丹跋》，江苏广陵古籍刻印社1982年版。

结构严谨精巧，是吴炳剧作的显著特色。明传奇一般很长，内容上无论主次，都要唱上一大段；而且为了调节剧场气氛，常常安插一些与主题无关的打斗场面；人物设置也较随便，有名有姓的人一串，露过面便没有下文，使剧作结构冗长松散。即使汤显祖这样的大戏剧家的作品，也难免有这种毛病。而吴炳的剧作主题突出，详略得当，较少不相干的枝蔓，形成一种间架严谨、主次分明的戏剧结构。吴剧的严谨，和《西厢记》《桃花扇》等剧的严谨不同，它缺乏这些剧的雄浑气魄，而更多地显示出精巧细密的特色。它布局较小，选材精练，人物简洁，线索清晰。这种戏剧结构，一反冗繁之风，在明末剧坛上是相当突出的。

　　美国戏剧家劳逊说："称剧作家为一个虚构事件的人并不是非常正确的说法。最好还是把他的工作称之为一个选择的过程。……为了能创造性地选择，他必须具有高度的想象力；……以便使那些形象具有新鲜的意义和新鲜的潜力。这些意义和潜力看来似乎是新的，而实际上是新在选择和剪裁上。"① 吴炳善于根据主题的需要，选择最能表现人物命运和性格的素材，运用丰富的想象力，充实、渲染这些原始材料，而摒弃那些与主题无关，不能充分表现人物性格的材料，进行匠心独运的布局，使人所共知的故事在他笔下具有新鲜的意义。如《疗妒羹》取材于冯小青的传说②。原传写小青饱受大妇折磨，某夫人曾劝她跳出火坑，但她以天命不可违而婉谢了。后来她忧郁成病，自祭肖像，一恸而绝。死后留下一些诗，名为《焚余稿》。吴炳从反对压迫、歌颂自由幸福的思想出发，吸取了原传小青被害而死的基本情节，保留了"画容""祭画"等内容，并根据小青遗诗所提供的简单材料扩展成"题曲""照影""病雪"等重要场子，由于他的铺陈渲染，小青的形象远比原作生动丰满，这些场子成为全剧中最受观众欢迎的部分，《题曲》一出至今还作为折子戏在昆剧舞台上演出。另外，他摒弃了小青迷信天命、婉谢某夫人的情节，以免损害小青执着追求理想生活的性格。人物设置也比较精练，没有过场性的、多余的人物。可见，作者对材料的剪裁和加工是比较得法的。和《疗妒羹》同以小青故

---

①［美］约翰·霍华德·劳逊：《戏剧与电影的剧作理论与技巧》，邵牧君、齐宙译，中国电影出版社1979年版，第237页。

②〔清〕焦循《剧说》引《闻见厄言》，见中国戏曲研究院编《中国戏曲论著集成》（第八集），第125页；又见〔清〕张潮：《虞初新志·小青传》，河北人民出版社1985年版，第18页。

事为题材的剧作在明代还有朱京藩的《风流院》、徐翙的《春波影》、来集之的《挑灯剧》；清代还有张道的《梅花梦》等，但这些剧作，除了思想上宣扬天命、神力，消极因素较多之外，结构上也或者过分庞杂冗散，或者过于简单，成就都不如《疗妒羹》。舞台上"盛传者惟石渠此剧"①，可见吴炳的剧作技巧确有过人之处。

吴炳还注意运用贯串全剧的主线，如长藤牵瓜，把各种人物的活动都联结到这条线上，使剧作脉络分明，浑然一体，从而收到结构严谨的效果。《绿牡丹》以绿牡丹诗为线索，将考试和结姻两件事巧妙地联结在一起，避免了一般传奇两件事分头并进、结构松散的毛病。剧作以绿牡丹盛开，沈婉娥咏诗始，引起沈重择婿的心事，于是举行题咏绿牡丹的文会，考核众生的文才。继而绿牡丹诗引起青年们的相慕相求，也导致假名士的作弊出丑。最后以绿牡丹再度盛开，人得佳偶而结束，显得结构严谨，干净利落。《情邮记》用"邮亭题诗"为线索贯串全剧，将刘乾初与王慧娘、贾紫箫的爱情婚姻，萧一阳与阿乃颜的忠奸斗争，阿乃颜、何金吾和王仁的利害冲突三方面的事件处理得有条不紊，显示了作者处理复杂剧情的才能。但剧中间有部分内容未能扣紧"邮亭题诗"，不及《绿牡丹》以绿牡丹诗贯串始终。这种构剧方法，和清代名剧《桃花扇》以桃花扇作为全剧线索的方法十分类似，但《桃花扇》的扇子不仅起联结剧情的作用，还起显示主角李香君反抗性格发展的作用，又比吴剧更为高明。

在人物设置上，吴炳也是颇具匠心的。他巧妙地组织人物，使剧中人物既精粹又多彩，从而使剧作结构严谨。他一般采用两种方法，我们姑称之为"缝缀法"和"对称法"。"缝缀法"是将正、反两方面的人物，通过一个与双方都有关系的人物联结起来，使分散的人物和事件具有合理的因果关系，剧情在此关系中自然地向前发展。这在《画中人》和《疗妒羹》中表现得比较明显。《画中人》以神通广大的华阳真人联结了各方面的人物；《疗妒羹》以与杨夫人和苗氏都有亲戚关系的颜大行作为针线，联结了杨、褚两家的人物，使小青转嫁到杨家显得自然合理。"对称法"是设置成双成对的人物，在互相映衬之中，鲜明地表现出人物的性格。汤显祖以前的传奇，主角多是一生一旦，而吴炳的剧作，除了《画中人》

---

① 郑振铎：《插图本中国文学史》，作家出版社1957年版，第1001页。

之外，都是以一生二旦或二生二旦作主角。吴炳利用角色安排上的这种变化，用对照的手法，描写身份和职业近似的一组人物，构成某个方面生活的画面。《绿牡丹》描写才女车静芳和沈婉娥，一个好强、大胆，一个谦逊、含蓄；写才子谢英和顾粲，一个狂放、机警，一个温雅、老实；还有一刁一愚的两个假名士——柳五柳和车尚公、一尊一卑的两个老文人——粗心而又好心的退职翰林沈重和潦倒而自大的穷秀才范思诃，生动地反映了晚明社会中形形色色的知识分子的风貌。吴炳剧作的这两种人物设置方法，《桃花扇》里也有运用，如用杨龙友这个八面玲珑的风流官吏联结复社文人、秦淮歌妓、卖国奸贼三方面的人物，每方面的人物，不仅是成双成对，而且是成组成群，人物比吴剧更为丰富多彩而又不显杂乱，表现了作者更高的构剧才能。

　　吴炳剧作的又一显著特点，是具有文雅、诙谐、轻松的喜剧特色。这是汤显祖不曾有的特点，在中国古典喜剧中，也是独树一帜的。他的喜剧，不同于泼辣本色的关汉卿的讽刺喜剧，也不同于通俗滑稽的李渔的市民喜剧；它缺乏关作的强烈尖锐的讽刺锋芒，也没有李作那种"浓盐赤酱"的粗俗，而是幽默、文雅、轻松，是文雅的轻喜剧。

　　《绿牡丹》是吴炳的代表作，也是他最成功的喜剧，《西园记》次之。这两个剧作流传至今，说明它们经受住了舞台实践的考验。使它们获得成功的主要原因，是吴炳在结构喜剧时，注意雅俗的适当分寸。喜剧既要引人发笑，又要避免粗鄙，雅俗的分寸是个难题。太雅，则笑不起来；太俗，则会走到低级趣味上去。吴炳善于创造优美的戏剧场景、风趣的人物、愉快的气氛，使剧作既有浓郁的喜剧味，又文雅优美，不流于粗俗。《西园记》是在春光明媚的花园里展开喜剧冲突的。王玉真在红楼上采梅花，失手将梅花打落在楼下酣睡的张继华的头上。张惊醒之后，借向丫鬟还花之机自我介绍了一番。王玉真假装不要花，将梅花回赠张生。接着赵玉英上楼代替了玉真，张生因隔帘看不清，还以为是同一人，大叫："小姐，梅花在此，小生在此！"玉英莫名其妙："那人敢是风（疯）了？"（《西园记》第六出《双觌》）通过小小一枝梅花，三个年轻人自然而有趣地认识了。《绿牡丹》的喜剧冲突都是围绕为绿牡丹题诗而展开的。花色的奇特，诗篇的不寻常经历，使全剧新奇别致，饶有风趣。"绿牡丹诗"这个艺术构思给全剧定下了优美文雅的基调。

　　对于喜剧来说，优雅固然别有风味，但更重要的是"喜"。吴炳往往将人物放在一定的喜剧情势中,渲染正面人物的幽默风趣,勾画反面人物的愚蠢滑稽,使全剧笑料层出,喜气益然。《绿牡丹》的《戏草》一出,柳五柳派院公向谢英索诗骗婚,如果写谢英义正词严地拒绝,他的思想境界可能更高些,但却完全失却了喜剧的特点。作者别出心裁地设置了"写打油诗"这个喜剧关目,让谢英"做一首极歪的诗,等小姐看了大发一笑,绝他求亲的念头"(《绿牡丹》第十七出《戏草》)。他不但写了自嘲为乌龟的诗让柳生照抄,还吩咐院公要柳生咬定是己作,使他在车静芳面前颜面扫地。这个玩笑开得好,将谢英机灵、风趣、狂放的喜剧性格渲染得淋漓尽致。柳五柳和车尚公这两个反面人物,几乎一举一动、一言一语都令人发笑。他们不是将"牡丹赋"读成"壮舟贼",就是将"辨真论"认作诗题;时而自比淮阴少年,要顾粲学韩信钻他们胯下;时而装病于考场,掩盖交白卷的窘相。吴炳以漫画式的笔法,将这两个假名士既不学无术又死爱面子的喜剧性格勾画得活灵活现,令人忍俊不禁。另外,吴剧还突出反面人物的表里不一、前后矛盾,"将那无价值的撕破给人看",收到良好的喜剧效果。柳、车二人口头上说"做这样的事(考试作弊)猪狗不值",行动上却借口送饭、出恭,传递偷抄,丑态百出。柳五柳靠请人代笔考得头名,得意非常,接着却在"帘试"中大出洋相。车尚公考试前跪求妹妹代笔,一副可怜相,考试后却摇头摆尾,自称名流。这些对比描写,都有力地嘲弄了这两个假名士。

云林老农说:"石渠动荡为主,以轻心出之。"① 以轻松自如的笔调表现戏剧冲突,这是吴炳剧作的又一特点。无论是凄婉悱恻的悲剧,还是诙谐优雅的喜剧,作者都讲究自然、轻松,不堆砌,也不过分紧张。这个特点在其喜剧中表现得尤为明显。剧作妙趣横生,引起阵阵笑声,但这笑不是《救风尘》式的含泪的笑,也不是《风筝误》式的哄堂大笑,而更多的是一种轻松的、幽默的笑。剧中无论是正面人物互相误会,还是反面人物出乖弄丑,都没有达到剑拔弩张的地步,而是以温和、幽默的方式解决矛盾。《绿牡丹》在揭穿了柳生、车生的骗局之后,还让他们当媒人参加谢生、顾生的婚礼,这对他们原先的奢望是一种嘲讽,但却原谅了他们的过失,轻松地解决了矛盾和冲突。其笔调轻松却不浅薄,从柳、车对谢、

---

① 转引自[日]青木正儿《中国近世戏曲史》(下册)第二节"《玉茗堂派》吴炳"条,中华书局1954年版。

顾中举前后截然不同的态度，可见世态的炎凉；从他们考试作弊不受罚，又可见作弊已是当时司空见惯之事，"轻心"表达出的却是颇为沉重的社会现实。

吴炳在戏剧创作的道路上辛勤探索，成就是多方面的。他的剧作，既有汤显祖的浪漫绮丽，又有叶宪祖的依吕合律，还有沈璟的误会巧合。而在兼收并蓄之中，他又别开蹊径，形成优雅、精巧、轻松的独特风格。在汤显祖以后的晚明作家中，以吴炳和孟称舜的成就为高。吴在思想上不及孟，但在艺术上却各有千秋。孟的悲剧成就较高，多运用现实主义手法；吴则以喜剧成就较为显著，浪漫主义和现实主义手法并用。吴炳的创作技巧对后世也有一定的影响。如称誉吴炳的清代剧作家李渔，他的喜剧《风筝误》写韩世勋和戚施，因一字之差，将詹家妍媸迥异的两位小姐淑娟和爱娟错认，于是产生一系列的喜剧矛盾。这和吴炳的《西园记》因讹音而产生误会的手法是相同的。吴炳的外甥万树的"拥双艳三种"，在戏剧结构和语言上都追步吴炳，被时人称为"酷似粲花"①。乾隆间曲家蒋士铨的《空谷香》，从剧作内容到语言风格，都类似吴炳的《疗妒羹》，亦被人称为是"以临川之笔协吴江之律"的作家。

但是，吴炳在艺术上也存在着一些不足之处。由于他的生活圈子较窄，接触的多是文人和官吏，因而也受到当时官僚、地主"家乐"的华丽典雅风气的影响，剧作也过于文雅，时有卖弄才情，过多用典的毛病。如《绿牡丹》的《倩笔》出，保姆钱妈妈自报家门的一段说白纤巧文雅，是小姐的口吻，不适用于保姆。在《觊姻》一出中，作者还让钱妈妈唱出"巫阳女、洛浦仙，姻缘结来须是五百年""只问你金屋在谁边？我这里金屏暂收卷"这样充满典故的唱词，很不符合保姆的身份和性格。像这样不顾人物性格而卖弄辞藻，就走到形式主义的道路上去了。

吴炳的艺术成就和缺陷表明，他既师承着汤显祖勇于艺术创新的精神，将传奇的表现形式从注重文学性推向注重舞台性，使其更加完美；又由于晚明剧坛的不良风气和他自身的弱点，部分地走到典雅雕镂的道路上。但其创作的主流是好的，是和明末进步戏剧家的艺术革新潮流相一致的。吴炳等晚明进步戏剧家对传奇的结构、关目、语言、音律、表演等方

---

① 见万树《念八翻》剧前吕鸿烈序："因出其向所编传奇三种相视，余不觉惊起曰：'何其酷似我私淑之粲花！'"见〔清〕康熙万氏粲花别墅刻《拥双艳三种》本。

面的探索，为清代名剧《桃花扇》和《长生殿》的出现铺平了道路，从艺术上联结了汤显祖和南洪北孔这两座戏剧史上的高峰，在中国戏剧史上有不可忽视的作用。

［原载《研究生论文选集·中国古代文学分册（一）》，江苏人民出版社 1983 年 3 月出版；此文为笔者的硕士研究生毕业论文，指导老师为王起（季思）教授。又被中山大学学报编辑部编《古代戏曲论丛》全文收入，1983 年 8 月出版］

附录：吴炳大事年表

［说明］ 此年表为《吴炳和他的剧作》一文的附录。原论文已经发表，但附录限于篇幅没有发表。因此年表仍有一定的资料和研究价值，现作为论文附录发表。

明神宗万历二十三年乙未（1595） 一岁

生于江苏宜兴县城西庙巷。①

《宜荆吴氏宗谱》②（以下简称《吴氏宗谱》）第二十册卷八之一第四页《八世·炳》："康侯公长子，行一百三十九。初名寿元，字可先，号石渠，生于万历二十三年乙未四月初七日。"

祖父吴骍时年五十五岁。同上书上卷《六世·骍》："颐山公长子，行四十三，字惟用，号双泉。由邑庠入太学，任鸿寺序班，晋阶登仕佐郎。生于嘉靖二十年辛丑九月廿三日，卒于万历三十四年丙午十月二十日，享年六十有六。"

父吴晋明时年二十四岁。同上书上卷《七世·晋明》："双泉公长子，行七十八，本房行二，字康侯。由邑庠入太学，任南京太常寺典簿，晋阶文林郎。以子炳秩累封中宪大夫、江西按察司提学副使。生于隆庆六年壬申正月廿四日，卒于顺治五年戊子十一月十四日，享年七十有七。公秉性严毅，端方自持，虽私对婢妾，未曾尝安言笑。"

---

① 此为笔者到宜兴县实地调查时，宜兴县老教师赵永年，以及吴炳后人、宜兴港区老工人吴熙龄提供。

② 此为吴炳族谱，现藏中国国家图书馆。

母施氏，太常寺正卿无锡施策女，年岁无考。出处同上。

兄弟姐妹八人。《七世·晋明》："子三：炳、烽、燝。女五：长适戊午举人、户部员外郎、西关万濯；次适邑庠生徐懋曦，俱嫡出；三适无锡施修徵；四适浙江长兴庠生、松江徐裕庆；五适邑庠生曹莹。俱侧室潘氏出。"

万历三十四年丙午（1606）　十二岁

吴父置酒设宴，敦促吴炳发愤读书。

《吴氏宗谱》第三十六册卷十之八第十五页万树（吴炳之甥）《石渠公传》："公十二岁时，翁受侮于人，归命置酒，家人怪之。已而呼公出，令上座。翁执爵泣曰：'予不肖，不克绳祖武，以有今日之辱。汝可立志读书，以慰父志。其饮此酒。'公大恸，即登楼闭门，日夜读书不辍。"

万历三十六年戊申（1608）　十四岁

入学读书。

万树《石渠公传》："时廷弼熊公督学南都，大收面取入泮①，此公十四岁事也。"

万历四十年壬子（1612）　十八岁

成秀才。约于此年后三年内娶于氏。

《吴氏宗谱》第三十六册卷十之八第十三页《县志石渠公传》："年十八补弟子员（生员）。"

同上书上卷第二十四页张有誉《石渠公配于夫人六十寿》："夫人……于归时，家稍中落。夫人勤澣纩，脱簪珥、资膏火以佐诵读。"可知娶于氏是在吴炳中举（1615年）之前。

《八世·炳》："配于氏，光禄寺卿金坛（今江苏省金城）于景素女，累封恭人。恭人自公殉节后，守志三十余年……寿登八十有六。"吴炳死时是五十四岁，以三十五年与八十六岁推算，吴炳死时于氏约五十二岁，吴炳十八岁时于氏约十六岁，因此娶于氏不会早于1616年。

---

① 入泮：原指新秀才入学宫拜孔子，但按下文看，此时吴炳还未成为秀才，只取入学之意。

万历四十三年乙卯（1615）　二十一岁

成举人。

万树《石渠公传》："二十一岁万历乙卯科乡荐午门。"

《吴氏宗谱》第二十四册卷九之二《乡科》第三十九页："万历四十三年乙卯科……炳，治春秋第八十三名。"

万历四十四年丙辰（1616）　二十二岁

因科场纠纷而复试。

《吴氏宗谱》第三十六册卷十之八第十六页佚名《石渠公传》："乙卯举于乡，吴为宜邑巨族，同举者四人。众疑且忌，为礼科（疑指礼部）所纠，因停会试。明年春，与会元沈同和等同复试皇极门（紫禁城内之门），先生下笔不休，事得白。"

万历四十六年戊午（1618）　二十四岁

生子维垣，此年前三年内生一女。

《吴氏宗谱》第二十册卷八之一第五页《九世·维垣》："石渠公子，行一百九十二，字具茨。恩贡生，崇祯壬午副榜。生于万历四十六年戊午十一月廿六日，卒于康熙五年丙午十月初十日，年四十有九。"《八世·炳》："女一，适崇祯癸酉经魁武进（在今江苏省无锡西北）邹延琦。""崇祯癸酉"是1633年，如以吴女十八岁在此年出嫁推算，应生于1615年，如以十六岁推算，应生于1617年。

万历四十七年己未（1619）　二十五岁

成进士。

《吴氏宗谱》第二十四册卷九之二《甲榜》第二十九页："万历四十七年己未庄际昌榜……炳，字可先，号石渠，会试四十九名，殿试三甲，一百七十八名。"

《明进士题名碑录》第一百三十三页："万历己未　明万历四十七年进士题名碑录　己未科赐同进士出身第三甲二百七十五名……吴炳　直隶常州府宜兴县民籍。"

与吴炳同年中进士，后来与吴炳有关系的人有：

叶宪祖（第三甲），浙江绍兴府余姚县民籍。

范文若（第三甲），直隶松江府上海县民籍、苏州府嘉定县人（出处同上）。

吴炳中进士后即还家。

佚名《石渠公传》："己未试南宫，成进士，请假还省。"

万历四十八年庚申（1620）　二十六岁

任湖广蒲圻县令。

佚名《石渠公传》："庚申谒选得楚之蒲圻。辨盗狱之久诬者，而均其田赋，多善政。"

《蒲圻县志》卷四《职官》第七页："万历年知县……吴炳，己未进士，四十八年任。"

明熹宗天启四年甲子（1624）　三十岁

授文林郎，妻封孺人。任刑部主事，与阉党发生矛盾。

《吴氏宗谱》第三十六册卷十之八《恩纶》第九页："炳任湖广蒲圻县知县晋阶文林郎、配于氏孺人封敕命……天启四年三月二十九日。"

佚名《石渠公传》："辛酉、甲子分较（应为"校"）楚闱者再，非故事也。以先生文望夙著，故特膺异数云。考再满，以台荐循例行取，扼于奸党，仅得刑部主事。"

天启五年乙丑（1625）　三十一岁

改任工部主事。晋阶承德郎，妻封安人。

万树《石渠公传》："时逆珰擅政，因公与东林诸君子交好，授刑部主事，寻改工部。"

佚名《石渠公传》："时魏忠贤用事，屡起大狱，以除异己。先生调济以宽，奸党多不便。改调工部都水司。值三殿工，采石濬县（今河南省浚县），恤工匠之困。""乙丑考选，为奸党所抑。"

《吴氏宗谱·恩纶》："炳任刑部主事、工部主事、晋阶承德郎，配于氏封安人敕命。"

天启七年丁卯（1627）　三十三岁

升任工部员外郎、郎中，授奉训大夫，妻封宜人。

佚名《石渠公传》:"丁卯升员外郎,抽分南新关(又称杭关,疑指杭州),商贾便之。"

《吴氏宗谱·恩纶》:"炳任工部都水司郎中,晋阶奉训大夫,配于氏封宜人诰命(天启七年三月十九日)。"

是年阉党头子魏忠贤自尽。

明毅宗崇祯元年戊辰(1628)　　三十四岁

任福州知府。授中宪大夫,妻封恭人。

佚名《石渠公传》:"怀皇帝登极,先生以《亲贤远佞意疏》起用。"

《吴氏宗谱·恩纶》:"炳任福州知府。授阶中宪大夫,配于氏封恭人诰命。……初任湖广武昌府蒲圻知县,二任刑部江西清司主事,三任工部都水清吏司主事,四任本司郎中,五任本职。……崇祯元年三月初七日。"

《福建通志》卷九十七《明职官》第一页:"福州府　知府:……吴炳,宜兴举人。……俱崇祯间任。"

在此年至1631年(吴炳三十四岁至三十七岁)间,与福建巡抚熊文灿发生矛盾,退职归田。

万树《石渠公传》:"回部外转福建福州知府。时有巨富陈况中式,科场弊发,抚公(熊文灿)嘱庇陈况。况使库吏曾士高馈银三千两,公却之,即革库吏,明日告病解组去。致书推官赵继鼎,具言其事。公退曰:'我既却金,又革库吏,事已白矣,若不速去,必为所噬。'"

佚名《石渠公传》:"转知福州知府。时冢宰裔孙陈况有鹭科之狱,先生却暮夜之金而竟其事,几遇酖。又抚军熊文灿兵败舟焚,欲没洋贾金以偿所费,而欲先生文致其狱,先生曰:'杀人媚人,吾不忍也!'以病告归里。"

《重刊宜兴县旧志》卷八《人物·忠义》第六十七页:"乙丑转福州知府。时闽海刘香老为寇,抚军熊文灿兵败舟焚,欲没洋贾金以偿费,嘱炳文致其狱。炳曰:'杀人媚人,吾不忍也!'闽省有陈况者,以夤缘中式,事觉,嘱库使曾士高馈金千两,炳却而不受,寻以病免归。"("乙丑"应为"戊辰"之误)

崇祯五年壬申（1632） 三十八岁

退职归家，为姐夫万濯①写《意园集·序》。

《吴氏宗谱》第三十六册卷十之八第二十七页《石渠公著述》：《意园集·序》后云："壬申仲夏友弟吴炳具草。"

崇祯七年甲戌（1634） 四十岁

曾被推为杭州知府，但没有成功。

佚名《石渠公传》："甲戌，铨部爱先生才，推杭州府。故事外吏之以病告者，终其身不得复用，以格于例，复有烦言，遂止。"

崇祯九年丙子（1636） 四十二岁

起复，任两浙盐运司运判。

佚名《石渠公传》："会行保举例，大司马（兵部尚书）陆完学以先生应镌秩起用，丙子，补浙盐运司。"

《崇祯忠节录》卷十九第十七页："吴炳……曾为两浙盐运司运判，有清名。"

崇祯十年丁丑（1637） 四十三岁

任留都户部②。

佚名《石渠公传》："丁丑，迁留都户部，一清宿弊，不得以滥恶为军粮。"

崇祯十一年戊寅（1638） 四十四岁

任江西吉安知府。

佚名《石渠公传》："戊寅，升吉安府。"

崇祯十四年辛巳（1641） 四十七岁

任湖西道江西提学副使。

---

① 万濯：字行远，号蓉石。万历四十六年（1618）举人，曾任户部员外郎，后退职归田。修一园名"意园"。吴炳名其诗文集为《意园集》，并作序。见《吴氏宗谱》。

② 留都户部：这里只说吴炳在南京户部就任，没有指明具体官职。但从上下文官职的品位来看，当是侍郎或郎中。

《县志石渠公传》:"辛巳,备兵湖西(指江西),寻改督学。行部所至,讲说经义,命诸生各进其说,而折衷之。敦实学,励行谊,诸生竞劝。"

万树《石渠公传》:"升湖西道督学通省(即提学副使)。时天步多艰,流寇充斥。恭人于氏旧从宦所,公当出巡较(当为"校")士,将发而叹者再。恭人曰:'君以翁与妾为念乎?翁犹父母,我当归养,君其行也!'"

《明史》二十三册《列传》第一百六十七页:"吴炳……崇祯中,历官江西提学副使。"

《江西通志》卷十三《职官表》第三十六页:"崇祯朝……吴炳,直隶宜兴人,万历己未进士,提学副使。"

崇祯十七年甲申(1644)　　五十岁

是年正月初一,李自成在西安宣布建国。三月十八日,农民军攻破北京内城,崇祯帝缢死煤山。镇守山海关的明将吴三桂向清军首领多尔衮投降称臣,引清兵入关。五月二日,多尔衮、吴三桂攻入北京。十月,清顺治帝福临在北京即帝位。五月十五日,明朝陪都南京六部文武大臣拥立福王朱由崧即帝位,定明年为弘光元年。吴炳于此年进南京贺新主登基,并归家探亲。

佚名《石渠公传》:"甲申南都改元,赍表入贺。因便道归省,以挂冠之志白其父,父不许。泣曰:'此生不得尽人子之孝矣!'"

顺治二年乙酉(1645)　　五十一岁

清兵于此年攻入南京。福王仓皇逃至芜湖,被总兵田雄等献出,解进南京处死。闰六月,鲁王朱以海在绍兴就监国位。同时,唐王朱聿键在福州称帝,年号隆武。吴炳于此年离江西入福建,被唐王授布政司提调官、兵部左侍郎。

万树《石渠公传》:"未几而南都又变,公离任入徽,从徽入闽。"

《县志石渠公传》:"后因鼎革,播迁福州。"

王夫之《永历实录》卷四第一页《吴何黄列传》:"隆武中,江西陷,从建昌(今江西南城县)单骑入阙。陛见时,福建举行乡试,即擢炳布政使充提调官。"

佚名《石渠公传》："乙酉，南都陷覆，以旧职辑定江右数月，进兵部左侍郎，留守福州。"

《石渠公配于夫人六十寿》："亡何又有南都之变，公以太翁为念，遣急足寄信归，欲携家为逢萌游。夫人毅然曰：'君能恝然于故主则已，其不恝然于故主也者，则请以身终臣之事，而妾以身为君终子之事。'公闻之，乃浩然仗剑，而江而海，而就义于沅湘矣。"

顺治三年丙戌（1646）　五十二岁

是年六月，清兵攻陷浙东，鲁王出避海上。八月，清兵攻进福州，唐王被俘处死。十一月，南明桂王（永明王）朱由榔即帝位于广东肇庆，以明年为永历元年。次月，清兵陷广州，永历帝出避衡州。吴炳先在唐王政权中任户部侍郎、户部尚书，唐王死后，到肇庆追随桂王，任吏部尚书、文渊阁大学士。

《吴氏宗谱》第三十六册卷十之八第十九页："丙戌年二月，唐王以原任福建布政使吴炳为户部侍郎，即升本部尚书。"

《县志石渠公传》"遂自海澄（在今福建）泛舟，任风所至，泊广之肇庆府，会瞿式耜镇梧，荐擢吏部尚书，晋文渊大学士。广州破，迁衡州。"

顺治四年丁亥（永历元年）（1647）　五十三岁

任兵部右侍郎、礼部尚书、东阁大学士，后被清军俘获。

《吴氏宗谱》第二十册卷八之一第四页《八世·炳》："又航海至粤东，桂王擢为兵部右侍郎。从至桂林，命以本官兼东阁大学士，仍掌部事。又从至武冈，大兵至，王奔靖州，令公扈王太子走城步，既至，城已为大兵所据，公以积病被获。"

《吴氏宗谱》第三十六册卷十之八第十九页："丁亥年春正月癸卯朔，唐王（应为桂王）至梧州，大学士瞿式耜、户部尚书吴炳……等俱从。

"三月，唐王（应为桂王）以户部尚书吴炳为礼部尚书。

"四月，唐王（应为桂王）以礼部尚书吴炳为东阁大学士，入直从瞿式耜、何腾蛟荐也。

"八月十四日壬午，清兵到奉天（今湖南武冈市，因刘承胤劫桂王至此，改称奉天府），刘承允（胤）密议纳降，王觉之，与辅臣吴炳议，由古泥（古泥关，在今广西三江县）走柳州。二十四日，王过木瓜桥，迷城步小路，循大道，竟抵靖州。大学士吴炳、吏部主事侯伟时迷王所在，徙（应为'徒'）步走山径中，二十余日不得。"

"十二月至城步，吴炳、侯伟时为清兵追获被执。"

《重刊宜兴县旧志》卷八第六十七页："鼎革后流寓广东，永明王擢为兵部右侍郎。从至桂林，以本官兼东阁大学士，仍掌部事。从至武冈，闻大清兵将至，从王仓猝奔靖州，被获。"

《明史》二十三册《列传》第一百六十七："江西地尽失，流寓广东。永明王擢为兵部右侍郎。从至桂林，令以本官兼东阁大学士，仍掌部事。又从至武冈。大兵至，王仓猝奔靖州，令炳扈王太子走城步，吏部主事侯伟时从之。既至，城已为大兵所据，遂被执，送衡州。"

温睿临《南疆逸史》卷二十三《列传》第十九："二月，上在桂林，命（炳）以本官兼东阁大学士，仍掌部事，从幸全州（在今广西）。时驾方播迁，诸将无可恃者，而刘承胤方以兵入援，上优容之。其母生日，御制诗及金币命炳赐之，且赐敕奖劳。炳沉静不露，而中耿介，睹势危难，又心疾承胤之横，闻命愤闷，将事，疾作，久而后愈。及八月，大兵入武冈，帝仓猝幸靖州，命炳与吏部主事侯伟时傅太子走城步。既至，城已失。遂被执，送之衡州。"

王夫之《永历实录》卷一第五页："永历元年正月癸卯朔，上至梧州。……六月，以吴炳为大学士，入阁典机务。……八月……孔有德（降清明将）攻武冈，陈友龙迎战于石羊渡，刘承允（胤）降，上出奔靖州。武冈陷，吏部侍郎侯伟时、兵部侍郎傅作霖死之，吴炳降。"同书卷四第一页："时刘承允（胤）专恣，瞿式耜、严起恒皆恶之。不得从驾，阁臣缺，票拟无所委。……朝政无章，承允（胤）意不自安。炳既入见，遂擢吏部尚书，不三日即拜东阁大学士入直。炳素谐柔，好声色，荏苒无风骨，俯仰唯承允（胤）意。武冈陷，炳遂与承允（胤）降，随孔有德至衡州。"

从以上的大量史料来看，吴炳于此年十二月在城步因积病被清军俘获。王夫之说吴炳降清，实误。

顺治五年戊子（1648）　　五十四岁

拒绝降清，绝食而死。

《吴氏宗谱》第二十册卷八之一第四页《八世·炳》："公以积病被获，送衡州。仆归，索家书，付诗一首，有'君亲未报生犹死，徒死今番更辱生'之句，云只此已了。不食十余日，卒于衡阳县七郎庙，时顺治五年戊子正月十八日，享年五十有四。"

《明史》："遂被执，送衡州。炳不食，自尽于湘山寺。"

《南疆逸史》："炳不食，自尽于湘山寺。"

《重刊宜兴县旧志》："胁之降，不屈，拘于衡阳县湘山寺，不食七日卒。"

《崇祯忠节录》卷十九第十七页："大学士礼部尚书吴炳……丁亥在武冈自缢死。"

王夫之《永历实录》卷四第一页："随孔有德至衡州。有德恒召与饮食，炳既衰老，又南人不习北味，执酥茶、烧豚、炙牛不敢辞，强饱餐之，遂病痢死。"

对比以上材料，吴炳应于顺治五年（1648）正月十八日绝食而死于湖南衡阳县湘山寺。自缢死、病痢死、死于七郎庙、丁亥年死均为误。以往诸家文学史将吴炳卒年定为 1646 年，也是错误的。

顺治七年庚寅（1650）

吴炳遗体被子吴维垣运回宜兴，安葬在宜兴城南的石亭埠（即粲花别墅）旁。

《吴氏宗谱》第二十册卷八之一第四页《八世·炳》："庚寅，子维垣逆榇归里，安厝石亭埠。"

《重刊宜兴县旧志》卷九《邱墓》第七十九页："吴忠节炳墓：石亭埠。"同书卷九《遗址》第九页："西石亭在县南八里地，产薜梅，枝干奇古，亭久不存。至明吴副宪仕①复社梅构亭以存旧迹。"

刘弦斋《宜兴刘铿桑梓见闻录》卷一《陈迹》第二十页："吴氏废园，明吴仕副宪别业也。在石亭埠之东。一山南来，折而西向，如肱之曲。流泉亦缘山足屈注而西出于村前。澄红渟碧，纤鳞游行，小桥跨之，

---

① 吴仕：吴炳的曾祖父，字克学，号颐山。正德进士，官至四川布政司参政，有《颐山私稿》。见臧励龢《中国人名大辞典》，上海书店 1980 年据上海商务印书馆 1921 年版影印，第 309 页。

最为胜景。"

《吴氏宗谱》第三十六册卷十之八第二十四页:"陈维崧题石渠公石亭别业联:

本菩提体,现宰官身(公既殉于粤,或梦公僧袈偏袒曰:'此吾前身也。'语甚不经,然迦陵则据以立言),觉是处明月荒山,忠魂或出;

以歌舞地(公所作乐府五种,每于别业中演之),作选佛场(公没后别业废为僧所居),听今日梵钟呗鼓,逸韵犹存。"

乾隆四十一年丙申(1776)
吴炳被清朝赐谥忠节。
《重刊宜兴县旧志》:"国朝乾隆四十一年赐谥忠节。"
乾隆刻本《钦定胜朝殉节诸臣录》卷三第十页:"通谥忠节诸臣……兵部右侍郎兼东阁大学士吴炳,宜兴人。"

参考文献

[1] 吴诚一,等. 宜荆吴氏宗谱[M]. 民国丙寅年(1926)刻本,中国国家图书馆藏.
[2] 徐保庆. 重刊宜兴县旧志[M]. 民国九年(1920)刻本.
[3] 温睿临. 南疆逸史[M]. 中华书局,1959.
[4] 王夫之. 永历实录[M]//王夫之. 船山遗书. 同治四年(1865)曾氏金陵节署刻本.
[5] 明进士题名碑录[M]. 上海古籍书店刻本.
[6] 王云翔,等. 蒲圻县志[M]. 清刻本.
[7] 林鸿年. 福建通志[M]. 同治戊辰年(1868)刻本.
[8] 高承埏. 崇祯忠节录[M]. 钞本.
[9] 张廷玉. 明史[M]. 中华书局,1974.
[10] 刘坤一,赵之谦. 江西通志[M]. 光绪七年(1881)刻本.
[11] 刘弦斋. 宜兴刘铿桑梓见闻录[M]. 道光年刻本.
[12] 舒赫德,等. 钦定胜朝殉节诸臣录[M]. 乾隆年刻本.

明代无名氏杂剧刍议

  明代无名氏杂剧是明代戏剧研究中的一个薄弱环节。少见有专门研究的论文；几部研究明代杂剧的专著也多关注名家作品，未见对明代无名氏杂剧有专章论述。实际上，明代无名氏杂剧数量众多，笔者据王季烈的《孤本元明杂剧》[1]统计，在明代剧作家冯惟敏的《僧尼共犯》后，有标明"阙名"的剧本九十四种，即为现存的明代无名氏杂剧剧本；傅惜华的《明代杂剧全目》则著录明代无名氏杂剧剧目一百七十四种[2]，收录了《孤本元明杂剧》的全部明代无名氏杂剧作品。他们对明代无名杂剧的收集整理是相关研究的重要组成部分，并为其他方面的研究打下了坚实的基础。明代无名氏杂剧多为民间艺人所作，故多草根气息，是我们了解明代民间戏剧的一个窗口。王季烈《孤本元明杂剧·序》说："读者于元明剧本，徒见文人学士称赏之作，莫见草野俚俗嗜好之谈。此书荃茅并采，其中拿妖捉怪、拳棒跌打诸剧，取悦庸众耳目，虽文字无足取，要可见当时流俗风尚。……为研究两代草野风俗人情者所不可缺也。"正道出研究明代无名氏杂剧的重要性，如果缺少了对明代民间戏剧的研究，我们对明代戏剧的认识是不完整的；明代无名氏杂剧中有部分为宫廷戏剧，忽视了对这部分剧作的研究，也难以全面了解明代戏剧。

  笔者曾参加国家重点项目"全明杂剧"的校勘整理工作，负责主编"明代无名氏杂剧"卷，对这部分剧作较为熟悉，因而趁此机会，对这部分剧作做一些探索，谈一些看法。但因为条件所限，所得资料仅为明代实际存在的无名氏杂剧之一部分，所作探索仅为一管之见，有待方家指正。

---

  [1] 王季烈编：《孤本元明杂剧》，涵芬楼藏版影印，中国戏剧出版社1958年据商务印书馆纸型重印。下文引明代无名氏杂剧均见此书。

  [2] 傅惜华：《明代杂剧全目·例言》，作家出版社1958年版，第2页。

一、重审明代无名氏杂剧的题材分类

今以王季烈的《孤本元明杂剧》所载现存的九十四种明代无名氏杂剧剧本作为研究材料。在此书目录中，王季烈对明代无名氏杂剧已有题材分类，但不尽妥当。他分为历史故事（其中又按朝代划分）、古今杂传、释家故事、神仙故事、教坊编演五种，但第一类太庞大，第三、第四类又有重复之处。今做调整，从题材上分为以下几大类：

1. 武打历史剧（四十三种）

春秋故事：《临潼斗宝》《伐晋兴齐》。
战国故事：《吴起敌秦》《乐毅图齐》。
西汉故事：《暗度陈仓》《骗英布》《衣锦还乡》。
东汉故事：《聚兽牌》《大战邳彤》《定时捉将》《捉彭宠》《云台门》。
三国故事：《桃园结义》《单刀劈四寇》《杏林庄》《单战吕布》《三出小沛》《石榴园》《庞掠四郡》《陈仓路》《五马破曹》《怒斩关平》。
唐朝故事：《魏徵改诏》《智降秦叔宝》《四马投唐》《鞭打单雄信》《庆赏端阳》《阴山破虏》。
五代故事：《紫泥宣》《午时牌》。
宋代故事：《打董达》《打韩通》《曹彬下江南》《开诏救忠》《活拿萧天佑》《破天阵》《十样锦》《大破蚩尤》《岳飞精忠》。
水浒故事：《大劫牢》《闹铜台》《东平府》《九宫八卦阵》。
这类剧写宋代以前的历史故事，剧情以两军战斗为主，故云"武打历史剧"。

2. 神仙道化剧（十三种）

佛教故事：《双林坐化》《鱼蓝记》《那吒三变》。
道教故事：《南极登仙》《拔宅飞升》《三化邯郸》《度黄龙》《洞玄升仙》《李云卿》《桃符记》《锁白猿》《齐天大圣》《斩健蛟》。
这类剧多写佛教、道教传说中的神仙度脱凡人成仙，或神仙下凡为民除害的故事。

3. 言情剧（七种）

《娶小乔》《女真观》《女姑姑》《雷泽遇仙》《渭塘奇遇》《误失金环》《南牢记》。

这类剧多写男女青年一见钟情，经历波折后终成眷属的爱情婚姻故事；也有写狎妓的风情剧，如《南牢记》。

4. 家庭伦理剧（五种）

《孟母三移》《薛苞认母》《龙门隐秀》《女学士》《贫富兴衰》。

这类剧也写历史人物，如孟母、薛苞等，但剧情以写家庭伦理道德为主，故归入家庭伦理剧。

5. 公案剧（三种）

《认金梳》《勘金环》《村乐堂》。

这类剧写官府断案故事。

6. 文人雅兴剧（五种）

《东篱赏菊》《登瀛洲》《浣花溪》《破风诗》《渔樵闲话》。

这类剧多写文人登高临远、饮酒赋诗的闲情逸致，有些人物身份虽为渔夫樵父，但能吟诗作对，实质上仍为文人，故归入文人雅兴剧。

7. 时事剧（两种）

《下西洋》《苏九淫奔》。

《下西洋》剧写三宝太监郑和航海下西洋事，《苏九淫奔》剧尾题目云"嘉靖朝辛丑年间事"，均为写明朝当时事，故为时事剧。

8. 宫廷教坊演剧（十六种）

《宝光殿》《献蟠桃》《庆长生》《贺元宵》《八仙过海》《闹钟馗》《紫微宫》《五龙朝圣》《长生会》《群仙祝寿》《广成子》《群仙朝圣》《万国来朝》《庆千秋》《太平宴》《黄眉翁》。

此类剧虽有神仙出现，但剧情重在颂圣，为宫廷服务，故不归入神仙道化剧，而归入宫廷教坊演剧。

二、民间剧作的题材内容的平民特色

从上文的明代无名氏杂剧的题材分类可见，武打历史剧最多，神仙道化剧次之，宫廷教坊演剧也较多。为论述上的方便，笔者将明代无名氏杂剧中的十六种教坊剧（宫廷剧）另外论述，而着重谈王季烈的《孤本元明杂剧》现存的九十四种明代无名氏杂剧剧本中七十八种民间剧作的内容和艺术特色。

前两类剧的题材选择倾向，体现了民间戏剧喜欢热闹、喜庆的特色。

明代无名氏杂剧的武打历史剧的题材涵盖了从春秋战国到宋代的历史，主要以战争故事为主，出场人物众多，两军对垒，刀枪交加，场面热闹好看；剧作的结尾往往是朝廷派人论功行赏，加官进爵，非常喜庆。即使是悲剧结局的历史人物岳飞，在《岳飞精忠》剧中，也是以受朝廷封赏的喜剧结束。剧写金兀术领兵侵犯南宋，岳飞主战，奸臣秦桧主和；尚书李纲派岳飞、韩世忠等四将抗击金兵，经过激烈战斗，四将得胜还朝，李纲奉旨封赏岳飞等。历史上岳飞被秦桧冤杀的结局则没有在剧中出现。又如《阴山破虏》写唐朝兵部尚书李靖与北番颉利可汗战，追至阴山，擒颉利可汗，朝廷派魏徵加官赏赐功臣。其主要剧情在第二折已完成，第三折为探子复述战况，第四折为庆贺胜利。从今天的角度来看，第三折完全是多余的，但从当时民众喜欢热闹的角度来看，复述战况更为热闹，与最后的欢庆胜利结合在一起，更迎合百姓喜欢热闹、喜庆的心理。

明代无名氏杂剧多历史剧与明代的历史小说、说书艺术兴盛有关。明中叶后产生的历史演义，共有二十余部，从远古到明代，几乎每朝历史都有通俗小说演绎。如长篇小说《三国演义》《水浒传》《西游记》，为人们所耳熟能详；《列国志传》《前后七国志》《西汉通俗演义》《东汉通俗演义》《东西晋演义》《北宋志传》等都是明代的讲史小说。张岱《陶庵梦忆》中《柳敬亭说书》记载了南京著名说书艺人柳敬亭说《景阳冈武松打虎》，"其描写刻画，微入豪发，然又找截干净，并不唠叨。有时声如巨钟，说至筋节处，叱咤叫喊，汹汹崩屋"①。这些小说被说书艺人加以通俗讲解，使中国古代的历史知识以故事的形式广泛传播，杂剧作为小

---

① 〔明〕张岱：《柳敬亭说书》，见《陶庵梦忆》，上海书店1982年版，第40页。

说的姐妹艺术，也多讲史的剧作，也就不奇怪了。

另外，通俗的历史小说和元代戏剧剧本被书商广为印刷出版，为市井小民所熟知，也使明杂剧带有历史小说和元杂剧的影响痕迹。如明人叶盛《水东日记》中《小说戏文》云：

> 今书坊相传射利之徒伪为小说杂书，南人喜谈如汉小王（光武）、蔡伯喈（邕）、杨六使（文广），北人喜谈如继母大贤等事甚多。农工商贩，钞写绘画，家畜而人有之；痴騃女妇，尤所酷好，好事者因目为《女通鉴》，有以也。……如《西厢记》《碧云䮝》之类，流传之久，遂以泛滥而莫之抹歆。①

家家户户都有这些"小说杂书"，妇女们"尤所酷好"，可见传播之广。

神仙道化剧有众多神仙出场，有许多神仙与妖魔鬼怪打斗的场面，如《锁白猿》写沈璧员外泛海经商，烟霞大圣（实为白猿）化作他的模样，图谋其妻儿。真沈璧归家却被假沈璧赶走，沈告法官，作法不果。后时真人召唤风伯、雨师、雷公、电母等神，经过打斗，降伏烟霞大圣，锁住白猿。又如《齐天大圣》写二郎神率梅山七圣与齐天大圣及其兄弟通天大圣、耍耍三郎大战，场面相当热闹。这类剧剧尾往往有百姓熟知的八仙出场，如《三化邯郸》《度黄龙》《洞玄升仙》等，剧尾都有八仙出现，舞台上也很热闹喜庆。

武打剧和神仙道化剧热闹喜庆的这个特点，与民间戏剧多在节日、酬神演出有关。节日期间，戏班多在广场、露台演出，酬神时在庙宇戏台演出，锣鼓喧天的武打剧当然就较为吸引观众了。王季烈《孤本元明杂剧·序》说："此书荃茅并采，其中拿妖捉怪、拳棒跌打诸剧，取悦庸众耳目，虽文字无足取，要可见当时流俗风尚。"明末人张岱《陶庵梦忆》中《虎邱中秋夜》写苏州市民在中秋夜晚，聚集在虎邱，席地而坐，"鼓吹十百处，大吹大擂，十番铙钹，渔阳掺挝，动地翻天，雷轰鼎沸，呼叫不闻"②。正是草根百姓喜欢热闹的"流俗风尚"的反映。

---

① 〔明〕叶盛撰，魏中平校点：《水东日记》卷二十一，中华书局1980年版，第213～214页。

② 〔明〕张岱：《虎邱中秋夜》，见《陶庵梦忆》，上海书店1982年版，第42页。

明代无名氏杂剧的言情剧则反映出明代民间较为宽松的爱情婚姻观念。《女姑姑》《渭塘奇遇》《误失金环》都是写青年男女一见钟情、自由恋爱的，但还带有元代爱情剧《西厢记》《东墙记》的痕迹，《女姑姑》有梅香送柬约会、书生张端甫跳墙等类似《西厢记》的情节，《误失金环》剧后清常道人评曰："大略与《东墙记》不甚相远。"《渭塘奇遇》（全称《王文秀渭塘奇遇记》）与明人瞿佑的小说集《剪灯新话》中的《渭塘奇遇记》① 题材相同，情节类似，其中写小姐卢玉香夜梦与秀才王文秀相会，与汤显祖《牡丹亭》中杜丽娘梦遇柳梦梅相似。

但也有别开生面者，如《女真观》写道姑陈妙常拒绝官员张于湖的追求，却与秀才潘必正谈恋爱，私自结合，被观主扭送官府，幸遇府尹为张于湖，判陈、潘为夫妇。剧的第四折陈妙常唱道："〔梅花酒〕也是愿允自配了新婚，暗结佳姻。法鼓三鼛斟合卺，道香一炷接冰人。今日是寡，我怎肯朝私遁，莫私奔。甘辛苦，受辛勤。他清俊，我青春；情如海，敬如宾。明人理，正人伦。"宣告了自己的自择婚姻的合理性。此剧反映出明代下层妇女自由择偶的风气，即使是受戒律束缚的道姑，也可以拒绝自己不喜欢的人，而追求自己的心上人。此剧与明人高濂作的传奇《玉簪记》同题材，不知孰先孰后。

明代无名氏杂剧的家庭伦理剧多宣传母慈妻贤子孝的伦理道德，如《孟母三移》写孟母为了教儿子孟少哥（孟轲）读书而三移居所；《薛苞认母》写薛苞在由贫而富后，将虐待过他的继母接回家中赡养；《龙门隐秀》写柳迎春在丈夫薛仁贵参军后采桑养蚕侍奉薛父母等。值得注意的是《女学士》一剧，塑造了一个博学多才的女学士孟氏。孟氏为孟子之后，深通儒学；丈夫郑忾被征兵后，写书嘱其携儿投奔范仲淹，范请其为子女师，开女学堂。后孟氏还向朝廷上万言长策，与立军功的郑忾同受朝廷褒奖。这个女学士孟氏，与徐渭杂剧《雌木兰》中的花木兰、《女状元》中的黄崇嘏同为杰出的女性，剧作对女子才学的褒扬，和徐渭杂剧对女性的赞美遥相呼应。三剧均为对明代现实生活中杰出女性的反映，如女诗人马湘兰、沈宜修，散曲家黄峨等，体现出明代妇女争取表现自我价值的社会思潮。

---

① 〔明〕瞿佑等著，周楞伽校注：《剪灯新话（外二种）》卷二，上海古籍出版社1981年版，第54页。

还有值得关注的两部时事剧:《下西洋》和《苏九淫奔》。《下西洋》全名为《奉天命三宝下西洋》,写永乐十七年(1419)三宝太监郑和率船队航海下西洋,经历了爪哇国、板达国、苏禄国、西洋国等,进行了友好访问,归来时带回了许多宝物,并带回各国夷长来拜谒朝廷。中有拜祭天妃娘娘庙、求神保佑航海安全的情节,把这当时重大的航海外交事件表现得相当生动。但把郑和下西洋的意义仅归结为"到来日亲临海上要珍奇,得便宜就回"(第二折),体现了普通老百姓对这一"时事"的简单理解。《苏九淫奔》全名《庆丰门苏九淫奔记》,写苏九嫁给孟怀仁为妻,嫌孟不解风情,与客人唐国相约会、私奔,被邻居发现,唐携财逃走,苏被抓至官府,判与夫离异,并被游街;苏九再嫁又被骗,所谓"李四公子"不过是既无财又无貌的光棍。剧名"苏九淫奔"意在批判妇女不守妇道没有好下场,但我们却看到当时明代妇女争取自己婚姻幸福的种种努力。该剧第一折苏九唱道:"〔点绛唇〕本是个柳圣花神,又不犯寡辰孤运。将俺那爹娘恨,错配了婚姻,虚度青春尽。"她不满父母所配的婚姻,自找对象,尽管由于所托非人,苏九的抗争最终失败了,她没有得到自己理想的婚姻,但这部时事剧却有反映当时妇女追求婚姻自由的思想意义。

三、民间剧作的草根艺术趣味

王季烈的《孤本元明杂剧》中七十八种民间剧作体现了草根百姓的审美趣味,具有鲜明的艺术特色。

明代无名氏杂剧在艺术上的第一个特色,是重叙事,情节较为曲折,而不像明代文人杂剧重抒情,体现出草根百姓爱听复杂故事的审美趣味。如写三国故事的明代无名氏杂剧《陈仓路》《五马破曹》都着重写战斗的过程。《陈仓路》全名为《曹操夜走陈仓路》,述曹操与刘备战,张飞擒张鲁,孔明放回,曹操杀之;鲁弟张恕率兵降蜀。曹操又杀谋士杨修,败走陈仓路,断须更服,方才逃脱。《五马破曹》全名《阳平关五马破曹》,剧情与上剧类似,亦写曹操兵败陈仓路,但破曹的是马超、马良、马忠、马谡、马岱"五马"。两剧都写刘备军打败曹操军的复杂过程,叙述引人入胜。

其二是运用通俗的语言,具有民歌的色彩。如在《贫富兴衰》剧第四折中有乞丐徐景华念的"莲花落":

手拿鼓板往前行，哩哩哩莲花落。不由两眼泪纷纷，哈哈莲花落。一街两巷听咱念，哩哩哩莲花落。古人留下劝世文，哈哈莲花落。你富我贫休夸富，哩哩哩莲花落。你贫我富莫言贫，哈哈莲花落。富的无有苗和稼，哩哩哩莲花落。贫的无有苗和根，哈哈莲花落。我见几家贫了富，哩哩哩莲花落。几家富了却还贫，哈哈莲花落。打墙板儿翻上下，哩哩哩莲花落。皇天不负善恶因，哈哈莲花落。贫居闹市无人问，哩哩哩莲花落。富住深山有远亲，哈哈莲花落。富不相欺贫不间，哩哩哩莲花落。得时人休笑失时人，哈哈莲花落。惟有感恩并积恨，哩哩哩莲花落。万年千载不成尘，哈哈莲花落。

《孟母三移》剧第一折（头折）则有四个牧童念的"牧牛歌"：

（大牧童云）……众弟兄每，咱每人要四句牧牛歌，大家顽耍一会。先从我来：牧牛牧牛，田角溪头；闲时上树，闷后垂钩。（二牧童云）该我哩：牛饱牛饱，不肯吃草；闲时捕蝉，闷后捉鸟。（三牧童云）该我哩：牛乖牛乖，反斗不开；沙汀困歇，垒土垒台。（四牧童云）牛老牛老，不走不跑；闲时寻芳，闷来斗草。

《南极登仙》剧第四折则有四毛女"打渔鼓"的念白：

断酒绝花万事休，疏财忍气省忧愁。若还识破其中意，阆苑蓬莱自在游。

"莲花落"[①] 是乞丐乞讨时的韵语，"牧牛歌"是牧童的民歌，"渔鼓"是游方道人的韵白，语言都很浅显易懂，带有很强的草根气息。

再如明代无名氏杂剧《勘金环》楔子中李仲义妻王腊梅的说白：

谁做官？孙荣他做官？桑木官、柳木官，这头蹿着那头掀，吊在

---

① "莲花落"和下文的"渔鼓"，见罗斯宁著《元杂剧和元代民俗文化》第四章第3节"元杂剧与元代民间说唱文学"，广东高等教育出版社2007年版，第164页。

河里水判官。与他一贯，也有我五百文。不似你把并家私忒放荡。

"桑木官、柳木官，这头踽着那头掀。吊在河里水判官"是元代以来的市井俗语，在元杂剧《渔樵记》中也有类似的说白，剧中第二折朱买臣妻玉天仙说：

> 投到你做官，你做那桑木官、柳木官，这头踹着那头掀，吊在河里水判官，丢在房上晒不干。①

两者都是用市井俗语描绘嫌贫爱富的反面妇女的形象，如见她们势利泼辣的声口。

其三，在剧作的结构上，明代无名氏杂剧多为一本四折加一或二楔子，间有五折，很像元杂剧的结构；而不像明代文人杂剧从一折到七八折不等的不规则结构。据《孤本元明杂剧》现存七十八种明代无名氏杂剧统计，除《大战邳彤》《定时捉将》《单刀劈四寇》《陈仓路》《打董达》《大劫牢》《闹铜台》《雷泽遇仙》八个剧为一本五折外，其余七十种均为一本四折。个中原因，是无名氏杂剧多为民间戏班演出的剧本，必须适应观众的欣赏习惯，有约定俗成的剧本长度，太短了观众不答应，太长了观众又不耐烦。因此，他们的剧作长度往往是一本四折，适合演一个单位时间，如一个上午、一个下午，或一个晚上等。

明代无名氏杂剧在艺术上的第四个特色，是剧后多有说明角色服装道具的"穿关"。笔者据王季烈的《孤本元明杂剧》所载现存的七十八种明代无名氏杂剧剧本统计，有"穿关"的有四十六种，占一半有余。这说明这些剧本多是戏班的舞台演出本，演员可以根据"穿关"找到相应的服装道具，很容易就可以上台演出。

如《伐晋兴齐》"穿关"：

> 头折：晋平公：簪缨公子冠、上衫袍、方心曲领、火裙、锦绶牌子、褡膊、玎珰、带、执圭、三髭髯。卒子：红碗子盔、青布钉儿

---

① 〔明〕臧晋叔编：《元曲选》第三册，中华书局1958年版，第866页。（下引该书均同此版本，除书名及页码外，其他不再另注）

甲、褡膊、剑。晏婴：兔儿角幞头、补子圆领、带、三髭髯。……正末田穰苴：散巾、补纳直身、绦儿、三髭髯。

又如《孟母三移》"穿关"：

头折：齐檀子：披厦冠、补子圆领、带、苍白髯。祗从：攒顶、圆领、项帕、褡膊。子思：散巾、茶褐直身、绦儿、苍白髯。社长：双檐毡帽、棉布直身、绦儿、拄杖。四牧童：纱包头、棉布袄、棉布褡、花手巾、鞠鞋。孟少哥：银锭、青衣项帕、褡膊。……正旦孟母仉氏：塌头手帕、眉额、袄儿、裙儿、布袜、鞋。

这些"穿关"包括有服装、帽子、头巾、鞋、配件、道具等，很详细，非常利于舞台演出。

其五，在演唱上，明代无名氏杂剧多为正末或正旦一人主唱，但也间有正末、正旦均唱的情况，如《误失金环》剧，正末扮的杨儒在第一折、第三折唱；正旦扮的秦月娥在第二折、第四折唱。《雷泽遇仙》剧也出现类似的情况，正末、正旦均主唱。可见当时杂剧受到传奇的生、旦同主唱的演唱方式的影响。

四、宫廷剧的皇家审美趣味和宗教信仰

王季烈的《孤本元明杂剧》现存的明代无名氏杂剧剧本中，有十六种是宫廷教坊演剧，这类剧既不同于民间戏班的剧作，又不同于文人的剧作，因此对它们单独进行论述。

教坊剧是宫廷中的皇家戏班演出的剧本，这类剧也是明代戏剧不可忽视的组成部分。首先是剧本数量众多，明人沈德符《万历野获编》卷二十五《杂剧院本》云："今教坊杂剧，约有千本。然率多俚浅，其可阅者十之三耳。"[1] 另外，它有着庞大的演员队伍，明宣德十年（1435），英宗即位，下圣旨道："教坊乐工数多，其择堪用者量留，余悉发为民。"于

---

[1] 〔明〕沈德符：《万历野获编》（中册），中华书局1959年版，第648页。

是礼部"凡释教坊乐工三千八百余人"①。不算留用的乐工，遣散的乐工就有三千八百余人，可见教坊乐工人数之多。

明代教坊剧受到宫廷中的各种约束，从内容到表演形式都要适合皇帝及其后妃的生活需要。

如《宝光殿》（全称《宝光殿天真祝万寿》）写虚玄真人被谴入凡间，化为孙彦弘，被钟离度其入道，在武当山修行，最后成仙，在宝光殿上祝贺长生大帝寿圣。福禄寿三神、吕洞宾、钟离到场祝贺。显然，这是庆祝皇帝诞辰时上演的剧目。

另一剧《庆长生》（全称《降丹墀三圣庆长生》）写众仙到瑶池庆贺圣母寿诞，福禄寿三星出现，八仙上场，各献蟠桃、仙丹、灵芝、仙鹤等礼物。这个剧并没有复杂离奇的情节，但喜庆的气氛浓厚，应该是庆祝皇后寿诞时上演的剧目。

除了为皇帝皇后庆生演剧之外，宫廷教坊剧还在重大节日应节演出。如《贺元宵》（全称《众神庆贺元宵节》），写天官、地官、水官三官下凡，赏花灯、庆元宵；其他众神也纷纷下界，玩赏一番后重返天庭。这个剧应是在元宵节时演出，表达皇帝"与民同乐"的宗旨。

还有些剧是用于避邪消灾的，如《闹钟馗》（全称《庆丰年五鬼闹钟馗》），写终南山秀才钟馗考中进士，上朝取功名，遇上奸臣杨国忠当考官，受到不公正对待，一气而亡。后钟馗化为阴间判官，降伏众鬼。剧尾众神出现，大开宴席，共颂圣明。

总的来说，明代宫廷教坊剧的内容以道教神仙故事为主，八仙是剧中经常出现的角色，还有福禄寿三神和天官、地官、水官三官等，表明当时宫廷的宗教信仰主要是道教。明代皇帝多信奉道教，许多朝廷庆典就在道教宫宇内举行。如明人蒋一葵《长安客话》中《朝天宫》云："国家正旦冬至圣节，凡大朝会，百官先期习仪二日。国初或在庆寿寺，或在灵济宫。宣德间，建朝天宫于阜成门内，（白塔寺西）。始为定所。""朝天宫内有天师府，张真人所居亭者。真人来朝奉敕建醮，此则其醮坛也。"②

还有些道观是因祛邪除灾而奉旨建成，如《长安客话》中《显灵宫》云：

---

① 〔明〕沈德符：《万历野获编》（中册），中华书局1959年版，第15页。
② 〔明〕蒋一葵：《长安客话》，北京古籍出版社1980年版，第22页。

> 永乐间有周思得者，以王元帅之法显于京师。元帅世称灵官，天将二十六员居第一位。其神最灵，逆知祸福。文皇数遣人试之，靡爽毫发。至于祛邪孽，除灾疠，随祷则应。乃命祀神于宫城西。宣德初，灵应愈彰，上因敕所司拓其祠宇，上建玉皇阁，尊道之本；……①

由此可知，明代无名氏杂剧中的教坊剧为何多道教神仙故事的内容，为何多庆祝节日、祛邪消灾等情节。

在表演形式上，教坊剧最显著的特点是多颂圣之语。不论剧情如何，剧尾必有颂圣之语。如《宝光殿天真祝万寿》剧尾云："赞圣主德过虞舜，荷吾皇仁胜唐尧。"又如《众神庆贺元宵节》结尾："圣明君仁慈孝道，致令的四海咸明。普天下黎民乐业，遍乾坤五谷收成。今日个众神聚会，愿吾皇万岁康宁。"《庆丰年五鬼闹钟馗》剧尾则说："因圣主赛唐尧，感万国尽来朝。""见如今仁文义武好官僚，保助着圣朝，愿当今圣主寿年高。"

在剧本长度上，多是一本四折或加一楔子，比较规范。

在剧本的后面，有的有"穿关"，有的无"穿关"，以前者为多。

在演唱上，虽然还是正末或正旦一人主唱的传统方式，但所扮演的角色经常变换，如《祝圣寿金母献蟠桃》剧，头折由正末扮游奕使，第二折正末改扮卫叔卿，第三、第四折正末则扮南极星，虽然还是正末一人主唱，但因为扮的角色分散，不能集中精力塑造主要人物形象，剧作也就不能给观众留下深刻的印象。

综上所述，明代无名氏杂剧中的宫廷教坊剧由于受到皇家的种种约束限制，实用性太强，艺术性较弱，成就是不高的。但作为明代戏剧的一个部分，我们有了解它们的必要。

结　　语

从以上我们对明代无名氏杂剧的粗略研究可知，明代无名氏杂剧主要分为民间戏剧和宫廷戏剧两大类，前者体现了草根百姓的审美趣味和欣赏习惯，题材以武打历史剧和神仙道化剧为主，体现了民间戏剧喜欢热闹、

---

① 〔明〕蒋一葵：《长安客话》，北京古籍出版社1980年版，第23页。

喜庆的特色；言情剧则反映出明代民间较为宽松的爱情婚姻观念。在艺术上，民间戏剧重叙事，情节较为曲折；语言通俗；在剧作的结构上，多为一本四折加一或二楔子，间有五折；剧后多有说明角色服装道具的"穿关"。宫廷教坊剧则体现出皇家的审美趣味和宗教信仰，剧作的内容以道教神仙故事为主，剧情较为简单，多为皇家的庆典演出，多颂圣之语。对明代无名氏杂剧的研究，将会使我们更为全面地了解明代杂剧。

（原载《文化遗产》2015年第4期）

《长生殿》主题讨论纪要

对于洪昇《长生殿》的研究，重点集中在如何认识其主题和如何看待李杨爱情上。这也是长期以来争论不休的问题，"文革"前已有"政治主题""爱情主题""双重主题"等各种看法。1987年6月20日至24日由中山大学中文系主持召开的"《长恨歌》—《梧桐雨》—《长生殿》学术讨论会"上，这个问题又引起了大家的兴趣，与会者在以往研究的基础上，或从新的角度，或以新的方法，或据新的材料，展开了热烈的讨论，使研究又深入了一步。

一些研究者从历史剧和悲剧的角度去审视《长生殿》的主题，认为它堪称一部出色的历史剧，但却是一部失败的爱情剧，出色处在于将李杨爱情放在了广阔的社会背景下进行描写，超越了前代的爱情剧，如《西厢记》《牡丹亭》等，因而在主题中揭示了深刻的社会矛盾。而作品对李杨爱情的描写却显得庸俗，不具有悲剧的崇高美，因此它作为爱情剧则是失败的。

与此观点相反的论者指出，应将《长生殿》放在它产生的历史环境中，与同时代的作品进行比较研究。当时的社会实际是：一面大倡程朱理学，对人性的扼杀变本加厉；一面则是纳妾狎妓之风大盛，风气淫靡卑下。而洪昇有意净化李杨爱情，极力歌颂李杨生死不渝的爱情，这种爱情观在一定程度上具有现代性爱的色彩，是时代的觉醒，对反程朱理学有重要意义。因而，它是明清传奇中最出色的爱情作品。

有些研究者认为，这部剧的表层意义是以李杨的离合之情来写兴亡之感，总结"乐极哀来"的历史教训；深层意绪则在于通过描写李隆基在"江山美人"两者间的得失遭际，来探讨如何处理人生的"两难"问题。李隆基有三次抉择：第一次"占了情场，弛了朝纲"，洪昇对此是否定的；第二次是马嵬兵变，不得不舍爱妃以保政权，洪昇对他的痛苦给予了同情；第三次则舍弃尘世而赴月宫与杨获永久团圆，对此洪昇表现出希图摆脱"两难"而不得的迷惘悲观，"情缘总归虚幻"，使剧作陷入了唯心主义的困境。

  一些论者指出，这部长篇巨著的完成历时十几年，修改三次，可以想见作者在创作过程中自然会受到当时阶级冲突、民族矛盾、哲学思想等因素的影响。此作可视为作者"心灵的演变史"。因此，不妨引进西方关于小说创作"主题多层次"的理论来分析其主题，作家面临着复杂纷纭的现实生活时，他的创作的主观命意就不能不是多层次的。可以"多弹头分向导弹"能同时击中许多目标为喻，《长生殿》的主题也是多层次的，这也就是长期以来歧说纷纭的原因。

  关于研究的方法问题，会上也有很多新见贡献。有些论者提出可使用"模糊思维"，《长生殿》的主题连洪昇自己也说不清，这是因为作品的形象大于思想，它包含了多种的审美信息，使此剧在情节、语言等可以直观的表层之内寄托了更多难以言传的感慨，包含着洪昇对爱情、事业、国家盛衰、民族兴亡等种种说不清楚的问题，这就是高层次的模糊。亦有论者从文化学的角度来看待李杨爱情的描写，认为这是"中国'神妓文化'末期的产物"，它反映了封建社会中地主阶级中"优秀分子"的爱情理想。

  此次会议有四十多位来自全国各地的专家学者参加，学术争鸣气氛浓厚，思想活跃，交流了信息，探讨了新的方法，提出了新的问题，大家均感得益颇多。

（原载《文学遗产》1987 年第 6 期）

清代广东曲家梁廷枏的戏曲理论

晚清至近代,广东可谓名人辈出,政治和文学上有许多人们熟知的名人;在戏曲理论界,则有顺德人梁廷枏。

一、生平和著作

梁廷枏(1796—1861),字章冉,号子章,别号藤花主人,又号躭红醉客。道光十四年(1834)得中副贡生。曾任澄海县(今汕头市澄海区)训导、越华及越秀书院监院、学海堂学长、广东防海书局总纂、粤海关志局总纂等职。咸丰元年(1851)升为内阁中书,加侍读衔。他是爱国者,当时西方帝国主义国家对中国已经开始了经济侵略和军事侵略,大量鸦片流入中国,带来了严重祸患。他因参加修撰《海防汇览》得悉当时形势,积极主张禁烟抗英。林则徐任两广总督时,特聘他为幕客,共商战守计划。他赞助林则徐、邓廷桢的禁烟行动,支持三元里人民的抗英斗争。在他所撰的《夷氛闻记》中,记叙鸦片战争的始末颇详,对清政府的腐败无能、爱国军民的英勇斗争、英侵略军的狡诈凶残,均有生动的描述,文笔翔实,受到近代史学家的重视。梁氏又是博学多才的学者和作家,著作近三十种,而且文思敏捷,著杂剧《圆香梦》"洋洒万言,两日而稿脱,敏捷之才,所未闻也"(《圆香梦·藕香水榭跋》)。他的史学著作有《南汉书》《南越丛录》《南越五主传》等,对南粤的历史文化有深入的研究;金石方面有《藤花亭镜谱》《金石称例》《碑文摘奇》《藤花亭书画跋》等,并能绘画,作金碧山水,笔墨工致。另外还有《论语古解》《东坡事类》《江南春词集考》等,对中国古代文学作过多方面的探讨。在戏曲创作方面则有杂剧《江梅梦》《圆香梦》《昙花梦》《断缘梦》和传奇《了缘记》。在众多著作中最令人注目的是戏曲论著《曲话》,该著集中反映了他的戏曲理论和戏曲美学思想,其业师李黼平为《曲话》作序云:"其所见尤伟,诚足为曲家之津梁也已。"他的著作大多收在《藤花亭十种》

中，有道光十年（1830）庚寅刻本，道光十二年（1832）又扩展为《藤花亭十五种》刊行。

二、主要戏曲理论

梁廷枏在晚清以曲论著称。他论曲，并不注重考证本事和研讨辞藻，而是将戏曲的总体构思放在第一位，其构思包括主题思想、情节关目、排场布局、抒情方式等方面。《中国古典戏曲论著集成》第八集《曲话提要》评他："品评各家名作，能不因袭一般谈曲论曲惯习，或从史书去追究本事，或就文章来专谈辞藻，而多从剧情结构来评论得失短长，这是作者别具眼光的地方。"

梁廷枏论曲的总体构思之一，是构思剧作的主题思想，主张主题要表现出道德美。中国古典戏曲美学受哲学和文学的影响，高度重视戏曲的社会价值和作用，"文以载道"的思想影响到戏曲形成"曲以载道"的思想，元末明初戏剧家高明在《琵琶记》第一出就声称："（戏曲）不关风化体，纵好也徒然。"明代戏剧家王骥德在其《曲律》中也主张戏曲应为"有关世教文字"。梁氏受此传统思想影响，极力主张戏曲宣扬"忠孝节义"。例如，其《曲话》赞扬夏纶的剧作说："惺斋作曲，皆意主惩劝，常举忠、孝、节、义，各撰一种。……洵有功世道之文哉！"如又称道蒋士铨的剧作："《桂林霜》《一片石》《第二碑》《冬青树》四种，皆有功名教之言。忠魂、烈魄，一入腕中，觉满纸飒飒，尚余生气。"至于他自己的剧作，主题也多宣扬忠孝节义，《江梅梦》将传奇《梅妃传》仅为"死于乱兵之手"的梅妃江采萍，改为"骂贼至死"的烈妇，并写诗赞曰："怪煞长羁永巷人，就义从容竟如此！"《昙花梦》写毛奇龄妾张曼殊忠于丈夫，宁死不肯改嫁；《圆香梦》写庄达和李含烟相恋，含烟死后，魂魄还与庄生相见。李黼平评此剧云："凄切清艳，情止乎义，有风人之遗。"（《曲话·序》）可见，从理论到创作，梁氏都力主以忠孝节义为剧作的灵魂。虽然今天看来，"忠孝节义"的思想属于封建道德范畴，但在帝国主义欲将中国变为殖民地的形势下，梁氏强调戏曲创作要反映爱国思想，宣扬民族气节，无疑是有进步意义的。在当时三元里人民"打番鬼"的呐喊声中加入"忠魂烈魄"的戏曲锣鼓，更能鼓舞斗争的士气。至于"一女不嫁二夫"的贞烈思想，是封建道德中的糟粕，《儒林外史》对此陋习已有抨击，今日自当唾弃无疑。

其总体构思之二，是将戏曲的情节、曲文、宾白作为整体来考虑，重创新而忌雷同。他在《曲话》里尖锐地指出，元杂剧的一大弊病是雷同化，抹杀了艺术的鲜明个性："元人杂剧多演吕仙度世事，叠见重出，头面强半雷同。"此为故事情节雷同。又说："《灰阑记》《留鞋记》《蝴蝶梦》《神奴儿》《生金阁》等剧，皆演宋包待制开封府公案故事，宾白大半从同；而《神奴儿》《生金阁》两种，第四折魂子上场，依样葫芦，略无差别。"这是宾白雷同。又评《渔樵记》《王粲登楼》《举案齐眉》《冻苏秦》等剧："不特剧中宾白同一板印，即曲文命意遣词，亦几如合掌。"此谓宾白曲文雷同。又云："（元剧）百种中，第一折必用《仙吕〔点绛唇〕》套曲，第二折多用《南吕〔一枝花〕》套曲，余则多用《正宫〔端正好〕》《商调〔集贤宾〕》等调。"此谓曲调雷同。更指出"前后关目、插科、打诨皆一一照本模拟"的全本雷同之作。反对雷同的另一面是创新，他高度评价孔尚任《桃花扇》的结尾"留有余不尽之意于烟波缥缈间，脱尽团圆俗套"；赞扬万树的剧作"红友如天马行空，别出机杼"；又评蒋士铨《香祖楼》《空谷香》两剧故事情节"各极其错综变化之妙，故称神技"（均见《曲话》卷三）他反对雷同、重视创新的戏剧观，对元剧和清剧的分析眼光独到，非随波逐流的媚俗之见。

其总体构思之三，是重戏剧结构严谨而忌游离松散。《曲话》评元人吴昌龄《风花雪月》剧云："带白能使上下串连，一无渗漏，布局排场，更能浓淡疏密相间而出，在元人杂剧中，最为全璧。"又称《双珠记》一剧"通部细针密线，其穿穴照应处，如天衣无缝，具见巧思"。他主张戏剧情节结构既要穿插照应严谨，又要情理真实可信，浓淡疏密相间，以达到丰富多彩的艺术效果。他还通过正反论述，批评那些结构松散的剧作，如评乔吉的《金钱记》"韩飞卿占卦白中，连篇累牍，接下《红绣鞋》一曲，并未照应一字"。又批评关汉卿《玉镜台》中温峤的唱词"自《点绛唇》接下七曲，只将古今得志不得志两种人铺叙繁衍，与本事没半点关照，徒觉满纸浮词，令人生厌耳"。

总体构思之四，是主张戏曲创作"情、理、音"三者兼顾。《曲话》卷三云："红友之论曰：'曲有音，有情，有理。不通乎音，弗能歌；不通乎情，弗能作；理则贯乎音与情之间，可以意领不可以言宣。悟此，则如破竹、建瓴，否则终隔一膜也。'今观所著，庄而不腐，奇而不诡，艳而不淫，戏而不虐，而且宫律谐协，字义明晰，尤为惯家能事。情、理、音三字，亦惟红友庶乎尽之。"赞赏万树"情、理、音"三结合的理论，并认为万树的剧作实践了这一理论。在三者中，梁氏尤重"情"，认为戏曲以情动人，而言情则以浪漫、含蓄为佳。他的四部杂剧均为缠绵悱恻的言情之作，仿汤显祖的"临川四梦"，以梦境来表达生死不渝的爱情，号称"小四梦"。《圆香梦》龚沅序云："作者有怀，不言性而言情。"畸农跋云："是知情者梦之余也，梦者情之正也。"《断缘梦》自序亦云："古今皆梦境也，普天下皆梦中人也。达者于所历之悲欢离合，尽作梦观。"可见，梁氏与其友都认为用梦幻的浪漫手法来言情，就能够充分表达出"情之正"。当然，也有"人生如梦"的消极思想在内，认为梦境有包容古今悲欢的广博内涵，写梦即能使剧作更具艺术魅力。

另外，梁氏继承士大夫雅文学的传统，言情重文雅含蓄，恶浅露粗俗。《曲话》卷二云："言情之作，贵在含蓄不露，意到即止。其立言，尤贵雅而忘俗。"他批评白朴《墙头马上》的洛阳总管小姐李千金的唱词（"谁管我衾单枕独数更长？则这半床锦褥枉呼作鸳鸯被。流落的男游别郡，耽阁的女怨深闺。"）是"偶尔思春，出语那便如许浅露"。又评另一段唱词（"休道是转星眸上下窥，恨不的倚香腮左右偎，便锦被翻红浪，罗裙作地席，既待要暗偷期，咱先有意，爱别人可舍了自己。"）："此时四目相觑，闺女子公然作此种语，更属无状。"批评相当尖锐。而他又赞扬此剧另一曲《鹊踏枝》："情在意中，意在言外。含蓄不尽，斯为妙谛。"梁氏对此剧的褒贬，内涵是十分丰富的，既有言情贵含蓄的美学思想，又有曲词须符合人物身份修养的意思，还有维护名教的封建道德观念。在今天看来，维护名教者不足道；而批评李千金等出语浅露，不符合人物身份，则是对的。至于言情贵含蓄之说，只可作一家之言。言情直率明快未必不佳，只看是否表达出真而善之情。元杂剧言情多直率明快，此为其特色，梁氏也注意到此，《曲话》将"元人每作伤春语，必极情极态而出"视为弊病。殊不知，"极情极态"畅快淋漓，恰为元曲佳处，《倩女离魂》杂剧描写倩女思念王生的曲词《斗鹌鹑》云："他得了官别就新婚，剥落呵羞归故里。眼见的千死千休，折倒的半人半鬼。为甚这思竭损的枯肠不害饥，苦恹恹一肚皮。若肯成就了燕尔新婚，强如吃龙肝凤髓。"又《西厢记》写莺莺送别张生的唱词《叨叨令》："从今后衫儿、袖儿，都揾湿做重重叠叠的泪。兀的不闷杀人也么哥，兀的不闷杀人也么哥！久已后书儿、信儿，索与我恓恓惶惶的寄。"都是将恋人心境"极情极态"而出的，历来称为佳曲。梁氏视之为病，是文人对俗文学的偏见。基于这样的观点，他将四大南戏《荆钗记》《白兔记》《拜月亭》《杀狗记》视为"曲文俚俗不堪，《杀狗记》尤恶劣之甚者"，抹杀了不少好作品。其"理"则是戏曲创作要反映出前述对社会有教化作用的主题思想，并认为这种思想要巧妙地蕴含在人物形象、故事情节之中，"可以意领而不可以言宣"，而非干巴巴的说教。

至于戏曲的音律，梁氏有戏曲创作实践，熟知"不通乎音，弗能歌"，不注重音律，剧作很难在舞台上演出。他自己的剧作也很注意音律，将音律和剧中人物的思想感情密切配合起来。《昙花梦》自序云："末折南北合套，南词向不押入，今纯用入韵者，噍杀之音，非此不达。"他认为人物的哀伤之情，非用入声不能表达，而杂剧常用的北曲没有入声，故此剧末折采用南北曲合用的方法。《圆香梦·藕香水榭跋》云："曲绚烂极矣，而声律复谐。""第一、二折宾白，熔铸庄生所作《李姬传》，可称天衣无缝。余间以粤管方言，传粤人口吻，于例无讥。"可见，梁氏不但注意音律谐和，而且注意宾白的通俗易懂，甚至插入粤语方言。总而言之，在"情、理、音"三者中，梁氏作剧以情为主，理为次，音为辅；论曲则以文为主，以曲为次。其业师李黼平《曲话·序》云"是书亦间论律，而终以文为主"即指此。

三、梁廷枏曲论的继承和发展

梁廷枏的戏曲理论是在继承前辈曲家基础上发展而成的。他受清初著名曲家李渔的影响颇深，李渔在《闲情偶寄》中提出戏曲创作以"结构第一"，即首先要做好总体构思和布局，而"结构"包括"戒讽刺""立主脑""脱窠臼""密针线""减头绪""戒荒唐""审虚实"七个方面，这与梁氏重视戏曲的总体构思相同。梁氏重戏曲的社会功用，戏曲结构忌雷同、忌松散等观点，都可找到追步李渔曲论的轨迹。但梁廷枏并非原封不动地模仿前人，而是有所发展。李渔在"戒讽刺"一节中说戏曲的功用是"劝善惩恶"，而梁氏却更重视宣扬"忠孝节义"，其中包含有反帝爱国的思想，这是李渔曲论所无的。李渔又在《风筝误》剧的尾声中说："惟我填词不卖愁，一夫不笑是吾忧。"相当重视戏曲的喜剧性和娱乐性；

而梁氏更喜欢歌颂"忠魂烈魄"的悲剧，更重视戏曲的教化作用。

除了内容上的新发展外，在戏曲批评方法上，梁氏也有突破。李渔的曲论多从逻辑关系方面去论证其观点的正确性，如"结构第一"以"工师之建宅"为喻，说明戏曲创作应先精心构思，"袖手于前，始能疾书于后"，"倘先无成局……势必改而就之，未成先毁"。而梁氏则多用归纳推理来论证自己的观点，在大量研究历代剧作成败得失的基础上得出结论，尤其对中国戏剧史上黄金时代的元杂剧，作了中肯而独到的分析。在称赞元剧"才人辈出，心思才力，日趋新异"的同时，指出其结构多雷同、言情之作多浅俗刻露等弊病，从而得出剧作须创新、言情贵含蓄等结论。另外，梁氏善于用比较的方法进行评论，有不同时代同样题材剧作的比较：元杂剧《梧桐雨》与清代传奇《长生殿》，两者"互有工拙处"，而终以《长生殿》为高，"为千百年来曲中巨擘"。又有同时代不同作家的比较："粲花（吴炳）三种，情致有余，而豪宕不足；红友（万树）如天马行空，别出机杼。"在比较中显示出不同的剧作风格。还有同时代类似作品的比较，如将《西厢记》与《㑇梅香》并观，经过比较，发现了元杂剧结构多雷同的弊病。这种比较方法，言之有据，褒贬公允，令人信服。李黼平在《曲话·序》中说："自元、明暨近人院本、杂剧、传奇无虑数百家，悉为讨论，不党同伐异，不荣古而陋今，心平气和与作者扬榷于红牙、紫玉之间，知其用力于此道者邃矣。"这是对梁氏的戏曲批评方法较确当的概括。

最后，在审美趣味上，梁廷枏也有异于李渔之处。梁、李都重视戏曲的真切自然而忌雕琢造作，李渔《闲情偶寄·贵自然》一节云："（科诨）妙在水到渠成，天机自露。我本无心说笑话，谁知笑话逼人来，斯为科诨之妙境耳。"而梁廷枏也在《曲话》中赞扬惺斋作曲"事切情真，可歌可泣"，而批评元杂剧"四书语入曲，最难巧切，最难自然"。但是在雅俗的审美倾向上，两人却截然不同。李渔十分重视戏曲的通俗性，《闲情偶寄·忌填塞》说："戏文做与读书人与不读书人同看，又与不读书之妇人小儿同看，故贵浅不贵深。""能于浅处见才，方是文章高手。"而梁氏却以文雅为高，鄙视元杂剧"每作伤春语，必极情极态而出"。这两种雅俗不同的审美观，出自他们不同的个性、遭际、修养——李渔为走南闯北的江湖游士，梁廷枏主要为教书先生。同时也说明，梁氏对前人曲论并非亦步亦趋，而是有继承，也有发展。然而，在戏曲创作上，他和李渔都有

"眼高手低"之陋，其"小四梦"从思想深度到艺术技巧，都难以与汤显祖的《临川四梦》比肩，故不为世人所重。

（原载《学术研究》1996 年 12 期）

第三辑
戏曲史家研究

上下而求索

——王季思教授治学散记

在一个冬晴的早晨,我们在中山大学马岗顶新建的教授楼上访问了当代戏曲研究专家和中国古典文学研究工作者王季思(王起)教授。室内陈设简朴,书册满架,窗外杂树交荫。这使我们想起他的《康乐园即景》中的诗句:"祖国艰难日,青年奋勉时。回看马岗顶,乔木长新枝。"

王老好诗,会填词、作曲,对我国各体文学都有较深的造诣。但他不是沉埋在古书堆中的旧学究,而是研究古典文学如何"推陈出新、古为今用"的探索者。

在灾难深重的旧中国,他追随五四运动提倡"平民文学"的新潮流,以严谨的治学态度研究历来为封建正统文人所轻视的戏曲小说,取得比较显著的成绩。目睹当时社会的黑暗和人民的苦难,他采用古典诗词和民歌相结合的新形式,写出了深刻反映现实的新诗篇。

在万象更新的新时代,他努力学习马列主义、毛泽东思想,探索古典文学研究为社会主义服务的新途径。他重视新老学者的紧密配合,让学术研究工作传薪续火,代代相传。

他不止一次受到政治风暴的袭击,在学术研究上也走过不少弯路,但他从未停止过探索的步伐。

"路漫漫其修远兮,吾将上下而求索。"访问归来,我们翻阅了他新近出版的论著,试图描出他在词山曲海中探索前进的足迹,以飨后学者。

一、聪明人要下笨功夫

1980年初夏的一天,来自全国各地高等院校的二十多名中、青年进修教师济济一堂,正在聆听王季思教授的专题课——"我怎样研究《西厢记》"。王老是研究元代杂剧的专家,他在1944年出版的《西厢五剧注》，以校勘的精细和注释的详明超过了以前的各种版本，深受读者欢迎。他在新中国成立以后写的一系列有关《西厢记》等元人杂剧的文章，也受到学术界的重视。许多有争论的问题，经他的剖析而得以明断。王季思教授是怎样取得这一成就的？这是中、青年学者亟待了解的问题。

王老详细地谈了自己对《西厢记》的探索过程。他说："我的主要经验是'聪明人要下笨功夫'，老老实实地、一丝不苟地把作品读通、摸透。这工作看来很笨，但其实是聪明。因为只有经过这样的深入研究，对作品才真正有了发言权。而那种浅尝辄止，单凭一知半解就大发议论的学者，看起来很聪明，其实很笨。因为他很难把自己的结论建立在可靠的基础上。"王老这种治学方法得之于他的同乡、前辈学者孙诒让。在中学时代，他曾在清末著名学者孙诒让的藏书楼上看到孙氏的手稿和手校本。孙氏认真考证古代文献的方法，深为青年时期的王季思所契服。后来，他在五四运动提倡"平民文学"的影响下研究戏曲，就运用了这种方法。他说这是"以前人治经之法治曲"。在大学时代，他受教于近代著名的曲家吴梅。吴梅藏曲丰富，在当时全国首屈一指。他与刘世珩等人合作出版的暖红室刻本《西厢记》，将与此剧有关的前后资料收集在一起，对研究《西厢记》的来龙去脉十分有利。当时另一著名学者王国维的戏曲论著，同样在这方面给王季思先生以影响。他说这是"以前人治史之法治曲"。

王季思教授以治经、治史两种方法治曲，以《西厢记》为突破口，进行逐字逐句的深入研究，逐渐扩展到其他元剧，从而对元人杂剧的方言俗语、故事源流有了全局性的了解。由于过去文坛对戏曲的轻视，可供参考的工具书几乎没有，工作是相当艰苦的。他从掌握第一手材料开始，阅读了全部元人杂剧和散曲，摘抄其中的特殊用语，制成卡片。并考查关汉卿、王实甫等元代作家的生平和元代戏曲中人物故事的演变，为研究元人杂剧打下了坚实的基础。可惜的是，这批宝贵的资料在抗日战争爆发、松江沦陷时毁于兵火（当时他在松江女子中学任教）。遭到这次挫折之后，他仍不气馁，继续起早摸黑，下"笨功夫"制作了又一批卡片。1944年，他利用在浙江大学龙泉分校教学的余暇，对四种《西厢记》的版本进行了细致的校勘，并根据所积累的元人杂剧、散曲的习用语，对《西厢记》的语言文字作了详细的疏证，纠正了过去流行的金圣叹本对《西厢记》的曲解之处，从而使这一优秀的元代作品以崭新的面貌出现在读者面前。

在打通语言文字这一关之后，王老又进一步以"笨功夫"查清西厢故事演变的情况，上至唐人小说、宋诗词、鼓子词、金诸宫调，下至各种改编本、各剧种的舞台演出本；并广泛收集前人对《西厢记》的眉批、总批，加以分析比较，从中得出自己的结论。他的这一研究成果体现在1949年出版的《集评校注西厢记》和1956年出版的《从〈莺莺传〉到〈西厢记〉》上。后者是王老从20世纪30年代到50年代初研究《西厢记》的总结。由于时代的局限，此书主要从反对封建礼教、争取婚姻自由的观点来评价《西厢记》，因而未能根据马列主义的观点，说明爱情在人类社会生活中应有的位置。

  王季思教授认为，他能够对《西厢记》作出比较科学的评价，是在认真学习了马列主义著作之后。在反右斗争之后，由于"左"倾路线的影响，古典文学领域的老学者大都受到批判。王老研究《西厢记》《牡丹亭》《桃花扇》等古典作品的论文也被戴上"厚古薄今""主观唯心主义倾向"的帽子。在"十年动乱"中，王老更因讲授这些古典作品而成了被严厉批判的对象。古典文学研究应怎样做才不犯错误？王老曾感到迷惑不解。但他并没有消沉，反而激起了认真学习马列主义的决心。他拿出认真治学的"笨功夫"，将恩格斯的《家庭、私有制和国家的起源》一书反反复复读了好几遍，联系分析《西厢记》等古代爱情作品，认识到自己过去用"男女平权""自由恋爱"等观点来分析这些作品，还是浮于表面的，只有用马列主义的历史唯物主义观点，将爱情、婚姻问题和一定历史阶段的生产力、生产关系联系起来说明，才是科学的。他根据这一新认识写成的《从〈凤求凰〉到〈西厢记〉》一文，将对《西厢记》《牡丹亭》等作品的理解研究，提到一个新的高度。

二、"钻进去"和"跳出来"

  明月当空，树影婆娑，在雅致的客厅里，王季思教授正在对中国戏曲史研究生谈如何写好古典文学评论的问题。他在赞扬一些研究生能用马列主义观点分析古典戏曲作品之后说，要写好古典文学评论，概括起来说，就是要"钻进去，跳出来"。"钻进去"，就是要真正读懂作品，老老实实将作品的各个侧面研究透；"跳出来"，就是不为古典作品的思想倾向和前人的评价所囿，要站在今天的思想高度，以马列主义的历史观、文艺观来分析古代作品，才能给作品以科学的、恰如其分的评价。过去古典文学评论界出现过两种偏向：一种是钻进去跳不出来，死钻古书，只能搞考证、注释，不能搞评论。老一辈学者容易犯这种毛病。一种是还没有钻进去就急于跳出来，书还未读懂就大发议论，对古典作品不是捧上天就是打入地，"四人帮"时期许多古典文学评论文章就是如此。年轻人容易犯这种毛病。我们要避免这两种毛病，不仅要认真钻研作品，还要认真学习马列主义的历史科学、文艺理论，提高自己的理论水平，才能写出有充分说服力的文章。

夜深了，座谈会结束了，王季思教授又开始了伏案写作。他不仅告诫研究生怎样做，而且自己身体力行。王老认为，老一辈学者在旧社会没有机会学习马列主义，在新时代就要迎头赶上，否则就不能正确评价古典文学作品，落在时代洪流的后面。他"力图在历史唯物主义的原则指导之下，探索我国戏曲小说的历史发展情况"（《〈玉轮轩曲论〉后记》），不断将古典文学研究推向新的高度。他严于律己，对自己过去的论文不断重新认识，力求作出更科学的评价。他对《西厢记》的研究是这样，对《桃花扇》《琵琶记》等古典戏曲的研究也是这样。他曾在1956年和苏寰中、杨德平两位同志合作评注《桃花扇》，1979年此书重版时，他在该书"后记"中认为，自己过去对此剧评价偏高，而批判微乎其微，是不对的；但也不同意从反右斗争到"十年动乱"期间有些学者对此剧的全盘否定。他最后认为："既不要美化古人，也不要苛求古人；既不放弃批判，也不要批判过头；而力求完整准确地掌握马列主义、毛泽东思想，把这些作家作品放在一定的历史地位，加以全面的具体的分析。"（《〈桃花扇〉再版后记》）

王季思教授用这种新观点新方法研究关汉卿、王实甫、马致远等戏曲作家及其作品，还研究了苏轼、柳永、李清照等词人，李白、杜甫等诗人，探索的足迹涉及先秦到清初的各个历史时期。他还遵循着党的"百花齐放、百家争鸣"的文艺方针，与许多著名学者如陈中凡、萧涤非、罗忼烈及日本的波多野太郎等人展开切磋商讨，使许多学术上有争议的问题经过彼此的辨析而逐步接近解决。他的这些研究成果，大都收在《玉轮轩曲论》《玉轮轩古典文学论集》中。

用马列主义基本观点指导古典文学的学术研究，这是王季思教授在新中国成立以后奋力探索的道路，也是社会主义历史时期文学研究工作者的必由之路。

三、推陈出新，古为今用

"力图推陈出新，古为今用"，这是王季思教授在他的《〈玉轮轩曲论〉后记》中的一句话，也是他毕生治学经验的一个概括。

早在南京东南大学中文系读书的时候，他就和爱好文艺的同学组织春泥社，用古典诗词和民间歌谣结合的新形式，反映旧中国人民的苦难。大学毕业后在中学任教，继续写诗和杂文，揭露旧中国政治的黑暗。这种面向现实的态度，使他写的学术论文常给人以时代的新鲜感。

新中国成立以后，王季思教授还积极投身于各种戏剧改革的活动。他认为，研究古典文学，不能为古而古，而要面向今天，为今天的人民群众服务。他曾在一次和戏曲史研究生的谈话中说，研究古典戏曲的目的，是为了取得有益的借鉴，推进今天的戏剧发展。历史是呈螺旋形前进的，某个历史时期出现的东西，会在另一个历史时期重复出现。因此，研究古典戏曲不仅有必要，也有可能"古为今用"。但是，"古为今用"要用得自然，不要每个问题都生硬地和今天的现实相联系，更不要搞实用主义，搞影射。"古为今用"要做得好，就要面向现实，关心国内外的政治，关心当前的戏剧创作，在研究古典戏曲的某个问题时，自然而然就会与现实联系起来。

王季思教授不仅这样说，也是这样做的。他经常观看各种剧种的舞台演出，为剧团送来的剧本审稿，撰写了数十篇剧评，对传统戏如何推陈出新、现代戏如何加工提炼，提出了许多精辟的见解和具体的修改意见。这些文章有不少收在 1960 年出版的《新红集》中。

掌握着时代的脉搏，让古典文学的旧乐器奏出时代的新乐曲，这是诗人和戏曲家王季思走过的道路。

四、薪尽火传光不绝，长留双眼看春星

中文系教师黄天骥的论文集《冷暖集》就要出版了，王季思教授为文集写序题诗道："人生有限而无限，历史无情还有情。薪尽火传光不绝，长留双眼看春星。"表达了王老为古典文学研究事业培养接班人的拳拳之心。

王老是严谨的学者，也是奖掖后进的良师。他在《冷暖集·序》中说："无产阶级的文化建设，不论哪一部门，都需要几代人的长期努力，才有可能逐步臻于完善。如果不注意新一代学者的培养，使他们越过自己的足迹，迎头赶上，我们的事业就将徘徊不前，甚至人亡政息，后继无人。从另一方面看，无产阶级的文化事业，不是从天上掉下来的，而必须脚踏实地，从前人积累的基础上，根据新的时代的需要，推陈出新地建设起来。"他认为，为了共同事业的需要，新老学者必须紧密配合，取长补短。老一辈的学者文史知识比较丰富，在资料的掌握和校勘、考证等方面比较擅长，但对马列主义经典的学习和运用方面则有所不足；新一辈学者学习马列主义较多，接受新鲜事物快，但文史知识未免不足。年轻一代的短处恰恰可以从老一辈身上得到补偿，反之亦然。如果双方各以所长，相轻所短，势必力量互相抵消，什么事也办不成。反之，彼此虚心学习，取长补短，就有可能在合作共事中长才智、出成果，使我们的事业后继有人。要使新老学者合作得好，必须有共同的目标、共同的学风，学风不同就很难合作。

王季思教授在教学和科研中，注意和中、青年教师搞好协作，从不因为自己是知名教授而摆架子。他与教研室的苏寰中、黄天骥、吴国钦等中年教师合作，撰写了《桃花扇校注》《聊斋志异选注》《元杂剧选注》等著作，现在还在合编《元明清戏曲选注》。他还和兄弟院校的教师合作，编撰了《中国十大古典悲剧》《中国十大古典喜剧》《元散曲选注》《元明清散曲选注》等，为整理和研究我国古典戏曲做了大量的工作。

在新老学者的长期合作过程中，逐渐培养出了一批古典文学研究的新人。现在，中山大学中文系戏曲史研究室已形成了一支由王老带头，由三名中年教师、三名青年教师参加的学术梯队，被学术界认为是南方戏曲史研究的一个阵地。这个队伍的形成，是和王老的精心培养分不开的。王老在 50 年代末就对清代名剧《桃花扇》作了精心的研究，当时还是青年教师的苏寰中也有志于这方面的探索，于是王老对之给予热情的支持和细心的指导。1961 年，王老因到北京参加《中国文学史》的编写工作，将出版社委托编写《中国戏曲选》的任务交给了苏寰中、黄天骥两位教师，在确定选目之后，放手让他们去独立工作，让他们在实践中锻炼成长。

为着古典文学事业的发展，王季思教授不但在校内精心培育新人，还为校外的古典文学工作者、爱好者审稿，接待来访，培养更多的新人。他在这些求教的稿件、书信、来访者上花了多少时间、多少心血，是无人数得清的。他的书桌上永远堆着寄来的稿件和信件，星期天、寒暑假在他看来都是工作日。有人劝他，这么大年纪了，就少管一些闲事，多休息吧！他却微笑着说，作为一个教师，任务就是教学生，自己能为学生们做一点工作，看见他们不断成长，是最愉快的事。

"头白心丹，为祖国尚思奋勉"，这是王季思教授题赠给古文字学家商承祚先生的词句，其实也是他自己的写照。目前，他正以望八之年的高龄进行前所未有的勤奋工作。我们祝福他健康长寿，为祖国的教育文化事业做出更多更好的贡献。

［原载于《文苑纵横谈（8）》，山东人民出版社1983年版。署名"齐瑾"，为罗斯宁笔名］

庆祝王季思先生从教七十周年
暨古典文学、古典戏曲学术研讨会纪要

　　1993年4月12日，由广州市政协和中山大学主办的"王季思先生从教七十周年庆祝大会"在中山大学永芳堂举行。来自社会各界的知名人士和全国各地的专家学者、中山大学师生数百人济济一堂，向辛勤的园丁、著名的学者、曲学研究一代宗师王季思先生表示衷心的敬意和热烈的祝贺。

　　王老的学生、广州市政协主席杨资元，王老的朋友、老同志刘田夫，广东省人大常委会副主任张汉青，中山大学校长曾汉民等在大会上发表了讲话，全国政协副主席叶选平、广东省省长朱森林，以及国内外多所高校、专家学者、中山大学校友等发来了数十封贺信、贺电。

　　王老从教七十年来，"桃李满天下，星斗焕文章"，他的学生有的成为担任要职的领导干部，有的成为著名学者、著名作家；他精心培育的学术梯队，成为"古代戏曲研究"这一全国重点学科；他致力于古典文学尤其是古典戏曲研究，硕果累累，他校注的《西厢记》成为名剧校注的典范；他和北京大学游国恩等学者合编的《中国文学史》多年来一直被作为高等学校中文系的教材；他主持编写的《中国戏曲选》《中国十大古典喜剧集》《中国十大古典悲剧集》《全元戏曲》等，在国内外都产生了较大的影响。他的论文集《玉轮轩曲论》《玉轮轩古典文学论集》等富有创见，严谨精深，为学术界同行所称道。

　　王老感谢大家对他的关怀和赞扬，他说："古代燕昭王千金买骏骨以招天下贤士，今天为我举行这样隆重的庆祝大会，我的理解是领导重视教育事业，希望吸引更多的千里马到教育战线上来。回顾七十年走过的历程，我深感当初选择在广东中山大学当教师为我的终生职业，做对了。我这几十年，有做对的地方，也有犯错误的时候，两者相抵，恰好收支平衡。"王老诚挚而风趣的答话，引起了春雷般的掌声，大会在欢乐、热烈的气氛中结束。

庆祝大会后举行了为期三天的研讨会。

研讨会首先讨论了"古典文学、古典戏曲的教学与研究如何适应当今市场经济新形势"的问题。谢伯阳、梁冰、金宁芬等代表认为，目前古典戏曲的演出和研究都出现了危机，一些名演员上演古典名剧，观众甚少，每场只得五元钱报酬，与那些出场费动辄千元万元的歌星形成极大的反差。戏曲是中华文化的瑰宝，其唱念做打融合完美的艺术形式，是世界上独一无二的。我们不能坐视其消亡，国家要从经济上对戏曲团体加以资助，还要加强宣传，让年轻一代了解戏曲艺术。景李虎则认为戏曲必然会消灭，因为产生它的封建社会的土壤已经消失，它的灭亡是无法挽救的，只能保存在博物馆里。赖伯疆、吴世枫、吴国钦、罗斯宁等人则持较乐观的看法，认为戏曲总体上不会灭亡，但要跟上时代，进行改革。目前戏曲面临着各种艺术形式自由竞争、进入市场机制的新时代，必然会遇到旧的内容和形式不符合时代需要的新问题，不但戏曲如此，电影、小说、话剧等旧的艺术形式都存在着危机。一方面，在城市中戏曲、话剧演出观众寥寥；另一方面，卡拉OK戏曲演唱、电视中的话剧小品却拥有亿万观众。这说明，戏曲如果吸收时代精神，与新的艺术形式相融合，去掉一些不适合现代观众要求的内容和形式，是可以在新时代中找到自己生存和发展的位置的。隗芾、黄秉泽等代表则说，戏曲原产生于民间，现在也应回到民间，戏曲在农村有着广阔的市场。

对于古典文学和戏曲研究，吕微芬代表认为，"文革"后有三条战线：其一是普及古典文学方面的，如各类鉴赏辞典、各种文体的选集等。其二是史料的整理与研究，这方面成绩斐然，成立了很多古籍研究所、古籍出版社，整理出版了不少大而全的书籍，如《全宋文》《全宋诗》《全元戏曲》等。其三是理论研究战线，第一阶段还是用五六十年代的社会学方法进行点式研究，如关汉卿研究等；第二阶段是用西方新理论、新方法、新名词来研究中国古典文学，有运用得较好的，也有生硬牵强的；第三阶段是思考阶段，比如，一批中青年学者办杂志，研究近百年来的学术思想，通过对学术思想的演变反思，提高今天的学术水平，是一个好的开端。来自香港浸会学院中文系的冯瑞龙先生介绍了他用中西文学比较的方法研究中国古典戏剧的心得。他的论文《酒神原型和月亮女神原型——元代爱情悲剧人物分析》受到与会者的注意。熊笃代表发言说，今天高校的古典文学的教学内容和教学方法都偏于陈旧，如文学史课用的还是

60年代编的课本，不适应新时代的需要，应该进行大力改革。

其次，研讨会探讨了王季思先生的学术思想。代表们认为，王季思先生在进行学术研究时，目光远大，继往开来，能站在文学史、文化史、时代精神的高度来观察、研究古典文学尤其是戏曲领域的问题，在吸收传统研究方法的基础上不断创新，往往见解独到，将古典戏曲研究不断推上新台阶。如他对元杂剧本色派和文采派的论述，对中国古典悲喜剧的论述、都富有创见，在学术界产生了很大的影响。此外，他才高学博，对诗、词、曲、文、文论均有研究，在研究方法上，无论古籍的校注评点、作家作品的分析评价，还是本事源流的探索等无不精到；又由博返约，以对戏曲作家作品的校注评论最为擅长。他在进行学术研究时，精深严谨，一丝不苟，其《西厢五剧注》便以校勘的精细和注释的详明著称于世。他主编的《元明清散曲选》《全元戏曲》等，篇幅浩繁，他不顾年老手颤和眼疾（眼睛有白内障），逐字逐句进行审阅修改。他治学的严谨深为同行和后学者所折服。另外，他胸怀宽广，平等待人，善于团结中青年学者共同开展研究工作，充分发挥了学术带头人的作用，从而组织、率领起一支学术研究队伍，为繁荣我国古典文学事业做出了杰出的贡献。

（原载《文学遗产》1993年第5期）

王季思先生传略

　　王起，字季思，浙江温州人。1906 年 1 月出生于一个有文化传统的家庭。温州为南戏的发源地，春秋两季各村轮流演社戏，先生场场不漏地前往观看，归来还指点评说，自小就爱好戏曲。

　　先生从小熟读经史子集的名篇，因学习成绩好，小学未毕业就考取了浙江省第十中学。后因参加反对"二十一条"、抵制日货的学生运动，被校方勒令退学，转至瑞安县立中学就读。这次转学，使先生得到一次难得的学习机会。他借住在清末著名学者孙诒让先生的家里，得以翻阅先贤的藏书和手稿，深为其认真考证古代文献的态度所折服。先生后来在《我怎样研究〈西厢记〉》一文中说："后来我对元人杂剧的校勘和考证，如果说态度还比较认真的话，就是受这位前辈学者影响的结果。"并总结这种研究方法为"以前人治经之法治曲"。1925 年，先生考入南京东南大学中文系，受教于近代著名戏曲家吴梅，阅读了吴梅珍藏的大量古代戏曲剧本和宋元笔记小说；并和唐圭璋等同学参加了吴先生组织的词社——潜社。此时先生还接受了王国维《宋元戏曲史》的学术思想和研究方法，探源溯流研究戏曲，并称之为"以前人治史之法治曲"。此外，先生与外文系同学陈楚淮等组织了春泥社，在闻一多先生的指导下从事新诗和话剧的创作活动。

　　大学毕业后，先生在浙江、安徽、江苏等地的中学任教，一边教学，一边进行元曲方言俗语和宋元笔记小说的研究。在此时期，先生受五四运动以来反封建、争民主自由的思想影响，在学术研究上改变以往尊崇传统诗歌和文言文的态度，转而研究宋元以来的通俗小说、戏曲等平民文学。

　　抗日战争时期，先生参加从杭州美术专科学校流亡到温州的学生抗日救国宣传队，深入浙南山区，用唱歌、演剧等方式宣传抗日救国。继而参加温州当地的民兵组织，以期在日军登陆时进行武装抵抗。但当时温州地区的保安司令蒋某却害怕这支民兵队伍被新四军浙南部队所利用，下令收枪解散队伍。后来先生在金华任国民出版社编辑时，投稿《东南日报》

副刊，发表了许多反映民生疾苦、宣传抗战的诗文。

1941年，先生任教浙江大学龙泉分校，该校位于僻静的龙泉乡下，少受敌机干扰。先生在此地潜心于元杂剧《西厢记》的研究，根据在中学执教之余积累的元人杂剧、元散曲、市井俗语的资料，对《西厢记》进行了详细的校勘注释。1944年，浙江龙吟书屋出版了他的《西厢五剧注》。该书校注精确，并纠正了以前流行的金圣叹本的谬误之处，成为他的成名之作。在此基础上，先生又广收前人对《西厢记》的评论，加以筛选，1948年由上海开明书店出版了《集评校注西厢记》，以材料丰富而深受读者欢迎，"西厢专家"之称不胫而走。

1948年后，先生在广州中山大学任教，自1950年至1957年任中山大学中文系系主任。广州毗邻港澳地区，得海外风气之先，先生常与广州籍学者、作家交往，学识更为丰富，胸襟更为广阔。在新时代里，他努力学习马列主义、毛泽东思想，力图以其原则精神，研究古典文学和古典戏曲。他以反封建、争自由的观点分析《西厢记》的艺术成就，并从"史"的角度探源溯流，写成专著《从〈莺莺传〉到〈西厢记〉》，1955年由上海古典文学出版社出版。他还写了许多关于李白、柳永、李清照的论文，尤其引人注目的是关于关汉卿的研究。在50年代的学术界，关汉卿因被许多人视为"风流浪子"而评价较低。先生全面收集和整理了有关关汉卿的材料，从反抗性和人民性的角度，高度评价了关汉卿剧作的思想艺术成就，他的论文《关汉卿和他的杂剧》在《人民文学》（1954年第4期）发表后，引起较大反响；1958年，在世界和平理事会提出纪念世界文化名人关汉卿时，他的另一篇论文《关汉卿战斗的一生》（载《人民日报》1958年6月18日）被译为日文和印尼文，影响远至国外。中国戏曲研究界重视关汉卿的研究，实由先生始。

1960年至1962年，先生应教育部之聘，赴京与游国恩等人共同编写了四卷本的《中国文学史》。这部文学史代表了当时中国文学史研究的最高水平，自1963年出版后，多年来被作为高等学校中文系的教材，并获得全国高校教材特等奖。

在"十年动乱"中，先生遭到批斗，身受重伤，但并没有由此颓唐消沉，而是利用被闲置之机认真钻研马列经典著作，真诚地探索"古典文学研究怎样搞才不犯错误"。他反复阅读恩格斯的《家庭、私有制和国家的起源》一书，联系分析《西厢记》等古代爱情作品，认识到自己过去用"男女平权""自由恋爱"等观点来分析这些作品，还是浮于表面的，只有用马列主义的历史唯物主义观点，将爱情、婚姻问题和一定历史阶段的生产力、生产关系联系起来说明，才是科学的。后来他根据这一新认识写成《从〈凤求凰〉到〈西厢记〉》一文，将对《西厢记》《牡丹亭》等作品的理论研究，提到一个新的高度。1975 年，先生被初步落实政策，迁入新居。一夜，月光皎洁，斜照东轩，通室晶莹透亮。先生欣然在东壁题下"玉轮轩"三字，作为书斋之名，后来先生的文集多以"玉轮轩"命名。

改革开放以后，先生虽已年过古稀，但学术之树长青，适逢改革盛世春风，更结出累累硕果。他陆续撰写出版了多本论文集：《玉轮轩古典文学论集》（1982）、《玉轮轩曲论新编》（1983）、《玉轮轩曲论三编》（1988）、《玉轮轩前集》（1993）、《玉轮轩戏曲新论》（1993）、《玉轮轩后集》（1994）。这些论文，都富有创意和严密的科学性，许多学术上的疑难问题，经他的辨析便迎刃而解；许多作家作品及文学现象，经他的评论而成为研究的热点。如《西厢记》的第五本是否为王实甫所作，元杂剧的本色派与文采派，中国古典悲喜剧是否存在等问题，都经他的评析而一锤定音。另外，文笔质朴自然而又流丽潇洒，娓娓而谈中见深刻缜密，被学术界认为是"大家风范"。这一时期，先生还出版了杂文集《求索小集》（1986）和诗词集《王季思诗词录》（1981），这是他多年来的散文、诗词的结集。这些诗文都有面向现实、立意新颖、感情真挚、语言淡雅的特点，既内容深刻而又通俗易懂，达到雅俗共赏的佳境。

先生还致力于培养研究生和中青年教师的工作。他曾对人说："我有长寿的秘诀、不死的灵方，它就在这里！"原来指的是一份培养研究生的计划。他在《冷暖集·序》中又说："无产阶级的文化建设，不论哪一部门，都需要几代人的长期努力，才有可能逐步臻于完善。如果不注意新一代学者的培养，使他们越过自己的足迹，迎头赶上，我们的事业就将徘徊不前，甚至人亡政息，后继无人。"他很早就注意和中青年学者合作写书，在实际工作中锻炼新一代学者，从而带出了众多的学术骨干，造就了中山大学戏曲研究的学术梯队，使以该方向为基础的古代文学专业成为全国高校的重点学科。陆续合作出版的著作有《〈桃花扇〉校注》（1958），《王安石诗文选》（1975），《评注〈聊斋志异〉选》（1977），《中国十大古典喜剧集》（1982），《中国十大古典悲剧集》（1982），《中国戏曲选》

（1986），《全元戏曲》第一卷、第二卷（1990）等。这些合作项目均为古籍整理，先生在主持编写书稿时，从选本、选目、体例到校勘、注释、评点，都严格把关，组织有关人员反复讨论，对写成的稿件逐字逐句仔细审阅，并亲自撰写部分书稿的前言和题解。在合作著书的过程中，他把自己多年校勘古籍的心得传授给中青年教师，如在注释古代戏曲的方言俗语时，不但要查辞典、类书等常用的工具书，还要根据历代诗文、元人杂剧、明清小说的例句乃至勾栏用语进行比较研究，才能得出较为科学的结论。另外，还要根据不同的读者对象进行不同的注释工作，面向学术界的注本如《西厢记》《桃花扇》等的注释可引述较多的典故、诗文；普及性的选本如《元杂剧选注》《中国戏曲选》等就要注得简略，并加以串讲，或篇首篇末作题解或评说，力求让初中以上文化水平的读者都能读懂。在编选《中国十大古典喜剧集》《中国十大古典悲剧集》时，则指导大家继承和发展明清时期盛行的评点方法，站在新的立场观点和学术水平上，对剧作进行深入细致的评点。在关于《全元戏曲》的讨论会上，先生提出，校勘古典戏曲与整理其他古籍不同，选用版本并非越古越好，时间较早的元刊本和脉望馆部分抄本是民间艺人的舞台记录本，错漏讹误较多；而臧晋叔《元曲选》等明刊本时间虽较后，但对元代舞台演出本的加工修改基本上是好的。最后决定以臧本为底本，他本为校本进行校勘工作。凡是与先生合作过的人，都感受到他严谨认真的学风，并学到了古典文学研究的真功夫。先生主持编写的这些书稿，大多成为戏曲研究界的重要著作，并多次获奖。《中国戏曲选》和《元杂剧选注》均获得广东省优秀社会科学研究一等奖，前者还被定为全国高校文科教材，获全国高校教材二等奖；《〈桃花扇〉校注》自50年代出版后多次重版，1994年被选入《世界名著集》；《中国十大古典喜剧集》和《中国十大古典悲剧集》用西方悲喜剧理论研究中国古代戏曲，阐述了我国古典悲喜剧的民族特色，也多次修订重版。

  在主编《全元戏曲》的后期，先生已年近九十，严重的白内障使他视力模糊，只能低俯在桌上吃力地审稿，为防止老年人嘴边流涎滴湿稿子，大热天也戴着口罩工作。在他生命的最后三年，眼睛已近失明，说话也气息微弱，终至卧床不起。但他的脑子里仍在构思着论文和诗篇，口授给儿女、学生，由他们整理出来，投稿于报刊。他每年春节都给自己的"玉轮轩"小楼撰写春联，1994年的春联为"放眼东方万里晴光来晚岁，托生南国一生学术有传人"，胸襟广阔，意气雄豪，不见老人衰惫之气。

先生一生热爱光明，追求进步，于1956年加入中国民主同盟，1983年加入中国共产党。他在《王季思学术论著自选集·自序》中说："热爱人生，面向现实，是我做人的基本态度，也是我做学问的基本态度。历史有回流，但总是曲折前进的；人生有忧患，但往往能激发人的志气，锻炼人的才能，成就也更大。以此观人生，就处处感觉人生的可爱，经常保持一种乐观主义的精神。"用这样一种智者的眼光去做人和做学问，先生在各方面都成就斐然，却又不沾沾自喜。他曾任第五和第六届全国政协委员、中国民主同盟广东省委员会副主任委员、国家古籍整理出版规划小组顾问、国务院学位委员会第一届学科评议组成员、中华戏曲学会会长、中国韵文学会会长、广东省文学艺术工作者联合会副主席、中山大学古文献研究所所长等职务。但在他的名片上，往往只有简单的一句——"中山大学中文系教授王起"。

1996年4月6日，这位杰出的教授永远闭上了眼睛，享年90岁。

一个人致力于学术事业并不难，难的是终生不渝地献身于学术事业，更难的是不但要自己攀高峰出成果，还要组织起一支强大的攻坚队伍。记得先生曾有诗云："人生有限而无限，历史无情还有情。薪火相传光不绝，长留双眼看春星。"我深慕此诗的胸襟与睿智，撰挽联——"历史有情千载曲魂萦绿野，人生无限长留慧魄看春星"，以寄托对恩师的怀念。

（原载全国古籍整理出版规划小组办公室编《古籍整理出版情况简报》1996年第12期）

董每戡先生的学术精神和古代戏曲研究

今年是中山大学著名的文学史、戏曲史研究专家董每戡先生的一百周年诞辰。在此，我们缅怀董每戡先生终生不渝献身学术事业的精神，以及他独具个性的古代戏曲研究方法，是很有意义的。

一、董每戡先生的学术精神

董先生的一生，丰富多彩而又坎坷多舛。但他无论遇到多少艰难险阻，始终坚持热爱国家、热爱学术事业，其高尚的人格、坚忍不拔的学术精神、严谨的学风，感人肺腑。

董先生最值得后人敬佩的，是他执着、坚忍地献身学术事业的精神。在烽火连天的抗日战争时期，董先生作为一个爱国的热血青年，积极参加抗日救亡运动，创作了大批的宣传抗战的话剧，如《敌》《保卫领空》等，并担任导演的工作。1943年后，他从戏剧创作转向教学和学术研究，出版了《中国戏剧简史》《西洋戏剧简史》等著作。新中国成立以后，他先后在湖南大学、中山大学任教，继续进行中国文学和古典戏曲的研究，出版了《说剧》《戏剧的欣赏与创作》《〈三国演义〉试论》《〈琵琶记〉简说》等专著，笔耕不辍，硕果累累。但是，在1957年的反右政治运动中，他被错划为右派，被迫离开了高校的教学和科研岗位。在此后的二十余年间，他没有职业，靠儿子的微薄工资维持生活，贫病交加，"两手病颤三十许年"①，陷于极为艰难的困境之中。

然而，就是在这样的困境中，他仍然孜孜不倦地进行古典戏曲的研究工作。他把自己在长沙的居室名为"诂戏小舍"，表明了他以解释研究古典戏曲为己任的志向。此时，他的"诂戏"既无职称可提，也无工资可

---

① 董每戡：《说剧·序》，人民文学出版社1983年版，第2页。（下引该书均此版本，除书名页码外，其他不再另注）

取,甚至他把写好的著作送到出版社,出版社也因他的身份不敢出版。如果董先生有些许功利的思想,或者就会放弃学术研究了。但他没有气馁,以顽强的毅力,以两手推写的方法,克服手颤,坚持写作,终于在1966年前完成了《中国戏剧发展史》《〈笠翁曲话〉论释》《〈三国演义〉试论(增改本)》《明清传奇选论》四部著作。可惜的是,这批手稿在1966年"文革"中被抄家而散佚。多年的心血付之东流,这对一个学者来说是何等重大的打击!但他没有因此而消沉或放弃,仍然痴心不改地"诂戏"。在20世纪70年代"文革"时期,大部分古典戏曲被批判为宣传"帝王将相、才子佳人"的"毒草",他却在此时重新撰写幸存的、研究古典戏曲名著的《五大名剧论》。他在《五大名剧论》中说:"我既不是研究元剧的学者,更非《西厢记》专家,然为填塞学术研究项目的空白起见,不得不我尽我心。"① 坦言其心在学术,只要有学术的需要,就要去研究。在"文革"结束后的1977年,他感到学术研究的春天来临了,写诗言志:"人生七十童年始,恕我胡言欠审思。"② 老病交加的古稀之年,他却视为新的学术生命的开始,准备再干一番事业。从1977年到他去世的1980年,他重新撰写了在"文革"中失去的《〈三国演义〉试论(增改本)》《〈笠翁曲话〉拔萃论释》等著作以及大量的学术论文,在他去世的1980年,还发表了《温州戏文初探》等六篇戏剧论文③。他对学术研究终生不渝的执着,表明他是一个真正的、彻底的学者,唯其是真学者,才有无怨无悔献身学术事业的精神,才有百折不回征服困难的顽强毅力。

董先生的学术精神之二,是对学术研究的精益求精。他的《说剧》曾三次出版,1950年出版的《说剧》收其论文五篇;1958年他将此书修订扩充拟再出版,收戏剧专题论文九篇,惜因他的右派身份而未能面世;1983年人民文学出版社再出版其《说剧》,收其论文三十篇,其中二十一篇是董先生在1958年至1980年修订此书的遗著。《说剧》的三次出版,不是简单的重复,而是一次比一次更为充实。另外,他在写完一篇论文后,不是就此搁笔,而是对这个论题继续推敲,力求使自己的研究更为完善。他在

---

① 董每戡:《五大名剧论·〈西厢记论〉·开场的独白》,人民文学出版社1984年版,第3页。(下引该书均同此版本,除书名页码外,其他不再另注)
② 董每戡:《五大名剧论·〈西厢记论〉·开场的独白》,第4页。
③ 董每戡的著作和论文的出版时间见黄天骥、董上德编《董每戡文集》中"附录:董每戡著作系年",中山大学出版社2004年版。

《说"武戏"》一文的开头说:"在抗日战争中,我曾写过一篇《说角抵奇戏》的专题研究论文,该文仅叙述了'百戏'在各个历史时期的发展情况,把它的来踪固已大致说清,惜未说到它的去迹如何。……是以有补说一下的必要。"① 谓《说"武戏"》一文是补《说角抵奇戏》的不足而作。他在《〈说"傀儡"〉补说》一文中也说:"前些时,已将中国的傀儡戏在《说"傀儡"》一文中作过一番史的考察,觉意尤未足,现在,又写这篇补说,想把傀儡的根源再加以研讨。"② 他的多篇论文都是对以前写的论文的"补说",对自己的研究不断检讨和充实,体现出精益求精的精神。

董先生坚忍不拔、精益求精的学术精神,足令我们高山仰止;对比目前学术界的一些浮躁风、功利风,董先生的学术精神也令我们深刻反省。

二、董每戡先生的古代戏曲研究

董先生在古代戏曲研究方面,形成了独具个性的学术观点和研究方法。个中原因,首先得益于他是创作与研究兼备的学者;其次是他后半生的特殊的经历,迫使他一空依傍,独立思考,反而写出了不同凡响的研究心得。他在《说剧·序》中说:"这些小文为着没有前辈或同辈人的余唾可给我拾取,大都是乱出己见,谬误纵未百出,笑话自也不鲜,我之所以依然拿它出来丢人现眼,只由于'敝帚自珍'这点儿常情。"③ 去除作者自谦的内容,"自出己见"即为其写作的核心。

董先生独特的研究方法之一,是从戏剧创作和舞台演出的角度研究古代戏曲。他曾长期从事话剧的创作,并且曾做过戏剧的导演,对古代戏曲的文本研究,就具有和一般未有过创作经验的学者不同的研究方法。一般文学史、戏剧史的论者多重视对剧本的曲词、说白的分析研究,对舞台提示是较为忽略的;而董先生却从舞台演出出发,提出了独特的见解,他在《说科介》一文中说:"不管是谁,只要评论一个剧本,就绝对不能漠视台本上的'舞台提示'。因为戏剧这个文体和其他文学作品不同,它最基本的东西是'行动'——或者称之为'戏剧行为',只有'行动'才是

---

① 董每戡:《说剧》,第84页。
② 董每戡:《说剧》,第42页。
③ 董每戡:《说剧·序》,第2页。

形象化的,语言只占次要的辅助地位。"① 他以《西厢记》中《惊艳》一折的舞台提示"(旦回顾觑末下)"为例,说明"别轻视这一'舞台提示',这正是王实甫的'神来之笔'。就因为有了它,始有一部《西厢记》,是带根本性的戏剧行为"②,高度评价了这一舞台提示。

对于《琵琶记》的主题思想,学术界争论颇多,各持己见,董先生从戏剧冲突的角度对此问题提出了独特的看法:"由'三被强'或'三不从'构成了戏剧的矛盾冲突……一部《琵琶记》最重要最中心的关目就是这个'三被强'和'三不从',能说这关目体现了作品中的人物和作者自己在狂热地宣扬封建的思想性吗?不,绝不!恰恰相反,是进行着跟封建道德对抗的斗争。戏,毕竟是舞台上演出的戏,绝不是案头文章。思想性怎样,就看它中心的行动如何,好或坏都由此来决定,《琵琶记》的论者应从这儿来下断语。"③ 认为必须从戏剧人物的中心行动、戏剧冲突的状况来分析剧作的思想性,与一般论者仅从文学的角度分析剧本的主题思想迥然不同。

在分析戏剧人物时,他还常常借用现代戏剧的术语"潜台词",细致地分析人物的思想性格,如分析《西厢记》中《拷红》一折:"精彩之中最精彩的就是这两句:'红娘你且先行,教小姐权时落后。'老夫人马上有点儿着慌说:'她是个女孩儿家,着她落后怎么?'作者在这儿虽没有写出老夫人此时震惊的心理状态的'舞台提示',从舞台演出的角度来看,红娘说那两句话和老夫人问这两句话时都有各自不同的'潜台词',前者是:'瞧你吃惊不吃惊!留在一个年青男人房里,瞧你心惊不心惊!'后者是:'这还了得,坏了,坏了!'"④ 董先生就好像是一个导演指导演员分析角色、表演角色那样分析剧本,从而使他的戏曲研究论文既有深刻的文学性,又有鲜活的舞台艺术性,给人耳目一新的感觉。

从舞台演出的角度出发,他除了对剧本进行研究之外,还研究古典戏曲的脸谱、服装道具、布景照明等,《说剧》中的《说"脸谱"》《说"行头"》《说"布景""效果""照明"》等篇都是这方面的成果,显示

---

① 董每戡:《说剧》,第283页。
② 董每戡:《说剧》,第279页。
③ 董每戡:《五大名剧论·〈琵琶记论〉》,第285页。
④ 董每戡:《五大名剧论·〈西厢记论〉》,第214页。

出广阔的研究思路。

董先生独特的研究方法之二,是综合运用史学、人类学、民俗学以及西方戏剧理论,对中国戏剧史上诸如剧种、戏剧形态、舞美等问题进行深入的研究。董先生曾长期从事高校的教学与科研的工作,博览群书,知识渊博;又曾精心研究西方戏剧,写有《西洋古剧探源》《英国的戏剧》等多篇有关论文和《西洋戏剧简史》的专著;他本人又出生于南戏的发源地、戏曲演出兴盛的温州,对于民间戏曲十分熟悉,这都对他能综合运用自己知识结构中的各种积累来研究中国古代戏曲,打下了丰厚的基础。因此,他的戏曲研究论文,往往探源溯流、旁征博引,将论题论述得深入而透彻,富有深厚的文化底蕴,令人击节称赏。如《说"傀儡"》一文,认为中国古代傀儡戏的雏形"刻木人"源于中国古代殉葬的习俗:"依我的臆测,开始刻木人并不就用于耍戏,而是用于丧祭以像尸。"① 他从葬俗的人殉谈到人俑殉,又从人俑说到玩偶,再从玩偶谈到傀儡戏及其在各个朝代的发展,娓娓道来,将中国傀儡戏的起源及其发展史描述得非常清晰。后来,董先生觉得这个论题还有进一步探讨的必要,又写了《〈说"傀儡"〉补说》一文,从西方戏剧的角度再次阐述这个论题。他从希腊神话谈到神庙中的神像,又从神像说到希腊戏剧中宗教戏的傀儡演出,将"傀儡戏"这一论题研究得更为全面而充实。又如《说"打鼓佬""场面"》一文,从他的故乡温州的戏班演出有"打鼓佬"指挥后台乐队伴奏说起,谈到古代歌舞、戏曲演出的"场面"——乐队伴奏的发展史,将民俗研究和文献研究结合起来,也将论题阐述得很清晰。

其三,董先生往往采用"各个击破"的方法,对中国戏曲史进行专题研究,在微观分析的基础上,再进行宏观的分析,体现出中国戏曲史发展的脉络。他在《说剧·序》中说:"一九四三年,我结束了戏剧编导工作,恢复教学,想下工夫摸索一下,然自知固陋、必徒劳无功,因而,先用'各个击破'的办法,一点一滴地作些专题研究试试看。"② 《说剧》分篇研究了歌舞戏、傀儡戏、角抵戏、滑稽戏、杂剧、戏文等各个剧种,以及饶头、打散等戏剧形态;《五大名剧论》对《西厢记》《琵琶记》等古典名剧逐一进行分析评论,每篇的题目都不很大,但开掘却很深。《五

---

① 董每戡:《说剧》,第24页。
② 董每戡:《说剧·序》,第1页。

大名剧论》中的《西厢记论》从"作者和作剧的年代""反映的历史真实""主要的情节结构""原作究竟是四本抑五本""主要的人物形象""剧本'收煞'和演出'打散'"六个方面进行论述,每一方面的分析都很细致,往往有作者的心得体会。如"剧本'收煞'和演出'打散'"一节,从戏剧演出的"收煞"和"打散"的角度对《西厢记》的大团圆结局和结尾的颂圣之语进行分析,认为"实际可以大胆地肯定说不由于作者,而是元代的书会为了讨好当时的统治阶级,在每一演出时必加些歌功颂德的东西在戏的开场或煞尾,规定为演剧的优伶随时插进去,这儿就是依照这种规定的惯例行事"①。继而用清末昆剧的演出结尾有《老旦做亲》、温州戏班演出的开场有《天官赐福》、结尾有《关老爷洗台》等与剧情无关的小戏,说明《西厢记》大团圆结局和结尾的颂圣之语不是像某些论者所说那样,是"重新打上封建统治阶级合法的印记","向统治阶级和封建礼教进行了妥协"②,而是"这些颂圣语当然是勉强穿上去的靴子,观众都心中有数,况且这多余的靴子根本不是作者王实甫给穿的,还是演出时由伶人们临时给穿上去的"③。并认为:"我们中国人民素来是乐观主义者,做事要有始有终,看戏文听故事要有头有尾,因而这个'团圆'结局是合往日观众脾胃的,不是蛇足。"④ 这样,就从舞台演出和民俗的角度,深入说明了《西厢记》大团圆结局的真正功能和思想意义,令人信服。在六个方面的"各个击破"完成后,对《西厢记》的整体论述也就完成了。董先生是这样研究《西厢记》的,也是这样研究中国戏剧史的。他在1959年写就的《中国戏剧发展史》,很可能就是在各个专题研究的基础上完成的,应当是一部微观和宏观分析相结合的佳作。可惜这部著作被毁,否则,我们将会从董先生的学术成果中受益更多。

斯人已去,风范长存。董每戡先生的学术精神和古典戏曲的研究方法,给我们留下了宝贵的精神财富,值得我们永远学习。

(原载《中国非物质文化遗产》第11辑,中山大学出版社2006年版)

---

① 董每戡:《五大名剧论·〈西厢记论〉》,第225页。
② 董每戡:《五大名剧论·〈西厢记论〉》,第222页。
③ 董每戡:《五大名剧论·〈西厢记论〉》,第227页。
④ 董每戡:《五大名剧论·〈西厢记论〉》,第229页。

附论

宋金元文学研究

论宋词的感伤美

一

　　文学中写感伤，古已有之，并非宋人的发明。《诗经》就有《采薇》写成卒羁愁，《伯兮》写思妇闺怨等。孔子说："诗，可以兴，可以观，可以群，可以怨。"但他只是以"怨"作为诗的四个功能之一，并没有说非"怨"不可。宋玉的《九辩》则写贫士失意的悲怨："坎壈兮贫士失职而志不平"，开后世怀才不遇的感伤诗的先河；而他在诗中慨叹"悲哉秋之为气也"，更成为中国诗歌"悲秋"的老祖宗，故有"宋玉悲秋"这句熟语。但从总的来说，汉代诗写感伤并未成为风气。《汉书·艺文志》说："故哀乐之心感，而歌咏之声发。"仍然是哀、乐并提的。至南北朝，刘勰的《文心雕龙·物色》说："春秋代序，阴阳惨舒，物色之动，心亦摇焉。"则偏向于感伤，将春秋时序变换的景色与人的感伤之情结合起来，伤春悲秋渐成为中国文学的一种传统。江淹《别赋》有"黯然销魂者，唯别而已矣"，杜甫《曲江二首》有"一片花飞减却春，风飘万点正愁人"等悲秋伤春之句，都脍炙人口，多为后世词曲所化用。韩愈也有"穷苦之言易好"（《荆潭唱和诗·序》）之说，但在强调"物不得其平则鸣"时，仍兼顾乐和哀两个方面："抑不知天将和其声，而使鸣国家之盛邪？抑将穷饿其身，思愁其心肠，而使自鸣其不幸邪？"（《送孟东野·序》）并非一味赞美感伤。概言之，宋以前的诗坛甚而至文坛，虽早已有感伤一脉的创作，但感伤并未成为笼罩文坛的普遍风气。

　　感伤成为时尚是宋以后的事。两宋的文学艺术，在不同程度上都带有感伤的成分，以感伤为美成为宋代总体的审美观念。

　　在宋诗坛上，欧阳修提出了"穷而后工"论："凡士之蕴其所有而不得施于世者，多喜自放于山巅水涯……内有忧思感愤之郁积，其兴于怨刺，以道羁臣寡妇之所叹，而写人情之难言。盖愈穷则愈工。然则非诗之能穷人,殆穷者而后工也。"(《梅圣俞诗集·序》)认为越能写出诗人穷困忧伤之感的诗就越美妙。陈师道的《别张芸叟》诗也说:"此别时须问生死,孰知诗律解穷人。"(据吴曾《能改斋漫录》卷七《事实》转引)以穷愁之作为佳,是宋诗坛的风气。

在绘画方面,不同于唐人富丽堂皇的"金碧山水",南宋的山水画家喜用暗淡的色彩描绘江南的半壁河山,马远画"一角"之景,夏圭画"半边"之景,都透露出"以剩水残山目之"(屠隆《画笺》)的创作心态,与辛弃疾词"剩水残山无态度"(《贺新郎》)异艺而同心,体现出对南宋偏安政治的感伤情绪。

在音乐方面,宋代也多情调哀怨之曲。姜夔词是宋词唯一有乐谱留传下来的作品,多为悲怆之音,其《扬州慢》词序说:"予怀怆然,感慨今昔,因自度此曲。千岩老人以为有《黍离》之悲也。"理学家周敦颐哀叹时人不喜典雅古乐而"代变新声,妖淫愁怨,导欲增悲,不能自止"(〔宋〕周敦颐:《周子通书》"乐上第十七")反映了宋代"愁怨"之音盛行,理学家欲禁而难止的局面。

在这种总体审美观的氛围下,由于词体更适宜于表现感伤的情绪,以感伤为美的观点便更为词人所普遍尊奉。不但潦倒如柳永者穷愁满纸,位高如范仲淹也"居庙堂之高,则忧其民;处江湖之远,则忧其君"(《岳阳楼记》),具有浓厚的忧患意识,其词也多"将军白发征夫泪"(《渔家傲》)的感伤。更有一些词人无忧时亦为忧者之辞,万俟咏为大晟词人,"按月用律进词"(〔明〕杨慎:《词品》卷四《万俟雅言》),其《卓牌儿》词道:"闲闷闲愁,难消遣,此日年年意绪。"张枢为"承平佳公子"(〔宋〕周密:《浩然斋词话》),却也写怨恨之词:"怨东风,轻信杜鹃。"(《恋绣衾》)实为无病呻吟之作。辛弃疾的《丑奴儿》清楚地说明了这种词坛风气:

  少年不识愁滋味,爱上层楼,爱上层楼,为赋新词强说愁。而今识尽愁滋味,欲说还休,欲说还休,却道:"天凉好个秋。"

这是辛弃疾以少年时的无忧反衬"而今"的深愁,"为赋新词强说愁"之句,透露出了宋词坛以愁为美的信息,在时尚的影响下,无忧者也只好在词中故作愁态了。此外,还有"代他人愁"者,如欧阳修喜在词中"代妇人语",其《渔家傲》云:"裙腰减尽柔肌损,一撮眉尖千叠恨。"就是个多愁善感的女子口吻。晏几道也喜在词中代歌女言愁:"溅酒滴残歌扇字,弄花熏得舞衣香。一春弹泪说凄凉。"(《浣溪沙》)这些词也许有"借他人酒杯浇自己块垒"之意,但由此而造成了词人品格与词风的矛盾,如欧阳修刚峻的人品与婉丽词风的差异,甚至招至后人称其部分词为伪作(吴师道《吴礼部词话》、王灼《碧鸡漫志》);寇准词的思致凄婉,也被胡仔认为与其决策庙堂的锐气不相类(《苕溪渔隐丛话》)。因此,清人田同之在《西圃词说》中说:"从来诗词并称,余谓诗人之词,真多而假少,词人之词,假多而真少。如邶风《燕燕》《日月》《终风》等篇,实有其别离,实有其摒弃。所谓文生于情也。若词则男子而作闺音,其写景也,忽发离别之悲,咏物也,全寓弃捐之恨。无其事,有其情,令读者魂绝色飞,所谓情生于文也。"此说未免有些偏激,宋词未必"假多真少",抒真愁仍为主流,何况还有借香草美人而抒幽愤的"似假实真"之作;但亦不可否认有部分词作确实是"情生于文",为赶时髦而抒假愁的。这种情况的出现,除了受"诗庄词媚"传统观念的影响,在词中大写女性的纤柔之美外,以愁为美的观念,当是宋人有意在词中写愁的重要原因。

二

宋代社会是中国封建社会由盛而衰的转折阶段,盛唐的蒸蒸日上、国力强盛已为两宋时期的战乱频繁、内外交困的局面所代替,从此,中国的封建社会开始了它的下坡路。对外,宋朝在与辽、西夏、金、蒙古的战争中屡战屡败,"澶渊之盟""绍兴和议""隆兴和议"等割地赔款的屈辱条约,也挽救不了宋朝统治危局;对内,征取太苛而民不能堪,李顺、宋江、方腊等农民起义此起彼伏,即使重兵镇压也难灭燎原之火,终于导致两宋相继灭亡。整部宋史,就是不断被动挨打走向灭亡的历史。这种时代的大悲剧,在人们心中投下了巨大的阴影,形成了社会总体的悲怆情绪。

宋代文人的命运受这悲剧时代的制约,往往坎坷蹇滞,因而他们的心态也普遍带有忧伤的色彩。封建社会的知识分子多尊奉儒家学说,"齐家、治国、平天下"是他们实现自我价值的重要途径。但是,在宋这个多艰的时代,他们的政治理想却往往碰得头破血流。许多志士仁人虽曾进行种种改革，期以挽救宋朝积贫积弱的颓势，但均以失败告终。范仲淹的"庆历革新"不到一年便下台；以王安石为首的变法派虽与司马光为首的保守派长期反复搏斗，也未能成功；辛弃疾、陈亮力主抗金，伏阙上书，慷慨陈词，但他们的《美芹十论》《上孝宗皇帝书》等治国之策，也只能成为文坛上的佳章，未能扭转南宋朝廷投降苟安的路线。更兼宋代党争激烈，前有宋徽宗、蔡京等人制造的党祸，贬逐元祐、元符年间参政的官员三百多人；后有宋高宗、秦桧"屡兴大狱以中异己者"的"诏狱"（《宋史·刑法二》），冤杀岳飞、岳云等抗金名将。因此，宋代士大夫常常产生政治理想失败的幻灭感、出路难寻的迷茫感，而文学作品中怀才不遇的题材亦比比可见，宋词尤著。辛弃疾《水龙吟》道："倩何人，唤取红巾翠袖，揾英雄泪！"因壮志难酬而洒英雄泪，成为宋代志士仁人的普遍现象。

　　宋人多感伤的又一原因，是与科举有关的。宋代科举大盛，应试场屋几为士人入仕的唯一途径。唐人李白可以被贺知章荐于玄宗而得官，宋人却此路不通。《宋史·选举一》载，"台阁近臣得荐所知之负艺者，号曰'公荐'。太祖虑其因缘挟私，禁之"，"仍诏诸王、公主、近臣，毋得以下第亲族宾客求赐科名"。暗地里走后门者当然还存在，但大多数人只能千里迢迢上京赶考，取得功名，这在交通不便的古代，是要付出相当代价的。得中的，有钱者可以衣锦还乡，与亲人团聚；囊中羞涩者只得与妻儿两地分居，岳珂《桯史》载赵逵中举做官后，"其家尚留蜀"，"以贫未能致"，力辞秦桧赠金事。至于落第而又羞见江东父老者，就只能浪迹江湖，卖文为生了。柳永售歌词于青楼，姜夔献诗书于侯门，都是流转江湖的游士。于是有大量乡愁浓郁的羁旅词，绵绵不绝地诉说着游子们远离家乡亲人的孤独感和漂泊异乡的凄凉意。

　　宋人多感伤还与文人的爱情悲剧相连。宋代城市经济发达，歌楼酒馆林立，文人们有许多机会接触妻女之外的女性。对比那些由父母和媒人带进门的妻子，歌妓舞女色艺俱佳，风情万种，文人的感情天平往往倾向于后者。但是，程朱理学的盛行，使正统的家庭难以接纳地位卑贱的娼妓，贫士也无力为歌妓赎身，即使结合了也难以抵御权豪的侵凌。于是文人和歌妓的恋情往往只是昙花一现，而"执手相看泪眼，竟无语凝噎"的离别就在所难免了。宋人秦醇的《谭意歌传》，写妓女谭意歌与茶官张正字相恋，但张"内逼慈亲之教，外为物议之非"，只能与谭意歌惨然相别，另娶高门。传说周邦彦与京都名妓李师师相恋,"师师欲委身而未能也"(陈鹄《耆旧续闻》)。好狭邪游的宋徽宗一到,周便只好藏匿于床底下。难以与心上人结合的遗憾,使宋词多"心中事,眼中泪,意中人"(张先《行香子》)的爱情失意,张先、晏几道、秦观、柳永、周邦彦等人都有大量感伤的恋妓词作。

"乱世之音,怨以怒。"(《毛诗·序》)宋代的时代悲剧和文人的群体悲剧,使宋词成为哀怨沉吟的悲歌。

三

在欧洲的悲剧理论中,感伤美的产生与悲剧的快感密切相关。感伤产生快感有两个途径:一是由同情别人的痛苦而产生快感,二是因自己的痛苦得到宣泄而产生快感。当生理上的快感转化为精神上的愉悦时,快感就转化为美感。前者如席勒的《论悲剧艺术》所说:"为什么恰恰是痛苦的程度决定感动时同情的快感的程度。这个问题只能这样回答:我们的感性受到了打击。这就创造了一个条件,使心灵中激起某种力量:这种力量活动的结果,便产生由同情别人痛苦而来的快感。"宋词中的怀古伤今之作多产生这种"由同情别人痛苦而来的快感",王安石的《桂枝香·金陵怀古》词说:"念往昔、繁华竞逐。叹门外楼头,悲恨相续。千古凭高对此,谩嗟荣辱。六朝旧事随流水,但寒烟、衰草凝绿。"在悲悼六朝衰亡之中寄寓为宋朝担忧之意。这种因悲古悯今而产生的快感,便使作者和读者都感受到一种悲剧美。感伤的快感还产生于自己的痛苦得到宣泄,亚里士多德的《诗学》第六章里说,悲剧"激起哀怜和恐惧,从而导致这些情绪的净化"。朱光潜先生将这种"净化说"发展为"宣泄说",他在《悲剧心理学》第九章说:"忧郁本身正是欲望受到阻碍或挫折的结果,所以一般都伴之以痛苦的情调。但沉湎于忧郁本身又是一种心理活动,它使郁积的能量得以畅然一泄,所以反过来又产生一种快乐。……当生命力成功地找到正当发泄的途径时,便产生快感。"这种"宣泄说"对于抒写"真愁"的人来说是十分适合的。拜伦的《我的心灵是阴沉的》说道:"告诉你,歌手呵,我必须哭泣,不然这沉重的心就要爆裂。"他正是在忧伤的发泄中找到解脱和安慰,进而转化为精神上的愉悦。中国诗人虽然没有说在痛感中找寻快感,但也认为悲哀的诗歌可以发泄痛苦,乐府古辞《悲歌行》说："悲歌可以当泣。"宋词人常常"长歌当哭",张炎悼王沂孙《琐窗寒》词序说："余悼之玉笥山,所谓长歌之哀,过于痛哭。"李清照词《声声慢》用淡酒、晚风、秋雁、落花、细雨等凄凉景物反复渲染心中的哀愁,实际上是一首"惨惨戚戚"的长歌,将积郁的痛苦倾泻无余,从而获得心灵的慰藉。正是这种慰藉,使词人们在苦涩的泪水中又尝到一丝甜蜜,感伤美就油然而产生了。

中国人讲究诗歌的意味深长,韵味浓厚。司空图《与李生论诗书》将"韵外之致""味外之旨"作为诗的要义,欧阳修也主张好诗要"初如食橄榄,真味久愈在"①。其"味"指诗歌要内涵丰富,有言外之意,经得起咀嚼、体味。在此审美观念的影响下,宋词人也将"味"之浓淡作为评词优劣的准绳。张炎《词源》卷下"杂论"评秦观词"清丽中不断意脉,咀嚼无滓,久而知味。"而胡仔则批评朱敦儒《念奴娇》词"明朝尘世,记取休向人说"两句"全无意味,收拾得不佳,遂并全篇气索然矣"②。感伤是一种复杂、幽深的情感,忧郁的沉思默想往往包含着丰富的感情和深邃的思绪。感伤是与"多情""多感"密切相连的,愁多情多,方能"有味"动人;反之,如果单纯描绘欢乐,容易趋于浅薄。韩愈《荆潭唱和诗·序》对此有精辟的论述："夫和平之音淡薄,而愁思之声要眇;欢愉之辞难工,而穷苦之言易好也。"此说其实也适用于词。陈廷焯《白雨斋词话》说："作词之法,首贵沉郁,沉则不浮,郁则不薄。"认为词写愁怨,可避免艺术上的平直浅薄,使作品深厚沉郁,意味深长。宋词人的创作实践也证实了"穷苦之言易好"之说。谢章铤《赌棋山庄词话》卷十说："况昌黎之说,即词亦何莫不然。昔范希文在塞下,尝填《渔家傲》,有'将军白发征夫泪'句。欧阳六一议为穷塞主。及后送人守边,乃特矫之曰'玉杯遥献南山寿'。然论者谓范公真得东山诗人之意,而六一辞气涉夸,感人已浅,是真善于品藻矣。"欧阳修讥范仲淹穷愁而作乐词,反为人所讥,可为"欢愉之辞难工,而穷苦之言易好"的绝妙注脚。

宋词人喜写感伤,还与词体适于表现感伤有关。词本是产生于酒宴上

---

① 〔宋〕欧阳修:《水谷夜行寄子美圣俞》,见林维沫、陈新选注《欧阳修选集》,上海古籍出版社1986年版,第85页。

② 〔宋〕胡仔:《苕溪渔隐丛话·后集》卷三十九,人民文学出版社1962年版,第321页。

歌女演唱的一种轻音乐，方叔《品令》云："唱歌须是玉人，檀口皓齿冰肤。意传心事，语娇声颤，字如贯珠。"① 这种流行歌曲必须在音乐上轻巧细腻，才能适于"语娇声颤"的"玉人"之口，故王国维《人间词话》说："词之为体，要眇宜修。"（《楚辞·九歌·湘君》有"美要眇兮宜修"句，形容神女精巧细腻的美）词体适于表现细腻微妙的情感，比诗抒情更为深细。而感伤，恰恰就是这种复杂微妙的情感。另外，词最初产生的场合，多为登高临远，把酒送别，这种特定的环境使词的音调低回婉转，适合表现感伤之情。谢章铤《赌棋山庄词话》卷十说："夫词多发于临远送归，故不胜其缠绵恻悱。即当歌对酒，而乐极哀来，扪心渺渺，阁泪盈盈，其情最真，其体亦最正矣。"词体还有长短句句式自由的特点，而体裁比诗文轻巧，抒情更为灵活深细，对于表现那些难以言传的微妙幽怨，则有诗文所缺乏的奇妙效果。

四

在题材上，宋词喜写爱情的失意、离别的惆怅、生命消逝之悲、理想难成之怨等，这与西方的感伤诗作是相同的。但宋词人只言愁不言死，无论词人如何反复渲染其愁苦之情，总没有人写自杀、死亡的恐怖场面（个别绝命词表现殉国殉情的烈士烈女，不在此文论述范畴）。即使是涉及死亡的悼亡词，也多是回忆死者生平之事，寄托词人的深挚思念，极少像欧洲"墓园诗派"的格雷等人那样，具体描绘送葬的凄惨行列和墓园的阴冷气氛，更不会像莱蒙托夫的诗《死》那样，大写蛆虫蠕动的可怖尸体，而是显示出一种有节制的哀伤。

宋词这个特点来自中国传统美学的"中和之美"。孔子《论语·八佾》说："《关雎》乐而不淫，哀而不伤。"《论语集解》引孔安国注："乐而不淫，哀而不伤，言其和也。"这"中和之美"的原则要求在文学和艺术中，把各种对立的因素及成分和谐地统一起来，不走极端。在这种传统思想的影响下，宋词写感伤也是"哀而不伤"的。郑文焯《大鹤山人词话》评友人词云，"秋思一解，酷似漱玉，得风人哀而不伤之义"，

---

① 转引自〔宋〕王灼《碧鸡漫志》卷一，见唐圭璋编《词话丛编》第一册，中华书局1986年版，第79页。

就道出李清照词"哀而不伤"的特征。

在抒情手法上，宋词的感伤之作重视抒情的委婉含蓄，而不同于欧洲拜伦、雪莱等人的感伤诗注重抒情的酣畅痛快。受司空图"韵外之致"、梅尧臣"言外之意"之说的影响，宋词的感伤之作注重在情景交融中含蓄道出哀思，在情和景的关系中更重视景的作用，往往通过写景塑造一个既凄清又优美的境界，隐露出种种忧伤情怀的"韵外之味"。张炎《词源》卷下"离情"云："矧情至于离，则哀怨必至。苟能调感怆于融会中，斯为得矣。"又引秦观《八六子》（倚危亭）词云："离情当如此作，全在情景交炼，得言外意。"蒋兆兰《词说》则云："词宜融情入景，或即景抒情，方有韵味。若舍景言情，正恐粗浅直白，了无蕴藉，索然意尽耳。"亦从反面道出此意。受中国文学"伤春悲秋"传统的熏陶，宋词常以春、秋之景烘托愁情，张侃《拙轩词话·康辛二公词》评辛弃疾《摸鱼儿》词："闲愁最苦。休去倚危栏，斜阳正在，烟柳断肠处。""其惜别惜春之意，愈无穷。"柳永《八声甘州》的"渐霜风凄紧，关河冷落，残照当楼"的悲秋之句，也得到苏轼的激赏，认为"不减唐人高处"（赵令畤《侯鲭录》卷七）。

宋词还喜欢用隐晦的比兴手法寄托愁思，尤其是咏物的感伤词，写物似而非似，寄意高远幽深，显示出一种似幻非真的朦胧之美，而不同于雪莱《咏月》等欧洲感伤诗作，寄意较为明晰，所咏之物往往是作者主观精神、自我形象的化身。

刘熙载《词概》说："东坡《水龙吟》起云：'似花还似非花。'此句可作全词评语，盖不离不即也。时有举史梅溪《双双燕》咏燕，姜白石《齐天乐》咏蟋蟀，令作评语者亦曰'似花还似非花'。"他举的例子，都是两宋感伤词的名篇，可见状物的朦胧实为宋感伤词的特征。陈廷焯《白雨斋词话》卷六认为比兴的要义就是"托讽于有意无意之间"，或寄喻于"可喻不可喻"之间，并以南宋的感伤词为证，可见寄意的朦胧，亦为宋感伤词的特征。宋词通过朦胧的状物寄意表现感伤，目的仍然是为了"味外之味""韵外之致"。严羽的《沧浪诗话》强调诗的妙处"如空中之音，相中之色，水中之月，镜中之象"，空幻不真，方能"言有尽而意无穷"。词乃诗余，同气相通，南宋咏物词的朦胧之作尤多，受南宋诗论的影响是一大原因。

虚实交错、吞吐回环也是宋词人常用以写愁情的手法，使词作形成缠绵悱恻的情调，表现出一种精巧细腻之美；而有别于拜伦、雪莱等欧洲感伤诗人喜用排比、夸张的手法使诗作富于气势。刘熙载《词概》说："词之妙，莫妙于以不言言之，非不言也，寄言也。如寄深于浅，寄厚于轻，寄劲于婉，寄直于曲，寄实于虚，寄正于余，皆是。"晏几道就常在词中写梦，以"寄实于虚"之法表现相思之苦："从别后，忆相逢，几回魂梦与君同。今宵剩把银釭照，犹恐相逢是梦中。"(《鹧鸪天》) 姜夔《长亭怨慢》则以转笔"寄正于余"，孙麟趾《词迳》评此词说："路已尽而复开出之，谓之转。如'谁得似长亭树，树若有情时，不会得青青如此'……皆用转笔，以见其妙者也。"周邦彦《兰陵王》则用"吞吐"之法曲折描写"京华倦客"的忧郁心情，陈廷焯《白雨斋词话》卷一评此词道："'闲寻旧踪迹'二叠，无一语不吞吐。""直至收笔云：'沉思前事，似梦里、泪暗滴。'遥遥挽合，妙在才欲说破，便自咽住，其味正无穷。"王灼《碧鸡漫志》卷二亦评李清照词："能曲折尽人意，轻巧尖新，姿态百出。"为了使感伤词具有"味无穷"的效果，宋词人可谓使尽了浑身解数。

（原载《学术研究》1994年第3期，后被中国人民大学书报资料中心《中国古代、近代文学研究》1994年第8期全文转引）

宋代隐逸词研究

在现存的近两万首宋词中，有相当一部分是以描写山林隐逸为主题的，我们称之为隐逸词。这些隐逸词的作者，有完全脱离尘世，在大自然中隐居的纯粹的隐士，如苏庠（1065—1147）、杨无咎（1097—1171）；也有不那么纯粹的半隐士或准隐士，如晁补之（1053—1110）、向子諲（1085—1152）是先官后隐的半隐士，苏轼（1036—1101）、辛弃疾（1140—1207）则是时官时隐的准隐士。宋代隐逸词上承陶渊明（365—427）的隐逸诗、张志和（约730—约810）的隐逸词的传统，下开元代隐逸散曲的先河；风格多清雅雄放，多有佳作。可惜的是，以往宋词的论者多关注于缠绵悱恻的言情词，或忧心国事的言志词，而少人耕耘宋代隐逸词这块土地。这是不利于我们全面地了解宋词，继承这份珍贵的文学遗产的。虽说20世纪40年代有薛砺若的《宋词通论》第五编第一章"颓废的诗人"收录了向子諲、苏庠、杨无咎、朱敦儒（1801—1159）等人的词作，但实际上仅论及部分宋代隐逸词；近年来，也有何尊沛的《论宋代隐逸词》、杨培森的《论宋代隐逸词的美学情趣》等论文开展了对这个问题的研究，但从总体上来说，这种研究还是很薄弱的。本文愿作抛砖引玉之举，求教于方家。

一、宋代隐逸词的心理特征及其兴盛的社会原因

宋代是中国封建社会由强盛转向衰弱的转折点。宋代的统治者由于过分强调中央集权，防止地方割据，从而导致国贫兵弱，一遇外敌入侵，常常处于被动挨打的局面。宋朝不断和外敌订立和约，以金帛和土地换取和平，但终致北宋（960—1127）、南宋（1127—1279）先后灭亡。随着国耻、国难的增多，一部分文人对现实政治深感失望，逃遁山林；还有一些士人在国破家亡之后不得不流浪江湖。这是宋代隐逸词大盛的重要社会原因。

宋代政治的又一特点，是党争频繁。北宋的党争多表现为革新与保守之争，如熙丰变法中王安石（1021—1086）和司马光（1019—1086）的新旧党争；南宋党争多围绕对金是战还是和而展开，如绍兴和议前后的秦桧（1090—1155）和岳飞（1103—1142）的和战之争。这些党争显示宋代政治还有较为开明的一面，容许不同的意见在朝廷上发表；党争的不良一面往往是发展为无原则的派别倾轧，无论哪一党上台都对另一党大加排斥甚至杀戮，如北宋末年宋徽宗（赵佶，1082—1135，1100—1125年在位）、蔡京（1047—1126）等人制造党祸，贬逐元祐（1086—1094）、元符（1098—1100）年间参政的官员三百多人。风云变幻的党争令宋代士大夫屡遭贬谪或罢官，使他们常有政治理想失败的幻灭感，转而在大自然中寻找慰藉，这是宋代隐逸词兴盛的又一社会原因。

在宋代战乱和党争的背景下产生的隐逸词，都有远离现实政治、投身大自然的思想倾向，也有共同的心理特征。隐士们和准隐士们在物质上一般是贫困的，于是他们力求在精神上加以补偿，以精神上的富有抗衡物质上的贫困。这种补偿心理的第一个表现是将晋代著名的隐逸诗人陶渊明（372—427）作为自己的精神导师和精神支柱，辛弃疾《最高楼》词道："穆先生，陶县令，是吾师。"① 在现存六百余首辛词中，提到陶渊明的就有七十余首②。还有许多词人用"檃括词"的形式将陶渊明的诗文作品插入自己的词作，表示对这位隐逸祖师的追步。如苏轼的《哨遍》词檃括陶渊明的《归去来辞》：

> 为米折腰，因酒弃家，口体交相累。归去来，谁不遣君归。觉从前皆非今是。露未晞。征夫指予归路，门前笑语喧童稚。嗟旧菊都荒，新松暗老，吾年今已如此。但小窗容膝闭柴扉。策杖看孤云暮鸿飞。云出无心，鸟倦知还，本非有意。　噫。归去来兮。我今忘我兼忘世。亲戚无浪语，琴书中有真味。步翠麓崎岖，泛溪窈窕，涓涓暗谷流春水。观草木欣荣，幽人自感，吾生行且休矣。念寓形宇内复几时。不自觉皇皇欲何之。委吾心，去留谁计。神仙知在何处，富贵

---

① 唐圭璋编：《全宋词》（第三册），中华书局1965年版，第1894页。
② 张忠纲：《辛弃疾与陶渊明》，见孙崇恩、刘德仕、李福仁主编《辛弃疾研究论文集》，中国文联出版公司1993年版，第270页。（下引该书均同此版本，除书名及页码外，其他不再另注）

非吾志。但知临水登山啸咏，自引壶觞自醉。此生天命更何疑。且乘流、遇坎还止。①

词有苏轼自序道："陶渊明赋归去来，有其词而无其声。余治东坡，筑雪堂于上，人俱笑其陋。独鄱阳董毅夫过而悦之，有卜邻之意。乃取归去来词，稍加檃括，使就声律，以遗毅夫。……"可知苏东坡是在被贬黄州、居住陋室之时，在陶渊明的《归去来辞》中找到了自己的精神支柱，用檃括词这种形式，表示自己对陶渊明清高人品、生活方式的衷心倾慕②。

此外，米友仁（1074—1153）的《念奴娇》（裁成渊明《归去来辞》）③、辛弃疾《声声慢》（檃括陶渊明《停云》诗）④、《新荷叶》（种豆南山）⑤ 等都是檃括词，均可见宋隐逸词人对陶渊明"不能为五斗米折腰"（《晋书·陶潜传》）⑥ 的高傲骨气、"采菊东篱下，悠然见南山"（《饮酒》）⑦ 的悠然自得的气度的追慕。这位千古风流的隐逸诗人，成为宋隐逸词人的楷模，支撑着他们的精神生活。

宋隐逸词人补偿心理的第二个表现是追求人格的独立与自由。隐逸词人无名无利、无权无势，但从另一方面看，这未尝不是好事，无牵无挂，没有束缚，取得了人格的独立和自由，可以在大自然和词的艺术天地中自由翱翔，人格的独立与自由是他们文艺创作的最大精神价值。苏轼《满庭芳》词道："蜗角虚名，蝇头微利，算来着甚干忙。""幸对清风皓月，苔茵展、云幕高张。江南好，千钟美酒，一曲《满庭芳》。"⑧ 词人在摆脱了名缰利锁的束缚之后，在清风皓月的大自然中自由地生活，自由地创作，好不快意。朱敦儒的《鼓龙谣》也道："肩拍洪崖，手携子晋，梦里暂辞尘宇。高步层霄，俯人间如许。算蜗战、多少功名，问蚁聚、几回今

---

① 唐圭璋编：《全宋词》（第一册），第307页。
② 王元明：《试论苏轼贬谪黄州时期的思想》，见苏轼研究学会编《东坡研究论丛》，四川文艺出版社1986年版，第165页。
③ 唐圭璋编：《全宋词》（第二册），第730页。
④ 唐圭璋编：《全宋词》（第三册），第1912页。
⑤ 唐圭璋编：《全宋词》（第三册），第1933页。
⑥ 〔唐〕房玄龄等撰：《晋书》卷九十四《陶潜传》，中华书局1974年版，第2461页。
⑦ 逯钦立校注：《陶渊明集》，中华书局1979年版，第89页。
⑧ 唐圭璋编：《全宋词》（第一册），第278页。

古。度银潢、展尽参旗，桂花澹，月飞去。"① 词人在梦中，脱离了尘世功名利禄的羁绊，与仙人在云霄里自由自在地遨游，取得了身体和精神的完全自由。

庄子（前369—前286）在《逍遥游》中借大鹏的远飞高举、神人的吸风饮露等表现蔑视功名利禄、追求不受时空限制的超然物外的自由的思想，成为宋代隐逸词人追求人格独立和精神自由的源泉。而隐逸词人通过自由的文艺创作可以忘却现实的痛苦、摆脱现实的束缚的补偿心理，也可在西方美学家的论述中找到引证。德国哲学家、美学家叔本华（Arthur Schopenhauer, 1788—1860）在《意志与表象的世界》（The World as Will and Idea）中认为，艺术的创造和欣赏可以达到忘我之境，忘我的结果便可以摆脱意志的束缚②。美国美学家苏珊·朗格（Susanne K. Langer, 1895—1982）也在《情感与形式》（Feeling and Form）第三章"诗"中说："诗的表现还有一个更高的任务，那就是诗不仅使心灵从情感中解放出来，而且就在情感本身里获得解放。"③ "在这种对象中获得解放的内心就回到它本身而处于自由独立，心满意足的状态。"④ 宋代的隐士和半隐士在隐逸词中描写自己徜徉于青山绿水之间，过着饮酒、赏花、会友、吟诗的闲适生活，心灵获得了充分的自由，内心获得了平衡。

宋隐逸词人还存在着一种慰藉心理。词人在遭受政治挫折之后，力图忘却尘世的不幸和烦扰，到大自然中去寻找慰藉⑤，其词作往往表现出"天人合一""物我为一"的思想。

宋词人中半隐士和准隐士多有这种心态。在激烈的党争中，宋代许多著名的文学家如苏轼、黄庭坚（1045—1105）、辛弃疾等都有过被贬谪、被罢官的遭遇，在遭受重大政治挫折之后，他们对过去的政治理想追求产生怀疑，力求"忘世"，转而到大自然去寻找精神慰藉，以庄子的"天地

---

① 唐圭璋编：《全宋词》（第二册），第832页。
② [德]叔本华：《意志与表象的世界》，刘大悲译，台湾志文出版社民国六十七年（1979）版，第8页。（下引该书均同此版本，除书名及页码外，其他不再另注）
③ [美]苏珊·朗格：《情感与形式》，刘大基、傅志强、周发祥译，中国社会科学出版社1986年版，第188页。（下引该书均同此版本，除书名及页码外，其他不再另注）
④ [美]苏珊·朗格：《情感与形式》，刘大基、傅志强、周发祥译，第189页。
⑤ 唐玲玲：《论稼轩词的排忧适性意识》，见孙崇恩、刘德仕、李福仁主编《辛弃疾研究论文集》，第258页。

与我并生，而万物与我为一"①的"物我为一"的思想支持自己，取得心理的平衡。如苏轼的《临江仙》词道："长恨此身非我有，何时忘却营营！夜阑风静縠纹平。小舟从此逝，江海寄余生。"②朱敦儒《念奴娇》（放船纵棹）词也道："洗尽凡心，相忘尘世，梦想都销歇。胸中云海，浩然犹浸明月。"③都力求"忘世"，而与大自然融为一体。

在这些词作中，往往"觉今是而昨非"，对过去的仕宦生活表示厌恶和否定，而对今天的隐逸生活大加赞美，辛弃疾《哨遍》词道："试回头五十九年非，似梦里欢娱觉来悲。""富贵非吾愿，皇皇乎欲何之。""却自觉神游，归来坐时，依稀淮岸江涘。看一时鱼鸟忘情喜。"④晁补之《摸鱼儿》词也道："儒冠曾把身误。弓刀千骑成何事，荒了邵平瓜圃。"⑤

叔本华在《意志与表象的世界》中说："值得注意的和奇妙的是，除了具体的生活以外，人类如何时常过着另一种抽象的生活。在前一种生活中，人是现实生活中暴风雨的牺牲品，也是眼前势力的牺牲品。……然而，他的抽象生命，因为面对自己的理性自觉，所以是前者静寂的反省思维……在这安静思虑的范围中，他觉得，过去彻底支配他并强烈影响他的，是冷漠无趣的东西，同时，目前也是和他无关的，他只是旁观者。"⑥叔本华是对19世纪的黑暗现实感到失望，转而到乡间的单纯生活去寻求心灵的平静；其实，早在宋代，隐逸词人已经有过这样的心理历程了。宋代饱受战乱和党争折磨的文人，经过反省、思虑之后，发现"过去彻底支配"并"强烈影响"自己的功名利禄，原来是"冷漠无趣的东西"，在仕途奋斗的生活之外原来还有另一种更好的生活，这就是隐居于大自然之中。

在宋代隐逸词中，作者往往以大自然为友，达到"物我为一"的境界。苏轼《念奴娇·中秋》词道："我醉拍手狂歌，举杯邀月，对影成三

---

① 庄子著，曹础基注：《庄子浅注》，中华书局1982年版，第30页。
② 唐圭璋编：《全宋词》（第一册），第287页。
③ 唐圭璋编：《全宋词》（第二册），第837页。
④ 唐圭璋编：《全宋词》（第三册），第1916页。
⑤ 唐圭璋编：《全宋词》（第一册），第554页。
⑥ ［德］叔本华：《意志与表象的世界》，第69页。

客。起舞徘徊风露下，今夕不知何夕。"① 辛弃疾《鹊桥仙》（赠鹭鸶）词又道："溪边白鹭，来吾告汝：溪里鱼儿堪数，主人怜汝汝怜鱼，要物我、欣然一处。"② 苏轼邀月共饮、辛弃疾与鹭对话，都表现了对大自然的一种亲和感，同时也反衬了他们在人世间的孤独感，他们在人世间只得到了痛苦和不幸，无人理解，只有在大自然中才找到了知音，找到了精神慰藉③。这是一种带有悲剧色彩的心理状态。德国哲学家尼采（Friedrich Wilhelm Nietzsche，1844—1900）的《悲剧的诞生》（The Birth of Tragedy）引德国音乐家瓦格纳（Richard Wagner，1813—1883）的话说，"你们自己会说，哪一种人生是真实的……自然实质上要丰富、有力、幸福、富饶得多"，"学会重新成为自然"，"让你们自己与自然一起变化"④。19世纪的西方人在对现实失望之后遁入大自然，与宋代隐逸词人的心态相似。

在共同的心理特征之中，宋代隐逸词人又因与政治的疏离程度不同而有不同的心理特征，主要有"避世"和"愤世"的差别，在两者之间，还有一种"仕隐互补"的心理状态。

"避世"是完全脱离现实政治，追求世外桃源的生活。这类作家多为纯粹的隐士，他们投身大自然完全是主动的，将学业自由、休闲娱乐作为写意的人生来享受⑤，如汪莘（1155—?）以隐居著述为乐⑥，赵长卿（生卒不详，约为南宋人，号仙源居士，南丰人）"恬于仕进，觞咏自娱"⑦。他们的词作便表现出对现实政治的完全脱离，并有一种心平气和的心态。如汪莘《水调歌头》词道："孔孟化尘土，秦汉共丘墟。""还是天一地二，做出朝三暮四，堪笑又堪悲。"⑧ 另一首《水调歌头》词又道：

---

① 唐圭璋编：《全宋词》（第一册），第330页。
② 唐圭璋编：《全宋词》（第三册），第1944页。
③ 参见胡国瑞《稼轩词中投闲生活的心态》，载《武汉大学学报》（人文科学版）1993年第2期，第106～107页。
④ ［德］尼采：《悲剧的诞生：尼采美学文选》，周国平译，生活·读书·新知三联书店1986年版，第136页。
⑤ 参见张海鸥《宋代隐士作家的自由价值观》，载《学术研究》2000年第6期，第118～119页。
⑥ 见〔清〕永瑢等撰《四库全书总目提要》（下册），中华书局1965版，第1397页。（下引该书均同此版本，除书名及页码外，其他不再另注）
⑦ 〔清〕永瑢等撰：《四库全书总目提要》（下册），第1820页。
⑧ 唐圭璋编：《全宋词》（第三册），第2194页。

"行尽武陵溪路,忽见桃源洞口,渔子舍渔舟。输与逃秦侣,绝境几春秋。"① 词人要效法陶渊明《桃花源记》中逃避秦朝暴政的老百姓,去寻找世外桃源,过自由自在的生活。苏庠的《诉衷情》词也道:"杖头挑得布囊行,活计有谁争。不肯侯家五鼎,碧涧一杯羹。"② 作者不肯入仕为官,宁可清茶淡饭,过与世无争的生活。这类词人可称为"避世词人"。

但是,有部分半官半隐的词人对现实政治只是暂时的脱离,而不能彻底地抛弃,在他们的内心深处,仍然关注着现实,心中对现实黑暗有一股愤愤不平之气,具有"愤世"的心态③。如陆游(1125—1210)的《鹊桥仙》词:"酒徒一一取封侯,独去作、江边渔父。""镜湖元自属闲人,又何必君恩赐与!"④ 陆游虽已过上了"渔父"的隐居生活,但仍关注着"酒徒封侯"的现实,并为之愤愤不平,说明他还不是完全脱离尘世的。辛弃疾《贺新郎》词也道:"甚矣吾衰矣!怅平生、交游零落,只今余几。""回首叫、云飞风起。不恨古人吾不见,恨古人,不见吾狂耳。知我者,二三子。"⑤ 作者对交游零落、受世人忽视的处境满怀愁恨,放声狂啸,也表明了他愤世嫉俗的心态,不能完全脱离红尘,这与那些"避世"的纯粹隐士的平和心态是不相同的。辛弃疾、陆游都是著名的抗金爱国志士,但被朝中主和派官员排斥,被罢官隐居湖山多年,他们成为隐士是被迫的,故有一种愤愤不平的心态。

苏轼则是"仕隐互补"心理的典型代表。他被贬黄州时,曾打算效法陶渊明隐居躬耕,但又难忘皇帝的知遇之恩,难以舍弃自己济世报国的抱负,在多次出仕和归隐的反复浮沉中,经过理性的思考和对人生的感悟,内化为一种"仕隐互补"的文化精神,其心理特点是坦荡地看待出仕和归隐:"一蓑烟雨任平生。"(《定风波》)⑥

---

① 唐圭璋编:《全宋词》(第三册),第 2195 页。
② 唐圭璋编:《全宋词》(第二册),第 657 页。
③ 见张玉奇《稼轩人格论》,见孙崇恩、刘德仕、李福仁主编《辛弃疾研究论文集》,第 38 页。
④ 唐圭璋编:《全宋词》(第三册),第 1595 页。
⑤ 唐圭璋编:《全宋词》(第三册),第 1915 页。
⑥ 见马厚生、张奎志:《苏词形象和意境的文化意蕴》,载《北方论丛》1991 年第 4 期,第 77 页。

二、宋代隐逸词的审美特征及其兴盛的文学原因

中国的隐逸文学自古以来以清雅为宗，陶渊明的隐逸诗被称为"风华清靡，岂直为田家语邪？古今隐逸诗人之宗也"①。王维（701—761）的隐逸诗也被赞道："浑厚闲雅，覆盖古今。"② 宋代隐逸词继承这一传统，追求一种清俊高雅的审美趣味。宋代隐逸词多有对陶渊明诗文的檃括词，上文已述，这些檃括词不但继承了陶渊明的傲骨和志向，也继承了其诗歌的清雅风格。另外，宋隐逸词人也喜欢将唐人张志和的《渔歌子》写成檃括词，苏轼、黄庭坚都有这样的词作，并互评优劣，"其后好事者相继而作"③。黄庭坚十分欣赏张志和的《渔歌子》，称为"有远韵"④，实际上是欣赏张词中的渔父带有文人闲情逸致的高雅情趣。他的《鹧鸪天》词便是檃括张志和《渔歌子》的词作：

> 西塞山前白鹭飞，桃花流水鳜鱼肥。朝廷尚觅玄真子，何处如今更有诗。　青箬笠，绿蓑衣。斜风细雨不须归。人间底是无波处，一日风波十二时。⑤

词序道："宪宗（李纯，778—820，806—820年在位）时，画玄真子像，访之江湖，不可得，因令集其歌诗上之。玄真（张志和，本名龟龄，字子同，号玄真子）之兄松龄（张松龄，生卒不详），惧玄真放浪而不返也，和答《渔父》云：……此余续成之意也。"可知黄庭坚十分欣赏张志和"放浪而不返"、皇帝求访而不得的潇洒飘逸的气度。同时，张词清丽

---

① 〔南朝梁〕钟嵘：《诗品》卷中评语，见〔清〕何文焕辑《历代诗话》（上册），中华书局1981年版，第13页。
② 〔宋〕蔡绦：《西清诗话》评语，见王维著，陈铁民校注《王维集校注》（第四册），中华书局1997年版，第1259页。
③ 吴曾：《能改斋词话》卷二，第152页："东坡、山谷、徐师川，既以张志和《渔父词》填为《浣溪沙》《鹧鸪天》，其后好事者相继而作。"见唐圭璋编《词话丛编》（第一册），中华书局1986年版。（下引该书均同此版本，除书名及页码外，其他不再另注）
④ 许昂霄：《词综偶评》："《渔歌子》（张志和'西塞'），涪翁称其有远韵，信然。"[见唐圭璋编《词话丛编》（第二册），第1547页]
⑤ 唐圭璋编：《全宋词》（第一册），第395页。

雅致的"远韵"也是使他倾心于此词的原因之一。

在宋词中，常用"清""雅"二字形容与隐逸相关的人或物，如朱敦儒的《念奴娇》词："洗尽凡心，满身清露……"① 仇远（1247—?）《金缕曲》也道："仙骨清无暑……休唱采莲双桨曲，老却鸥朋鹭侣。"② 又如苏轼《八声甘州》："约他年、东还海道，愿谢公雅志莫相违。"③ 将隐逸志向称为"雅志"；辛弃疾《沁园春》词写在齐山松林中的隐居生活："我觉其间，雄深雅健，如对文章太史公。"④ 隐逸词人之作，也常被称为"雅正之音"，如陈允平（生卒不详，南宋德祐年间人）的《日湖渔唱》词集被称为："词欲雅而正，志之所之，一为物所役，则失雅正之音。近代陈西麓所作，平正亦有佳者。"⑤ 张炎（1248—1320）的《山中白云词》也被认为"得雅音之正宗"⑥。

除了清雅的趣味之外，宋隐逸词还要求作品具有"无一点尘俗气"之超凡脱俗的韵致。黄庭坚评苏轼《卜算子》词"语意高妙，似非吃烟火食人语"，"笔下无一点尘俗气"⑦。张孝祥（约1132—1169）的词也被宋人评为"真非烟火食人辞语"⑧。隐逸词无尘俗气，不食人间烟火，包含有两重意思：一是远离政治，抛弃功名富贵；二是不涉艳情，不谈儿女私情。这样，词作才可以完全脱离世俗社会的种种享受——不食人间烟火，在人格上极度清高，在词作艺术上无俗人的铜臭味、脂粉气，高雅脱俗。

而词在宋初，却是一种"酒席文学"，多为倚红偎翠、绮罗香泽的言情之作，浸透了世俗享乐生活的气息；"词为艳科"的观念根深蒂固，直到宋末，仍有许多词人的创作以写艳情为主。有些词人，如柳永（约

---

① 唐圭璋编：《全宋词》（第二册），第835页。
② 唐圭璋编：《全宋词》（第五册），第3397页。
③ 唐圭璋编：《全宋词》（第一册），第297页。
④ 胡云翼选注：《宋词选》，上海古籍出版社1978年版，第297页。（下引该书均同此版本，除书名及页码外，其他不再另注）
⑤ 〔清〕伍崇曜：《日湖渔唱跋》引张炎语，见施蛰存主编《词籍序跋萃编》，中国社会科学出版社1994年版，第371页。（下引该书均同此版本，除书名及页码外，其他不再另注）
⑥ 〔清〕秦恩复：《日湖渔唱·序》，见施蛰存主编《词籍序跋萃编》，第370页。
⑦ 转引自〔宋〕胡仔《苕溪渔隐丛话·前集》卷三十九，人民文学出版社1984年版，第268页。
⑧ 〔宋〕陈应行：《于湖先生雅词·序》，见施蛰存主编《词籍序跋萃编》，第213页。

987—约1053)、姜夔（约1155—约1221），虽然没有入仕（或晚年方入仕），浪迹江湖，但因为其词太多艳情之作，很少人将其视为隐逸词人，因为他们的红尘气息太重，与隐逸词人追求"无一点尘俗气"的审美趣味不合。黄庭坚《南歌子》词道："诗有渊明语，歌无子夜声。"①"子夜声"为南朝情歌，黄庭坚这位江西诗派的领袖人物，不但在诗的领域主张"以俗为雅"，在隐逸词的领域也主张"无子夜声"，去除艳情，追求高雅的格调。

宋代隐逸词的这一特点，使它的发展兴盛，还与宋词由俗趋雅的变迁同步发展。

宋初，词坛受"诗庄词媚"传统思想的影响，隐逸题材多入诗而少入词。即使是著名的隐士林逋（967—1028），也是以诗写隐逸生活，有《山园小梅》的名篇；而他的词却以言情之作为世人所知："君泪盈，妾泪盈，罗带同心结未成，江头潮已平。"② 北宋人陈世修〔生卒不详，嘉祐戊戌（1058）年间人〕的《阳春录·序》表述了时人以词娱宾遣兴的主张："或当燕集，多运藻思，为乐府新词，俾歌者依丝竹而歌之，所以娱宾而遣兴也。"③ 这种对词的功能的认识，与隐逸词追求不涉红尘、不涉艳情的审美理想相矛盾，因此，宋初的隐逸题材极少入词。也有些词人如潘阆（？—1009）写过《酒泉子》组词咏杭州美景、张升（992—1077）有《离亭燕》咏叹"多少六朝兴废事，尽入渔樵闲话"，④ 带有隐逸生活的色彩，但这些词人的零星散篇，难以与铺天盖地的晏殊（991—1055）、欧阳修（1007—1072）、柳永等大家的言情词抗衡，不足以影响词坛的风气。可以说，宋初有隐士，却未有真正的隐逸词。

宋代隐逸词的真正产生是在苏轼开拓新词境、大力提倡雅词之后。苏轼具有崇尚自由的个性、主张创作自由，他在被贬黄州之后，用庄子"物我为一"的思想来摆脱遭受政治挫折后的苦闷心境⑤，写出《前赤壁赋》的隐逸散文名篇；他强调文贵自然生动，"大略如行云流水，初无定

---

① 唐圭璋编：《全宋词》（第一册），第388页。
② 胡云翼选注：《宋词选》，第6页。
③ 〔宋〕陈世修：《阳春录·序》，见施蛰存主编《词籍序跋萃编》，第15页。
④ 胡云翼选注：《宋词选》，第23页。
⑤ 张晶：《试论苏轼贬谪时期的思想与创作》，载《中州学刊》1990年第6期，第89页。

质，但常行于所当行，常止于不可不止，文理自然，姿态横生"①。这种追求人格自由和创作自由的思想，反映在词的创作上，就是打破前人"诗庄词媚""词为艳科"的樊篱，他认为词的本质是诗，是"古人长短句诗也"②，因而，也可以像诗一样反映社会生活，全方位地表现作家的自我。他既用词抒济世报国之志，也用词道与红颜知己之情，在仕途失意之时，则写隐居山林之趣。苏轼对词境的开拓，使人们认识到，词这种与世俗享乐关系密切的文体，并非与超尘出世的隐逸生活格格不入，只要用"词为诗之余"的观念去看待词，就可以如同写隐逸诗一样写隐逸词。

  随着宋词的日益兴盛以及人们对词体的日益喜爱，人们已不满足于词居于"艳科""小道"的俗文学的低下地位，而希望它能进入雅文学的行列，于是词坛逐渐出现了贬俗趋雅的倾向，而苏轼则顺应了词坛这股趋雅的潮流，成为宋词由俗变雅过程中的一个重要人物。他不满柳永的俗词、秦观的艳词之格调不高③，曾批评柳、秦道："山抹微云秦学士，露花倒影柳屯田，微以气格为病。"④ 努力开辟雅词，提高词的品格。陈洵（1871—1942）《海绡说词·通论》说："东坡独崇气格，箴规柳、秦，词体之尊，自东坡始。"⑤ 苏轼提高词的格调，追求高雅的审美趣味，和隐士、准隐士的审美趣味契合，促进了隐逸词的兴盛。因而在苏轼之后，出现了许多隐逸词的佳作，如黄庭坚、晁补之都以隐逸词擅名。

  北宋后期，周邦彦（1056—1121）及大晟词人亦提倡雅词，使宋词趋雅的倾向更为明显。大晟府作为朝廷音乐机关，其任务之一，就是以雅乐匡天下的俗乐，将词这种"流行音乐"纳入"雅正"的轨道。《宋史》卷一百二十九《乐志》载："崇宁五年（1106）诏曰：……宜令大晟府议颁新乐，使雅正之声被于四海。"朝廷通过大晟府以行政命令推行"雅乐"，为雅词的流行推波助澜，崇尚清雅的隐逸词得到进一步发展。另

---

① 见〔宋〕苏轼《答谢民师书》，见《苏东坡全集》（上册），北京中国书店1986年版，第621页。
② 〔宋〕苏轼：《与蔡景繁十四首》，见《苏东坡全集》（下册），北京中国书店1986年版，第152页。
③ 见杨海明《试论苏轼词的充分"士大夫化"》，载《社会科学研究》1989年第4期，第105～106页。
④ 〔清〕沈雄：《古今词话》（上卷），见《词话丛编》（第一册），第764页。
⑤ 陈洵：《海绡说词·通论》，见唐圭璋编《词话丛编》（第二册），第4837页。

外，苏轼的雅词继续影响词坛，北宋末南宋初的著名隐逸词人朱敦儒、向子䛊等，纷纷追步苏词清旷飘逸的词风，一时成为词坛风尚①。隐逸词的兴盛，不但与战乱的时局有关，也与宋词进一步趋雅的大气候有关。

南宋词坛雅词大盛，隐逸词也进入了它的鼎盛阶段。这时出现了大量的以雅名集的词选，如鲖阳居士（南宋人）的《复雅歌词》、曾慥（？—1155）的《乐府雅词》等，并出现了以姜夔、张炎为首的"风雅词派"②，张炎并在《词源》中提出"雅正"的词学主张。在这样的词坛风气下，以清雅脱俗为审美核心的隐逸词词人众多，佳作如云，一派兴盛景象，辛弃疾、张炎等隐逸词大家，以其数量多而质量上乘的词作，代表着宋隐逸词走向了成熟。

三、宋代隐逸词的分期和风格特色

根据以上的分析，余以为，宋代隐逸词由苏轼始，可分初起期、发展期、鼎盛期、成熟期四个阶段，与何尊沛《论宋代隐逸词》分为五个阶段③有所不同。初起期和发展期的隐逸词多受苏轼的词风影响，以清雅雄放风格为主；鼎盛期的隐逸词则多追步辛弃疾词风，风格以潇洒不羁为特色；成熟期的隐逸词则多学姜夔的词风，以清雅冷峭为风格特色。

1. 初起期（北宋中、后期）

这时期的隐逸词以苏轼被贬黄州的隐逸词为代表，并奠定了第一阶段隐逸词的基本风格：高雅脱俗、洒脱雄放。且看苏轼的《卜算子·黄州定慧院寓居作》：

缺月挂疏桐，漏断人初静。谁见幽人独往来？缥缈孤鸿影。

---

① 见秦寰明《略论宋词的复雅》，载《学术研究》1985年第3期，第92页；方智范：《论苏轼与南宋初词风的转变》，载《华东师大学报》1984年第2期，第36页。
② 邓乔彬：《论南宋风雅词派在词的美学进程中的意义》，载《华东师大学报》1984年第2期，第24页。
③ 何尊沛《论宋代隐逸词》："宋代隐逸词经过萌生期（北宋初期）、发展期（北宋中、后期）、始盛期（南宋初期）、鼎盛期（南宋中期）、深化期（南宋后期）五个阶段的演变……"见《四川师范学院学报》（哲学社会科学版）1998年第6期，第38页。

  惊起却回头，有恨无人省。拣尽寒枝不肯栖，寂寞沙洲冷。①

  此词为苏轼在宋神宗（赵顼，1048—1085，1067—1085 年在位）元丰五年（1082）谪居黄州时所作。在经过"乌台诗案"的大祸之后，词人惊魂未定，四顾茫然，因而在此词中塑造了一只孤独寂寞的鸿雁的形象，寄托作者在遭受政治挫折之后迷惘的心境和孤高不屈的态度，境界凄清，意蕴深远。后人欣赏此词，却是其"无尘俗气"这一方面。胡仔的《苕溪渔隐丛话前集》卷三十九引黄庭坚语评此词："语意高妙，似非吃烟火食人语，非胸中有数万卷书，笔下无一点尘俗气，孰能至此？"②"无一点尘俗气"即超凡脱俗，这正是隐逸词人追求的理想境界，是他们的审美核心之一，因而苏轼此词多受后世隐逸词人的赞誉和追步。

  苏轼的另一首《临江仙·夜归临皋》则表现出洒脱雄放的风格：

  夜饮东坡醒复醉，归来仿佛三更。家童鼻息已雷鸣。敲门都不应，倚杖听江声。 长恨此身非我有，何时忘却营营！夜阑风静縠纹平。小舟从此逝，江海寄余生。③

  此词亦为苏轼被谪黄州时之作，临皋为苏轼当时居处。词以《庄子·知北游》中"吾身非吾有也，孰有之哉"不为外物所役的思想开解自己，"小舟从此逝，江海寄余生"，在人世间不得志，那就在大自然中寻找满足。表现出追求人格自由的精神和与这种精神相适应的洒脱奔放的词风④。

  此时期的其他重要隐逸词人是和苏轼政治命运共浮沉的"苏门四学士"之黄庭坚和晁补之。

  黄庭坚在激烈的朝廷党争中被贬至四川涪州和广西宜州等边远之地。在风云变幻的宦海风波中，他感到心灰意冷，对现实的失望使他向往隐逸的生活，写下一些类似苏轼清雅雄放的词作，如《水调歌头》：

---

 ① 胡云翼选注：《宋词选》，第 81 页。
 ② 〔宋〕胡仔：《苕溪渔隐丛话·前集》卷三十九，人民文学出版社 1984 年版，第 268 页。
 ③ 胡云翼选注：《宋词选》，第 79 页。
 ④ 见袁行霈《词风的转变与苏词的风格》，载《社会科学战线》1986 年第 3 期，第 307 页。

瑶草一何碧！春入武陵溪，溪上桃花无数，枝上有黄鹂。我欲穿花寻路，直入白云深处，浩气展虹蜺。只恐花深里，红露湿人衣。
　　坐玉石，倚玉枕，拂金徽。谪仙何处？无人伴我白螺杯。我为灵芝仙草，不为朱唇丹脸，长啸亦何为！醉舞下山去，明月逐人归。①

词中的"武陵溪"令人想起陶渊明的《桃花源记》中武陵渔人缘溪而行，寻得世外桃源；可知此词写流连山景的隐居生活。而"我欲穿花寻路，直入白云深处，浩气展虹蜺"的句式，很像苏轼《水调歌头》词的"我欲乘风归去，又恐琼楼玉宇，高处不胜寒"；至于"长啸""醉舞"等动作描写，塑造出词人洒脱的形象；"白云""仙草""明月"等意象，构成了不染凡尘的仙境，使全词形成了清雅雄放的风格，得苏词的风味。

晁补之，字无咎，晚年自号"归来子"。曾任国子监教授、太学正等，晚年被贬至金乡家园闲处，葺归来园，"忘情仕进，慕陶潜为人"②，他的隐逸词多写于此时。

晁补之最著名的隐逸词为《摸鱼儿·东皋寓居》：

　　买陂塘，旋栽杨柳，依稀淮岸江浦。东皋嘉雨新痕涨，沙嘴鹭来鸥聚。堪爱处，最好是一川夜月光流渚。无人独舞。任翠幄张天，柔茵藉地，酒尽未能去。　　青绫被，莫忆金闺故步。儒冠曾把身误。弓刀千骑成何事？荒了邵平瓜圃。君试觑，满青镜、星星鬓影今如许！功名浪语。便似得班超，封侯万里，归计恐迟暮。③

此词是作者闲居家乡时，在东皋修归来园寓居所作。上片极写隐居生活的潇洒快意，下片评论古人邵平〔生卒不详，秦末（前209）人〕、班超（32—102）的得失，表现了对功名利禄的厌倦。词风近似苏词的清雅俊逸，毛晋（1599—1659）《琴趣外篇跋》说他的词"不作绮艳语"④，就是指其词风清雅；胡仔《苕溪渔隐丛话》评晁补之古乐府"辞格俊逸

---

① 胡云翼选注：《宋词选》，第90～91页。
② 〔元〕脱脱等《宋史》卷四四四《晁补之传》，见《二十五史（全本）》，上海古籍出版社、上海书店1986年版，第1468页。
③ 胡云翼选注：《宋词选》，第105页。
④ 〔明〕毛晋：《宋六十名家词》（第十四册），上海商务印书馆1933年版，第33页。

可喜"①，亦可用在其词上。但此词言"儒冠曾把身误"，寄寓了饱受朝廷党争迫害的辛酸苦涩，在雄放之中含有低咽，与苏词词风有别。

2. 发展期（北宋末年至南宋初年）

此时期的隐逸词人以南宋初年的朱敦儒为代表。其他主要的隐逸词人还有向子䛎、叶梦得（1077—1148）、王之道（1093—1169）、杨无咎（1097—1171）等。这时期的隐逸词仍多以学苏轼词为主②，风格清雅雄放③。

朱敦儒，字希真，号岩壑，洛阳人。在北宋时，已是一位志行高洁的隐士，靖康之变后，曾在南宋一度入仕，赐进士出身，任秘书省正字兼兵部郎中。后上疏请归，重新成为隐士，泛舟江浙烟波间。有词集《樵歌》，从集名就体现了作者的隐逸情趣。

朱敦儒的隐逸词学苏轼，但与张孝祥、岳飞等人学苏词豪放的路子不同，他更多是学苏词清雄的一面，以表现隐逸生活的"神仙风致"④。如《念奴娇》：

> 插天翠柳，被何人，推上一轮明月。照我藤床凉似水，飞入瑶台琼阙。雾冷笙箫，风轻环佩，玉锁无人掣。闲云收尽，海光天影相接。　谁信有药长生，素娥新炼就，飞霜凝雪。打碎珊瑚，争似看、仙桂扶疏横绝。洗尽凡心，满身清露，冷浸萧萧发。明朝尘世，记取休向人说。⑤

这首词咏月，描绘了"飞霜凝雪"皎洁明净的境界，塑造了"洗尽凡心，满身清露"的清雅脱俗的自我形象。开头"插天翠柳"三句，被张端义

---

① 〔宋〕胡仔：《苕溪渔隐丛话·前集》卷五十一，人民文学出版社 1984 年版，第 348 页。
② 参见唐圭璋、潘君昭《论苏轼词》，见唐圭璋、潘君昭著《唐宋词学论集》，齐鲁书社 1985 年版，第 99 页；杨海明《略论苏轼在宋词发展中所起的作用和影响》，载《重庆师院学报》1982 年第 2 期，第 92~93 页。
③ 参见刘乃昌《东坡豪放词漫议》，见刘乃昌《苏轼文学论集》，齐鲁书社 1982 年版，第 105 页。
④ 〔清〕许巨楫：《樵歌跋》："朱希真先生天资旷达，有神仙风致。"见施蛰存主编《词籍序跋萃编》，第 184 页。
⑤ 唐圭璋编：《全宋词》（第二册），第 835 页。

(字正夫，1179—?)《贵耳集》称为"自是豪放"，张又称朱敦儒另一首梅词——"横枝消瘦一如无，但空里疏花数点"为"语意奇绝，如不食烟火者"①。这正与黄庭坚评苏轼《卜算子》（缺月挂疏桐）"语意高妙，似非吃烟火食人语"意同，由此可见朱词对苏词的继承关系。

向子諲，字伯恭，临江（今江西清江）人。北宋时，历徽猷阁直学士，知平江府。在抗金战争中曾立战功，后因得罪秦桧而退职隐居，号所居别墅为"芗林"，故自号芗林居士。有《酒边集》②。向子諲的隐逸词极力追步苏轼的词风，胡寅（1092—1151）《酒边集·序》在赞扬苏轼词"一洗绮罗香泽之态，摆脱绸缪宛转之度"后，称"芗林居士步趋苏堂而哜其胾者也"③。他步苏词《卜算子》韵而作一词，词序道："东坡先生尝作《卜算子》，山谷老人见之云：'类不食烟火人语。'芗林往岁见梅追和一首，终恨有儿女子态耳。"词道：

竹里一枝梅，雨洗娟娟静。疑是佳人日暮来，绰约风前影。
新恨有谁知，往事何堪省。梦绕阳台寂寞回，沾袖余香冷。④

此词咏梅，以雨后娟秀幽静的梅花形象，寄托隐逸生活的情趣。从序言可知，此词为倾慕苏词的高雅脱俗而作，但又自知仿效之作"有儿女子态"，未能完全脱俗，未及苏词的境界。

这时期还有一位苏轼的崇拜者王之道，字彦猷，自号相山居士，庐州（今安徽合肥市）人。宣和六年（1124）进士，曾任荆湖北路常平茶盐公事、湖南转运判官等，有《相山居士词》⑤。《全宋词》中有王之道标明"追和东坡"的词八首，可见他对东坡词的倾慕。如《醉其蓬莱·追和东坡重九呈彦时兄》："对黄芦卧雨，苍雁横秋，江天重九。千载渊明，信风流称首。吟绕东篱，白衣何处，谁复当年偶。蓝水清游，龙山胜集，恍

---

① 〔清〕缪荃孙：《樵歌跋》转引《贵耳录》语，见施蛰存主编《词籍序跋萃编》，第187页。
② 〔元〕脱脱等：《宋史》卷三七七《向子諲传》，见《二十五史（全本）》，上海古籍出版社、上海书店1986年版，第1314～1315页。
③ 〔宋〕胡寅：《酒边集·序》，见施蛰存主编《词籍序跋萃编》，第169页。
④ 唐圭璋编：《全宋词》（第二册），第972页。
⑤ 王之道生平资料见《相山集三十卷提要》，见永瑢等撰《四库全书总目提要》（下册），第1351页。

然依旧。"① 虽不及苏词雄放精粹，但也明快俊朗，略有苏词风味。

值得注意的是，这时期的隐逸词人之间有较密切的关系，他们因志同道合而经常互相酬唱词篇，如王之道有《点绛唇·和朱希真》②、杨无咎有《水调歌头·次向芗林韵》③《点绛唇·和向芗林木犀》④ 等，说明朱敦儒、王之道、向子谨、杨无咎都为词友。他们的词风互相影响，也就不足为奇了。

3. 鼎盛期（南宋中期）

此时期以辛弃疾为隐逸词人的代表，词作风格以潇洒不羁为特色。其他著名隐逸词人有陆游（1125—1210）、范成大（1126—1193）、杨万里（1127—1206）、杨炎正（1145—1216）、陈亮（1143—1194）、戴复古（1167—约1250）等。这时期的隐逸词人多为亦官亦隐的准隐士，思想在抗金救国和归隐田园之间徘徊；此外，此时期的隐逸词人多为"辛派词人"，词风受辛词的影响，词作多在描绘平静的田园生活时流露出磊落不平之气。

辛弃疾是南宋著名的主战派官员，亲身参加过抗金的战争，曾写下许多慷慨激昂的爱国词章。被当权的主和派官员排斥、罢官之后，隐居江西上饶二十多年，又写下大量的隐逸词，是南宋隐逸词的大家。他的隐逸词有描写隐居生活宁静优美的一面，如《满江红·山居即事》："几个轻鸥，来点破、一泓澄绿。更何处，一双鸂鶒，故来争浴。细读《离骚》还痛饮，饱看修竹何妨肉。"⑤ 但辛弃疾始终没有忘记济世报国的抱负，因此，他的隐逸词常于闲适中流露出激愤，在静中见动⑥，流露出豪放不羁的气概、愤愤不平的心态，如《水调歌头》：

---

① 唐圭璋编：《全宋词》（第二册），第 1147 页。
② 唐圭璋编：《全宋词》（第二册），第 1160 页。
③ 唐圭璋编：《全宋词》（第二册），第 1182 页。
④ 唐圭璋编：《全宋词》（第二册），第 1188 页。
⑤ 唐圭璋编：《全宋词》（第三册），第 1909 页。
⑥ 见刘乃昌《万壑千岩归健笔——谈辛弃疾的闲适词、农村词和爱情词》，见刘乃昌《苏轼文学论集》，齐鲁书社 1982 年版，第 65 页；施议对《论稼轩体》，见孙崇恩、刘德仕、李福仁编《辛弃疾研究论文集》，第 224 页。

> 长恨复长恨，裁作短歌行。何人为我楚舞，听我楚狂声。余既滋兰九畹，又树蕙之百亩，秋菊更餐英。门外沧浪水，可以濯吾缨。
> 一杯酒，问何似，身后名。人间万事，毫发常重泰山轻。悲莫悲生离别，乐莫乐新相识，儿女古今情。富贵非吾事，归与白鸥盟。①

词以屈原（约前340—约前278）《离骚》的滋兰树蕙、饮露餐菊来表达自己的高洁情怀，虽然篇末写"归与白鸥盟"，过隐居的生活，但内心仍和屈原一样，身在江湖而心仍忧国，以豪放不羁的词作，抒写内心的忧愤②。

陆游比辛弃疾年长，政治命运与辛弃疾近似，以身许国的理想抱负遭到了南宋朝廷主和派的扼杀，多次被罢官，晚年隐居家乡山阴，过着孤寂贫困的生活。这时期他仍写有忠愤沉郁的爱国词，也写了大量的隐逸词。如《鹧鸪天》：

> 家住苍烟落照间，丝毫尘事不相关。斟残玉瀣行穿竹，卷罢黄庭卧看山。　贪啸傲，任衰残。不妨随处一开颜。元知造物心肠别，老却英雄似等闲。③

词的上片写"丝毫尘事不相关"宁静的隐居生活，末句"老却英雄似等闲"却流露出英雄失路之悲。清人刘熙载（1813—1881）《词概》评陆游词为"安雅清赡"④，明（1368—1644）人杨慎（1488—1559）评陆游《鹊桥仙》（华灯纵博）时说："英气可掬，流落亦可惜矣！"⑤ 此词清雅有之，英气亦有之，在平静之中有不平静，呈现出清雅超拔的风格。

杨炎正是受辛弃疾词风影响较深的隐逸词人。杨炎正字济翁，庐陵（今江西吉安）人。历任宁远簿、大理司直等，曾被罢官，隐居多年。⑥

---

① 唐圭璋编：《全宋词》（第三册），第1913页。
② 见刘扬忠《辛弃疾的文学主张和审美理想》，见孙崇恩、刘德仕、李福仁主编《辛弃疾研究论文集》，第85页。
③ 唐圭璋编：《全宋词》（第三册），第1583页。
④ 〔清〕刘熙载：《词概》，见唐圭璋编《词话丛编》（第四册），第3695页。
⑤ 〔明〕杨慎：《词品》卷五评语，见唐圭璋编《词话丛编》（第一册），第513页。
⑥ 杨炎正生平资料见《西樵语业提要》，永瑢等撰《四库全书总目提要》（下册），第1817页。

他力主抗金，但壮志难酬，因而在思想上和词风上都与辛弃疾产生共鸣。他与辛弃疾为友，有"寿稼轩词"多首。如《洞仙歌·寿稼轩》道：

> 带湖佳处，仿佛真蓬岛。曾对金樽伴芳草。见桃花流水，别是春风，笙歌里，谁信东君会老。　　功名都莫问，总是神仙，买断风光镇长好。但如今，经国手，袖里偷闲，天不管，怎得关河事了。待貌取，精神上凌烟，却旋买扁舟，归来闻早。①

此词虽写了桃花流水的美景，逍遥似仙的隐居生活，但心中仍牵挂着"经国手""关河事"，风格清雅中带有不羁，这正是辛弃疾隐逸词的特色。杨炎正词也有个人的特色，被毛晋称为"俊逸可喜，不作妖艳情态"②。类似杨炎正学辛词的还有陈亮、戴复古等词人，他们的爱国词追步辛弃疾，其隐逸词也与辛词相仿佛。

4. 成熟期（南宋末年）

南宋末年，宋词进一步雅化，隐逸词在此环境中进一步兴盛。这时期的隐逸词受姜夔"清空骚雅"词风③的影响较深，以张炎（1248—1314后）的隐逸词为代表，风格以清雅冷峭为特色。其他主要的隐逸词人有陈允平（南宋德祐年间人）、仇远、周密（1232—1298）、王沂孙（约1230—约1289）等。

张炎的曾祖父张镃为南宋显官，家有园林美姬，常设宴与名流酬唱诗词，姜夔即为他家门客。因此，张炎十分熟悉姜夔的词并推崇备至，在其《词源》一书中盛赞姜夔"清空"的词风。南宋灭亡之后，张炎漂泊于苏、杭等地，其隐逸词多写于此时。其词集名《山中白云词》，也表明了他与大自然融合的隐逸志向。

张炎的隐逸词甚丰，为南宋隐逸词大家。由于推崇姜夔的缘故，他的词作风格学姜夔的清空骚雅，但也有自己和雅精粹的特色。如《甘州·

---

① 唐圭璋编：《全宋词》（第三册），第2115页。
② 〔明〕毛晋：《西樵语业跋》，见施蛰存主编《词籍序跋萃编》，第253页。
③ 见邓乔彬《论姜夔词的清空——姜词艺术析论之一》，载《文学遗产》1982年第1期，第33～43页。

题赵药牖山居。见天地心、怡颜、小柴桑,皆其亭名》:

> 倚危楼、一笛翠屏空,万里见天心。度野光清峭,晴峰涌日,冷石生云。帘卷小亭虚院,无地不花阴。径曲知何处,春水泠泠。啸傲柴桑影里,且怡颜莫问,谁古谁今。任燕留鸥住,聊复慰幽情。爱吾庐、点尘难到,好林泉、都付与闲人。还知否,元来卜隐,不在山深。①

词中描绘"野光清峭""冷石生云"的山居环境,具有"冷美"的特征,给人以清峭的感觉,"清"而"冷"——这正是姜夔词的风味②。仇远称张炎词"意度超玄,律吕协洽","当与白石老仙相鼓吹"③,即道出张炎词近似姜夔词的特点。但张词也有自己的特色,清人杜诏(1666—1736)称张词"和雅而精粹"④,则道出张词用词精巧、词风文雅的个人特色。

陈允平也是受姜夔词风影响较深的隐逸词人。陈允平字君衡,一字衡仲,号西麓,四明(今浙江宁波)人。南宋德祐年间,任沿海制置司参议官。宋亡后,隐居湖山,有《日湖渔唱》一卷。⑤ 他推崇姜夔,有仿姜词而作的《暗香》《疏影》二词。其词风清峻,得姜词风味。如《一寸金》词:

> 吾爱吾庐,甬水东南半村郭,试倚楼极目,千山拱翠,舟横沙觜,江迷城脚。水满苹风作。阑干外、夕阳半落。荒烟暝、几点昏鸦,野色青芜自空廓。　　浩叹飘蓬,春光几度,依依柳边泊。念水行云宿,栖迟羁旅,鸥盟鹭伴,归来重约。满室凝尘澹,无心处,宜

---

① 唐圭璋编:《全宋词》(第五册),第3469页。
② 参见唐圭璋、潘君昭《论姜白石及其词》,见唐圭璋、潘君昭著《唐宋词学论集》,第163页;祁晓明:《冷香飞上诗句——试论姜夔词的特色》,载《文史知识》1985年第7期,第107页。
③ 〔元〕仇远:《山中白云词·序》,见施蛰存主编《词籍序跋萃编》,第391页。
④ 〔清〕杜诏:《曹刻山中白云词·序》,载吴则虞校辑《山中白云词》,第171页。
⑤ 陈允平生平资料见《日湖渔唱一卷提要》,永瑢等撰《四库全书总目提要》(下册),第1851页;伍崇曜:《日湖渔唱跋》,见施蛰存主编《词籍序跋萃编》,第371页。

情最薄。何时遂，钓笠耕蓑，静观天地乐。①

词用"夕阳半落""荒烟暝""几点昏鸦"等形象塑造凄迷的意境，类似姜词凄清的风格。唯姜词多以此境抒恋情，而陈允平却用以抒写隐逸之趣，功能各异，心境不同。陈允平词被张炎称为"平正"②，被清人秦恩复称为"清丽芊绵"③，雅正清丽则是陈允平词的个人特色。

南宋末年的隐逸词，在艺术技巧上显得圆熟，语词精练，意境优美，寄意深远，标志着宋代隐逸词达到了它的成熟期。

综上所述，宋代隐逸词春兰秋菊，佳作纷呈。虽然各个阶段有不同的词风，词人风格各异，但清雅雄放是其总体的风格特征。苏轼、朱敦儒、辛弃疾的隐逸词均倾向于豪放风格，而且影响深远，一些平静淡远的隐逸词就只能屈居次要地位了。

四、宋代隐逸词的抒情意象

宋代隐逸词清雅雄放的总体风格的形成，得力于词人在词中塑造有鲜明特征的意象。这些抒情意象主要有明月、白鸥、秋菊、寒梅。

意象是经过审美选择、融进了主观情意的客观景象或物象。意象有双重的功能，一是以蕴含的感情动人，二是以本身的美妙打动读者④。在诗词中，意（情态、感情）是通过象（物象、景象）的交融来表达的。陆机（261—303）《文赋》说："遵四时以叹逝，瞻万物而思纷；悲落叶于劲秋，喜柔条于芳春。"⑤ "落叶"和"柔条"就成为诗人伤春悲秋的抒情意象。叔本华的《意志与表象的世界》也说："正如化学家将清晰透明的流体合在一起以获得固体沉淀物一样，诗人似乎也知道如何用自己结合概念的方法，从概念的抽象和明晰普遍中沉淀具体、个别而可以知觉的表

---

① 唐圭璋编：《全宋词》（第五册），第 3129 页。
② 〔清〕伍崇曜《日湖渔唱跋》转引张炎语，见施蛰存主编《词籍序跋萃编》，第 371 页。
③ 〔清〕秦恩复《日湖渔唱序》，见施蛰存主编《词籍序跋萃编》，第 370 页。
④ 见张忠纲、张欣《论李清照词中花之意象》，载《山东师范大学学报》（人文社会科学版）1991 年第 5 期，第 74 页。
⑤ 〔南朝梁〕萧统编：《文选》（第二册），上海古籍出版 1986 年版，第 762 页。

象。"① 也认为诗中的意志与表象要像化学作用一样融合。在文艺作品中，这种"意"与"象"的结合还要求鲜明突出，丹纳（H. A. Taine, 1828—1893）的《艺术哲学》（*Philosophie de l'art*）说："艺术品的目的是表现某个主要的或凸出的特征，也就是某个重要观念，比实际事物表现得更清楚更完全。"② 因而宋代隐逸词不但喜欢月、鸥、菊、梅，还要写明月、白鸥、秋菊、寒梅，以使笔下的意象有鲜明的特征，更具艺术魅力。另外，诗人在选择抒情意象时，往往受自身的心理状态、审美情趣的制约，他所捕捉的客观景象或物象，往往有其自身审美情感最相契合的显著特征。美国美学家苏珊·朗格在《情感与形式》中说，艺术即人类情感符号的创造，"符号与其象征事物之间必须有某种共同的逻辑形式"③。宋隐逸词人之所以选择明月、白鸥、秋菊、寒梅为主要抒情意象，是因为这些意象与其崇尚人格自由的精神、高雅的格调、潇洒的气度最相契合，这些意象与其内心情感有着"共同的逻辑形式"，"可以作为象征，即思想的荷载物"，④ 寄寓词人的隐逸志向。

1. 明月的抒情意象

宋代隐逸词甚喜咏月，尤其喜咏中秋明月，因为皎洁的明月远离尘嚣的大地，容易勾起人们的出尘之想；明月淡云、清风冷露的夜景，也容易寄托高洁的情怀，塑造出清雅优美的意境，恰与隐逸词人追求高雅脱俗的审美情趣相契合，因而留下了许多咏月的佳作。著名如苏轼的《念奴娇·中秋》：

> 凭高眺远，见长空万里，云无留迹。桂魄飞来光射处，冷浸一天秋碧。玉宇琼楼，乘鸾来去，人在清凉国。江山如画，望中烟树历历。 我醉拍手狂歌，举杯邀月，对影成三客。起舞徘徊风露下，今夕不知何夕。便欲乘风，翻然归去，何用骑鹏翼。水晶宫里，一声吹断横笛。⑤

---

① 叔本华：《意志与表象的世界》，第 208 页。
② ［法］丹纳：《艺术哲学》，傅雷译，人民文学出版社 1981 年版，第 28 页。
③ ［美］苏珊·朗格：《情感与形式》，第 37 页。
④ ［美］苏珊·朗格《情感与形式》，第 57 页。
⑤ 唐圭璋编：《全宋词》（第一册），第 330 页。

词中的中秋夜月,"桂魄飞来光射处,冷浸一天秋碧",明亮而洁净,正是词人胸无尘垢、摆脱世俗烦扰的心境的写照。而朗月清露的夜景和词人举杯邀月、狂歌起舞的形象构成了动人的意境,形成了清峻雄放的风格。

朱敦儒也喜咏月,现存咏月词六首。《水调歌头》词道:"偏赏中秋月,从古到如今。金风玉露相间,别做一般清。"① 向子䛳《八声甘州·丙寅中秋对月》也道,"扫长空、万里静无云,飞镜上天东""莫放素娥去,清影方中"②,都将明月描绘得清雅明净。"清""冷"是他们常用以形容明月的形容词。在明月意象上,寄托了隐逸词人对清雅美的追求,对摆脱尘世污浊的向往。

2. 鸥鸟的抒情意象

鸥鸟也是宋代隐逸词经常出现的意象,尤喜写"白鸥"。鸥鸟在江湖上自由自在地飞翔,正好成为隐逸词人追求人格自由的载体;鸥鸟颜色洁白,也容易勾起词人对高洁人格的联想;因此,鸥鸟常常出现在宋代隐逸词中。鸥鸟的"意"与"象"的组合主要有以下几种形式:

(1) 象与意偕③

用"鸥盟""鸥朋"表现词人与自然的融合,体现"天人合一"的庄子思想。辛弃疾《水调歌头》词"凡我同盟鸥鸟,今日既盟之后,来往莫相猜"④、陈允平《一寸金》词"鸥盟鹭伴,归来重约"⑤、仇远《金缕曲》词"休唱采莲双桨曲,老却鸥朋鹭侣"⑥ 都写词人将鸥鸟(或鸥鹭)视为朋友,结下盟约,徜徉山水之间;鸥鸟成为大自然的化身,词人与鸥鸟结盟,即与自然融合。这种融合反映在词篇上,就产生了一种心灵的愉悦。罗丹(August Rodin,1840—1917)说:"艺术,就是所谓静观、默察;是深入自然,渗透自然,与之同化的心灵的愉快。"⑦ 这种

---

① 唐圭璋编:《全宋词》(第二册),第833页。
② 唐圭璋编:《全宋词》(第二册),第953页。
③ 见韩楚林《李清照词之独特意象》,载《北方论丛》1991年第5期,第104页。
④ 唐圭璋编:《全宋词》(第三册),第1871页。
⑤ 唐圭璋编:《全宋词》(第五册),第3129页。
⑥ 唐圭璋编:《全宋词》(第五册),第3397页。
⑦ [法]罗丹口述,葛赛尔记:《罗丹艺术论》,沈琪译,人民美术出版社1978年版,第10页。

"心灵的愉快"就对创作者和欣赏者产生了艺术魅力。

(2) 寓"意"于"象"

用"鸥鸟忘机"将人的感情加在原为无情的禽鸟之上,言鸥鸟没有机心,实际上寄托了隐逸词人超脱尘世烦扰的理想追求。"鸥鸟忘机"有典,出于《列子·黄帝》:"海上之人有好沤鸟者,每旦之海上,从沤鸟游。沤鸟之至者,百住而不止。其父曰:'吾闻沤鸟皆从汝游,汝取来,吾玩之。'明日之海上,沤鸟舞而不下也。"① 宋隐逸词人多用此典入词,陆游《乌夜啼》词:"镜湖西畔秋千顷,鸥鹭共忘机。"② 辛弃疾《满庭芳》词:"还堪笑,机心早觉,海上有惊鸥。"③ 前者是说词人要与鸥鹭一起忘却机心;后者则以鸥鸟觉人有机心而惊飞,表示对世间机心的讥笑。二者都表示希望自己能像鸥鸟一样无牵无挂地自由飞翔,摆脱世间功名利禄的羁绊,取得精神自由。

(3) 以象喻意

以白鸥比喻隐士的高洁情操。白色往往令人联想起纯洁的人或洁净的物,洁白的鸥鸟则引人想到自由自在与纯洁无瑕,词人描写白鸥,则可表现自己不染凡尘的高洁情怀,并塑造出一种清雅飘逸的意境。张炎《长亭怨》词道:"笑海上、白鸥盟冷,飞过前滩,又顾秋影。"④ 写洁白的鸥鸟在烟波沙滩上翱翔,隐喻隐士们不染凡尘,在大自然的怀抱中流连。辛弃疾《瑞鹧鸪》词则直接以白鸥比喻隐士的高致:"却笑使君那得似,清江万顷白鸥飞。"⑤ 张炎《渡江云》词也类似:"闲趣好,白鸥尚识天随。"⑥ 天随子为唐代(618—907)隐士陆龟蒙(?—约881)之号,词以白鸥喻天随,实以自指。

3. 秋菊的抒情意象

宋人喜咏菊,有以菊喻思妇的,著名如李清照(1084—约1151)的

---

① 《列子》卷二《黄帝》,浙江书局光绪二年(1876)据明世德堂本校刻,第12页。
② 唐圭璋编:《全宋词》(第三册),第1589页。
③ 唐圭璋编:《全宋词》(第三册),第1911页。
④ 唐圭璋编:《全宋词》(第五册),第3476页。
⑤ 唐圭璋编:《全宋词》(第三册),第1964页。
⑥ 唐圭璋编:《全宋词》(第五册),第3477页。

《醉花阴》："莫道不销魂，帘卷西风，人似黄花瘦。"① 也有以菊抒相思之情的，如晏几道《蝶恋花》："黄菊开时伤聚散，曾记花前，共说深深愿。"② 而宋隐逸词人咏菊，则多与陶渊明联系在一起，因陶诗有"采菊东篱下，悠然见南山"③ 的名句。而宋隐逸词人喜咏秋菊，因重阳节有赏菊的习俗，也因秋菊在秋风中开放，经霜而不败，与词人傲世的内心有相通之处。总之，秋菊的意象，既秀美清雅，又易表现隐逸词人的山林情趣，故词人们皆喜用之。

王之道《醉蓬莱·追和东坡重九呈彦时兄》词道："千载渊明，信风流称首。吟绕东篱，白衣何处，谁复当年偶。"④ 辛弃疾《蝶恋花》词也说："千古黄花，自有渊明比。"⑤ 都将菊花和"千古风流"的陶渊明联系在一起。王十朋（1112—1171）的《点绛唇》词则着意以秋菊营造一种清雅优美的意境，衬托隐士潇洒出尘的风致："霜蕊鲜鲜，野人开径新栽植。冷香佳色。趁得重阳摘。""东篱侧，为花辞职，古有陶彭泽。"⑥ 晁补之《洞仙歌·菊》也道："今春闰好，怪重阳菊早。满槛煌煌看霜晓。唤金钱翠雨，不称标容，潇洒意、陶潜诗中能道。"⑦ 不但塑造了秋菊鲜美灿烂的形象，而且衬托出陶渊明这位隐逸之祖不慕功名富贵的"潇洒意"，实际上表达了词人自己的隐逸情趣。

宋隐逸词中的秋菊，是隐士的高洁情怀、潇洒气度的象征。

4. 寒梅的抒情意象

在群花之中，宋人最爱梅花，无论是诗还是词，均有众多咏梅之作。宋代咏梅词，主旨各有不同，有以梅抒恋情的，如姜夔的《暗香》（旧时月色）；有以梅寄托政治操守的，如陆游的《卜算子》（驿外断桥边）；宋隐逸词人咏梅，却旨在借寒梅的形象写自己贫寒而清高的操守、清雅幽独

---

① 王仲闻校注：《李清照集校注》，人民文学出版社1979年版，第35页。
② 唐圭璋编：《全宋词》（第一册），第225页。
③ 逯钦立校注：《陶渊明集》，中华书局1979年版，第89页。
④ 唐圭璋编：《全宋词》（第二册），第1147页。
⑤ 唐圭璋编：《全宋词》（第三册），第1961页。
⑥ 唐圭璋编：《全宋词》（第二册），第1352页。
⑦ 唐圭璋编：《全宋词》（第一册），第561页。

的审美趣味和超尘脱俗的高致①。

（1）以寒梅自比贫寒而清高的操守

梅花开于冰雪未消的寒冷天气，花形瘦小而香气清远。隐逸词人隐居竹篱茅舍，生活贫寒，但多气性高傲，"不求闻达"，"不愿登仕"②，与傲霜雪而开放的寒梅在品性上有相似之处，故隐逸词人多以寒梅自比。葛长庚［生卒不详，南宋嘉定（1208—1224）年间人］《酹江月·咏梅》词道："孤村篱落，玉亭亭、为问何其清瘦。欲语还愁谁索笑，临水嫣然自照。甘受凄凉，不求识赏，风致何高妙。"③ 描写"清瘦"的寒梅开放在"孤村篱落"之旁，"甘受凄凉，不求识赏"，实际上是词人自己贫穷凄凉的隐居生活、高傲不屈的心境的写照。

（2）以寒梅表达清雅幽独的"高标孤韵"

宋隐逸词十分注意用寒梅的形象塑造一种雅致优美的意境，这方面多学林逋的咏梅诗，捕捉梅花清丽幽独的形象与气韵，使词作具有动人的艺术魅力。

葛立方（？—1164）是喜咏梅的隐逸词人，《全宋词》载其有咏梅词九首。其《满庭芳·评梅》词道："一阵清香，不知来处，元来梅已舒英。出篱含笑，芳意为人倾。细看高标孤韵，谁家有、别得花人。"④ 其《多丽·赏梅》词又道："傍黄昏、暗香浮动，照清浅、疏影低昂。"⑤ 化用林逋咏梅名句，写出梅花清雅幽独的"高标孤韵"。

杨无咎的《御街行》词虽然表面上没有用林逋咏梅成句，但仍写出了林诗中梅花的神韵："平生厌见花时节，惟只爱、梅花发。破寒迎腊吐幽姿，占断一番清绝。照溪印月，带烟和雨，傍竹仍藏雪。松煤淡出宜孤洁，最嫌把、铅华说。"⑥ 词中的寒梅，幽独清绝，洗净铅华，虽没有林逋咏梅诗之形，却有其"高标孤韵"之神。

---

① 参见曾大兴《稼轩词阳刚阴柔的美学特征》，载《湖北大学学报》1985年第2期，第33页。
② 〔元〕脱脱等：《宋史》卷四百五十七《魏野传》，见《二十五史》，上海书店、上海古籍出版社1986年版，第1521页。
③ 唐圭璋编：《全宋词》（第四册），第2582页。
④ 唐圭璋编：《全宋词》（第二册），第1342页。
⑤ 唐圭璋编：《全宋词》（第二册），第1343页。
⑥ 唐圭璋编：《全宋词》（第二册），第1196页。

（3）以寒梅表达"不超凡脱俗"的高致

宋隐逸词人还喜突出寒梅不同于凡花的"脱俗"意味，以表达词人超凡脱俗的高致。寒梅在百花凋零的冬末独自开放，花形小而淡雅，与多数花的艳丽不同；而与隐逸词人鄙弃凡俗的美学追求相契合。

赵长卿是宋代咏梅词最多的词人，《全宋词》载其有咏梅词三十四首。其《探春令·赏梅十首》道："江梅孤洁无拘束，只温然如玉。自一般天赋，风流清秀，总不同粗俗。""芳心自与群花别，尽孤高清洁。"①王十朋的《点绛唇》词也道："蜡换梅姿，天然香韵初非俗。"②这些词都突出寒梅"不同粗俗""非俗"的品格，实质上反映了词人高雅脱俗的审美趣味。

宋隐逸词中之寒梅，既是花也是人，"意"与"象"融合无痕，是词人高傲的性格、清雅脱俗的品位的象征。

五、结语

中国的隐逸文化，"尽管它是一种易生负面影响的非主流文化，但它却客观地促进了中国传统文艺体式的生发勃兴、文艺境界的升华提高、文艺鉴赏及文艺范畴的丰富发展"③。宋代隐逸词也是如此，它脱离现实政治的思想，使它缺乏宋代爱国词那种积极、正面的意义；但部分半隐士、准隐士的词作，反映出士人徘徊于出仕与归隐之间的矛盾心理，则在一定程度上反映了宋代士人真实的思想与生活，有一定的认识作用。宋隐逸词人在自由宽松的环境中进行创作，则促进了宋人人格自由精神的升华、宋词优美意境的塑造，促进了宋词的繁荣与发展。

宋代隐逸词清雅雄放的总体风格，既不同于魏（220—265）晋（265—420）时以陶渊明隐逸诗为代表的清雅淡泊的风格，也不同于唐代以王维隐逸诗为代表的闲雅静穆的风格，与元代（1271—1368）隐逸散曲以嬉笑怒骂、通俗明快为风格特色也不同，在中国隐逸文学史上独树

---

① 唐圭璋编：《全宋词》（第三册），第1780页。
② 唐圭璋编：《全宋词》（第二册），第1353页。
③ 徐清泉：《论隐逸文化在中国传统文学艺术发展中的意义》，载《文学评论》2000年第4期，第125页。

一帜。

　　宋代隐逸词在中国隐逸文学史上有承上启下的作用。宋人爱檃括陶渊明诗、张志和词入自己的词作，不但继承了陶渊明的傲骨、张志和的气度，还继承了前代隐逸文学清雅淡远的风格，宋隐逸词中有不少作品就得陶诗、张词的况味。而宋隐逸词人的补偿心理、慰藉心理也与后代元散曲中的自慰心理①有相通之处；至于辛弃疾、陆游的"愤世"之作，也为元散曲的嬉笑怒骂之作开了先河。宋代隐逸词是中国隐逸文学这棵大树上一条枝繁叶茂的分支，是一份宝贵的文学遗产，值得我们珍视与研究。

　　［原载《女性的主体性·宋代的诗歌和小说》，台湾大安出版社2001年版。此文为参加香港大学中文系主办"宋词与宋文化国际学术研讨会"（2001年6月）会议论文，获会议论文一等奖，被授予奖状］

---

　　①　见吴国富《元代隐逸散曲中的自慰心理》，载《杭州大学学报》（哲学社会科学版）1997年第4期，第112页。

论南宋小品文

小品文这种体裁发展到南宋，已进入了它的成熟阶段。对比唐代，它已摆脱了被人忽视的附庸地位，以著作的形式独立登上文坛；对比北宋，它数量更多题材更丰；对比晚明，它虽还缺乏圆熟老练，但却生机勃勃，充满锐气。然而，以往言散文多称盛唐北宋，言小品多称晚明，南宋小品乃至南宋散文都是被人忽视的领域。因此，有必要对其作进一步的探讨。

一、南宋小品文的概况

南宋小品文不仅数量众多，而且各体兼备、题材多样。

据粗略的统计，《中国丛书综录》辑录的南宋笔记有二百三十四种，诗话、词话六十八种，别集三百五十种；《四库全书》收集的南宋小品文专集有一百二十余种，别集二百三十八种。这些别集也多收有游记、序跋、书信等小品文。而此二书未收的、散见于后代文集中的南宋小品文更是难以胜数。南宋小品文数量之多，可见一斑。

小品文的各种体裁，如游记、书信、序跋、随笔、日记、诗话词话等，南宋时均已齐备，特别是日记体游记、系统性的诗话词话，更是南宋始盛的体裁。陆游的《入蜀记》、范成大的《吴船录》、楼钥的《北行日录》、吕祖谦的《入越录》和《入闽录》等，都以日记的形式记叙祖国山河的雄伟壮丽、民情风俗的淳朴多彩，将日记与游记和谐地结合起来，多为优美隽永的小品文；严羽的《沧浪诗话》、张戒的《岁寒堂诗话》等摆脱了北宋诗话零散而缺乏系统性的弊病，深入、系统地探索诗歌创作规律性，成为对后世影响深远的诗论著作；至于词话，北宋可谓寥寥无几，南宋方大盛，王灼的《碧鸡漫志》考证词曲流变，品评词人的风格流派，李清照的《词论》评价五代北宋词人的优劣，提出词"别是一家"之说，张炎的《词源》系统论述词的音律及作词的原则，等等，均为后世词家所重视。至于更多的文艺评论，是以题跋的形式出现，陆游的《跋东坡七夕词后》、杨万里的《题曾无逸百帆图》、楼钥的《跋戴式之诗卷》和《跋山谷奇崛帖》等，内容涉及诗、词、书、画多方面，言简意赅，堪称小品佳作。自赞也是南宋方兴未艾的一种小品文体，它继承了魏晋南北朝赋体小品、唐铭小品的骈文形式，以诙谐精练的语言描绘自己的为人性格，妙趣横生。如陈亮自赞为"倚天而号，提剑而舞"，表现出才气超迈、狂放不羁的性格；楼钥自赞"平生爱读书，眼昏健忘不如故；平生爱为人，只有照管不到处"，显示了谦逊宽厚的处世态度。说明文式的小品也占了南宋小品文一定的比例，多记叙南宋的科技、工农业、医学等方面的状况，赵彦卫《纸船铁梢公》一文谈撑船过激流险滩的种种技巧，庄绰《定州刻丝与各地工艺》谈刻丝工艺，等等，记录了有关古代航运、纺织等方面的宝贵资料。还有介乎于游记与地理志之间的小品文，如孟元老的《东京梦华录》、吴自牧的《梦粱录》等，对风土人情的记载占了很大的分量，是研究宋代社会的饮食文化、民俗、民间文艺等方面的重要资料，不少篇章文笔生动，不失为小品佳作。

南宋小品文多以独立的著作形式出现，笔记杂文是其主体。虽然每一篇多为篇幅短小之文，但串缀成总体却是鸿篇巨著。洪迈的《容斋随笔》写作"首尾十八年"，有《续笔》《三笔》《四笔》，多至《五笔》；王明清的《挥麈录》也有《前录》《后录》《第三录》《余话》，都可谓煌煌巨著。胡仔的《苕溪渔隐丛话》分前、后两集，也历时二十年。这说明，南宋作家不是将小品文看作诗文的一种附庸，如唐人然，而是将其作为一种独立的文体认真对待，潜心创作。周紫芝云："词采风流，形于笔札，便是文章一家事"（《姑溪三昧·序》），即为此意。北宋从欧阳修始，已在全集中将小品另外分录，但像洪迈、王明清、胡仔这样，以全力写小品、出专集，则是到了南宋才大量出现，并影响到后世，明人朱国帧的《涌幢小品》初名《希洪小品》，就寓有仿洪迈《容斋随笔》之意。可以说，时至南宋，小品文才获得了它的独立地位，正式进入了文学的大雅之堂。

首先，在题材上，南宋小品文比前代更为广泛，诸如山水小品、咏物小品、寓言小品、抒情小品、讽刺小品等，无所不备。南宋人比前人视野更阔，笔触涉及朝野人物旧闻、社会风俗民情、山川地理风貌、文人艺人逸事、农工商医技术等，往往具体翔实，具有较高的史料价值，是了解两宋社会政治、经济、文化、宗教等方面的生动资料，也具有一定的文学价值。如方勺《泊宅编》记载方腊起义,庄绰《事魔食菜教》记载摩尼教,孟元老《东京梦华录》和周密《武林旧事》记载东京和临安的社会经济面貌等,都为后世学者所重视。其次,南宋人比前人更重视知识性和趣味性,其山水小品不但描绘山川形势,而且探源溯流,征引有关历史文物、先贤遗迹、神话故事,介绍当地民俗等,内容丰富,信息量较大,可称为古代的旅游文学。如陆游的《入蜀记》写巫山神女峰,既写出神女峰"纤丽奇峭"的景色,又用"夏禹见神女"的神话传说烘托其神秘的气氛;范成大的《吴船录》在写峨眉山五彩佛光、飞瀑喷雪等"瑰奇胜绝之观"的同时,又描绘其石质水色、草木形态、气候变化等特殊的生态环境,令读者不但得到优美的艺术享受,而且增长了许多知识。至于寓言小品和讽刺小品,多将政治见解寓于谐趣之中,无论针砭时弊还是褒贬人物,都言辞犀利,幽默风趣。如岳珂《朝士留刺》讽刺朝士贪恋京官,讳言"出去",宁可说"不在"("死"的婉辞),罗大经《村庄鸡犬》挖苦官吏学鸡犬叫逢迎上司,等等,都令人解颐,切中时弊。

二、南宋小品文与南宋社会的关系

南宋小品文的繁盛不是偶然的,它是南宋这个特殊时代的产儿,与南宋的时代风云变幻有着密切的关系。

首先,南宋小品文与南宋的政治状况密切相关,大量的作品折射出南宋兴衰荣辱的历史。自北宋在 1127 年灭亡、宋高宗赵构南渡建立南宋,至最后一位宋帝赵昺于 1279 年被元兵所杀,历时一百五十二年。在这期间,南宋一直是在强大的敌对政治势力的威胁之下度过的。前有金的军事进攻,后有元的武力吞灭,国势飘摇,岌岌可危。北、南宋之交,大批官员百姓从北方逃亡至南方,远离故乡,落魄飘零,渴望驱逐金兵,收复失地,举国上下一片抗金呼声。反映在文坛上,则出现了许多慷慨悲歌的爱国作品。南宋小品文也感染了这种爱国热忱,但却有独特的表现方式。表现方式之一,是多怀旧之作。其作者多为南渡后失去原有政治、经济地位的"江南游子",闲居无营之际,提笔写"回忆录",追怀过去的美好时光,寄托思故国、思故乡的情怀。孟元老的《东京梦华录》、张知甫的《可书》、袁褧袁颐父子的《枫窗小牍》等,都怀着无限眷恋之情,对北宋繁荣的城市经济文化进行绘声绘色的详尽描绘,写酒肆则美食飘香,写歌楼则箫鼓盈耳,真切具体,如在眼前。南宋中期,金朝国势渐弱,宋金出现相对稳定的对峙局面,南宋城市经济出现复兴和繁荣,有一批作家记载了这种繁华胜景,如吴自牧的《梦粱录》、西湖老人的《西湖繁胜录》、耐得翁的《都城纪胜》等,但他们常有"城池苑囿之富,风俗人物之盛,焉保其常如畴昔哉"的繁华易散之叹,"缅怀往事,殆犹梦也"(均见《梦粱录·序》),亦可将其作归入怀旧一类。南宋灭亡之后,周密的《武林旧事》追怀故国京城的繁盛,更是南宋遗民的怀旧之作。这些作品在形式上都模仿《东京梦华录》,以酣畅真切为其特色,给后世留下了关于两宋城市经济文化的宝贵史料;并对后世影响深远,几乎成为写都市小品的模式,明人张岱的《陶庵梦忆》、刘侗的《帝京景物略》都有模仿《东京梦华录》的痕迹。南宋小品文爱国思潮的表现方式之二,是多评议朝政之作。南宋对金虽有战和之争,但主和派一直占上风。国势垂危,朝政腐败,爱国志士纷纷以参政议政为己任,政论文成为南宋散文的主力;不少南宋小品文也感染了这种参政议政意识,或如实叙述,暗含褒贬,或旁敲侧击,讽刺针砭,矛头都对准了南宋的投降派与弊政。周密《癸辛杂识》中的《蹇材望》,记叙自号"大宋忠臣"的蹇材望在元兵到来时却"先一日出城"降元,如实叙述中见贬斥之意;罗大经《鹤林玉露》中《格天阁》一文,明言直指秦桧为金国的间谍;岳珂《桯史》中《开禧北伐》,揭露南宋军队兵骄畏战的腐败状况;等等,都笔锋犀利,针砭力强。南宋末年,蒙古军大举南侵。南宋朝廷不战而降,爱国军民却举起了抗元的义旗,小品文中也出现一批泣血悲歌的佳作,如文天祥的《指南后录·序》记叙其抗元斗争的艰险经历,抒发其忠贞不渝的爱国情怀;谢翱的《登西台恸哭记》挥泪悼念文天祥;谢枋得的《上丞相留忠斋书》表达宁死不降元的坚贞民族气节;等等。这些作品都悲愤沉郁,感人至深。

其次,南宋小品文与南宋的哲学也有密切关系,哲理化、议论化成为部分南宋小品文的特色。南宋理学大盛,上至王公大臣,下至布衣隐士,普遍喜谈心性。著名理学家朱熹、陆九渊、张栻、吕祖谦等都授徒讲学,有一整套的理学理论,影响深远。真德秀位居参知政事,魏了翁官至金书枢密院事,也推崇理学,成为理学名家。而永康学派的代表、布衣陈亮则提倡有补国计民生的"事功之学",批判理学家们空谈心性、脱离现实的弊病。南宋这种崇尚哲理之风,使小品文也趋向哲理化、议论化。理学家们的书信、游记，即使是谈家常、写风景也不忘说理。张栻的《韶音洞记》在描述了虞山韶音洞的景色之后，大发议论："嗟乎！有虞氏之德甚盛，茂以力量，盖君臣、父子、兄弟、夫妇之彝性，天之命乎人者，孰不具是哉？"真德秀的《溪山伟观记》和魏了翁的《眉山新开环湖记》，在叙事写景之中，插入了大量的论道说理的内容，有浓重的说教意味；陈亮给朱熹的信《甲辰答朱元晦书》，唇枪舌剑，展开辩论，有强烈的哲理色彩。这些哲理性的小品文，有的通篇大谈理性，味如嚼蜡，但也有部分作品将优美的景色描绘、生动的人物事件叙述和条达明畅的说理结合起来，如陆游的《烟艇记》，既有对"若小舟然"的书室的形象描绘，又有"自计不能效尺寸之用于斯世，盖尝慨然有江湖之思"的入世和出世的思辨分析，是情味隽永、蕴含哲理的力作。

其三，由于南宋佛教、道教的盛行，部分小品文的宗教色彩较为强烈。翻开南宋人的别集，修寺记、修道观记比比皆是，给和尚和道士写的传记、题赞也为数众多。其中不乏纯粹宣传宗教之作，但也有文学意味较浓的作品。陆游的《上天竺复庵记》写杭州复庵佛寺的清幽景色，叙述"道遇三朝""如日丽天"的广慧法师激流勇退、隐居复庵的壮举，比照"进而忘退，行而忘居，知趋前而昧于顾后"的"士大夫之通患"，抒发了作者对人生社会的无限感慨，文笔幽默而富有理趣。其另一篇《书浮屠事》叙述赞美一和尚淡泊金钱的高风，也颇为简练生动。朱熹的《庐山卧龙庵记》写庐山道观卧龙庵及其周围的山水景色，笔调淡雅而曲折有致，都堪称小品佳作。

其四，南宋繁荣的经济文化，使小品文视野广阔、内容丰富多彩。南宋城市经济繁荣，江南一带的工农业生产相当发达，小品文对此多有反映。叶梦得《避暑录话》中的"潘衡借苏轼名卖墨"，就颇有今天以名人作商品广告的意味，其"种竹法""养塘鱼法"反映了当时农业生产的水平；周密的《癸辛杂识》中的《江西人开讼学》，描写专门培养诉讼人才的学校，可谓法律意识颇强；范成大的《松江水利图·序》写用"葑田"防止洪水，至今还有参考价值。南宋诗词繁荣，戏剧也相当兴盛，在小品文中也多有反映。叶梦得《避暑录话》中关于柳永、欧阳修、苏轼、秦观等词人诗客逸事的记载，胡仔《苕溪渔隐丛话》关于苏轼、黄庭坚等人的诗词评论等，都是后人经常引用的资料。吴自牧《梦粱录》中的《百戏技艺》《妓乐》、耐得翁《都城纪胜》中的《瓦舍众伎》、周密《癸辛杂识》中的《故都戏事》、赵彦卫《云麓漫钞》中的《傩戏》《杂班》，等等，则保存了许多关于宋代戏剧、杂技、说书等艺术的资料，多为后世学者所重视。

三、南宋小品文的继承和发展

南宋小品文在继承前代小品文优秀传统的基础上，吸收时代精神，又有新的发展。

南宋小品文的作者虽不乏真德秀、魏了翁这样的名卿大公，但更多是自放于山崖水滨的隐士，他们"闲居无营，日与客清谈鹤林之下，或欣然会心，或慨然兴怀，辄令童子笔之，久而成编"（罗大经《鹤林玉露·序》）。或出仕后归隐，回忆旧事，恐"既老且死，则无以传也"，"俾复执笔记之"（吴曾《能改斋漫录·序》）。所记多为亲身见闻，因而写来真切具体，少矫饰之笔。又因为是信口而出的"闲谈"之作，故文笔平易自然，自由挥洒，富于作者的个性色彩。这种真切自然的风格，上承北宋苏轼的"常行于所当行""止于所不得不止"的自然流畅的文风，下接明代小品"独抒性灵，不拘格套"的"性灵"之说，得小品"韵致"之真髓。姜夔的《自叙》叙述其在贫寒中与张鉴、范成大、杨万里等名公巨儒交往和自己的文学所长，娓娓而谈中蕴含着知己之感和坎坷之泪；文天祥的《与方伯公书》为就义前写给舅舅的家书，在交代后事的悲恸之中，坦露了"刀锯在前，亦含笑入地"的坚贞不屈的民族气节和大无畏的精神，都是极富个性、真切感人的小品佳作。

南宋小品文有大量咏物、寓言之作，这里既有传统的因素，也有时风的影响。微言大义，借鲜明的形象抒情说理本是小品文的优良传统，唐代柳宗元的《黔之驴》、韩愈的《马说》，北宋苏轼的《日喻》、周敦颐的《爱莲说》等都托物喻意，脍炙人口。加以南宋词坛喜结社咏物，咏物词大盛，许多以咏物词擅名的词人如周密、张炎等同时又是小品文作家，在传统和时风的影响下，南宋咏物小品、寓言小品大为发展。陈傅良的《怒蛙说》借古代神话传说中的月中蟾蜍和日中乌鸦为喻，抨击时弊："呜呼！司造化之权而私以怒竞，民物奚罪哉！"构思别致，意味深长。姚镕的《江淮之蜂蟹》以毒蜂和螃蟹都因夜趋灯火而亡，暗喻趋炎附势者没有好下场，比喻贴切，含意深刻。他如叶梦得的《吾畏馒头》写一寒士假作畏馒头而晕倒，无人时却大嚼不已，讽刺那些"既仕得禄，反口嘐嘐然以不仕为高"的伪君子，又如罗大经的《能言鹦鹉》以鹦鹉讽刺说假话之人，等等，均为微言大义、寓意深远之作。

注重趣味性也是小品文的优良传统。南朝刘义庆《世说新语》褒贬人物，细处见性格，饶有趣味；唐韩愈《送穷文》正话反说，幽默诙谐，均为幽默小品的名篇。南宋小品文也继承了这一传统，注重作品的趣味性，而且较前人有新的发展。严羽在其《沧浪诗话》中说："夫诗有别材，非关书也；诗有别趣，非关理也。""盛唐诸人惟在兴趣，羚羊挂角，无迹可求。"这种"兴趣说"虽是对诗而言，但对小品也不无影响；其内容主要指韵味浓厚、耐人寻味之"趣"，但也不乏幽默谐趣、机巧灵活之"趣"，严羽就十分赞赏杨万里活泼谐趣的诗风，称之为"诚斋体"。有了理论指导，南宋小品文比前代作品更富于幽默感，技巧更为多样。何薳的《春渚纪闻·雍丘驱蝗诗》写雍丘一带闹蝗灾，邻县县尉发文至雍丘县，指责对方将蝗虫赶至该县。雍丘县令米芾批其文道："蝗虫元是空飞物，天遣来为百姓灾。本县若还驱得去，贵司却请打回来。"妙趣横生，令人绝倒。褒贬人物如陆游的《肃王与沈元用》，写肃王与沈元用见唐人碑而比赛记忆力，沈元用"欲矜其敏，取纸追书之"，而肃王"取笔尽补其所阙"，"略无矜色"，笔调风趣，于微细中见人物性格，从中不难看到《世说新语》文风的痕迹。南宋小品文还喜用民谣、谐音、对联、绰号等进行讽刺和打趣，三言两语便说明问题，并富有喜剧效果。陆游《老学庵笔记》用时谚"苏文熟，吃羊肉；苏文生，吃菜羹"，反映出"建炎以来，尚苏氏文章"的盛况，言简而有趣；邵博《刘贡父奇才》，写"刘贡父呼蔡确为'倒悬蛤蜊'，盖蛤蜊一名壳菜也"，用谐音取人外号；庄绰《鸡肋集》用对子"沈念二相公，王三十太尉"讽刺南宋两名败将，都令人忍俊不禁。另外，对比的手法也是南宋小品文喜用的打趣方法，张邦基《墨庄漫录》载欧阳修在扬州平山堂栽柳，百姓怀之，称为"欧公柳"。薛嗣昌作守，也植柳于平山堂，自榜曰"薛公柳"。老百姓却不买他的账，他一调任，就砍掉了他的柳。作者用二柳作对比，讽刺那些没有自知之明的效颦者，令人解颐。凡此种种，可见南宋幽默小品的摇曳多姿，青出于蓝而胜于蓝。

南宋小品文并非完美无瑕，也有不足之处。由于多为记录见闻，不免有道听途说、记录不实之处，也多有重复互见之文，如罗大经《鹤林玉露》写秦桧狡诈的《进青鱼》,就与叶绍翁《四朝闻见录》的《秦夫人淮青鱼》大同小异;岳珂《桯史》与张端义《贵耳集》均有"二圣环"的记载;葛立方《韵语阳秋》与周煇《清波杂志》都有米芾以复制品偷换古画的故事;等等。另外,部分随笔过分随意,散漫杂乱,粗鄙无文;有些书信、游记过分讲究理性,议论连篇,湮没了文学性,都是缺点。

〔原载《中山大学学报》(社会科学版)1994年第4期;后被中国人民大学书报资料中心《中国古代、近代文学研究》1995年第1期全文转引〕

李清照与宋代女性词

李清照《鹧鸪天》词咏桂花道:"何须浅碧轻红色,自是花中第一流。"① 如果以花来比拟宋代女性词,那么,李清照词就是"第一流"的花魁;但她的出现并非偶然的,她的词是宋代繁荣高涨的女性文学的一个组成部分、一个杰出代表。

一、宋代女性词概述

宋代女性词是指宋代女性词人写的词,不包括那些"男子而作闺音"的代言体。笔者据唐圭璋先生编的《全宋词》统计,该书共载宋代女词人八十四名,作词一百七十八首,残句八首;另外,此书中的"宋人话本小说中人物词"和"元明小说话本中依托宋人词"两部分载女词人三十二人,作词六十二首。宋代女词人和女性词之多,可见一斑,实际上远不止此数。宋词大盛,从王公贵人到平民百姓均能写词,而宋代女性更因为词体抒情深细的特点而酷爱词。《岁时广记》卷十载,上元节皇帝赐酒市民,一女子窃所饮金杯被发觉,作《鹧鸪天》词自辩:"归来恐被儿夫怪,愿赐金杯作证明。"在大街上随便找个妇女都能即时作词,可见当时妇女作词的普遍性。可惜因为封建社会男尊女卑的观念,更因为宋代理学的盛行,宋代女性词不受重视,除了李清照、朱淑真、魏夫人等几个地位较高的女作家外,少有词集刊行,散失甚多。

宋代女性词从内容方面主要分为三类。

1. 歌女所作的应歌之词

宋代歌女是很有文化的群体,她们常常在文人即席赋词之后演唱新词侑酒,耳濡目染,也学会了填词。不少歌女文思敏捷,能应宾客要求立就

---

① 李清照的诗词均见王仲闻校注《李清照集校注》,人民文学出版社1979年版。

新词，如杨湜《古今词话》载成都官妓赵才卿"性黠慧，有词速敏，帅府作会以送钤帅，命才卿作词，应命立就《燕归梁》"。这种应歌之词大多是歌女为娱宾而作，或显示歌女的锦口绣心，或赞美宾客的文才武略，总以满堂欢欣为目标；而对歌妓自己的感情抒发，则放在次要地位。吴曾《能改斋漫录》卷一载杭州歌妓琴操应客要求，将秦观的《满庭芳》词改韵而作："山抹微云，天连衰草，画角声断斜阳，暂停征辔，聊共饮离觞。……"苏州官妓苏琼的《西江月》则为称颂宾客中举之作：

> 韩愈文章盖世，谢安情性风流。良辰美景在西楼，敢劝一卮芳酒。　　记得南宫高第，弟兄争占鳌头。金炉玉殿瑞烟浮，高占甲科第九。①

这种词虽然不乏技巧，但大多没有真实反映女性的情感与生活，不能说是纯粹的女性词。

2. 女子所作的闺情词

闺情词多为家庭妇女所作，如兵部员外郎阮逸之女《花心动》词云："还立尽黄昏，寸心空切。""梦回处，梅梢半笼淡月。"尚书曾布妻魏夫人《武陵春》："宽尽春来金缕衣，憔悴有谁知？"也有些歌妓用词描述自己的不幸生活，表达跳出苦海的渴望，如长安妓女聂胜琼的《鹧鸪天》："寻好梦，梦难成，有谁知我此时情？枕前泪共阶前雨，隔个窗儿滴到明。"② 这类词是女词人写自己的女性情感，非为功利而作，感情真挚自然，为纯女性的词作，是宋代女性词中最大量而又最有价值的部分。

3. 战乱中的女性词

北宋灭亡之际、南宋灭亡之时，生灵涂炭，而女性遭受的蹂躏尤重，不少被俘妇女写下泣血吞声的词作，记载了那段悲惨的历史，有些人更以词表示以死抗争的决心。如南宋徐君宝妻作《满庭芳》词后投水而死：

---

① 见唐圭璋编《全宋词》，下文未注出处的词均见此书。
② 〔宋〕杨湜：《古今词话》，见唐圭璋编《词话丛编》（第一册），中华书局1981年版，第43页。

"一旦刀兵齐举，旌旗拥、百万貔貅。""从今后，梦魂千里，夜夜岳阳楼。"被元兵所掠的刘氏，题《沁园春》词于长兴酒库："我生不辰，逢此百罹，况乎乱离。""君知否，我生于何处，死亦魂归。"这类词作表现了坚贞的民族气节，抒发了在特殊的历史环境中的女性情感，跳出了一般闺情词的范围，将个人命运和国家民族命运联结在一起，具有特殊的意义。

二、李清照是宋代女性词的杰出代表

宋代女性词以第二、三类词富有女性色彩，具有女性意识的觉醒、自尊、自强的要求，以及自恋、自怜的情结等思想感情特色，而在艺术上多委婉情深、率真自然、浅白通俗。李清照词鲜明地显示出这些特色，成为宋代女性词的杰出代表。

首先，李清照词体现了女性意识的觉醒。在中国古代文学中，拘于封建道德的约束，女性描绘自己多是隐约其词、谦逊有加（民歌是例外）；而宋代女性词的自我意识逐渐觉醒，大胆描述自己的形象与情感，至李清照词而达到极致。故王灼《碧鸡漫志》卷二说："自古缙绅之家能文妇女，未见如此无顾藉也。"宋仁宗时一位姓卢的女子题词《凤栖梧》于驿舍之壁道："回望锦川挥粉泪，凤钗斜軃乌云腻。钿带双垂金缕细。玉佩玎珰，露滴寒如水。从此鸾妆添远意，画眉学得遥山翠。"（《墨客挥犀》卷四）描绘了娇美的自我形象，但以外貌服饰为主，个性不够鲜明。而朱淑真的词作已出现了富于个性的词人的自我形象："独行独坐，独唱独酬还独卧。伫立伤神，无奈春寒著摸人。"（《减字木兰花》）连用五个"独"字，描绘词人因相思而备感孤独哀愁，形象鲜明突出。李清照的词作比朱作更胜一筹，她词中的自我形象，无论少女、少妇、孀妇，均个性鲜明，活灵活现，远胜于同代女性词。她的《点绛唇》词道："见客入来，袜刬金钗溜。和羞走，倚门回首，却把青梅嗅。"通过见客羞走、倚门回首、嗅青梅等一系列动作，将自己活泼而调皮的少女形象刻画得呼之欲出，而笔端流露着自我欣赏。她的《一剪梅》词："此情无计可消除，才下眉头，却上心头"塑造情思深挚的思妇形象，《声声慢》词刻画"寻寻觅觅，冷冷清清，凄凄惨惨戚戚"的孀妇形象，等等，都十分鲜明突出。除了鲜明性外，她词中的自我形象还具有完整性。综观她的全部词作，忠实记录了她不同时期的形象，使其词成为她一生心路历程的完整历史。对比其他宋代女词人的零星散篇，李词的完整词人形象不可同日而语。

其次，李清照的词集中体现了宋代女性词自尊、自强的要求。自尊、自强是宋代女性意识中最有价值的部分，最接近现代意识。部分女词人意识到，女子作为一个独立的人应有独立的人格，不能作为男性的附庸和玩物，而要自我振作，因而出现了一批具有自尊、自强意识的词作。天台营妓严蕊，受到朱熹的迫害，被关入狱，但她始终不肯出卖曾经赏识过她的天台太守唐与正，遭受严刑拷打而不屈服；当继任朱熹的官员岳霖钦佩她的气节，同情她的不幸而释放她时，她赋《卜算子》词道："不是爱风尘，似被前缘误。花落花开自有时，总赖东君主。　去也终须去，住也如何住。若得山花插满头，莫问奴归处。"（冯金伯《词苑萃编》卷十四《严蕊词》）她说自己不能负堕落风尘的责任，如果官府能判她从良，她当隐居山间，自食其力。自尊、自强的性格跃然词上。南宋末年宫廷女官王清惠的《满江红》是题在馆驿墙壁上的词作："龙虎散，风云灭，千古恨，凭谁说？对山河百二，泪盈襟血。驿馆夜惊尘土梦，宫车晓碾关山月。问姮娥、于我肯从容，同圆缺。"（周密《浩然斋雅谈》转引）表现了被元兵掳掠的宫女宁死不屈的精神，不但体现其自尊、自强意识，更是满腔爱国热忱，壮怀激烈了。李清照词的自尊、自强意识，主要反映在她对词的创作有强烈的"精品意识"，不甘居人后，欲与男性词人争雄，在她的《词论》中，对晚唐至北宋的男性著名词人一一进行尖锐的批评，显示出一种傲视群雄、超越前贤的过人抱负。胡仔《苕溪渔隐丛话·后集》卷三十三说："易安历评诸公歌词，皆摘其短，无一免者。此论未公，吾不凭也。其意盖自谓能擅其长，以乐府名家者。"正谓此。李清照在其他领域的理想抱负也可以作为她作词心态的佐证。《金石录·后序》自述她与丈夫赵明诚节衣缩食、废寝忘餐研究金石古董，南渡前与赵相约共文物"与身俱存亡"；《失题》诗也称："诗情如夜鹊，三绕未能安。"均可见李清照在文学创作、学术事业方面强烈的事业心和自尊心。

其三，李清照的词反映了宋代女性词"自恋""自怜"的情结。女性的自我发现，最终导致对自身价值的认同和自许，这种认同和自许到了极致，便出现了"自恋""自怜"的情结。女词人们在词中或欣赏自己的绮年玉貌，或欣赏自己的文才华美，或怜惜自己的盛年独处、红颜薄命，等等，"自恋"体现了女性对理想生活的追求，"自怜"则体现了女性对理想不能实现的无奈。太学生之妻孙氏的《烛影摇红》词道："长记眉峰偷隐，脸桃红，难藏酒晕。背人微笑，半弹鸾钗，轻笼蝉鬓。""背人微笑"正透露出对自身美貌的自我欣赏。而朱淑真的《菩萨蛮》词"多谢月相怜，今宵不忍圆"是对月自怜，表现了自伤孤独的自怜情结。李清照的词的自恋、自怜更为鲜明突出：其《庆清朝慢》词"待得群花过后，一番风露晓妆新。妖娆艳态，妒风笑月，长殢东君"是以花比自身美貌；其《渔家傲》"学诗漫有惊人句"则是对才华的自负；她的《醉花阴》则极力塑造自己可怜兮兮的思妇形象："莫道不消魂，帘卷西风，人比黄花瘦"。自恋和自怜都体现了李清照对女性价值的自我肯定，同时，两者都使其词作具有女性柔情脉脉的特色，富有艺术魅力。

其四，李清照词集中反映了宋代女性词委婉绮丽、语浅情深的特色。宋代女性词多属婉约词，抒情委婉，写景优美，富于女性的敏锐情思。如朱淑真的《蝶恋花》："楼外垂杨千万缕，欲系青春，少住春还去。""把酒送春春不语，黄昏却下潇潇雨。"女词人在柳丝飘拂、春光烂漫之时，不是满怀喜悦，而是勾起青春易逝的伤感，用柳丝系不住逝去的青春，用"春不语"反衬自己的孤独，抒情委曲，文心纤细，富于女性美。魏夫人的词则浅白而优美："三见柳绵飞，离人犹未归。"（《菩萨蛮》）"月明还到小窗西。我恨你，我忆你，你争知？"（《系群腰》）至于那些风尘歌妓，更大量用口语入词，如陆游从蜀携归之妓作《鹊桥仙》道：

说盟说誓，说情说意，动便春愁满纸。多应念得脱空经，是那个、先生教底。　不茶不饭，不言不语，一味供他憔悴。相思已是不曾闲，又那得、工夫咒你。

宋代女性词因无功利的目的，词中很少卖弄才学，很少用典，作词多任情而发，故感情真挚动人，而语言浅白自然。李清照是此中高手。她的词具有情思敏锐、文心纤细的特点，又大量吸收宋代口语，具有雅俗共赏的特色。且看她的《鹧鸪天》词：

枝上流莺和泪闻，新啼痕间旧啼痕。一春鱼鸟无消息，千里关山劳梦魂。　无一语，对芳樽，安排肠断到黄昏。甫能炙得灯儿了，雨打梨花深闭门。

李攀龙《草堂诗余隽》卷一评道："形容闺中愁怨，如少妇自吐肝胆语。"张綖《草堂诗余别录》又评李清照《如梦令》的"知否，知否，应是绿肥红瘦"道："结句尤为委曲精工，含蓄无穷之意焉。可谓女流之藻思者矣。"均指出其文心纤细、情思深婉的女词人特色。

我们在阅读李清照的词作时，往往诧异：她出身于书香之家，但她的词雅俗兼备，部分词作大量运用口语入词，实在俗得可以，与她的身份不相称。但是，如果我们将她放在宋代女词人这个群体中来考察，就很容易理解了。宋代女词人普遍文化水平较低，作词仅为抒一己之情，故词作语言多浅显通俗，这是当时女性词的普遍特色，即使贵如魏夫人，其词作也是如此。李清照当然也受到这种时代风气的影响，以浅白自然为美，但比一般的女词人写得更为清新精练，后人多有好评。清人彭孙遹《金粟词话》评道："李易安'被冷香消新梦觉，不许愁人不起''守着窗儿，独自怎生得黑'，皆用浅俗之语，发清新之思，词意并工，闺情绝调。"李清照堪称宋代女词人中的佼佼者。

三、李清照超越同代女词人的"丈夫气"

如果李清照词仅是宋代女性词的代表，那么，在男尊女卑的封建社会，她是不会赢得男词人的折腰，获得声誉的。显然，她有异于一般女词人的过人之处，这就是她的"丈夫气"。沈曾植《菌阁琐谈》说："易安俶傥，有丈夫气，乃闺阁中之苏、辛。""闺房之秀，固文士之豪也。"这种"丈夫气"就是"文人气"，就是男性词人的气质。首先，来源于李清照深厚的文学修养和过人的抱负。李清照之父李格非是著名的散文家，又是苏轼的学生，与"苏门四学士"的晁补之、张耒有密切的交往。李清照因父之故得以结识晁、张，与之诗词唱和。朱弁《风月堂诗话》卷上《李清照》云："善属文，于诗尤工。晁无咎多对士大夫称之。"周煇《清波杂志》卷八云："赵明诚待制妻易安李夫人，尝和张文潜（耒）长篇二。"李清照和赵明诚结婚后，更因共同钻研金石文物和善画墨竹而结识众多书画名家，米友仁《米元章〈灵峰行记帖·跋〉》云："易安居士一日携前人墨迹临顾，中有先子留题，拜观不胜感泣。"与众多男性文艺名家交往，不但使李清照增长见识，突破普通封建社会中妇女的局限，而且使其熏染了一种"丈夫气"，从男性文人的角度来观察社会，攀登文学创作的高峰。田艺蘅《诗女史》卷十一评李清照《咏史诗》为"非妇人所能道者",即道出其超乎普通女性的见识与才华。其次,她博览群书,刻苦钻研,才华出众,具有超越群雄、创一流作品的实力。她家中藏书甚丰,《崇祯历城县志》卷十六载:"赵明诚守淄,清照积书数十万卷。"而《金石录·后序》自言与赵明诚"烹茶,指堆积书史……以中否角胜负为饮茶先后",可知其藏书并非摆设,而是烂熟于心。

李清照词的"丈夫气"体现在三方面。

1. 芬馨神骏,柔中见刚

沈曾植《菌阁琐谈》评李清照词云:"自明以来,堕情者醉其芬馨,飞想者赏其神骏。易安有灵,后者当许为知己。""芬馨"即为人们所熟知的李清照词婉约、富于女性美的一面;而"神骏"却为李词刚骏、富有"丈夫气"的另一面,而后者常为人们所忽视。对于立志在词坛上争雄的李清照来说,"后者当许为知己"。李清照词有时并不委婉,而是径直酣畅,洋洋洒洒,富有气势。《声声慢》词用冷清的环境、晚来的急风、过雁落花、梧桐细雨等一连串凄凉的景物来烘托深重的愁情,被清人陆昶的《历朝名媛诗词》卷十一评为:"玩其笔力,本自矫拔,词家少有,庶几苏、辛之亚。"陈廷焯《白雨斋词话》卷二又评李词《武陵春》(风住尘香)为"又凄婉,又径直",道出李词柔中带刚的特殊风格。至于李词《渔家傲》(天接云涛)意境开阔,笔力雄健,纯乎豪放风格,已为人们所熟知了。

2. 意境沉博,大家风度

李清照词虽然婉丽,却格局不小,具有大家风度。何谓大家风度?胸襟广阔与思想深刻之谓也。由于她学识渊博,见解过人,她的词往往包含着深刻的人生体验,尤其是南渡之后的作品,蕴含着深沉的家国之恨与饱经忧患的深切感受,突破了传统婉约词拘于个人爱情、离情的狭小格局,而显示出一种内在的坚实与沉博。这是超乎于同代女词人的"丈夫气"之一。况周颐《蕙风词话》卷四云:"李易安时代,犹稍后于淑真。即以词格论,淑真清空婉约,纯乎北宋。易安笔情近浓至,意境较沉博,下开南宋风气。"谓朱淑真词是纯粹的婉约词,而李词在婉约之外,还有意境沉博的一面,而"沉博"正是辛弃疾及辛派词人的词作特点之一,也是南宋豪放词的特点之一,故曰"开南宋风气"。由此可以解释,为何钟情于豪放词的辛弃疾、刘辰翁等人,也拜倒于李清照的婉约词之下,辛词《丑奴儿近》注明"效易安体",刘词《永遇乐》是"诵李易安《永遇乐》,为之涕下","遂依其声"① 而作。假若是"把酒送春春不语"的朱淑真词,刘辰翁之流大概是不会读而下泪的。

3. 感性与理性并重,自然而尖新

宋代女词人的词作往往任情而发,很少理性的思索,富于感性而疏于理性。这不是像某些学者所说的那样由女性生理所决定,而是她们缺乏可以培养训练她们富于理性的领域。法国作家西蒙娜·德·波伏瓦在《女人是什么》一书中说:"妇女缺乏能使她们支配事物的技术训练,也是事实。她所把握的,不是物质,而是生命。""清楚地观察事物毕竟不属她的职责,因为她一直被教导的是接受男性的权威。所以,她放弃了批评、调查和判断,并且把这些都留给高等性别——男性去做。""如果被需要所迫,她也会像男性一样机敏地掌握推理的方法。"② 中国封建社会的妇女一向与功业无缘,在家庭中也处于"三从"的从属地位,极少有机会做理性的思索,大部分精力都放在了活生生的生命上:父母、丈夫、儿女,因而感情生活极为充沛而细腻,反映在文学作品中就是以感性的抒发为主。而李清照却是一个例外,她是一个有机会进行"支配事物的训练"、对事物进行"批评、调查和判断"的女子,她的《词论》便对五代到北宋的词坛进行调查研究并做出了自己的判断,她的政治诗也是她的理性思维的直接表现。而她的词表面看起来也是一种感性的率真抒发,但其实许多佳句均出于有意识的翻空出奇,是一种理性的锤炼与结构。李继昌《左庵词话》评李词"窗外芭蕉窗里人,分明叶上心头滴"句,"久脍炙人口","人果善用心思,自有翻空不穷之意"。罗大经《鹤林玉露》卷十二又评李词《声声慢》:"起头连叠七字,以一妇人,乃能创意出奇如此。"周济《宋四家词选序论》也说:"如李易安之'凄凄惨惨戚戚',

---

① 〔宋〕刘辰翁:《永遇乐》词序,见唐圭璋编《全宋词》(第五册),第3229页。
② 〔法〕西蒙娜·德·波伏瓦著:《女人是什么》第八章"妇女的处境和特性",王友琴、邱希淳等译,中国文联出版公司1988年版,第395~397页。

三叠韵，六双声，是锻炼出来，非偶然拈得也。"①"锻炼"正是理性推敲的意思。难得的是，李词虽然千锤百炼，却"气机流动"②，不见人工痕迹，保留了女性词自然感发的特色，可谓感性与理性融合得天衣无缝。

综上所述，一方面，李清照词集宋代女性词之大成，成为宋代女性词的杰出代表；另一方面，她的词也兼有士大夫词之长，故能超越一般女性词的局限，成为千古流芳的"易安词"。

[原载《中山大学学报》（社会科学版）2000 年第 1 期]

---

① 见褚斌杰、孙崇恩、荣宪宾编《李清照资料汇编》，中华书局1984 年版，第 101 页。
② 〔清〕陆蓥《问花楼词话》，见唐圭璋《词话丛编》（第三册），第 2545 页。

金元诸宫调研究

诸宫调是宋、金、元代流行的说唱艺术之一，用多种宫调的曲子联套演唱，杂以说白，表演长篇故事，因而称为"诸宫调"。金元诸宫调与金元杂剧、南戏的发展有十分密切的关系，但对比起金元杂剧、南戏的研究，学术界对金元诸宫调的研究还是比较薄弱的。本文拟在前人的基础上，对此论题作进一步的探讨。

以往对金元诸宫调的研究，在文本的整理方面，有凌景埏校注的《董解元西厢记》（1962）、朱平楚校注的《西厢记诸宫调》（1982）、朱禧辑校的《天宝遗事诸宫调》（1986）、朱平楚辑校的《全诸宫调》（1987）、凌景埏和谢伯阳校注的《诸宫调两种》（1988）、蓝立冥校《刘知远诸宫调》（1989）等；在研究专著方面，有孙逊的《董西厢和王西厢》（1983）、段启明的《西厢论稿》（1982），均将诸宫调《董西厢》①和元杂剧《西厢记》进行比较研究。另有数十篇有关论文，如郑振铎的《宋金元诸宫调考》（1932）、吴则虞的《试论诸宫调的几个问题》（1957）、贺昌群的《诸宫调与唐变文》（1963）、郑骞的《刘知远诸宫调》和《〈董西厢〉与词及南北曲的关系》（1972）、冯沅君的《暖红室本〈董西厢〉摘误》（1980）、武润婷的《曲尽人情的哀怨之歌——评〈天宝遗事诸宫调〉》（1999）、朱鸿的《读残本〈刘知远诸宫调〉》（2002）、龙建国的《试论诸宫调与南戏的关系》（2003）等，其中对《董西厢》的研究是大热门，而对《刘知远诸宫调》和《天宝遗事诸宫调》的研究则较薄弱。

本文将在综合前贤研究的基础上，着重从文化、审美、民俗等方面，对金元诸宫调的发展线索、体制特点、主要作家作品等作出新的解释。研究的主要材料为《古本董解元西厢记》（影印明嘉靖丁巳本，上海古籍出版社，1984）、凌景埏和谢伯阳校注的《诸宫调两种》（齐鲁书社，1988）。

---

① 《董西厢》为董解元《西厢记诸宫调》简称。

一、金元诸宫调的起源和发展线索

诸宫调起源于何时？学术界的传统看法是起源于北宋，泽州人孔三传为创始人。孟元老《东京梦华录》卷五"京瓦伎艺"云："崇（宁）、（大）观以来，在京瓦肆伎艺：……孔三传《耍秀才诸宫调》。"王灼《碧鸡漫志》卷二亦云："熙（宁）、（元）丰、元祐间……泽州孔三传者，首创诸宫调古传。"在北宋繁荣的城市经济和兴盛的瓦肆伎艺中，诞生了诸宫调这一说唱艺术。诸宫调在南宋继续发展，吴自牧《梦粱录》卷二十"妓乐"条云："说唱诸宫调，昨汴京有孔三传编成传奇灵怪，入曲说唱；今杭州有女流熊保保及后辈女童皆效此，说唱亦精，于上鼓板无二也。"周密《武林旧事》卷六"诸色艺人"条也记载了南宋诸宫调的演员："诸宫调：高郎妇、黄淑卿、王双莲、袁太道。"此书卷十的"官本杂剧段数"条还记载了《诸宫调霸王》《诸宫调卦册儿》等名目，均可见南宋诸宫调流行的状况。但诸宫调始于宋这一说法在20世纪60年代后受到质疑，有论者提出诸宫调始于唐代的宗教文学，如贺昌群的《诸宫调和唐变文》[①]言诸宫调源于唐代变文，李正宇的《试论敦煌所藏〈禅师卫士遇逢因缘〉——兼谈诸宫调的起源》[②]则认为诸宫调产生于盛唐的僧偈佛曲，都持"始于唐"之说。

金灭北宋后，与南宋对峙，而诸宫调比南宋更为流行。南宋现存诸宫调无整本，仅存南戏《张协状元》开头一小段为《状元张协传诸宫调》，比较简单粗略；而金诸宫调《刘知远诸宫调》和董解元《西厢记诸宫调》（以下简称《董西厢》）均为结构宏伟、曲调丰富的长篇巨著，可见诸宫调在金代已成为一种成熟的说唱艺术。金、南宋同期而异域，为何金诸宫调盛于南宋？笔者认为，这是掌权的女真族擅长于说唱文学，其文学趣味促进了诸宫调发展之故。女真族是游牧民族，观看民间歌手说唱长篇故事是其族人主要的娱乐方式。其古代长篇说唱故事《尼山萨满》刻画一位女英雄尼山萨满（女真族信奉的萨满教女巫）用过人的法术上天入地，

---

① 载《文艺报》1963年第1期。
② 载《文学遗产》1989年第3期。

锄强扶弱，长达二万余言。① 而《董西厢》也有五万余字，具《尼山萨满》同样宏伟的气势。从唐、宋以来发展起来的汉族诸宫调，在金代遇上喜爱说唱文学的女真族掌权，和女真族文学互相促进，达到了发展的鼎盛阶段。诸宫调在元代继续发展，但因为元杂剧的兴盛，观众的欣赏兴趣更多集中于杂剧，诸宫调逐渐走向衰落。夏庭芝《青楼集》记载了元代诸宫调的演员、作家及其作品："赵真真、杨玉娥，善唱诸宫调。杨立斋见其讴张五牛、商正叔所编《双渐小卿》，因作《鹧鸪天》《哨遍》《耍孩儿煞》以咏之。""秦玉莲、秦小莲，善唱诸宫调。艺绝一时，后无继之者。"钟嗣成《录鬼簿》卷上也载："王伯成，涿州人。有《天宝遗事诸宫调》行于世。"均可见诸宫调仍在元代创作演出。但元代诸宫调现存仅有《天宝遗事诸宫调》辑曲本，秦玉莲等诸宫调演员的绝技后继无人，也说明元代后期诸宫调走向衰落。

二、现存的金元诸宫调名目

现存的金元诸宫调有《刘知远诸宫调》（残本）、《董西厢》（全本）、《天宝遗事诸宫调》（辑曲本）。除此以外，还有古籍著录了金元诸宫调的名目：明嘉靖丁巳年本《古本董解元西厢记》卷一〔柘枝令〕曲云："也不是《崔韬逢雌虎》，也不是《郑子遇妖狐》，也不是《井底引银瓶》，也不是《双女夺夫》，也不是《离魂倩女》，也不是《谒浆崔护》，也不是《双渐豫章城》，也不是《柳毅传书》。"共列举了八个金代诸宫调名目。

元人杨朝英《朝野新声太平乐府》卷九载杨立斋的套数《般涉调哨遍·序》云："张五牛、商正叔编《双渐小卿》。"套数中〔六（煞）〕曲又云："《前汉》又陈，《后汉》又乏，《古尚书》团搦损殷周夏。《五代史》止是谈些更变，《三国志》无过些战伐，也不希咤。"共谈及六个诸宫调名目，其中五个为元代诸宫调，余一个《双渐小卿》为宋人张五牛所创制，元人商正叔改编，应视为宋诸宫调。

元人石君宝杂剧《诸宫调紫云庭》第一折诸宫调艺人韩楚兰唱道：

---

① 马学良、梁庭望、张公瑾编《中国少数民族文学史》（上册），中央民族学院出版社1992年版，第218~220页。

"我唱的是《三国志》先饶十大曲,俺娘便《五代史》续添《八阳经》。""我唱的那《七国》里庞涓也没这短命。"共唱及四个诸宫调名目。

除去重复的名目,现存共有金元诸宫调名目十八种,其中,金代十种:《刘知远诸宫调》《董西厢》《崔韬逢雌虎》《郑子遇妖狐》《井底引银瓶》《双女夺夫》《离魂倩女》《谒浆崔护》《双渐豫章城》《柳毅传书》;元代八种:《天宝遗事诸宫调》《前汉》《后汉》《古尚书》《五代史》《三国志》《八阳经》《七国》。《董西厢》等三种有文本,《崔韬逢雌虎》等十五种有目无本。

三、金元诸宫调的体制和艺术特征

诸宫调是说唱文学,由"唱"与"说"组成,其"唱"的部分为按多种宫调的曲牌演唱,"说"的部分则为说白,叙说故事。

1. 宫调和曲牌

据现存三种金元诸宫调统计,合计共用宫调十六种:商调、正宫、仙吕调、南吕宫、般涉调、歇指调、商角、黄钟宫、中吕调、高平调、道宫、双调、大石调、越调、羽调、小石调。其中,《刘知远诸宫调》用宫调十四种,《董西厢》用十四种,《天宝遗事诸宫调》用十一种;歇指调、商角独见于《刘知远诸宫调》,羽调、小石调独见于《董西厢》,高平调、道宫仅见于《刘知远诸宫调》和《董西厢》。

金元诸宫调的曲牌,多来自唐宋曲子词,如〔菩萨蛮〕〔临江仙〕〔鹊踏枝〕〔虞美人〕〔永遇乐〕〔贺新郎〕〔沁园春〕〔水龙吟〕〔满江红〕等。而其格律则在词牌的基础上加以变化,如辛弃疾词《永遇乐·京口北固亭怀古》:

千古江山,英雄无觅,孙仲谋处。舞榭歌台,风流总被,雨打风吹去。斜阳草树,寻常巷陌,人道寄奴曾住。想当年,金戈铁马,气吞万里如虎。 元嘉草草,封狼居胥,赢得仓皇北顾。四十三年,望中犹记,烽火扬州路。可堪回首,佛狸祠下,一片神鸦社鼓!凭谁问:廉颇老矣,尚能饭否?

而《刘知远诸宫调》的"知远别三娘太原投事第二"的《〔歇指调〕永遇乐》：

> 知远闻言，欠身叉手，着言咨告：李小三娘，沙佗村里立等回音耗。剪头相送，临行盘费，偷与俺大花绫袄。若营司文了面后，取妻且宜闻早。如今待交知远作赘，定把上名违拗。貌赛嫦娥，颜过洛浦，只是不敢要。从恩忘义，古今皆说："那底甚般礼道？"不成为新妻，便把旧妻忘了。

辛词入"歇指调"，共二十二句，八仄韵，分上下片；而《刘知远诸宫调》的《〔歇指调〕永遇乐》也入"歇指调"，二十句，八仄韵，不分片，开头十句与词的格律基本相同。由此可见诸宫调在音乐上对宋词的吸收和发展变化。

前期诸宫调的曲牌也吸收宋杂剧、宋舞曲、赚词的缠令等的乐曲，如《董西厢》卷二用〔乔捉蛇〕曲牌，为宋舞曲名（《武林旧事》卷二），卷一〔香风合缠令〕、卷二〔喜迁莺缠令〕等标明"缠令"的曲牌源于宋唱赚中的缠令（《梦粱录》卷二十）。

后期诸宫调的曲牌则与元杂剧、元散曲的曲牌互相吸收，形成互补关系。王国维《宋元戏曲史》第八章"元剧之渊源"云，元杂剧曲牌出于诸宫调的有〔出队子〕〔刮地风〕等二十九种，王伯成《天宝遗事诸宫调》中《遗事引》的般涉调用〔哨遍〕〔耍孩儿〕〔四煞〕〔三煞〕〔二煞〕〔一煞〕〔煞尾〕数支曲，与睢景臣的散曲《〔般涉调〕哨遍·高祖还乡》所用曲牌大致相同，可见二者的密切关系。

金元诸宫调每个宫调所用的曲牌，呈现出由少到多的渐变趋势。《刘知远诸宫调》每个宫调所用的曲牌为一至五个，以一曲一尾两个曲牌构成的套数为多；《董西厢》每个宫调所用的曲牌为一至十六个，以两个为多，而卷八的黄钟宫用〔整乾坤〕等十六个曲牌，为多曲一尾的套数。《天宝遗事诸宫调》每个宫调所用的曲牌为一至十九个，以四至五个为普遍，最多的为《渔阳十题》的〔越调〕，用〔踏阵马〕等十九个曲牌。由此可见，金元诸宫调运用曲牌，逐步丰富，渐趋成熟。

2. 说白

金元诸宫调在说白方面受宋元话本的影响较深。宋元话本骈散结合、通俗生动的叙事语言，用第三者身份叙述评论故事的叙事方法，都为金元诸宫调所继承和发展。如《刘知远诸宫调》"知远走慕家庄沙佗村入舍第一"〔尾〕曲后的说白为：

> 如何见得五代史雁乱相持？古贤有诗云：
> 自从大驾去奔西，贵落深坑贱出泥。
> 邑号尽封元亮牧，郡君却作庶人妻。
> 扶犁黑手番成笏，食肉朱唇强吃荠。
> 只有一般凭不得，南山依旧与云齐。

说白介绍刘知远故事的社会背景并加以评说，散文句与诗句并用，很像宋元话本《错斩崔宁》《冯玉梅团圆》等的语言风格。

诸宫调的作者、演唱者其实也是有意识地向话本学习的，《董西厢》卷一作者自云，"话儿不是朴刀杆棒，长枪大马"，"唱一本儿倚翠偷期话"，"此本话说……"，说明他认为诸宫调也是一种"话本"，只不过歌唱的成分比话本多罢了。

3. 结构

金代诸宫调的开首，都有一首或数首曲和韵散结合的说白介绍故事背景和大意，类似宋元话本的"篇首"和"入话"；结尾总结全文，也类似话本的"篇尾"。元代《天宝遗事诸宫调》开首则用《天宝遗事引》《天宝遗事》《遗事引》三个"引子"介绍故事梗概，从内容重复的情况来看，可能是三个版本的不同开头，以《遗事引》篇幅最长，介绍故事最完整，很像南戏"副末开场"的副末介绍剧情大意。

金元诸宫调的分段，《刘知远诸宫调》以"第×"分为十二则；《董西厢》以"卷"划分段落，共分八卷（明嘉靖丁巳年本），或分为卷上卷下（明末清初黄嘉惠本）；《天宝遗事诸宫调》则以情节分段，每段用一个宫调的一套曲子，冠以小标题，如《杨妃澡浴》《明皇游月宫》等，现存共六十套。

4. 演出形式

金元诸宫调的演出形式，明人张元长《笔谈》认为是"一人援弦，数十人合座，分诸色目而递歌之"，为多人分唱；而清人毛奇龄《西河词话》则说它"专以一人挡弹，并念唱之"，为一人自弹自唱。近世学者也有此两种看法。笔者认为，一人自弹自唱应是金元诸宫调主要的演出形式，元人杨立斋散曲《〔般涉调〕哨遍·序》云："张五牛、商正叔编《双渐小卿》，赵真卿善歌。立斋见杨玉娥唱其曲，因作〔鹧鸪天〕及〔哨遍〕以咏之。"言有两位演员都善唱《双渐小卿》诸宫调，一次为一位演员。元代蒙古族的民间艺人说唱其族的长篇史诗《江格尔》，也是一人自弹自唱，分几天、分几次演唱。这种演出形式一直流传至今，歌者称"江格尔奇"①。因此，金元诸宫调"一人自唱"应是合乎事实的。

金元诸宫调的演奏乐器有锣鼓和拍板等打击乐器，也有弦乐器。杨立斋散曲《〔般涉调〕哨遍》中（〔一〕曲云）："赵真真先占了头名榜，杨玉娥权充个第二家。替佛传法，锣敲月面，板撒红牙。"② 可知锣鼓和拍板是其乐器；石君宝的杂剧《诸宫调风月紫云庭》第四折写演出诸宫调时："（梅香将衫子锣板上了）"也有锣鼓和拍板；《董西厢》又名《弦索西厢》，《西河词话》又称诸宫调演员"专以一人挡弹"，均可证有弹奏的弦乐器，可能是琵琶或筝。

四、现存的三种金元诸宫调作品

1.《刘知远诸宫调》

为残本，主要有以下几种版本：

1）黑水古城本。为现存最早的版本，为俄国柯兹洛夫探险队在1907—1908年间发掘我国甘肃境内古代黑水城时发现，原藏今俄罗斯圣彼得堡；1958年，苏联对外文化联络委员会将原件归还中国，今藏中国

---

① 见朝戈金《口传史诗诗学：冉皮勒〈江格尔〉程式句法研究》，广西人民出版社2000年版，第45页。
② 隋树森编：《全元散曲》（下册），第1273页。

国家图书馆。

2）影印本。1958 年，苏联将黑水古城本原件归还中国后，文物出版社于当年将此本影印出版。

3）《世界文库》本。1935 年，郑振铎从友人处得到国外传抄本加以校订，收入《世界文库》第二册出版。

4）石印本。1937 年，北平（今北京市）来熏阁书店根据黑水古城本的照片出版石印本。

5）合订校点本。朱平楚将《刘知远诸宫调》和现存其他金元诸宫调加以校点，合订为《全诸宫调》，1987 年由甘肃人民出版社出版。

6）合订校注本。凌景埏、谢伯阳合订《刘知远诸宫调》和《天宝遗事诸宫调》为《诸宫调两种》并加以校注，1988 年由齐鲁书社出版。

7）校点本。蓝立蓂校点，1989 年由巴蜀书社出版。

《刘知远诸宫调》的创作年代，学术界多认为是金、南宋时期即 12 世纪的作品，因故事述及北方地域，应是金代作品。其创作时间应先于《董西厢》，因其保存了宋词的宫调〔歇指调〕，而《董西厢》不用；另外，从艺术的成熟程度来看，《董西厢》也远胜于此作，因此，此作应为金代早期的作品。

《刘知远诸宫调》为无名氏所作，为残本，原本有十二则，今仅存五则，其中第十一则有残缺。其目次为：

    知远走慕家庄沙佗村入舍第一
    知远别三娘太原投事第二
    知远充军、三娘剪发生少主第三
    知远投三娘、与洪义厮打第十一
    君臣、弟兄、子母、夫妇团圆第十二

刘知远和李三娘的故事，在早期的《五代史平话》中就有记载，后来又在元代南戏《刘知远白兔记》中敷演。这部作品具有浓厚的民间色彩，表现了古代农民反抗压迫、希望改变贫穷命运、发迹变泰的思想观念。作品写流浪汉刘知远为生活所迫，到小地主李三传家作佣工和赘婿，受尽了妻兄李洪义、李洪信的虐待，甚至差点被李洪义放火烧死，被迫远走从军；其妻李三娘在家则受尽兄嫂欺凌，生下个儿子也不能自养，只好请人送到太原刘知远处。李三娘在与刘知远团圆后怒斥李洪义等人:"自从刘郎相别了,庄上十二三年,最苦剪头发短,无冬夏交我几曾饱暖。咱是嫡亲爹娘生长,似奴婢一般摧残,及至凌打,您也恁怯惧燠煎。"(第十二则《〔大石调〕伊州令》)揭露了封建社会中重金钱而轻亲情的丑恶世态。作者深切同情刘、李夫妇的不幸遭遇,给刘知远以发迹复仇、李三娘与夫团圆的美好结局,表现了下层人民期盼改变受压迫命运的理想和愿望。

作品塑造了刘知远和李三娘的鲜明形象。一方面,刘知远为武将之后,性格刚烈,虽然贫穷为人做佣工,却不肯任人欺凌,与"活太岁"李洪义的三次对打就表现了他刚烈不屈的性格。另一方面,他又刚中有柔,有情有义。他深爱李三娘,在被迫离家前与三娘依依惜别;到并州投军后,司公岳金欲招为婿,他本想以已婚来辞婚,但在媒人李辛的"你若不顺,祸在旦夕"的劝说下,为了生存,不得已再婚;在当了九州安抚使、能够掌握自己的命运之后,他就回小李庄迎娶李三娘。这都说明他是个有情有义的男子汉。对于他的再婚岳府,应给予一定的谅解。李三娘则是个忠于爱情的善良女子,在刘知远走后的十三年里,她担水负柴,捣碓推磨,挨饿受冻,历尽苦辛,也没有改嫁;明知刘知远已再婚岳府,仍然苦苦等候他的归来。作者十分同情和欣赏这个忠贞、坚忍、善良的农村妇女,给她一个胜于岳府千金的"正妻"的名分,取得美满结局。

作品的语言质朴自然,文采则略显不足。故事情节曲折,引人入胜。如第二则写李洪义放火企图烧死刘知远,却被天降大雨浇灭;第十二则写刘知远正要派人迎娶李三娘,却传来三娘被贼劫去的消息;派兵与贼激战之际,却发现强人原来是自己的同母异父兄弟,均曲折引人。作品还讲究伏笔和照应,如第三则写刘知远发誓说:"异日得志,终不舍汝辈!"李洪义兄弟笑道:"你发迹后,俺向鼻内呷三斗三升酽醋!"两个姻娌也道:"俺吃三斗三升盐。"埋下了伏笔。在第十二则,刘知远发迹后,对李氏夫妇既不打骂也不杀头,只要他们"吃尽那盐,呷尽那醋",狠狠嘲弄了为富不仁的兄嫂,也照应了前文,使故事饶有趣味。

作品的不足之处,是多次强调刘知远是个真命天子,周身罩着"紫雾红光""金龙戏宝珠",李三传为此而招他为佣工,李三娘因他有贵人之相而与之私订终身,岳司公也因此而将女儿下嫁。这些描写,都带有浓厚的迷信色彩,削弱了作品的思想意义,尤其损害了李三娘的形象,使其对刘知远的感情带上了一定的功利色彩。

2. 董解元《西厢记诸宫调》

为全本，是现存诸宫调中版本最多的作品。现存主要的版本有：

1）明嘉靖丁巳年本。为现存最早的版本，题"燕山松溪风逸人刻本"，篇首有序，序末署名"明嘉靖丁巳秋八月黄鹄山人张羽雄飞序"，为张羽所刻原本，今藏上海图书馆。

2）适适子本。题"海阳风逸散人适适子重校梓"，为据嘉靖丁巳年本重刻本，出版时间在嘉靖、隆庆之间或万历初年。1957年，赵万里等人在安徽绩县买得。

3）屠隆评本。明万历年间出版。

4）汤显祖评本。明天启、崇祯年间出版。

5）黄嘉惠本。为明末人黄嘉惠据嘉靖丁巳年本重刻本，今存两本，一藏中国国家图书馆，一藏山东图书馆。

6）《会真六幻》本。明末人闵遇五将《董解元西厢记》和元稹《会真记》、王实甫《西厢记》等有关崔张故事的作品合成《会真六幻》，明崇祯年间出版。

7）暖红室本。收入《汇刻传奇》第一种，暖红室梦凤楼刊校，清光绪年间出版。

8）暖红室校订本。收入《暖红室汇刻西厢记》，为刘世珩据上书校订而成，民国八年（1919）出版。

9）陶乐勤重编铅印本。民国十三年（1924）出版。

10）重印汤显祖评本铅印本。商务印书馆1931年、1940年两次出版。

11）侯岱麟校订本。1955年文学古籍刊行社出版，影印《会真六幻》本，附校记于后。

12）影印适适子本。1957年上海古典文学出版社出版。

13）凌景埏校注本。1962年人民文学出版社出版。

14）影印明嘉靖丁巳年本。1963年中华书局上海编辑所出版。

15）朱平楚校注本。1982年甘肃人民出版社出版。

16）影印适适子本。1984年上海古籍出版社出版。

17）影印黄嘉惠本。1984年齐鲁出版社出版。

《董西厢》又称《弦索西厢》《西厢搊弹词》。作者董解元之"解元"是当时对读书人的泛称，不是他的名字。钟嗣成《录鬼簿》载他是金章宗时人。《董西厢》卷一作者自称："秦楼谢馆鸳鸯幄，风流稍似有声价。""醉时歌，狂时舞，醒时罢，每日价疏散不曾着家。放二四不拘束，尽人团剥。"是个风流、疏狂的才子。近年来有些学者据1959年发掘的侯马金墓出土文物考察，言董解元名朗，绛州曲沃人①，可作一说。

《董西厢》主要取材于唐元稹的《莺莺传》，也吸收了宋以后有关莺莺题材的诗、说唱文学、杂剧、南戏的养料，并加以改造。首先是主题思想上有深刻的反封建意义。它将莺莺故事由一个男子对女子负心的故事变为青年男女向封建礼教斗争并取得胜利的故事，将始乱终弃的悲剧变为有情人终成眷属的喜剧，主题思想比原传更有进步意义。其次，从塑造人物方面看，把张生由负心人改塑成忠于爱情的志诚君子，老夫人赖婚之后，他甚至以自杀来抗争；把消极忍让的莺莺改塑成勇敢追求幸福、冲破封建礼教束缚的叛逆女性，在郑恒逼婚时曾拟悬梁自尽，最后和张生双双出奔；对原传不落褒贬的老夫人和郑恒，作品却作为反面人物来塑造，从而第一次使崔张故事带上鲜明的反封建色彩。更为可贵的是，作者塑造了红娘和法聪这两个下层人物的生动形象，极力描绘他们热心助人、见义勇为、机智勇敢的高尚品格，如红娘对老夫人据理力争，使老夫人终于答应了崔张的婚事，法聪在"白马解围"中冲锋陷阵，为崔张爱情创造了进一步展开的条件，等等，对情节的发展起了关键的作用。

《董西厢》在艺术上也取得了卓越的成就。它结构宏伟，选用当时十四种宫调的乐曲，谱成一百九十三套曲，组成长达五万余字的诸宫调。它情节曲折，比《莺莺传》增加了张生害相思、莺莺探病、长亭送别、出奔团圆等许多情节，使崔张的爱情故事波澜起伏，更为引人入胜。其语言流畅自如、形象生动、雅俗兼备，运用方言俗语尤为熟练自然，充满生活气息。

《董西厢》的不足之处是情节有些芜杂和人物性格有不统一的地方。如卷二用全书六分之一的篇幅写法聪与孙飞虎交战，未免喧宾夺主；又如

---

① 见姚奠中《董解元和〈西厢记诸宫调〉考察》，见中国戏曲学会、山西师大戏曲文物研究所编《中华戏曲》（第9辑），山西人民出版社1990年版；李正民《〈董西厢〉作者籍贯探讨》，载《晋阳学刊》1991年第1期。

卷四写莺莺用镜台摔红娘，不符合她温柔的相国小姐的性格。但总的来说，瑕不掩瑜，是一部对后世戏曲、说唱文学有深远影响的佳作。

3. 王伯成《天宝遗事诸宫调》

现存本为辑曲本，其曲散见于明代朱权的《太和正音谱》、郭勋的《雍熙乐府》、明末清初李玉的《北词广正谱》、清代周祥钰等的《九宫大成南北词宫谱》等曲谱。现在主要有三种版本：

1）《天宝遗事诸宫调》，朱禧辑校，1986 年天津古籍出版社出版。

2）《全诸宫调》，朱平楚校点，为《天宝遗事诸宫调》与他本诸宫调的合订本，1987 年甘肃人民出版社出版。

3）《诸宫调两种》，凌景埏、谢伯阳校注，为与《刘知远诸宫调》的合订本，1988 年齐鲁出版社出版。

据《录鬼簿》卷上载，作者王伯成为至元间涿州人，明人贾仲明称其："《天宝遗事诸宫调》，世间无，天下少。《贬夜郎》，关目风骚。马致远，忘年友；张仁卿，莫逆交。超群类，一代英豪。"可知王为比马致远稍晚的著名元曲家。除诸宫调外，还有《贬夜郎》《泛浮槎》等杂剧传世。

现存本有曲无白，选自明人曲谱，在选择取舍上受明人的审美情趣所制约，甚至可能经过明人的修改，这给我们评价此作品带来一定的困难。所幸有三套作为引子的套曲使我们可以窥见此作的大致内容和作者的创作意旨。李隆基、杨玉环的故事早已见于唐人白居易的《长恨歌》，王伯成此作无疑是受到《长恨歌》的影响的，《天宝遗事引》中〔赚煞尾声〕曲云："杜工部赋哀诗，白乐天歌长恨，都不似通鉴后史回头儿最紧。"从《遗事引》介绍的故事梗概来看，原作是有相当篇幅描写天宝年间的政治斗争的，如："张九龄村野为农，李林甫朝廷拜相。""潼关一鼓过元平荡，哥舒翰应难堵当。"但是，在现存的曲作中，有关政治斗争的内容极少，大量的是描写唐玄宗、杨贵妃、安禄山之间三角关系的内容。这里有作者创作主旨的原因，也有明人选录者审美情趣的原因。王伯成在《遗事引》的〔二煞〕曲中说："遇奸邪恶折罚，逢忠直善播扬，合人情剖判的无偏谠。"他要对这段历史及历史人物作出惩恶扬善的评价，但又要"合人情""无偏谠"，将李杨故事作为一个世俗的风流韵事来欣赏："据此段风流传奇，喧传旖旎乡。判兴亡，诸宫调说唱，便是太真妃千古返魂香。"(《天宝遗事》〔后庭花煞〕)对《长恨歌》的主题,学术界向有"讽谕说""爱情说"的争议,但都离不开雅文学"诗言志"的宗旨,符合正统的封建道德观念。而此诸宫调却违反封建道德观念,侧重表现世俗的"人情",尤其是情欲,体现了与传统雅文学不同的市井文学的审美趣味。

作品中的三个主要人物——唐玄宗、杨贵妃、安禄山,都是富有人情味的、世俗化的、亦好亦坏的人物。唐玄宗对杨贵妃的红杏出墙不加严惩,痴情如故,在马嵬坡兵变时甚至愿代杨贵妃去死,在幸蜀途中、乱后回宫都苦苦思念杨贵妃,是一个风流情种的形象。杨贵妃则是一个近乎市井妇女的形象,美丽、机智而放荡:她被玄宗从寿王处抢夺过来,便利用自己的美貌博得了玄宗的百般宠爱;被安禄山乘醉强暴之后,因为满足了她的情欲,又将安认作"义儿",以便长期厮混。对于历史上的乱臣贼子安禄山,作品也将他写得富有人情味,在被贬渔阳之后,像个多情才子一样苦苦思念杨贵妃:"坐也昏沉睡不安,两行泪道渍成斑。"(《禄山谋反》)在杨妃死后,又思念痛悔不已。作者对这三个人物是有批判的:"失政君臣,云鬟雾鬓,那其间别是个乾坤。亡家若无安禄山,倾国谁知杨太真?"(《天宝遗事引》)但更多是从"人情"的角度加以宽容和谅解。在《禄山偷杨妃》中道:"玄宗无道,把儿妇强夺要,直上天煞不高。自从亲子行携来,已有他人候着。"正因为有唐玄宗强夺子媳的"无道"在前,才有安禄山的私通杨妃在后,而且作者认为这种关系更合乎人性:"恰正青春,初放入深宫去。"(《禄山戏杨妃》)因此,杨妃罪不该死。他通过杨妃临死前的哭诉表达了对她的同情:"平白地处死,无罪遭诛,性命好容易!"(《明皇代杨妃求情》)作品还有许多描写情欲的曲子,如《玄宗扪乳》《禄山戏杨妃》等,显示作者认为情欲为人情之所在、可尽情欣赏的创作主旨。

作者的这种创作主旨,是受元代"青楼文学"影响所致。元散曲和元杂剧都有许多以歌妓为题材的作品,大胆直露地描写美人体态和情欲,这种风气也影响了诸宫调的创作。另外,明代泛滥着一股注重世俗人情尤其是情欲的思潮,戏曲小说的创作多受此思潮的影响,此作的选曲者选合乎时人趣味的曲子,也使现存辑曲呈现出注重人情、情欲的思想特征。

在艺术上,此作富有文人作品的特征,抒情饱满酣畅,描写细腻逼真,语言文雅清丽。如在马嵬坡兵变部分,作者用七套曲子渲染唐玄宗对杨妃的不舍之情和痛切的无奈，又如对杨妃的洗澡、梳妆、骑马各有整套曲子详尽描绘，《明皇游月宫》等曲富于诗情画意等，都堪称"一代英豪"的评价。

作品的不足之处，是为了歌颂人情而影响了道德评价。如把安禄山写成一个为情所困的痴情种就很难为读者所接受。另外，部分带有色情意味的描写也是败笔之处。但总的来说，它反传统的平民意识、文雅清丽的风格，都使其成为一部值得肯定的作品。

金元诸宫调对金元戏曲的发展有重要影响。元杂剧的一人主唱，来源于诸宫调的一人说唱；元杂剧的联套形式和曲调、唱腔，多继承和借鉴于诸宫调；元杂剧和南戏多有改自同题材诸宫调的作品。因此，金元诸宫调是中国戏曲发展史的一个环节，应给予一定的重视。

（此文在广东省韶关市韶关学院召开的"广东省古代文学研究会"2003年学术年会上发表）

金代文学宗匠元好问

元好问（1190—1257），字裕之，太原秀容（今山西忻县）人。因曾在遗山读书，自号遗山山人。父亲元德明，隐居不仕，以诗知名。元好问受家庭影响，并受教于著名学者郝天挺，少年时便有诗名。金宣宗兴定五年（1221）举进士，任国史院编修官，后又历任镇平、内乡、南阳等地县令，继而入朝任左司员外郎等职。金哀宗天兴二年（1233），蒙古军破金都汴京，元好问被俘。在聊城囚禁四年之后，回到故乡秀容，隐居不仕。致力于搜集金代史料近二十年，完成了近百万字的金国史书《壬辰杂编》、金诗总集《中州集》。1257年，卒于真定（今河北正定县）。

元好问是金代杰出的诗人。"国家不幸诗家幸，赋到沧桑句便工。"（赵翼《题遗山诗》）金元之际的政治大动乱，对金朝人民来说，是一场浩劫，但却使元好问成长为一个伟大的现实主义诗人。他身历国破家亡的惨遇，内心充溢着强烈的悲愤和痛苦，自然要宣泄于诗词，长歌当哭，加以他有驾驭诗艺的杰出才能，便能使作品具有真切感人的魅力。这正是杜甫、白居易等现实主义诗人所走过的道路。他的诗广泛而深刻地反映金末社会的现实，内容博大精深，尤其是他的"丧乱诗"，反映了金元之际尖锐的阶级矛盾和民族矛盾，具有"诗史"的意义。如他在围城中所写的《壬辰十二月车驾东狩后即事》：

> 惨淡龙蛇日斗争，干戈直欲尽生灵。高原水出山河改，战地风来草木腥。精卫有冤填瀚海，包胥无泪哭秦庭。并州豪杰知谁在，莫拟分军下井陉。

描绘了被蒙古军包围的汴京满目疮痍、死亡略尽的惨景，抒发了突围不得、望救不至的痛苦心情，风格沉郁苍凉，是元好问诗有代表性的作品。

汴京陷落后，元好问被蒙古兵羁押往聊城，途中看见蒙古军大量掠夺金朝的财富和妇女，写下了更为悲愤的诗篇，如《癸巳五月三日北渡》三首：

一

道旁僵卧满累囚，过去旃车似水流。红粉哭随回鹘马，为谁一步一回头？

二

随营木佛贱于柴，大乐编钟满市排。虏掠几何君莫问，大船浑载汴京来！

三

白骨纵横似乱麻，几年桑梓变龙沙。只知河朔生灵尽，破屋荒烟却数家。

这些诗篇都真实地反映了金元之际的史实，沉痛地控诉了非正义战争对社会经济文化的破坏，反映了被压迫人民对蒙古统治者的愤懑情绪。

在艺术上，元好问的诗追步李白的浪漫、杜甫的沉郁、苏轼的豪放，而以学杜为主。他曾精心钻研杜诗，著有《杜诗学》。他诗风的主调是沉郁遒劲，又兼有清淡高远、雄奇奔放等多种风格。他对绝句、七古、七律都有深刻的造诣，而以七古、七律为擅长。赵翼称其古诗"构思窅渺，十步九折，愈折而意愈深，味愈隽"，称其七律诗"沉郁悲凉，自成声调"（《瓯北诗话》），给予很高的评价。他的语言精练而不露斧凿痕迹，呈现出一种自然清新之美，被时人称为"奇崛而绝雕刻，巧缛而谢绮丽"（《金史》本传）有较强的表现力。

他的述怀诗多沉郁悲愤之作。如《雨后丹凤门登眺》：

绛阙遥天霁景开，金明高树晚风回。长虹下饮海欲竭，老雁叫群秋更哀。劫火有时归变灭，神嵩何计得飞来？穷途自觉无多泪，莫傍残阳望吹台！

这首诗写于天兴元年壬辰（1232）。是年三月，蒙古军围攻汴京，金哀宗遣使乞和，蒙古军始退。诗人于解围后登丹凤门眺望，只见残阳将坠，孤雁哀鸣，想到国家即将灭亡的命运，心中哀痛欲绝。全诗沉郁苍凉，有杜甫诗的风味。其他如《岐阳》的"野蔓有情萦战骨，残阳何意照空城"、《即事》的"秋风一掬孤臣泪，叫断苍梧日暮云"、《出都》的"断霞落日天无尽，老树遗台秋更悲"都语语沉挚，字字悲凉，抒发了对国家衰亡沉痛入骨的感慨。

元好问的咏史诗多描写历史上的英雄人物和人民的反抗斗争，风格趋于雄豪悲壮。如写赤壁之战："孙郎矫矫人中龙，顾盼叱咤生云风。疾雷破山出大火，旗帜北卷天为红。"（《赤壁图》）写北汉时太原人民抗宋的守城战："薛王出降民不降，屋瓦乱飞如箭镞。"（《过晋阳故城书事》）写刘邦击败项羽："一时豪杰皆行阵，万古河山自壁门。原野犹应厌膏血，风云长遣动心魄。"（《楚汉战处·同钦叔赋》）这些怀古之作，都寄托着他对现实的深沉感慨，渴望能像古代英雄那样抗击外敌侵略，挽救国家民族的命运。

他的写景诗，有的构思奇特，气势开阔，有的轻描淡写，自然天成，而大都描绘生动，使人读后宛如身临其境。如写太行山的雄姿："太行元气老不死，上与左界分山河。有如巨鳌昂头西入海，突兀已过余坡陀。"（《涌金亭示同游诸君》）写黄华山的瀑布："湍声汹汹转绝壑，雪气凛凛随阴风。悬流千丈忽当眼，芥蒂一洗平生胸。雷公怒击散飞雹，日脚倒射垂长虹。"（《游黄华山》）都刻画出祖国山河的雄伟壮丽。而《颍亭留别》的"寒波淡淡起，白鸟悠悠下"、《山居杂诗》的"林高风有态，苔滑水无声"，却用白描的手法，将景色写得清新优美，体现了诗人多方面的艺术才能。

元好问晚年时，心境渐趋平静，诗中虽有对故国的思念，但已少有悲愤的呼号，并常流露出叹老嗟穷的思想，风格也倾向于平淡自然，但比不上金亡前后的作品思想深刻、富有艺术震撼力。

元好问的词也有很高的艺术成就。今存词三百七十余首，多追步苏轼、辛弃疾，以豪放为主，也不乏刚柔相济之作。如《水调歌头·赋三门津》：

> 黄河九天上，人鬼瞰重关。长风怒卷高浪，飞洒日光寒。峻似吕梁千仞，壮似钱塘八月，直下洗尘寰。万象入横溃，依旧一峰闲。

仰危巢，双鹄过，杳难攀。人间此险何用，万古秘神奸。不用燃犀下照，未必佽飞强射，有力障狂澜。唤取骑鲸客，挝鼓过银山。

此词笔力雄健，描绘了三门峡雄奇壮丽的景色，透露出作者的豪情壮志。况周颐《蕙风词话》认为此词"当是遗山少作"，"亦浑雅，亦博大，有骨干，有气象。以比坡公，得其厚矣"。

元好问的刚柔相济之作如《迈陂塘·雁丘词》：

　　问世间，情是何物？直教生死相许。天南地北双飞客，老翅几回寒暑。欢乐趣，离别苦，就中更有痴儿女。君应有语，渺万里层云，千山暮雪，只影向谁去？　横汾路，寂寞当年箫鼓，荒烟依旧平楚。招魂楚些何嗟及，山鬼暗啼风雨。天也妒，未信与，莺儿燕子俱黄土。千秋万古，为留待骚人，狂歌痛饮，来访雁丘处。

元好问路遇猎人射杀一雁，另一雁投地殉情而死。他向猎人买下双雁，葬于汾水之畔，号为雁丘，并写此词为记。词作通过咏雁，歌颂"生死相许"的"痴儿女"，继而礼赞"山鬼暗啼风雨"，实质上赞颂的是那些在战争中赴国难的忠魂。全词咏物托意，以幽怨的儿女之情抒发沉郁悲壮的爱国情怀，外柔内刚，类似辛弃疾《摸鱼儿》词的表现手法。元人郝经称元好问"乐章之雅丽，情致之幽婉，足以追稼轩"（《陵川集·祭遗山先生文》），道出了此词的风格特征。

　　元好问对诗学也有深入的研究。他的《论诗三十首》对建安以来的诗歌作了较系统的论述，主张诗歌创作要刚健雄伟，淳朴自然，反对委靡软媚，雕琢华艳；他重视诗人的独创精神，反对闭门造车和抄袭模拟。如推崇曹氏父子及刘桢的建安风骨："曹刘坐啸虎生风，四海无人角两雄。"赞美陶渊明的淳朴自然："一语天然万古新，豪华落尽见真淳。"讥讽诗风柔弱的秦观是"拈出退之山石句，始知渠是女郎诗"。挖苦江西诗人陈师道闭门觅句是"可怜无补费精神"。对苏轼、黄庭坚的作意好奇，也有所褒贬："奇外无奇更出奇，一波才动万波随。只知诗到苏黄尽，沧海横流却是谁？"这些诗论，针对当时的文坛弊病而发，对建立健康的文风有重要的意义。

　　元好问的散文也有较高的成就。与其诗的雄豪风格相类似，其文也以笔雄辞富为特征。如《送秦中诸人引》：

  清秋扬鞭，先我就道，矫首西望，长吁青云。今夫世俗惬意事，如美食大官，高赀华屋，皆众人所必争，而造物者之所甚靳，有不可得者。若夫闲居之乐，澹乎其无味，漠乎其无所得，盖自放于方之外者之所贪，人何所争，而造物者亦何靳耶？行矣诸君，明年春风，待我于辋川之上矣。

此文以雄健壮美的语言，表达对友人返归秦中的钦羡之意，抒发漠视豪华富贵、超然物外的高尚情操，颇有苏轼文的风味。

  他的《济南行记》对济南的山水景物则有生动的描述：

  水西亭之下，湖曰大明，其源出于舜泉，其大占城府三之一。秋荷方盛，红绿如绣，令人渺然有吴儿洲渚之想。……爆流泉在城之西南，泺水源也。山水汇于渴马崖，洑而不流，近城出而为此泉。好事者曾以谷糠验之，信然。往时漫流才没胫，故泉上涌高三尺许。今漫流为草木所壅，深及寻丈，故泉出水面，才二三寸而已。

  元好问为金一代文学宗匠，并影响元代文坛达三十年，清代也有许多敬慕者、研究者，如赵翼、施国祁、翁方纲等。今存《元遗山诗文集》《元遗山乐府》《中州集》《续夷坚志》等著作。

（原载《宋辽金元文学史》，罗斯宁、彭玉平合著，罗斯宁负责"宋辽金文学史"部分。中山大学出版社1999年1月出版）

段克己、段成己诗对宋诗的继承和发展

段克己、段成己是金末元初著名的诗词作家。段克己（1196—1254），字复之，号遁庵先生，别号菊庄。绛州稷山（今属山西）人。金哀宗正大七年（1230）登进士第，金亡不仕，以诗词自娱。段成己（1199—1279），字诚之，号菊轩、遁斋。段克己之弟。正大元年（1224）进士，授宜阳主簿。金亡不仕，与兄克己隐居河津龙门山（今山西河津县黄河边）二十余年而卒。元泰定年间，段克己之孙段辅搜辑克己、成己的诗词合刻为《二妙集》。

对段克己、段成己的诗词成就，金代、元代都有较高评价，有"二段""二妙"的美称。元人房祺的《河汾诸老诗集》收录二人的部分诗作，其《河汾诸老诗集·后序》云："近代诗人，遗山元先生为之冠。……与元老或诗或文，数相赠遗者，遁庵、菊轩，有'稷亭二段'之目。"① 道出克己、成己与元好问的交游和"稷亭二段"的美称。元人吴澄的《二妙集·序》亦云："中州遗老值元兴金亡之会，或身殁而名存，或身隐而名显。其诗文传于今者，窃闻其一二矣。有如河东二段先生，则未之见也。"② 称赞二人的诗为"中州遗老"中的翘楚，并有"河东二段"的美名。元人虞集的《稷山段氏阡表》中的"河东二段"非指段克己、段成己，而是指其先祖段镛、段铎："铎以正隆进士，官至华州防御使……镛先卒，而二人以文行称，谓之'河东二段'。"虞集此阡表还道出金人对段克己、段成己兄弟的著名美称："克己、成己之幼也，礼部尚书赵公秉文识之，目之曰'二妙'。""一时诸侯大夫士皆师尊之。"③ 均肯定了他们的诗词的创作成就。

---

① 见〔元〕房祺《河汾诸老诗集·后序》，见《四部丛刊·集部》，上海涵芬楼借乌程刘氏嘉业藏景元写本影印。
② 转引自陈衍辑撰、王庆生增订《金诗纪事》，上海古籍出版社2003年版。
③ 见〔元〕苏天爵《元文类》卷五十六，上海古籍出版社1993年版。

笔者未见明人对"二妙"诗的评述,而清人对段克己、段成己却颇为重视,吴重憙辑《石莲庵汇刻九金人集》收有《二妙集》,顾嗣立编《元诗选》二集的卷首就是《二妙集》,顾奎光编《金诗选》也收录了段克己、段成己的部分诗作。

民国年间孙德谦编《金源七家文集补遗》也收有《二妙集补遗》,并编《金稷山段氏二妙年谱》,可谓对段克己、段成己重视有加,深有研究。

可以说,在元以来的金诗研究中,段克己、段成己还是较受论者重视的,至少是在金诗人的前十名以内。但是,在新中国成立以后的金诗研究中,却很少见到关于他们的论述,除了编金诗总集、金诗选的部分学者收录他们的诗作外,诸家文学史、辽金元诗歌史的论著几乎不提及这两位作家的诗作,最多略谈其词,这与他们的文学成就和曾有过的美誉是不相称的。

以往对"二妙"诗的研究,多突出其对晋、唐诗风格的继承,如吴澄《二妙集·序》评二人诗:"陶之达、杜之忧,盖兼有之。"即谓二人诗兼有晋人陶潜和唐人杜甫的诗风。实际上,如果我们将段克己、段成己的诗放在中国诗歌史中进行考察,就可以发现,他们的诗继承和发展了唐、宋诗尤其是宋诗的文学传统,形成了自己独特的风格,是金末诗坛的优秀诗人。因此,我们有必要对其进行再研究、再评价。

一、段克己、段成己诗对宋诗的继承

金朝灭北宋而位居中原,与南宋同期而异域,在文学上与宋诗有密切的联系。由于金与南宋对立的关系,金诗主要继承北宋诗。金代初期,来自宋朝的文人在诗坛上占据了主要地位,如宇文虚中、吴激等都是宋儒,其诗即表现出宋诗的风范。金代中期,金朝本土诗人如党怀英、赵秉文等又倾慕宋代大文豪苏轼,学苏诗成为诗坛风气。金代末期,在连年与蒙古、南宋的交战中,人民生活动荡、贫困,忧时伤世成为元好问等人诗作的主调,他们多继承唐代杜甫的沉郁诗风;而避乱山林的文人如房皞等的隐逸诗,则多有追步宋代隐逸诗的倾向。金诗坛的这种风气,是段克己、段成己的诗继承宋诗文学传统的大背景。

段克己、段成己的诗对宋诗的继承主要表现在三方面。

1. 对宋代江西诗派诗风的继承

元好问《自题中州集后》诗云:"陶谢风流到百家,半山老眼净无花。北人不拾江西唾,未要曾郎借齿牙。"① 表明元好问编选《中州集》的意旨,是继承陶渊明、谢灵运自然真淳的诗风,反对江西诗派模拟雕琢的陋习。但这只是他的主观愿望,实际上,集中的部分诗作,仍有受江西诗派影响的痕迹。陶玉禾在《金诗选》中评道:"中州诗正坐染江西习气,能摆脱者无几人,特其警健挺拔处骨力自高,莫被遗山瞒过。"②《中州集》中的诗人不同程度地受江西诗派的风格和技巧的影响,段克己、段成己的诗也是如此。他们的诗多写亲友情谊、自然风光,很少涉及艳情和时事;多用白描的手法和文雅的语言表现深挚的感情。这正是江西诗派追求"格高"的创作方法。

首先,他们继承了江西诗派领袖黄庭坚清峻雅洁的诗风,如段成己诗《次韵周景纯先生见寄之什》:"惭非世用甘藏拙,谬得时称岂是诚。我与西山相信久,不须更与白鸥盟。"③ 末句化用黄庭坚诗《登快阁》:"万里归船弄长笛,此心吾与白鸥盟。"④ 段诗摆脱尘世烦扰、追求归隐生活的志向正与黄诗同,以白鸥的意象寄托清高飘逸的隐士情怀,也仿效黄诗,体现出与黄诗相似的清峻雅洁的诗风。

其次,他们学黄庭坚诗喜用拗律的写法,部分诗作形成"瘦硬"的风格。段克己诗《仲坚见和复用韵以答四首》:"一饱不易得,身谋方信迂。家徒四壁立,囊至一钱无。但喜心如水,那忧腹似壶。我穷君更甚,此德未全孤。"第三、四句用黄庭坚《寄黄几复》句:"持家但有四立壁,治病不蕲三折肱。"⑤ "四壁立"仿"四立壁",均为仄声,打破了原来此句应为"平平平仄仄"的格律。另外,段诗首句"一饱不易得"的"不易得"亦均为仄声,打破了原来此句应为"仄仄平平仄"的格律,均为

---

① 〔金〕元好问:《中州集》"附录",中华书局 1959 年版。
② 〔清〕顾奎光:《金诗选》卷四"陶玉禾眉批",乾隆十六年(1751)刻本。
③ 段克己、段成己的诗见薛瑞兆、郭明志编纂《全金诗》(四)卷一三九至卷一四四,南开大学出版社 1995 年版。(以下二人诗均见此书,下引该书均同此版本,除书名及页码外,其他不再另注)
④ 转引自陈永正选注《江西派诗选注》,中山大学出版社 1985 年版。
⑤ 见陈永正选注《江西派诗选注》,中山大学出版社 1985 年版。

拗律，使其诗具有如黄庭坚的诗因格律反常而形成的"清奇瘦硬"的诗风。

最后，他们学江西诗派"三宗"之一陈与义诗的写法，多化用前人诗句，有江西诗派"脱胎换骨"的风范。段克己诗《仲冬之初，家弟诚之自芹溪得红梅数枝，作三诗以见意。夜归，枕上次韵简山中二三子三首》："十月梅花春未知，竹间璀璨出斜枝。耐寒巧作新妆面，绝胜含章檐下时。"末二句用陈与义诗《和张规臣水墨梅五绝》："含章檐下春风面，造化功成秋兔毫。""晴窗画出横斜影，绝胜前村夜雪时。"① 段诗将陈诗"春风面"翻新成"新妆面"，将"绝胜前村夜雪时"改造成"绝胜含章檐下时"，句式近似，而诗意翻新。

段克己、段成己的诗对宋代江西诗派诗风的继承，对他们的诗形成骨力刚劲的风格，起了重要作用。

2. 对苏轼豪放刚健诗风的继承

金代文人对苏轼十分崇敬，无论写诗或词，多追步苏轼作品豪放刚健的风格。赵秉文诗《东坡赤壁图》云："永怀百世士，老气盖九州。平生忠义心，云涛一扁舟。"② 表现出对苏轼"忠义"人格的倾慕和对苏轼的《赤壁赋》《念奴娇·赤壁怀古》等作品的喜爱。元好问之友曹之谦（益甫）也有《东坡赤壁图》诗："先生矫矫人中龙，京尘千丈不可容。""明月清风共一江，迈往之气无由降。酒酣作赋记清赏，袖有巨笔如长杠。"③ 也对苏轼的人品和豪放诗风赞赏有加。

段克己、段成己也受到这股"学苏"风气的影响，其诗多有对苏轼的好评：

段克己诗《景纯、浩然见过，径饮成醉，夜雨中作此，近五鼓，月色满空，晓起，书长语赠二子》："退之方北归，见蝎即成喜。东坡还泗上，铎声欣入耳。而况羁旅中，解后遇知己。"

段成己诗《龙门八题·姑山夕照》："日锁群峰欲下迟，笼葱一片冷

---

① 〔宋〕陈与义：《陈与义集》（上册），中华书局1982年版，第57、58页。
② 〔金〕赵秉文：《闲闲老人滏水文集》卷三，见《四部丛刊·集部》，上海涵芬楼借湘潭袁氏藏汲古阁精写本景印元书，第16页。
③ 薛瑞兆、郭明志编纂《全金诗》第四册卷一三〇，第268页。

胭脂。醉吟著我扁舟尾,画出坡游赤壁时。"

段成己诗《梅花十咏·嗅》:"玉骨那堪瘴雾伤,好将经卷伴南荒。坡仙鼻孔清如水,老觉朝云道气长。"

这些诗与赵秉文诗《东坡赤壁图》诗意近似,充满对苏轼人格的倾慕和对其作品的赞赏。在此情况下,段克己、段成己诗继承苏轼豪放刚健的诗风,就是很自然的事了。

段克己诗《正月十六日夜雪》云:"正月望夜夜气交,长空月辉生白毫。东风淡荡振林木,春云滃郁翻惊涛。"其豪放的气魄类似苏轼诗《和子由〈中秋见月寄子赡兄〉》:"明月未出群山高,瑞光千丈生白毫。一杯未尽银阙涌,乱云脱坏如崩涛。"①

段克己诗《戊申四月游禹门有感》又云:"黄河一线天上来,两山突兀屏风开。天生圣人为万世,惊涛拍岸鸣春雷。""惊涛拍岸"之语令人想起苏轼的词《念奴娇》:"乱石穿空,惊涛拍岸,卷起千堆雪。"亦体现出与苏词相似的豪放风格。

段成己诗更多学苏轼诗意境开阔、诗风清雄的一面。其诗《中秋之夕,封生仲坚卫生行之携酒与诗见过,各依韵以答二首》云:"夜凉河汉静无声,澄澈天开万里晴。蟾吐寒光呈皎洁,桂排疏影甚分明。良宵方喜故人共,醉语乃知邻舍惊。一片诗魂招不得,九霄直与月俱清。"其意境之开阔、用语之清峻,与苏轼诗《中秋月》近似:"悠哉四子心,共此千里明。明月不解老,良辰难合并。回顾坐上人,聚散如流萍。尝闻此宵月,万里同阴晴。"②

3. 对宋代隐逸诗清雅诗风的继承

段克己、段成己经历了元灭金的大动乱,金亡之后绝意仕进,隐居山林,故多有隐逸诗。他们这类诗多追步宋人的咏梅诗和咏陶诗,以梅花傲雪开放的形象寄托自己清高脱俗的情怀;以陶渊明抛却名利、回归自然的思想作为自己的精神支柱;而在艺术上,主要继承宋代咏梅诗和咏陶诗的清雅诗风。

---

① 〔宋〕苏轼:《苏东坡全集》(上册)卷十,中国书店1986年版。(下引该书均同此版,除书名及页码外,其他不再另注)

② 〔宋〕苏轼:《苏东坡全集》(上册)卷十。

宋人喜咏梅，隐士或半隐士尤多咏梅诗。宋初著名隐逸诗人林逋的咏梅名句"疏影横斜水清浅，暗香浮动月黄昏"影响了有宋一代的咏梅者，苏轼、陆游、姜夔等人谪居或隐居时也多有咏梅诗，风格以清雅平淡为主。

段克己、段成己也如宋人喜咏梅，二人都有《梅花十咏》，均以"忆""梦""寻""探""乞""折""嗅""浸""浴""惜"为"十咏"的题目，当是同期的互相酬唱之作。

段成己诗《乘兴杖屦山麓，值梅始花，徘徊久之。因折数枝，置之几侧。灯下漫浪成语，简诸友一笑云三首》云："戏蝶游蜂总未知，小窗低亚两三枝。夜阑灯下横疏影，浑似西湖月上时。""夜阑灯下横疏影"句，用林逋诗《山园小梅》"疏影横斜水清浅"语，亦得林逋诗清雅优美的风神。

段克己的咏梅诗则学苏轼诗，其《仲冬之初，家弟诚之自芹溪得红梅数枝，作三诗以见意。夜归，枕上次韵简山中二三子三首》云："十月梅花春未知，竹间璀璨出斜枝。""竹间璀璨出斜枝"句，用苏轼诗《红梅三首》句："乞与徐熙新画样，竹间璀璨出斜枝。"①

这些咏梅诗，借梅花在严冬开放的孤高形象和暗香疏影的不凡风韵，表达段克己、段成己淡泊名利和孤芳自赏的性格，也使其诗具有类似宋代咏梅诗的清雅诗风。

宋代隐士也多有咏陶渊明诗，如苏轼有和陶诗一百二十首②，写在被贬海南、实际上为隐居之时；林逋等人隐居时也有咏陶诗。段克己、段成己诗既学苏亦学陶，将陶渊明作为自己隐居生活的精神导师，将陶诗中常见的菊花和酒的意象作为自己清高品格、飘逸情怀的载体。

段克己诗《九日山园小宴，取五柳公"采菊东篱下"为韵赋诗侑觞五首》云："长歌归去来，篱菊无人采。""爱酒陶元亮，持杯对菊枝。"其诗题就标明以陶诗"采菊东篱下"为韵，菊花和酒也成为诗的鲜明的意象，寄托作者的隐逸情怀，与陶诗的淡泊平静风格近似。

但段克己有些咏陶诗内心却不那么平静，更像苏轼和陶诗的风格。苏轼诗《九日闲居》云："龙山忆孟子，栗里怀渊明。鲜鲜霜菊艳，溜溜槽

---

① 〔宋〕苏轼：《苏东坡全集》（上册）卷十二。
② 见〔宋〕苏轼《苏东坡全集》（下册）卷三。

床声。"① 又《和饮酒二十首》云："我不如陶生，世事缠绵之。云何得一适，亦有如生时。"② 苏轼的和陶诗表现了他在被贬谪海南时的矛盾心情：既想学陶渊明归隐田园，又不能忘怀世事，在出世与入世之间徘徊，心欲静而不能静，因而发出"我不如陶生，世事缠绵之"的慨叹。段克己诗《陈丈良臣诞弥令日谨拜手而献颂曰》云："渊明不仕，岂其本意。于嗟麟凤，不为世瑞。萧然环堵，诗书自娱。"认为陶渊明非自愿隐居，而是时世不容，被迫不仕。在他貌似平静的咏陶诗中，隐隐透露出怀才不遇的愤懑之意，与苏轼的和陶诗心态近似。

宋诗中亦有心境平静的咏陶诗，如林逋的《夏日即事》："不辞齿发多衰病，所喜林泉有隐居。""北窗人在羲皇上，时为渊明一起予。"③ 段成己的咏陶诗则学陶诗和林诗平静淡泊的一面，如其《余懒日甚，不作诗者二年矣。间者二三子，以歌咏相乐，请题于吾兄遁庵，遂以岁月坐成晚命之。因事感怀成五章，以自遣。志之所之，不知其言之陋也，览者将有取焉》云："忍穷分所安，不为世所萦。床头一卷书，静洗胸次平。""我本山中人，一出偶忘反。崎岖半天下，始觉居山稳。"其《陈子正容安堂》又云："结庐慕渊明，志向有许大。"与陶渊明、林逋的淡泊功名、心境平静相同，而与其兄的心欲静而不能静相异。两兄弟都学宋代咏陶诗，不过段克己学半隐士之诗，段成己学全隐士之诗而已。

值得注意的是，我们说段克己、段成己学宋诗，只是就其主要倾向而言，并不排除他们学其他朝代的诗人。实际上，二段兄弟对唐代诗人如李白、杜甫的诗风都有所继承，如段克己诗《戊申四月游禹门有感》："冷云直上三千丈，石巅古庙高崔巍。"仿似李白诗豪放的风格，使人想起李白的著名诗句："飞流直下三千尺，疑是银河落九天。"（《望庐山瀑布水》）。又段克己诗《仲冬之初，家弟诚之自芹溪得红梅数枝，作三诗以见意。夜归，枕上次韵简山中二三子三首》："天寒翠袖依修竹，却在橙黄橘绿时。"前句化用杜甫《佳人》诗："天寒翠袖薄，日暮倚修竹"④，得杜甫诗沉郁的风神。尤其是二段兄弟诗"大抵骨力坚劲，意致苍凉，

---

① 〔宋〕苏轼：《苏东坡全集》（下册）卷三。
② 〔宋〕苏轼：《苏东坡全集》（下册）卷三。
③ 〔清〕吴之振、吕留良、吴自牧选，管庭芬、蒋光煦补《宋诗钞》（第一册）《和靖诗钞》，中华书局1986年版。
④ 〔清〕浦起龙：《读杜心解》第一册卷一之二，中华书局1961年版。

值故都倾覆之余，怅怀今昔，流露于不自知"①，更多受杜甫沉郁诗风的影响。

二、段克己、段成己诗的独特风格

段克己、段成己在继承宋诗的文学传统、其他朝代诗人成就的基础上，结合金诗的特点，形成了自己独特的风格，这是对宋诗的新发展。

"二妙"从金代以来便被纳入"河汾诸老"隐逸诗人的范畴，因而其诗主要继承宋代隐逸诗的特色，并结合金代北方文学的雄健风格，形成自己独有的风格特色。

一方面，段克己、段成己在继承宋诗时，是有所选择的。如对江西诗派，多学其用拗律，而少学其用僻字僻典，因而其诗较江西诗为流畅易晓；又如对苏轼诗，更多学苏轼隐逸诗意境开阔、诗风清雄的一面，而少学其政治诗笔锋犀利、抒情较为直露的一面。这里，克己兄弟用的是"减法"。

另一方面，克己兄弟不是孤立地学某个诗人的诗，而是作一个综合，将多个著名诗人的长处结合起来，从而形成自己独特的风格。这里，克己兄弟用的是"加法"。

"二妙"诗在综合前人长处、形成自己的风格上主要有两方面：其一，兼有苏轼之豪放、元好问之刚健的骨力坚劲的诗风，吴澄的《二妙集·序》评云"心广而识超，气盛而才雄"，《四库全书总目·二妙集》评云"大抵骨力坚劲，意致苍凉"可证；其二，兼有陶潜之达观、杜甫之沉郁的意致苍凉的诗风，即吴澄的《二妙集·序》所评，"陶之达、杜之忧，盖兼有之"。"二妙"的诗风又同中有异，吴澄的《二妙集·序》评二人差异云："昔之耆彦尝评二公，谓复之磊落不凡，诚之谨厚化服，攀写盖得其真。予亦云然。"借鉴前人的评述，笔者谓两人的不同在于：段克己诗在豪健流畅中见悲愤，有磊落不平之气；段成己诗在刚健苍凉中见沉郁，有谨慎朴厚之态。

如段克己诗《癸丑中秋之夕，与诸君会饮山中，感时怀旧，情见乎辞》：

---

① 〔清〕永瑢等撰《四库全书总目》下册《二妙集提要》，中华书局1965年版。

少年著意做中秋，手卷珠帘上玉钩。明月欲上海波阔，瑞光万丈东南浮。楼高一望八千里，翠色一点认瀛洲。桂华徘徊初泛滟，冷溢杯盘河汉流。一时宾客尽豪逸，拥鼻不作商声讴。无何陵谷忽迁变，杀气黯惨缠九州。生民冤血流未尽，白骨堆积如山丘。比来几见中秋月，悲风鬼哭声啾啾。遗黎纵复脱刀戟，忧思离散谁与鸠。回思少年事，刺促生百忧。良辰不可再，樽酒空相对。明月恨更多，故使浮云碍。照见古人多少愁，懒与今人照兴废。今人古人俱可怜，百年忽忽如流川。三军鞍马闲未得，镜中不觉摧朱颜。我欲排云叫阊阖，再拜玉皇香案前：不求羽化为飞仙，不愿双持将相权；愿天早锡太平福，年年人月长团圆。

此诗写于癸丑年（1253），距金亡已有十九年。诗人在龙门山隐居，适逢中秋之夕，与诗友会饮，写下此诗。诗作首先回忆金亡前少年时中秋节高楼畅饮的快意时光，然后笔锋一转，写蒙古灭金时生灵涂炭，骨肉分离，中秋也难团圆的惨景；继而写如今国家灭亡、良辰不再的哀伤；最后祈求天帝赐以太平，发出"年年人月长团圆"的祝愿。通篇以中秋月为线索，层次清楚，流畅自然；而"海波阔""尽豪逸"之句颇有苏诗的豪健之风；"生民冤血流未尽，白骨堆积如山丘"颇类元好问"惨澹龙蛇日斗争，干戈直欲尽生灵"（《壬辰十二月车驾东狩后即事》）[①] 的苍凉诗风，但又不完全同于二者，在娓娓的叙述中流露出一股磊落不平之气，是"气盛而才雄""骨力坚劲"的注脚，显示出段克己诗豪放刚健而酣畅自然的独特风格。

如果说段克己的诗显得较为张扬的话，段成己的诗就显得较为内敛。虽然二者同为"骨力坚劲"，但成己诗是苍凉中见沉郁，是"陶之达、杜之忧，盖兼有之"的风格。如成己诗《自寿》云：

霏霏晴雪点吟须，飒飒秋风恋客裾。拙计每为妻子笑，病多还觉友朋疏。行年如此事无几，破屋翛然家有余。浊酒一杯吾自乐，人间富贵不关渠。

[①] 见薛瑞兆、郭志明编纂《全金诗》第四册卷一二〇，第115页。

写自己家贫而病多的生活，抒发不慕富贵、知足而乐的情怀。"拙计每为妻子笑，病多还觉友朋疏"句类似杜甫《登高》诗"万里悲秋常作客，百年多病独登台"①，具有杜诗苍凉沉郁的风格；"浊酒一杯吾自乐，人间富贵不关渠"句类似陶渊明《五柳先生传》"不戚戚于贫贱，不汲汲于富贵""酣觞赋诗，以乐其志"②，有陶诗达观的情怀和平淡质朴的诗风。但又不完全同于二者，他的诗缺乏杜诗的深沉，而多了朴实；比陶诗少了悠然，而多了严谨，是"谨厚化服"的注脚，显示出在刚健苍凉中见沉郁的独特诗风。

段克己、段成己多有同题酬唱之诗，从这些诗中，也可看出他们诗风的差异。如两人都有《鹭鸶藤诗》，段克己的诗序为："同封仲坚采鹭鸶藤，因而成咏，录寄家弟诚之，兼简李、卫二生。"诗云：

  有藤名鹭鸶，天生匪人育。金花间银蕊，翠蔓自成簇。褰裳涉春溪，采采渐盈掬。药物时所须，非为事口腹。牛溲与马渤，良医犹并蓄。况此香色奇，两通鼻与目。尤喜疗疮疡，先贤讲之熟。世俗不知爱，弃置在空谷。作诗与题评，使异凡草木。

段成己的诗序为："吾兄同仲坚采鹭鸶藤于午芹之东溪，因咏诗见示。前代诗人未尝闻赋此者。此花长于田野篱落间，人视之与草芥无异，是诗一出，好事者将知所贵矣。感叹之余，敬次其韵，有与我同志继而述之，不亦懿乎？"诗云：

  微雨洒郊坰，百卉欣并育。幽花发溪侧，间错金珠簇。徐看是鹭藤，香味浓可掬。忍饥出新句，大笑负此腹。遗落榛莽间，采撷谁见蓄。情知无俗姿，安能悦众目。先生日来往，东溪路应熟。一经题品余，名字耀岩谷。遇合良有时，不才异山木。

从二人诗序可知，段克己同友封仲坚采鹭鸶藤于午芹峰之东溪，因而咏诗，寄与段成己与其他诗友；段成己感叹兄诗一出，鹭鸶藤将由贱而

---

① 〔清〕浦起龙：《读杜心解》（第三册）卷四之二，中华书局1986年版。
② 〔晋〕陶渊明：《陶渊明集》，中华书局1979年版。

贵，因和兄诗。二诗相比，克己诗只是描绘鹭鸶藤的色泽形态和药用价值；而成己诗却在咏鹭鸶藤的形态之外有更深的寄意，"情知无俗姿，安能悦众目"，"遇合良有时，不才异山木"，颇有屈原《离骚》以香草喻君子之忧的遗意，显得更为深沉而有余味。

又如同为贺寿诗，段克己的《寿家弟诚之》是："径呼大白与策勋，令征前事兼论文。奇语间出张吾军，不觉庭柯昒夕曛。"段成己的《寿尊兄遁庵先生》是："避事就闲真得计，有才无用且藏身。虚名到底将安济，涉世如今不厌贫。"两诗都是给亲人贺寿，都表现了隐逸生活的情趣，但克己诗写得洋洋洒洒，有一股掩不住的豪气；而成己诗却写得平静质朴，风雨不惊。此中缘故，应是克己"心欲静而不能静"、成己"心静如止水"的不同心境所使然。

三、段克己、段成己诗风的成因

段克己、段成己的诗在金末卓然成家，影响深远，不是偶然的，主要有三方面的原因。

首先，段克己、段成己的诗歌成就得益于富有文学传统的段氏家族。虞集的《稷山段氏阡表》云：

> 于是辅告集曰："维段氏世居绛之稷山，由辅而上，溯其可知者，为前宋司理参军，讳应规，十一世矣。司理之六世孙，为金武威郡侯，讳矩，生三子：长曰钧，次曰镛，次曰铎。铎以正隆进士，官至华州防御使，武威所因以得封者也。镛先卒，而二人以文行称，谓之'河东二段'。在防御时，陇西李愈作《武威墓表》，五世之内，名德并著，自武威而至于今，又六世矣。家学幸可征焉。子为为叙而篆之，将刻诸墓道。"集辱在同朝，不敢辞，乃按而书之。凡李愈氏已表者，不具所具者，自钧始，钧生汝舟，汝舟生恒，恒生克己、成己、修己。克己、成己之幼也，礼部尚书赵公秉文识之，目之曰"二妙"。成己登至大进士第，主宜阳簿；及内附朝廷，特授平阳提举学校官，不起。而克己终隐于家。一时诸侯大夫士皆师尊之。

段辅为段克己之孙，与虞集同在元朝任职，请虞集为他的段氏家世写墓表，要求特别突出其家学的渊源。从段辅与虞集的叙述中，可知段氏家族在宋代已为官宦，金代初期已出了段镛、段铎两个以善文而著称的文学家，被称为"河东二段"。而金代末期的段克己、段成己则继承了先祖的文学传统，以诗词著称，被称为"二妙"，"一时诸侯大夫士皆师尊之"。从虞集这篇墓表，可以看到段家从宋到元的家学的发展脉络，段克己、段成己从家庭中受到宋代文学、金代文学的熏陶，是显而易见的，他们能对宋诗继承和发展，首先得益于先人的文学著作、家学的影响。

其次，段克己、段成己的诗歌成就得益于师承。房祺《河汾诸老诗集·后序》云："近代诗人，遗山元先生为之冠。……与元老或诗或文，数相赠遗者，遁庵、菊轩，有'稷亭二段'之目。"并引杨仲德语云："不观遗山之诗，无以知河汾之学。"即道出包括克己兄弟在内的"河汾诸老"学元好问诗的师学渊源。《四库全书总目·二妙集》又云："房祺编《河汾诸老诗》八卷，皆金之遗民从元好问游者，克己兄弟与焉。"亦说明克己兄弟师从元好问的状况。段成己并有《元遗山诗集引》一文，借其友曹益甫（"河汾诸老"之一）之口赞扬元好问诗说："北渡而后，诗学日兴，而遗山之名日重，世之留意于诗者，虽知宗师之，至其妙处而人未必尽知之也。……尽所得有律诗凡千二百八十首，又续采所遗落八十二首，将刻梓以传，以膏润后学。"① 从"世之留意于诗者"，"知宗师之"之语，可知克己兄弟亦以元好问为师。曹益甫在元好问去世后为其出诗集，段成己为其诗集作序，目的都是"以膏润后学"，也有师承之意。

而元好问对苏轼却是十分崇敬而加以追步的。其《东坡诗雅引》云："近世苏子瞻绝爱陶、柳二家，极其诗之所至诚，亦陶、柳之亚。然评者尚以其能似陶、柳，而不能不为风俗所移为可恨耳。夫诗至于子瞻，而且有不能近古之恨，后人无所望矣！乃作《东坡诗雅目录》一篇。"② 认为苏轼诗有陶渊明、柳宗元的诗风，但也有自己的风格，并非一味"近古"。

元好问对杜甫诗也非常尊奉，而且学黄庭坚等江西派诗人尊杜甫为学诗之祖。其《杜诗学引》云："今观其诗，如元气淋漓，随物赋形；如三江五湖，合而为海，浩浩瀚瀚，无有涯涘；如祥光庆云，千变万化，不可名状，固学者之所以动心而骇目。及读之熟，求之深，含咀之久，则九

---

① 见李修生主编《全元文》（第二册），江苏古籍出版社1997年版，第213页。
② 见李修生主编《全元文》（第一册），江苏古籍出版社1997年版，第297页。

经、百氏、古人之精华所以膏润其笔端者，犹可仿佛其余韵也。……故谓杜诗为无一字无来处亦可也，谓不从古人中来亦可也。……先东岩君有言：'近世唯山谷最知子美，以为今人读杜诗，至谓草木虫鱼皆有比兴，如试世间商度隐语然者。此最学者之病。山谷之不注杜诗，试取《大雅堂记》读之，则知此公注杜诗已竟。可为知者道，难为俗人言也。'"①"先东岩君"即为元好问之父元德明，号东岩君。从此文可知元好问尊杜诗得于其父元德明，元德明又得于黄庭坚，尤重黄庭坚认为杜诗"无一字无来处"的理论。

这样，段克己、段成己的诗学师承就有了两条线索：其一，段克己、段成己—元好问—苏轼—陶渊明；其二，段克己、段成己—元好问—元德明—黄庭坚—杜甫。因而，克己兄弟"陶之达、杜之忧，盖兼有之"的诗风，近接元好问、元德明，远宗苏轼、黄庭坚，既有师承的原因，也有家学的渊源。

最后，段克己、段成己诗风的形成，还得益于他们参加当时的诗社活动，受诗社诸友文学活动的影响。在现存克己兄弟的诗集中，大部分是与诗友的酬唱之作，出现友人的名字近四十个。其中张汉臣、封仲坚、周景纯、杨彦衡、张器之、冯成之等都与二段兄弟有诗酬往来，是他们共同的诗友。这批诗友大多生活清贫而性格清高，多才多艺而不肯仕元，是与克己兄弟志趣相投的隐士。段克己悼念张汉臣之诗的诗序云："岁己酉春正月十有一日，吾友张君汉臣下世，家贫不能葬。乡邻办丧事，诸君皆有诔章，且邀余同赋。每一忖思，则神情错乱，秉笔复罢，今忽四旬矣。欲绝不言，无以表其哀，因作古意四篇，虽比兴之不足，观者足知予志之所在，则进知吾汉臣也无疑。"可知张汉臣为作者的挚友，生活清贫至身后家人不能葬。又段克己诗《仲坚见和复用韵以答》："能贫从古少，好学似君无。行李填书案，生涯满药壶。"道出封仲坚好学而"能贫"的性格。

段克己、段成己的朋友中有一部分是医师，如范子和、陈百禄、呼延长原、杨深甫等。其中有些人亦医亦文，也成为克己兄弟的诗友。段克己《赠医师范子和》诗序云："范君子和居姑射山麓，世隐于医，敏给多艺，能略涉猎文史。一日会荐绅辈于其家，酒半，举大白而言曰：'不肖窃有

---

① 见李修生主编《全元文》（第一册），江苏古籍出版社1997年版，第296、297页。

志于斯文,敢求数十字以为珍藏。'意甚勤,因为赋古风一篇。"可知段克己视范子和为隐于医的隐士,对其"有志于斯文"颇为欣赏,引为同道,与之聚会酬唱。

另外,段克己、段成己与"河汾诸老"诗人也有文学往来,如被称为"河汾诸老"之一的房皞,亦为二人的诗友,有《寄段诚之》诗云:"浮云富贵吾何慕,陋巷箪瓢分所甘。""寥寥孔学今千载,赖有斯人可共谈。"① 又有《辛卯生朝呈郭周卿、段复之》诗云:"瓮面醅鸡积有年,近来雾豁见全天。出言最忌谈人恶,入德尤宜去自贤。"② 又段成己《元遗山诗集引》为曹益甫编元好问诗集作序,曹亦为"河汾诸老"之一。

段克己、段成己与诗社诸友的雅集颇为频繁,段成己《赠答诗社诸君》诗云:"卖药韩伯康,能诗张志和。真钢须百炼,明镜要重磨。眼底如君少,闲中得子多。兵连犹未解,莫厌数相过。"反映出他们在战乱时世,像张志和一样隐居江湖,结诗社切磋诗艺。又段成己《辛丑清明后三日,诗社诸君子燕集于封仲坚别墅,谈笑竟日,宾主乐甚。然以未得吾兄弟数语为不足,既而遁庵兄有诗,余独未也。主人责负不已,因赋以应命云二首》:"善恶人情已饱谙,岸纱宴坐看晴岚。折腰不是渊明懒,作吏原非叔夜堪。"又成己诗《暇日意行姑射山下,奉借遁庵先生夜堂听雨韵,简诗社诸君》:"散策步幽岩,所过良可喜。恋恋蝶绕衣,涓涓泉入耳。俯仰天地间,一物莫非己。"均可见段克己、段成己与诗社诸友在贫困的生活中相濡以沫、以清高的隐士情趣互相熏染的状况。因而,克己兄弟喜爱陶渊明、张志和、林逋等著名隐逸诗人的作品,形成清雅平淡的诗风,也就不足为奇了。

综上所述,段克己、段成己是金末元初优秀的隐逸诗人,他们既继承宋代江西诗派、苏轼、林逋的诗风,又结合陶渊明、杜甫、元好问的诗风,形成自己或豪放刚健而酣畅自然,或苍凉沉郁而谨慎朴厚的独特风格,在金元诗歌史上留下了浓墨重彩的一页。

(原载《走进契丹与女真王朝的文学》,文化艺术出版社 2006 年版)

---

① 薛瑞兆、郭明志编纂:《全金诗》(第四册)卷一三八,第 383 页。
② 薛瑞兆、郭明志编纂:《全金诗》(第四册)卷一三八,第 383 页。

元代艺妓与元散曲

张可久散曲《折桂令》云:"传酒令金杯玉笋,傲诗坛羽扇纶巾。惊起波神,唤醒梅魂,翠袖佳人,白雪阳春。"元散曲有很大一部分产生于"传酒令金杯玉笋"的酒宴上,与"翠袖佳人"结下了不解之缘。研究元代艺妓与元散曲的关系,将会使我们对散曲的认识更为全面。

一、元代艺妓状况鸟瞰

元代都市存在着一支庞大的妓女队伍,据马可·波罗的游记记载。仅大都一城,就有妓女两万余人。这些妓女有些仅是以色事人的,非本文讨论的范畴;本文要研究的是以色艺事人或以艺事人的艺妓。据现存记载元代艺妓活动的《青楼集》(夏庭芝著)、《辍耕录》(陶宗仪著)、《全元散曲》(隋树森编)、《全金元词》(唐圭璋编)、《元诗选》(顾嗣立编)等书的统计,有名有姓的艺妓共有一百五十九人。其中,《全元散曲》载有五十四名,《青楼集》收录九十二名(两书记载名目有重复),她们以演杂剧为主,也兼唱词曲,被称为"歌儿"。有些艺妓如朱帘秀、梁园秀等人还善作词曲,成为词曲作家。在良家妇女不能抛头露面的元代,她们的文学艺术活动在一定程度上促进了元代戏曲、散曲等通俗文艺的繁荣,成为古代女性文学艺术史的一个组成部分。

由于要以艺事人,元代艺妓大多多才多艺,在激烈的竞争中练就了一身本领,是各种文艺演出的主力。《青楼集》载赛帘秀"声遏行云",一分儿"歌舞绝伦",李芝秀"记杂剧三百余段",均可见之。艺妓的聪明才智不仅表现在才艺上,更练就了出色的交际应酬能力。梁园秀"歌舞谈谑,为当代称首",顺时秀与文人王元鼎相恋,而参政阿鲁温也"欲瞩意"于她,问曰:"我何如王元鼎?"顺时秀答:"参政,宰臣也;元鼎,文士也。经纶朝政,致君泽民,则元鼎不及参政;嘲风弄月,惜玉怜香,则参政不敢望元鼎。"既巧妙又得体地婉拒了权贵,故令阿鲁温"一笑而罢"（均见《青楼集》），可谓善于周旋。

元代艺妓的地位既卑贱又尊荣。一方面，在政治上，她们受制于官府，在生活上，则受鸨母和嫖客的欺凌。元代妓女分官妓和私妓两种。官妓指编入乐籍的妓女，由各级官府直接或间接管理。官妓在经营上采取义务制和买卖制。义务制为无条件应召到官府表演歌舞或为官府的客人侍寝，称为"应官身"。"应官身"必须随叫随到，若迟来或表现不佳则要受罚。元剧《谢天香》的钱大尹叫艺妓谢天香唱柳永的《定风波》词，有意为难她："他若念出可可二字来，便是误犯俺大官讳字。我扣厅责他四十。"① 剧作写的是宋时故事，实质反映的是元代现实。买卖制则为官妓向平民卖身，元剧《对玉梳》中商人柳茂英便以"二十载绵花"向艺妓顾玉香买笑。艺妓如不肯服从鸨母或嫖客的要求，则受到迫害。商道《〔南吕〕一枝花·叹秀英》说："随高逐下，送故迎新，身心受尽摧挫。奈恶业姻缘好家风俏无些个。纠撅丁走踢飞拳，老妖精缚手缠脚。"② 道出艺妓的痛苦心声。私妓指那些不隶乐籍而私下卖笑的妓女。《元史·刑法志》载："诸倡妓之家，辄买良人为倡，而有司不审，滥给公据，税务无凭，辄与印税，并严禁之，违者痛绳之。"可见妓女必须向官府纳税，才能取得营业凭证。但有些妓女为了逃避纳税而不隶乐籍，成为私妓。元剧《救风尘》第三折周舍对店小二说："不问官妓、私科子，只等有好的来你客店里，你便来叫我。""私科子"即为私妓。技艺出众的艺妓因为声名远播，不可能逃税为私妓，而多为官妓，受官府的剥削压迫更为深重。其技艺佼佼者称"上厅行首"，较之平常妓女，"应官身"的任务更为繁重。元剧《谢天香》中上厅行首谢天香说："咱会弹唱的，日日官身；不会弹唱的，倒得些自在。我怨那礼案里几个令史，他每都是我掌命司，先将那等不会弹不会唱的除了名字，早知道则做个哑猱儿。"元代艺妓对妓院生活的诅咒、对官府的反感情绪，使她们所表演的杂剧、散曲等都透露出一种反抗意识。

另一方面，艺妓由于具有比一般妇女较高的文化修养与艺术才能，受到官员、市民尤其是文人的欣赏，身价较高，因而受到社会一定程度的重视。《青楼集》载文人王元鼎为顺时秀杀骏马疗疾，朱帘秀被尊称为"朱

---

① 〔明〕臧晋叔编：《元曲选》（第一册），中华书局1958年版。（下文所引元杂剧均见此书）
② 见隋树森编《全元散曲》（上册），第19页。（下文所引元散曲均见此书）

娘娘"，受到关汉卿、冯子振、卢挚、胡祗遹、王恽等文学名家的激赏，多有词曲相赠。

政治上、生活上受压迫和艺术上受赞赏的双重地位，使艺妓们更重视精神上的追求。她们最大的理想是跳出妓院火坑，脱籍从良，过上正常人的生活；而从良的理想对象则是有文学才能、风流倜傥的文人，那些文化较低的商人和官吏则受到她们的蔑视。顺时秀选择王元鼎而婉拒阿鲁温，就明显倾向于文士；王和卿的《〔黄钟〕文如锦》中的〔愿成双〕曲也以艺妓口吻说："我待甘心守秀士捱齑盐。忍寒受饥无厌。娘爱他三五文业钱，把女送入万丈坑堑。"当然，这种代言体包含有落魄文人在爱情婚姻上的一种补偿心理，但毕竟一定程度上反映了艺妓轻物质、重精神的婚姻观。元代艺妓这一心理定式，使元散曲多以书生艺妓女爱情故事为典故。

然而，艺妓毕竟是妓，一部分人在长期的卖笑生涯中扭曲了灵魂，成为败坏社会风气的腐蚀剂。宋方壶的《〔南吕〕一枝花·妓女》中〔梁州〕一曲道："有一等强风情迷魂子弟，初出帐笋嫩勤儿，起初儿待要成欢会。教那厮一合儿昏撒，半霎儿着迷。典房卖舍，弃子休妻。"〔尾〕曲又云："有钱每日同欢会，无钱的郎君好厮离，绿豆皮儿你请退。"元杂剧《货郎旦》《还牢末》中的上厅行首张玉娥、萧娥从良后都劣性不改，杀人破家，成为"坏女人"的典型。部分艺妓在道德上的沦丧，对元代的通俗文艺也带来一定的不良影响。

二、元代艺妓对元散曲的题材和内容的影响

元代艺妓大量介入元散曲的演出和创作，使元散曲的题材出现大量的赠妓之作和部分艺妓的酬和之作。据粗略的统计，《全元散曲》标明赠妓的小令就有一百二十多首，套数三十六套，这还不包括那些标题虽不明言，但实际内容却是写艺妓的散曲。

这些赠妓之作，有的写得文雅优美、情真意切，往往为著名文人赠予上厅行首的作品。如关汉卿的《〔南吕〕一枝花·赠朱帘秀》：

〔梁州〕富贵似侯家紫帐，风流如谢府红莲。锁春愁不放双飞燕。绮窗相近，翠户相连，雕栊相映，绣幕相牵。拂苔痕满砌榆钱，惹杨花飞点如绵。愁的是抹回廊暮雨潇潇，恨的是筛曲槛西风剪剪，

爱的是透长门夜月娟娟。凌波殿前,碧玲珑掩映湘妃面,没福怎能够见。十里扬州风物妍,出落着神仙。

再如卢挚的《〔双调〕蟾宫曲·醉赠乐府朱帘秀》:

系行舟谁遣卿卿?爱林下风姿,云外歌声,宝髻堆云。冰弦散雨,总是才情。恰绿树南薰晚晴,险些儿羞杀啼莺。客散邮亭,楚调将成,醉梦初醒。

这些赠曲都写得文采焕然,透露着对朱帘秀出众风姿才艺的真诚爱慕与赞美,佳章佳人交相辉映,成为这类题材散曲中的上品。

赠妓之作的中品是纯为描绘艺妓体貌才艺而缺乏个性的曲作。如曾瑞赠歌妓喜温柔的《〔商调〕梧叶儿》:

蟾宫闭,花貌羞,莺呖呖啭歌讴。樽前立,席上有,喜温柔,都压尽墙花路柳。

语言一般化而缺乏新意,给人以庸脂俗粉的感觉。

赠妓之作的下品是描绘艺妓指甲、纤足、美人痣等体貌以及露骨描绘床笫之欢的曲作。如乔吉的《〔双调〕清江引·笑靥儿》"旋窝儿粉香都是春""千金这窝儿里消费了"、张可久《〔双调〕水仙子·红指甲》"风流千万种,捻胭脂娇晕重重"、无名氏的《〔中吕〕红绣鞋》"倒在我怀里撒乜斜"、《〔仙吕〕赏花时·煞尾》"双乳似白牙,插入胸前紧紧拿"等,透露出对艺妓的狎弄和放纵的肉欲气息。

元散曲中值得注意的是艺妓们自己创作的作品。由于艺妓地位卑贱,没有人愿意为她们出散曲集,现在保留下来的作品多为与文人的酬酢之作,不过是冰山之一角。《青楼集》载艺妓张玉莲"旧曲其音不传者,皆能寻腔依韵唱之"。"南北令词,即席成赋;审音知律,时无比焉。""班司儒秩满北上,张作小词《折桂令》赠之,末句云:'朝夕思君,泪点成斑';亦自可喜。又有一联云:'侧耳听门前过马,和泪看帘外飞花',尤为脍炙人口。"据《青楼集》《辍耕录》等书的记载,能作词曲的艺妓还有朱帘秀、梁园秀、张怡云、解语花、刘燕歌、连枝秀、般般丑、一分儿、小娥秀等。她们文思敏捷，往往在宴会主人或客人的要求下，"应声而作"，其实是一支颇为可观的词曲家队伍。写得最好的当数朱帘秀的曲作，她的套数《〔正宫〕醉西施》云：

> 检点旧风流，近日来渐觉小蛮腰瘦。想当初万种恩情，到如今反做了一场僝僽。害得我柳眉颦秋波水溜。泪滴春衫袖，桃花带雨胭脂透。绿肥红瘦，正是愁时候。
> …………
> 〔玉芙蓉〕寂寞几时休？盼音书天际头。加人病黄鸟枝头，助人愁渭城衰柳。满眼春江都是泪，也流不尽许多愁。若得归来后，同行共止，便是牡丹花下死，做鬼也风流。

曲中化用欧阳修《生查子》词句："不见去年人，泪湿春衫袖。"李清照《如梦令》词句："知否？知否？应是绿肥红瘦。"秦观《江城子》词句："便做春江都是泪，流不尽，许多愁"等，足见朱帘秀丰厚的文化修养。此曲雅致优美而又流畅明快，并不亚于关、卢诸君的赠予之作，真不愧"朱娘娘"的称号。

另一大都歌妓王氏的《〔中吕〕粉蝶儿·寄情人》也可称佳作：

> 〔石榴花〕看了那可人江景壁间图，妆点费功夫。比及江天暮雪见寒儒。盼平沙趁宿，落雁无书。空随得远浦帆归去，渔村落照船归住。烟寺晚钟夕阳暮，洞庭秋月照人孤。
> 〔斗鹌鹑〕愁多似山市晴岚，泣多似潇湘夜雨。少一个心上才郎，多一个脚头丈夫。每日价茶不茶饭不饭百无是处，教我那里告诉。最高的离恨天堂，最低的相思地狱。

写景则景色如画，言愁则真率动人，才情也不亚于须眉作家。

元代艺妓演唱及创作散曲，对元散曲的风格形成有重要影响。曲为词余，晚唐五代、宋初之词也多产生在酒宴之间和歌妓的樱唇之上，从而形成了"词为艳科""诗庄词媚"的传统。这一传统到了元代，则变为"曲为艳科""诗庄曲媚"，词这一原本也是"应歌"的酒席文学，经过南宋的文人化之后，在元代已让位于"今乐府"的散曲。歌坛流行的当然还有词，但更大量的是散曲。隋树森编的《全元散曲》收元人小令三千八百五十三首，套数四百五十七套，每套曲数支至十数支曲；唐圭璋编《全金元词》收元词三千七百二十一首，元散曲的数量当在元词的两倍以上。假如"艳"的含义是指"艳情""风流艳事"的话，那么文人与歌妓的恋情无疑是形成作品"艳"的重要因素。试以元代散曲、词、诗中所载艺妓名目比较之：《全元散曲》五十四名；《全金元词》三十一名；《元诗选》三名。由此可见，艺妓与散曲的关系最密切，元词次之，元诗更次。个中原因，应是散曲多用于酒宴歌台，艺妓多充任演员或侑酒歌者，而词有部分已变为案头之作，诗则较少出现于酒宴的场合。元人的观念，也以"诗庄曲媚"为主，元诗多表现国计民生、理想抱负、山川景色等较为庄重的内容，而传统入词的恋情、离情，与歌儿舞女的风流韵事，就多归于曲了。元人对内心世界的开放程度，是按诗、词、曲的排列而递进的：在诗里，多表现他们对外部世界的看法，往往正襟危坐、道貌岸然；词已表现他们内心世界的某些方面，但还"犹抱琵琶半遮面"，表现得比较含蓄；到了曲中，则脱下一切外衣，赤裸裸地表现内心的原始要求以及最隐蔽的心理活动。以卢挚为例，《元诗选》载其诗四十一首，无一首涉及艺妓及艳情，多为吟咏山水景色、朋友情谊之作；《全金元词》载其词二十二首，仅有二首为赠妓之作，题材也以友朋酬唱为主；散曲则有九支赠妓之作，风格艳丽而真率，写情毫不掩饰："才欢悦，早间别，痛煞煞好难割舍。"（《〔双调〕寿阳曲·别朱帘秀》）这是因为在不受封建礼法束缚的歌妓面前，文人也不需要礼教的伪装。"曲为艳科""曲媚"也就顺理成章了。传统入词的言情之作，在元代多入于散曲，元散曲中标明"题情""别情""闺情"的曲作俯拾皆是，与标明"叹世"和"对景"的曲作三足鼎立，成为元散曲的三大题材之一。正如唐宋歌妓大量介入词的演唱与创作使词艳媚一样。元代艺妓的大量介入也使元散曲带上一股艳丽缠绵的艳媚之风。

元代艺妓对爱情婚姻的理想则使元散曲在运用典故方面有一特色：多用书生妓女的爱情故事入曲。唐传奇和笔记小说所载的郑元和与李亚仙的故事、韦皋和玉箫的故事、民间传说中的王魁与桂英、双渐与苏卿的故事等都被大量化用。如郑光祖的《〔南吕〕梧桐树·题情·尾声》说："我青春，他年少，玉箫终久遇韦皋。万苦千辛休忘了。"刘时中《〔南吕〕四块玉·咏郑元和》又云："风雪狂，衣衫破。冻损多情郑元和。哩哩嗹嗹嗹哩啰，学打莲花落。不甫能逢着亚仙，肯分的撞着李婆，怎奈何。"徐琰的《〔双调〕蟾宫曲·青楼十咏·言盟》也说："同生同死，同坐同行。休似那短恩情没下梢王魁桂英，要比那好姻缘有前程双渐苏卿。"化用得最多的是双渐、苏卿与商人冯魁的三角恋爱故事，《全元散曲》中出现这故事不下三四十次。早在北宋崇宁年间，张五牛（一说年）所编的《双渐小卿》诸宫调已载有此故事，写庐州妓女苏卿与书生双渐相恋，但双渐贫穷，无力迎娶苏卿。茶商冯魁以三千茶引强娶苏卿，以茶船载往豫章。双渐得官后赶至豫章，月夜江上奏琴，苏卿闻声出见，双双远走高飞。这故事由于充分表现了艺妓的爱情理想和穷书生的补偿心理，广泛流行于宋、金、元三代，对元散曲的影响尤为深远。周文质有套数《〔越调〕斗鹌鹑·咏小卿》八支曲、王晔有《〔双调〕庆东原·折桂令》等十六支曲专门歌咏此故事，更多的元散曲则将艺妓比作苏卿，把书生比作双渐，而把破坏他们好姻缘的第三者（不一定是商人）比作冯魁。汤式《〔商调〕集贤宾·友人爱姬为权豪所夺，复有跨海征进之行，故作此以书其怀》云："阵马咆哮，比贩茶船煞是粗豪，将俺这软弱苏卿禁害倒。"是将"权豪"比作冯魁，"爱姬"比作苏卿的。

三、元代艺妓对元散曲艺术的影响

艺妓是封建社会中妇女的一个特殊阶层。在道德上，她们不受封建礼法的约束，思想较一般良家妇女为放纵，性格也较为外向；在才貌上，较一般没有机会受教育、见世面的封建妇女为出众，较多体现出女性美。但在不同时代的不同风气的影响下，她们又显示出不同的女性的特征。晚唐五代词产生于"皓腕凝霜雪""满楼红袖招"（〔宋〕韦庄：《菩萨蛮》词）之间，表现出"鬓云欲度香腮雪""懒起画蛾眉"（〔宋〕温庭筠：《菩萨蛮》词）的艳丽娇慵的女性美；宋初词也与"彩袖殷勤捧玉钟"（〔宋〕晏几道：《鹧鸪天》词）的歌女密切相关，表现的是"细柳腰枝袅"（〔宋〕晏几道：《生查子》词）、"寸寸柔肠，盈盈粉泪"（〔宋〕欧阳修：《踏莎行》词）的纤弱娇柔的女性美；而元代艺妓多集中在北方各大城市，受北国雄伟山川和元代崇尚质朴雄豪风气的影响，在女性美中掺入了几许阳刚之气和山野气息。元散曲中的女性形象多美丽聪明而泼辣大胆，快人快语，"野性"十足。究其原因，首先是元代艺妓久历风尘，在种种恶势力的夹缝中生存,练就了快人快口的泼辣劲;其次是男性散曲家们为了适应这些泼辣"歌儿"们的声口,也为了抒发自己"士失其业"(《青楼集·序》)的愤懑,也多在散曲中描绘泼辣倔强的女性形象。歌者、作者共同合作,使部分元散曲充溢着一种带有野性的女性美,它放纵、粗野但不失活泼、美丽,像一枝带刺的火辣辣的红玫瑰。试看关汉卿的《〔仙吕〕一半儿·题情》:

> 碧纱窗外静无人,跪在床前忙要亲。骂了个负心回转身。虽是我话儿嗔,一半儿推辞一半儿肯。

曲中的女子,恃宠娇嗔,半怒半喜,何等生动活泼。

再看刘庭信的《〔双调〕新水令·春恨》:"蹙春山两弯眉黛,整金钗舒玉笋。""空着我便耳热眼跳,心神恍惚,失惊打怪。莫不是薄幸可憎才。我一会家腹热肠荒,心忙意急,行出门外。空着我便立遍苍苔。""来时节吃我一会闲顿摔,我可便不比其他性格。那其间信人搬弄的耳朵儿来揪,把俺那薄幸的娇才面皮上掴。"曲中的女子,美艳多情而又泼辣不饶人,这正是那些久历风尘、野性未驯而又深情款款的都市妓女的形象。

元散曲中这些大胆泼辣的女性形象直接影响了其抒情方式,散曲的言情作品一改传统言情诗词的含蓄蕴藉的作风,而变为直率坦露,热烈明快。试以写相思为例,宋代歌妓聂胜琼的《鹧鸪天》词云:

> 玉惨花愁出凤城,莲花楼下柳青青。尊前一唱阳关后,别个人人第五程。 寻好梦,梦难成,有谁知我此时情。枕前泪共帘前雨,隔个窗儿滴到明。

而元代大都歌妓王氏《〔中吕〕粉蝶儿·寄情人》套数中《上小楼》曲云:

> 怕不待开些肺腑,都向诗中分付。我这里行想行思,行写行读,雨泪如珠。都是些道不出,写不出,忧愁思虑,了不罢声啼哭。

两相比较,一含蓄一直率的风格可见。

其次,元代艺妓多出身贫寒,少有受正规文化教育的机会,她们吹拉弹唱的各种技艺都是由民间艺人师徒(或母女、父女)相授而成。《青楼集》载艺妓陈婆惜"善弹唱,声遏行云","女观音奴,亦得其仿佛,不能造其妙也"。连枝秀"引一髫髻,曰闽童,亦能歌舞。有招饮者,酒酣则自起舞,唱《青天歌》,女童亦舞而和之"。因而,不仅是朱帘秀这样的名妓,而且多数艺妓的曲作都具有浓厚的民间文学气息,往往语言质朴通俗,抒情真率,贴近普通人的情感。这种风格也为与她们关系密切的文人们所赞同,从而使元散曲具有很强的俗文学色彩。

《青楼集》载京师艺妓一分儿在宴席上续成《〔双调〕沉醉东风》:

红叶落火龙褪甲,青松枯怪蟒张牙。可咏题,堪描画。喜觥筹,席上交杂。答剌苏,频斟入,礼厮麻,不醉呵休扶上马。

前二句为文人所作,余下为一分儿续作。其中"答剌苏"为蒙古语 darasu 的对音,为"酒"之意。不但将市井口语而且将蒙古语入曲,堪称"时代曲",更适合当时人的口味。

文人王元鼎的《〔商调〕河西后庭花·凤鸾吟》用顺时秀的口吻讽刺企图觊觎她的阿鲁温说:

自古到今,恩多须怨深。你说的牙疼誓,不害碜。有酒时唅,有饭时啃。你来我眼前委实图甚?小的每声价儿偺,身材儿婪,请先生别觅个知音。

曲中的"碜"意为丑陋、难看,"不害碜"即不怕难看、不知羞耻之意;"唅"为吸食之意;"婪"即"啉吞",身材肥圆的意思。曲中大量运用元时的市井口语,讽刺阿鲁温是个酒囊饭袋,只配与粗蠢的妓女"觅个知音",如见艺妓泼辣斥骂的声口。

元散曲中民歌修辞手法的大量运用,也与元代艺妓有密切关系。如嵌字、顶真续麻、比喻、反复等是民歌中常用的修辞手法,为艺妓们所熟习。在宴会上,艺妓们用巧妙的修辞手法即席赋词曲,可以逞才献技,博得满堂彩,因而为她们所竭力钻研;作为宴会主人的文人一方更争妍斗巧，于是元散曲出现所谓"嵌字体""顶真体"等以技巧取胜的作品。如《青楼集》载乐人李四之妻刘婆惜即席作散曲事："有全普庵拨里，字子仁，由礼部尚书值天下多故，选用除赣州监郡。……全帽上簪青梅一枝行酒，全口占《清江引》曲云'青青子儿枝上结'，令宾朋续之。众未有对者。刘敛衽进前曰：'能容妾一辞乎？'曰：'可'。刘应声曰：'青青子儿枝上结，引惹人攀折。其中全子仁，就里滋味别。只为你酸留意儿难弃舍。'全大称赏，由是顾宠无间，纳为侧室。"刘婆惜的续曲巧妙将全普庵拨里的字"子仁"嵌入曲内，既扣紧了"青梅"的曲题，又传达了情意，因而受到称赏。

文人们赠给艺妓们的散曲，也多将她们的名字嵌入曲中，以献殷勤。如关汉卿赠给朱帘秀的《〔南吕〕一枝花》：

  轻裁虾万须，巧织珠千串。金钩光错落，绣带舞蹁跹。似雾非烟，妆点就深闺院。不许那等闲人取次展。摇四壁翡翠浓阴，射万瓦琉璃色浅。

巧妙嵌入"珠帘秀"三字于景色描绘之中。他如吕济民的《〔双调〕折桂令·赠玉香》"可人儿暖玉生香"、乔吉的《〔双调〕折桂令·贾侯席上赠李楚仪》"默默情怀，楚楚仪容"都是"嵌字体"。

"顶针续麻"是各句之间首尾相接，产生回旋流转的效果。如无名氏的《〔越调〕小桃红·别忆》，写一位女子写信向情郎诉说相思之情，运用"顶真"的修辞手法："断肠人寄断肠词，词写心间事。"突出其柔肠百转的缠绵情思。

大量运用比喻也是艺妓散曲作品的特点。如无名氏的《〔双调〕水仙子》套曲中〔杂咏〕一曲自称是"海神庙王魁负了桂英"，身份为歌妓无疑，其中〔喻纸鸢〕〔喻镜〕〔喻双陆〕等曲，都是运用比喻手法，浓笔渲染相思之情。

反复也是这类曲作的常用手法。无名氏的《〔双调〕殿前欢》以歌妓口吻抒情，曲的开头"忆多情、忆多情"和结尾"知他是双生爱我，我爱双生"都用了反复的手法，富于民歌风味。

当然，元代艺妓的创作对元散曲直率、通俗风格的形成只是其中的一个因素，元代少数民族的审美趣味、元代文人的屈沉下僚更是重要的因素。由于论者对此已多有论述，此处不赘。

其三，元代艺妓参与散曲创作使部分散曲作品带上了青楼调笑的谐趣之风。宾客到歌楼妓馆为的是寻欢买笑，酒席之间的酬唱之作很少像诗词那样端庄严肃，而是或幽默诙谐，或调笑嘲讽，以宾主开怀为目的。这样就造成了两类作品，一类是寓庄于谐，于调笑之中寓有深意且富有积极意义的作品；一类是无聊调笑、浅薄庸俗的作品。前者最典型的莫如关汉卿的《〔南吕〕一枝花·不伏老》中〔尾〕一曲。无数论者都曾分析过此曲是用玩世不恭的态度来反抗黑暗的现实，表现作者倔强顽强的性格；但为什么曲中要反复渲染他沉浸于"烟花"生活呢？最大的可能是，这首曲是写于歌楼酒宴之上，在朱帘秀之类的红颜知己面前，不妨放浪形骸，用滑稽风趣之笔寄托他不得用于世的悲凉心境。曲中所写，都为艺妓所熟悉的生活，不难想见当时席间的一片叫好声。

关汉卿的好友王和卿以滑稽佻达著称，以《〔仙吕〕醉中天·咏大蝴蝶》一曲闻名。其曲用夸张的手法形容大蝴蝶，幽默风趣，令人解颐。但王和卿更多的作品是嘲讽艺妓的调笑之作，如《〔越调〕小桃红·胖妓》，嘲笑胖妓，笔调庸俗。类似作品还有杜遵礼的《〔仙吕〕醉中天·妓歪口》、无名氏的《〔正宫〕叨叨令过折桂令·驮背妓》，均为与艺妓戏谑调笑的无聊之作。

同样值得注意的是，青楼调笑之风固然影响了元散曲谐趣风格的形成，但不是唯一的原因。元代志不获伸的关汉卿、白朴们，从不满社会现实出发，走上了反传统的道路，这是元散曲诙谐笑骂风格形成的更重要原因。

元代艺妓大量介入散曲的演出和创作，使元散曲出现良莠并存的复杂状况。一方面，元散曲因这些美丽聪慧的艺妓而艳媚活泼，透露出浓郁的人情味和民间气息；另一方面，也因这些卖笑娇娃而熏染了庸俗色情的气味。功耶过耶，自由后人评说。

[原载《中山大学学报》（社会科学版）1998年第1期；后被中国人民大学书报资料中心《中国古代、近代文学研究》1998年第4期全文转引]

元散曲对元杂剧的桥梁作用

元杂剧作家大多地位低下，在诗文等雅文学领域极少看到他们的踪迹，但元杂剧不乏雅俗兼备、雅俗共赏的佳作；元杂剧少数民族作家寥寥可数，但元杂剧却"蒜酪味"① 甚浓，具有鲜明的北方文学与少数民族文学风格。其重要的原因之一，是元散曲在其中起了桥梁作用。元散曲拥有大量的文人雅士和少数民族作家，并与杂剧拥有共同的套曲、部分共同的作者与演员，成为雅文学与俗文学、汉族与少数民族文学之间的桥梁，使元杂剧这一原本在民间流行的俗文学样式得以进入元代的主流文学，促进了它的繁荣兴盛。

一、元人对散曲和杂剧的观念

宋杂剧虽然在宋元笔记多有记载，但它并没有进入宋代的主流文学，其剧本没有流传下来，仅有剧本名目散见于宋元笔记。而元杂剧随着元散曲的兴起在元初已十分兴盛，元初人杜仁杰的散曲《〔般涉调〕耍孩儿·庄家不识构阑》已生动细致地描绘了当时杂剧演出的情况。由于散曲和杂剧都以套曲的形式进行演唱，艺人们也兼演散曲和杂剧，元人经常将散曲和杂剧混同一起进行评论，统称之为"论曲"。《燕南芝庵论曲》《高安周挺斋论曲》主要是谈散曲的作法，但也兼及杂剧："凡经史语、乐府语、天下通语，可入杂剧。"②《吴兴赵子昂论曲》则道："良家子弟扮杂剧，谓之行家生活，娼优所扮，谓之戾家把戏。"③《丹丘先生论曲》又道："杂剧有正末、副末、狙……之名。"④ 赵孟頫和柯丹丘都以论杂剧为

---

① 〔明〕何良俊：《曲论》，见中国戏曲研究院编《中国古典戏曲论著集成》（第四集），第11页。
② 〔元〕周德清：《高安周挺斋论曲》，见〔明〕臧晋叔编《元曲选》（第一册），第19页。
③ 见〔明〕臧晋叔编《元曲选》（第一册），第20页。
④ 见〔明〕臧晋叔编《元曲选》（第一册），第20页。

主。至于元末，论曲更以杂剧作家作品为主。《录鬼簿》卷上收"前辈才人有所编传奇行于世者五十六人"，纯为杂剧作家；卷下则收"方今才人相知者"，兼及杂剧与散曲作家。《录鬼簿续编》也是二者兼收，以杂剧为主。从元初到元末，元人都将散曲与杂剧相提并论，但呈现出从以散曲为主到以杂剧为主的发展变化的轨迹。

但元人对散曲与杂剧的看法又同中有异，总的来说是贵曲轻剧。虽然散曲也属于俗文学的范畴，与诗文等雅文学相比，还受到雅士们一定程度的鄙视；但作为当时最新潮、最流行的歌曲，散曲已取代了诗词的原有地位，成为雅俗共赏、贵贱咸宜的新兴抒情诗体。元人罗宗信《中原音韵·序》说："世之共称唐诗、宋词、大元乐府，诚哉。学唐诗者，为其中律也；学宋词者，止依其字数而填之耳；学今之乐府，则不然。儒者每薄之。愚谓：迂阔庸腐之资无能也，非薄之也；必若通儒俊才，乃能造其妙也。"① 道出元人对散曲既有鄙薄又有爱好的复杂状况。这种状况，正如宋初人之于词：既好之又鄙之。《全元散曲》（隋树森编）所载的刘秉忠、虞集、伯颜、不忽木、卢挚、阿里耀卿、孛罗御史等人均为高官，其中伯颜、不忽木等三十余人还为少数民族作家②。此外，元好问、姚燧、刘因、萨都剌等一批诗词文名作家也参加了元散曲的创作。《全元散曲》与《元诗选》（顾嗣立编）兼收的作家有三十人；《全元散曲》与《全金元词》（唐圭璋编）兼收的作家有三十二人，均可说明，元散曲已成为各族作家、雅俗不同层次作家共同喜爱的新文学体裁。

与元人视散曲为娱己的抒情诗不同，一般元人尤其是元初的正统文人，沿续历史上传统的戏剧观念，将杂剧视为娱人的游戏之作，鄙视剧作家和演员。杨宏道为元初益都路提举学校官，以道德文章师表一世，他的《优伶语录》写他在旅途上见一伶人不用负粮而行，靠沿途相识优伶接济，慨叹道："优伶，世之弄人也，而有是哉！而有是哉！"③ 正因为世人向来鄙视"世之弄人"的优伶，这位学究先生偶然发现他们也有仁义之心，才会发出惊叹。至于那些"偶娼优而不辞"（《元曲选·序》）的

---

① 〔元〕罗宗信：《中原音韵·序》，见中国戏曲研究院编《中国古典戏曲论著集成》（第一集），第177页。
② 详见门岿《谈兄弟民族对元曲发展的贡献》，载《中央民族学院学报》1985年第2期。
③ 见李修生主编《全元文》（第一册），江苏古籍出版社1997年版，第207页。

"书会才人"关汉卿、白朴们,也被"用世者嗤之"(《青楼集·序》)。元杂剧的作家多为"门第卑微,职位不振"(《录鬼簿·序》)之人,高官、雅文学名家、以及地位较高的少数民族作家,都很少参与杂剧的创作。以《录鬼簿》《录鬼簿续编》所载元杂剧作家的职业为例(见下表)。

项目	元杂剧作家
不载职者业 (共52人)	郑廷玉、白朴、李直夫、吴昌龄、王实甫、武汉臣、王仲文、石君宝、杨显之、纪君祥、于伯渊、费唐臣、赵子祥、李好古、王伯成、孙仲章、赵明道、岳伯川、康进之、石子章、侯正卿、孟汉卿、李行道、费君祥、汪泽民、陈宁甫、陆显之、狄君厚、孔文卿、彭伯成、范康、曾瑞、沈和甫、陈以仁、乔吉甫、睢景臣、屈彦英、秦简夫、陆登善、朱凯、王晔、王仲元、孙子羽、张鸣善、钟嗣成、罗贯中、金文质、杨景贤、高茂卿、陶国瑛、唐以初、贾仲明
平民职业者 (共9人)	关汉卿(太医院户)、高文秀(东平府学生)、红字李二(民间艺人)、花李郎(民间艺人)、张时起(东平府学生)、赵善庆(术士)、萧德祥(医生)、丁野夫(西监生)、李时英(医生)
低级官员 (共37人)	庾吉甫(中山府判)、马致远(江浙行省务官)、李文蔚(瑞昌县尹)、李寿卿(县丞)、尚仲贤(江浙行省务官)、戴善夫(江浙行省务官)、王廷秀(益都淘金千户)、姚守中(平江路吏)、赵文殷(教坊色长)、张国宾(教坊勾管)、赵天锡(镇江府判)、梁退之(大兴府判)、赵公辅(儒学提举)、李子中(县尹)、李进取(官医大夫)、顾仲清(清泉场司令)、李宽甫(合肥县尹)、张寿卿(浙江省掾吏)、刘唐卿(皮货所提举)、李时中(工部主事)、宫天挺(钓台书院山长)、郑光祖(杭州路吏)、金仁杰(建康崇宁务官)、鲍天祐(昆山州吏)、赵良弼(嘉兴路吏)、周文质(路吏)、吴仁卿(府判)、汪勉之(浙东帅府令吏)、屈子敬(学官)、邾经(浙江省考试官)、陆进之(福建省都事)、李唐宾(淮南省宣使)、刘君锡(省奏)、须子寿(钱塘县吏)、汤舜民(县吏)、汪元亨(浙江省掾)、谷子敬(枢密院掾史)
高官 (共2人)	史九散仙(武昌万户)、陈伯将(中书参知政事)

[资料来源:〔元〕钟嗣成等著《录鬼簿(外四种)》,上海古籍出版社1978年版]

从上表可见，元杂剧作家一百人，其中不载职业者五十二人，平民职业者九人，低级官员三十七人，只有两位作家是高官。少数民族作家也仅有李直夫、吴昌龄、杨景贤、丁野夫四人，他们的身份也都是平民。另一例证是元杂剧作家在诗文等雅文学领域难觅踪迹，仅白朴一人有词集流传至今。也许是这批作家没有进行诗文的写作，也许是他们的诗文作品不入时人之眼，逐渐流失，后者的可能性更大，因为胡祗遹曾为优伶作《黄氏诗卷·序》《优伶赵文益诗·序》，艺妓伶人尚有诗作，何况文人如关汉卿、马致远乎？可见，现存元代诗文集的状况，一定程度上反映了元代雅文学对元杂剧作家的排斥。

元人这种重曲轻剧的观念，使元杂剧的创作和评论出现"曲本位"的现象，现存的《元刊杂剧三十种》曲词完整而科白不全；《录鬼簿》《太和正音谱》评论杂剧作家作品多注意剧曲的文辞和音律，而对戏剧情节、戏剧结构等方面很少谈及。《青楼集》介绍杂剧艺妓的才能，也往往突出其唱功，如李定奴"歌喉宛转，善杂剧；勾栏中曾唱《八声甘州》，喝采八声"，朱锦绣"杂剧旦末双全，而歌声坠梁尘"，等等。

当然，元人对杂剧的看法也是不断发展变化的，一方面，杂剧的创作与演出的繁荣使正统文人不得不正视它的存在；另一方面，一批有名气、有地位的散曲家、文学家为其揄扬、正名，提高了杂剧的地位。提刑按察使胡祗遹是著名的散曲家，他在《赠宋氏·序》中说："乐音与政通，而伎剧亦随时所尚而变。近代教坊、院本之外，再变而为杂剧。既谓之杂，上则朝廷君臣，政治之得失，下则闾里市井、父子、兄弟、夫妇、朋友之厚薄，以至医药、卜筮、释道、商贾之人情物理，殊方异域，风俗语言之不同，无一物不得其情，不穷其态。"① 将杂剧的作用提到"乐音与政通"的高度。建德路总管府推官、元后期著名文学家杨维桢也在《优戏录·序》中提出"台官不如伶官"之说，认为杂剧的讽谏之功"岂可少乎"②。出身于松江巨族的散曲家夏庭芝也认为杂剧"可以厚人伦，美风化"（《青楼集志》）③。随着杂剧地位的逐渐提高，元代后期出现了重点

---

① 李修生主编：《全元文》（第5册），江苏古籍出版社1997年版，第260页。
② 〔元〕杨维桢：《东维子文集》卷十一《优戏录·序》，见张元济等辑《四部丛刊·集部》，上海商务印书馆民国十八年（1929）据鸣野山房钞本景印，第15页。
③ 〔元〕夏庭芝：《青楼集》，见中国戏曲研究院编《中国古典戏曲论著集成》（第二集），第6页。

研究元杂剧作家作品和演员的著作——《录鬼簿》和《青楼集》。以这两本著作作为标志，元杂剧已进入了元代文学的主流，它的作家已被称为"名公才人"。

二、杂剧、散曲双栖名作家的联结作用

元杂剧作家中有些人同时兼作散曲，并取得了骄人的成绩，成为杂剧与散曲的双栖名作家。通过他们在这两个领域的名作家效应，联结了两大作家群和观众群，使世人在欣赏"今乐府"元散曲的同时，也了解了元杂剧的艺术。

《录鬼簿》和《录鬼簿续编》收录的一百名元杂剧作家之中，有四十二名在《全元散曲》中有作品，成为杂剧、散曲的双栖作家，而关汉卿、马致远、白朴、乔吉则是其中的著名作家。

关汉卿是元杂剧的"梨园领袖""杂剧班头"（《录鬼簿》），同时也是元散曲的一大名家。杨维桢就赞道："士大夫以今乐府鸣者，奇巧莫如关汉卿、庾吉甫、杨淡（澹）斋、卢苏（疏）斋……"① 关汉卿与散曲家王和卿关系密切，两人同为性格滑稽佻达之人，经常互相讥谑，以至在王的丧礼上，关还与之开玩笑②。关汉卿为元杂剧本色派之首，在他麾下切磋杂剧艺术有杨显之、费君祥、梁退之等人，高文秀和沈和甫还分别被人称为"小汉卿""蛮子汉卿"③。关汉卿以在杂剧和散曲的名人地位，使一批本色派的杂剧作家也为散曲界所熟知。

马致远的散曲和杂剧同样负盛名。贾仲明《〔凌波仙〕吊词》挽马致远说："战文场，曲状元，姓名香，贯满梨园。"朱权也评马致远之曲道："若神凤飞鸣于九霄，岂可与凡鸟共语哉？宜列群英之上。"（《太和正音谱》）马致远的散曲名作《〔天净沙〕秋思》多为其他散曲家、杂剧家所模仿化用，如武林隐的《〔双调〕蟾宫曲·昭君》："只见三对两对搠旌旗古道西风瘦马，千点万点噪疏林老树昏鸦。哀哀怨怨，一曲琵琶。没撩没

---

① 〔元〕杨维桢：《东维子文集》卷十一《周月湖今乐府·序》，见《四部丛刊·集部》，第2页。
② 见〔元〕陶宗仪《南村辍耕录》卷二十三《嗓》，见《元明史料笔记丛刊》，第279页。
③ 均见〔元〕钟嗣成：《录鬼簿》（贾仲明本）卷上，见〔元〕钟嗣成等著《录鬼簿》（外四种），上海古籍出版社1978年版。

乱离愁悲悲切切，恨满天涯。"① 郑光祖的杂剧《倩女离魂》第三折〔秃厮儿〕一曲也用了"枯藤老树昏鸦"之语。马致远既与杂剧家王伯成为"忘年交"，与李时中、花李郎、红字李二合撰《黄粱梦》杂剧；又与散曲家卢挚、张可久交往，《全元散曲》载有马致远《〔双调〕湘妃怨·和卢疏斋西湖》、张可久《〔双调〕庆东原·次马致远先辈韵九篇》等曲。而张可久与散曲名家贯云石、刘时中、马九皋都有密切联系，多有曲作相赠。通过马致远这位杂剧、散曲的双栖名作家，联结了一批文采派的杂剧作家和一批以典雅清丽风格为主的散曲作家。

《录鬼簿》的作者钟嗣成，也兼擅杂剧与散曲。他的名气虽不及关、马，但交游甚广，与他"同舍"的有杂剧作家刘宣子、屈子敬；与他深交的有杂剧作家王仲元、周仲彬；与高丽人、散曲家李齐贤为"同窗"，又常与散曲家赵君卿、陈彦实到南戏作家施惠家去"高谈"；等等。正是以这样广泛的交游为基础，他才写出了《录鬼簿》这一戏曲史上的佳作，并广泛联结了元代杂剧、散曲的后期作家。

三、元散曲作家对元杂剧的推介作用

由于元杂剧与元散曲有着众多的"双栖"作家，也由于散曲和杂剧有着同样的套曲，喜欢散曲的观众往往也喜欢杂剧，元散曲作家往往有意无意地在散曲作品中介绍元杂剧；评曲家也以评散曲的眼光对"剧曲"评头品足。凭借着散曲的推介，元杂剧进入高层次的欣赏层面。

元杂剧的许多题材、故事内容为散曲作品所反复吟咏，如《西厢记》的张生和莺莺的故事、《汉宫秋》中汉元帝与王昭君的故事、《曲江池》中李亚仙与郑元和的故事、《两世姻缘》中玉箫与韦皋的故事，等等，或整体叙说，或局部化用。如关汉卿的散曲《〔中吕〕普天乐·崔张十六事》用十六支曲叙说张生和莺莺的恋爱故事，无名氏的《〔越调〕柳营曲》则用杂剧《东堂老》的本事入曲："小厮才恰做人，没拘束便胡行，东堂老劝着全不听。……担荆筐卖菜为生，逐朝忍冻饿。每日在破窑中，再不见胡子转柳隆卿。"汤式的套数《〔南吕〕一枝花·劝妓女从良》中〔牧羊关〕一曲则用了四个与杂剧同题材的故事："试点检莺花簿，细摩

---

① 见隋树森编《全元散曲》（下册），第1174页。（下文选录的元散曲均见此书）

挚烟月文。真乃是有奇花便有东君。玉箫女结韦皋两世丝萝,苏小卿配双渐百年眷姻。谢天香遂却耆卿志,李亚仙疼煞郑生贫。"

有的作家则运用"嵌字体"的技巧,将杂剧名嵌入散曲作品中,虽是游戏之作,客观上却扩大了杂剧的影响。如孙季昌的套数《〔正宫〕端正好·集杂剧名咏情》:

〔滚绣球〕常记的曲江池丽日晴,正对着春风细柳营。初相逢在丽春园遣兴,便和他谒浆的崔护留情。曾和他在万花堂讲志诚,锦香亭设誓盟,谁承望下场头半星儿不应,央及杀调风月燕燕莺莺。则被这西厢待月张君瑞,送了这花月东墙董秀英。

其中嵌入了《曲江池》《丽春园》《崔护谒浆》《调风月》《西厢记》《东墙记》等杂剧名,妙在串联自然,天衣无缝。类似的还有季子安的套数《〔中吕〕粉蝶儿·题情》中"张生煮海金钱梦"用《张生煮海》杂剧名,陈克明套数《〔中吕〕粉蝶儿·怨别》中"到做了三不归离魂倩女"用《倩女离魂》杂剧名。人们在欣赏这些散曲的同时,也加深了对杂剧的了解。

元散曲和元杂剧都有"曲",两者的作家都竭力钻研曲的艺术技巧,如运用对句、排比句、叠字叠句、双声叠韵等,评论家们也往往以评散曲的眼光来评剧曲,并以剧曲的优劣来定剧的高下。周德清在《高安周挺斋论曲》中评论"乐府"的"扇面对""重叠对""救尾对"之后,对杂剧《西厢记》的〔麻郎儿·幺〕一曲的"忽听、一声、猛惊"之句大加赞赏,认为"有六字三韵,词家以为难"。另一散曲家顾瑛则以评词的眼光来评曲:"曲要清空,不可质实。清空则古雅峭拔,质实则凝涩晦昧。""曲欲雅而正,志之所之,一为物所役,则失其雅正之音。"① 用南宋词人张炎等人的词论,将曲评引入"雅正"之道。通过以散曲评论为中介,"剧曲"的评论进入传统文学批评的范畴,元杂剧由此而摆脱了在民间小打小闹的局面,开始可品可味、可圈可点,进入元代文学的大雅之堂。

---

① 〔元〕顾瑛:《制曲十六观》,见王云五编《丛书集成初编》(第2684册),中华书局1985年据学海类编本排印,第2~3页。

四、元代艺妓的纽带作用

元代艺妓大多兼擅杂剧与散曲，据《青楼集》载，朱帘秀、顺时秀、宋六嫂、天然秀、赛帘秀、李芝秀、连枝秀等人都是其中的佼佼者。元代艺妓因此与杂剧、散曲作家都有密切的联系，成为这两类作家之间的纽带。

被称为"朱娘娘"的朱帘秀，与著名杂剧作家关汉卿、著名散曲家冯子振、卢挚、胡祗遹、王恽等都有词曲唱酬之作①。关为卑微的"太医院户"（或云"太医院尹"），而冯、卢、胡、王都身份尊贵，冯为承事郎集贤待制，卢为翰林学士、江东道廉访使，胡为应奉翰林文学、江南浙西道提刑按察使，王为翰林学士、福建按察使②。通过朱帘秀演唱他们的作品，他们的曲作得以互相交流、互相影响。这样，朱帘秀就在元代俗文学的名家关汉卿和元代雅文学的名家卢挚、王恽等人之间，架起了一道桥梁。元杂剧极有可能是通过元代艺妓和散曲的桥梁，接受了雅文学的信息，形成俗中见雅的特色。胡祗遹《优伶赵文益诗·序》说："赵氏一门，昆季数人，有字文益者，颇喜读知古今，趋承士君子。……遇名士则必求诗文字画，似于所学，有所自得已。"③优伶赵文益会向名士学诗文，其他杂剧作家当也有类似之举。

艺妓张怡云则既与诗词文名作家姚燧、赵孟頫、张埜交往，又与散曲家商正叔交往。《青楼集》载："张怡云，能诗词，善谈笑，艺绝流辈，名重京师。赵雪松、商正叔、高房山，皆为写《怡云图》以赠，诸名公题诗殆遍。姚牧庵、阎静轩，每于其家小酌。"《全金元词》则收有张埜的词《南乡子·赠歌者怡云，和卢处道韵》。张怡云周旋于这一群诗文、散曲作家之中，对雅俗文学家的相应交流和影响，无疑也起着穿针引线的作用。

有些艺妓不但与汉族散曲、杂剧作家交往，还与少数民族作家交往，

---

① 〔元〕夏庭芝：《青楼集》，见中国戏曲研究院编《中国古典戏曲论著集成》（第二集），又见隋树森编《全元散曲》（上册）。

② 冯子振、胡祗遹、王恽的生平资料见〔明〕宋濂等《元史》卷190、卷170、卷167，中华书局1976年版。卢挚生平资料见柯劭忞撰《新元史》卷237，北京中国书店1988年版。

③ 见李修生主编《全元文》（第5册），江苏古籍出版社1997年版，第273页。

在这些不同民族的作家群中起了纽带的作用。著名艺妓顺时秀擅演闺怨杂剧，亦善歌。她与汉族散曲家虞集、刘时中都有密切交往，曾与虞集酬唱《广寒秋》一曲（《辍耕录》卷四）；与西域人、散曲家王元鼎更过从甚密，王为了她病中思食马板肠而杀所骑骏马（《青楼集》）。一方面，她拜杂剧作家杨显之为师，尊称杨为"伯父"（《录鬼簿》卷上）；另一方面，她又是康里人金文石的师傅，金"幼年从名姬顺时秀歌唱"（《录鬼簿续编》）。顺时秀可谓八面玲珑，既联结了杂剧、散曲作家，又联结了汉族、少数民族作家。

与少数民族散曲家关系密切的还有艺妓刘婆惜。《录鬼簿续编》《青楼集》载她在汉族散曲家刘廷信的宴席上为西域人兰楚芳的《落梅花》一曲续作，又在高昌人全子仁的宴席上续作《〔双调〕清江引》一曲。她的散曲酬唱活动，客观上也对各族的杂剧、散曲家产生了联结作用。

综上所述，元杂剧与元散曲这对姐妹艺术有着天然的、密切的关系，而元杂剧这个原本属于民间文学的样式，在一定程度上，凭借着元散曲这个"时代曲"为桥梁，接受了雅文学和少数民族文学的熏陶，成为雅俗共赏的新文学体裁。当然，元杂剧与元散曲是互为借鉴、互为补充的，元杂剧能进入元代的主流文学也有着多种复杂的原因。本文只就元散曲对元杂剧的桥梁作用这一角度展开讨论。

［原载《中山大学学报》（社会科学版）1999 年第 4 期］

以剧曲为曲与以词为曲
——马致远与张可久散曲之比较

一

马致远和张可久被称为元代散曲坛上的"双璧",两者都有数量众多而质量上乘的作品。马曲以豪放风格著称,张曲以清丽风格擅名;马被称为元前期散曲的代表作家,张则被视作元后期散曲的代表作家。诸家文学史、散曲史对此均有论述。

但是,马致远和张可久散曲的差异仅止于此吗?从各体文学的角度来观察二人的曲作,二者还有一个重要的不同之处:马曲似杂剧之曲,而张曲似词。如果借用宋人陈师道在《后山诗话》中评苏轼与秦观"苏子瞻词如诗,秦少游诗如词"[1]的批评方法,那么,马、张就是"马致远散曲如剧曲,张可久散曲如词";如果说苏轼是"以诗为词",那么,马致远就是"以剧曲为曲",张可久则是"以词为曲"。

先看马致远的散曲。马致远有很大部分的散曲深受元杂剧创作方法的影响,常有生动的情节、鲜明的人物形象,曲词富于动作性和表演性。如《〔商调〕集贤宾》:

> 金山寺可观东大海,游客镇常斋。恰恨他来看玩,殿阁齐开。谁知是金斗郡苏卿,嫁得个江洪茶员外。便似洛伽山观自在,行行里道娘狠毒害。眼流江上水,裙拂径中苔。
>
> 〔幺篇〕玉容上带着些寂寞色,随喜罢无可安排。俗子先登旅岸,佳人尚立僧街。向椒红壁上题诗,去伽蓝庙里述怀。更俄延又恐

---

[1] 〔宋〕胡仔:《苕溪渔隐丛话·前集》卷三十八,人民文学出版社1984年版,第225页。

怕他左猜，那村汉多时孤待。酷吟得诗句稳，忙写得字儿歪。①

这是描写苏卿、双渐的爱情故事中苏卿在金山寺题诗的一段情节，将苏卿被鸨母逼嫁茶商的愤恨与无奈、对双渐的思念与期盼写得栩栩如生，极像元杂剧中书生妓女爱情剧中的剧曲。试比较马致远杂剧《青衫泪》第三折歌妓裴兴奴的唱词：

〔搅筝琶〕都是你个琵琶罪，少欢乐足别离。为你引商妇到江南，送昭君出塞北。紫檀面拂金猊，越引的我伤悲。想故人何日回归？生被这四条弦拨俺在两下里，到不如清夜闻笛。②

也是抒发被迫嫁与茶商的伤悲，对情人的深切思念，情节与人物形象极为相似。

马致远的另一类散曲则在意境、风格上很像他杂剧中的剧曲。如其散曲《〔南吕〕金字经》：

夜来西风里，九天雕鹗飞。困煞中原一布衣。悲，故人知未知。登楼意，恨无上天梯。③

其杂剧《荐福碑》第一折张镐则唱：

〔仙吕〕〔点绛唇〕我本是那一介寒儒，半生埋没红尘路。则我这七尺身躯，可怎生无一个安身处？
〔混江龙〕……既有这上天梯，可怎生不着我这青霄步。我可便望兰堂画阁，划地着我瓮牖桑枢。④

二者语言虽不同，意境却相仿佛，都是以寒儒无"上天梯"抒发怀才不

---

① 隋树森编：《全元散曲》（上册），第274页。
② 王季思主编：《全元戏曲》第二卷，人民文学出版社1999年版，第145页。（下引该书均同此版本，除书名及页码外，其他不再另注）
③ 隋树森编：《全元散曲》（上册），第239页。
④ 王季思主编：《全元戏曲》第二卷，第79~80页。

遇的悲愤之感。

另外，马致远的部分散曲不严守曲律，随意添加衬字，而这正与剧曲按剧情需要增加衬字的特点相同。如其《〔双调〕寿阳曲·洞庭秋月》为二十四支曲连用的连章体，第四句按曲谱的正格为七字①。但第四曲的第四句为八字，"剔银灯欲将心事写"；第六曲的第四句为九字，"逢一个见一个因话说"；第八支曲的第四句为十字，"罢字儿碜可可你道是耍"。②

而张可久的散曲创作却向词的写法靠拢。他崇拜宋词人，尤对姜夔青眼有加，其散曲《〔双调〕折桂令·赠胡存善》云："掌梨园乐府须知，富有牙签，名动金闺。一代风流，九州人物，万斛珠玑。解流水高山子期，制暗香疏影姜夔。"③ 将散曲家胡存善比作南宋词人姜夔，可知他作曲学姜夔的创作倾向。他的一些曲词意境清雅，颇有姜夔词"冷美"的况味，如《〔南吕〕一支花·湖上归》：

　　长天落彩霞，远水涵秋镜。花如人面红，山似佛头青，生色围屏。翠冷松云径，嫣然眉黛横。但携将旖旎浓香，何必赋横斜瘦影。
　　…………
　　〔尾〕岩阿禅窟鸣金磬，波底龙宫漾水精。夜气清，酒力醒；宝篆销，玉漏鸣。笑归来仿佛二更，煞强似踏雪寻梅灞桥冷。④

令人想起姜夔词的名句："嫣然摇动，冷香飞上诗句"（《念奴娇》）、"长记曾携手处，千树压，西湖寒碧"（《暗香》）。

张可久"以词为曲"的另一特点是恪守曲律。除了《〔仙吕〕锦橙梅》等少数几首俗曲之外，他的大部分曲作恪守曲律，很少用衬字和叠句，很像词的语言特色。因此，他有些曲牌与词牌相同的作品，往往被选入词集，如唐圭璋《全金元词》载张可久词《人月圆·山中书事》等十五首、《霜角·新安八景》八首，即为隋树森《全元散曲》中张可久

---

① 〔元〕张小山：《落梅风》（即《寿阳曲》）；见《曲谱》卷三，北京中国书店 1990 年版，第 8 页。
② 隋树森编：《全元散曲》（上册），第 247 页。
③ 隋树森编：《全元散曲》（上册），第 939 页。原曲牌为"折桂回"，查《曲谱》无"折桂回"，仅有"折桂令"，"回"应为"令"。
④ 隋树森编：《全元散曲》（上册），第 990～991 页。

《〔黄钟〕人月圆》十五支曲、《〔越调〕霜角·新安八景》八支曲。① 正因为张曲似词，或张词似曲，才有词集、曲集均收的情况出现。

张可久的部分散曲的意境也近似他的词作，如其散曲《〔中吕〕满庭芳·东嘉林熙齐小隐》：

> 城南旧隐，苍苔晕雨，乔木屯云。生平喜有林泉分，不染红尘。清浅水梅花又春，碧远楼山色于人。成嘉遁，篆房睡稳，斜月照琴樽。②

而其词《太常引·永嘉林熙翁城南旧院》则云：

> 霖铃秋雨打空阶，人坐益清斋，门掩小蓬莱。怕有客、寻真到来。楼头碧远，山眉青小，口树挂苍苔。且莫写离怀，看隔水、芙蓉正开。③

两首作品都描写了一位名叫林熙的友人隐居生活的情趣，连地名、楼名都相同："城南旧隐"——"城南旧院"，"碧远楼"——"楼头碧远"，可见是题材相同而体裁不同的作品。二者意境也相仿佛，都是以秋雨苍苔、清溪幽花塑造出清雅优美、宁静悠闲的意境。撇开词牌曲牌，已分不清词耶曲耶。

二

马致远（约1250—1324后）与张可久（约1274—1348后）④时代相近，散曲《〔中吕〕粉蝶儿》云"至治华夷，正堂堂大元朝世"⑤，可知

---

① 见唐圭璋编《全金元词》下册，中华书局1979年版，第925～928页；隋树森编《全元散曲》（上册），第755～759页、第852～853页、第944～946页。
② 隋树森编：《全元散曲》（上册），第957页。
③ 唐圭璋编：《全金元词》（下册），中华书局1979年版，第931页。
④ 对马致远、张可久的生卒年，学术界有争议，此处据赵义山《斜出斋曲论前集》中《马致远、张可久等散曲创作活动年代论考》，四川人民出版社1999年版，第72～75页。
⑤ 隋树森编：《全元散曲》（上册），第273页。

马致远至治年间（1321—1323）还在世；张可久则有《〔双调〕庆东原·次马致远先辈韵九篇》①，可知马与张活动时间相近，但马比张年长得多，故张称马为"先辈"。现在的问题是：为何二人时代相近而散曲创作路径相异呢？

其一，最明显的原因，当然在于马致远是杂剧、散曲兼擅的作家，而张可久是词、散曲的双栖作家。马致远现存杂剧剧目十六种，剧本七种（见《全元戏曲》），散曲小令一百一十五首，套数十六套（见《全元散曲》），诗词无作品传世；张可久则现存散曲小令八百五十五首，套数九套（见《全元散曲》），词六十六首（见《全金元词》，其中有部分与其散曲重复），无杂剧传世。因此，马致远自觉或不自觉地用写杂剧剧曲之法来写散曲，而张可久用写词之法来写散曲，也就是顺理成章之事了。

其二，两人处在雅、俗不同的创作群体中，受到不同的影响。马致远因无诗词创作，他所结识的作家，多为杂剧圈中人，而杂剧作家多为下层文人与民间艺人，如《录鬼簿》载其与李时中、花李郎、红字李二共同创作《黄粱梦》，并加入杂剧家协会"元贞书会"，现存其散曲仅有《〔双调〕湘妃怨·和卢疏斋西湖》一首表现他与当时的雅文学作家卢挚有交往。因此，马致远的散曲受俗文学——杂剧的影响较深。而在张可久的散曲中，有大量与当代雅文学名家卢挚、贯云石、冯子振、赵孟頫的酬唱之作，如《〔双调〕折桂令·疏斋学士自长沙归》《〔中吕〕朝天子·和贯酸斋》《〔正宫〕黑漆弩·为乐府焦元美赋用冯海粟韵》《〔黄钟〕人月圆·子昂学士小景》等②，这些散曲家同时又是诗、词、文的名家，如卢挚、冯子振、赵孟頫都善作词，《全金元词》载卢挚词二十二首，冯子振词四十首，赵孟頫词三十六首。张可久和这些兼擅词、曲的雅文学名家交往，受到他们的审美情趣的熏陶和创作路子的启发，他的"以词为曲"，也就可以理解了。

其三，马、张的思想性格不同，也导致他们散曲创作路径的差异。马致远晚年为半隐士半道士，但他身隐而心不隐，时时牢骚满腹，愤世嫉俗。在他的散曲中，尽管描写着"担头担明月，斧磨石上苔，且做樵夫

---

① 隋树森编：《全元散曲》（上册），第806页。
② 隋树森编：《全元散曲》（上册），第767、888、950、853页。

隐去来"的隐士生活，但心中却充满着"空岩外，老了栋梁材"① 的愤慨牢骚，格律较为自由的剧曲形式便于他抒发胸中的磊落不平之气，因而为他写散曲时所喜用。而张可久后期也隐居湖山，但身隐心亦隐，在他的散曲中，我们往往见到一个心平气和地欣赏湖山之美的隐士："瓜田邵平，草堂杜陵，五柳庄彭泽令。牵牛篱落掩柴荆，犬吠林塘静。树顶蟾明，水面风生，听渔歌三四声。小亭，野景，动着我莼鲈兴。"② 张可久多有写隐居生活的散曲，如《〔正宫〕醉太平·山中小隐》《〔双调〕湘妃怨·山中隐居》《〔中吕〕满庭芳·云林隐居》③ 等，都将隐居生活写得悠闲舒适。张可久平静内敛的心态，使他选择抒情较为含蓄、格律较为严谨的雅词的创作方法去写散曲，从而使其散曲呈现出雅文学的特征。

其四，是社会原因。元代初期，汉族人对蒙古族的统治十分抗拒，杂剧、散曲多有怒目金刚之作。元代中期，至治年间，元朝的统治已渐趋稳定，关汉卿、马致远等早年曾写出狂呼怒号的杂剧、散曲之人，后期也写出歌颂太平盛世的颂圣之作。如关汉卿的《〔南吕〕一支花·杭州景》："普天下锦绣乡，寰海内风流地。大元朝新附国，亡宋家旧华夷。"④ 马致远的《〔中吕〕粉蝶儿》："寰海清夷，扇祥风太平朝世。赞尧仁洪福天齐。"⑤ 都承认了元朝的合法性，抗拒情绪有所缓和。像张可久这样生活于稳定时期的作家，又生长于宋词曾经鼎盛的江南，他的以词为曲，可谓得天时地利之便。

三

马致远与张可久的散曲有明显的区别，但又并非泾渭分明、毫不相干的，二者有着师承的关系。

马致远的散曲从总体上看，是"以剧曲为曲"，以俗曲为主；但他的部分曲作，却有"以诗为曲""以词为曲"的倾向，如著名的《〔越调〕

---

① 见〔元〕马致远《〔南吕〕金字经》，见隋树森编《全元散曲》（上册），第239页。
② 见〔元〕张可久《〔中吕〕朝天子·野景亭》，见隋树森编《全元散曲》（上册），第795页。
③ 隋树森编：《全元散曲》（上册），第903、937、959页。
④ 隋树森编：《全元散曲》（上册），第171页。
⑤ 隋树森编：《全元散曲》（上册），第257页。

天净沙·秋思》被论者认为"仿佛唐人绝句"（王国维《宋元戏曲史》）；《〔双调〕寿阳曲·山市晴岚》则似一首小词等，均属于雅曲。他的思想从总体上说，是"身隐而心不隐"，但也有心平气静欣赏湖山之美的作品。张可久的散曲从总体上看，是"以词为曲"，文雅精工，但也有少量与歌妓的酬唱之曲写得通俗明快，如《〔双调〕燕引雏·有感》："相识每嗑，推不动花磨，朱颜去了，还再来么？"① 他的思想以"身隐心亦隐"为主，但也有透露怀才不遇的苦闷的作品："十年落魄江滨客，几度雷轰荐福碑，男儿未遇暗伤怀。"（《〔中吕〕卖花声·客况》）② 因此，马致远和张可久无论在思想上还是在艺术上都有共通之处。

实际上，张可久部分地继承了马致远不满现实的思想和雅曲的艺术特色，他对马致远是很崇拜的，其《〔双调〕庆东原·次马致远先辈韵九篇》道："门长闭，客任敲，山童不唤陈抟觉。""诗情放，剑气豪，英雄不把穷通较。江中斩蛟，云间射雕，席上挥毫。他得志笑闲人，他失脚闲人笑。"③ 马致远和张可久都曾入仕元朝，但官职低微，两人最后都以隐居山林为归宿，因此，张在马的散曲中找到了知音。此曲继承了马致远怀才不遇的愤慨和以归隐摆脱现实痛苦的超旷，在艺术上也有马曲的豪放之风。

其次，张可久继承了马致远对散曲艺术的精心追求，他特别欣赏马致远的《〔越调〕天净沙·秋思》，多有仿作，如《〔越调〕天净沙·怀古疏翁命赋》："翠芳园老树寒鸦，朱雀桥野草闲花，乌江岸将军战马。百年之下，画图留落谁家。"④ 又如《〔越调〕天净沙·晚步》："吟诗人老天涯，闭门春在谁家，破帽深衣瘦马。晚来堪画，小桥风雪梅花。"⑤ 在运用鼎足对使曲词精美方面，张曲也颇类马曲，马有"和露摘黄花，带霜烹紫蟹，煮酒烧红叶"（《〔双调〕夜行船·秋思》）的名句，张也有"六一泉亭上诗成，三五夜花前月明，十四弦指下风生"（《〔南吕〕一支花·湖上晚归》）的佳句，均以对仗精工而为人称道。

张可久对马致远的继承之处体现了元前期散曲和后期散曲的过渡。元

---

① 隋树森编：《全元散曲》（上册），第964页。
② 隋树森编：《全元散曲》（上册），第828页。
③ 隋树森编：《全元散曲》（上册），第806、807页。
④ 隋树森编：《全元散曲》（上册），第943页。
⑤ 隋树森编：《全元散曲》（上册），第842页。

前期多有杂剧、散曲兼擅的名家，如关汉卿、白朴、王实甫等，他们的散曲"以剧曲为曲"的特点也很明显，如关汉卿散曲《〔中吕〕普天乐·崔张十六事》叙崔莺莺与张生爱情故事的始末，叙事性就很强，类似杂剧之曲。元前期虽有卢挚等人的偏雅之曲，但仍以通俗生动的俗曲为主。元后期则相反，虽有睢景臣等人嬉笑怒骂的俗曲，但更多是冯子振、贯云石等兼擅词的名家的雅曲，他们"以词为曲"的创作方法也一如张可久。元后期散曲家顾瑛（1310—1369）在《制曲十六观》中说："曲要清空，不可质实。清空则古雅峭拔，质实则凝涩晦昧。""曲欲雅而正，志之所之，一为物所役，则失其雅正之音。"① 用南宋词人张炎的词论指导散曲创作，也是"以词为曲"。马致远的剧曲、俗曲联结着关、白、王等曲家，他的雅曲为张可久所继承，开后期雅曲大盛之局面，二人成为联结元前期俗曲和后期雅曲的作家。

综上所述，马致远的散曲以俗曲为主，以杂剧的剧曲的创作方法写散曲，体现了元前期散曲通俗横肆的特点；而张可久的散曲以雅曲为主，以词的创作方法来写散曲，体现了元代后期散曲崇雅正、遵曲律的特征；而二者又有继承关系。他们的曲作代表了元散曲中"以剧曲为曲"和"以词为曲"两种不同的创作方向，也成为元前期俗曲和元后期雅曲的过渡性桥梁，体现出元散曲由俗趋雅的流变的历史，也体现出元杂剧和元词等姐妹艺术对元散曲创作的影响。

［原载《东南大学学报》（哲学社会科学版）2007 年第 5 期］

---

① 顾瑛生卒年见《辞海》"顾瑛"条，上海辞书出版社 1989 年版，第 4829 页。引文见王云五主编《丛书集成初编》（第 2684 册），中华书局据学海类编本排印 1985 年版，第 2～3 页。

民族大融合中的萨都剌

公元13世纪，蒙古军的铁蹄旋风般踏过亚洲大地，建立起一个幅员广阔、多民族的元朝大帝国。在金戈铁马的征伐过程中，蒙古贵族摧毁了许多国家、部落，这固然给生产力造成很大的破坏，但也打破了各地封锁割据、互相隔绝的局面。各民族经过战乱的大迁徙，形成了多民族杂居的状况，各民族原来固有的文化互相交融、互相渗透，使元代文学呈现出前所未有的独特风采。回回族诗人萨都剌的创作，就是这种民族大融合的产物。本文拟从多民族文化影响的方面，探讨萨都剌诗词的创作心态、艺术风格形成的原因，以期对这位杰出的少数民族诗人有更深入的了解。

一、萨都剌的族属、家世、生平概况

萨都剌，字天锡，号直斋，回回人。因祖父以武功镇守西北，萨都剌生于代州（今属山西），即古之雁门，故自称雁门人。

对于萨都剌的族属，同时代的人有不同的说法。俞希鲁的《至顺镇江志》卷十六载萨为回回人，杨维桢的《西湖竹枝词·序》谓萨为答失蛮氏，陶宗仪的《书史会要》则称萨为"回纥人"，而孔齐的《至正直记》卷一却认为萨都剌"本朱氏子，冒为西域回回人"。后人则有说其为蒙古人，如《四库全书总目提要》卷一百六十七，今人亦有持此说者。还有人认为他是维吾尔族人。陈垣先生早已在《元西域人华化考·回回教世家之中国诗人》一文中经过考证，论定元代的答失蛮氏、回纥即指回回，萨都剌为回回人。此为确切的结论，其他纷纭众说均未能超越此说。

然而，萨都剌的族属与其诗集所反映的生活习俗存在着一定的矛盾。回回族信奉伊斯兰教，规定戒酒、戒猪肉，每天五次向真主做礼拜，每周一次聚礼，每年两次会礼，分别在开斋节和宰牲节举行，这对回回人来说是十分神圣的。但是在萨都剌的诗集中，毫无这些宗教、习俗的反映，反而有描写喝酒等"离经叛道"的诗句。有些学者就以此为据,认为萨都剌非回回人。萨都剌的族属与其宗教信仰、生活习俗何以有这样的矛盾?干文传《雁门集·序》云:"其祖思兰不花,父阿鲁赤,世以膂力起家,累著勋伐,受知于世祖,英宗命仗节钺留镇云、代。"萨都剌的祖父、父亲为蒙古军征服的回回人,归顺蒙古后,随军征战,成为蒙古军官。他们原是信奉伊斯兰教的,否则与萨都剌同年进士的杨维桢就不会有"答失蛮氏"(伊斯兰教士)之说。但是,仕元之后,他们原有的宗教信仰受到了遏制。元朝虽然对百姓采取"信教自由"的政策,允许佛、道、伊斯兰等各种宗教并存,但对于官吏军官,却不那么宽容。成吉思汗攻入不花剌城后,下令将回回大礼拜寺改为饲马的马厩,"践回教之圣经于马蹄下"①,"诸蛮人置酒囊于寺中,召舞者歌女入寺歌舞"②,"律士教师执奴隶之役,为之护视鞍马"③,对伊斯兰教表示了极大的蔑视。随军征战的回回人,其宗教信仰必然受到这种蔑视的损毁。《元史·世祖七》又载:"回回等所过供食,羊非自杀者不食,百姓苦之。帝曰:'彼吾奴也,饮食敢不随我朝乎?'诏禁之。诏谕海内海外诸番国主。"更以皇帝命令强制回回官吏改俗。萨都剌的祖父、父亲就是在随蒙古军征战的过程中,被迫改变了不喝酒、做礼拜的回回风俗,而变为与蒙古习俗近似的军人,故《四库全书总目提要》有"实蒙古人"之说。但虽然如此,萨家在政治上仍然是色目人的二等地位,并非蒙古人的头等民族,因此,萨都剌在应试、做官需填报族籍时,仍填写"回回""答失蛮"等,同时人也以此称他的族属。如果从他的诗集来看,他与父辈又不同了,不是服从蒙古风俗,而是接受汉族风俗。他像汉人一样清明扫墓:"逆风吹河河倒行,阻风时节近清明。南人北人俱上冢,桃花杏花飞满城。"(《崔镇阻风》)④重阳节赏菊:"寥落天涯岁月赊,每逢佳节每思家。无钱沽得邻家酒,不敢开窗见菊花。"(《客中九日二首》)他遵从朱熹的理学,讲究孝道,其《溪行中秋玩月》诗云:"阿母今年八十余,清晨理发云满梳,起居俨重天人如。有子在官名在儒,奉母禄养南北区。晨昏不忍离斯须,荆楚燕赵闽

---

① 冯承均译:《多桑蒙古史》第一卷第七章,商务印书馆民国二十五年(1936)版。
② 冯承均译:《多桑蒙古史》第一卷第七章,商务印书馆民国二十五年(1936)版。
③ 冯承均译:《多桑蒙古史》第一卷第七章,商务印书馆民国二十五年(1936)版。
④ 〔元〕萨都拉著,殷孟伦、朱广祁校点:《雁门集》,上海古籍出版社1982年版。(下文萨都剌诗均同此出处)

粤吴。"以汉族的"儒"自居,并将老母亲一直带在身边宦游,孝顺之至。

萨都剌接受汉俗,与其长期生活在汉族聚居之地有关。元初周密《癸辛杂识》云:"今回回皆以中原为家,江南尤多。"萨都剌就是其中的一员。除了幼年时期生活在雁门这个西北少数民族聚居之处外,青年时期在吴、楚经商,泰定四年(1327)中进士之后,历任京口录事达鲁花赤、南御史台掾(在建康,今南京)、燕南宪司照磨(在真定,今河北正定县)、闽海福建肃政廉访知事(在福州)、燕南河北道肃政廉访司经历等职,晚年居武林(杭州),流连山水以终①,大部分时间是在河北、江浙、福建等地度过的。在与汉族人民共同生活的过程中,他逐渐接受了汉族的生活习俗和思想文化传统。

综上所述,在元代这个民族大融合的时代,人们的族属也在不断变化与融合。萨都剌的祖上为回回人,父辈服从了蒙古风俗,他本人接受了汉族风俗,但在名分上,他仍然是回回人。这种民族属性的变迁,对他的文学生涯,有举足轻重的作用。

二、萨都剌创作心态的三个来源

萨都剌的家世以及他个人的迁徙经历,使他的文学创作心态有了三个来源:阿拉伯—伊斯兰文化、蒙古文化和汉文化。这三种文化都影响了他的文学创作,而以汉文化的影响最为明显。

回回族是成吉思汗率军西征,征服了以阿拉伯人为主的中亚细亚的许多国家和部落,被征服者随蒙古军东来,定居中国,再吸收当地各族人而形成的民族。因此,其文化与阿拉伯—伊斯兰文化有着血缘关系。伊斯兰文化是中世纪阿拉伯帝国的各族人民在吸收世界上古代优秀文化的基础上共同创造的,既以阿拉伯民族文化为主,又具有多民族性。埃及人艾哈迈德·爱敏在他的《阿拉伯—伊斯兰文化史》中对这种文化的特点有精辟的论述。他认为,游牧的生产方式和爱好自由的民族性格,使阿拉伯人"并不长于作整体的、全面的研究与观察;他们的观察只局限于周围的事物;眼见一物,心有所感,便作为诗歌,或发为格言,或编为谚语"。

---

① 萨都剌生平履历见其《崔镇阻风》《溪行中秋玩月》诗序等。张旭光的《萨都剌生平仕履考辨》等文亦有详述。

"阿拉伯人观察事物不善于用深刻的思想,只能把握着足以感动他的一点。""阿拉伯文学的共同缺点,无论诗歌或散文,就是'推理不精细,结构不严密。'""但是阿拉伯文学有它的优点,有它的特殊的风格。阿拉伯的作家……能用一种精致瑰奇的文句,来作刻骨椎心的描述。"① 另一学者伊本·赫尔东则在《历史绪论》中说:"阿拉伯人天性近于文化,能从所交往的民族吸收益处。"② 阿拉伯民间文学的瑰宝《一千零一夜》吸收印度、波斯、埃及等多民族的故事而形成,它通过商人贸易、穷人获宝等描写,歌颂穷人的勇敢智慧,谴责权贵的残暴荒淫,想象瑰丽奇妙,语言通俗流畅,反映出阿拉伯人善于吸收外来文化、长于经商、正直好义以及擅长辞令等优点;而其结构由众多各自独立的故事连缀而成,缺乏连贯性,又体现出阿拉伯人不善于用深刻的思想对事物作整体观察的弱点。

阿拉伯—伊斯兰文化对萨都剌的文学创作有潜在的影响。虽然他的诗词都采用汉诗的形式,但其内容却现出回回人的创作心态。他在中举前曾经商谋生,并将此事载入诗作,而这是汉族文人所鄙视、所讳言的。汉族向来有"重农轻商"的传统,宋代甚至不许商人参加科举考试,考试之前还要检查应试者是否有"隐匿工商异类"(《宋史·选举二》)。文人的出路不外是两个:出仕和归隐。即使在元代,士人在科举无望或拒绝出仕、生计艰难之际,也不过如吴澄草庐授徒,王冕隐居务农,等等,少有从商之人。而回回人却多以经商为生。《元史·世祖八》载:"禁西北边回回诸人越境为商。"越境经商者多至要禁止,可见回回人长途经商的盛况。元世祖还重用回回人阿合马,"专以财赋之任委之"(《元史·奸臣传》)。至于回回族诗人,也多有从商的经历,如出身于巨商世家的丁鹤年,其本人也曾卖药为生。萨都剌身为回回人,当然不以老祖宗的谋生手段为耻,因而在诗中径写自己的经商活动。《崔镇阻风》写他与弟萨天舆泛舟经商:"虽云少年惯作客,便觉此日难为情。河鱼村酒不足醉,赖有同舟好弟兄。"《客中九日二首》又云:"佳节相逢作远商,菊花不异故人乡。无钱沽得邻家酒,一度孤吟一断肠。"诗中的商人形象,儒雅多情,

---

① 以上引文均见[埃及]艾哈迈德·爱敏著:《阿拉伯—伊斯兰文化史》(第一册)第四章,纳忠译,商务印书馆1982年版。
② [埃及]艾哈迈德·爱敏:《阿拉伯—伊斯兰文化史》(第一册)第三章,纳忠译,商务印书馆1982年版。

不类元杂剧汉族作家笔下的富商，总是粗蠢的"村沙""乔才"，只能成为妓女讥讽的对象，从而显示出萨都刺作为回回族诗人独特的创作心态。

此外，萨都刺的诗作有很大一部分是记游诗，在这些作品里，他生动地描绘各地的山川景色、风俗人情，洋溢着一股寻幽探胜的旅游家的兴致。与汉族诗人的记游诗相比，他的诗较少羁旅之愁和地域偏见。除了中举前生活穷困时的诗作偶有出现乡愁之外，他的记游诗多是明快开朗的。他的《西楼别寄闽宪诸公》道："离情已逐渡江云，边草连天剪秋色。""丈夫有泪不须洒，去客挂帆君上马。"真有"好男儿志在四方"的气概。在他看来，河北江南，山川景色一样令人赏心悦目，风俗人情一样亲切温馨："黄河三面绕孤城，独倚危阑眼倍明。柳絮飞飞三月暮，楼头犹有卖花声。"（《彭城杂咏呈廉公亮佥事》）"芦芽短短穿碧沙，船头鲤鱼吹浪花。吴姬荡桨入城去，细雨小寒生绿纱。"（《过嘉兴》）孤城听卖花，江南观鱼跃，一样兴趣盎然。徐象梅的《两浙名贤录》更载他以饱览山水为乐事，在寓居杭州时，"每风日晴美，辄肩一杖挂瓢笠，脚踏双不藉，走两山间。凡深岩邃壑、人迹所不到者，无不穷其幽胜。至得意处，辄席草坐，徘徊终日不能去。兴至则发为诗歌"。而汉族诗人一离开故土，乡愁和诗歌就结下了不解之缘，他们也少有能欣赏"蛮夷戎狄"风情的。元代汉族诗人陈孚的《居庸叠翠》写居庸关："嵯蚜枯木无碧柯，六月太阴飘急雪。寒沙茫茫出关道，骆驼夜吼黄云老。"一片凄凉、肃杀的景象。萨都刺的记游诗表现出与汉族诗人不同的创作心态，固然与其热爱大自然的性格有关，但这种性格产生的渊源，却不能不追溯到阿拉伯人酷爱自由、喜欢迁徙的游牧民族性格。值得注意的是，萨都刺入仕后，不但带着妻儿、母亲宦游，而且还有妹妹、妹夫同行。① 这与汉族出嫁女不能回娘家住的习俗是不同的，不能不归结为游牧民族家族集体迁徙的一种遗风。阿拉伯人以游牧、经商为主要生产生活方式，别于汉族习惯于束缚在固定土地上的小农经济的生产生活方式；其喜爱自由、处处为家的观念也别于汉族牢固的乡土观念。阿拉伯人的生活方式和文化传统，使回回人萨都刺具有宽宏的、独特的观察角度，使其记游诗展现出前所未有的丰富多彩的风俗画卷。在这一点上，萨都刺是无愧于前人甚至超过前人的。

然而，阿拉伯文学"推理不精细、结构不严密"的弱点也影响了萨

---

① 萨都刺《溪行中秋玩月》诗："子为母寿妇寿姑，阿妹次进偕婿夫。"

都剌的诗歌创作。他的诗多即景抒怀，有感而发，其中不乏绚丽多彩的景色描绘，隽永的佳句；但是，他如同阿拉伯人一样，"只能把握着足以感动他的一点"来进行文学创作：山川的秀丽使他兴奋感动，便写下清新秀美的记游诗；对蒙古贵族不义战争的愤慨，又使他写下反战的政治诗；当他欣赏宫中美人的婀娜多姿时，又写下绮丽妩媚的宫词。丰富则丰富矣，但未免有些拉杂。从总体上看，他的诗似乎缺乏一种贯串始终的思想，如杜甫诗的主线是忧国忧民，陆游诗的主骨是抗金救国，萨都剌的诗则缺乏这种整体感。和李、杜等大家的作品相比，萨诗也显得不够精粹严谨，较少令人过目不忘的精彩佳句。明人胡应麟在肯定其优点之余，指出其缺点是"才力浅绵，格调卑杂"（《诗薮》），是有一定道理的。

蒙古族文化对萨都剌的创作心态也有一定的影响。古代蒙古族以游牧为主要生产生活方式，民族性格强悍尚武，直率质朴。在元代，蒙古族百姓多信奉萨满教，而贵族则多信奉喇嘛教。大约产生于1240年的《蒙古秘史》，用朴素的民歌语言叙述了蒙古族发生、发展壮大的历史，尤其着重描写成吉思汗的卓越军事才能和赫赫战功。在这部史诗式的著作中，歌咏的是"奉天命而生"[①] 的一代天骄，赞美的是"征伐众敌""随意得其所获利物"[②] 的掠夺战争，语言质朴、强劲，甚至不避粗俗，从而鲜明地表现了奴隶制时期的蒙古族强悍尚武的民族性格。

萨都剌生于元朝，元是他的父母之邦，祖父辈又均以军功"受知于世祖"，因而他对元朝以及蒙古族是有一定好感的。尤其是在中进士那个辉煌的时刻，对"皇恩浩荡"深怀感激。这种知遇之感，使他对蒙古族文化采取欣赏接受的态度，而不像元剧中汉族作家仅将蒙语作为插科打诨的笑料。他在至顺四年（1333）往上京参加新皇即位大典时写的《上京即事》组诗，便用质朴雄健的语言描绘了蒙古族的游牧生活："牛羊散漫落日下，野草生香乳酪甜。卷地朔风沙似雪，家家行帐下毡帘。"汉族诗人笔下萧条冷落的大草原，在萨都剌诗中却是一首音调悠扬的牧歌、一幅色彩斑斓的风情画。如果不是对蒙古族的生活有着喜爱之情，是不会写得如此亲切有味、风情浓郁的。

但是萨都剌对蒙古族尚武好战的性格却不苟同，他有许多诗篇是大声

---

① 道润梯步：《蒙古秘史》卷一，内蒙古人民出版社1978年版。
② 道润梯步：《蒙古秘史》卷七，内蒙古人民出版社1978年版。

反对非正义战争的。《过居庸关》写道："居庸关，何峥嵘！上天胡不呼六丁，驱之海外消甲兵？男耕女织天下平，千古万古无战争！"元皇族争夺帝位，曾于1328年在居庸关一带开战，萨都剌此诗便借登临居庸关而谴责皇族战争，进而呼吁消除一切不义的战争，让百姓能安居乐业。《漫兴》又说："去岁干戈险，今年蝗旱忧。关西归战马，海内卖耕牛。"更抨击太平王燕铁木儿与诸王争权而大动干戈，给农业生产造成极大的破坏。这种反战思想，与蒙古族以征战为荣的思想相悖，而与阿拉伯民族反对强权、汉族儒家"仁民而爱物"（《孟子·尽心上》）的思想较为相符。这说明，萨都剌对民族传统文化是既有继承，又有扬弃的，即使对统治者所属的民族文化，也不盲从。

　　萨都剌受汉族文化的影响最大，这与他热爱汉族文化，与汉族文人交往，并亲自进行汉诗创作有关。萨都剌虽然身处元朝色目人的二等民族地位，但对当时地位低下的汉人却没有民族偏见，他的许多好友都为汉人；对于历史悠久的汉文化，更是由衷敬慕，显示出善于吸收先进文化的阿拉伯传统。他从少年时起便努力学习汉族的历史文化知识，很早便能在诗中引典用事。他在中举前写的《醉歌行》写道："草生金谷韩信饿，古来不独诗人穷。""嗟余识字事转多，家口相煎百忧集。乃知聪明能误身，不如愚鲁全天真。"暗用杜诗"纨绔不饿死，儒冠多误身"之意，并以韩信微时穷饿之典，写中举前的穷困生活和愤世嫉俗的襟抱，创作心态与汉族诗人无二。他还非常尊崇气质飘逸的李白、性格旷达的苏轼，把他们作为人生道路的楷模和诗歌创作的榜样。他在《过池阳有怀李白》诗中，盛赞李白出众的才华、傲岸的品格和遨游山水的生活态度。萨氏以游历山水为乐，可能也包含有模仿这位汉族诗人的因素在内。萨都剌的《黯淡滩歌》更模仿李白的《蜀道难》的写法，用雄健的语言描绘延平府黯淡滩的激流险浪。胡应麟《诗薮》也认为："天锡诵法青莲，如'海瘴连云起，江潮入市流''故庐南雪下，短褐北风前''夜卧千峰月，朝餐五色霞''朔风吹野草，寒日下边城'，句法宏整，在大历、元和间殊不多得也。"萨都剌对苏轼也很钦佩，其诗《经姑苏与张天雨、杨廉夫、郑明德、陈敬初同游虎丘山，次东坡旧题韵》对苏轼"人生到处知何似，应似飞鸿踏雪泥"（苏轼《和子由渑池怀旧》）的深邃思想颇为赞赏；在词的创作上，更着意仿效苏轼，颇有苏词的豪放之风。

　　由此可见，萨都剌力图用汉族的历史文化意识来进行诗词创作。他不仅把自己看作是一个回回人，而且是中华民族的一分子，以汉族为主体的中华民族的精神，是他追求的精神境界。

因为仰慕汉族文化，萨都剌多与汉族文人交游。在他的《雁门集》中，有与卢挚、虞集、黄溍、揭傒斯、刘致、李洞、张雨、杨维桢、苏天爵、张翥、李孝光、郑元祐、倪瓒、傅若金、卢琦、陈旅等人的酬唱作品，这串名单几乎已囊括了与萨都剌同时的知名汉族诗人。虞集是萨都剌考进士试的座师，很欣赏这位诗坛新秀，有《寄丁卯进士萨都剌天锡》诗赠之。萨都剌亦有《和学士伯生虞先生寄韵》一诗回赠，诗中赋有二人相互倾慕之意。

萨都剌与汉族诗人、道士张雨也有密切交往。张雨为宋崇国公张九成的后代，弃家为道士，世称"句曲外史"，其诗被徐良夫称为"以豪迈之气，孤鸣于丘壑，而清声雅调，闻诸馆阁之上"①。萨都剌《雁门集》有八首赠张雨之诗。诗多言二人携手遨游山水，欣赏归隐生活的清静悠闲，可谓志趣相投。张雨死后，他还写诗悼念："政恐梅花即是君，一床蝴蝶两床分。邀予悟读《玄真子》，羡尔偕升太素云。开箧取书银字灭，卷帘呼酒玉笙闻。觉来不省谁同梦，云影翻窗似水纹。"（《梦张天雨》）以庄周梦蝶比张雨之死，认为人的生与死、梦与觉等都是似幻非真的，既表达了他对张雨的深挚情谊，觉得友人虽死犹生，又可见他对汉族哲学家老庄思想的熟悉。

萨都剌与汉族僧人也过从甚密。了即休便是他的密友之一，《雁门集》有赠诗十一首。了即休为京口（镇江）城南鹤林寺和尚，能诗词。萨都剌对了即休脱离尘世的僧家生活颇为向往，对其诗才也多有好评。

与汉族文人、僧侣的交往，使萨都剌置身于汉文化的氛围之中，潜移默化地接受了汉族的历史意识、哲学思想、文学传统，他现存的诗作均以汉诗的形式出现，不能不说与这种文化氛围有密切的关系。

三、融合南北文学精华的创作风格

萨都剌在元代这个民族大融合的时代中，吸收了各民族文化的精华，形成了自己独树一帜的风格特色。一般来说，北方各民族的文学风格倾向

---

① 转引自〔清〕顾嗣立《元诗选》（初集三），中华书局1987年版，第2409页。

于刚健质朴，多具阳刚之美，但有时不免简易粗率；南方各民族的文学风格多柔婉妩媚，富有阴柔之美，但有时也流于柔弱软熟。萨都剌以西北回回人的出身而长期生活在汉族聚居的南方，他的文学创作便兼有南北文学之长。他的诗被称为"清而不佻，丽而不缛"（顾嗣立《元诗选》）。"其豪放若天风海涛，鱼龙出没；险劲如泰华云开，苍翠孤耸；其刚健清丽，则如淮阴出师，百战不折，而洛神凌波、春花霁月之嫚娟也"（干文传《雁门集·序》）。他将北方文学的清峻刚健和南方文学的绮丽柔媚相结合，而去北方文学之粗率、南方文学之柔弱，兼有阳刚之美和阴柔之美，从而达到创作的佳境，展现出多彩的风格。

萨都剌有些诗带有明显的北方民歌的痕迹，如《上京即事》："牛羊散漫落日下，野草生香乳酪甜。卷地朔风沙似雪，家家行帐下毡帘。"就大有北朝民歌《敕勒歌》质朴雄健的风味，但比后者少了几分粗犷，多了几许温馨与文采。他的《登歌风台》也运用了民歌复叠回环的句式："歌风台下河水黄，歌风台上春草碧，黄河之水日夜流，碧草年年自春色。"风格也质朴自然。他更多的诗是吸收北方文学的神韵，注重在雄奇壮伟的意境中表达出豪情壮志。《题茶阳驿飞亭》中"怒擘苍峡裂""绝壁洒飞雪"等句，用雄健之笔描绘绝壁飞瀑，塑造了动荡瑰奇的意境；《大别山》的"天共九江流""风物吞淮海"之句，也意境阔大，有吞江吐海的气势。毛晋称誉他的诗"磊落激昂"（毛晋本集跋），对于他这部分风格雄豪的诗作，评价是颇为合适的。

但是，萨都剌有部分诗作却不"磊落激昂"，而是温柔绮丽，呈现出南方文学的特征。《春别》诗云："花气压帘愁不扫，细雨粼粼长芳草。玉钗燕尾剪春寒，坐惜流年镜中老。""朱门小立蹴金莲，落红飞作离人泪。"一派缠绵悱恻的情调。他的宫词也清丽委婉，在元代享有盛名。杨维桢《竹枝词·序》说："天锡诗风流俊爽，修本朝家范，《宫词》及《芙蓉曲》，虽王建、张籍无以过矣。"《四时宫词》之一云："悄悄深宫不见人，倚门惟有石麒麟。芙蓉帐冷愁长夜，翡翠帘垂隔小春。天远难通青鸟信，瓦寒欲动白龙麟。更深怕有羊车到，自起灯笼照雪尘。"用清词丽句描绘宫人幽怨望幸的心理，颇为动人。萨诗的婉丽之风，首先源于他对南方民歌的学习继承，他有许多诗作是以"曲""怨""乐"命名的，如《芙蓉曲》《蕊珠曲》《洞房曲》《征妇怨》《江南怨》《江南乐》等，这显然是借鉴汉乐府中《乌栖曲》《西洲曲》《湘妃怨》《江陵乐》等南方民歌的形式，去旧题而自创新题，是一种"新题乐府"。萨都剌早期的乐府诗带有较多的民歌风味，如《江南怨》："江南怨，生男远游生女贱，十三画得蛾眉成，十五新妆识郎面。"与李白《长干行》（乐府杂曲歌辞旧题）的"十四为君妇，羞颜未尝开""十五始展眉，愿共尘与灰"颇为近似，都有浅白自然的特点。他后期的乐府诗却多追步李商隐等以情思深婉、文辞绮丽著称的诗人，诗风转向文雅婉丽。其《凌波曲》与李商隐的《烧香曲》都同有密丽的特点；而其《蕊珠曲》与李商隐的《嫦娥》诗，意境颇为相似。故顾奎光《元诗选》说："天锡善学义山。"从学习南方民歌到借鉴文人诗，萨都剌走过了一条由俗而雅的道路，形成了部分诗作婉丽的风格。

但是，无论刚健或柔媚的风格，前人早已有之。萨都剌的真正创新，是将刚柔结合，创造出一种"清而不佻，丽而不缛"的崭新风格。例如，同是表现女性美，萨都剌的《燕姬曲》诗，描写北国美人骑马扬鞭，"颜如花红眼如漆""兰香满路马尘飞"，鲜丽而健美；《越溪曲》诗中的越女"双橹如飞剪波去"，亦为健美的女性形象。相较唐人杜牧的《赠别》诗，萨诗刚柔相济，而杜诗偏于纤柔。翁方纲的《雁门集·序》说："说者或谓雁门诗类杜樊川，然其轻清绮缛，飘举而上浮，盖不尽樊川也。"杜诗的绮丽柔媚体现了唐人对娇慵艳丽女性美的追求，而萨诗的轻清飘举体现了元人对健美女性的喜好，萨诗所表现的女性美，是有浓厚时代色彩和创新意义的。又如表现山水之美，萨都剌写江南景色是柔中带刚："清波小藻出银鱼，落日吴山秋欲滴。望湖楼上云茫茫，鸟飞不尽青天长。"（《练湖曲》）写塞北风光是刚中带柔："大野连山沙作堆，白沙平处见楼台。行人禁地避芳草，尽向曲栏斜路来。"（《上京即事》）既有长天大野的壮阔景色，又有游鱼幽径的生动情趣，给人以清爽优美的感受。瞿佑谓萨都剌"自成一家"（《归田诗话》），顾嗣立也说他是"真能于袁、赵、虞、杨之外别开生面者也"（《元诗选》）。当指他这种刚柔相济、清丽俊爽的独特风格。

萨都剌的诗还以题材广泛、内容丰富见长。因为兼收各民族的长处，没有民族偏见和地域偏见，他的诗视野广阔，绚丽多姿；由于对汉族的历史文化有深厚的修养，他对汉族传统的讽喻诗、记游诗、怀古诗、宫体诗、题画诗等各类诗都运用自如，并能在继承前人的基础上有所创新。

我国是一个幅员广阔的多民族国家。各民族长期和睦相处，互相学习，取长补短，才形成了今天灿烂的中华文化。萨都剌生长在民族等级森严的元代而没有民族偏见、地域偏见，吸收各民族文化的精华，不但成为回回族的杰出诗人，而且成为中华民族的杰出诗人。这种"萨都剌现象"在元代颇为普遍，畏吾儿族诗人贯云石、突厥人迺贤、雍古部人马祖常等都走过了类似的道路。这再次说明，中华民族有强大的凝聚力，即使是民族歧视的强权，也挡不住各民族互相融合，追求文明的脚步，更何况在今天民族大团结的盛世呢！

[原载《中山大学学报》（社会科学版）1993年第1期，后被中国人民大学复印资料《中国古代、近代文学研究》1993年第5期全文转引]

后　　记

　　2019年早春三月，草长莺飞，中山大学的校园内，弥漫着草熏花香。一次聚会时，我收到了一位老师送给我的论文集，方知道中文系的"中国语言文学文库"出版活动已开展得轰轰烈烈，已有多部我系老师的著作出版。于是，一种想法像春草发芽一样萌生了：我也出版一本论文集如何？

　　我自从1978年考入中山大学中文系戏曲史专业研究生后，在著名戏曲学者王起（季思）和苏寰中、黄天骥等老师的指导下，经过了三年的学习，1981年毕业，获文学硕士学位。毕业后留校工作，任职于中文系戏曲研究室，进行古代戏曲研究，同时担任"宋元文学史"的本科教学工作。后来，我又陆续开设了本科生选修课"词史研究"，研究生专业课"元杂剧研究""明代戏曲研究""清代戏曲研究"等课程；还有中文刊授、夜大学专科生的"中国古代文学史"的课程等。在此过程中，我结合自己的教学和科研体会，写了《〈绿牡丹〉校注》、《辽金元诗三百首》、《元杂剧和元代民俗文化》、《历代词三百首》（与罗镇邦合作）、《宋辽金元文学史》（与彭玉平合作）、《全元戏曲》（王起主编，集体合著，本人为主要成员之一）等著作，并写了一百多篇论文和文章，发表在国内相关领域的杂志上。

　　如今我已退休，年过七旬，是应该对自己在中文系的教学和科研工作做一个盘点了。根据中文系的要求，我从一百多篇论文和文章中挑选了三十四篇自己认为较有新意和心得的篇章，分为两大系列：古代戏曲研究系列；宋金元文学研究系列。又根据中文系"主题集中的学术论文集"的要求，将本书题目定为"古代戏曲研究丛稿"，第二系列只作为附论放在书稿的后面部分。这些文章，多为参加学术会议的论文，后发表在学术刊物上。有一些论文，如《谈徐渭剧作的语言风格》《吴炳和他的剧作》是20世纪80年代我读研究生时的作品，发表在《中山大学研究生学刊（文科版）》《研究生论文选集·中国古代文学分册（一）》上，如今一般人难以寻觅。但从今天的角度来看，这些论文仍有可取之处，因而收入此书稿，以备后人参考。还有一些论文，虽然被放在"附论"部分，但也较受学术界重视，如《论宋词的感伤美》《论南宋小品文》《元代艺妓与元散曲》《民族大融合中的萨都剌》四篇均被中国人民大学书报资料中心《中国古代、近代文学研究》全文转引；《宋代隐逸词研究》为参加2001年6月香港大学中文系主办"宋词与宋文化国际学术研讨会"会议论文，获会议论文一等奖。

  我的学术研究成果的获得，和前辈学者的学术指导、人格影响是分不开的，因此，我在此书中专辟一栏"戏曲史家研究"，对前辈著名学者王起、董每戡老师以示致敬。特别是王起老师，他是我的研究生毕业论文《吴炳和他的剧作》的指导老师。从论文的选题、立意、结构到收集资料的方法，他都给我细致的指导，他写亲笔信让我到全国各地去拜访戏曲研究的名家如徐朔方、赵景深等，受徐朔方教授研究汤显祖的方法的启发，我到吴炳的家乡宜兴县去进行田野考察，到南京、上海、杭州、苏州、北京等地的图书馆去查阅有关资料，终于找到了翔实而丰富的第一手资料，为论文的撰写打下了坚实的基础。在论文的写作过程中，王老师逐字逐句地审阅我的初稿、修改稿和定稿，提出修改意见，连错别字也不放过。他严谨扎实的学风、对学生既严格要求又认真负责的态度，影响了我一生的教学和科研。在教学上，我认真地上课和批改学生的作文和论文，受到了学生的好评；在科研上，我学习王老师的"聪明人要下笨功夫"，对研究对象进行全面的了解，全面地收集有关资料，为论文写作打下坚实的基础；在论文的立意上，我学习王老师的"力图推陈出新，古为今用"，追求观点新、角度新、方法新、材料新，论文投稿杂志后，反响较好。王起老师以研究古代戏曲著称，但他对中国古代诗、词、文的作家作品也有深入的研究。我也步其足迹，在戏曲研究之外，对中国古代文学史尤其是宋金元文学史的作家作品进行研究，写出相关论文和文章。

  我毕业后留校工作，跟随苏寰中老师和吴国钦老师担任"宋元文学史"本科段课程的教学，这两位学术前辈给了我许多教学经验的启发。尤其是吴国钦教授，我是从听他的课，一步步走进这门课的教学课堂的。吴教授幽默诙谐的讲课特色、对作家作品的精到分析，使我得益良多。更为重要的是，吴教授在戏曲研究领域辛勤耕耘，写出许多戏曲研究方面的著作，硕果累累，成为享受国务院政府特殊津贴专家。我对这位学术前辈既敬佩又感恩,将他视为我学术研究道路上的又一位良师,我以往的部分著作和论文,曾经请吴教授审阅指正。这次我的书稿出版,也请他审阅指正。恰逢夏日,吴教授在溽暑中为之作了热情洋溢的序言,令我心存深深的感激。他对我的书稿的评价为"避热就冷,避详就略","颇多新意",是对我这个后学者的鼓励和肯定;至于"掇英拾华,精粹汇聚"则不敢当,只能作为今后的努力方向了。

这次出版书稿,因论文发表的时间跨度较大,不同年代,注释体例不一,繁简不同,根据编辑的要求,对注释体例做了更新和统一。另外,重核文献,校对引文,纠正了一些明显的错字和文句有误之处。但基本保留文章发表时的原貌。

这次书稿申请"中国语言文学文库"中"学人文库"出版,得到了主编吴承学教授以及黄仕忠教授、吴国钦教授提出的宝贵修改意见,使工作得以顺利进行,在此,致以衷心的感谢!

感谢中山大学中文系资助本书出版,感谢中山大学出版社编辑们的辛勤劳动,由于他们的鼎力相助,使此书得以出版面世。

还有许多师友,对我出论文集曾有许多鼓励和支持,在此一并致以深切的谢忱!

罗斯宁
2020 年 8 月